———— 想象,比知识更重要

幻象文库

INVERSIONS
IAIN M. BANKS

伊恩·M.班克斯"文明"系列

反叛者手记

[英]伊恩·M.班克斯 著　　吕灵芝 译

新星出版社　NEW STAR PRESS

献给米歇尔

伊恩·M.班克斯的"文明"世界

"文明"是苏格兰作家伊恩·M.班克斯虚构的一个社会体系，一个奉行无政府主义的星际乌托邦。班克斯创作了一系列以"文明"世界为背景的长短篇小说作品，总称为"文明"系列，其中不乏广受好评的科幻文学经典之作。

班克斯是一位思维缜密、创造力惊人的作家。他的观点头绪繁多，并非一目了然。"文明"这个虚构世界的设置，隐含着不少经过他仔细权衡之后得出的结论。这里对"文明"世界进行一番粗略的介绍，可能会对你阅读本书有所帮助。

银河系与"文明"世界

银河系是"文明"世界的背景和所有故事上演的舞台。在小说对应的年代，整个银河系有几十个重要的星际社会体系，"文明"是其中最强大的社会体系之一，也是积极参与银河系事务的一股势力。

"文明"世界在物质上极为富足，并且掌握了高超的科学技术，所有人无须占有财产，就可以轻松满足一切需求。几乎所有的物质困扰都已经被克服，包括疾病和死亡。这个社会的所有成员几乎是完全平等的，社会结构非常稳定，不需要使用任何暴力和强制手段来维持秩序。

除了"文明",银河系中还有几万个掌握了宇航技术的小股势力。此外还有无数社会体系与世隔绝,他们或是尚未进入太空时代,或是已经摒弃了星际旅行,追求反省与孤独。"文明"系列小说通常以生活在边缘地带的人物为主角,比如外交官、间谍、雇佣兵等。作者借这些角色的眼睛,向读者描绘不同地区千姿百态的自然社会风貌,展现出惊人的想象力。

在小说体系里,"文明"与地球上的人类社会共存。现有小说的情节,发生在人类公元1300—2970年;地球初次与"文明"接触的时间是公元2100年;早在20世纪70年代,"文明"的使者就曾经暗中到访地球。"文明"世界的创立,是几个由人类和智能机器组成的社会发展到一定程度之后的结果。在《游戏玩家》一书中提到,"文明"世界涉足太空已经有一万一千余年。

人类居民

"文明"世界有两类居民:一类是人类和其他生物体,另一类是智能机器。

有人觉得"文明"世界的人类居民简直就像机器豢养的宠物。在一个科技万能的世界里,他们做不出什么有益的贡献。小说的人物有时也会质疑"文明"世界的民主程度,怀疑机器在暗中操控整个社会。事实上,小说里的确很少出现"文明"的人类成员做出重大决策的情节。

在"文明"世界里,很多居民都具备接近人类的生物特性。对这种情况,作者并没有做出明确的解释,而只是给出了一些近于调侃的回答。但是,小说中的银河系里也有很多非人类的生物体。

"文明"世界掌握了改善人体构造的技术。大部分人类成员都会选择对身体进行改造,比如变换性别、增强性欲、消除疼痛、改变年龄、控制心跳和意识，还可以不经锻炼就加强骨骼和肌肉。进行什么样的改造取决于个人喜好。如果愿意，也可以在身体里加装武器系统。大多数"文明"社会的居民都会给自己植入药物腺体，通过神经系统控制这些腺体，产生服药、饮酒、做梦等感觉。腺体分泌的药物没有副作用，也不会成瘾。因为大多数"文明"居民可以长期保持健康，有人甚至选择偶尔生病，来满足自虐的怪癖，这种癖好在有些场合甚至很流行。

智能机器

除了人类及其他生物之外，智能机器也是"文明"世界的平等居民。超过一定智能水平的机器，就被看作地位完全平等的个体。这些机器可以粗略划分为嗡嗡机和主脑两种类型。

不同型号的嗡嗡机智能水平和社会地位各有不同：有些功能强大，地位与人类居民相当；有些只承担简单工作，智能相对有限；承担基础服务工作的原始嗡嗡机，被视为智能机器的原型，没有自我意识，也没有公民资格。

嗡嗡机往往都有鲜明的个性。嗡嗡机中的平民，智能与人类相当。而特工机构定做的嗡嗡机，智能高出常人数倍，感应能力上佳，战斗装备的威力也非常惊人。它们的武器主要是力场和效应器，有时也配备激光和刀锋飞弹。

外形方面，嗡嗡机是形态各异的悬浮物体，身体周围还有可见的光晕，用来表达情绪。不同颜色和图案的光晕可以表达不同的信号，内容丰富，人类居民也能看懂这些信号。

主脑是最强大的智能机器，其智能大大高于"文明"世界的其他生物和居民，它们的处理能力惊人，可以同时进行数以百万计的会话。主脑是大型设备（飞船和太空居住地）的控制系统，在社会体系中占据重要地位，承担着为所有人谋福利的职责。作者认为只有让公权力完全处于人类控制之外，才有可能绝对避免腐败，因此主脑是绝对自由的无政府社会能够存在的前提。

主脑个性鲜明，有时候带点儿怪癖，但永远亲切友好。它们把居民或者船员视作有趣的同伴，并通过各种遥控设备与人类交流。主脑的化身可以是嗡嗡机、人形替身甚至毛绒玩具。

是否承认智能机器的公民权，是小说中一些战争的缘起。"文明"世界对智能机器非常尊重，很多简单重复的工作，都交给特制的非智能机器去完成，以避免智能机器有被盘剥、被奴役的感觉。

社会体系

在"文明"世界里，智能机器、人类和其他生物体完全平等共存。这是一个享乐至上的社会。人类和智能机器也有自己的工作，但主要是为了"好玩"，而不是"有用"。他们只需要做自己感兴趣的事情，每个个体都可以按照自己的智能水平和喜好来选择工作。"文明"世界没有货币体系，他们认为"货币的存在，就是贫困的象征"。

"文明"世界没有法律，社会规范约定俗成。居民看重自己的声誉，讲究礼貌，行为不当的人会受到嘲讽。唯一严格的禁令，似乎是不得杀害或胁迫其他有意识的存在，不管是智能机器还是生物体。"文明"世界也的确存在"激情犯罪"，嗡嗡机会形影不离地看守着这些罪犯，以免他们造成更多危害。

未经允许窥探他人思想是"文明"世界的大忌，尽管他们完全掌握了此类技术。小说中提到，如果"文明"世界有一天需要制定法律，也许第一条就是禁止窥探他人思想。这让居民的隐私权有了一定的保障，尽管整体而言，"文明"世界是一个无须保守秘密的社会。

语言

玛瑞语是"文明"世界的通用语，这套语言系统由早期主脑创建。人们相信，语言具有塑造现实世界的力量，玛瑞语既可以用常规方式书写，也可以用二进制数据表达，形式上也富有美学价值。玛瑞语中的符号，可以用3乘3格的二进制信号表示，相当于9位的二进制数据。这种语言里没有表示财产、所有权、等级体系和权势等概念的词汇，因为"文明"世界努力避免受到这些概念的负面影响。

姓名

一些人类和嗡嗡机有冗长的名字，可以包含7个或者更多的单词。这些词有的代表出生地或者制造厂，有的代表职业，有的可能代表了哲学观念和政治立场。以戴吉特·萨玛为例，她的全名是拉斯德－康杜雷萨·戴吉特·埃姆布雷希·萨玛·达·玛林海尔德。

"拉斯德－康杜雷萨"是她出生的行星系统，按这套命名规则，地球人姓名的开头应该是"索尔－特拉萨"（即"太阳－地球人"）。

"戴吉特"是名，通常由父母尤其是母亲决定。

"埃姆布雷希"是她自己选择的名字，大部分"文明"世界的居民成年时给自己取一个名字，称为"具名"，表示名字最终完整了，也有人不给自己取名。

"萨玛"是姓，通常随母姓。

"达·玛林海尔德"是她成长的地方，这里的"达"相当于德国人名字里的"冯"，表示来自哪里。

按照这种格式，伊恩·M.班克斯给自己取了一个名字：索尔－特拉萨·伊恩·厄尔班考·班克斯·达·昆斯弗雷。

飞船的主脑为自己命名，这些名字往往是异想天开又荒唐可笑的（例如：先读说明书、老友莫重逢）。"文明"世界的战舰经常设计得十分丑陋，名字也不好听（例如：暴徒、行刑官、神经虐待者），据说是因为大家爱好和平，不想跟暴力扯上任何关系。

死亡

"文明"世界的人类居民大多淡然面对死亡，基因技术和主脑对日常生活的操控，使人类居民非自然死亡的可能性下降到接近于零。居民的平均寿命在350—400年，但也可以进一步延长。人类居民也可以轻松制作自己身体的备份，就算是死了，也能复活。居民可以自由选择复活的形式，可以复活成生物体，也可以变成智能机器，甚至变成虚拟空间里的存在。在"文明"世界，死亡被看作生命的一部分，刻意避免死亡是一种缺少风度的行为。有了死亡，生命才完整。

在"文明"世界的技术支持下，嗡嗡机和主脑的寿命没有上限。所有的主脑都有自己的备份，因为它们承担的职责十分复杂和重要。

空间科技

"文明"世界和其他一些先进的文化系统，都掌握了反重力技术和力场技术。

他们可以远程控制力场进行推、拉、切割等精准操作，也可以制造防卫力场。但是这种能力在作用距离和强度方面有一定的局限性。尽管他们可以制造绵延数千米的力场，但是人还是要靠近事件发展现场，才能有所作为。

在主脑的控制下，力场可以远距离发挥特定作用，几光年以外的飞船也可以侵入某星球的电脑系统，调取、修改资料。

"文明"世界还拥有利用时空隧道瞬间转移生物体和非生物体的能力，体积越小，转移的空间越大。瞬间转移也是一种军事技术，比如说，炸弹可以瞬移到敌方区域引爆。

生存空间

"文明"世界几乎没有居民在行星上生活，因为"文明"世界不愿征服或者向现有行星移民。由于掌握了先进的技术，他们没有生存空间的压力。

大部分"文明"世界的居民生活在被称为"星陆"的类行星轨道平台上，这是一种巨大的人造环形世界，可以容纳数以十亿计的人口。星陆通常是利用小行星、陨石和太空垃圾等不利于宇宙飞行的散碎材料做成的圆环状平台。星陆也有自己的主脑，类似于飞船，只不过功能更为强大。

除了星陆之外，飞船（包括星舰在内）就是"文明"居民的主要生活空间，也是与外星球进行接触的使者。一艘完整的"文明"飞船，长度在数百米到数万米，内部可能居住数以十亿计的生命，是一个完整的人工生态系统。

存在于巨大飞船和人工居住地中的"文明"世界，没有征服其他地域的需求，也就没有真正意义上的疆域。

对外政策

尽管"文明"世界的生活无忧无虑，很多成员却并不甘心无所事事，他们主动承担起一些"慈善工作"，或公开或秘密地参与到其他社会体系的发展中，帮助他们不致走上灾难性的错误发展道路。在"文明"世界看来，这是他们的道德义务。

"文明"世界的星际事务部就负责处理此类事务，采用外交或其他手段达到目的。星际事务部下面又设有一个特情局,这是一个特工组织,行动更为隐秘。因为"文明"世界对其他星球的干涉常常会引发反感,所以要谨慎处理。

"文明"世界常常被看作对20世纪至21世纪西方文明的影射,尤其是对相对落后地区的态度方面。"文明"世界的外交政策立场,接近于现代国际政治舞台上的新保守主义。

争议

"文明"特情局会驱使雇佣兵承担肮脏的任务,自己却置身事外假作清高,甚至以发动战争为威胁达到政治目的,这种做法即便是拿现实世界中西方社会的行为标准来衡量,也会显得过于卑鄙。

"文明"世界的故事,大多涉及文明社会面临的两难问题。这个虚构的社会体系是一个理想的自由放任社会,它摆脱了现实物质条件的约束,超越了现时的很多偏见和谬误,但依然面临着一些无法圆满解决的问题和争议。这些问题也是值得全人类思考的主题。

"文明"世界本身在面临安全和生存考验的时候,有时也不得不走向自己的反面,容忍与自身价值体系完全相左的行为。特情局有时候别无选择,只能重用那些有能力完成任务的人,而这些人或者机器代表的未必是"文明"世界所倡导的东西。星际事务部和特情局有时候会隐瞒重要信息,与"文明"世界的公开做法唱反调甚至通过操控大众意见来左右政局。这种做法带有一定的自相矛盾和脱离现实的倾向,像一群"理想主义的青春期少年"。

作者对"文明"世界一些设置的解释

为什么"文明"奉行无政府主义?

在作者看来,人类现有的权力体制无法适应太空时代,技术水平达到一定程度之后,无政府主义倾向是必然的,也是必须的。

要在太空时代生存,飞船或者居住地必须自给自足。如果他们与掌权者之间发生冲突,可以轻易摆脱控制,而掌权者如果采用强力压制的做法,往往会代价高昂,得不偿失。太空时代的文明体系,必然带来权力的分散和集权体制的消解。

太空居民的社会结构和财产关系,必然不同于单一星球环境。外界生存环境的恶劣,会加强同一文化内部的认同感。表面看来是无政府主义盛行,内部看来却是彼此互利的社会主义环境,一切社会和经济结构都合乎这一趋势。

为什么由主脑而不是由人类掌握世俗权力?

在作者看来,人类自私和互相仇恨的冲动,在迄今为止的所有社会结构中都没能得到足够的控制。也许问题的解决之道,在于世俗权力的转移,应当将复杂的机器系统置于道德、哲学、政治理念之上。处于控制地位的机器立场坚定,却可以保持天真,超越私利。

为什么对人工智能如此乐观?

在作者看来,人们对人工智能现有的各种担心和指责,往往可以归结到简单的几个方面:认定生物具有某些无法模拟的特性,认定机器不可能有"灵魂",认定非生物体不可能有自我意识。可是所有这些,其实都建立在存在某种超自然"神灵"的前提之上。作者是无神论者,他把智能机器看作完全与人类平等的存在。

作者认为，智能机器确实可能成为人类的敌人，不过相反情形出现的可能性更大。如果出现了所谓的"冯·诺依曼计算机噩梦"，也只能说是设计过程中的一点反常，是一种可以纠正的方向性偏差。人类的未来，完全可以是人机共存共荣的。

多元化的文明世界

作者曾经表示，什么属于"文明"世界，什么不属于"文明"世界，并不存在非常明确的界限。他笔下的宇宙处在不停的演进之中，有些特色淡去了，另外一些特色会逐渐清晰。

在"文明"系列作品的各个角落，作者探索着各种构造宇宙的可能：七维空间、果壳中的宇宙、一粒尘埃中的乾坤等。他用亦真亦幻的笔调，刻画了现实与幻想空间中，关于人类的一切可能。也许，在他深邃的眼神后面，还隐藏着无数不为人知的奇思妙想，像他笔下的银河一样无边无际，等着每一个人类或者嗡嗡机，和他一起去探索未知时空的奥秘。

按出版年代顺序，"文明"系列包含的小说作品有：

Consider Phlebas (1987)	中文版已出（《腓尼基启示录》）
The Player of Games (1988)	中文版已出（《游戏玩家》）
Use of Weapons (1990)	中文版已出（《武器浮生录》）
The State of the Art (1991)	中文版敬请期待
Excession (1996)	中文版敬请期待
Inversions (1998)	中文版已出（《反叛者手记》）
Look to Windward (2000)	中文版敬请期待
Matter (2008)	中文版敬请期待
Surface Detail (2010)	中文版敬请期待
The Hydrogen Sonata (2012)	中文版敬请期待

序幕

  那位好医生说，人类唯一的罪孽是自私。她第一次发表这个看法时，我还非常年轻，所以最初的反应是困惑，继而为她的深刻惊叹。

  后来，等我人到中年，等她早已离开了我们，我才开始怀疑事实正好相反。可以说，在某种意义上，自私才是唯一真正的美德。当两者相互抵消，自私就成了纯粹中立的，毫无价值的，脱离道德背景的品质。又过了一段时间，在我的熟年，也可以说在我的晚年，我又极不情愿地开始尊重那位医生的看法，至少是初步同意了她的观点——自私确实是大多数邪恶的根源，尽管并非全然如此。

  当然，我一直都理解她的意思。当我们将个人的利益优先于他人，往往会犯下错误。无论是孩子从母亲的钱包里偷走硬币，还是君王下令进行种族屠杀，背后都潜藏着一种共通的愧疚。每一个行动以及行动的间隙，我们都会说：我们的满足感比我们的行为给你们带来的痛苦及烦恼更重要。换言之，我们的欲望高于你们的苦难。

  我中年时期曾对此提出异议：唯有基于欲望行动，主动寻找能满足自身的东西，才使我们有能力去创造财富、舒适、快乐，以及那位好医生用她那种模糊的、概括性的方式所称的"进步"。

但最后我也暗自承认，我的异议或许正确，但不够全面，无法完全抵消医生的论断。而且，自私有时固然是一种美德，但就其本质而言，它往往是一种罪孽，或者是导致罪孽的直接原因。

我们从来不喜欢承认错误，坚决认为所谓错误不过是误解。我们从来不愿意承认自己在犯罪，我们只是做出了艰难的决定，并予以实施。天意神秘且神圣，万物为刍狗，我们希望自身的行为在它面前得到评判，我们希望祂能同意我们对自身价值、行为罪责或其他方面的评估。

我怀疑那位好医生（瞧，我这样称呼她也是一种评价）不相信天意。我从来都不确定她究竟信仰什么，但我始终确信她有信仰。也许，虽然她说了那么多关于自私的事，但她只相信自己，不信仰其他。也许她相信自己口中的"进步"，也许她凭借异邦人的奇怪心理，选择相信我们，相信与她共同生活并受到她照顾的人们，而我们却从来不那样相信自己。

她是否让我们过得更好了？不可否认，她的确让我们过上了更好的生活。她这样做是出于自私还是无私？我相信，最终这一切都无关紧要，除非会影响她内心的平静。这是她教给我的另一件事：你所做的事情定义了你。对于天意，对于进步，对于未来，对于任何其他并非源于自我良心的评判，最终的依据都是我们的所作所为，而非我们心中所想。

因此，我将我们的事迹总结成这份编年史。故事中有一部分是我可以担保的，因为我当时在场。至于另一部分，我不能确定其真实性。在事情发生了多年以后，一个偶然的机会让我发现了它的原始版本。虽然我相信它与我所参与的故事形成了一个有趣的对立，但我更多地把它当作一种艺术表现，而不是一种经过深入研究和思考的判断。不过，我相信应该把这两个故事放在一起，它们结合在一起比分开更有分量。毫无疑问，那是一个关键时期。从地理上看，曾经的核心地区被分割了，毕竟当时有很多东西被分割。在那个时期，分裂是唯一的秩序。

我尽量不对写下的东西做出评判，但必须承认，我希望读者（一种接近天意的存在）也这样做，并且不要对我们存有不好的看法。我坦率地承认，我的具体动机（特别是在修改和补充我以前所作的编年史，以及完善合作者的语言和语法方面）是试图确保读者不会对我有不好的看法，当然，这是一个自私的愿望。然而，我仍然希望这种自私会带来好处，原因很简单：如若不然，这份编年史就不会存在。

同样，读者必须自行判断那是否就是更幸运的结果。

够了。一个年轻的、相当认真的人希望对我们讲述如下故事。

1 医生

主人，就在南方种植季节的第三天傍晚，审讯官助手来找医生，把她带进了上司的酷刑室。

我当时坐在医生的客厅里，用杵和臼为医生的药水磨制材料。我专心致志地工作，因此响亮而咄咄逼人的敲门声轰然响起时，我花了一两分钟才完全收拾好自己的心情。去开门的路上，我打翻了一个小香炉。这既是延迟开门的原因，也是审讯官助手乌努尔可能听到咒骂声的原因。这些脏话并非针对他，我也没有睡着，甚至没有一点困意，不管乌努尔那个家伙怎么说，我相信好主人会相信我的话，因为乌努尔是个阴险而不可靠的人。

医生在她的书房里，她晚上通常都待在那个地方。我走进了医生的工作室。房间里放着两个大柜子，里面装着粉剂、药膏、药水和各种仪器，这些都是她的订单库存。里面还有两张桌子，用来放置各种燃烧器、炉子、甑子和烧瓶。偶尔她也在这里治疗病人，把这里当作手术室。浑身散发着难闻气味的乌努尔坐在客厅等待，用已经很脏的袖子揩鼻涕，还用小偷的眼神四处打量，我则穿过工作室，敲了敲书房的门，那里也是医生的卧室。

"奥尔夫？"医生问。

"是我，夫人。"

"请进。"

我听见门内传出合上厚书的沉重响动，兀自微笑起来。

医生的书房很暗，散发着伊斯拉花的甜美香气，她习惯将那种植物的叶子放在悬于屋顶的炉子里燃烧。我在黑暗中摸索着前进——当然，我对这个书房的布局比她想象的要清楚，这得感谢主人的灵感远见和英明判断。但医生总喜欢把椅子、凳子和登高取物的台阶放在人会路过的地方，因此我不得不摸索着穿过房间，来到烛光照亮的角落。医生面对着厚厚的窗帘，坐在书桌前。她直挺挺地坐在椅子上，伸了个懒腰，揉了揉眼睛。那本有手掌那么厚、前臂那么宽的日记本就放在书桌上，已经合起并锁好了。即使在那宛如置身山洞的昏暗中，我也注意到搭扣上的小链条在来回摆动，一支笔插在墨瓶里，笔帽是打开的。医生打了个哈欠，调整了她脖子上的项链，链子上挂着日记本的钥匙。

主人，想必您已经从我之前的许多报告中得知，我认为医生想把她在哈斯皮德的经历记录下来，留给故乡德雷岑的人们。

医生显然不希望别人看到她的著作，然而，通常在她给我布置了寻找资料的任务、我不得不在浩如烟海的藏书中寻找医生指定的那本书时，她会忘记我在那里。每逢这种场合，我总能瞥见她写下的只字片语。从那些内容中，我已经确定：医生在撰写日记时并不经常使用哈斯皮德语或帝国语（某些段落除外），而是使用一种我从未见过的字母。

主人想必会考虑采取措施，向德雷岑当地人核实医生所用的文字是否属于本地语言。为此，我正试图利用一切机会，尽可能记下医生日记的内容。然而这次，我错过了目睹她写下文字的机会。

我仍然希望能做得更好。我想再次恭敬地提议：暂时取走医生的日记本，让熟练的锁匠在不损坏本体的情况下将其打开，获取其秘密写作的完整副本,让事情得到解决。当医生在宫殿的其他位置,如果情况更理想——当她到城市其他地方外出时,甚至在她频繁的沐浴时,都可以很容易地做到。因为她洗澡的时间往往很长(正是趁她洗澡的时候,我从她的药袋中获取了一把手术刀,目前已经向主人呈上。我想补充的是:我小心地将行动安排在一次贫民医院视察结束后,这样那里的人就会遭到怀疑)。当然,只要主人给出英明的抉择,我将忠实执行。

医生皱着眉头打量我。"你在发抖。"她说。我确实在发抖,因为审讯官助手的突然出现令我感到不安。医生越过我,看向通往手术室的房门。我让门敞开着,这样乌努尔就能听到我们的声音。这样一来,他也许就不敢趁机做坏事了。"那是谁?"医生问。

"您问谁?夫人。"我应了一声,看着她拧上墨水瓶的盖子。

"我听到有人咳嗽。"

"哦,那是乌努尔,审讯官的助手。他是来接您的,夫人。"

"去哪里?"

"去酷刑室。诺列蒂阁下派他来的。"

她默不作声地看了我一会儿。"首席审讯官。"她平静地说,点了点头,"我有麻烦了吗,奥尔夫?"她把一只手放在日记本的厚皮封面上,似乎想提供或获得保护。

"哦,不,"我告诉她,"他请您带上您的包,还有药品。"我瞥了一眼手术室的门,以及另一头的客厅透过来的灯光。一声咳嗽从那个方向传来,听起来就像一个人等得不耐烦了。"好像很紧急。"我低声说。

"哦?你认为首席审讯官诺列蒂感冒了吗?"医生说着站了起来,拿起搭在椅背上的长外套,穿上。

我帮她理好了黑色外套。"不,夫人,我猜可能是某个接受审问的人……有点不舒服。"

"我明白了。"医生套上靴子,然后直起身来。尽管早该习以为常,可我还是再次被她的体态震撼。作为一名女性,她个子很高,但也不是特别高,而且作为一名女性,她的肩膀很宽,不过我见过更强壮的女渔民和渔网女工。不,我猜她的独特之处在于举止和姿态。

我曾目睹她那诱人的身姿——一次沐浴之后,她披着纤薄的浴袍逆光站立,散发着脂粉的香气,从一个房间走到另一个房间,还举起手臂,用毛巾裹住濡湿的红色长发。我也曾在盛大的宫廷场合观察她,她身穿礼服,跳舞时轻盈优雅,表情端庄,就像受过严格训练后步入社交场合的名门闺秀。坦率地承认,我被她的外表所吸引,就像所有男人(无论年轻与否)都会被健康而美丽的女人吸引一样。然而,她的姿态中又有一些让我(也许是大多数男性)感到不快甚至感觉受到威胁的东西。也许是某种毫不谦逊的直率,再加上她虽然口头上接纳并承认男性在社会生活中公认的显著优势,但生活中又带有某种无端的幽默感,让男性心中产生令人不安的疑虑,怀疑她只是在纵容我们。

医生倾身拉开窗帘和百叶窗,让夜半的清辉洒进室内。就着窗外的微光,我注意到书桌上摆着一小碟饼干和奶酪,就在日记本的另一端。盘子上还放着她那把陈旧的匕首,暗淡的边缘沾满了油渍。

她拿起匕首,舔了一口刀刃,咂咂嘴,然后用手帕擦了一下,将它塞进了右脚靴子里。"走吧,"医生说,"不能让首席审讯官久等。"

"真的有这个必要吗?"医生看着审讯官助手乌努尔那双肮脏的手,还有他手上的眼罩。他在脏兮兮的衬衫和宽大油腻的长裤外,还套了一条沾满血迹的屠夫长围裙。那个黑色眼罩就是从皮围裙的长口袋中拿出来的。

乌努尔咧嘴一笑,露出了病态发黄的牙齿和黑洞洞的缺口。医生皱了皱眉。她的牙齿均匀整齐,以至于我第一次看到它们时,自然而然地认为那是一副精美的假牙。

"这是规矩,"乌努尔盯着医生的胸口说。她把长外套的前襟合上,遮住了衬衫,"你是个异邦人。"他告诉她。

医生叹了口气,瞥了我一眼。

"夫人虽是外国人,"我态度强硬地告诉乌努尔,"但几乎每天都在为国王延续生命。"

"无所谓,"那家伙耸了耸肩,又吸了吸鼻子,还想用眼罩揩鼻涕。但他注意到医生脸上的表情,转而用了衣袖,"这就是命令。"他瞥了一眼门,"我赶时间。"

我们来到宫殿下层入口。身后的走廊通往西翼厨房和酒窖门外那条人迹罕至的通道。这里很黑,顶端只有一个狭窄的圆形采光井,在我们几个和那扇高大锈蚀的金属门上投下了尘土飞扬的光亮。走廊的更远处,只有几点昏暗的烛光。

"很好,"医生稍稍俯下身子,故作姿态地看了看眼罩和乌努尔的双手,"但我不戴这东西,你也别想把它系在我脑袋上。"她转过身,从大衣口袋里掏出一条干净手帕递给我。"你来。"

"可是——"乌努尔正要开口,却被门后传来的铃声吓了一跳。于是他背过身子,骂骂咧咧地把眼罩塞回了口袋里。

在乌努尔开门时,我给医生系上了带着香味的手帕。随后,我一手拎着医生的包,另一手牵着她走进门去,穿过了许多曲折的台阶、大门和通道,前往诺列蒂阁下等待的密室。走到一半时,前方再次传来铃声,我感到医生也吓了一跳,手心还冒了点汗。我承认,我自己也并非完全淡定自若。

我们弯腰穿过一个低矮的门洞(我把手轻轻放在医生头上,

示意她弯下身子，她的头发十分光滑），走进了首席审讯官的密室。这地方有股刺鼻而且疑似有害的气味，还掺杂着烧焦的肉味。我无法控制自己的呼吸，那些气味强行挤进鼻孔，渗透了肺叶。

门洞之后是个宽阔的空间，由一盏盏杂乱无章的古老油灯照亮。灯光在各种大桶、盆子、桌子、其他工具和容器上投射出病态的蓝绿色光辉，其中有些是人形的，但我都不屑于仔细查看，尽管它们都像阳光吸引花朵一样吸引着我瞪大的眼睛。一个高大的火炉制造了更多光线，它位于一个悬挂的圆柱形烟囱下面。炉子旁边有一把钢铁箍制成的椅子，一个苍白、瘦弱、赤裸的男人被固定在上面，似乎已经失去了意识。整张椅子被外侧支架倾斜过来，那个人呈现出正在做前滚翻的姿态——他跪在半空中，背部与上方宽大的采光井铁网平行。

首席审讯官诺列蒂站在那个道具和宽大的工作台之间，台上摆着各种金属碗、罐和瓶子，以及一系列可能源自泥瓦匠、木匠、屠夫和外科医生工作场所的工具。诺列蒂摇晃着他那硕大而带有疤痕的灰发脑袋，粗糙而多筋的手搭在胯部，紧紧盯着受审者干枯的身体。那个不幸的家伙所在的金属装置下方有个宽大的方形石盘，石盘一角开了排水孔，里面蓄满了血一样的深色液体。黑暗中的白色长条形物体有可能是牙齿。

诺列蒂听到我们走近，转过身来。"总算来了。"他恶狠狠地说，先是盯着我，然后看向医生，最后是乌努尔（我注意到，当医生把手帕塞回外套口袋时，他也装模作样地叠起了原本应该用来蒙住医生眼睛的黑色眼罩）。

"我的错。"医生理直气壮地说，径直走过诺列蒂，在他身后弯下了身子。她皱起眉，抽了抽鼻子，然后走到那个装置旁边，一只手扶着铁椅，将它吱吱嘎嘎地转回原位，让受审者恢复正确的坐姿。那家伙看起来情况很糟糕。他面如死灰，皮肤上可见烫伤，嘴和下巴已经塌陷，每只耳朵下方都有一小股干涸的血迹。医生伸手穿过铁笼，试图掀开他的一侧眼睑。那人发出了低沉可怕的呻吟。接着是一阵抽泣、撕扯的响动，那人又发出了低哑的嘶吼，继而变成破碎的、有节奏的呼噜声。也许是他在呼吸。

医生倾身向前，仔细查看那人的脸，随后轻叹一声。

诺列蒂嗤笑道："你在找这些吗？"说完，他向医生示意了摆在她旁边的小碗。

医生只匆匆扫了一眼，但还是对审讯官微笑了一下。她把铁椅子转回之前的位置，绕到后面查看笼中人的后背。她拉开几块沾满鲜血的布片，又皱了皱眉。感谢上苍让那副光景朝向了我看不见的地方，我祈祷医生接下来不管做什么，都用不着我帮忙。

"有什么问题吗？"医生问了一句。诺列蒂看起来有点不知所措。

"呃，"首席审讯官顿了顿，继而说，"你没看见吗？他的屁眼血流不止。"

医生点点头。"你一定是让火钳变得太冷了。"她随口说完，便蹲下身子，打开随身带来的包，把它放在排水盘边。

诺列蒂走到医生身边，居高临下地弓着身子，凑到她耳边说："这事怎么发生的不关你的事，女人。你的任务是把这个浑蛋治好，让他能继续接受审问，说出国王想知道的事。"

"国王知道吗？"医生抬起头来，貌似天真地问道，"这是他下的命令吗？他知道这个不幸之人的存在吗？还是卫队司令阿德兰认为，如果不让这个可怜虫受苦，王国就会覆灭？"

诺列蒂站了起来。"这些都不关你的事，"他气恼地说，"你只要做好自己的工作，就可以出去了。"他再次弯下腰，凑到医生耳边，"还有，永远不要提什么国王或卫队司令。我就是这里的国王，现在我奉劝你做好自己的事，好让我做我的事。"

"这就是我的事，"医生不慌不忙地说，毫不理会身旁那个高大男人的威胁性姿态，"如果我知道你对他做了什么，以及如何做的，也许能更好地治疗他。"

"哦，我可以演示给你看，医生，"首席审讯官抬起头，朝他的助手眨了眨眼睛，"咱们有专门为女士准备的特殊待遇，对不对，乌努尔？"

"我没时间与你调情，"医生冷笑着说，"只需要告诉我，你对这个可怜虫做了什么。"

诺列蒂眯着眼站起身来，从炉子里抽出一把火钳，带出一片火星。它散发着金色光芒的尖端很宽，就像一把小平铲。"刚才，我们用了这个。"诺列蒂笑了起来，面容被柔和的橙黄色光辉照亮。

医生看了看火钳，又看了看审讯官。随后，她蹲下身子，摸了摸受刑人的臀部的某个东西。

她问："他之前血流得厉害吗？"

"跟撒尿似的。"首席审讯官说完，又对助手挤了挤眼睛。乌努尔很快点了点头，笑了起来。

"那最好把这东西留在里面，"医生喃喃自语，站了起来，"如此享受工作想必是件好事，首席审讯官先生，"她说，"然而，我认为你已经杀了这个人。"

"你不是医生吗，治好他！"诺列蒂说着向她逼近一步，手中还挥舞着那把烧红的火钳。我不认为他有意威胁医生，但我注意到医生的右手开始挪向靴子。藏着匕首的那只靴子。

她抬头看了一眼审讯官，没去在意那把发红的铁钳。"我会给他一些或许能让他恢复的东西，但他很可能已经献出了自己所知的一切。如果他死了，不要怪我。"

"哦，但我会的。"诺列蒂平静地说着，把火钳塞了回去。一小片煤渣溅到石板地面，"你要确保他活着，女人。你要确保他能说话，否则国王会知道你没能完成本职工作。"

"毫无疑问，不管我怎么做，国王都会知道的，"医生说完对我笑了笑，我紧张地回以微笑，"还有卫队司令阿德兰，"她补充道，"也许我会亲口告诉他们。"她把铁座椅上的人摆正，打开包里的一个小瓶，用木勺在瓶里刮了一圈，然后打开那人满是血污的嘴，在他的牙龈上涂了一些药膏。他再次发出呻吟。

医生站到一旁观察了片刻，然后走到火炉前，把木勺扔了进去。木头很快便噼里啪啦地燃烧起来。她看了看自己的手，然后看向诺列蒂。"有水吗？我是说干净的水。"

首席审讯官向乌努尔点点头，后者消失在阴影中，片刻后端来一个水碗。医生在里面洗了手。她用刚才蒙眼的手帕擦拭双手时，铁椅上的人突然发出一声可怕的惨叫，剧烈挣扎了一会儿，然后身体一僵，彻底瘫软。医生走向他，想试探他颈部的脉搏，但是被诺列蒂拍开了。诺列蒂发出一声愤怒而不耐烦的吼声，穿过铁箍，将手指放在受审者的颈动脉上。医生曾经告诉我，那是检测一个人生命力的最佳位置。

首席审讯官站在那里，气得发抖，他的助手则注视着这一切，脸上满是忧虑和恐惧。医生的表情混杂着冷酷的轻蔑和戏谑。诺列蒂突然转过身来指着她。"你！"他咆哮道，"你杀了他。你不想让他活着！"

医生不以为然，慢悠悠地擦着手（尽管在我看来，那两只手已经被擦得很干了，而且还在颤抖）。"首席审讯官先生，我许下的誓言是拯救生命，而不是夺取生命，"她平静地说，"至于后者，我通常交给别人处理。"

"那东西是什么？"首席审讯官迅速蹲下身子，扯开医生的包，掏出她刚才用过的药膏小瓶，拿在手上晃了晃，"我问你，这是什么？"

"一种兴奋剂，"医生说着将一根手指伸入小瓶中，沾了一点柔软的棕色凝胶，让它在火光中闪烁，"你想试试吗？"她把手指伸向诺列蒂的嘴。

首席审讯官一把将她的手推了回去，让药膏靠向医生自己的嘴唇。"不，你来试吧。就像你对他做的那样。"

医生挣开诺列蒂的手，平静地抬起手指，把棕色的凝胶涂抹在上牙龈。"味道苦中带甜，"她用教我时的语气说，"效果持续两到三个小时，通常没有副作用，但如果患者受到严重惊吓并极端虚弱，用药后很可能会痉挛，有极小的概率致死。"她舔了舔手指，"儿童用药会产生严重的副作用，几乎不可能恢复，因此绝不建议使用。凝胶由一种两年生植物的浆果制成，这种植物生长在德雷岑最北部群岛中一座荒凉的半岛上。它相当珍贵，通常以溶液形式使用，在那种形态下，它的药效也是最稳定和最持久的。我有时用它来治疗国王，他认为这是我比较有效的处方之一。现在，这东西已经所剩无几，我不愿把它浪费在那些无论如何都会死去的人身上，也不愿意浪费在我自己身上，但你坚持要这样做。我想，国王应该不会介意的。"（主人，我必须向您澄清，据我所知，医生从未在国王身上使用过这种特殊的凝胶，而且她还有好几罐，我也不确定她是否曾用它来治疗病人）。医生闭上了嘴，我注意到她舔了几下上牙龈。接着，她笑了。"你真的不来点吗？"

诺列蒂一时间什么也没说。他那张宽大的黑脸微微蠕动，仿佛在嚼舌头。

"把这个德雷岑巫婆带走，"最后，他对乌努尔下令，然后转身离开，去踩火炉的风箱。随着一阵嘶嘶声，炉子迸发出金色的光芒，火星冲向烟囱。诺列蒂瞥了一眼铁椅上的死人，"然后把这浑蛋带去泡酸澡。"他又吼了一句。

我们走到门口时，首席审讯官仍在有规律地踩着风箱，同时喊了一声："医生？"

乌努尔打开门，从围裙里翻出黑色眼罩。医生转过身，看着他问道："怎么了，首席审讯官？"

他瞥了我们一眼，继续笑着烧炉子。"你还会再来的，德雷岑女人，"他轻声说着，双眼在金色炉火的映衬下闪闪发光，"下一次，你可别想走出去。"

医生盯着他看了好一会儿，最后低下头，耸了耸肩。"你可能会出现在我的手术室里，"她抬头告诉他，"我保证，你会得到我最悉心的照料。"

审讯官背过身，朝火炉啐了一口，狠狠踏在风箱上，给死亡的火焰注入了活力。我们被助理乌努尔送出了矮门。

两百次心跳后，我们在通往宫殿其他位置的高大铁门前见到了等待已久的王室仆从。

"沃希尔，我的背又不行了。"国王翻过身，仰躺在宽大有顶的四柱床上。医生先是卷起自己的袖子，然后翻开国王的外袍和内衫。此时此刻，我们站在国王奎斯的寝宫内，这里是埃芬兹的内院，而埃芬兹则是国王在哈斯皮德斯王国的首都哈斯皮德城的冬季行宫。

这里已经成为我经常来往的地方，实际上也是我经常工作的地方。必须承认，正因为这样，我总会忘记自己能够身处此地是何等荣幸。但当我停下来思考这个问题时，我就会想，伟大的神啊，我这个没落家族的孤儿竟然有幸面见敬爱的国王！不仅可以经常见到，而且充满了私密性！

主人，每当这种时刻，我都会用尽灵魂深处的力量感谢您，因为我知道，正是您的仁慈、智慧和慈悲把我放在了如此荣耀的位置上，将如此重要的任务交托给我。请放心，我将继续全力以

14

赴,不辜负这份信任,圆满完成任务。"

国王内侍威斯特带领我们走进卧房。"您还有何吩咐,先生?"他弓着高大的身躯问。

"暂时没有了,退下吧。"

医生坐在国王床边,用她强壮、灵巧的手指为国王揉捏肩膀和背部。她让我捧着一罐气味浓郁的药膏,自己不时用手指蘸取一些,涂在国王宽大、多毛的背上,再用掌心慢慢揉搓,让药膏渗进浅金色的皮肤中。

我坐在那里,旁边放着医生敞开的包。我注意到,她在密室里用来治疗那个可怜虫的棕色凝胶仍旧打开着,放在一个设计巧妙的托架上。我将手指伸进药瓶。医生注意到我的动作,迅速伸手阻拦,拽开我的手,轻声说:"奥尔夫,如果我是你,就不会这样做。把瓶子盖上就好,小心点。"

"沃希尔,那是什么?"国王问。

"没什么,先生。"医生说着双手按住国王背部,前倾用力。

"哎哟。"国王喊了一声。

"主要是肌肉紧张。"医生轻声说着,甩了一下脑袋,让滑落到脸侧的头发回到肩上。

"我父亲从未遭受过这样的痛苦,"国王对着他的金线枕头黯然说道,他的声音透过厚重的织物和羽毛,显得更加低沉。

医生飞快地朝我笑了笑。"先生,您说什么?"她说,"您是说先王从未接受过我这样笨拙的护理吗?"

"不,"国王闷哼道,"沃希尔,你知道我的意思。他从来不需要忍受背痛、腿抽筋、头痛、便秘,他无须忍受任何疼痛。"当医生在他的皮肤上推来推去时,他沉默了一会儿,"父亲从来没有遭受过什么。他从来没有——"

"经受过哪怕一天的病痛。"医生开了口,与国王同时说出那句话。

国王笑了起来。医生又对我笑了笑。我捧着药膏,在那一刻感到莫名的快乐,直到国王叹息着说:"啊,沃希尔,如此甜蜜的折磨。"

这时,医生暂停了手底的动作,脸上掠过一丝苦涩,甚至有点蔑视的神情。

2 保镖

我要讲一个人的故事。他被称为德瓦，1218年至1221年担任塔萨森保护国的护国公乌尔莱恩将军的首席保镖。这个故事主要发生在沃里菲尔宫殿。宫殿位于塔萨森的古都库夫，时间是1221年——决定性的一年。

我选择按照耶利特神话学家的方式来讲述这个故事，也就是采用编年史的形式。如果人们倾向于相信这些有意义的信息，必然会猜测讲述者的身份。我这样做是为了给读者提供一个机会，让他们选择信或不信我所讲述的故事。当然，这些事件在整个"文明"世界内众所周知，甚至臭名昭著。究竟如何分类，纯粹要看这个故事对他们来说是否"真实"，决不能因讲述者的身份让读者对我所说的真相产生偏见。

现在是告诉大家真相的时候了。我想，我已经阅读了人们对那个重要时期发生在塔萨森的种种事件的全部描述，那些记录之间最重要的区别，似乎在于它们与实际情况相悖的程度。其中有个尤为畸形的版本，让我决定亲自讲述当时的真相。那个版本采用了戏剧的形式，声称是在讲述我自己的故事，但结局却与事实毫无关系。只要读者接受我就是我，它的滑稽之处就显而易见了。

我说这是关于德瓦的故事，但我坦率地承认，这段故事绝非他的全部。它只是一个部分，如果仅以年份来衡量，可以说只是一小部分。在此之前也有一段故事，但历史只允许人们模糊地看到那段稍早时期的故事。

因此，这就是我经历过的真相，或者是我信任之人口述的真相。

我已经了解到，真相对每个人来说不尽相同。正如两个人无法在完全相同的地方看到彩虹，但他们肯定都看到了它，而站在彩虹脚下的人，却似乎视若无睹。所以真相关乎一个人的立场，以及他当时所看的方向。

当然，读者可以选择与我不同的信念，我也欢迎他们这样做。

"德瓦？是你吗？"塔萨森保护国的护国公、第一将军兼大主教乌尔莱恩抬手挡住眼睛，遮住了充斥大厅的强光。强光来自高悬于锃亮地板之上的窗户，那些窗户以扇形石膏板装饰，还嵌满了宝石。时值正午，夏米斯星与西亘星悬于晴空，闪耀着光芒。

"先生，"德瓦从房间边缘的阴影里走出来，嵌在巨大木框里的地图就被存放在那个角落。他向护国公鞠了一躬，将地图拿到他面前的桌子上，"我想这就是您需要的地图。"

德瓦是个身材高大、肌肉发达的中午男子，黑发、黑皮肤、黑眉毛，一双深邃的眼眸半闭着，带着警惕而忧郁的神情，这副模样与他的职业倒是极为相称。他曾说，自己的工作就是刺杀刺客。他看起来既放松又紧张，像一头永远埋伏在后、伺机而动的野兽，长久地保持潜伏的姿态，只待猎物放松警惕，进入攻击范围。

他一如既往地穿着黑色的衣服。靴子、长裤、长衫和短外套都黑如蚀夜。他身体右侧挂着一柄窄鞘长剑，左侧则是一把长匕首。

"德瓦，你现在沦落到为我的将领拿地图了？"乌尔莱恩好笑地问道。他是塔萨森将军中的将军，是指挥贵族的平民。他其实身材矮小，但因为性格不羁、风风火火，几乎每个人都觉得自己并不比他高大。他头发斑白而稀疏，双眼却精光四射。人们通常称他的目光"具有穿透性"。他身着长裤和长外套，这种着装风格影响了许多同僚将军，甚至在大部分塔萨森贸易阶层中流传开来。

"是的，先生，当他想把我从身边打发走的时候，"德瓦回答，"我会尽量做些自己力所能及的事，这样也让我无须纠结于主人离开我可能会面临的风险。"德瓦把地图扔到桌子上，将其摊开。

"边界……拉登西恩。"乌尔莱恩轻声呢喃，随后拍了拍旧地图柔软的表面，抬头看向德瓦，露出顽皮的表情。"我亲爱的德瓦，在这种场合下，我所面临的最大风险可能是被某个新来的小姑娘灌一些不怎么令人愉快的东西，或者因为提出某些无礼的建议，被我那些端庄的妻妾扇耳光。"将军咧嘴一笑，扯了一把悬在圆润适中的肚腩上的腰带。"如果我运气够好，也可能换来一个挠伤的后背，或是被咬伤的耳朵，你说呢？"

"将军在很多方面都让我们这些年轻人感到羞愧，"德瓦嘀咕着，抚平了羊皮纸地图，"但作为刺客，他往往比某些人，比如首席保镖，更不屑于尊重一位伟大领袖的隐私。"

"如果刺客有胆量面对我亲爱的女人们的怒火，那他注定会事业有成。"乌尔莱恩捻着灰白的短须，眼中带着笑意，"她们的热情有时可真够人受的。"他伸出拳头，敲了一下年轻人的手肘，"你说呢？"

"确实，先生。但我还是认为将军可以——"

"啊！他们都来了。"乌尔莱恩拍了拍手，只见大厅另一端的门扉敞开，走进来好几个与他衣着相似的人，后面还跟着一群穿军装的护卫、穿长袍的文员，以及各种侍从。"耶阿米多斯！"护国公高喊一声，快步上前向领头的糙脸壮汉打招呼，与他握手，还拍了拍他的背。接着，他又挨个向其他贵族问好，然后看到了他的兄弟。"勒路因!从瑟隆岛上回来了!一切都好吗?"他双臂环抱那个比他更高大魁梧的男人,后者微笑着点头说:"是的,先生。"接着,护国公又看到了他的儿子,便弯下腰把他抱进怀里。"还有拉登斯!我最喜欢的孩子!你完成了课业!"

"是的,父亲!"男孩应声道。他穿得像个小士兵,挥舞着一把小木剑。

"很好!你可以来帮我们决定如何处理那些反叛的男爵!"

"就一会儿,好兄弟,"勒路因说,"这算是奖赏。他的导师需要他准时回去上课。"

"但有足够的时间让拉登斯决定我们的大计。"乌尔莱恩说着,放孩子坐在地图桌上。

文员和抄写员们争先恐后地跑向原本固定在墙上的木制大地图。"别急!"将军在他们后面喊道,"地图在这里!"他弟弟和其他贵族都围到了桌旁,"已经有人……"将军开口,看向德瓦,然后摇摇头,把注意力放回地图上。

首席保镖静静地站在将军的身后,虽然隐没在周围那群高大的男人中间,但他离将军绝不超过一剑的距离。保镖看似随性地抱着双臂,双手搭在他张扬的剑柄上。人们几乎注意不到他,甚至很难发现他的身影,但他的目光始终扫视着周围的人。

"曾经有一位伟大的帝王,在当时所有的已知世界中都备受敬畏,只有远在蛮荒之地的野人不识这位君主,不过,同样没有人关心那些地区。那位帝王尤为尊贵,没有敌手。他的王国覆盖了世界的大部分地区,所有其他地区的国王都在他面前俯首称臣,向他进献大量贡品。他拥有至高无上的权力,除了死亡,他无所畏惧,因为死亡最终会降临到每个人身上,即使是皇帝。

"于是他决心逃过死亡——他要修建一座不朽的宫殿,如此伟大，如此辉煌，其奢华令人无比着迷，以至于死亡本身（皇室成员认为死亡的本体是一只出现在将死之人面前的巨大火鸟）都会受到诱惑并留在伟大的殿堂中，不愿用火焰之爪攥住尊贵的帝王，飞回高远的长天。

"于是，皇帝决定在平原与海洋的尽头，在一个大圆湖中心的岛屿上修建一座巨大的宫殿。宫殿距离首都有一段距离，是一座巨大的锥形高塔，足有五十层高。里面放满了整个帝国所能找到的每一种宝物和奢侈品，它们被收藏在宫殿的最深处，普通盗贼难以发觉，唯有死亡的火鸟来找皇帝时能够看到。

"那里还放置了皇帝所有的子女、妻子和嫔妃的雕像。帝国最神圣的圣徒保证，当皇帝迎来死亡火鸟时，那些雕像都会活过来。

"宫殿的设计师名叫蒙诺什，他是有史以来最伟大的建筑师。他的技艺和巧思令任何伟大的工程成为可能。为此，皇帝给蒙诺什送去了财富、恩惠和妻妾。但是蒙诺什比皇帝年轻十岁，随着皇帝老去，伟大的宫殿也接近完成，皇帝意识到蒙诺什会比自己长寿，他有可能说出——或被逼说出——那一大堆财富被放置在了什么地方。一旦皇帝去世，蒙诺什与火鸟和活过来的雕像一起住在宫殿里，他甚至有时间为下一个称霸帝国的皇帝修建一座更辉煌的宫殿。

"考虑到这一点，皇帝在伟大的宫殿即将完工之时，便让人把蒙诺什引到殿堂的最深处。当这位建筑师在地下深处的一个小房间里等待皇帝许诺给他的巨大惊喜时，帝国卫兵将他团团围住，并把他所在的最底层彻底封闭。

"皇帝命令朝臣告诉蒙诺什的家人，建筑师在视察工程时被巨石砸死了，他的家人闻之放声大哭，悲痛万分。

"但皇帝误判了建筑师的戒心。蒙诺什早有提防，他修建了一条从宫殿的最底层通往外部的密道。发现自己被囚禁后，他立刻通过密道返回地面,一直等到晚上,然后划着一条工人用的小船,穿过圆湖逃走了。

"蒙诺什回到家里时,妻子和孩子认为他早已死去,起初以为他是亡魂,都害怕地躲开了。最终蒙诺什说服他们自己还活着,让妻儿与他一起流亡,远离帝国。就这样,一家人逃到了遥远的另一个王国。那里的国王需要一个优秀的建筑师来负责防御工事的建设,以阻挡荒地上的蛮人。在那里,人们要么不知道这个伟大的建筑师是谁,要么为了防御工事和王国的安全而假装不知。

"尽管如此,那位来自遥远王国的伟大建筑师的传闻还是传到了皇帝耳中。各种流言蜚语令他心中起疑,猜测那位建筑师就是蒙诺什。彼时皇帝已经年老体衰,濒临死亡。他命人秘密打开宫殿的最下层,发现蒙诺什果然不在里面,也发现了那条密道。

"皇帝命令国王把建筑师送往皇都。国王起初拒绝了,恳求皇帝多给一些时间,因为防御工事还没有完成。事实证明,荒地的蛮人比皇帝料想的更顽强、更有组织性,但皇帝的身体每况愈下。于是皇帝坚持下令,国王最终让步了,极不情愿地把建筑师蒙诺什送往皇都。听到这个消息,蒙诺什的家人就如同听到了多年以前他被巨石砸死的假消息一般,顿时悲痛万分。

"此时,皇帝已经命不久矣。他几乎每一刻都在蒙诺什为他建造的可以逃离死亡的宫殿中度过,最后蒙诺什也被带到了那里。

"皇帝看到蒙诺什,一眼便认出了这位曾经为他修建殿堂的建筑师。他喊道:'蒙诺什,你这叛徒!你为何要抛弃我和你最伟大的创造?'

"'因为您把我关在里面自生自灭,我的陛下。'蒙诺什回答。

"'我只是为了保证你伟大帝王的安全,并维护你的好名声,'苍老的暴君对他说,'你应该顺从地接受,让你的家人体面地、平静地悼念你。相反,你却把他们引向堕落的流亡之路,到头来又

让他们不得不第二次为你哀悼。'

"皇帝说出这句话时，蒙诺什痛哭着跪倒在地，恳求他的原谅。皇帝伸出一只瘦弱而颤抖的手，微笑着说：'但你无须担忧，我已经派出最好的刺客寻找你的妻子和儿孙，确保他们在得知你可耻的行径和丧命的消息之前就被杀死。'

"那个瞬间，蒙诺什猛冲上前，试图用藏在长袍下的凿子刺穿老者的喉咙。

"然而蒙诺什尚未出手，就被皇帝的贴身侍卫打倒了。曾经的帝国首席建筑师就这样死在了皇帝脚下。他被侍卫一剑砍掉了脑袋。

"蒙诺什竟带着武器冲到皇帝面前，这让贴身侍卫感到无比羞愧。同时，他也为皇帝针对其无辜家人的残酷行径感到无比震惊。他已经目睹了老暴君一生的残酷行径，这无疑是压垮骆驼的最后一根稻草。于是，趁他人不备，侍卫再次挥起大剑，先杀死了皇帝，然后杀死了自己。

"皇帝如愿以偿，死在了他富丽堂皇的陵墓中。谁也不知道他是否成功骗过了死亡，但我猜没有。因为在他死后不久，帝国就分崩离析，他付出巨大代价建造的庞大陵墓也在一年内被洗劫一空，并迅速破败。它如今成了哈斯皮德城的现成石料来源，该城在帝国凋零几个世纪后，于同一座岛上拔地而起，圆湖被命名为火山湖，成为哈斯皮德王国的一部分。"

"多么悲惨的故事啊！蒙诺什一家后来怎么样了？"佩伦德夫人问道。她曾是护国公的第一宠妃，现在仍是他珍视的伙伴，直到现在，护国公本人还会偶尔去看望她。

保镖德瓦耸了耸肩说："不知道。帝国倾颓，王土内乱，蛮人从四面八方入侵，大火从天而降，形成了一个持续几百年的黑暗时代。小国的灭亡几乎没有留下什么历史细节。"

"但我们可以猜测，刺客听闻皇帝的死讯，就不必再执行任务，是吧？或者他们也被卷入了帝国倾颓的混乱，不得不考虑自己的安危。这难道没有可能吗？"

德瓦注视着佩伦德夫人的眼睛，笑了起来。"完全有可能，尊敬的夫人。"

"很好，"说完，她抱起胳膊，倚靠着棋盘，"我选择相信这个说法。现在重新开始游戏吧。下一步轮到我了，对吗？"

德瓦笑看佩伦德将紧握的拳头放在嘴边。隔着细长的睫毛，她的目光在棋盘上左右移动，时而在某颗棋子上停留片刻，然后离开。

佩伦德夫人穿着宫廷高级女官的红色长袍，这是保护国从早期王国继承下来的少数时尚之一。在后来的继承战争中，护国公率领各路将军推翻了那个王国。宫中一致认定，佩伦德的地位主要来自她早先为护国公乌尔莱恩做的"贡献"，而非年龄。那是一项荣誉——在护国公未娶妻之时成为他最宠爱的妃子。她为此感到自豪。

她的地位如此之高，其实还有一个原因，证据便是她佩戴的第二个勋章，也就是支撑着她枯瘦左臂的红色悬带。

宫中任何一个人都能告诉你，佩伦德夫人在侍奉心爱的将军时，比其他女人付出了更多。为保护他不被刺客的刀锋所伤，她牺牲了自己的肢体，甚至几乎丧失了性命。锐利的刀锋不仅切断了肌肉、肌腱和骨骼，还切开了动脉。在乌尔莱恩被卫兵护送离开，刺客也被制服的同时，佩伦德夫人几乎因失血而死。

枯瘦的手臂是她身上唯一的瑕疵，也是一个可怕的瑕疵。除此之外，她就像童话故事中的公主一样高挑白皙，宫中的年轻女子只要在浴池中看到她赤裸的身体，就会徒劳地审视她金褐色的肌肤，试图寻找岁月侵蚀的痕迹。只是她觉得自己的脸太宽了，便披散金色长发，小心地将面庞藏于其中，使面庞在不戴头饰的时候看起来更纤巧。当她出现在公众面前，又会选用具有同样功能的头饰。她的鼻梁纤细，唇瓣乍看平平无奇，微笑起来却格外迷人。她总是面带笑意。

她有一双金色的眸子，边缘微微带蓝；她的眼睛又大又圆，透着一丝纯真的气息。当她听到残忍或痛苦的故事时，那双眼睛会立刻流露出伤痛的情绪，但那表情就像夏天的暴风雨，转眼就被温润的光芒所取代。她看待生活有种近乎幼稚的乐观，那种乐观始终潜藏在她双眸的光芒中。那些自诩深谙此道的人说，她是宫中唯一能在目光的力量上与护国公本人相媲美的人。

"好了。"她镇定地将一个棋子移到德瓦的领地，然后靠在椅背上，用没受伤的手轻轻按摩红色悬带固定的手臂，枯萎的手臂一动不动，没有任何反应。德瓦觉得它看起来就像是病弱孩子的手，如此苍白瘦弱，皮肤几乎是半透明的。他知道，受伤三年后，佩伦德夫人的残肢仍有痛感，而她总是不自觉地用另一只手轻轻抚摸和揉捏它，就像现在这样。他心不在焉地看着那个动作，继而被她的目光所吸引。夫人的身体陷入沙发的靠垫中，那些靠垫就像冬天灌木丛中的浆果一样丰满、红润，而且数量众多。

他们坐在后宫的会客厅。妃子的近亲有时能得到允许，到这里来探视她们。乌尔莱恩此时正与后宫新来的美人温存，德瓦则按照惯例坐在会客厅等待。他早已得到许可，只要护国公驾临后宫，就可以待在这里，以便离他的保护对象更近一些。将军通常会让他的首席保镖待在更远的地方，而德瓦觉得那样太远了。

德瓦知道宫廷里流传着关于他的笑谈。据说他的梦想就是时刻陪伴在主人身边，甚至甘愿在厕所里为将军擦屁股。另一种说法是，他其实希望自己变成女人，这样当将军想要放松时，只需宠幸他忠实的保镖，无须冒险临幸别人的肉体。

无须猜测后宫内侍总管斯蒂克是否听过那个传闻，因为他注视这个保镖的目光始终充满了浓重的猜忌。内侍总管此时正大摇大摆地坐在长厅一端的高台上，三个瓷质灯罩投下明亮的灯光。长厅墙上挂满了厚重而华丽的织锦，圆顶则装饰着编织成环状和碗状的织物，在透过百叶窗吹进的微风中轻轻摇晃。斯蒂克身着宽大的白袍，肥硕的腰间系着象征身份的金银钥匙链。他偶尔会看一眼其他几个戴着面纱的女孩，她们在会客厅嬉笑谈话，玩一些幼稚的纸牌和棋盘游戏，但他最关注的，莫过于整个大厅里唯一的男人，以及他和那位身有残障的妃子佩伦德正在下的棋局。

德瓦看着棋盘思索了一会儿。"啊哈。"他意识到自己的王棋受到了威胁，或者说再过一两步就会受到威胁。佩伦德秀气地笑了一声，德瓦抬头看到他的对手正将未受伤的手平举在嘴边，涂成金色的指甲搭在唇角，大眼睛里露出无辜的神情。

"怎么？"她问。

"你知道吗，"他微笑着说，"你在追击我的皇帝。"

"德瓦，"她嗔了一声，"你是说我在追击你的护国公。"

"嗯。"他双肘撑着膝盖，下巴搭在握紧的拳头上。旧帝国解体、塔萨森最后一位国王倒台后，皇帝这一称呼就被正式改成了护国公。现在，只要是识字的人都知道，塔萨森出售的"君主之争"游戏全都换上了新盒子，而且包装上标示着盒内游戏名为"领袖之争"，所有棋子都被修改过了：皇帝换成了护国公，诸多国王换成了将军，公爵换成了上校，原本的男爵都换成了上尉。许多人要么害怕新政权，要么只想表明他们对新政权的忠诚，都把家里的旧游戏和国王的肖像一起扔掉了。似乎只有沃里菲尔宫中之人才不那么紧张。

德瓦定定地研究了一会儿棋子，听见佩伦德又发出了声音。他再次抬起头，看到她对自己轻轻摇头，眼中闪着打趣的光芒。

"什么?"他重复了夫人刚才的话。

"哦,德瓦,"她说,"我听宫里的人说,你是他们在这里认识的最狡猾的人。幸亏你对将军如此忠诚,假如你是一个有独立野心的人,他们肯定会害怕你。"

德瓦耸了耸肩:"真的吗?我猜我应该感到荣幸,只是——"

"可你玩起战争游戏来,却如此好骗。"佩伦德笑着说。

"是吗?"

"是的,而且是出于最明显的原因。你过于执着于保护你的护国公,甘愿牺牲一切来使它不受威胁。"她对棋盘努了努嘴。"瞧,你正在考虑用东线将军阻挡我的骑兵,这样一来,只要我用帆船与你的帆船同归于尽,东线领地就暴露在我的高塔前了。你说对不对?"

德瓦皱紧眉头盯着棋盘,继而感到脸颊发烫。他又抬头看向那双带着嘲弄神色的金色眼眸:"是的,所以我的意图已经暴露无遗,对吧?"

"你的心思太好猜了,"佩伦德轻声说,"你对皇帝——对护国公的迷恋是一个弱点。即使失去护国公,也会有另一位将军取而代之。可你却把那个失去当成了全局的失败。我想……在接触'君主之争'前,你是否玩过'不公正分裂的王国'?"她见德瓦面无表情,又惊讶地问,"你知道那个游戏吗?在那个游戏中,任何一方失去皇帝就意味着游戏的终结。"

"我听说过,"德瓦不由自主地辩解道。他拿起护国公棋子,在手里翻来覆去地把玩,"我是没有玩过,可——"

佩伦德用健全的手拍了一把大腿,引得内侍总管皱眉。"我就知道!"她在沙发上笑得前仰后合,"你就是忍不住要去保护护国公。你知道这只是一场游戏,但不这么做你就不舒服!你这个保镖实在太称职了!"

德瓦把护国公的棋子放回棋盘上,从小凳子上站起来抻了抻腿,又调整了佩剑和匕首的位置。"不是的,"他顿了顿,又看了一眼棋盘,"不是那样的。这只是……我的风格。是我选择的游戏方式。"

"哦,德瓦,"佩伦德毫无顾忌地嗤笑起来,"你在胡说八道!那才不叫风格,叫错误!如果你这样玩,就像一只手被绑在背后作战……"她沮丧地低头看了一眼躺在红色悬带里的伤手,"或者说残了一只手。"德瓦闻言正要反驳,却被她抬手止住了,"别管说法如何,请注意我的观点。你即使在等待主人和年轻妃子调情的过程中,与他年老的妃子下一盘愚蠢的棋打发时间,也无法放下保镖的身份。你必须承认这一点,并为之自豪。不管是公开还是暗中自豪,对我而言都无所谓。如果不是,我可要极其愤慨了。好了,承认我是对的吧。"

德瓦重新坐下,摊开双手,摆成投降的姿势。"夫人,"他说,"您说得一点儿没错。"

佩伦德笑了起来:"别这么轻易屈服,多争辩两句呀。"

"我无法争辩,您是对的。我很高兴您认为我的痴迷值得赞扬,但正如您所说,我视工作为生命。我从来不下班,除非被解雇、没能完成任务,或者——上天保佑这将在很久以后——护国公自然死亡。"

佩伦德低头看向棋盘。"没错,但愿是在一个苍老的年纪。"她赞同了德瓦的说法,然后抬起头,"你生怕自己错过什么良机,无法延缓自然死亡的脚步吗?"

德瓦露出尴尬的神色,再次拿起护国公棋子,并对它低声说:"他面临的危险远远超过这里所有人的料想。显然也超过他自身的判断。"他抬头看向佩伦德夫人,露出一丝犹豫的微笑,"也许又是我想多了?"

"不知道，"佩伦德凑近了些，也压低了声音，"为什么你如此肯定人们希望他死。"

"人们当然希望他死，"德瓦说，"他有勇气弑君，有胆量创造一种新的政治模式。从一开始就反对护国公的国王和公爵们发现他是个更有技巧的政治家，也是远超他们预料的战地司令。凭着高超的技巧和一点点运气，他取得了胜利，塔萨森被赋权的人民赞誉他，这使得旧王国的其他人，甚至旧帝国的任何领土，都难以直接反对他。"

"你的话里肯定还有一个'但是'或'然而'，"佩伦德说，"我能听出来。"

"的确如此。然而，有一些人热烈欢迎乌尔莱恩上台，还不遗余力地以最公开的方式支持他，但他们暗地里知道，若他维持统治，那么自己的存在，或至少自己至高无上的地位将会受到威胁。我最担心的就是这些人。他们必定已经制定了除掉护国公的计划。最初几次暗杀尝试都失败了，但每次都只是功亏一篑。夫人，是您的勇敢阻挡了他们之中最坚定的人。"德瓦说。

佩伦德看着远方，轻轻抚摸自己的伤手。"是的，"她说，"我曾对你的前任说，我帮他完成了工作，如果他是个体面的人，将来也要为我做一件事。而他只是大笑不语。"

德瓦微笑起来："泽斯皮尔司令自己也讲过这个故事。但您明白我的意思。"

"嗯，好吧，作为皇宫卫队的司令，泽斯皮尔也许做得很好。他的确让潜在的刺客远离了皇宫，以至于没有人能接近到需要你来介入的程度。"

"也许吧，但他们早晚都会回来的，"德瓦低声说，"我几乎巴不得他们现在就回来。普通刺客的缺席使我更加确信这里潜伏着一些非常特别的刺客，正伺机而动。"

佩伦德面露难色，甚至有些悲伤。"德瓦，别这样呀，"她说，"你的想法是否太悲观了？也许没有人企图杀害护国公，因为再也没有人希望他死了。你为什么要做最坏的假设？哪怕你片刻都不能放松，莫非连满足于现状都做不到吗？"

德瓦深吸一口气，然后吐出，放下了手中的护国公棋子。"从事我这种职业，从来没有放松的时候。"

"他们说以前的日子总是好的。德瓦，你怎么想？"

"不，夫人，我不这样想。"他凝视着佩伦德的双眼，"我认为人们对于过去的日子总是妄加揣测。"

"但那是传说的岁月，英雄的年代！"佩伦德戏谑的表情透露了她的真实想法，"一切都比现在更美好。他们都这么说！"

"有的人更喜欢历史而非传说，夫人，"德瓦凝重地说，"有时候，多数人可能是错误的。"

"真的吗？"

"没错。曾经，每个人都认为世界是平的。"

"现在还有许多人这样认为。"佩伦德挑起了眉毛，"农民都不愿相信他们有从地上掉出来的风险，而很多知道真相的人都觉得它很难接受。"

"尽管如此，事实确实是这样。"德瓦微笑着说，"它可以被证明。"

佩伦德也笑了："用竖在地上的棍子？"

"还有影子，以及数学。"

佩伦德歪了歪头。这看起来就像同时表示肯定和否定的动作。"德瓦，你生活的世界那么笃定，却又那么沉闷。"

"我的夫人，每个人都生活在这个世界里，只要他们仔细观察。然而，只有小部分人真的睁开了双眼。"

佩伦德吸了一口气："哦！那我们这些仍然紧闭双眼四处摸索

的人最好感谢像你这样的人啦。"

"夫人,我可不认为您需要导盲助手。"

"我只是一个身体残缺、没有教养的妃子。一个可怜的孤儿。如果我没有得到护国公的青睐,可能会遭遇可怕的命运。"她抬起左肩,向德瓦示意自己的残手,"可悲的是,我后来也受到了打击。但我依旧感到高兴。"她停了下来。德瓦正要回答,却发现她对棋盘努了努嘴,"你到底下不下?"

德瓦叹了口气,朝棋盘打了个手势。"如果我的棋艺如此差劲,继续下还有什么意义吗?"

"你必须下,而且即使明知自己会输,也要全力以赴。"佩伦德对他说,"否则你一开始就不应该答应下这盘棋。"

"当您戳穿了我的弱点时,已经改变了下棋的性质。"

"不,游戏从来不变,德瓦,"佩伦德突然前倾身子,眼中闪烁着微光,又意味深长地补充道,"我只是让你开了眼。"

德瓦笑了起来。"的确是这样,夫人。"他凑上前去想要移动护国公,却很快抽回身子,摆出了绝望的手势,"不,我认输,夫人。您已经赢了。"

靠近厅门的妃子们中传来一些骚动。内侍总管斯蒂克在高台上颤颤巍巍地站了起来,向匆匆走进长厅的小身影鞠躬。

"德瓦!"护国公乌尔莱恩大叫一声,一边披上外套,一边向他们走去。"还有佩伦德!我亲爱的!我的宝贝!"

佩伦德突然站了起来,面容焕发生机,眼睛瞪得极大,表情也柔和了。乌尔莱恩走近时,她脸上绽放出最耀眼的笑容。德瓦也站了起来,受伤的表情早已收敛,取而代之的是如释重负的微笑和职业严肃的神情。

3 医生

主人，您特别要求我向您汇报医生在埃芬兹宫外的举动。我接下来将要讲述的事情发生在医生被传唤到密室，并与首席审讯官诺列蒂对峙后的那天下午。

一场暴风雨在城市上空肆虐，把天空变成一片沸腾的黑暗。刺眼的闪电不时劈开阴霾，仿佛浓缩了长天的所有蔚蓝，争先恐后地要把乌云的黑气劈开，以重新照耀大地，哪怕只有短暂的一瞬。火山湖西侧的湖水拍打着古老的港口岸壁，在荒废的外码头涌动。它甚至带动了躲在内码头的船只，让它们也不安地飘摇摆动。船体的藤条护舷相互挤压，吱嘎作响；高大的桅杆直指暗沉的天空，随着波浪左摇右摆，像一丛争论不休的节拍器。

我们走出大门，穿过集市广场向贫民窟走去。狂风呼啸着穿过城市的街道，广场上的一个空摊位被吹倒了，麻袋做成的屋顶在狂风中拍打着、撕扯着，布片一下又一下地打在鹅卵石表面，像一个被压制的摔跤手拍打地面求饶。

雨势凶猛，雨水寒冷刺骨。医生把沉重的药袋递给我，自己则把斗篷裹紧了。我依旧认为她的斗篷、外套和大衣都应该是紫色的，因为她是一名医生。然而她两年前刚到这里的时候，城里的医生毫不掩饰他们不屑一顾的态度，认为她没有资格行医，医生本人又对此漠不关心。于是，作为一个规矩，她大多穿着深色和黑色的衣服（尽管有时在特定的光线下，她花钱请宫廷裁缝制作的衣服会闪现紫色的光泽）。

那个把我们带到这可怕地方的可怜虫一瘸一拐地走在前面，不时地回头看上一眼，似乎是为了确认我们还跟在后面。我多么希望我们不在那里。如果有人问什么样的日子适合蜷缩在熊熊燃烧的炉火旁，捧着香料酒看一部英雄罗曼史，那就是今天。跟眼前的境遇相比，哪怕是一张硬板凳、一杯放凉的茶水和一本医生推荐的医学书，对我来说都是天大的福音。

"这天气真糟糕，对吧，奥尔夫？"

"是的，夫人。"

的确有人说，帝国覆灭后气候变得更糟糕了。这要么是老天在惩罚那些推翻帝国的人，要么是帝国的亡者冤魂不散，四处报复。

促使我们执行这项荒唐任务的人，是一个来自贫民区的跛脚孩子。皇宫守卫甚至没让她进入外堡，然而我们运气不佳，某个愚蠢的仆人给守卫带来上级的口信，无意中听到了那孩子荒谬的请求，继而对她心生同情，便到工作室来找医生。当时医生正在我的协助下捣鼓那些刺鼻又神秘的药材，却听到那个仆人说有人需要她的帮助。那人是个贫民窟的小杂种！医生竟然答应了，我简直不敢相信自己的耳朵。难道她听不见屋顶的灯笼被风暴刮得嘎吱作响？难道她没看见我不得不点亮屋里所有的照明？难道她丝毫没注意到雨水顺着外墙滑落，嘈杂不已？

现在，我们要去给米菲利仆人的穷鬼远亲看病了。米菲利是医生刚来哈斯皮德时效劳过的商行首领。国王的私人医生顶着暴风雨出诊，不是为了服务某个即将接受册封或者备受尊敬的高贵人士，而是为了一个愚蠢、孱弱、代代贫穷的家庭，为了一群毫无用处、连当仆人都不够格、只能依附于仆人的人，为了这个城市和这片土地上四处流窜的如水蛭一般的人。

简而言之，他们既没有钱也没有希望，如果不是因为医生听说过那个小瘸子，连她本人都可能下意识地拒绝出诊。"她的嗓音宛如天籁。"她套上斗篷时对我说了一句话，仿佛那就是我所需的全部解释。

"请快点，夫人！"前来召唤我们的小姑娘哀号着。她的口音很重，口中那颗被蛀烂的黑牙让她的声音令人厌恶。

"不准命令医生，你这没用的废物！"我想为医生出头，而那个跛脚的畜生只是低头转身，继续蹒跚地走在前面，穿过广场上闪亮的鹅卵石。

"奥尔夫。"医生从我手中抢回药袋，责备道，"你说话文明点儿。"

"可是夫人！"我抗议道。但至少，医生一直等到那个跛脚向导走出了听力范围，才开口责备我。

她紧闭双眼抵御瓢泼大雨，在呼呼风声中提高了音量："你觉得我们能叫到车吗？"

我忍不住笑了，继而用咳嗽来掩饰。走近广场下方的边缘时，我故作夸张地四处张望，而那个小瘸子已经消失在狭窄的街道中了。我看到一些拾荒者稀稀拉拉地走在广场东侧，任凭身上的破烂衣服迎风飞舞，忙着收集从广场中心的蔬菜集市吹来的枯枝烂叶和被雨淋湿的谷壳。除了他们，周围空无一人。没有赶车的，没有拉车的，也没有抬轿的。看来那些人更有常识，不会在这种鬼天气跑出来。"夫人，我觉得应该叫不到。"

"哦，天哪。"医生说着，犹豫了片刻。有那么美好的一瞬间，我以为她会明白过来，把我俩送回她温暖舒适的寓所，但事实并非如此，"唉，好吧，"她说着拉高斗篷的前襟，又压好了帽子，低下头继续快步前行,"不要紧,奥尔夫,我们走吧。"

冷水顺着我的脖子滑了下去。"来了,夫人。"

在此之前,这一天过得还算顺利。医生洗了澡,花了很长时间写日记,然后我们去逛了香料市场和附近的集市。当时暴风雨还只是西方地平线上的一片黑影。她在一个银行家的家中见了几个商人和医生,商讨建立医学院的事宜(我被安排到厨房和仆人待着,所以没有听到任何有意义的东西),然后我们快步走回了皇宫。彼时天空已经乌云密布,外码头已经落下了最初的几点雨水。我由衷地祝贺自己赶在暴风雨之前回到了舒适而温暖的宫殿,并未意识到那只是个错觉。

医生房门上贴着一张纸条,国王要召见她。于是我们马上放下装满香料、浆果、根茎和泥土的袋子,动身前往他的寓所。一名仆人在长廊里拦下了我们,说国王在一次决斗训练中受伤了。听闻消息之后,我们加快脚步,转而前往比赛大厅。

"陛下,水蛭!我们有最好的、罕见的皇帝水蛭!来自布罗特克恩!"

"胡说八道!我们需要的是烧玻璃的脉络,然后是催吐!"

"稍微放点血就够了,陛下。请容我——"

"不!离我远点,你们这些胡言乱语的紫袍人!走开,去当银行家吧。别不承认,那才是你们真正热爱的事情!沃希尔在哪里?沃希尔!"国王高喊着走上宽阔的台阶,左手紧紧捂着右上臂。而我们正好开始往下走。

国王在决斗练习中受了伤,从现场的情况来看,几乎每一个有点儿名望的医生都聚集在了练习场。他们簇拥着国王和他身边的两个侍卫,就像一群紫毛猎犬围堵一头猎物。他们自己的主人跟在后面,手中握着练习用剑和半面面具,有一个身材高大,面色灰黑的人被隔离在后,估计就是砍伤国王的人。

卫队司令阿德兰跟在国王一侧,瓦伦公爵则在另一侧。我且在这里介绍一下留作记录:阿德兰的姿态和举止高贵而优雅,只有我们的好国王才能胜过他。卫队司令皮肤黝黑,而奎斯国王外表白皙,这让他看起来就像我们伟大统治者忠诚的影子。可是,没有哪位君主能拥有比他更光辉灿烂的影子!

瓦伦公爵是个矮小驼背的人,皮肤又厚又干,长着一双深深凹陷的小眼睛,还有点儿斗鸡眼。

"先生,您确定不让我的医生来处理这个伤口吗?"瓦伦用他那高亢的声音说着,阿德兰则推开了纠缠不休的医生,"瞧,"公爵夸张地喊道,"您还在流血呀!王室之血!哦,我的天哪!医生!医生!先生,请相信,这家伙的技术可是相当好的。让我——"

"不!"国王吼道,"我要沃希尔!她在哪里?"

"那位女士看来有更紧迫的事情要做,"阿德兰解释道。"幸运的是,这只是个擦伤。你说是吗,先生?"说完,他便抬头看到医生和我走下了台阶,马上露出了微笑。

"沃——"国王低着头,快步走上台阶,把瓦伦和阿德兰甩在后面。

"我在这里,先生。"医生说着,迎了上去。

"沃希尔!真见鬼,你究竟去哪儿了?"

"我——"

"别管那个了!去我屋里吧。你,"国王对我说话了!"看看你是否能挡住这群吸血的清道夫。拿着我的剑吧。"国王把他的剑交给了我!"我全权授予你对任何貌似医生的人使用这个东西。医生?"

"您先请,先生。"

"当然是我先请,沃希尔。见鬼,我可是国王!"

我一直在想,我们伟大的国王与他的肖像和我国钱币上的身影是多么相似。在那个夏米斯日中,我有幸瞻仰他威严的容貌。当时我们身在国王的寓所,医生正在为他处理决斗留下的伤口。国王身穿长袍,卷起一只袖子,站在一扇古老的石膏窗前,被窗外的亮光映照成了一道剪影。他微微抬起脸庞,收紧了下颚,伸出手臂让医生治疗。

多么高贵的面容!多么威严的举止!一头威严大气的金色卷发,一双散发着智慧和严厉的眉毛,一对宛如夏日天空般清澈闪亮的眼眸,一个轮廓分明、英气勃勃的鼻子,一张宽大、优雅而有教养的嘴,一个骄傲、勇猛下巴,全都汇集在国王既强壮又柔和的轮廓中,任何一个正值盛年的运动员都会对他艳羡不已(国王正处于他最强壮的中年期,而大多数男人在这个时期已经发胖了)。很多人都说奎斯陛下的外貌和体格仅次于他已故的父王德拉辛(人们将其唤作德拉辛大帝,并且我保证,那个称呼名副其实)。

"哦,先生!哦,天哪!哦,神啊!哦,救命啊!哦,多么可怕的灾难!哦!"

"出去,威斯特。"国王叹息着说。

"是,先生!我这就走,先生。"肥硕的内侍离开了国王寓所,口中还念念有词。

"先生,我还以为您会身着盔甲,防止这种事情发生。"医生用棉签擦去了最后一点血迹,然后把它交给我处理。我转而递过酒精。她又浸湿一根棉签,涂抹国王二头肌上的伤口。那道伤口有二指长,寸许深。

"嗷！"

"很抱歉，先生。"

"啊！嗷！沃希尔，你确定这不是你发明的庸医骗术吗？"

"酒精可以杀死感染伤口的致病物质。"医生冷冷地说，"先生。"

"你还说发霉的面包也有这种功效。"国王哼了一声。

"的确有效。"

"还有糖。"

"是的，先生，在紧急情况下。"

"糖。"国王摇着头说。

"您有吗，先生？"

"什么？"

"盔甲？"

"我们当然有盔甲，你这个蠢——嗷！我们当然有，但谁也不会在决斗时穿盔甲。看在老天的份儿上，如果要穿盔甲，还不如不决斗呢！"

"但我以为那是作战练习，先生。"

"嗯，当然是练习，沃希尔。如果不是练习，砍我的那个家伙就不会停下来，还差点吓晕。如果是真正的决斗，他会扑过来杀了我。不管怎么说，这就是练习。"国王摇了摇高贵的头颅，还跺了一下脚，"真是见鬼了，沃希尔，你怎么问这些愚蠢的问题。"

"原谅我，先生。"

"反正只是擦伤。"国王环顾四周，向站在门外的仆人打了个手势，那人快速走到桌边，给国王倒了一杯酒。

"昆虫叮咬远不及擦伤，"医生说，"然而人们还是会因此而死，先生。"

"真的吗？"国王说着接过了酒杯。

"我是这么被教导的。昆虫会传播有毒的物质。"

"嗯,"国王将信将疑地瞥了一眼伤口,"它依旧只是个擦伤,连阿德兰都不怎么重视。"他喝了口酒。

"我认为,要想让卫队司令阿德兰重视起来,恐怕需要付出极大的努力。"医生说。我觉得她这句话并非出于恶毒。

国王露出了一丝微笑:"你不喜欢阿德兰,是吧,沃希尔?"

医生耸了耸眉毛。"我不把他当作朋友,陛下,但我也同样不把他当作敌人。我们都凭借自己的能力,以我们各自的方式为您服务。"

国王眯着眼想了一会儿。"沃希尔,你这话说得像个政治家,"他平静地说,"表达方式像个朝臣。"

"我就当您在夸奖我了,先生。"

他看着她清理伤口,看了好一会儿。"不过,也许你对他保持警惕是对的,嗯?"

医生抬起头来。我猜测她可能很惊讶。"如果国王陛下这么说的话。"

"还有公爵,"国王咕哝着说,"你要是听到他是怎么谈论女人做医生这事儿的,恐怕会耳朵发烫。他认为女人除了当妓女、妻子和母亲,别的什么都不该干。"

"是嘛,先生。"医生咬着牙说。她看了看我,想问我要点什么,随后看到我已经拿起了她要的罐子,便笑着对我点头。我接过浸了酒精的棉签,把它扔进垃圾袋。

"那是什么?"国王狐疑地皱起眉头。

"这是一种软膏,先生。"

"我能看出这是一种软膏,沃希尔。它有什么……哦。"

"您已经感觉到了,先生。它能减轻疼痛。此外,它还能阻止空气中的恶性物质进入伤口,加快愈合。"

"就像你那次涂在我腿上治疗脓疮的东西?"

"是的,先生。您的记性真好。那应该是我第一次为您治疗。"

国王在卧室中的大镜子里看到自己的身影,挺直了一些。他向门边的仆人使了个眼色,仆人立刻走过来接过酒杯。随后,国王扬起脸,用手捋了捋头发,又晃了晃脑袋,让那些被面具和汗水压平的发丝重新散开。

"这就对了,"他打量着自己映在镜中的高贵轮廓,"我记得当时的状态很差。那帮医师都以为我要死了。"

"很高兴您派人来找我。"医生静静地说着,缝合了伤口。

"你知道吗,我父亲就死于脓疮。"国王对医生说。

"我听说过,先生。"她抬头对他笑了笑,"但它并没有杀死您。"

国王也笑了笑,然后看着前方。"确实没有。"他皱起了眉头,"但我父亲也没有遭受过内脏扭曲、背部疼痛和其他各种疼痛的折磨。"

"根据记录,他确实没有提到过这样的事情,先生。"医生说着为国王粗壮的手臂缠上绷带。

他瞪了她一眼:"你在暗示我整天抱怨不止吗,医生?"

沃希尔惊讶地抬起头来。"当然不是,先生。您以极大的毅力承受着许多不幸的病痛。"说完,她继续为国王包扎。(医生用的绷带由宫廷裁缝专门为她制作,她还极力要求制作绷带的环境要保持清洁。即便如此,每次使用之前,医生都会用沸水再煮一遍绷带。而且,她还会事先用漂白粉处理那些水。漂白粉也是她请宫廷药剂师专门制作的。)"相反,您愿意谈论病痛的行为值得称赞。"医生对他说,"有些人过度重视坚忍不拔的精神、男子汉的骄傲,认为沉默是金,而那种沉默的忍受反而会加快死亡的脚步。若他们能在疾病早期抱怨几句,医生就能顺利诊断出疾病,并给予治疗，让他们活下去。疼痛，甚至只是不适，都像边防军发出的警告，先生。您可以选择忽视它，但他日您的领土被入侵者占领，就不应该感到过分惊讶。"

国王微微一笑，用宽容而亲切的目光看着医生。"感谢你的军事比喻，医生。"

"谢谢您，先生。"医生调整好绷带，让它更贴合国王的手臂，"我房门上有张纸条，说您要见我。我猜那应该是您受伤之前贴上去的。"

"哦，"国王说。"是的。"他摸了摸脖子，"我的脖子又有点僵硬了，你等会儿帮我看看。"

"当然，先生。"

国王叹了口气。此时我注意到，他的姿态发生了变化，不像之前那么挺拔，也少了一些威仪。"父亲的体质很好。据说有一次他扛起了牛轭，拉一头可怜的动物在稻田里倒着跑。"

"我听说是一头小牛，先生。"

"那又怎样？一头小牛也比大多数人都重，"国王尖锐地说，"再说了，你当时在场吗，医生？"

"我不在，先生。"

"对，你不在。"国王看向远方，神情悲伤，"但你是对的，我认为那是一头小牛。"他又叹了一口气，"故事中说，古代国王把牛——成年牛，高举过头顶，然后扔向敌人。安里欧斯的茨皮赫格徒手将一只野生厄尔特兽撕成两半，强者斯考夫一把扯下了怪物格鲁森的头，索姆波利亚人米玛斯提斯——"

"那些不都是传说吗，先生？"

国王停下来，定定地注视前方（我承认我被吓傻了），然后他就着医生缠绕绷带的动作尽量转过身来。"沃希尔医生。"他轻声说。

"先生？"

"不要打断国王的讲话。"

"我打断您了吗，先生？"

"是的。你真的什么都不懂吗？"

"抱歉——"

"在你那个无政府状态的群岛上，没人教你这些吗？没人向孩子和妇女灌输举止礼仪吗？你真的如此蒙昧无礼，甚至不懂得如何与上级相处？"

医生迟疑地看着国王。

"你可以回答。"他说。

"德雷岑群岛共和国因无礼而臭名昭著，先生，"医生温顺地说，"惭愧地告诉您，其实我已是较有礼貌的人了。真的抱歉。"

"如果是我父亲，他会让你挨鞭子的，沃希尔。还要假设他可怜你是个外国人，不习惯我们的行事方式。"

"我很感激，您在同情心和理解力方面远远超过了您高贵的父亲，先生。我将尽量不再打断您。"

"好。"国王恢复了骄傲的姿态。医生则为他缠好最后一点绷带，"在那个旧时代，人们的礼仪比现在更好。"

"我相信是的，"医生说，"先生。"

"我们的祖辈与旧日神明同在。那是英雄的时代。仍有人可以完成伟大的事迹。强大的力量还没有陨落。那时的男人更伟岸、勇敢和强壮。女人则更美丽、优雅。"

"我猜您所言非虚，先生。"

"以前一切都更好。"

"是的，先生。"医生说着扯断了绷带。

"后来一切都变得……更糟。"国王又叹了口气说。

"嗯，"医生扎好了绷带，"好了，先生，您感觉好些了吗？"

国王试着活动手臂和肩膀，又看了一眼结实的肌肉，然后放下长袍的袖子。"我要过多久才能再次持剑？"

"明天就可以了，但是要轻点。疼痛会提醒您适可而止，先生。"

"很好，"国王拍了拍医生的肩膀。她被拍得往边上挪了一步，但是看起来很惊喜。我觉得她脸上出现了红晕。"做得好，沃希尔。"国王上下打量着她，"可惜你不是个男人，否则也可以学习斗剑，你说是吧？"

"确实如此，先生。"医生向我点点头，我们开始收拾她的行医道具。

那个小瘸子一家住在巴罗斯区一个又窄又小、摇摇欲坠的出租房顶层，仅有的两个小房间又脏又臭，底下的街道已经在暴雨中变成了灰褐色的下水道。

门房简直配不上这个称呼。她是个肥胖的醉鬼，浑身散发着恶心的气味，还胆敢向医生索要金钱，声称我们从外面进来，脚上带着这么多脏东西，害她要付出额外的劳力将地板打扫干净。但从走廊的状态来看，或者说从一盏小灯能照亮的范围来看，城市的居民反倒要向她收费，因为她让人把走廊上的污物都带到外面去了。然后，那个讨厌的女人又要了更多钱，才允许小瘸子带我们上楼。我知道最好不要擅自替医生发言，只得用我能想到的最有威胁性的方式，恶狠狠地瞪着那个肥胖的唠叨鬼。

我们沿着吱嘎作响、拼拼凑凑的窄楼梯往上走，沿路闻到了花样百出的恶臭。有污水、动物粪便、不知多久没洗澡的体臭、腐烂的食物和难以言说的烹饪臭味。这一切还伴随着各种噪音：呼啸的风声，大多数房间里传出的婴儿哭声，某扇裂开一半的门后传出的喊叫声、咒骂声、尖叫声和争吵声，以及院子里拴着链条的野兽发出的悲惨呜呜。

一群衣衫褴褛的孩子在我们前面的楼梯上跑来跑去,像动物一样尖叫着、哼哼着。每一层昏暗的楼梯转角都挤着人。他们看着我们经过,并对医生的斗篷和大黑包里的东西评头论足。一路上我都用手帕捂着口鼻,后悔上次用香水浸泡手帕已经相隔太久。

最后一段楼梯比之前那些楼梯更摇摇欲坠。我发誓,这个垃圾堆起来的顶层根本就在风中摇晃。理所当然,我感到头晕恶心。

接着,我们走进两个狭窄拥挤的房间,夏天待在里面可能会热得受不了,冬天则如冰窟。风从第一间房的两个小窗户里呼啸而过。这些窗户可能从来没有被粉刷过,只有一个框架,上面装着固定百叶窗的零件,也许还有几个百叶窗的残片。百叶窗本身早已不复存在,可能在冬季被拆下来取暖了。仅剩的破旧挡板几乎无法阻挡大风的吹袭,任凭风雨飘摇。

房间里至少挤了十个人,从襁褓中的婴儿到干枯的老人都蜷缩在地板和一张简陋的小床上,用空洞的眼神注视着我们。小瘸子领着我和医生快速穿过那个房间,掀开破旧的门帘走进另一间房。人们在我们身后嘀嘀咕咕,声音沙哑刺耳,说的可能是一种本地方言或者外语。

第二间房更加昏暗,同样缺了百叶窗,但是窗框上挂着不知是大衣还是夹克的东西,正在风中狂舞。衣服吸满了雨水,从底部渗出,在斑驳的墙上形成一道道水痕,一直流到地板上,汇集成越来越大的水注。

屋里的地板很奇怪,到处凹凸不平。建筑商、房东和为了贪便宜而忽略安全性的居民在原本就很廉价的公寓上方加盖了额外的楼层,而那就是我们所处的位置。这里的墙壁饱受重压,头顶不时传来尖锐的断裂声。下沉的天花板有好几处漏水,雨水滴在铺着稻草的肮脏地板上。

一个身材矮胖、蓬头垢面、衣着肮脏的女人走上前来,对医生哭哭啼啼地说起了嘶哑而陌生的语言,然后带着她穿过一大堆阴沉发臭的人,走到房间最里面的一张矮床边。那张床摆在已经被压弯的墙边,墙上的板条已经透过稻草和石膏层戳了出来。不知什么东西顺着墙根跑走了,消失在靠近天花板的长长的裂缝中。

"她的情况持续多久了?"我听见医生问道。她跪在被昏黄的灯光照亮的床边,打开了大包。我稍微向前挪了一些,只见一个衣衫褴褛的瘦弱女孩躺在床上,面如死灰,稀疏的黑发贴在额头上,轻轻颤抖的眼睑包裹着凸出的眼睛,呼吸又轻又浅,而且急促。她全身都在颤抖,脑袋左右抽搐,脖子上的肌肉不断痉挛。

"哦,我不知道!"带医生过来的女人哀号着。隔着体臭,我闻到她身上散发着一股病态的甜味。她重重地坐在床边的破草垫子上,垫子鼓了起来。接着,她用手肘推开周围的人,双手抱住头。医生伸手试探生病女孩的额头,又翻开她的眼睑查看了一会儿,"也许是一整天,我真的不知道。"

"三天。"站在床头的瘦小孩子插嘴。她正紧紧抱着领我们来的那个小瘸子。

医生看了她一眼:"你是……"

"阿诺维尔,"女孩说完,又对床上那个稍大的女孩努了努嘴,"这是我姐姐泽亚。"

"哦,三天!天哪,我可怜的孩子!"坐在草垫上的女人前后摇晃着身体,双手抱住的脑袋摇个不停,"不,不,不。"

"我们早就想找你了,"阿诺维尔说着,先看了一眼蓬头垢面的女人,又看了一眼与她紧紧相拥的瘸腿女孩,"但是——"

"哦,不——"胖女人掩面哀号。几个孩子交头接耳,说的是刚才在外屋听见的那种语言。胖女人又用肥短的手指捋了捋蓬乱的头发。

"阿诺维尔，"医生对抱着小瘸子的女孩亲切地说，"能拜托你跟几个兄弟姐妹尽快到码头去找到冰贩子吗？找他要些冰来，不一定非要上等的冰块，碎的也行，其实最好是碎的。给你。"医生从钱包里数了几枚硬币，"有谁想去？"她环视着周围那些大多年纪很轻、噙着泪水的脸，轻声问道。

想去的人很快站了出来，于是医生给他们每人一枚硬币。在这个季节，用这些钱买冰块着实有点多了，但医生在这方面可谓不谙世事。"剩下的钱你们可以留着，"她对突然面露喜色的孩子们说，"但你们必须多买一些，能拿多少买多少。更何况——"她微笑着说，"多拿一些冰块也能防止你们被大风吹走。好了，快走吧！"

房间一下就空了，只剩下床上的病童和草垫上的胖女人（我猜测是病人的母亲），还有医生和我。外屋有几个人透过破烂的门帘窥视，但医生让他们不要靠近。

然后她转向那个蓬头垢面的女人。"你必须告诉我真相，埃伦德夫人，"医生说着示意我打开她的包，同时扶那孩子靠向床头，并让我把床上的稻草归拢起来，垫高孩子的上半身。我跪下来完成任务时，发现那孩子身上散发着惊人的热度，"她这样已经三天了吗？"

"三——二——四……谁知道！"蓬头垢面的女人哀号，"我只知道我的宝贝女儿快死了！她要死了！哦，医生，救救她吧！救救我们所有人，别人都不愿帮忙！"胖女人突然笨拙地滚倒在地，把头埋在医生的斗篷褶皱里，当时医生正忙着解开斗篷，好方便行动。

"我会尽力而为的，埃伦德夫人，"医生说完看了我一眼，松开了斗篷。床上的女孩开始剧烈咳嗽，"奥尔夫，那个垫子也拿来。"

埃伦德夫人坐起来环顾四周。"那是我的！"她见我拢起那个被她坐塌的草垫,顿时大喊一声。医生扶起女孩的上半身,我把垫子塞到女孩身下,"那我该坐在哪里?我已经为她放弃了我的床!"

"你要另外找个地方。"医生说完,伸手拉起女孩单薄的衣服,开始检查孩子的身体。我移开目光,但还是注意到某个部位似乎肿起来了。

医生凑近一些,分开孩子的双腿,从包里拿出一些器具。不一会儿,她把女孩的腿重新合拢,为她拉好衣服和裙子。接着,她开始检查孩子的眼睛、嘴巴和鼻子,并握住女孩的手腕,闭上眼睛静静地待了一会儿。房间里一片寂静,只能听见外面风雨交加的声音,以及埃伦德夫人不时发出的抽泣声。她坐在地板上,身上半盖着医生的斗篷。我能看出医生正努力控制大声叫骂的冲动。

"音乐学校的钱,"医生淡淡地说,"如果我现在去学校问,你认为他们会告诉我,那些钱都花在了泽亚的课程上吗?"

"哦,医生,我们是个贫穷的家庭!"蓬头垢面的女人说着,又一次掩住面孔,"我不能时刻看管那么多孩子,也没法监督她把钱都花在了什么地方!我告诉你,这小丫头做事从来都随心所欲!哦,救救她,医生!求你救救她!"

医生换了个跪姿,把手伸进床底下,拿出两个大陶罐,一个有塞子,一个没有。她闻了闻空陶罐,又晃了晃有塞子的那个。罐子里哗哗作响。埃伦德夫人抬起头来,双眼圆睁,还紧张地咽了口唾沫。我闻到陶罐的味儿了,跟埃伦德夫人身上的气味一样。医生隔着空陶罐看向另一头的女人。"埃伦德夫人,泽亚跟男人发生关系多久了?"她把陶罐塞回床下,问了一句。

"跟男人!"蓬头垢面的女人尖叫起来,猛地坐直了身子,"她——"

"我猜,就在这张床上,"医生说着拉起女孩的衣服,再次检查床单,"那里就是害她染病的地方。那个人对她太粗暴了。她也太年轻了。"她看着埃伦德夫人,我只能说,幸亏那个表情不是针对我的。埃伦德夫人瞪大眼睛,下巴蠕动了一下。我猜她要开口说话,却被医生抢了先,"孩子们离开时说的话我都听懂了,埃伦德夫人。他们认为泽亚可能怀孕了,还提到了船长和那两个坏人。你说,我听错了吗?"

埃伦德夫人张了张嘴,随后全身瘫软下来,闭上了眼睛。"哦……"她发出一声轻哼,接着便像死了一样晕倒在地,把医生的斗篷压在了身下。

医生没有理会埃伦德夫人,而是在包里翻找了一会儿,拿出一罐药膏和一把小木勺。她戴上让宫里皮革裁缝给她用野兽膀胱做的手套,再次拉起女孩的衣服。我又移开了目光。

医生在那孩子身上涂抹了各种珍贵的药膏和药液,边涂边告诉我每种药的效果。这种药如何缓解高烧对大脑的影响,这种药如何从源头上防治感染,这种药如何缓解女孩体内的感染,这种药如何为她补充能量,并且在她康复后也能当作补药使用。医生让我从埃伦德夫人身下抽出她的斗篷,还吩咐我到另一间房把斗篷晾出窗外。我绷着越来越酸软的手臂站了好久,直到斗篷湿透才拿回屋里,将吸饱了雨水的布料盖在孩子身上,医生已经替她脱掉了身上的衣服,只留下一件破烂的薄衫。女孩依旧在颤抖抽搐,似乎没比我们来的时候好多少。

过了一会儿,埃伦德夫人闷哼一声醒转过来,医生马上命令她生火,找点干净的水用水壶烧开。埃伦德夫人似乎很不情愿,但也没有咕哝太久便离开了。

"她在发烧,"医生将一只优雅纤细的手搭在那孩子的额头上说。那一刻,我猛然想到,床上的女孩可能会死,"奥尔夫,"她看着我，眼中充满担忧，"能不能去看看那些孩子在哪儿？让他们快点回来，她需要冰块。"

"好的，夫人。"我无奈地说完，回头走向混合着各种视觉、听觉和嗅觉刺激的楼梯。这时我身上才刚有点干了。

我再次走进暴风雨肆虐的黑暗。夏米斯已经落下，可怜的西亘被隔绝在云层之外，如同一盏昏黄的油灯，无力穿透重重障碍。暴雨打湿的街道空无一人，无比沉寂，到处充斥着深邃的黑影和狂风暴雨，仿佛要把我冲倒，摔进不断漫出污水的露天下水道中。我被夹在道路两侧高耸的建筑物阴影中，向坡下走去，凭借印象前往码头，并希望自己能找到回去的路。我开始后悔没有从外屋拉一个人出来带路了。

我觉得有时医生会忘记我不是本地人。当然，我在这里生活的时间比较长，而她两年前才来到这里。但我出生在遥远南方的德拉市，童年的大部分时间是在奥明省度过的。来到哈斯皮德后，我大部分时间也不是在城中度过，而是在皇宫里，或在伊维纳吉山上的夏宫里，或在往返两地的路上。

不知医生是真的想派我出去找孩子，还是打算施展一些不想让我看到的秘密治疗术。人们总说医生都很神秘——我听说奥特奇的某个医生世家将他们发明的分娩钳保密了两代，但我一直以为沃希尔医生跟他们不一样。也许她真的不一样。也许她确实认为我能让那些冰块更快到达。尽管在我看来，我真的无能为力。炮声响彻城市上空，示意一轮岗哨的结束和另一轮岗哨的开始。炮声被风暴掩盖，几乎模糊成了风雨的一部分。我把大衣扣子全部扣起。就在那时，狂风掀起了我的帽子，带着它在街道上翻滚，最后将它吹进了排水沟里。我跟着它跑，把它从恶臭的水流中捞起来，皱着鼻子闻了闻，然后在溢满大街的水流中尽量冲洗了一会儿，把它拧干，又闻了闻，最后还是扔掉了。

过了一会儿，我总算找到了码头，彼时我再次彻底湿透了。我徒劳地寻找冰库，走进几个破烂办公室和几个烟雾缭绕的酒馆里询问，被几个奇怪的航海人和生意人明确告知，我找的地方不对，这里是咸鱼市场。不久之后，我一脚踩在被大风吹得满是波纹的水坑里，踩到了又滑又腻的腐烂鱼肠，意识到自己确实找错了地方，并险些跌进码头浑浊的深水里。我本来可能因此变得更湿，而且不像医生，我不识水性。幸运的是，最后我被一堵高大的石墙挡住了。那堵墙起于被风雨摧残的岸壁，一直延伸到远处。我只好重新上坡，回到迷宫般的廉价出租房屋区。

孩子们比我抢先一步。我走进那座该死的公寓，刻意不理会门口那个臭气熏天的女人对我发出的可怕威胁，拖着脚步爬上台阶，穿过五花八门的气味和嘈杂的声音，跟着一长串黑乎乎的水渍爬到顶楼，发现冰块已经送到了，正安放在女孩周围。那女孩依然盖着医生的斗篷，再一次被兄弟姐妹围在中间。

冰块来得太晚了。我们来得太晚了，也许晚了一天左右。医生努力救治了一整夜，想尽一切办法，但女孩还是在连冰块都无法缓解的高热中渐渐衰微。在风暴开始减弱，夏米斯正值午夜，而西亘仍在努力穿透风暴云层的黑暗笼罩时，歌手的声音随着疾风消散，那孩子死了。

4 保镖

"请让我搜他的身,将军。"

"我们不能搜查他,德瓦,他是个大使。"

"泽斯皮尔说得对,德瓦。我们不能把他当作路边的乞丐。"

"当然不行,德瓦,"比列斯说。他是护国公在大多数外交事务上的顾问,瘦弱而专横,头发长而稀少,脾气又大又急。面对高大的德瓦,他极力做出俯视对方的模样,"你想让我们看起来宛如一群流氓吗?"

"大使身上带的肯定都是外交用的东西。"乌尔莱恩顺着露台大步向前走着。

"先生,他们来自海洋联盟。"德瓦辩驳道,"那可不算什么古老帝国的代表团。他们有衣服,有珠宝,有象征职务的链徽,但有哪一个是匹配的吗?"

"匹配?"乌尔莱恩疑惑地说。

"我想,"泽斯皮尔说,"保镖的意思是那些装饰品全是偷来的。"

"哈!"比列斯摇了摇头。

"没错,而且是刚偷来的。"德瓦说。

"即便如此,"乌尔莱恩说,"或者说正因为这样,才更应该如此。"

"先生？"

"更应该如此？"

比列斯困惑地想了想，然后明智地点了点头。

乌尔莱恩将军走在露台白黑相间的瓷砖上，突然停了下来。德瓦似乎在同一时刻停了下来，泽斯皮尔和比列斯则稍慢了一拍。后面还有一群人跟随他们从国王寓所前往政务厅——将军、助手、抄写员和办事员全都撞成一团，盔甲、佩剑和写字板发出声声闷响。

"朋友们，现在旧帝国已经支离破碎，海洋联盟不容小觑了。"乌尔莱恩将军在阳光下转过身来，看着高大、秃顶的比列斯，还有比他更高大的保镖，以及身材更矮小，年龄也较长的宫殿卫队长。泽斯皮尔很瘦，有一双深邃的眼睛。他是德瓦的前任，曾为乌尔莱恩的首席保镖，现在已不再负责直接保护乌尔莱恩的人身安全，而是负责指挥皇宫卫队，保护整个皇宫的安全。"海洋联盟掌握了知识，"乌尔莱恩说，"以及技能，还有船只、大炮……他们变得更加举足轻重了。随着帝国的崩溃，我们这里多了许多自称皇帝的人……"

"至少有三个，兄长！"勒路因叫道。

"正是如此，"乌尔莱恩微笑着说，"三个皇帝，许多快乐的国王，或者说，至少是比隶属旧帝国时更快乐的国王，事实上，还有一些自称国王的人。他们在旧政权下可不敢这么做。"

"还有一个人，用国王的头衔来称呼他可谓冒犯，甚至是一种贬低，先生！"耶阿米多斯来到将军身旁说。

乌尔莱恩拍了拍那个高大男人的背。"你瞧，德瓦，连我的好朋友耶阿米多斯将军也将我与那些因旧秩序消亡而受益的人相提并论，他提醒我说，我现在崇高的地位既非得益于我的狡猾和诡计，也并非来自可圈可点的领军技巧。"乌尔莱恩眼中闪烁着戏谑的光芒。

"将军！"耶阿米多斯高喊一声，宽大而皱缩，如同一块面团的脸露出受伤的表情，"我可不是那个意思！"

乌尔莱恩笑了，再次拍了拍老友的肩膀。"我知道，别担心。德瓦，这下你明白了吗？"他再次转向德瓦，但提高了音量，以表明他是在对在场的所有人说话，而不仅仅是自己的首席保镖，"我们能够掌控的事物更多了，"乌尔莱恩说，"因为再也没有帝国干预的威胁笼罩着我们。伟大的堡垒被毁弃，军队要么被遣散，要么变成了四处流窜的强盗团伙；舰队自相残杀，相继被击沉，要不就是遭到了遗弃，慢慢腐朽。少数舰船的指挥官能够以声望而非恐惧掌控自己的船员，一些已经投奔了海洋联盟。没有了帝国舰队的骚扰，旧联盟逐渐积累了新的力量。有了那种力量，他们也就有了新的责任和新的地位。他们已经成为保护者，而非掠夺者，成为守卫者，而非入侵者。"

乌尔莱恩环视着所有人，他们在夏米斯和西亘的熠熠光芒之下驻足，脚踩露台的黑白瓷砖，纷纷眨着眼睛。

比列斯更明智地点了点头。"的确，先生。我经常——"

"帝国是家长，"乌尔莱恩继续说，"而王国，包括海洋联盟，都是孩子。大部分时间，家长放任我们与彼此玩耍，而一旦我们制造了太多噪音或者打碎了东西，大人就会走过来责罚我们。现在父母已逝，亲人纷纷变脸，推翻遗嘱。但是为时已晚，因为孩子们已经长大了。他们离开了育儿室，接管了整座家宅。诸位，我们建起了一座壮观的树屋，能容下整个庄园的人。但我们也不能冒犯那些曾经在池塘里推着小船玩耍的人，"他笑了笑，"我们至少应该善待他们的大使，就像我们希望对方做的那样。"他拍了拍比列斯的肩膀，高大的男人踉跄了一下，"你不觉得吗？"

"当然，先生。"比列斯说完，轻蔑地看了一眼德瓦。

"这就对了，"乌尔莱恩再次转身，迈开步子，"走吧。"

德瓦仍然跟在他身边，就像一片黑气在地砖上移动。泽斯皮尔不得不快步追赶。比列斯的步子更大。"您应该推迟会议，先生，"德瓦说，"不必过于正式。您可以邀请大使到……浴室来见你，然后……"

"浴室，德瓦。"将军失笑道。

"多么可笑！"比列斯说。

泽斯皮尔只是笑了笑，没有说话。

"我见过那位大使，先生，"德瓦说话时大门已经被打开，一行人走进了阴凉的大殿。五十名朝臣、官员和军人已经在里面等待，各自分散在铺着朴素石砖的厅堂里。"他的样子让我放心不下，先生，"德瓦尔平静地说着，同时迅速环顾四周，"事实上，他让我充满了怀疑。特别是他那个私下会面的请求。"

他们停在门边。将军朝厚重墙壁上的凹室点了点头，那里正好能容两个人坐下交谈。他说："请原谅，比列斯，泽斯皮尔司令。"泽斯皮尔看起来很不高兴，但还是点了点头。比列斯向后退开，仿佛受到了莫大的侮辱，但随后严肃地鞠了一躬。乌尔莱恩和德瓦走进凹室，坐下。将军举起一只手暗示其他人别靠太近。泽斯皮张开手臂，示意人们退后。

"你觉得哪里可疑了，德瓦？"他轻声问道。

"他和我见过的大使都不一样。他没有大使的模样。"

乌尔莱恩低声笑了起来："怎么，因为他穿着胶皮靴和防风斗篷吗？莫非他鞋跟上长了藤壶，帽子上有海鸟的粪便？德瓦，你可真是……"

"我是说他的脸，他的表情，他的眼神，他的行为举止。我见过数以百计的大使，先生，他们和人们想象得差不多，甚至夸张到超出想象。他们不苟言笑、故作开放、虚张声势、低眉顺眼、谦逊、紧张、肃穆,每种类型都有。但他们都有热情,先生。他们都对自己的职务和职能有着共同的关注。但这个人……"德瓦摇了摇头。

乌尔莱恩把手搭在他的肩膀上:"这个人给你的感觉不对,是吧?"

"您说得并不比我好,先生。"

乌尔莱恩笑了笑:"正如我所说,德瓦,我们生活在一个价值观、职能和人都在改变的时代。你不指望我像其他统治者那样行事,对吗?"

"是的,先生。"

"我们也不能指望每个新政权的每个职能部门都符合它们在旧帝国时代的形象。"

"我明白,先生。我希望我已经考虑到了这一点。我说的只是一种感觉。但容我直言,那是一种专业的感觉。先生,您之所以雇用我,其中部分原因就是我能发挥这样的直觉。"德瓦凝视着他的领袖,想知道对方是否被自己说服,想知道自己是否成功表达了心中的忧虑。但护国公的眼眸依旧闪烁着打趣的光芒,未见多少担忧。德瓦很不自在地换了个姿势。"先生,"他凑近了些,表情很痛苦,"前几天,一位您很尊重的人对我说,我时时刻刻都无法放下保镖的身份。她还说,我清醒的每一个时刻,甚至在当我应该放松下来的时刻,都在忙着思考如何更好地保护您免受伤害。"他深吸了一口气,"我的意思是,如果我活着就是为了保护您,甚至在可以放松的时候也不去想其他事情,那么当我像现在这样处在履职的关键时刻,又要忍受多少倍的焦虑呢?"

乌尔莱恩看了他一会儿。"你要求我重视你的顾虑。"他平静地说。

"护国公这句话表达得比我更好了。"

乌尔莱恩笑了笑:"那请你先告诉我,为何海洋联盟会希望我死呢?"

德瓦进一步压低了声音:"因为您正在考虑建立一支海军,先生。"

"我吗?"乌尔莱恩似乎很惊讶地问。

"不是吗,先生?"

"为什么会有人这样想?"

"您把一些皇家森林交给了人民,最近又制定了一些条件,允许他们砍伐老树。"

"它们很危险。"

"它们很健康,先生。其年龄和形状很适合建造船舶。不仅如此,您还建立了茨尔斯克的海员庇护所,并且正在建设海军学校。另外——"

"够了。我的行为真的那么明显吗?海洋联盟真的有那么多间谍,而且都具有如此高的洞察力吗?"

"而且您已经与哈斯皮德斯和辛克斯帕尔进行了会谈。我猜想,其中一方的财富和另一方的技术都是组建海军必不可少的东西。"

乌尔莱恩的表情越来越紧张。"你知道?一定是从很远的地方偷听到的吧,德瓦。"

"我伴随在您左右时没有听到任何您不希望我听到的东西,先生。但一些传闻总会不请自来地传进我的耳朵里。人们并不愚蠢,官员有各自的专长,先生,他们都有专精的领域。当一位前海军上校前来拜访,人们自然不会天真地认为他是来讨论如何繁育更好的驮兽穿越窒息平原。"

"嗯。"乌尔莱恩转头看向聚集在他们周围的人,但没有聚焦。

他点了点头,"就算拉起百叶窗,人们也知道你在妓院里干的是什么勾当。"

"正是如此,先生。"

乌尔莱恩拍了拍膝盖,作势要站起来。德瓦首先直起了身子。"很好,德瓦,为了取悦你,我将在彩绘厅见那位使者。我会让这场会面比他要求的更私密,只有我和他参与。你可以偷听。这下你满意了吧?"

"先生。"

凯普港海洋联盟大使奥斯特里尔舰长缓步走进沃里菲尔宫的彩绘室。他身着华丽的航海服——蓝色皮革长翻靴、灰色梭鱼皮长裤,套着一件厚重的海蓝色高领长礼服——衣袂镶嵌着金边,头戴一顶缀有天使鸟羽毛的三角帽。

大使顺着细长的金线地毯进入室内,地毯的尽头放有一张小凳。彩绘室光滑的木地板上除了那张凳子,就只有一个小小的讲坛,上面放着一张不起眼的椅子。塔萨森保护国的护国公——第一将军兼大法官乌尔莱恩,端坐其上。

大使摘下帽子,向护国公微微鞠躬,护国公示意大使落座。大使看了一眼低矮的小凳,随后解开大衣下缘的几个纽扣,小心翼翼地坐下,将那顶奢侈的羽毛帽放在一边。他身上没有携带明显的武器,甚至没有礼仪佩剑。但他脖子上挂着一条皮绳,皮绳连接着粗短而光亮的皮筒,皮筒一端是带有搭扣的盖子,上面刻着金丝花纹。大使落座后,看了看房间四周的墙壁。

墙壁绘有一系列壁画,描绘了旧塔萨森王国的各个地区:野性的森林、黑暗高耸的城堡、繁华的城市广场、后宫、洪泛平原上纵横交错的农田,诸如此类。如果说这些题材相对平凡,其艺术性无疑更平凡。那些听说过彩绘室的人总期待能在里面看到惊为天人的艺术，可当他们真的走进这个极少打开也极少使用的房间，总会感到大失所望。来过的人普遍认为，这些画作相当沉闷，没有什么特别之处。

"奥斯特里尔大使。"护国公说道。他一如往常地穿着已经在他的引领下成为时尚的长外套和长裤，佩戴老式塔萨森链徽，但是去掉了皇冠。这是他对正式场合的唯一让步。

"先生。"那个人说。

乌尔莱恩从这位大使的举止中看出了一些德瓦提到过的迹象。这个年轻人的眼神里暗藏着空洞的光芒。这双明亮的大眼睛和宽厚的笑容出现在如此年轻而光洁的面庞上，本不该这般令人不安。这人身材中等，头发又短又黑，但沾了一些红粉。可能是乌尔莱恩没有听说过的时尚。他虽然年轻，但留着一脸浓密的络腮胡。年轻。也许这也是原因之一，乌尔莱恩想。大使们通常都比较老，也比较胖。好吧，他不应该谈论时代的变化和角色的改变，然后又为此感到惊讶。

"你的旅程，"乌尔莱恩问，"想必无风无浪？"

"无风浪？"年轻人面露困惑，"怎么说？"

"我是说安全，"护国公说，"你这一路还算平安吧？"

那人显然松了一口气。"啊，"他宽慰地笑着点头，"是的，很安全。我们的旅程很安全。非常安全。"说完，他又笑了。

乌尔莱恩开始怀疑这个年轻人的头脑是否完全正常。他作为一名大使还很年轻，也许这人是某个偏心的父亲最疼爱的儿子，而那个父亲对小伙子不太聪明的事实视而不见。他的帝国语说得也不是很好，但乌尔莱恩以前也听过一些航海之人的奇怪口音。

"好吧，大使先生，"他摊开双手说，"你要求与我见面。"

年轻人的眼睛瞪得更大了。"是的，我请求面见您。"他慢慢地取下脖子上的皮绳，低头看向放在腿上的光亮皮筒，"首先，先生，"他说，"我有一份礼物送给您。它来自舰队司令弗里滕。"他抬起头，期待地看着乌尔莱恩。

"抱歉，我没有听说过这位舰队司令，但请继续。"

年轻人清了清嗓子，擦了一把额头的汗水。乌尔莱恩想，他可能发烧了。屋里虽然有点热，但还不足以让人这样出汗。海洋联盟的人大部分时间生活在热带地区，所以无论是否有海风，他都不可能不习惯炎热。

大使解开圆筒的搭扣，取出另一个圆筒，它同样用烫金的皮革包裹，但是两端似乎由黄金或黄铜制成，其中一端连着一串闪亮的金属环，外表呈锥形。"我手上的这个东西，先生，"大使低头看着被他捧在手上的圆筒，"这是一个观察器。一个光学放大镜，或者叫望远镜。"

"是的，"乌尔莱恩说，"我听说过这种东西。纳哈拉贾斯特，最后一位皇家数学家，他声称自己曾用一个指向天空的望远镜预测了帝国灭亡那年出现的火岩。去年，一个发明家，或自称发明家的人来到宫中，向我们展示了这么一个东西。我自己看了一下，很有意思。虽然图像有点模糊，但的确能把远处的东西放大许多。"

年轻的大使似乎完全没有听他说话。"望远镜是一种迷人的装置……一种至为迷人的装置，先生。而我手上这个，可谓一件杰作。"他拉开装置，咔嚓一声，它被拉长了三倍左右。接着，大使把它举到一只眼睛前，对准乌尔莱恩，又扫过房间里的彩绘。乌尔莱恩感觉眼前这个人似乎在背诵脚本。"嗯，"年轻的大使点了点头，"无与伦比。先生，您想试试吗？"他站起来，将仪器递给护国公。护国公示意大使走上前去。大使笨拙地攥着收纳仪器的皮筒走了过去，将目镜部分凑近乌尔莱恩，乌尔莱恩前倾身体，握住了仪器较细那端。大使放开手，它立刻下坠了一些。

"哦，这东西还有点沉？"乌尔莱恩说着，迅速抬起另一只手接住望远镜下坠的末端。他不得不从椅子上直起身体保持平衡，一条腿朝年轻的大使那边倾斜了一些，后者则倒退一步。

就在那时，奥斯特里尔大使手中突然出现一把匕首。他单手高举，直刺下来。乌尔莱恩单膝着地并接住望远镜的瞬间已经察觉了他的动作，但是由于空不出双手，并且尚未恢复平衡，又半跪在对方身下，他立刻意识到自己无法躲开这一击。

瞬息之间，弩箭擦过奥斯特里尔大使的高领，射中他的头部，从左耳上方深深刺入头骨，只留下长长的尾端露在外面。如果有人注意观察，会发现繁华城市广场的彩绘上出现了一个小洞。奥斯特里尔仍然紧握匕首，向后踉跄了几步，双脚在抛光的木地板上打滑。乌尔莱恩瘫倒在椅子上，双手握住望远镜目镜那端，站起身来，像挥舞棍子一般举起了望远镜。

奥斯特里尔大使发出一声夹杂着痛苦和愤怒的咆哮，一手攥住箭镞，晃了晃脑袋，然后突然握紧匕首，扑向乌尔莱恩。

随着一声巨响，德瓦撞破了城市广场的彩绘石膏板。光亮的地板上顿时腾起一股尘埃，石膏碎片散落一地。德瓦长剑出鞘，直指大使腹部。剑身突然断裂，德瓦顺着势头侧身撞向大使。大使仍然在咆哮，攥着匕首，砰然倒地。德瓦扔开断剑，绕到一边，拔出了自己的匕首。

乌尔莱恩已经站起身，扔下了沉重的望远镜，握着从外套里抽出的小刀躲在高背椅后面。奥斯特里尔再次起身，头上还插着镞，跌跌撞撞地走向护国公，靴子在光滑的木地板上艰难地寻找支撑点。德瓦光着脚，没等大使走上半步便一跃追上了他，飞快地从他身后伸手捂住面孔，把他的脑袋往后拉扯，手指插进他的鼻孔和一只眼睛。下一刻，德瓦的匕首划过他裸露的咽喉。奥斯特里尔大使尖叫起来。鲜血喷涌而出，血沫汩汩流淌，叫声渐渐

60

沉寂。

奥斯特里尔跪倒在地，终于扔下了匕首，然后侧身倒下，脖子喷出的鲜血打湿了光亮的地板。

"先生？"德瓦气喘吁吁地问了一声乌尔莱恩，目光仍不敢离开地上那具抽搐的尸体。门外传来一阵骚动，继而是隆隆的捶门声。"先生！护国公！将军！"十几个声音此起彼伏地叫喊着。

"我没事！别再砸那该死的门了！"乌尔莱恩大喊一声。骚动变得不那么激烈了。他看了一眼放置繁华城市广场彩绘石膏板的位置，那里有个储物柜大小的房间，里面是一根粗壮的木桩，上面安了一把弩。乌尔莱恩又回头看了一眼德瓦，随后将手上的小刀放回隐藏口袋中的刀鞘里，"我毫发无损，谢谢你，德瓦。你怎么样？"

"我也没有受伤，先生。很抱歉，我不得不杀了他。"他低头看了一眼尸体，伴随着最后一声带着泡沫的叹息，尸体塌陷下去。地板上积了一摊又黑又深的血污，仍在不断扩散。德瓦跪下来，用匕首抵住那人被割开的咽喉，试探了一下脉搏。

"不要紧，"护国公说，"他也挺难缠的，你不觉得吗？"说到这里，乌尔莱恩发出女孩似的嗤笑。

"我认为他的部分力量和勇气来自药汤或药酒，先生。"

"嗯，"乌尔莱恩看向大门，"你们能不能闭嘴！"他喊道，"我完全没事，只不过是这坨狗屎想杀了我！宫廷守卫在吗？"

"在，先生！有五个人！"一个沉闷的声音答道。

"去找泽斯皮尔司令，让他抓住外交使团的其他成员。另外，把门外的人都赶走，然后进来。除了宫廷守卫，别人都不准进，直到我撤回禁令。都明白了吗？"

"是，长官！"骚动加剧了片刻，然后再次消退，彩绘室几乎重归静寂。

德瓦已经解开刺客的外套。"锁子甲,"他摸了摸外套衬里,又轻叩了几下领口,"还有金属。"德瓦抓着箭镞站起来,一脚踏着奥斯特里尔大使的脑袋,扑哧一声将其拔出,"难怪箭射歪了。"

乌尔莱恩走到讲坛另一侧:"那把匕首是从哪里来的?我没看到。"

德瓦走向高背椅,留下一行血脚印。他先拾起望远镜看了看,然后拿起收纳的皮筒看了看。"皮筒底部有个搭扣。"他说完,再次仔细查看望远镜,"粗的这头没有镜片。匕首应该是藏在这里面了。"

"先生?"门口传来一个声音。

"什么?"乌尔莱恩喊道。

"守卫军士西里尔斯与三名下属听您调遣,先生。"

"进来吧,"乌尔莱恩对他们说。守卫步入室内,警惕地看着周围。所有人都惊讶地看着城市彩绘上的破洞。"你们没有看到那里。"护国公提醒了一句。他们点了点头。德瓦站在旁边,正拿一块软布擦着匕首。乌尔莱恩走上前去,一脚踢在死者的肩膀上,把他翻了过来。

"把这家伙抬走。"他对卫兵下令道。其中两人收剑入鞘,分别抬起了尸体的头尾。

"小伙子们,你们最好每人只抬一只胳膊或一条腿,"德瓦告诉他们,"那件外套很沉。"

"德瓦,去清洗一下吧。"乌尔莱恩说。

"我应该守在您身边,先生。如果这是孤注一掷的袭击,敌人可能有两个刺客,而第二个正等着我们放松警惕。"

乌尔莱恩直起身子,深吸了一口气:"别为我担心,我要去躺一会儿。"

德瓦皱起了眉头:"您真的没事吗,先生?"

"对，我很好，德瓦，"护国公说着，顺着卫兵抬走尸体留下的血迹走向门口，"我要躺在一个年轻、丰满、结实的人身上。"他在门外向德瓦咧嘴一笑，"靠近死亡会让我产生这种反应。"他笑了笑，低头看着血迹，然后看了看讲坛边的深色血泊，"我应该去当殡仪服务员。"

5 医生

主人,现在正值每年最热闹的时期,宫里每个人都在准备巡游和夏季行宫搬迁事宜。医生跟其他人一样,都在忙着做准备。但她也许比别人还要兴奋,因为这是她在这里经历的第一次巡游。我尽可能地帮助她,然而中间出了一点小插曲,我发烧卧床休息了几天。

我承认,一开始我尽可能隐藏了自己的症状,唯恐医生觉得我过于虚弱,而我听其他医生的学徒说,他们的老师对付钱的病人很温和,对自己忠实的助手却是出了名的粗暴和不近人情。

但在我生病期间,沃希尔医生却是一位和蔼可亲、善解人意的医生。她像母亲一样看护我,照顾我的需求(然而我并不认为她有那么老)。

如果不是为了向主人解释为何报告中出现了一段空白,我绝不会记录这种无关紧要的事情,甚至可能完全略过。但下面这些事情让我感到,这段故事或许能稍微解释两年前医生出现在这个城市之前的神秘过往。

坦率地承认,病症最严重时我进入了一种奇怪的状态——没有食欲、大汗淋漓、半梦半醒。每次闭上眼,我都能看见奇怪而烦人的形状和人影,用狂躁而难以理解的、千变万化的外形折磨我。

可以想象，我最大的担忧就是乱说胡话，让医生发现我奉命汇报她的行为举止。当然，鉴于到目前为止，我在汇报中对她的描述都是善良和值得信任的（并且显然她对我们的好国王十分忠诚），即使此时露馅，可能也不会造成什么伤害。尽管如此，我还是会听从主人的意愿，对自己的任务守口如瓶。

主人，敬请放心，我没有泄露一丝一毫的任务信息，医生依旧对我的报告一无所知。然而，虽然我保住了这个最大的机密，但受到高烧影响，我的其他自我约束都有所松懈。有一天我发现自己躺在房间床上，刚从国王那里回来（那段时间他的脖子不太舒服）的医生正在为我擦拭身上的汗水。

"您对我太好了，医生。这本该是护士的工作。"

"如果我又被国王叫走，会有护士来做这个的。"

"我们敬爱的国王，我多么爱戴他！"我高声喊道（这些话发自真心，就是有点羞耻）。

"我们都一样，奥尔夫。"医生说着往我胸前拧了一些水，然后若有所思地将我擦拭干净。她当时蹲在我的床边。考虑到我的房间十分狭小，那张床也很矮。

我仔细凝视医生的脸，发现她似乎有些伤感。"别害怕，医生。您会让他健康长寿的！他总觉得自己的父亲更强壮，但先王英年早逝了。您一定会让他健康长寿的，对不对？"

"嗯？哦，那当然。"

"哦！您该不会在担心我吧？"（不得不承认，当时我火热而促狭的胸膛猛地悸动起来。您说，有哪个年轻人不会被这个想法打动呢？一个善良而美丽的女人，尤其是一个这样的女人正如此亲密地照顾着他的病体，同时还担心他，关怀他？）"别担心，"我伸出一只手，"我不会死的。"我见她仍有些迟疑，立马补充道，"我不会死的，对吧？"

"当然，奥尔夫，"她亲切地笑了笑，"你不会死的。你很年轻，又强壮，而且我会好好照顾你。只要再休息半天，你就能好转了。"她看向我伸出的手。直到那一刻，我才发现自己把手放在了她的膝盖上。我紧张地咽了口唾沫。

"啊，您的旧匕首，"我还没有烧到感情错乱的地步，因此略显尴尬地找了个借口，顺便拍了拍医生靴子里露出来的刀柄。它正好就在我手边，"它总是让我着迷。这是什么刀？您用过它吗？我敢说这一定不是手术刀。它看起来太钝了。莫非这是一种仪式性的信物？它——"

医生笑了笑，抬手捂住我的嘴，让我安静下来。接着，她抽出插在靴子里的匕首，递了给我。"给。"听了她的话，我伸手接过那把残旧的匕首，"我会提醒你小心点，"医生依旧微笑着说，"只不过说这个可能没有意义。"

"也不够尖锐。"我说着，用汗津津的大拇指轻抚刀刃。

医生大笑起来。"奥尔夫，你竟然会说笑话，"她轻轻拍着我的肩膀说，"还是通用于各种语言的笑话。我猜你肯定开始好转了。"医生说这些话时，眼眸格外明亮。

我突然感到害羞。"您把我照顾得很好，夫人……"我不知还能说些什么，便一言不发地打量那把匕首。那是一把沉甸甸的刀具，大约有一掌半长，由陈旧的钢铁铸成，上面已经布满了锈蚀的小点。刀身微微弯曲，刀尖已经折断，并随着时间的流逝被磨圆了。两侧刀刃上都有缺口，确实很钝，凡是比水母更坚韧的东西，恐怕都要花点力气才能切开。獠牙形状的握柄也变得凹凸不平，看起来饱经风霜。刀柄圆头和装饰刀柄的三条凹槽上镶嵌着一些次等宝石，每个都不足麦粒大小。上面还有许多空洞，应该是宝石脱落后的凹槽。刀柄末端是一块墨晶石，我对着光打量时，发现它是透明的。起初我以为圆头底端有一些波浪形的蚀刻线条，但很快发现那其实是一排曾经镶嵌宝石的小坑,现在上面只剩下一小颗苍白的晶石了。

我轻轻抚摸那些凹槽。"您应该把它修好,夫人,"我对她说,"宫里的军械师一定会答应的,因为这些宝石看起来并不昂贵,做工也并非一流。等我身体好了,我就把它拿到军械库去吧。我认识副军械师的助手,这并不麻烦。能为您做点事情,我感到很高兴。"

"没有必要,"医生说,"我很喜欢它现在的样子。它对我有特殊意义,我把它带在身上只是为了做个纪念。"

"这是谁送给您的,夫人?"(都怪这高烧!平时我可不敢如此大胆!)

"一个老朋友。"她爽快地回答了我,然后为我擦干胸口,将软布放到一边,蹲直身子。

"德雷岑的朋友?"

"对,德雷岑的朋友,"她点点头,"在我出发那天送给我的。"

"当时它是新的吗?"

医生摇了摇头。"当时它已经很旧了。"西亘微弱的光芒透过窗户的缝隙洒进来,将她用发网盘起的发丝照得发红,"因为这是一把传家的匕首。"

"如果他们让传家宝变成这副模样,恐怕是不太爱惜它。这上面的洞比石头都多。"

医生微笑起来。"失落的宝石都发挥了很好的作用。有的宝石在蛮荒之地换来了保护,因为在那种地方,独自旅行的人往往被视作猎物,而不是客人。至于另外一些,我在过来的路上支付了路费。"

"可这些宝石看起来不太值钱。"

"也许它们在别的地方更值钱。总之,这把匕首,或者说镶嵌在匕首上的东西保证了我的安全,也保证了我的行程。我从来没用过它——好吧,偶尔也会把它抽出来会晤会晤,但我从来没用它伤害过人。正如你所说,那样也许更好,因为自从我来到这里,还没见过比它更钝的匕首。"

"您说得对,夫人。你可不能让它变成宫里最钝的匕首。别的刀都锋利多了。"

她看了我一眼(不得不说,她的目光十分犀利,刺得我有点发怵),然后轻轻拿回匕首,拇指轻轻抚摸刀刃。"我想,是应该让你拿它到军械库修理一番,哪怕只是把它磨利。"

"他们还能把它磨尖,夫人。匕首就是用来刺的。"

"的确。"她收起了匕首。

"哦,夫人!"我大喊一声,心中突然充满恐惧,"太抱歉了!"

"你说什么呢,奥尔夫?"她突然凑了过来,美丽的面庞上满是担忧。

"我……我不能这样对您说话,还问您如此私密的问题。我只是您的仆人,您的学徒。这太不成体统了。"

"哦,奥尔夫,"她微笑起来,声音无比柔和,清凉的气息掠过我的脸颊,"至少在私底下,让我们别在意体统,好吗?"

"真的可以吗,夫人?"(我可以坦白,尽管发着高烧,我的心还是为那句话而欢呼雀跃,期待着许多我明知不可期冀的事情。)

"我认为可以,奥尔夫,"她牵起我的手,轻轻捏了一下,"你想问什么都可以,如果不想回答,我会拒绝的。而且我也不是那种轻易受到冒犯的人。我希望我俩能成为朋友,而不是单纯的医生和学徒。"她歪着头,脸上浮现出询问和打趣的表情,"你觉得可以接受吗?"

"哦,当然可以,夫人!"

"很好,那我们——"说到这里,医生又歪过头,像是听见了什么声音。"有人敲门,"她站起来说,"我离开一会儿。"

很快,她便提着包回来了。"是国王派来的人,"我觉得医生的表情掺杂着惋惜和欢喜,"显然,那位先生的脚趾头有点痛。"她微笑着说,"你一个人没问题吧,奥尔夫?"

"是的,夫人。"

"我会尽快回来,然后看看你有没有胃口吃点东西。"

应该是五天后,医生被叫到了奴隶主唐奇那里。他的房子在商人区,俯瞰着大运河,看起来十分气派。宅邸的大门高耸在两级台阶之上,我们却无法从那里进入。相反,我们租的轿子被引到了相隔几条街的小码头边上。接着,我们被请到了一条小屋船上,船舱的百叶窗紧紧关闭着。那条船载着我们沿运河而上,绕到宅邸后方,停在了远离公共水域的小码头边。

"这是怎么回事?"当船只撞上码头的深色木板,船夫来打开百叶窗时,医生转头问了我一句。时值盛夏,这个地方却凉飕飕的,还散发着潮湿和腐烂的气味。

"夫人?"我掏出浸过香的手帕,掩住了口鼻。

"怎么神秘兮兮的?"

"还有,你在干什么?"她又问了一句。此时一个仆人正帮船夫系船。

"夫人,您说这个吗?"我指了指手帕。

"没错。"她站起来,使我们所在的小船摇晃了几下。

"用来抵御臭气,夫人。"

"奥尔夫,我告诉过你,致病物质是通过呼吸或体液传播的,包括昆虫的体液,"她说,"而单纯的臭气不会让你生病。谢谢。"仆人接过她的包,小心翼翼地放在码头上。我没有回答。毕竟没有哪个医生知道一切,保险一点总归更好。"不管怎么说,"她说,

"我还是不明白他为何要如此神秘。"

"我想,奴隶主应该不希望自己的医生得知您的来访,"我爬上码头时对他说,"因为他们是兄弟。"

"如果那个奴隶主快死了,他的医生难道不会守在旁边吗?"医生说,"既然说到这个了,他的兄弟难道不会守在旁边吗?"仆人伸手扶医生下船,"谢谢。"她再次道谢。(医生总对仆人道谢。我认为德雷岑的仆人脾气一定很乖戾,或者被宠坏了。)

"我也不知道,夫人。"我坦言道。

"主人的弟弟在特罗西拉,夫人。"仆人说道。(您瞧,这就是对仆人说话的下场。)

"是吗?"医生说。

仆人打开一扇小小的后门。"是的,夫人,"他紧张地看着船夫,"他亲自去寻找一些稀有的土壤,据说对主人的疾病有帮助。"

"我明白了。"医生说。我们走进屋子里,一个女仆迎了上来。她穿着一身肃穆的黑衣,长得也异常严厉。她的表情实在太严肃了,以至于我一开始还以为奴隶主唐奇是不是死了。然而,她对医生微微点了一下头,接着用严谨而清晰的声音问候道:"沃希尔医生?"

"正是我。"

她又对我点点头。"这位是?"

"我的学徒,奥尔夫。"

"很好,请跟我来。"

我们走上一条没有铺地毯的木制楼梯,医生环顾四周,表情若有所思。她注意到我正用狰狞的表情瞪着女仆的黑色后背,但没有说什么,只是微笑着朝我挤了挤眼睛。

刚才擅自对医生说话的仆人锁上了通往码头的小门,然后消失在另一扇门背后。我猜那扇门应该通往仆人候命的地方。

楼梯又窄又陡，只有每层转角处狭长的窗户提供一些光照。每层楼还有一扇窄门。我突然想到，这些封闭的楼层可能都是用来收容孩子的。因为唐奇是知名的儿童贩子。

我们来到第二层。"奴隶主唐奇的症状——"医生开口道。

"请不要在这条楼梯上说话，"表情严厉的女人打断了她。"隔墙有耳。"

医生没再说话，但是转过来又看了我一眼。她眼睛睁得老大，嘴角向下耷拉着。

我们被领到了大宅的第三层，走上一条宽敞而奢华的走廊。两边墙上装饰着画作，前方是一扇高大的玻璃窗，正对着运河远处的豪宅房顶，还能看见更远处的天空和云朵。走廊上有好几扇又高又宽的房门，我们被领向最高最宽的那扇门。

女仆握住门把手。"刚才在码头上，"她说，"那个仆人。"

"他怎么了？"医生问。

"他对你说话了？"

医生凝视了她一会儿。"我问了个问题。"她说。（这是我听见医生直接撒谎的少数几个场合之一。）

"我猜也是。"女人说完打开房门。我们走进一间宽敞而光线昏暗的房间，只有蜡烛和油灯照明。脚下的地毯松软而温暖，一开始我还以为自己踩到了一条猎犬。屋子里充满了甜甜的香气，我想我分辨到了各种已知具有治疗或滋补作用的草药气味。我尝试寻找疾病或腐败的气味，但是没能闻到。房间正中摆着一张巨大的高篷床，上面躺着一个大块头，旁边有两个仆人和一位衣着讲究的女士服侍着。我们进屋时，外面的光亮也倾洒进来，三人回头看了一眼。随后，那个神情严肃的女人就从外面关上了房门，让光线重新变暗。

医生转过身，对逐渐合拢的门缝说："那个仆人——"

"会受到责罚。"女人说完，露出了冰冷的微笑。

房门砰地关上了。医生深吸一口气，然后转向房间中央被烛火照亮的部分。

"你就是那个女医生？"衣着讲究的女士走过来问。

"我叫沃希尔，"医生对她说，"您是唐奇夫人？"

女士点点头："你能帮助我丈夫吗？"

"我还不清楚，夫人。"医生看了看房间笼罩在阴影里的部分，仿佛在猜测这里究竟有多大，"我得先看看他再做判断。请问床幔为什么被拉起来了？"

"哦，有人说黑暗能减轻肿胀。"

"让我看一眼，好吗？"医生说着走到床前。走在厚厚的地毯上感觉很奇怪，让人心神不安，就像走在行将倾覆的甲板上。

根据坊间传闻，奴隶主唐奇向来人高马大。现在他躺在床上，显得更大了。他的呼吸浅而急促，皮肤灰暗，满是斑点，双眼紧闭。"他大部分时间都昏睡不醒。"那位女士告诉我们。她身材纤细，比孩子强不了多少，长着一张苍白清瘦的脸，双手永远绞在一起。其中一个仆人正在为她丈夫擦拭额头，另一个仆人则在整理床脚的铺盖，将其仔细掖好，"他刚才把床弄脏了。"女士解释道。

"你们保留了他排出的粪便吗？"医生问。

"没有！"女士惊得花容失色，"我们不需要积存那些东西，这里有水房。"

医生取代了仆人的位置，为那个人擦拭额头。她仔细检查了病人的双眼和嘴巴，然后掀开被单，又拉起了套在那具庞大身躯上的衣服。我认识的人当中，也许只有内侍长得比这个人更胖。唐奇老爷不仅仅是胖（说真的，胖有什么错！），他还特别肿。这也太奇怪了。不等医生指出来，我就发现了怪异之处。

她转向那位女士。"我需要更多光线,"她说,"能麻烦你叫人拉开窗帘吗?"

女士犹豫了片刻,随后对仆人点点头。

宽敞的房间里顿时充满了光线。这里比我想象的更奢华——所有家具都镶了金箔,天花板上悬挂着金色织物,罩住了巨大的床架,甚至形成了床幔。每一面墙壁上都装饰着画作和镜子,地板上和桌子、边柜等各种平面上摆满了雕像,大多是仙女,还有一些古老的放浪之神。除了雕像,房间里还随处可见镀金的人类头骨。我们脚下那片柔软而有光泽的地毯呈蓝灰色,我猜是来自遥远南方的朱利安皮毛。它们如此柔软,难怪我走在上面会有种心神不安的感觉。

奴隶主唐奇在日光下看起来并不比烛光中好多少。他身上的肉全都浮肿变色了,就算他本来块头很大,此时身体的形状也非常奇怪。他闷哼一声,一直肥硕的手抽搐着,就像面团揉成的小鸟。他的妻子握住那只手,用一只手托着,把脸颊贴了上去。其实她试图用上两只手,其动作无比尴尬,让我感到很奇怪。

医生在那具硕大的躯体上四处按压,检查了一会儿。病人每次都发出闷哼和呜咽声,但没有说出让人能听懂的话来。

"他什么时候开始浮肿的?"医生问。

"我想,大约是一年前。"她回答。医生疑惑地看着她,那位女士露出了羞怯的表情,"我们才结婚半年。"奴隶主的妻子解释道。医生依旧疑惑不解,但很快露出了微笑。

"疼痛一开始严重吗?"

"女总管告诉我,他的上一任妻子说过,收获时节前后,他就开始感到疼痛。然后他……"女士拍了拍自己的腰,"他的腰围就开始变大。"

医生继续检查着那具硕大的身躯:"他的脾气变差了吗?"

女士迟疑地笑了笑。"哦,我以为他一直都……他从来不容忍别人的愚蠢行为。"她抬手抱住自己,但是还没做完这个动作就露出了吃痛的表情,继而用右手揉起了左上臂。

"你手臂很痛吗?"医生问。

女士后退一步,瞪大了眼睛。"不!"她抱着胳膊尖声说道,"不,我的手臂没事,它很好。"

医生拉好病人的睡衣,又替他盖好被单。"我无法为他做什么,最好让他睡觉吧。"

"睡觉?"女士高声道,"睡一整天,像动物一样?"

"很抱歉,"医生说,"我应该说,最好让他保持昏迷不醒。"

"你真的不能为他做点什么吗?"

"真的,"医生说,"他的病太重了,甚至已经感觉不到疼痛。他苏醒的可能性不大。我给你开一张处方,可以在他清醒时喂他服用。但我猜他弟弟已经开了同样的东西。"

女士点点头。她顶着自己丈夫那肥硕的身躯,一只手握成拳头抵着嘴角,牙齿深深陷进指节的皮肉里。"他要死了!"

"几乎已成定局。我很抱歉。"

女士摇了摇头,最后强迫自己看向别处。"我应该早点叫你来吗?如果我早点叫你来,情况会不会——"

"情况不会有任何改变,"医生对她说,"任何医生都救不了他,因为有些疾病是无法医治的。"医生垂下目光(我觉得她的表情有点阴冷),看着躺在大床上气喘吁吁的身体,"值得高兴的是,有的疾病不会传染。"她抬头看向女士,"所以你无须担心。"说完,她又看了看屋里的仆人。

"我该付你多少钱?"奴隶主的妻子问。

"你认为合适就可以了,"医生说,"我并没有做什么,你也许认为我一个子儿都不配得到。"

"不，我完全没有这样想。"女士走向床边的柜子，从里面拿出一个造型朴素的束口袋，递给了医生。

"你真的应该找人看看手臂，"医生轻声说着，同时仔细观察她的面部，主要是口部，"那也许意味着——"

"不，"女士飞快地拒绝了，并且移开目光，走向旁边的窗户，"我很好医生。非常好。感谢你专程出诊。日安。"

我们坐在回程的轿子上，摇摇晃晃地穿过兰德大街，朝王宫走去。我忙着折起浸香的手帕，医生却悲伤地笑了。她一路上都在想心事，看起来有点儿郁郁寡欢（我们离开时跟来时一样，走的是屋后的私人码头），"奥尔夫，你还在担心致病物质吗？"

"夫人，我从小就是被这样教育长大的，而且这种预防措施看起来很明智。"

她重重地叹了口气，看向周围的人群。"致病物质。"她嘀咕了一声，更像在自言自语。

"夫人，您说的那些来自昆虫身上的致病物质……"我记起主人告诉过我的事情，便开口道。

"嗯？"

"我们能从昆虫身上提取那些东西，然后拿来使用吗？比如用来暗杀，像是制作那种昆虫的浓缩物，加入药剂中毒死别人？"我尽量故作天真地问道。

医生露出熟悉的表情。通常情况下，这意味着她要对某个医学方面的主题展开极其冗长而复杂的解释，然后表明我对那个主题的所有见解都完全错误。但是这一次，她在开口前及时制止了自己，然后移开目光，短促地答道："不。"

我们沉默了一会儿。在此期间，我专注地听着镶边装饰的轿杠发出吱吱嘎嘎的响声。

"夫人，唐奇夫人的胳膊怎么了？"过了一会儿，我问道。

医生叹了口气："我猜她的胳膊断了，没有接好。"

"可是夫人，随便哪个正骨师都懂得接骨！"

"有可能是桡骨骨折。那种骨折最不好处理。"她看向街上熙熙攘攘、讨价还价、争吵不休的人群，"但一个有钱人的妻子……尤其是家中有医生的人……"她缓缓转过来看着我，"那样的人应该能得到最好的治疗，你不觉得吗？但是她看起来好像没有得到任何治疗。"

"可……"我正要开口，接着恍然大悟，"啊。"

"没错。"医生说。

我们都盯着人群看了一会儿，任凭轿夫抬着我们在中间穿行，走向山顶的宫殿。过了一会儿，医生叹了口气，然后说："我还能看出她的下巴不久之前被打坏过，同样没有得到治疗。"说完，她从外套里拿出唐奇夫人刚刚给他的钱袋，说了一句完全不符合她性格的话，"你瞧，那边有家酒馆，我们去喝一杯吧。"她注视着我，"奥尔夫，你会喝酒吗？"

"我不，呃，其实不太，我喝过，可是——"

她朝轿子一侧抬起手，后面的轿夫朝前面的搭档喊了一声，接着我们便有序地停在了酒馆门外。

"来吧，"她拍了拍我的膝盖，"我教你。"

6 保镖

佩伦德夫人在后宫内侍保持一定距离的陪同下,像往常一样在用过早餐后开始了日常散步。那天她走的路线通往东翼那座较高的塔楼,她知道那里可以通往屋顶。天气晴朗,视野特别好,从那里可以看到宫廷的尖顶和穹顶,以及远处的平原和山丘。

"德瓦!"

首席保镖德瓦坐在一张盖着布罩的大椅子上。那椅子是存放在塔顶房间的二十多件家具之一。他闭着眼,垂着头,听见声音后猛然警醒,环顾四周,接着眨了眨眼睛。佩伦德夫人在他身旁坐下,一身红袍被蓝色罩布映衬着,显得格外耀眼。负责护卫的白衣内侍站在了门边。

德瓦清了清嗓子。"啊,佩伦德,"他坐直身子,抚平了黑色外衣,"你好吗?"

"虽然有点惊讶,但我很高兴见到你,德瓦。"佩伦德微笑着说,"你看起来像是睡着了。我还以为护国公的首席保镖最不可能在大白天需要睡眠呢。"

德瓦瞥了一眼门边负责护卫的内侍。"护国公让我放一个夏米斯早上的假,"他说,"他跟辛克斯帕尔的代表团有个正式早餐会,那里到处都是卫兵,所以他认为我有点多余了。"

"但你不这么认为。"

"他身边都是携带武器的人。不能因为那些人是我们这边的卫兵,就不将其视作威胁。我自然觉得自己应该跟去,但他就是不听。"德瓦揉了揉眼睛。

"所以你就愤愤不平地睡了过去?"

"我看上去像是睡着了吗?"德瓦无辜地问,"我只是在想事情。"

"你看起来想得非常投入。所以想出结论了吗?"

"我的结论是,我不应该回答这么多问题。"

"好主意。因为人们总是很爱打探。"

"那你呢?"

"哦,我很少思考。因为比我更懂得思考,或是自诩如此的人实在太多了。我会冒犯到他们。"

"我是说,你怎么到这里来了?这是晨间散步吗?"

"是的,我想到屋顶上呼吸一点新鲜空气。"

"那我下次打算思考时,就得回避这个地方了。"

"我经常变化路线,德瓦,任何公共场合都不是绝对安全的回避地点。唯一安全的地方,也许是你自己的房间。"

"我努力记住了。"

"很好。这下你高兴了吧?"

"高兴?何出此言?"

"有人企图危害护国公的性命。我听说你也在场。"

"哦,你说那件事。"

"对,那件事。"

"对,我当时在场。"

"所以你高兴了吧?上次我们交谈,你还抱怨最近没碰到刺客,还以此为反证,坚持推论我们身边一定满是刺客。"

德瓦沮丧地笑了笑。"啊，是的。那么只能说，我并没有感到高兴，夫人。"

"我猜也是。"佩伦德夫人站起身要走，德瓦也站了起来，"护国公今天晚些时候要临幸后宫，"她说，"你也回来吗？"

"应该会。"

"很好。那你继续想事情吧。"佩伦德夫人微微一笑，走向通往屋顶的房门，护卫内侍跟了上去。

德瓦目送她和侍卫离开，然后舒展身体，打了个呵欠。

宫妃雅尔德是耶阿米多斯将军的宠儿，她经常被叫到将军在宫中的住所。那女孩虽然长了舌头，看似具有说话的能力，也很熟悉帝国语，甚至能听懂一些塔萨森当地的语言，可她就是不会说话。她以前是个奴隶，也许她在那段时间遭遇了一些事，导致她大脑中用来说话的部分受到了损害。尽管如此，她在被临幸时依旧能够呻吟和娇喘，正如将军不厌其烦地对朋友诉说的那般。

此时，雅尔德来到了将军的会客室，与他同坐在一张宽大的沙发上，捧着一只水晶碗喂他吃水果。将军把玩着她的黑色长发，将发丝缠在大手上，然后又松开。时值夜晚，耶阿米多斯举办的小型宴会已经结束了大约一个钟头。男人们依旧穿着晚礼服——除了耶阿米多斯，在场的还有乌尔莱恩的弟弟勒路因、护国公的内科医生布雷德勒，卫队司令泽斯皮尔，另外两位将军——斯玛尔戈公爵与劳尔布特公爵。除此之外，还有一些助手和下级官员。

"不，中间隔着一层纸板还是啥的，"勒路因说，"他肯定是撞破了。"

"我跟你说，肯定是天花板。你想想啊，那绝对是最合适的地方。一有危险就——呼啦！直冲下来。大可以直接朝制造麻烦的人扔一颗钢炮下去，相当简单。真的，笨蛋都能做到。"

"不可能，必须是墙壁。"

"泽斯皮尔应该知道，"耶阿米多斯打断了勒路因和斯玛尔戈的谈话，"泽斯皮尔？你怎么说？"

"我不在那里，"泽斯皮尔挥舞着酒杯说，"而且我当首席保镖时从来没用过彩绘室。"

"但你肯定听说过。"耶阿米多斯说。

"我当然听说过，"泽斯皮尔停下了手上的动作，让路过的仆人为他斟酒，"很多人都听说过，但从来没有人进去过。"

"所以德瓦究竟是怎么埋伏那个海洋联盟的刺客的？"斯玛尔戈问道。这位公爵在东部拥有一大块封地，但在继承战争期间，他是旧贵族中最早宣布支持乌尔莱恩的人之一。他身材瘦削，留着一头笔直的褐色长发，看起来总是疲惫不堪，"是屋顶对吧，泽斯皮尔？请告诉我，我是对的。"

"墙壁，"勒路因说，"隔着壁画，画中有个人的眼睛被切掉了！"

"我不能说。"

"你一定要说！"斯玛尔戈抗议道。

"这是个秘密。"

"真的吗？"

"是的。"

"这下好了，"耶阿米多斯对其他人说，"这是个秘密。"

"这是护国公说的，还是他那个神气活现的拯救者说的？"劳尔布特问道。这位公爵长得短粗结实，也是早期向乌尔莱恩倒戈的人之一。

"你说德瓦？"泽斯皮尔问。

"你不觉得他很神气活现吗？"劳尔布特说完，喝了一口酒。

"对，得意得很，"布雷德勒医生说，"而且聪明过头了。"

"还不好捉摸。"劳尔布特补充道,接着松开了裹在巨大身躯上的晚礼服,扫去一些食物残渣。

"你可以试试压在他身上慢慢摸。"斯玛尔戈提议道。

"我可以压你。"劳尔布特对另一个公爵说。

"得了吧。"

"你猜德瓦会为护国公侍寝吗?"耶阿米多斯问,"他真的是男宠,还是传闻有假?"

"你在后宫见不到他。"勒路因说。

"他能进去吗?"布雷德勒问道。这位宫廷医生只有在唯一的女护士忙不过来时,才被允许踏足后宫看诊。

"首席保镖?"泽斯皮尔说,"对,他可以随意挑选侍妾,就是穿蓝衣服那些。"

"啊,"耶阿米多斯轻抚着身边黑发女孩的下巴说,"侍妾,比我的小雅尔德低一档。"

"我猜德瓦从不享用那个福利。"劳尔布特说。

"有人说他会去陪伴佩伦德夫人。"勒路因说。

"那个残了一只手的嫔妃。"耶阿米多斯点点头。

"我也听说过。"布雷德勒赞同道。

"乌尔莱恩的人?"斯玛尔戈惊骇地说,"他得到了她?老天!护国公肯定会保证他想在后宫待多久都行——作为内侍。"

"我无法想象德瓦会如此愚蠢,或如此放纵,"布雷德勒说,"那一定只是骑士之爱。"

"他们也有可能图谋不轨,对不对?"斯玛尔戈提出。

"我听说他会去城里的妓院,但不经常光顾。"勒路因说。

"有女人的妓院?"耶阿米多斯问道,"不是另一种?"

"有女孩子那种。"勒路因肯定道。

"要我服侍那样的人,肯定会要求他双倍支付,"斯玛尔戈说,

"你们发现没？他身上有股酸臭味。"

"可能你的鼻子比较灵敏。"布雷德勒医生说。

"也许德瓦得到了护国公的特许，"劳尔布特提出，"特许他跟佩伦德上床。"

"可她是个残废！"耶阿米多斯说。

"但她还是很漂亮。"斯玛尔戈说。

"我必须指出，有些人恰恰更容易被身体上的残缺激发情欲。"布雷德勒医生补充道。

"泽斯皮尔，你会享受这样的特权吗？"劳尔布特对年长的卫队司令问道。

"很遗憾，并不会，"泽斯皮尔说，"我也不认为德瓦会。我猜，他们之间只有思想上的交流，而非肉体。"

"两个都聪明过头了。"斯玛尔戈嘀咕着，又叫人倒了更多的酒。

"那你最怀念原本在德瓦的职位上能享受的什么特权？"劳尔布特说着，垂下目光剥开一块水果，还挥手赶开了要替他剥水果的仆人。

"我很怀念每日跟随护国公的日子，除此之外没有别的了。那是一份令人不安的工作，更适合年轻人。我现在的工作无须面对带着杀意的大使，但也足够刺激了。"

"得了吧，泽斯皮尔，"劳尔布特吮吸着水果，朝果皮碗里吐出一团籽，又吸了几下，然后吞咽下去，擦了擦嘴，"你肯定恨死德瓦了，对不对？他取代了你。"

泽斯皮尔沉默了一会儿。"公爵大人，有时取代才是正道，您不这样想吗？"他又看了看别人，"我们都取代了旧日的国王。这是必须要做的事情。"

"你说得对。"耶阿米多斯说。

"那当然了。"勒路因赞同道。

"嗯!"布雷德勒点点头,嘴里塞满了甜蜜的果肉。

劳尔布特点点头,斯玛尔戈则叹息一声。"取而代之的是我们的护国公,"他说,"我们只是帮了他一把。"

"并为此感到骄傲。"耶阿米多斯一掌拍向沙发边缘。

"所以你压根不怨恨那家伙?"劳尔布特问泽斯皮尔,"看来你确实是个大圣人。"他摇摇头,又掰开一个水果。

"我不怨恨他,正如您不怨恨护国公。"泽斯皮尔说。

劳尔布特停下了吃水果的动作。"我为何要怨恨乌尔莱恩?"他问。"我尊敬乌尔莱恩和他所做的一切。"

"包括将我们召进宫中,"斯玛尔戈说。"否则我们还是下级官员,得不到青睐。我们都得感谢首席将军,就像那些把他的同意书——你们管那叫什么?特许证。就像那些把他的特许证钉在墙上的商人一样。"

"正是如此,"泽斯皮尔说,"万一护国公出了什么事——"

"那可怎么行!"耶阿米多斯说。

"——像您这样的公爵,一位在旧政权下出身高贵,却对护国公及其新秩序忠心耿耿的将军,难道不正是人们寻求的下一任继承人吗?"

"别忘了还有那个男孩呢。"斯玛尔戈打着呵欠说。

"这种谈话真让人不舒服。"勒路因说。

"不,"泽斯皮尔看向勒路因,"但我们必须坦然谈论这种事。那些对塔萨森和乌尔莱恩心怀不轨的人肯定不会避而不谈。我们必须有所准备,勒路因。你是护国公的弟弟,如果他出了意外,人民可能会寻求你的保护。"

勒路因摇摇头。"不,"他说,"我借着他的地位已经爬得很高了,人们已经认为我德不配位。"他看了一眼劳尔布特,后者面无表情地回望着他。

"哦,是的,"斯玛尔戈挥了挥手说,"我们这帮公爵总是特别反对与生俱来的地位。"

"管家到哪去了?"耶阿米多斯说道,"雅尔德,亲爱的,帮我去把奏乐的找回来,好吗?他们聊的事情让我头痛得很,我们需要音乐,还有歌舞!"

"在这儿!"
"看,他在那里!"
"快,抓住他!抓住他!快去!"
"啊!"
"太慢了!"
"我赢了我赢了我赢了!"
"你又赢了!这年轻人怎么如此狡诈!"

佩伦德用好手抱起小男孩,让他坐在自己身边。乌尔莱恩的儿子拉登斯被她挠得不断扭动,最后一头钻进嫔妃的长袍底下藏了起来。此时德瓦几乎跑到了后宫外围会客厅的另一头,也没能抓住拉登斯,正气喘吁吁地赶回来。

"那孩子到哪儿去了?"他喘着粗气问。

"孩子?什么孩子?"佩伦德夫人双手搭在脖颈上,镶着蓝边的眼眸瞪得老大。

"唉,算了。我刚刚追着那个小坏蛋跑了好久,得坐下来喘口气。"德瓦正好坐在男孩旁边,他的裤脚和鞋子还露在佩伦德那身长袍的外面。拉登斯忍不住咯咯笑了起来。"这是什么?哎,这是那个小坏蛋的鞋子。看!"德瓦一把抓住拉登斯的脚脖子。袍子里传来一声模糊的尖叫,"还有他的腿!我猜其他部分也在这里!没错了!他就在这里!"佩伦德拉开长袍,让德瓦抓住男孩挠他的痒痒,接着从沙发另一端拿了个靠垫,放在男孩身下。德瓦将他重重地放在垫子上,"你知道赢了捉迷藏的孩子会有什么遭遇吗?"德瓦问道。拉登斯瞪大眼睛摇了摇头,还想吸吮大拇指。佩伦德温柔地抬手阻止了他。"他们会……"德瓦压低声音,凑近男孩的脸,"得到糖果!"

佩伦德拿出一盒水果糖。拉登斯高兴地尖叫一声,盯着盒子搓起了小手,忙着想应该先吃哪一个。最后,他干脆抓了一小把。

休伊斯,另一位红袍嫔妃重重地坐在佩伦德和德瓦对面的沙发上。她也参加了捉迷藏。休伊斯是拉登斯的姨妈,她的妹妹在继承战争爆发前,因诞下拉登斯而难产丧命。休伊斯是个丰满柔软的女人,长着一头桀骜不驯的金色卷发。

"拉登斯,你今天上课了吗?"佩伦德问。

"上了。"男孩回答。他个子很小,像他的父亲,但有一头发红的金发,像他的母亲和姨妈。

"那你今天学了什么?"

"等边三角形,还有历史,关于曾经发生过的事情。"

"我明白了。"佩伦德帮男孩整好衣领,又梳理了头发。

"有个人叫纳拉杰斯特。"男孩舔着手指上的糖霜说。

"纳拉杰斯特。"德瓦重复了一句。佩伦德打手势示意他安静。

"他透过一根管子观察天空,然后告诉皇帝……"拉登斯眯起眼睛,抬头看着会客厅圆顶上的三盏明灯,"波斯赖德——"

"普伊赛德。"德瓦嘀咕道。佩伦德皱着眉瞪了他一眼,还喷了一声。

"——天上有好多着火的大石头,要小心!"男孩站起来,高声喊出最后三个字,然后重新坐下,一手摸着嘴唇,打量着糖果盒,"皇帝没听他的,于是那些大石头把他砸死了。"

"嗯,有点简化了。"德瓦说道。

"真是个悲伤的故事！"佩伦德揉着孩子的头发说，"可怜的老皇帝！"

"是啊，"男孩耸耸肩，"不过爸爸来了，让一切恢复了正常。"

三个大人对视一眼，然后笑了起来。"对啊，他确实做到了，"佩伦德拿开糖果盒，藏到身后。"塔萨森再次强大起来了，对不对？"

"嗯。"拉登斯哼了一声，想钻到佩伦德背后寻找糖果盒。

"我想是时候讲个故事了，"佩伦德拉着男孩坐直身子。"德瓦？"

德瓦坐着想了一会儿。"呃，"他说，"这算不上什么故事，但勉强算是个故事。"

"那就说来听听。"

"孩子能听吗？"休伊斯问。

"我适当调整一下。"德瓦往前坐了坐，摆好剑和匕首的位置，"很久很久以前，有一片奇异的魔法大陆。在那里，每个男人都是国王，每个女人都是王后，每个小男孩都是王子，每个小女孩都是公主。那里没有饥民，也没有身患残疾的人。"

"那里有穷人吗？"拉登斯问。

"那要看你怎么定义了。可以说没有，因为他们都拥有自己想要的财富。也可以说有，因为有人选择一无所有。他们的心愿是不拥有任何东西，而他们更愿意待在沙漠、深山或森林里，住在洞穴或树上，要么就四处流浪。有的人住在大城市，但那些人也喜欢四处漫游。不管他们漫游到哪里，都是根据自己的心愿选择前路。"

"他们是圣人吗？"拉登斯问。

"也许算是吧。"

"那他们都长得美丽而高贵吗？"休伊斯问。

"那要看你如何定义美丽，"德瓦抱歉地回答道。佩伦德恼怒地叹了口气,"有的人能在丑陋中发现美丽,"德瓦说,"如果每个人都美丽,那么丑陋或平凡也就有了独特之处。但总的来说,每个人都拥有他们想要的美丽。"

"你说了那么多如果和可是,"佩伦德说。"那听起来就像一片非常模棱两可的土地。"

"可以这么说。"德瓦微笑起来。佩伦德抄起靠垫扔了过去,"有时候,"德瓦继续道,"那里的人开拓土地时——"

"那个地方叫什么名字?"拉登斯插嘴道。

"哦……当然了,那地方叫拉维西亚。总之,有时候拉维西亚的居民会发现一大群游民,他们就像是自己国度里的穷人或圣人。只不过,那些游民并非自己选择了那种生活。有的人是迫不得已才沦落至此。那些人没有拉维西亚人所谓的优势。事实上,那些人很快就成了拉维西亚人面对的最大问题。"

"什么?他们没有战争、饥饿、瘟疫和苛捐杂税吗?"佩伦德问。

"没有。后面三者的可能性都不存在。"

"我有点难以相信。"佩伦德嘀咕道。

"所以,每个拉维西亚人都很快乐吗?"休伊斯问。

"他们都拥有属于自己的快乐,"德瓦说,"但一些人仍旧有办法让自己变得不快乐,就像大多数人那样。"

佩伦德点点头。"这下听起来可信多了。"

"在那片土地上,居住着一对好朋友,一个男孩和一个女孩。两人是表亲,在一起长大。他们认为自己已经是大人了,但其实他们还是孩子。两人是最好的朋友,但他们在很多事情上会有分歧。他们讨论过最重要的事情就是拉维西亚人碰上游民时应该怎么做。是对他们置之不顾,还是尝试让他们过上更好的生活?就算你认为应该帮助他们过上更好的生活,又该怎么做?是要他们加入我们，变得跟我们一样？还是为了他们放弃自己的生活，放弃自己信仰的众神，放弃自己的所有信念和构成了精神世界的所有传统？或者对他们说：我认为你们应该继续这种流浪生活，而我会像待孩子一样待你们，给你们一些小玩意，让你们的生活变好？又有谁能决定哪种做法更好呢？"

拉登斯在沙发上不停扭动，而佩伦德则极力想让他保持静止。"那里真的没有战争吗？"孩子问。

"是啊，"佩伦德担心地看着德瓦，"你说的东西对拉登斯这个年龄的孩子来说可能有点抽象了。"

德瓦伤感地笑了笑。"好吧，在非常遥远的边境会发生一些规模很小的战争，但简而言之，那两个朋友决定将各自的理论付诸实践。他们还有一个朋友，是一位女士……她非常喜爱那两个朋友，也非常聪明美丽，很愿意给他们其中任何一个人发奖励。"德瓦说到这里，看了一眼佩伦德和休伊斯。

"任何一个人？"佩伦德勾着嘴角问道。休伊斯则垂下了目光。

"她是个胸襟开阔的人，"德瓦清了清嗓子，"总之他们决定，两个表亲分别向她阐述自己的理论，辩论的失败者要离开，让胜者得到那位女士的奖励。"

"你说的第三个朋友知道那对表亲的有趣争论吗？"佩伦德问道。

"名字！他们叫什么名字？"拉登斯也问了一句。

"对呀，他们叫什么？"休伊斯说。

"女孩叫赛克鲁姆，男孩叫希利提。他们那位美丽的朋友叫勒里尔。"德瓦看了一眼佩伦德，"她事先并不知道两人的争论。"

"啧。"佩伦德说。

"于是，三个人相约在一座高山上的狩猎小屋见面——"

"有窒息平原那么高吗？"拉登斯问。

"没有那么高,但是更陡峭,还有非常尖锐的山峰。现在——"

"男孩和女孩的观点分别是什么呢?"佩伦德问。

"嗯?哦,赛克鲁姆认为他们应该干预,或尝试施以援手。希利提认为最好别管那些人。"德瓦说,"总之,他们吃了美食,喝了好酒,有说有笑地聊了许久。期间,赛克鲁姆和希利提对勒里尔阐述了自己的观点,并问她谁的想法正确。勒里尔想说他们都对,只不过在某些情况下,只有一种做法是对的,其他则是错的,但在某些情况下,结果又相反……可是说到最后,赛克鲁姆和希利提要求勒里尔必须选出一种,于是她选择了希利提。可怜的赛克鲁姆只好离开了狩猎小屋。"

"勒里尔要送什么给希利提?"拉登斯问。

"甜甜的东西。"德瓦说着,像变戏法一样从口袋里变出了水果糖。他把糖果递给兴高采烈的孩子,拉登斯迫不及待地放进了嘴里。

"然后呢?"休伊斯问。

"勒里尔发现她的奖励被当成了赌注,因此很伤心,离开了一段时间——"

"她不得不离开吗?"佩伦德问,"在体面的社交圈子里,女性有时必须这么做,待事情自然解决后再回来。"

"不,她只是想去别的地方,远离她认识的人。"

"什么?不带上她的父母吗?"休伊斯怀疑地问。

"一个人都不带。后来,赛克鲁姆和希利提发现,勒里尔可能是因为他们两人才离开的,因为他们做了一件坏事。"

"现在有三个皇帝,"拉登斯嚼着水果糖,突然插嘴道,"我知道他们的名字。"佩伦德示意他安静。

"勒里尔回来了,"德瓦对他们说,"但她在远方交到了新朋友,也在远方有了一些改变。于是,她再次离开,永远停留在那个远方。相传,她在那里快乐地活到了最后。赛克鲁姆成了一名拉维西亚的从军传教士,参加远方的小战役。"

"女战士?"休伊斯问。

"差不多,"德瓦说,"也许相比战士,她更偏向于一名传教士,甚至间谍。"

佩伦德耸耸肩:"听说夸瑞克的巴尔尼姆都是女战士。"

德瓦向后靠在椅背上,露出了微笑。

"哦,"休伊斯略显失望地说,"故事说完了?"

"暂时说完了。"德瓦耸耸肩。

"后面还有吗?"佩伦德说,"你最好都说完,我们无法忍受悬念。"

"下次再说吧。"

"希利提后来怎么样了?"休伊斯问,"他的表亲离开后,他怎么样了?"

德瓦笑而不语。

"很好,"佩伦德睨了他一眼,"你就卖关子吧。"

"拉维西亚在什么地方?"拉登斯问,"我学过地理。"

"很远的地方。"德瓦告诉他。

"在海的那一边吗?"

"很远,在海的那一边。"

"比茨尔斯克还远?"

"远多了。"

"比瑟隆岛更远?"

"哦,比那里远多了。"

"比……德里岑[①] 更远?"

[①] 拉登斯发错了音,实为德雷岑。

"甚至比德雷岑更远，在假想大陆之上。"

"那里有糖做的山峦吗？"拉登斯问。

"所有山都是糖做的，所有湖里面都是果汁，所有狩猎动物都长在树上，天生就是熟的。其他树上还长各种各样的树屋，弹弓和弓箭都像水果一样长在树上。"

"我猜那里的河里流淌着美酒？"休伊斯问。

"是的，平房、楼宇河桥梁都铺满金子和钻石，那里遍地都是珠宝。"

"我养了一只埃塔尔，"拉登斯对德瓦说，"它叫晃晃。你想看吗？"

"当然想。"

"它在花园的笼子里，我去带过来。我们走吧。"拉登斯拉着休伊斯站了起来。

"反正也到他在花园疯跑的时间了。"休伊斯说，"我很快就回来，带着那个疯疯癫癫的晃晃。"

德瓦和佩伦德看着二人沐浴在白袍内侍审视的目光中，缓步离开大厅。

"好了，德瓦先生，"佩伦德说。"你已经拖延了很长时间，是时候跟我讲讲你制服那位刺客大使的故事了。"

德瓦把他觉得能说的都告诉了佩伦德夫人，但没有提及他为何能及时阻止刺杀行动。佩伦德心中有数，也没有追问。

"那些跟随海洋联盟大使一同前来的人怎么样了？"

德瓦面露难色："我想他们对那人的计划一无所知。也许有一个人知道，因为我们在他那里搜到了刺客服用的药物。但其他人都不知情，无非是一些把此行当成了一场刺激冒险的天真无辜人士。"

"他们受到严刑拷问了吗？"佩伦德小声问。

德瓦点点头，看着地板说："只有他们的脑袋能踏上归途。有人告诉我，那些人死前都很高兴自己被砍头。"

佩伦德轻轻把手搭在他的胳膊上，然后马上拿开，瞥了一眼高台上的内侍。"是他们的主人派他们踏上了不归路，这不应该怪你。就算他们的计划成功了，那些人也不会少受一些罪。"

"我知道，"德瓦勉强挤出了笑容，"也许这是一种职业病性质的缺乏共情。我接受的训练是迅速杀死或致残对手，而不是慢慢折磨他们。"

"所以你真的还不满意吗？"佩伦德说，"那是一场精心策划的刺杀，你不觉得这恰好证明了，宫中并不像你所说的那样潜伏着刺客吗？"

"也许吧。"德瓦尴尬地说。

佩伦德笑了："你一点都不打算让步，对不对？"

"是的。"德瓦承认道，继而转开目光，"其实也不对，还是有这么一点。但那只是因为我决定承认你是对的。不管发生什么，我都会担心，并且做出最坏的解释。我没办法不担心，因为担心是我的常态。"

"所以你无须为你这种爱操心的性格担心。"佩伦德微笑着说。

"差不多就是这样，否则真的会没完没了。"

"这是最务实的做法。"佩伦德前倾身子，用手托着下巴，"你刚才讲的赛克鲁姆、希利提和勒里尔的故事有什么深意吗？"

德瓦露出尴尬的神情。"我也不清楚，"他坦白道，"我听过别人用另一种语言讲述这个故事，但是翻译过来效果不太好。而且……需要翻译的不仅是语言，还有一些看法和……一些思想行为，这些都需要经过修饰才能让人理解。"

"好吧，你基本上成功了。那是真实发生过的事情吗？"

"是的，那是真事，"德瓦说完，靠在椅背上大笑起来，然后摇了摇头,"不,我只是在耍你。那怎么可能是真事呢?我发誓,就算你找遍最新的仪器,看遍最新的地图,一直搜寻到世界的尽头,也不可能找到拉维西亚。"

"哦,"佩伦德失望地说,"所以你并非来自拉维西亚?"

"一个人要怎么来自并不存在的地方?"

"但你来自……莫特罗奇,不是吗?"

"我的确来自莫特罗奇。"德瓦皱着眉说,"但我不记得告诉过你这件事。"

"那里有大山,对不对?那是其中一个……叫什么来着?对了,叫半隐之地,半隐王国。一年有半年无法到达。但是有人说,那是个小小的天堂。"

"半个天堂。春夏秋三季,那里的风景美如画。可是到了冬天,那里很难熬。"

"四季中的三季如此美妙,已经足够取悦大多数人了。"

"然而第四个季节比其他三个季节都长。"

"那里发生过你说的那个故事吗?"

"也许吧。"

"你是主人公中的一员吗?"

"有可能。"

"有时候,"佩伦德收回身子,露出烦躁的神情,"我能理解君主为何要雇佣拷问者。"

"哦,我一直都能理解,"德瓦轻声说,"只是不能……"他及时闭上了嘴,然后绷直身子,抚平外衣,抬头看向灯火通明的圆顶上投下的淡淡阴影。"也许我们有时间下一盘棋。您有兴致吗?"

佩伦德盯着他看了一会儿,然后叹了口气,同样绷直了身子。"我们玩'君主之争'吧,这可能是你唯一适合玩的游戏。当然,其实还可以玩——"她说到这里,抬手叫住一个候在门边的仆人,

"'说谎者的骰子',以及'保守秘密'。"

德瓦靠在沙发上看着佩伦德,佩伦德则看着走近的仆人。"还有'诡计',"她补充道,"以及'布拉格人的自夸''真理的气息''奸诈游戏',还有'绅士的误导'……"

7 医生

"我的主人为你的夫人准备了一个惊喜。"

"真的吗!"

"其实是个大惊喜吧!嗯?"

"我的也是。"

席上又传来了不少评论和口哨声,但是过后看来,那些动静与智慧毫不相关。

"你是什么意思?"我问。

费莱查罗,瓦伦公爵的学徒朝我挤了挤眼睛。他是个敦实的家伙,长着一头狂野的棕发,除了大剪子,任何东西都无法驯服它。费莱查罗此时正在擦靴子,其他人则忙着吃晚餐。现在正值第455次巡游,我们在瞭望的平原上搭了一顶帐篷。按照传统,在第一站扎营时,高级侍从要和学徒一起用晚餐。费莱查罗的主人允许他加入我们,但他因一个常犯的错误而被罚做额外的工作,要在第二天出发前擦亮一双靴子和一副生锈的古老仪式盔甲。

"什么计划?"我追问道,"公爵找医生能有什么事?"

"这么说吧,他有点疑心。"费莱查罗用抛光刷拍了拍鼻子。

"疑心什么?"

"我的主人也有点疑心。"乌努尔说着,将一块面包掰成两半,抹掉盘子上的肉汁。

"太对了。"埃普莱恩，卫队司令阿德兰的侍从说道。

"他是有疑心。"乌努尔黑着脸坚持道。

"他还在你身上实验他的新想法，对不对，乌努尔？"一名侍从大声问道，接着转向其他人，"我们在澡堂里见过乌努尔一次——"

"对，就是那一次！"

"哪一年来着？"

"是见到了，"那位侍从继续道，"你真该看看那小子身上的伤疤！我告诉你，诺列蒂对他简直像个禽兽！"

"他什么事都愿意教我！"乌努尔站了起来，眼中含着泪光。

"闭嘴吧，乌努尔，"乔利斯说，"别让这些乌合之众戏弄你。"乔利斯身材矮小，但是皮肤白皙，比我们年长一些，是奥明公爵的侍从。医生离开米菲利的商行后，曾在奥明公爵手下干过一段时间，直到她被国王征用。乌努尔闻言，骂骂咧咧地坐了下来，"费莱查罗，你说的是什么计划？"乔利斯问。

"别问了。"费莱查罗吹起了口哨，突然一反常态地认真看着手上正在擦拭的靴子，不一会儿还开始对它们说话，仿佛要劝说它们自己变干净。

"那孩子真让人无法忍受。"乔利斯说着拿起一壶掺了水的酒。那是我们能喝的最烈性的饮料。

晚餐过后，我和乔利斯沿着营地边缘闲逛。一座座小山从我们的两侧延伸到远方，而我们身后，夏米斯散发着万丈红光，慢慢落到平原之下，远在火山湖彼方的圆形海面另一头。

云层一半沐浴着夏米斯的暮辉，一半披挂着西亘的昼光，一面是金光灿烂，另一面则呈现出红色——赭石、朱红、橙红、猩红……宛如色彩斑斓的荒野。我们走在安息的家畜中间，它们都陷入了沉默。大多数马匹头上套着袋子，一些较好的坐骑则配了优雅的眼罩，最好的那些坐骑甚至拥有自己的旅行马厩。而那些较差的畜生只是被人随手捡了块破布蒙起眼睛。它们一个接一个俯伏在地上，准备睡觉。我和乔利斯在中间穿行，乔利斯嘴里还叼着一根长烟斗。他是我最年长且最好的朋友，我在随医生前往哈斯皮德之前，就在公爵家认识了他。

"也许没什么，"他说，"费莱查罗喜欢自言自语，总是假装他知道一些无人知晓的秘密。我不会担心那个问题，但如果你觉得有必要，当然可以向你的夫人汇报。"

"嗯。"我想起（从更成熟的角度回首当时青涩的自己）我当时不知该怎么做。瓦伦公爵是个有权势的人，也是个阴谋家。他可不是医生能够承受得起的敌人，而且我在为医生考虑时，还要考虑我真正的主人。我应该对他们都缄口不言吗？还是只告诉其中一个？如果是后者，我该选择告诉谁？或者两个都告诉？

"听着，"乔利斯停下来转向我（我觉得他故意等到周围没有人了，才说出最后那句话来），"我不确定这个消息对你是否有帮助。听说瓦伦可能已经派人去了赤道库斯克里。"

"库斯克里？"

"对，你听说过那个地方吗？"

"算是吧。那是个港口，对不对？"

"港口，城邦，海洋联盟的基地，还有人说那里是海怪的巢穴……但重点是，那是南方地区最北端的人群聚居地，而且据说那里有很多大使馆和公使馆。"

"所以呢？"

"很显然，瓦伦公爵派人去库斯克里，是为了寻找一个来自德雷岑的人。"

"来自德雷岑！"我惊呼一声，接着压低了声音。因为乔利斯皱起眉，看了看周围沉睡的动物，"可是……为什么？"

"我也猜不出来。"乔利斯说。

"去库斯克里要多久？"

"路上要将近一年，但是听说回程会快一些。"他耸了耸肩，"因为顺风。"

"派人去那么远的地方也太夸张了。"我若有所思地说。

"我懂，"乔利斯吸了一口烟斗，"我的人猜测那跟贸易有关。你知道的，人们总想靠香料、药水或新奇的水果发财致富，前提是他们能运着那些东西绕过海洋联盟，并避开风暴。但我主人得到了一些消息，表明瓦伦派出去的人只是在找一个人。"

"哦。"

"嗯。"乔利斯站起来，面向缓缓下沉的夏米斯，面庞被西边的火焰色云彩映得发红，"夕阳不错。"他说着，又吸了一口烟。

"很美。"我赞同了一句，但并没有认真欣赏。

"当然了，最美的日落发生在帝国覆灭的时期。你不觉得吗？"

"嗯？哦，那当然。"

"那是上天对天空崩塌的补偿。"乔利斯盯着烟锅，皱眉思考。

"嗯，是啊。"应该告诉谁？我心里想。应该告诉谁……

主人，医生在国王去伊夫尼尔宫的巡游过程中，每天都在国王的帐篷里照顾他，因为那位君主受到了背部疼痛的困扰。

医生坐在奎斯国王的卧床边上，对他说："先生，如果您的疼痛如此难忍，就应该休息一下。"

"休息？"国王转过身趴在床上，"我怎么休息？现在是在巡游途中呢，你这白痴。如果我休息了，所有人都会停下来休息。照这样下去，等我们抵达夏季行宫，就是时候启程回来了。"

"好吧，"医生把国王的内衫从马裤里拉出来，露出宽大结实的背部,"你可以在马车上仰躺着休息,先生。"

"那样也痛。"国王埋在枕头里说。

"可能会有点痛,先生,但很快就能好起来。整天骑马只会让情况越来越糟。"

"可是马车摇晃个不停,车轮还会撞到地洞和车辙。我很肯定这条路比去年来的时候糟糕多了。威斯特?"

"先生?"肥硕的内侍应了一声,快步走出候命的角落,来到国王身边。

"叫人找找是谁负责这段路。过路费都收上来了吗?有没有花在道路整修上面?如果没有,那钱花到哪里去了?"

"我这就去问,先生。"威斯特匆匆离开了帐篷。

"没有一个公爵能好好征税,沃希尔,"国王叹息道,"你也不能信任他们的征税官。那帮人的权限太大了,太多征税官为自己买下了男爵领地,我不喜欢这样。"

"您说得是,先生。"医生说。

"是的,我一直在想应该建立更多……城镇或城市规模的,呃……"

"权力机关,先生?"

"是的,是的,权力机关。由有声望的公民组成的理事会。也许一开始就让他们监督道路和城墙的整修。他们比那些公爵更关心这类工作,公爵只关心自己的房子,以及自己的狩猎场地有多少猎物。"

"我认为这是个很好的主意,先生。"

"是的,我也这么想。"国王看向医生,"你们有那个,对吧?"

"您说理事会吗,先生?"

"是的。我很确定你提到过。而且肯定是为了对比我们这边落后的执政系统。"

"我真的会做那种事吗，先生？"

"哦，沃希尔，我觉得你会。"

"不过我确实认为，我们的执政系统能提供更好的路况。"

"但是话说回来，"国王闷闷不乐地说，"如果我夺走了男爵的权限，他们会不高兴。"

"那就封他们为大公吧，先生。或者给他们一些别的奖赏。"

国王想了想："别的什么奖赏？"

"我也不知道，先生。您可以发明一些。"

"对，我可以发明一些，"国王说，"可是，一旦放权给农民或商人，他们就会想要更多。"

医生继续给国王按摩背部。"我们医生的确提倡预防重于治疗，先生，"她说，"照顾身体的最佳时机是它出问题之前。休息的最佳时机是在你感到筋疲力尽之前，而吃饭的最佳时机是被饥饿击垮之前。"

医生的手在国王背后游走，他皱起了眉。"真希望所有事情都那么简单。"他叹着气说，"如果人体能靠那种陈腔滥调来维持，那肯定比运营一个国家简单多了。"

医生似乎露出了受到冒犯的神情。"那我很高兴自己的职责在于您的身体健康，先生，而非您的国家。"

"我就是我的国家。"国王严厉地说着，表情却跟语气不符。

"那您应该感到高兴，先生。因为您的国家远比他的国王状态要好。毕竟那位国王一点都不像个明智的君王，不愿躺在马车上。"

"沃希尔！别把我当成小孩子对待！"国王大声说着，扭过身子看向她，"嗷！"他痛呼一声，又倒回床上，"沃希尔，你没有发现一个问题，"他咬着牙说，"可能因为你是个女人，所以没有意识到这个问题。马车的活动空间很小。那玩意占了整条路，你懂吗？但是一个人骑在马上，他可以灵活地绕开所有不规则的路面。"

"我明白了，先生。尽管如此，但您一整天骑在马上颠簸，压迫了您脊椎骨之间的缓冲部位，使它们挤压到神经了。这就是您背痛的原因。相反，躺在一辆马车上，不管它有多么颠簸，都对您的身体更好。"

"沃希尔，你听我说，"国王恼怒地说着，用一只手肘撑起身子，看向医生，"堂堂国王坐在舒服的座位上，被一堆女人的香枕环绕，像个细皮嫩肉的妃子，你觉得别人看到了会怎么想？贵为君主怎么能这样，嗯？别傻了。"说完，他又小心翼翼地趴了回去。

"我猜，您父亲从来没做过这种事吧，先生。"

"不，他……"国王张了张嘴，然后怀疑地回头看了一眼医生，接着说道，"不，他没做过。当然没有。他向来都骑马，所以我也要骑马。我要忍着背痛骑马，因为那是我的职责。你要缓解我的背痛，因为这是你的职责。现在，做好你的工作吧，医生，别再唠叨我了。上天保佑我远离女人的喋喋不休！啊！你能不能轻点！"

"我得找到疼痛的地方，先生。"

"这下你找到了！做你的工作，让它停止疼痛吧！威斯特？威斯特！"

另一个仆人走上前来。"他刚出去了，先生。"

"音乐，"国王说，"来点儿音乐，去找乐师。"

"是，先生。"仆人转身要走。

国王打了个响指，把他唤回来。

"先生？"

"还有酒。"

"是，先生。"

"日落真美。你觉得呢，奥尔夫？"

"是的，夫人。这是上天对天空崩塌的补偿，"我模仿了乔利斯的话（我猜他也是从别人那里听来的）。

"我觉得这是件好事。"医生赞同道。

我们坐在一辆有盖马车的前排座椅上，那辆马车一路上都是我们的临时居所。我一直在计算，过去十六天里，自己已经在马车上睡了十一天（另外五天我和其他高级侍从和学徒住在途中扎营的一座市镇的房子里），接下来这十天恐怕还要再睡上七天，直到我们抵达莱普－斯卡塔奇斯城，并在那里逗留半个月。其后的二十一天行程中，我还要在马车上睡十八天，才能抵达伊维纳吉。如果山路不好走导致行程拖延，那么就是二十二天里要睡上十九天。

医生转开目光，看向前路。这条路两侧的沙地上长着高大的树木。远处马车摇曳的顶棚上笼罩着橙黄色的阴霾。"我们快到了吗？"

"快了，夫人。这是两段路程中行程最长的一天。侦察兵应该已经看到了营地，也许前方队伍已经支起了帐篷，布置好了野外厨房。过程虽然漫长，但可以理解为节省了一天时间。"

我们前方不远处是王室的大敞篷车和有盖马车，眼前则是两匹拉车的马，它们健硕的肩膀和臀部正左右摇摆着。医生没有接受给她安排的车夫。她想自己驾车（虽然她不怎么挥动马鞭）。这就意味着我们每天晚上都得亲自喂养和照顾这些马匹。我不喜欢这件事，但我的同僚和其他学徒都喜欢。目前为止，医生承担这些琐碎工作的比例比我预想得高很多，而我则痛恨做这种事，并且很难相信她竟看不出承担这种有辱人格的工作会使我们两人受到嘲笑。

她再次看向夕阳。光线打在她的脸上，勾勒出金红的轮廓。她的头发披散在肩膀上，泛着红宝石一般的光泽。

"夫人，天上坠落火石的时候，您还在德雷岑吗？"

"嗯？哦，是的，我两年后才离开。"她似乎陷入了沉思，表情突然变得忧郁起来。

"您是从库斯克里来的吗，夫人？"

"对啊，奥尔夫，我是从那里过来的。"医生转向我，表情轻松了许多。"你听说过？"

"隐约听过，"我感到口干舌燥，不知是否该把瓦伦的侍从和乔利斯说的话告诉她。"那地方离这里远吗？"

"旅程持续了半年，"医生点点头，对着天空微笑起来，"那里很热，而且植被茂盛，空气潮湿，到处都有破败的寺院和奇怪的动物。它们在哪里可以随心所欲，因为一些古老的教派将它们视为神兽。那里的空气充满了清香，我还在那里经历过完整的夜晚。当夏米斯和西亘几乎同时落下后，白昼的天空只剩下吉杜夫、杰尔里和芙伊，伊帕瑞林被世界的阴影遮挡，有一个钟头时间，城市和海洋的上空只有星光照耀，动物们都向夜空嚎叫，我在房间里听到的涛声突然变得很大。但外面并非全然黑暗，到处都洒满银色的光芒。人们站在街道上，异常安静地注视着星空，仿佛确认到它们确实存在，而不只是一则神话，因此松了口气。当时我没有上街，我……那天我遇见了一个非常友好的海洋联盟舰长。他长得很英俊。"说到这里，她叹了口气。

那一刻，她看起来就像个年轻的姑娘（而我则是个妒火中烧的青年）。

"您的船直接从那里开到了这里来吗？"

"哦，没有。离开库斯克里之后，我又经过了四段航行。乘坐海洋联盟的三桅船杰尔里的面庞前往阿莱尔，"她露出灿烂的微笑，看着前方说，"再从阿莱尔乘坐一艘三层桨船前往福欧拉……你猜那是什么船？竟是前帝国海军的法罗西战船。接着我走陆路去奥斯克，又从奥斯克搭乘辛克斯帕尔的大商船前往伊莱恩，最后乘一条米菲利商行的单桅货船来到了哈斯皮德。"

"听起来太浪漫了，夫人。"

她对我露出了伤感的微笑。"途中也不乏贫穷和窘迫，"她拍了拍匕首的刀柄，"有一两次，我还拔出了这把匕首，不过现在回想起来，那段旅程的确很浪漫。"她深吸一口气，然后吐出来，继而转过身，抬手挡住西亘的光芒，凝视着天空。

"杰里尔尚未升起，夫人，"我安静地说着，并为身体感到的寒冷而惊讶。她奇怪地看了我一眼。

我恢复了一些理智。尽管上次我在宫中发烧时，医生说我们应该成为朋友，但我始终是她的仆人和学徒。而且，除了这位夫人，我还有一位主人。我从医生这里发现的事实对他来说也许都不新鲜，因为他的消息极其灵通，但我不能确定，所以我猜自己应该尽量挖掘医生身上的信息。或许有一天，某个细节就能为主人派上用场。

"那就是——我是说，您是因为坐了米菲利商行的船从伊莱恩来到哈斯皮德，后来才受聘于米菲利吗？"

"不，那只是个巧合。我刚到哈斯皮德那阵，在一个海员的医务室做了一段时间帮工。有一天，米菲利家的一个年轻人需要有人到返航的船只上为他提供治疗，船员提前向哨兵群岛发出了信号，可是米菲利家的医生严重晕船，不愿意乘小船过去出诊。于是，医务室的外科主任把我推荐给了费雷利斯·米菲利，让我上船去出诊了。那孩子最后活了下来，船靠岸后，我在码头上当场被任命为米菲利的首席家庭医生。老米菲利做决定时从不浪费时间。"

"那他们原来的医生呢?"

"退休了。"她耸耸肩。

我盯着两匹马的屁股看了一会儿。其中一匹马排出了大量粪便,冒着热气的排泄物很快就消失在马车底下,但那些热气还是扑到了我们脸上。

"我的老天,这可太臭了。"医生说道。我咬着舌头拼命忍笑。这就是为什么有一定地位的人通常会尽可能地让自己与畜生保持距离。

"夫人,我能问您一个问题吗?"

她犹豫了一会儿。"奥尔夫,你已经问了我很多问题,"她饶有兴致地看了我一眼,"我猜你想问一个可能会很失礼的问题?"

"呃……"

"问吧,年轻的奥尔夫。我大可以装作没听见你说话。"

"夫人,我只是想知道,"我很尴尬,感到浑身发烫,"您为什么离开德雷岑?"

"啊,"她抓起马鞭,敲了敲两匹马的轭,只有末端轻轻蹭到了马脖子。接着,她瞥了我一眼,"部分原因是想出去冒险,想去看看我认识的人都没去过的地方。部分原因是……是为了离开,忘掉某个人。"她对我露出了灿烂的笑容,过了一会儿才重新看向路面,"奥尔夫,我有过一段不快乐的情史,而且我很固执,也很骄傲。我决心离开,并且已经宣布自己要去世界的另一端旅行,所以我不能,也不会退缩。就这样,我伤害了自己两次。一次是爱上错误的人,第二次是因为太固执,即使在心平气和的时候,我也不愿放弃自己在自尊心受损的愤怒中做出的决定。"

"夫人,您的匕首是那个人送的吗?"我心里已经开始痛恨并嫉妒那个男人。

"不，"她不顾体面地嗤笑了一声，"我已经受够了他的伤害，用不着随身带着他的信物。"她低头看向插在靴子里的匕首，"这把匕首……故土的礼物。上面一些装饰则是另一个朋友给我的。我曾经跟那个朋友发生过激烈争吵。这个礼物是一把双刃剑。"

"你们为什么而争吵？"

"为很多事情，或同一件事的很多个方面。强权之外的强权是否有权将其价值观强加于他人。"她看见我困惑不解的神情，大笑起来，"举个例子吧，我们曾经就这个地方展开过争论。"

"这个地方？"我环视四周。

"这个——"她似乎改变了主意，转而说道，"关于哈斯皮德，关于帝国，关于这边的半球。"她耸耸肩，"我不会告诉你那些无聊的细节。总而言之，后来我选择了离开，而他留了下来。但我听说他最后也走了。"

"夫人，你后悔到这里来吗？"

"不，"她微笑着说，"去库斯克里的旅途上，我几乎都在后悔……但是正如其他人所说，赤道标志着一种变化。我现在仍旧怀念我的家人和朋友，但并不后悔自己做出的选择。"

"你觉得你以后还会回去吗？"

"我也不知道，奥尔夫。"她的表情掺杂着为难和期冀。接着，她又对我露出了微笑，"我毕竟是国王的御医。如果他同意放我走，就证明我没有做好自己的工作。也许我必须一直照看他，直到他垂垂老矣；或者哪天我嘴上长了胡子，头发开始稀疏，气息变得难闻，让他不再青睐于我；又或者哪天我打断他的次数太多，被他拉出去砍了脑袋。然后，你可能就得充当他的御医了。"

"哦，夫人。"我只能挤出这么几个字来。

"我真的不知道，奥尔夫。"她坦白道，"我暂时还不想制定计划，只想让命运决定我的前程。如果上天，或者不管我们怎么称呼祂——如果祂让我留下来，那我就留下来。如果祂召唤我返回德雷岑，我就离开。"她朝我凑过来，摆出密谋的表情小声说，"甚至，命运可能会将我带回赤道库斯克里。也许我还能再次见到那位英俊的海洋联盟船长。"说完，她朝我挤了挤眼睛。

"德雷岑受到天降火石的影响大吗？"我问。

我有点担心这句话是否过于冷漠，但她似乎没有注意到我的语气。"比哈斯皮德受到的影响大得多，"她告诉我，"但比帝国内陆地区要小得多。北部一座小岛上的城市几乎被大浪完全冲毁，超过一万人民死于那场灾难。除此之外，我们还丢失了一些船只，当然，各地的作物产量也持续低迷了好几个季节，农民因此抱怨不休。不过农民总是在抱怨。总的来说，我们蒙受的损失不算太重。"

"您认为那是众神的行动吗？有人说上天在惩罚我们，或者单纯在惩罚帝国。其他人则说那是旧日诸神的报复，声称他们要回来了。夫人，您怎么想？"

"我猜任何一种说法都有可能，"医生若有所思地说，"但是德雷岑有些人——有些哲学家给出了更单调的解释，你可能不想听。"

"什么解释，夫人？"

"他们说，这些灾难也许完全没有理由。"

"没有理由？"

"除了纯粹的偶然性，没有任何理由。"

我想了想。"他们不认为世上存在善恶吗？一个值得效仿，一个不值得效仿，甚至应该惩戒？"

"少数人会说世上不存在那种东西。大部分人认为存在，但只存在于我们的思想中。撇开我们而言，世界本身并没有那种东西，因为那不是事物，而是观念。世界本没有观念，直到人类出现，才有了观念。"

"所以他们认为人与世界不是同时被创造的?"

"没错。至少不是有智慧的人。"

"那他们是西亘信徒吗?他们认为小太阳创造了我们?"

"有人认为如此。他们宣称人曾经与动物无异,我们也曾习惯于在夏米斯落下之后入睡,并随着它的升起而醒来。有人认为我们都是光,是夏米斯的光芒令世界成型,就像人们脑中的观念,像一场庞大而复杂的梦,而西亘的光芒正是我们作为思考的生命的体现。"

我尝试理解那个奇怪的概念,正想说它与普通的信仰没有什么不同,却听见医生突然问:"奥尔夫,你信仰什么?"

她看着我,面庞映照出柔和的黄昏之光,西亘的光芒洒落在她那半卷的红色长发上。

"什么?哦,当然跟别人的信仰一样啊,夫人。"我说完才意识到,医生来自德雷岑,显然她那里的人脑子里都有奇怪的想法,或许会有不一样的信仰,"我的意思是跟这里的人一样,也就是跟哈斯皮德……"

"我知道。但你个人信仰什么?"

我对她皱起了眉。那张如此高贵而温柔的面庞不应该面对我这样的表情。医生真的认为每个人的信仰都不一样嘛?人们只会信仰他们需要信仰的东西,信仰有意义的概念。除非那是个外国人,或者哲学家。"我相信天意,夫人。"

"当你说天意的时候,心里想的是神明吗?"

"不,夫人。我不相信旧神,现在已经没有人相信祂们了。至少没有哪个正常人会相信。天意就是法则,夫人。"

我努力不让自己听起来像在对孩子说话,以免冒犯了她。我曾经目睹过医生的天真之处,并将其归咎于她所习惯的处事方式与异国他乡的处事方式不太一样。但现在将近一年过去了,我们显然在某些方面依旧存在着差异,却误以为彼此有着共同的看法。"自然之理决定了物理世界的秩序,人类之法决定了社会的秩序。"

"嗯。"她应了一声,表情看似若有所思,又好像夹杂着一丝怀疑。

"一种法则发自另一种法则,就像从泥土中长出的植物。"我想起自己受过的自然哲学教育,便补充道。(我坚定而努力地试图拒绝接受我认为学校教育中最不相关的部分,但显然没有成功。)

"这与夏米斯照亮了世界的主要部分,西亘则赐予人类智慧之光不太相似。"她凝视着落日,喃喃自语道。

"是不太相似,夫人。"我嘴上赞同着,企图跟上她的思路。

"哈,"她说,"真有意思。"

"是,夫人。"我尽职地说。

阿德兰:瓦伦公爵,一如往常,很高兴见到您。欢迎来到我这简陋的帐篷,请坐。

瓦伦:阿德兰。

阿:要来点酒吗?吃的呢?您吃过了吗?

瓦:一杯酒,谢谢。

阿:那就来点酒。我也要一杯。谢谢,埃普莱恩。那么,您还好吗?

瓦:我很好,你呢?

阿:我也很好。

瓦:我想问问,你能否……

阿:什么?埃普莱恩?当然可以。埃普莱恩,你能否……我有事再……好了,瓦伦,周围已经没人了。

瓦:嗯,非常好。那个医生,沃希尔。

阿：我亲爱的公爵，您还在惦记她？这已经堪称痴迷了。您真的觉得她那么有意思吗？也许您该告诉她，说不定她喜欢老男人呢。

瓦：只有那些永远得不到智慧的人才会嘲笑伴随年龄而来的智慧。阿德兰，你很清楚我要说的内容。

阿：很遗憾，我并不清楚，公爵。

瓦：但你亲口道出了自己的疑惑。难道你没有命人查看她的文字记录，以防里面含有暗号或密语吗？

阿：我想过，后来决定不正面出击。

瓦：好吧，也许你应该这么做。她是个女巫，或者是间谍，肯定是两者之一。

阿：我明白了。那您认为她从属于哪个奇怪的旧神或者恶魔？她的主人是谁？

瓦：我不知道。我们不可能知道，除非审问她。

阿：啊哈，你希望看到她被审问吗？

瓦：我知道只要她还受到国王宠爱，就永远不可能被我们审问。但是国王的宠爱不会永远持续。无论如何总会有办法。她可以单纯地凭空消失，然后接受审问……当然，是非正式的审问。

阿：诺列蒂？

瓦：我还……没有跟他探讨过这件事，但我得到了可靠的消息，他非常乐意提供服务。他强烈怀疑沃希尔以死亡的方式解放了他的一个审问对象。

阿：是的，他也对我提过。

瓦：你是否想过要做什么？

阿：我叫他多加小心。

瓦：嗯，照这么说，她也有可能以那种方式被发现，这就有点儿冒险了，并且完事之后，我们也不得不杀了她。想办法让她失宠也许需要更长时间，而且极有可能出现不得不加速那个进程的情况。如此一来，风险几乎不亚于前一种行动。

阿：你显然充分考虑过这个问题。

瓦：当然。如果要瞒着国王带走她，卫队司令的帮助就变得至关重要。

阿：的确。

瓦：那么，你会提供帮助吗？

阿：怎么帮？

瓦：提供人手？

阿：那不太好。若计划不顺利，可能导致卫兵自相残杀，那样绝对不行。

瓦：那换一种方式？

阿：换一种方式？

瓦：见鬼！你知道我的意思！

阿：视而不见？故意制造看守空档之类？

瓦：没错，就是那个。

阿：不作为之罪，而非作为之罪。

瓦：随便你怎么说。我想要的是行动，或是不行动。

阿：既然如此，也许吧。

瓦：就这？仅仅是"也许"？

阿：亲爱的公爵，您打算近期行动吗？

瓦：也许吧。

阿：哈，你瞧，除非你——

瓦：我不是说今天，或者明天。我在寻求一个共识，好在方便时行事。这种事最好不要拖延。

阿：既然如此，如果我认为情况确实紧急，就行动。

瓦：很好，至少这样好多了。老天，你真是最——

阿：但我必须认为君主的安全受到了威胁。沃希尔医生是国王钦命的御医，与她为敌也许会被视作与奎斯国王本人为敌。她掌握了国王的健康，正如我掌握着国王的安全。我尽我所能阻止刺客和其他对国王意图不轨的人，而她则与国王身体的病痛做斗争。

瓦：是的，是的，我很清楚。她是国王的亲信，国王很依赖她。要趁她的影响力达到顶峰之前行动，现在已经太晚了。我们只能尽力加快她倒台的速度，但那样也可能太晚了。

阿：你认为她意图谋害国王，还是操纵他？或者她只是个间谍，为其他势力服务？

瓦：她的职能也许包含以上所有，视情况而定。

阿：或者没有。

瓦：你似乎不如我想象得那么担心这个问题，阿德兰。她来自世界的另一端，两年前才来到都城，先后为一个商人和一个贵族当过医生，任期都非常短。然后，她突然就成了国王身边的人，国王比任何人都更亲近她！老天，就算是妻子陪伴丈夫，也不会像她那样花如此多的时间！

阿：是的，人们可能会想，她是否还为国王提供了更为亲密的服务。

瓦：嗯，我猜没有。人们通常不会与自己的医生发生关系，但这种疑虑完全是因为一个女人竟然称自己为医生。尽管如此，我还是没有发现任何迹象。莫非您知道什么内情吗？

阿：我只是想你知道*些*什么。

瓦：嗯……

阿：当然，她的确是个很优秀的医生。至少她没有对国王造成很明显的伤害，这在我的认知中，已经比普通御医强上许多。也许我们应该静观其变，毕竟现在除了您的怀疑，我们还没有更明确的证据。不管这些怀疑在过去都曾得到证实。

瓦：你说得对。那你会监视她吗？

阿：会，但不会超过现在的程度。

瓦：嗯。我还另外派人去查她的背景了，这有可能成为她被扳倒的把柄。

阿：是吗，怎么说？

瓦：我不会用细节来害您打瞌睡，总之，我对她的一些说法有所怀疑，目前正在寻找证人，向国王证明她说的是假话，令她丧失信誉。这是一项长期计划，应该在我们避暑期间得到消息。如果没有，那么也会在不久之后。

阿：我明白了。既然如此，那就祝福你不要血本无归吧。能说说你都投入了什么吗？

瓦：哦，投入了人、土地，还有舌头。现在我得管住自己的舌头，不再多说。

阿：我想我应该再来点酒。你呢？

瓦：谢谢，不用了。我还有别的事情要做。

阿：请允许我……

瓦：谢谢。啊，瞧我这把老骨头……至少我还能骑马，但是明年也许会选择坐马车了。感谢老天，回程多少会好走一些，而且我们离莱普不远了。

阿：我敢肯定，一旦上了猎场，公爵大人一定比只有您一半年龄的人更活跃。

瓦：我敢肯定我不会，但感谢你的恭维。日安。

阿：日安。公爵……埃普莱恩！

这些都是我从医生的帝国语日志中抄下来的内容，只做了些许删减,避免叙述乏味。我从来没把这些内容拿给主人看过。

这些都是她偷听到的吗?不太可能。卫队司令阿德兰有自己的医生,我很肯定他从未传唤过夫人。那么,她为何会出现在司令官的帐篷附近?

莫非他们是情人,医生全程躲在床罩底下?更不可能。那段路上,我一直跟医生在一起,几乎每天都是如此。而且她还会对我真情实意地倾诉,我对此深信不疑。她就是不喜欢阿德兰,甚至感到了他对自己构成的威胁。她怎么会突然跑到一个自己害怕的男人床上,并且在此之前从未显示出任何征兆,过后也没有任何迹象呢?我知道偷情的人十分狡猾,他们会突然发现自己体内潜藏着惊人的奸诈和以前从未察觉的行动能力。但想象医生和卫队司令偷情,显然是太过分了。

莫非埃普莱恩是医生的情报来源?她是否掌握了那个仆人的把柄?以上我都无从知晓。那两人看起来并不熟悉,但谁知道呢?他们有可能是情人,但这种猜测的无稽程度堪比医生与阿德兰偷情。

我想不出还有谁能听到这些对话。我想过这也许是医生捏造的内容,她也许放纵自己最黑暗的想象,在日记上写下了官中人物可能针对她的密谋。但这个猜想同样不太对劲。最后,我确信这是真实发生过的对话,但完全不知医生是从何处得来的信息。

但现实就是这样,有些事情永远都解释不清楚。这事肯定有解释,但也许有点类似"完美伴侣",我们只要知道她存在于世界上某个地方就够了,并且不要过于在意自己也许永远也碰不到那个人的事实。

我们顺利抵达了莱普-斯卡塔奇斯城。第二天一早政务开始前,我跟随医生去了国王的居所。像往常一样,国王(以及大部分宫廷）的事物，包含审理某些法律纠纷，都被认为过于复杂或重要，无法由城市当局和市政长官来决定。根据我过去三年的经验，国王并不喜欢参与那样的审判。

国王的居所位于市政长官府邸的一角，可以俯瞰一片高低错落、渐渐汇入远处河流的池塘。鸟儿在温暖的晨风中嬉戏，时而落在清凉的露台石栏杆上跳跃翻滚。内侍威斯特放我们进了寝殿，还是跟往常一样大惊小怪。

"哦，你们准时到了？钟响了？还是大炮报时了？我没听见钟声，你呢？"

"不久前响过了。"医生跟随他走过前厅，进入国王的更衣室。

"老天！"他打开门，惊呼一声。

"啊，我的好医生沃希尔！"国王高喊道。他站在宽敞的更衣间中央，脚下垫着一张矮凳，周围有四个仆人正在为他穿上正式法袍。一面朝南的石膏窗敞开着，让房间笼罩在柔和的奶白色光线中。奥明公爵站在一旁，身材高大，微微弓着腰，同样法袍加身，"你今天好吗？"国王问道。

"我很好，陛下。"

"早上好啊，沃希尔医生。"奥明公爵微笑着打了声招呼。他比国王年长十岁左右，双腿细长，脸很大，躯干也大得出奇，在我看来鼓鼓涨涨的，就像在衣服里塞了好几个枕头。他虽然长相奇怪，但是很有礼貌。我曾在他手下干过一段时间，虽然只是相当低级的职位，但也足够对此有所了解。在我离开后，医生也曾受聘于他，在被国王征用之前，她曾是奥明公爵的私人医生。

"奥明公爵阁下。"医生向他鞠了一躬。

"啊！"国王说，"我只能得到一句'陛下'的称呼！平时只能听到'先生'呢。"

"我请求国王的原谅。"医生说着，也对他鞠了一躬。

"原谅你了,"奎斯说着,把头向后一仰,让仆人将他的金发拢在一起,别上一顶小帽,"我今天早上特别宽宏大量。威斯特?"

"陛下?"

"通知那些好法官,我的心情如此之好,他们今早在法庭上务必要表现得格外冷酷无情,以平衡我这不可克制的宽大态度。你可要注意了,奥明。"

奥明公爵露出了灿烂的笑容,双眼挤得快要消失了,整张脸拧作一团。

威斯特犹豫了一下,继而走向门口:"我这就去,陛下。"

"威斯特。"

"陛下?"

"我在开玩笑。"

"啊,哈哈。"内侍笑了几声。

医生把包放在靠近门口的座位上。

"有事吗,医生?"国王问。

医生眨了眨眼:"先生,您叫我早上过来照顾您。"

"是吗?"国王面露疑惑。

"是的,昨天晚上。"(这是事实。)

"哦,是吗。"国王看起来很惊讶。此时他的双手被抬高,仆人为他套上一件边缘镶嵌了闪亮白色毛皮的黑色长袍,并系好扣子。他抖了抖身子,重心转移到另一条套着紧身长袜的腿上,双手握拳,又转了转肩膀和脖子,然后说,"你瞧,奥明,我年纪大了,变得越来越健忘。"

"先生,您可不能这么说。您才刚走出青春期呢,"公爵对他说,"如果您说自己老了,宛如那是一道圣旨,那我们这些比您更年长,却依旧不愿感到苍老的人该如何是好?请您发发慈悲吧。"

"很好,"国王手腕一转,赞同道,"那我宣布自己又变年轻了。还有，"他看向医生和我，眼中多了几分惊讶，"医生，我今天早上好像没有感到任何需要你来治疗的疼痛。"

"哦。"医生耸耸肩，"那是个好消息，"她说完便拿起包，转身走向房门，"那就祝您日安，先生。"

"啊！"国王突然喊了一声，我们同时转了回去。

"先生？"

国王若有所思地沉默了一会儿，然后摇摇头。"没什么，医生，我实在想不到如何挽留你。你可以走了，等有需要我再叫你。"

"当然，先生。"

威斯特为我们开了门。

"医生？"我们刚走到门外，国王又叫了一声，"我和奥明公爵今天下午要去打猎。通常我会从马上摔下来，或者被荆棘丛划伤，所以你今天肯定有事可做。"

奥明公爵发出礼貌的笑声，然后摇了摇头。

"那我现在就去准备可能用到的药水，"医生说，"陛下。"

"老天，两次了！"

8 保镖

"我现在是如此被信任吗?"

"或者是我。也许因为所有人都认为我美色不再,只有最无可救药的人才会对我产生兴趣。人们以为将军再也不打算来看我,所以——"

"小心!"

德瓦一把抓住佩伦德的胳膊,防止她偏离道路,一头撞上十匹骏马拉动的战车。他刚把她拉向自己,那队气喘吁吁、汗流浃背的马匹就跑了过去,后面跟着它们拖拽的战车。战车经过之处,脚下的鹅卵石道路隆隆震颤。一股汗液混合着油污的气味扑鼻而来。德瓦感到她向后退缩,背部紧贴着他的胸口。他身后是肉铺的石板柜台,硬邦邦地顶着他的身体。战车的车轮足有一人高,巨大的响动在沿街的两、三层楼房的空隙和不平整的墙壁之间回荡。

一名投弹手身穿劳尔布特公爵家的制服,站在巨大的黑色炮车顶端狂挥马鞭抽打马匹。炮车后面跟着两辆较小的马车,上面满是人员和木箱。那两辆马车后面还跟着一群衣衫褴褛、大吼大叫的孩子。马车飞速穿过敞开的内城大门,消失在视野中。方才急忙躲避马车的行人重新充满街道,纷纷摇着头。

德瓦松开佩伦德，她转过身来看着他。他尴尬地意识到，刚才本能地躲避危险时，自己攥住了佩伦德枯萎的手臂。隔着长袍袖子、悬带和斗篷触摸到的感觉仿佛镌刻在了他的手骨上。如此纤细、脆弱，像孩子的肢体。

"很抱歉。"他冲口而出。

佩伦德仍然紧贴着他。只见她退开一步，不确定地笑了笑。她的斗篷兜帽已经滑落，露出了戴着蕾丝面纱的面孔，还有黑色发网罩住的金发。她重新拉起了兜帽。"哦，德瓦，"她谴责道，"你救了别人的命还要道歉。你真是——唉，我不知怎么说才好。"她边说边调整好兜帽。德瓦感到异常惊讶。他从未见过佩伦德夫人无话可说的模样。一阵风吹来，她正在调整的兜帽再次滑落了，"见鬼的东西。"她骂了一声，用好手拉住它，试图将其拽回来。德瓦抬起手想帮她，最后还是收了回去。"好了，"她说，"这样好多了。来吧，让我挽着你的手，我们出发。"

德瓦左右观察了一会儿，然后二人穿过街道，小心翼翼地避开地上的动物粪便。一阵暖风穿过房屋间隙吹过来，带起了落在鹅卵石地面上的稻草。佩伦德用那只好手挽住德瓦的胳膊，前臂轻轻搭在他的手臂上。德瓦另一只手提着藤篮，那是佩伦德出宫前吩咐他带上的东西。"很显然，我不能自己一个人出去，"她对德瓦说，"我在房间、庭院、露台和草坪上待得太久了。在那些地方，最具威胁性的交通情况就是一个内侍端着某位大人急需的香薰水走过去。"

"我没有伤到你吧？"德瓦看了她一眼。

"不。就算你真的伤到了，我认为那也比卷进冲锋陷阵的攻城大炮的铁轮底下被碾得粉碎要好许多。你觉得他们这么着急要去哪里？"

"照那个样子，他们应该走不远。拉车的马还没出城，已经累得不成形了。我猜这是给当地人看的一场闹剧。但是我猜，他们最后还是会去拉登西恩。"

"要打仗吗？"

"打什么仗，夫人？"

"对拉登西恩那边惹麻烦的男爵发动战争。德瓦，我可不是白痴。"

德瓦叹了口气，环顾四周，确保街上没有人过于关注他们二人。"战争还没正式开始，"他凑近佩伦德的兜帽——她正好转过头来，带来了一阵甜美的香气，"但我认为可以肯定地说，它无法避免。"

"拉登西恩离这里有多远？"她问道。二人弯腰穿过了食品店挂在门外展示的水果。

"到达边境山脉大约有二十天路程。"

"护国公要亲自前往吗？"

"我真的不知道。"

"德瓦。"她轻声说着，语气里带有一丝失望。

德瓦叹息一声，又看了看四周。"我认为不会，"他说，"他在这里有很多事情要做，而能指挥这场战争的将军多不胜数。这……应该不会花太长时间。"

"你听起来并不确定。"

"是吗？"他们停在一条小巷里，让一小队前往拍卖场的货车先过去，"我好像是少数认为这场战争……很可疑的人。"

"可疑？"佩伦德打趣地问。

"那些男爵的控诉，还有他们的固执都很可疑。他们拒绝谈判，这有点不对劲。"

"你觉得他们纯粹是为了引战？"

"是的。也许不是纯粹为了战争，只有疯子才会那么做。但他们想要的也许不是从塔萨森独立出去,而是别有所求。"

"他们还能有什么动机?"

"我担心的并不是他们的动机。"

"那你担心谁的动机?"

"他们背后的人。"

"他们被怂恿开战?"

"我感觉是的,然而我只是一介保镖。护国公现在跟手下的将军在一起,他觉得不需要我在场,也不需要我的意见。"

"而我很感谢你的陪伴。但是我认为,护国公很重视你的建议。"

"只有我跟他所见略同时,他才重视我的建议。"

"德瓦,你该不会嫉妒了吧?"她停下来,转向德瓦。他注视着她隐藏在兜帽和面纱底下的面庞。她的皮肤似乎能在黑暗中发光,就像山洞深处的一堆黄金。

"也许吧。"他露出腼腆的笑容承认道,"或者我又一次在不恰当的领域发扬了工作精神。"

"就像游戏中一样。"

"就像游戏中一样。"

他们一起转身,继续向前走。佩伦德又挽住了德瓦的胳膊。"那你说说,那帮无理取闹的男爵背后可能是什么人?"

"基茨、勃利斯勒、威尔法斯,有可能是其中任何一个,或是这三个皇权继承人联合起来。基茨总是想尽办法搞破坏,勃利斯勒对拉登西恩有部分继承权,可能会设法提供他的部队作为折中占有者,好隔开男爵和我们的军队。威尔法斯盯上了我们的东部省份。将兵力引向西部也许是个佯攻之策。法罗斯想收回瑟隆岛,也许会制定类似的策略。更别说还有哈斯皮德。"

"哈斯皮德?"她说,"我以为奎斯国王支持乌尔莱恩呢。"

"目前,支持乌尔莱恩对他更有利。然而哈斯皮德就在拉登西恩旁边,与其紧邻。对奎斯来说,向那边的男爵提供物资比任何人都要容易。"

"你认为奎斯会遵循王权原则反对护国公?因为乌尔莱恩弑君?"

"奎斯认识老国王。他和贝敦的交情以二者的国王身份来说,已经非常接近友情。所以他可能怀有一些私仇。但即使没有这些,奎斯也不是傻瓜。他眼下没有什么紧迫的问题,他有足够的时间深思熟虑,也有足够的头脑想到,如果他希望自己的王储继承王位,就必须排除乌尔莱恩的榜样。"

"但奎斯还没有后嗣。"

"他没有足够重要的后嗣,也尚未决定与谁成婚。但他哪怕只关心自己的统治,也有可能希望看到护国公的失败。"

"天哪,我从未想过自己周围竟然都是敌人。"

"可是夫人,这恐怕是事实。"

"啊,我们到了。"

他们停在一条拥挤的街道上,对面是一座老旧的石砌建筑,那是一处贫民医院,佩伦德让他带上那一篮食品和药品,就是为了接济这里。"我以前的家。"她隔着街道上的人群,看着医院说。拐角处走出一队衣着鲜艳的士兵,顺着街道行进。开路的是个小男孩鼓手,两边跟着泪流满面的妇女,后面则是一群欢呼雀跃的孩子。除了佩伦德,每个人都转过头去看热闹。她的目光依旧定格在街对面那座医院破旧而脏污的石砖上。

德瓦两边都看了看:"你离开后回来过吗?"

"没有,但我一直跟这里保持联系。过去我给这里送过一些东西,但这次我想,若是自己亲自送去会更有意思。哦,那是什么?"那队士兵从他们面前经过,每个人都穿着红黄相间的鲜艳制服，头戴锃亮的金属头盔。他们手上都捧着长长的木柄金属管，时而搭在肩上，时而高举起来，与闪亮的头盔交相辉映。

"那些是火枪手，夫人。"德瓦回答道，"他们头上是斯玛尔戈公爵的旗帜。"

"啊，原来这就是火枪。我听说过。"

德瓦心不在焉地注视着队伍经过，脸上满是忧虑。"乌尔莱恩不同意他们驻扎在宫中。"过了好一会儿，他才说，"但他们在战场上能派上用场。"

鼓声渐行渐远，街道恢复了往常的状态。街上的车水马龙变得稀疏了一些，德瓦认为这是个横穿过去的好机会，但佩伦德驻足不前，还紧紧抓着他的手臂，目光一直盯着那座古老建筑上被时光冲刷的华美装饰。

德瓦清了清嗓子："那里还有你当年认识的人吗？"

"我以前认识的一名护士现在正担任院长。她就是一直与我保持通信的人。"然而，佩伦德还是没有动弹。

"你在那里待了很久吗？"

"只待了十天左右。现在已经过去五年了，但我感觉好像过了更长时间。"她还是一动不动地盯着那座建筑。

德瓦不知道该说什么才好："当时一定很难吧。"

过去几年来，德瓦断断续续地从佩伦德口中得知，她被带到这座医院时正发着可怕的高烧。帝国覆灭之后，乌尔莱恩控制了塔萨森，她和八个兄弟姐妹和表亲都成了难民。他们逃出了战争最激烈的南方，跟随塔萨森南部的大部分人一起前往库夫。他们那家人曾是集镇上的商人，但当国王的势力从乌尔莱恩手中夺取城镇时，家中大部分人都被杀了。后来，乌尔莱恩率军夺回了城镇，但那时佩伦德和仅剩的几个亲戚已经在逃往首都的路上。

他们都在旅途中感染了瘟疫，还不得不用一笔巨额贿赂进入城门。一家人中病得最轻的人驾驶马车进入了旧皇家公园,难民们都在那里扎营。接着,他们用仅剩的钱支付了看病和吃药的费用。几乎所有亲戚都死了,佩伦德好不容易在贫民医院得到了床位。她也几近死亡,但最后还是康复了。出院后,她四处寻找自己的家人,最后找到了城墙外的石灰坑。那里埋葬了大量难民。

她曾想过自杀,但没有勇气。而且她想,既然上天让她从瘟疫中恢复过来,也许她还不应该死。总之,人们普遍认为最糟糕的时期已经过去。战争结束了,瘟疫几乎消失了,库夫已经恢复秩序,塔萨森其他地区也在慢慢恢复。

佩伦德在医院帮忙了一段时间,每天睡在大病房的地板上。病房里的人没日没夜地哭泣、喊叫和呻吟。她曾在街头乞讨食物,但是拒绝了许多出卖身体交换食物和舒适环境的提议。后来,宫中(因为老国王已死,当时已经成了乌尔莱恩的宫廷)的一个内侍来到了医院。此前为佩伦德安排病床的医生偶然对朝中的朋友提起,说她是个大美人。在佩伦德听从劝告,洗干净脸,穿上体面的衣裙后,内侍也认为她很合适。

于是,她就被招进了奢华慵懒的后宫,并成为护国公的宠妃。一年前,当她还跟家人平静地生活在那个繁荣的集镇上,佩伦德也许会认为后宫是个豪华的监狱,待在里面只会感到束缚。但是经历了战争和所有随之而来的苦难,她反而把那里当成了蒙福的圣地。

后来有一天,乌尔莱恩请来一位知名画家,让他为自己和朝中宠臣,以及宫中宠妃画像。画家带来了新招的助手,然而那个助手的任务不只是协助画家完成画像。若不是佩伦德挺身挡在了乌尔莱恩和画家助手的利刃之间,护国公恐怕早就一命呜呼。

"我们走吧?"德瓦见佩伦德还是站着不动,就问了一句。

她看了德瓦一眼,仿佛早就忘记了他的存在,随后露出了掩盖在兜帽下的微笑。"好,"她说,"我们走吧。"

她紧紧攥着德瓦的胳膊,二人一同跨过了街道。

"再讲讲拉维西亚吧。"

"什么?哦,拉维西亚。让我想想。在拉维西亚,每个人都会飞。"

"像小鸟一样?"拉登斯问。

"像小鸟一样,"德瓦肯定道,"人们可以从悬崖和高楼顶上跳下来——拉维西亚有很多那样的地方。还可以顺着街道助跑,然后纵身一跃,冲上天空。"

"他们有翅膀吗?"

"他们有翅膀,但是都看不见。"

"他们能飞到夏米斯和西亘上吗?"

"凭自己的力量飞不上去。他们去那里要靠船,带着隐形帆的船。"

"船不会被烤坏吗?"

"帆不会坏,因为它们是隐形的,热量会直接穿过去。但是木头做的船体会被烤煳,如果靠得太近,还会着火。"

"飞去那里有多远?"

"不知道,人们说夏米斯和西亘离我们的距离不一样,有些聪明人还说它们离我们都很远。"

"那些聪明人被称为数学家,他们说世界是一个球,而不是平的。"佩伦德说。

"是的,他们都这么说。"德瓦肯定道。

宫里来了一个巡回表演的皮影剧团。他们布置好了宫廷剧场,因为那里的石膏窗安装了百叶帘,可以遮挡光线。剧团的人在木框上蒙了白布,将其紧紧绷在上面,木框下沿正好比人的头顶高出一些,下面还挂上了黑布。白幕背后设有一盏明灯,用于表演时打光。两个男人和两个女人负责操作皮影人和配套的影子布景,依靠细木棍使人物四肢和身体移动旋转。除此之外,他们还用风箱吹动黑纸条来完成瀑布和火焰的特效。演员变换不同的声音讲述了国王与王后、英雄与恶棍、忠诚与背叛、爱与恨的故事。

现在是幕间休息时间。德瓦一直守在白幕背后,以确保他安排在那里的两名卫兵不会睡着。他们确实都清醒着。皮影戏演员一开始反对安排卫兵,但德瓦坚持让他们留在那里。乌尔莱恩坐在小礼堂中央,若白幕后面有个弩手,他就成了完美的固定目标。乌尔莱恩、佩伦德和其他所有听说此事的人都认为德瓦又一次反应过激了,可是屏幕后方没有几个值得信任的人,他怎么都无法坐下来好好看表演。他还在百叶窗边安插了卫兵,并指示一旦屏风后面的灯火熄灭,他们就要立刻打开百叶窗。

做好这些预防措施后,他总算能坐在乌尔莱恩背后的位置上相对平静地观看皮影戏。当拉登斯从前排座位爬过来,坐在他腿上要求听更多拉维西亚的故事时,他已经足够放松,并欣然答应了。佩伦德坐在乌尔莱恩旁边,也转过来发表了关于数学家的想法。她注视着德瓦和拉登斯,脸上带着打趣而纵容的表情。

"他们能在水里飞吗?"拉登斯问道。他从德瓦腿上爬下来,站在他面前,表情异常专注。孩子今天穿得像个小士兵,身上配着木剑,插在装饰华丽的剑鞘里。

"当然能。他们特别擅长屏住呼吸,能在水下待好几天。"

"他们能穿过大山吗?"

"只能穿过隧道,不过他们那里有很多隧道。当然,一些大山中间是空的,其他山则装满了宝藏。"

"那里有巫师和魔剑吗?"

"有啊,那里到处都是魔剑,还有很多巫师。那些巫师都有点傲慢。"

"那里有巨人和怪物吗?"

"两种都有很多,不过那里的巨人都懂礼貌,怪物都乐于助人。"

"真无聊。"佩伦德嘀咕着,伸手拍了拍拉登斯头上乱翘的卷发。

乌尔莱恩转过头来,眼中闪烁着打趣的光芒。他喝了一口酒,然后说:"德瓦,你在说啥呢?给我儿子灌输胡言乱语吗?"

"谁说不是呢。"隔了几个座位的比列斯帮腔道。这个高大的外交部长似乎对这一切都感到无聊至极。

"是的,先生。"德瓦无视了比列斯,对乌尔莱恩承认道,"我正在给他讲懂礼貌的巨人和令人愉快的怪物,其他人都只会说巨人何等凶残,怪物何等可怕。"

"荒谬。"比列斯说。

"讲什么呢?"乌尔莱恩的弟弟勒路因也转了过来。他坐在护国公另一边,与佩伦德一左一右。其他将军都被派去拉登西恩了,他是少数留守的将领之一,"怪物?白幕上就有怪物,对不对,拉登斯?"

"你想要哪种,拉登斯?"乌尔莱恩问儿子,"好巨人和好怪物,还是坏蛋?"

"我要坏蛋!"拉登斯大喊着,抽出了小木剑,"我要把他们的头砍下来!"

"好小子!"他的父亲说。

"是啊!是啊!"比列斯赞同道。

乌尔莱恩将酒杯塞给勒路因,伸手将孩子抱到身前,拿起一把没有出鞘的匕首与他搏斗。拉登斯露出格外专注的神情,有模有样地跟父亲比剑,时而刺击,时而回挡,时而佯攻,时而躲闪。木剑打在匕首的皮鞘上啪啪作响。"很好！"他父亲说，"好样的！"

德瓦看到泽斯皮尔司令站起来，侧着身子走向过道。于是他也告辞，起身跟了上去，在剧场之下的茅房找到了他。里面还有一个皮影演员，以及两个卫兵。

"您收到报告了吗，司令？"德瓦问。

泽斯皮尔惊讶地抬起头："报告？"

"关于我陪同佩伦德女士造访医院的报告。"

"那件事为何需要报告，德瓦？"

"我猜，也许因为你派了一个人一路跟踪我们。"

"真的吗？谁跟踪你们？"

"我不知道那人叫什么，但认出了他的长相。下次见到他，我要跟你说一声吗？如果他不是遵照你的命令行事，那你可能想问问他为何四处跟踪别人，尤其是那些人只不过想进城办些正直可靠，并且经过批准的事情。"

泽斯皮尔犹豫了片刻，然后说："不需要，谢谢你。我敢肯定，假设真的有那么一份报告，上面肯定只会提到你与嫔妃进城造访了这么一个地方，并顺利返回，没有任何可疑之处。"

"我也很肯定。"

德瓦回到座位上。皮影戏演员宣布他们马上要开始下半场表演。在此之前，他们不得不先把拉登斯安抚好。下半场开始后，他挤在父亲和佩伦德中间，不安分地扭动了一会儿，但佩伦德一边轻抚他的头发，一边低声抚慰，于是不久之后，孩子重新投入了皮影演员讲述的故事中。

下半场进行到一半时，拉登斯癫痫发作，男孩的身体猛然绷直,并开始发抖。德瓦最先发现异常,立刻凑上前去开口提醒,就在那时,佩伦德也转过身来,脸上倒映着白幕投下的亮光和跃动的影子,并且眉头紧皱。"拉登斯……"

孩子发出一声奇怪的呜呜,猛然抽搐一下,从座位上跌落下来,滚倒在他父亲脚边。乌尔莱恩一脸惊愕:"怎么了?"

佩伦德起身离席,蹲在孩子身边。

德瓦站起来,转向剧场后方:"卫兵!打开百叶窗!快!"

百叶窗很快被打开,光线倾洒在一排排的座位上,也照亮了人们惊愕的表情。众人纷纷看向窗户,小声议论起来。白幕光亮不再,上面的影子也消失了。讲述背景故事的男声戛然而止,困惑万分。

"拉登斯!"乌尔莱恩叫了一声,佩伦德已经扶起了孩子。拉登斯双眼紧闭,面如死灰,布满了汗水,"拉登斯!"乌尔莱恩抱起了他的孩子。

德瓦站在原地,目光不断扫视剧场的每一个角落。其他人也站起来了,他眼前尽是担忧的面孔,全都注视着护国公。

"医生!"德瓦看见布雷德勒,朝他大喊一声。肥胖的医生站在光芒中,缓缓眨着眼睛。

9 医生

主人，我认为应该在我的报告中提及奎提尔公爵向国王提交地理学家库因绘制的最新世界地图那天，发生在隐秘花园里的事情。

我们如期到达了伊维纳吉山的伊夫尼尔夏季行宫，愉快地在分配给医生的住处安顿下来。房间位于下级居住区的一座圆塔上。从我们的房间可以看到散落在山下树林中的房屋和凉亭。这些年来，那些建筑的数量逐渐变多，彼此之间的距离越来越小，并几乎与米兹伊的古老城墙融为一体。米兹伊城就坐落在夏宫山下平坦的谷地，城的两侧还有许多农场、田地和草甸。那片田野后面就是郁郁葱葱的山丘，一直延伸并融入远处白雪覆盖的圆形山脉。

国王在莱普－斯卡塔奇斯打猎时真的坠马了（不过是我们驻扎在那里的最后一天，而非第一天），他的脚踝严重扭伤，只能一瘸一拐地行走。医生给他固定了伤处，做了所有能做的事情，但国王的职责决定了他不能遵照医嘱休养伤处，因此过了很长一段时间，他的伤才痊愈。

"你，没错，再来点酒。不，不要那个，要那个。啊，阿德兰，过来坐在我身边。"

"陛下。"

"给卫队司令来杯酒。快点，你的动作得再利索点。一个好仆人必须在主人的意愿成型之前就采取行动。你说是吗，阿德兰？"

"我也正想这么说呢，先生。"

"我猜也是。有什么新消息？"

"哦，主要是世界上的苦难，不适合在如此美好的地方透露出来。它可能会破坏风景。"

我们都在大殿后的隐秘花园里，这里几乎位于山顶。覆盖着爬山虎的红色院墙将花园隐藏其中，只有夏宫最高的塔楼能望见里面。散落着花园的悬谷将视线引向远处的原野，那片原野因为距离遥远而有些发蓝，最后消失在地平线上的天光中。

"知道奎提尔在哪儿吗？"国王问，"他说要给我个东西。不过当然了，既然那是奎提尔，那一切都要安排妥帖才行，万万不能就这么交给我。毫无疑问，我们得走完所有华丽的排场。"

"只要大喊大叫能招来更多注意力，奎提尔公爵绝不会小声说话。"阿德兰表示赞同，然后摘下了帽子，放在旁边的长桌上，"但我知道他要呈给您的是一张耗费很长时间制作的精美地图。我猜所有人都会为之惊叹。"

奎提尔公爵居住在皇宫山院内的公爵府邸。整个奎提尔省都是他的领地，米兹伊城和伊维纳吉山不过是其中的一小部分。他从不吝啬于展示自己的权力，并以此闻名。正午钟声过后，他和随从将步入隐秘花园，将新地图进献给国王。

"阿德兰，"国王说，"你见过新的乌尔里希勒公爵吗？"

"乌尔里希勒公爵，"阿德兰对国王左侧那个身材瘦削、面色灰黄的青年说，"听闻您父亲的事情，我感到很难过。"

"谢谢你。"那男孩答道。他比我大不了多少，还没我结实，看起来有点弱不禁风。他身上的华服显得过于宽大，而且他站在那里很不自在。我猜他还没有养成强权之人的做派。

"瓦伦公爵。"阿德兰向国王右侧较为年长的男人鞠了一躬。

"阿德兰，"瓦伦说，"你看起来很好，似乎山间的空气更适合你。"

"我还没有找到不适合自己的空气，谢谢您的关心，公爵。"

奎斯国王坐在凉棚底下的长桌旁，乌尔里希勒公爵和瓦伦公爵跟随在侧，另外还有一些小贵族和各种仆人，包括一对双胞胎侍女。国王似乎对她们特别感兴趣。她们都长着金绿色的眼眸、白金色的头发，身材高挑、曲线丰满、起伏有致，某些地方看似还违反了重力法则。两个姑娘都穿着奶白色的衣服，镶着红色绲边，还有打褶的花边。看着不像乡村牧羊女会穿的衣服，反倒像美貌丰腴的女演员在造价昂贵的浪漫喜剧中饰演牧羊女时会穿的衣裳。单是一个这样的美人就能让普通男人的心融化在靴子里，而世界上竟同时存在两个尤物，简直可谓有失公允。更别说两个姑娘似乎都很喜欢国王，而国王也对她们着了迷。

我承认，我的目光一直无法从她们胸前的两个金褐色球体上移开。那对圆球就像鼓胀的月亮，包裹在女孩胸前的奶油色花边里。阳光倾洒在完美的球体上，凸显出沟壑中不可视的美妙细节。她们的声音如泉水叮咚，她们的体香飘散在空气中，让国王的每一句话都充满了挑逗和浪漫的暗示。

"对，来点那些红色的小东西。嗯，美味。人们如何享用这些红色的小东西，嗯？"

两个女孩咯咯地笑了。

"看起来怎么样，沃希尔？"国王坏笑着说，"我什么时候能起来追逐这两个小美人？"他作势向牧羊女扑去，想要抓住她们，但姑娘们尖叫着躲开了。"她们总是溜走，真见鬼。我什么时候能真的跑起来抓住她们？"

"真的跑起来吗，先生？您是什么意思？"

医生领着我，正在为国王护理脚踝。她每天都要更换脚踝上的绷带,如果国王当天骑过马或打过猎,她还要一天换两次。除了扭伤引起的肿胀,脚踝上还有一个小伤口,愈合得有些缓慢。医生一直很谨慎地保持伤口清洁并及时上药,可我还是认为任何普通护士,甚至寝宫内侍都能完成这个工作。尽管如此,国王显然很乐意让医生每天亲自做这些事,而她也乐意听命。我想不出哪位医生会找借口不为国王看病,可她真的很有能力。

"我的意思当然是恢复到有像样的机会抓住她们,沃希尔。"国王凑到医生耳边,用所谓的"舞台式耳语"大声说道。两个牧羊女发出了银铃般的笑声。

"像样?先生,这是怎么说?"医生反问了一句,然后眨眨眼。我觉得她是故意的,而不是真的被花叶间透出来的阳光扎了眼。

"沃希尔,别再问那种孩子气的问题了,你就告诉我什么时候可以跑起来。"

"您现在就能跑,先生。但那样会很痛,而且跑不了几步,您的脚踝可能就废了。但只要你想跑,随时都能跑。"

"对,随时都能跑,然后一头栽倒。"国王向后靠在椅背上,伸手拿起酒杯。

医生瞥了两个牧羊女一眼。"这个嘛,"她说,"也许有什么柔软的东西能为您缓冲一下。"

她此时盘腿坐在国王脚边,背对着瓦伦公爵。她经常摆出这个奇怪又不文雅的姿势,而且从来都是不假思索而为之。也因为这样,她几乎必须穿着男人的衣服,哪怕不是全身,至少也是其中一部分。但是这次,医生没有穿她的长靴,而是换上了深色的长筒袜和天鹅绒材质的柔软尖头便鞋。国王双脚搭在纯银脚凳上,脚下垫着颜色鲜艳、花纹繁复的厚实软垫。医生照常给国王清洗足部,检查伤势,今天还为他仔细修剪了脚指甲。我则坐在她旁边的小矮凳上,帮她拿着包,方便她埋头工作。

"小宝贝们,你们会为我缓冲吗?"国王靠在椅子上问。

那两个姑娘又咯咯地笑了起来。(我觉得医生好像嘀咕了一句,说国王最好砸在她们的脑袋上。)

"她们搞不好反倒会伤您的心啊,先生。"阿德兰微笑着说。

"确实,"瓦伦说,"一个要东一个要西,男人可就要遭罪了。"

两个侍女咯咯笑着,又给国王喂了些切成小块的水果,后者则用一根扇尾海燕的长羽毛挠她们的痒痒。乐师在我们身后的露台上奏乐,喷泉发出悠扬的水声,昆虫在花草间鸣叫,但叫声并不烦人。花园里空气清新,充满了鲜花和新翻过的泥土的清香,两名侍女弯腰给国王喂水果,又在国王拿着羽毛扑向她们时尖叫着躲开,让胸前的尤物上下颤抖。我承认,我很高兴自己不需要特别注意医生在干什么。

"请您尽量保持静止,先生。"她在国王不断招惹那两个姑娘时小声嘀咕道。

内侍威斯特气喘吁吁地穿过鲜花和藤蔓覆盖的小径,扣得一丝不苟的鞋子在阳光下闪闪发亮,将铺满小径的次级宝石踩得嘎吱作响。"奎提尔公爵来了,陛下。"他话音刚落,花园门口就响起了一阵吹奏喇叭、敲打铙钹的声音,接着是一阵宛如凶猛野兽咆哮的动静,"还有他的扈从。"

奎提尔公爵在一群少女的簇拥下走进花园,少女们在他行走的路上洒下香气四溢的花瓣,一群杂耍演员来回抛掷亮晶晶的棒子,后面还跟着一队号手和击钹手,一群咆哮个不停的高鲁克兽,以及浑身涂油、肌肉发达、面目狰狞,正在努力控制猛兽的驯兽师,然后是一队身穿统一制服的办事员和仆从,一群只在腰间缠了遮羞布的壮汉抬着一个又扁又平的大柜子,还有一对身材高大、皮肤黝黑的赤道人为公爵打着流苏伞。公爵坐在一乘镶满贵金属和宝石的轿子上,由八个金黄皮肤的巴尔尼姆人抬着。轿夫统一剃了光头，几乎一丝不挂，全身只有一块遮羞布，肩上还挂着巨大的长弓。

正如他们所说，公爵的装束足以让皇帝感到尴尬。他身披一件金红相间的长袍，宽大的身躯更是凸显了袍子的奢华。巴尔尼姆人放下轿子，又在他套着便鞋的脚边摆了一把脚凳。他站起身，踏上了金色地毯。公爵长着一张浑圆而饱满，看不见眉毛的脸，头戴一顶珠宝头饰，在阳光下闪闪发光。当他略显笨拙地向国王鞠躬时，我还发现他手上带了好几个戒指，个个都珠光宝气。

喇叭和铙钹停了下来。至于露台上的乐师，他们在这队人马踏进花园的那一刻就放弃了与之竞争。于是那一刻，周围只剩下花园的鸟语虫鸣，以及高鲁克兽的低吼。

"奎提尔公爵，"国王说，"这是个即兴访问吗？"

奎提尔露出了春风得意的笑容。

国王大笑起来："很高兴见到你，公爵。我猜你认识这里的每一个人。"

奎提尔对瓦伦和乌尔里希勒颔首致意，接着又对阿德兰和其他几个人点了点头。他看不见医生，因为她在桌子另一边，依旧忙着治疗国王的伤脚。

"国王陛下，"奎提尔说，"为了进一步表示我们有幸再次接待您和您的朝廷在此度夏，我想向您进献一样东西。"涂油的健硕男人把那扁平的柜子抬到国王面前，放在了地上。接着，他们又打开布满浮雕、镶金镀银的柜门，只见里面摆放着一份足有一人高的巨大方形地图。方形地图中间画了个圆圈，里面遍布大陆、岛屿和海洋，还画满了怪物、城市的图标，装饰着服饰各异的男女小人。"一幅世界地图，先生。"奎提尔说，"由地理学家库因大师绘制，使用了您卑微的仆人专门从四海最勇敢最可靠的船长手中获得的最新情报。"

"谢谢你，公爵。"国王探出身子，注视着地图，"它是否标出了旧日安利斯的遗址？"

奎提尔朝一个身穿制服的仆人使了个眼色，那人快步上前答道："是的，陛下。在这里。"他指向地图。

"那怪物格鲁森的巢穴呢？"

"据说就在这里，陛下。此处是消逝群岛地区。"

"索姆波利亚呢？"

"啊，全能的米玛斯提斯的故乡。"奎提尔说。

"人们是这么说的。"国王答道。

"在这里，陛下。"

"哈斯皮德依旧在世界的中心吗？"国王问。

"这……"仆人答道。

"除了物理意义，哈斯皮德在各种意义上都是世界的中心，先生，"奎提尔略显窘迫地说，"我要求库因先生根据最新和最可靠的信息绘制出最精确的地图，而他选择了——甚至可以说认定了赤道必须位于世界的中部，这样才能达到精准制图的目的。由于哈斯皮德相对远离赤道，因此它不能——"

"奎提尔，这并不重要，"国王挥挥手，满不在乎地说，"我更在乎精确，而非奉承。这是一幅至为宏伟的地图，因此我真诚地感谢你。它将被摆放在我的王座之上，供所有人欣赏。并且，我将为手下的船长复制更多实用的副本。我想，我从未见过任何一样东西可以如此美观又兼具实用性。来吧，坐到我身边来。瓦伦公爵，你能为我们的客人腾出点空间吗？"

瓦伦嘀咕着说他很乐意，于是仆人将他的座位移开，留出国王身边的空间，让巴尔尼姆人把奎提尔的轿子抬了过去。公爵重新落座了。巴尔尼姆人身上散发着类似动物的强烈体味，熏得我晕头转向。他们退到露台后方，各自蹲坐下来，长弓斜倚在背后。

"这些是什么人？"奎提尔坐在他那富丽堂皇的座位上，低头看着医生和我。

"我的医生。"国王说完，对医生咧嘴笑了笑。

"什么？一名足科医生？"奎提尔问道，"这是我尚未听闻过的哈斯皮德新潮流吗？"

"不，这是医治全身的医生，跟普通的皇家医生一样。就像我父亲手下的特拉尼乌斯。他以前也是我的医生。"

"对啊，"奎提尔公爵四处看了看，"特拉尼乌斯去哪了？"

"他败给了颤抖的双手和日渐模糊的视线。"国王告诉他，"如今他已经退休，回琼德的农庄养老去了。"

"乡村生活显然很适合他，"阿德兰补充道，"因为那个老家伙已经完全康复了。"

"奥明无私地向我推荐了沃希尔医生，"奎斯对公爵说，"甚至不惜让他和家人失去了这位医生的服务。"

"可……一个女人？"奎提尔让仆人替他尝了一口酒，然后才接过水晶杯，"您除了下面的器官，还有放心让女人照顾的地方？先生，您果真是个勇敢的人。"

医生此时已经直起身子，背对着长桌。以这个角度，她能同时面对着国王和奎提尔。她什么都没说，但笑脸紧绷。我开始感到不妙。"沃希尔医生这一年来给我的帮助无可估量。"国王说。

"什么意思？没有价值？一文不值？"奎提尔开了个干巴巴的玩笑，还伸出脚去戳医生的手肘。她稍微退开，低头看着被宝石便鞋碰到的地方。我感到口干舌燥。

"确实没有价值，因为她无法用金钱衡量，"奎斯平淡地说，"我把自己的生命看得无比重要，而这位好医生帮助我延续了它。她非常好，就像我的一部分。"

"您的一部分？"奎提尔嘲笑道，"我看反过来才对。我的国王陛下,您还是一如既往,太慷慨了。"

"我也曾听别人说过,"卫队司令阿德兰接话道,"人们总说国王的唯一缺点就是太过宽容。事实上,他恰恰是利用自己的宽容去试探哪些人想利用他,通过他的公正和容忍牟取利益。一旦发现——"

"好了,好了,阿德兰,"奎提尔公爵朝卫队司令挥了挥手,后者不再说话,低头看着桌面,"我懂你的意思。可即便如此,让一个女人来照顾您……陛下,我视您的父亲为最好的朋友,说这些话也只是考虑到您从他那里继承了整个王国。若是他见到这样的光景,又会怎么说?"

奎斯脸上闪过片刻的阴沉,接着他又重振了精神。"他也许会允许这位女士为自己辩解。"国王交叠双手,低头看向医生,"沃希尔医生?"

"先生?"

"奎提尔公爵送给我一份礼物。一张世界地图。你要欣赏一下吗?也许你能发表一些意见,因为你比在座所有人走过的地方都多。"

医生动作流畅地站了起来,转身看向桌子另一头的巨大地图。她仔细打量了一会儿,又重新坐下,拿起一把小剪子。在她继续为国王修剪趾甲之前,医生先看向公爵,说道:"那张图不准确,先生。"

奎提尔公爵居高临下地看着她,发出一声短促而尖利的大笑。他瞥了一眼国王,似乎在努力控制讥笑。"你是这么想的吗,女士?"他冷冷地问道。

"我明确知道那是错的,先生。"医生忙着为国王修剪左脚的大脚趾,眉头皱成一团,"奥尔夫,小号手术刀……奥尔夫。"我吓了一跳,立刻从她包里翻出那把小工具,颤颤巍巍地递了过去。

"请容我询问,女士,你又懂什么?"奎提尔公爵问完,又瞥了一眼国王。

"也许我们的女医生同时也是一位地理学大师。"阿德兰打趣道。

"也许她该学学礼仪。"瓦伦公爵气愤地说。

"因为我曾经环游世界,奎提尔公爵阁下,"医生对着国王的脚趾说,"并亲眼看过了地图上标的大部分地方,那些记号标得颇为奇幻。"

"沃希尔医生,"国王温和地说,"你对公爵说话时,站起来看着他比较礼貌。"

"是吗,先生?"

国王抽回脚,直起身子严厉地说:"是的,女士,就是这样。"

医生看国王的表情让我忍不住呜咽起来,但我应该成功用清嗓子的声音掩饰过去了。然而她顿了顿,将小手术刀递还给我,动作流畅地站了起来。她先对国王鞠了一躬,又对公爵鞠了一躬。"先生们,请容我说明一下。"她拿起国王放在桌上的长羽毛,从长桌底下钻了过去,接着用羽毛指向地图下半部分。

"这里没有陆地,只有冰壳。这一带和这一带都是岛屿群。德雷岑的北部群岛并不是这样分布的。那里的岛屿数量更多,面积更小,边缘更不规则,并且向北延伸得更远。这里,夸瑞克最西面的海角往东边偏离了大约二十帆里。库斯克里……"她歪着头想了想,"还算准确。福欧不在这个地方,而在这里,而且整个莫里费斯大陆都……往西倾斜了。伊莱恩位于哲罗北部,而不是另一端。这些都是我亲自到过的地方。我可以肯定,这里有一片巨大的内海……至于那些怪物和其他荒谬的——"

"谢谢你,医生,"国王拍着手说,"你的看法很有意思。奎提尔公爵眼看着自己的宏伟大作遭到这般纠正,无疑获得了很大的启发。"说到这里,国王转向一脸阴沉的奎提尔,"亲爱的公爵阁下,请务必原谅这位好医生。她来自德雷岑,那里的人显然饱受大脑上下颠倒的痛苦。很显然,那个地方的一切都颠三倒四,连女人都认为自己应该纠正他们的领土和国王。"

奎提尔勉强挤出一丝微笑:"的确如此,先生。我非常理解。但这也是一场极为有趣的演示。我一直赞同令尊的观点,认为在内侍如此唾手可得的情况下,让女人抛头露面既不雅观,也无必要。但我现在知道了,在这类充满幽默感的小事上,女人奇妙而充满想象力的天性能够得到很好的发挥。这样的轻浮和自由的确让人耳目一新。当然,前提是人们不要太过当真。"

公爵说这番话时,我紧张地看着医生,心中万分惶恐。令我欣慰的是,她的表情一直很平静,似乎没受到任何影响。"您认为,"公爵对国王说,"她对人体器官的位置也有类似的观点吗?"

"这就必须问她本人了。医生,"国王说,"既然你那么不赞同我们最受尊敬的航海家和地图绘制者,那么你也不赞同我们最好的医生吗?"

"对于位置问题,我没有任何异议,先生。"

"听你的语气,"阿德兰说,"显然对某些方面是不赞同的。那会是哪些方面呢?"

"功能,先生,"医生对他说,"但那主要与排泄系统有关,因此恐怕不太引人入胜。"

"告诉我,女人,"瓦伦公爵说,"你离开德雷岑是为了逃避法律制裁吗?"

医生冷冷地看着瓦伦公爵:"不,先生。"

"真奇怪。我想,也许你在那里耗尽了主人的耐心和宽容,所以不得不跑到这边来逃避他们的惩罚。"

"我来去自由,先生,"医生平静地说,"我选择离开并周游世界，看看别的地方是什么样子。"

"但显然没有发现值得你赞同的东西。"奎提尔公爵说。"我很惊讶，你竟没有回到离开的地方。"

"因为我得到了一位善良而公正的国王青睐，先生。"医生说着，把羽毛放回原位，然后看着国王，双手背在身后，挺直了身子。"我有幸为他提供服务，并且只要他愿意继续雇用我，我将竭尽所能。我认为这足以抵消我一路走来的艰辛，以及离开家乡后遭遇的所有不愉快。"

"事实是，这位医生乃是无价之宝，我舍不得放她走，"国王对奎提尔公爵说，"她算是我们的囚徒，但我并没有让她意识到这点。一旦她知道了，恐怕会大发脾气。你说是吗，医生？"

医生低下头，露出了几乎可以算是腼腆的表情。"就算国王陛下把我放逐到世界尽头，我依旧愿意当他的囚徒。"

"老天，那是从你嘴巴里说出的最体面的话！"奎提尔突然大笑起来，猛拍了一下桌子。

"只要搭配上合适的衣服，再打理打理头发，她甚至可以很漂亮，"国王说着，拿起医生刚才放下的羽毛把玩起来，"我觉得应该在这里办一两场舞会，医生会穿上她最有女人味的衣服，让我们见识见识她的优雅姿态。你说好吗，沃希尔？"

"只要国王陛下乐意。"医生嘴上这么说，但我发现她的嘴唇抿得很紧。

"我们都乐意见到。"乌尔里希勒公爵突然插嘴，然后涨红了脸，飞快地拿起一块水果切了起来。

其他人看了他一眼，全都会心一笑，交换了了然的眼神。医生看向刚才说话的年轻人，似乎怔了片刻。

"就是这样，"国王说，"威斯特。"

"陛下？"

"来点音乐吧。"

"好的,先生。"威斯特转过身去示意露台上的乐师奏乐。奎提尔打发掉了大部分随从,乌尔里希勒一直顾着吃,他咽下去的食物足够喂饱刚刚离开的那些高鲁克兽了。医生坐回国王脚边,为皮肤较硬的部分涂抹香油。国王把那两个牧羊女也打发走了。

"阿德兰有新消息要告诉我们,对吧?"

"我想可以回到室内再说,先生。"

国王环视四周。"这里没有不能信任的人。"

奎提尔低头看向医生,后者抬头问道:"先生,我该离开吗?"

"你弄完了吗?"

"没有,先生。"

"那就留下来继续。天知道我已经把性命放在你手上了,而且奎提尔和瓦伦也许觉得你根本不具备充当间谍的记忆力和智商,只要这个年轻人……"

"他叫奥尔夫,先生。"医生说完,微笑着看了我一眼,"我认为他是个诚实可信的学徒。"

"既然年轻的奥尔夫值得信任,我想我们可以畅所欲言。医生,也许公爵和卫队司令会对你说几句更辛辣的话语,但我认为你即使听了也不会脸红。阿德兰,说吧。"国王转向卫队司令。

"好的,先生。我接到几份报告:大约十二天前,海洋联盟的代表团中有人试图刺杀弑君者乌尔莱恩。"

"什么?"国王惊呼一声。

"我猜测那个人的壮举未能成功?"瓦伦说。

阿德兰点点头:"那位'护国公'毫发无损。"

"哪个海洋联盟?"国王眯着眼问道。

"也许是个不存在的海洋联盟,"阿德兰说,"可能是由真实存在的海洋联盟联合伪造的名号,以完成这个计划。有一份报告中提到，代表团的人最后死于严刑拷打，但始终没有透露任何消息，除了他们自己可悲的无知。"

"这都是因为关于组建海军的讨论，"瓦伦看着奎斯说，"那是个愚蠢的举动，先生。"

"也许吧，"国王赞同道，"但我们目前必须装作支持那件蠢事。"他看向阿德兰，"联系所有港口，向每个享有我国恩惠的联盟发出信息，告诉他们，如果进一步尝试威胁乌尔莱恩的生命，都会引起我的不悦。"

"可是先生！"瓦伦反对道。

"我们将继续支持乌尔莱恩，"国王微笑着说，"不管他的死亡能带来多大的快乐，我们都不能在明面上反对他。世界已经变了，太多人都在关注塔萨森的情况。我们必须相信天意，坚信祂会让弑君者的政权自行失败，以此展示它的错误性。如果我们从外部进行干预，使其垮台，那些怀疑论者只会认定我们将乌尔莱恩视作了威胁。按照他们的思维方式，他们还会进一步认定，那样的政权肯定有它的优点。"

"可是先生，"瓦伦凑上前去，越过奎提尔的身体看向国王，那苍老下垂的下巴几乎耷拉到了桌面上。"天意并不总是回应我们的权威。我这一辈子见识过太多类似的事情了。即使是您亲爱的父亲，那位无与伦比的伟大君王，也总想着等待天意以磨人的速度完成一件事。而换一种方式，同样的事情往往只需要十分之一的时间来完成，不仅更快速，而且更仁慈。天意并不像人们所期望的那样迅速行动，先生。有时候天意也需要适当的激励。"他挑衅地看了看其他人，"是的，需要一点狠狠的激励。"

"我以为上了年纪的人通常会劝人保持耐心。"阿德兰说。

"只有在必要的时候，"瓦伦对他说，"现在不是那种时候。"

"即便如此，"国王异常平静地说，"我也选择静观乌尔莱恩将军的下场。你可能会猜测我对此事的兴趣，但无论是你，还是其他值得我青睐的人都预料不到。耐心可以是一种手段，让事情发展成熟到适合采取行动的阶段，而不仅仅是坐看时间流逝。"

瓦伦盯着国王看了好一会儿，最后似乎接受了他的想法。"请原谅一个老人，陛下。对他来说，忍耐的最大极限也许在他的坟墓之外。"

"我们必须希望事情不会变成这样，因为我可不想看到你早死，亲爱的公爵。"

瓦伦听了这番话，似乎得到了安抚。奎提尔拍了拍他的手，但瓦伦似乎有点抗拒。"不管怎么说，那个弑君者需要担心的可不只是刺客。"奎提尔公爵说道。

"啊，"国王心满意足地靠向椅背，"我们东边的问题。"

"应该说那是乌尔莱恩西边的问题，先生。"奎提尔微笑道，"我听说他正不断向拉登西恩派遣军队。他手下最优秀的两名将军，斯玛尔戈和劳尔布特已经抵达查尔托克森城，并对众男爵发出了最后通牒，要求他们在杰尔里新月之前打开高级通道，允许护国公的军队自由进入内城，否则后果自负。"

"而我们有理由相信，众男爵的立场可能远比乌尔莱恩猜测的更坚定。"国王露出了狡黠的微笑。

"有很多理由，"奎提尔说，"说到这个……"他正要开口，却见国王打了个手势，眼睛半闭起来。奎提尔瞥了我们一眼，微微点头表示了然。

"先生，奥明公爵来了。"内侍威斯特上前禀报。只见奥明公爵弓着背笨拙地走了过来。

他走到大地图的收纳柜旁停了下来，微笑着鞠了一躬。"先生，还有奎提尔公爵。"

"奥明！"国王喊了一声（奎提尔则万分敷衍地点了点头），

"很高兴见到你,你妻子怎么样了?"

"好多了,先生。只是有点发烧,没什么大碍。"

"你确定不需要沃希尔去看看她吗?"

"非常确定,先生。"奥明说完,踮起脚来看了看桌子另一头,"啊,沃希尔医生。"

"先生。"医生对公爵点点头,简短地打了声招呼。

"过来坐吧,"国王说完四下张望,"瓦伦公爵,你能——不,不。"瓦伦公爵的脸色看起来就像有人告诉他马靴里进了一只毒虫,"你刚才已经让过了,对吧……阿德兰,你能为公爵挪个地方吗?"

"我很乐意,先生。"

"啊,多么宏伟的地图。"奥明公爵落座时称赞了一句。

"对吧?"国王说。

"国王陛下?"瓦伦右边的年轻人开口道。

"乌尔里希勒公爵?"国王应道。

"我可以去拉登西恩吗?"年轻的公爵看起来精神焕发,甚至可以说是兴奋。他刚才表示很期待看见医生的盛装时,反倒显得异常青涩。现在,他浑身散发着热情,表情也很热切,"我和几个朋友?我们有足够的军事手段,也有充足的人员。我们愿意听令于您指派的男爵,并乐意为——"

"我的好乌尔里希勒,"国王说,"你的热情让我感动不已。然而,尽管我很感激你如此热切的野心,但实施这个野心只会让我感到愤怒和不耻。"

"为什么呢,先生?"年轻的公爵使劲眨着眼睛,满脸通红。

"乌尔里希勒公爵,你是我的座上宾,受到我的庇护,并听取我和奎提尔的意见。然后你跑去对抗我公开支持的势力。我有必要再强调一遍,至少是现在,我必须表现出支持他的倾向。"

"可是——"

"你很快就会发现,乌尔里希勒,"奎提尔公爵说着,看了一眼奎斯,"我们的国王更喜欢依靠他麾下的将军,而不是我们这帮贵族来指挥重要的军队。"

国王对奎提尔露出了有节制的微笑:"我无非是沿袭了父王的做法,把重大战役交给那些从小接受战争训练的人。我的贵族掌管着自己的领土和生活。他们坐拥后宫,修缮宫殿,委托作家创作伟大的艺术品,操控税收使我们所有人从中受益,还要监督土地的改善和城市修缮。在我们所处的新世界里,这已经足够一个男人忙活,甚至过于繁重了,又何苦将战争的负担放到他们肩上呢。"

奥明公爵笑了笑:"德拉辛大帝曾说,战争既不是科学,也不是艺术。战争是一种工艺。尽管它包含了科学和艺术的元素,但依旧是一种工艺,最好由受过训练的工匠来操作。"

"可是先生!"乌尔里希勒公爵继续抗议道。

国王对他抬起一只手。"我毫不怀疑,你和你的朋友一定能独立指挥很多场战斗,并且势力不亚于我手下的任何一位将军。可是赢得了眼前的小利,你也许会输掉大局,甚至可能危及统治的根基。放心吧,乌尔里希勒,一切尽在掌控。"国王对年轻的公爵微微一笑,然而对方没有看见,因为他正抿着嘴,紧紧盯着桌面,"不过,"国王宽宏大量地继续说道,乌尔里希勒忍不住抬头看了他一眼,"请你继续守住心中的烈火和锋利的兵刃。也许将来有一天,它们将会派上用场。"

"是,先生。"乌尔里希勒应了一声,再次垂下目光。

"好了……"国王正要转移话题,却发现宫殿大门处传来了骚动。

"陛下……"威斯特皱着眉,看向同一个方向,他踮起脚尖,以便看得更清楚。

"威斯特,你看见什么了?"国王问。

"一个仆人,先生。正在赶路。应该说,他跑起来了。"

我和医生都已经转过头,顺着桌子底下望过去。确实有个身穿宫廷下仆制服的肥胖青年正朝这边跑过来。

"我想这里不允许奔跑,以免将路面的宝石踢到花丛里。"国王说着,抬手挡住直射眼睛的阳光。

"的确是这样,先生。"威斯特摆出了最严厉最苛刻的表情,走到长桌尾端,迎上那个小伙子。后者停在威斯特面前,双手撑着膝盖,边喘边说:"先生!"

"怎么了,小伙子?"威斯特厉声问道。

"先生,有人被谋杀了!"

"谋杀?"威斯特后退一步,整个人似乎缩小了一圈。卫队司令阿德兰立刻站了起来。

"怎么回事?"奎提尔问道。

"他说什么?"瓦伦说。

"哪里?"阿德兰质问青年。

"先生,在诺列蒂大师的酷刑室。"

奎提尔公爵发出了短促而尖利的笑声:"怎么,这很奇怪吗?"

"小子,谁被谋杀了?"阿德兰边说边走向年轻的仆人。

"是诺列蒂大师,先生。"

10 保镖

"很久以前,有个地方叫拉维西亚,一对表亲住在那里,他们叫赛克鲁姆和希利提。"

"德瓦,你已经讲过这个故事了。"拉登斯用微弱而沙哑的声音说。

"我知道,但故事还没讲完。有些人的生活远远不止一个故事。现在要讲的是另一个故事。"

"哦。"

"你感觉怎么样?有力气听我讲故事吗?我知道自己讲得不太好。"

"我觉得还可以,德瓦先生。"

德瓦为小男孩垫高枕头,让他喝了一点水。他睡在私人寓所边缘的一个房间里,虽然空间很小,但布置得格外奢华。房间靠近后宫,方便佩伦德和休伊斯这样的嫔妃能过来陪伴他,同时也靠近他父亲和布雷德勒医生的居所。后者经过诊断后宣称,这孩子容易神经衰弱、脑血压过高,目前每天给他放两次血。后来拉登斯再也没发作过癫痫,但身体恢复得非常慢。

德瓦一有空就过来看拉登斯,通常是在这孩子的父亲流连后宫的时候。比如现在。

"好吧,如果你确定的话。"

"我确定,请你开始讲故事吧。"

"好的。有一天,这两个朋友玩起了游戏。"

"什么游戏?"

"一种非常复杂的游戏。幸运的是,我们不需要了解游戏的细节,只需要知道他们在玩游戏,并对规则产生了分歧。因为那个游戏存在不止一套规则。"

"那真奇怪。"

"是的,但就是这样。两个好朋友产生了分歧,总结下来就是,赛克鲁姆认为,正常生活中人们应该在当下做应该做的事情。而希利提说,有时候人们必须做在当时看起来错误的事情,以便最后能得到正确的结果。你明白吗?"

"我不太确定。"

"嗯,让我想想。有了,你不是养了一只埃塔尔嘛,它叫什么来着?"

"你说晃晃?"

"对,晃晃。你还记得吗,它刚来的时候,在角落里乱撒尿的。"

"我记得。"拉登斯说。

"我们不得不把它的鼻子按在尿上蹭来蹭去,好让它记住不能乱尿。"

"是的。"

"站在可怜的晃晃的角度上,那种行为并不友好,对不对?"

"没错。"

"你能想象自己小的时候在角落里乱尿,最后别人对你做这种事吗?"

"呕!"

"但这么做是对的,因为晃晃后来进屋就不再乱尿了。于是,它就能进屋跟我们玩儿,而不是整天被锁在花园的笼子里。"

"嗯?"

"这就是人们所说的良药苦口利于病。你听过这句话吗?"

"听过,我老师经常说。"

"没错,我猜大人经常对小孩子说这句话。赛克鲁姆和希利提就是因为这个产生了分歧。赛克鲁姆说,就算用意良好,也不能做出残忍的举动。她认为总有其他办法让人们吸取教训,善良的人有义务找到那些方法,加以利用。希利提觉得她太天真了,他认为漫长的历史证明,有时候必须用残酷的方法获得好结果,不论是管教宠物,还是管教整个民族。"

"整个民族?"

"比如一个帝国,或者一个国家。或者说,塔萨森的每一个人。"

"哦。"

"他们因为这个游戏闹翻后,某一天,希利提决定给赛克鲁姆一个教训。他们俩从小到大都爱互相玩弄和恶作剧,彼此了解对方的性子。他们产生分歧后不久,希利提、赛克鲁姆,还有另外两个朋友骑上英俊的大马,去了他们最喜欢的地方,那是——"

"这件事发生在勒里尔夫人奖励希利提之前还是之后?"

"之后。四个伙伴上了山,那里有一块空地,一座高大的瀑布,还有许多果树和大石头——"

"是糖做的石头吗?"

"很多都是,而且味道不同。赛克鲁姆、希利提和另外两个朋友自己带了野餐的食物,所以他们先坐下吃了点东西,然后跳进瀑布脚下的池塘游泳,又玩了一会儿捉迷藏。最后,希利提表示要向赛克鲁姆介绍一个特殊的游戏。他让另外两个朋友留在池塘边,自己则跟赛克鲁姆爬到了瀑布顶端,站在水流下跌的地方。

"其实赛克鲁姆并不知道,希利提前一天曾骑马过来,在瀑布边缘藏了一块木板。

"希利提从灌木丛中拿出木板,让塞克鲁姆站在木板一段,另一端则悬在瀑布上空。希利提会顺着木板走向另一端,可是(说到这里,赛克鲁姆已经有点害怕了),希利提在行动之前,会先用一块布蒙住眼睛,这样一来他就看不见自己的方向。赛克鲁姆必须引导他前进,看看最后她能指引希利提走到多靠近另一端的位置。他们到底有多信任彼此?这就是问题所在。

"假设希利提没有从木板上掉下去,砸在岩石上摔死,或者他足够幸运,躲过了悬崖上突出的岩石,最后一头扎进池塘里,那就轮到赛克鲁姆。她跟希利提要互换位置,希利提站在木板这一端,指引赛克鲁姆走向另一端。赛克鲁姆听得云里雾里,但最后还是同意了。因为她不想显得疑心太重。总之,希利提自己蒙上了眼睛,让赛克鲁姆调整木板悬空的长度,直到她满意为止。接着,他走上木板,伸展双手,摇摇晃晃地走向另一端。"

"他掉下去了吗?"

"没有。希利提刚走到另一端,赛克鲁姆就喊停了,而他能感觉到自己到了木板的边缘。接着,希利提解开蒙眼布,伸展着手臂站在那里,朝底下的两个女孩挥了挥手。她们都欢呼起来,也对希利提挥手。然后他小心翼翼地转过身,回到了悬崖边缘的安全地带,接下来就轮到赛克鲁姆了。"

"赛克鲁姆蒙起眼睛,听见希利提调整木板的位置。然后,她站了上去,非常缓慢地用脚蹭着木板前进,小心翼翼地伸展手臂保持平衡,就像希利提刚才那样。"

"像这样?"

"对,像这样。木板一上一下地抖动,赛克鲁姆吓坏了。一阵风吹过来,迎面扑向赛克鲁姆,让她更加恐惧。但她还是坚持向前挪动,脚下的木板显得永无止境。

"赛克鲁姆走到尽头后,希利提示意她停下来,于是她停了。接着,她缓缓抬起双手,解开了蒙眼布。"

"像这样?"

"对,像这样。她对站在草地上的朋友们挥了挥手。"

"像这样?"

"对,像这样。然后,她转过身,顺着木板往回走。可是就在那时,希利提离开了木板,害赛克鲁姆掉了下去。"

"不!"

"嗯!木板并没有完全掉下去,因为希利提事先在上面绑了一根绳子。但是赛克鲁姆尖叫着掉进了瀑布底下的池塘,发出一声巨响,继而消失了。另外两个朋友马上跳进水里救她,希利提则冷静地拽回了悬在半空的木板,跪在悬崖边上,等待赛克鲁姆浮上来。

"赛克鲁姆并没有浮上来。另外两个朋友在池塘里四处寻找,一会儿潜进水里,一会儿搜寻岸边的乱石缝隙。可她们就是找不到赛克鲁姆。见此情景,悬崖上的希利提感到后怕。他只是想教训教训赛克鲁姆,提醒她不能相信任何人。他想充当苦口的良药,因为他害怕赛克鲁姆的思想有一天会要了她的命。他只想教会赛克鲁姆提高警惕,可是现在,希利提的主意反倒害死了表亲和挚友。过了好久好久,赛克鲁姆都没有露头。她在水下绝不可能生存那么久。"

"希利提跳下水找她了吗?"

"是的!他不顾一切地扎进水里,甚至把自己摔晕了。好在另外两个朋友救起了他,把他带到岸边的草地上。二人正忙着拍打他的脸蛋,挤出他吸入肺部的水时,赛克鲁姆从水里浮了出来。她的头和脖子血肉模糊,但还是跌跌撞撞地爬到岸上,想知道她的朋友怎么样了。"

"她活着!"

"她掉进池塘时,脑袋撞到了水底的石头,还险些溺死了。不过她被冲到了瀑布的水幕后方,浮了起来,卡在两块岩石中间。她在那里恢复了一些体力,也察觉到了希利提的意图。当时赛克鲁姆对希利提和另外两个朋友都很生气,因为她误以为那两个姑娘也参加了恶作剧。正因为如此,当那两个姑娘游到附近呼唤她时,赛克鲁姆没有回应,还潜进水里不让她们发现。当她察觉希利提也受了伤,才游上岸。"

"赛克鲁姆原谅希利提了吗?"

"差不多吧,但他们两个从此再也没有以前那样亲密。"

"他们都平安无事吗?"

"希利提很快就醒了过来,看到朋友后长舒了一口气。赛克鲁姆头上的伤并没有表面看上去那么严重,但是那里留下了一个奇怪的三角形疤痕,直到现在都没有消退。就在这里,左耳上方。幸运的是,她的头发能遮住伤疤。"

"希利提太坏了。"

"希利提只想证明自己的观点。人们想证明自己的观点时,很容易做出不明智的选择。当然,他坚称自己确实证明了观点——赛克鲁姆得到了教训,并且效果显著,因为她几乎立刻就学以致用。否则,她怎么会躲在水幕后的乱石堆里呢?那就是为了给希利提一个教训呀。"

"啊哈。"

"没错,啊哈。"

"所以希利提是对的?"

"赛克鲁姆永远都不会赞同这一点。赛克鲁姆坚称自己因受伤而大脑混乱,以此证明了她自己的观点——唯有大脑混乱的精神错乱之人才会认为良药苦口利于病是对的。"

"嗯,"拉登斯打了个呵欠,"这个故事比上一个有趣多了,但是很复杂。"

"你该休息了。要快快好起来,好吗?"

"像赛克鲁姆和希利提那样?"

"没错。他们越变越好了。"德瓦为拉登斯掖好被子。男孩缓缓闭上眼睛,伸出手来摸索,然后紧紧攥住一块破旧的淡黄色布片,放在脸颊边依偎着,还蹭了蹭枕头。

德瓦站起来走向房门,对坐在窗边打毛衣的护士点了点头。

将军在后宫会客室见到了他的保镖。"啊,德瓦。"乌尔莱恩快步走进来,披上了长大衣,"你见到拉登斯了吗?"

"见到了,先生。"德瓦回答着,跟上了一行人离开后宫的脚步。后宫的警卫增加了三倍,两名守卫宫门的卫兵跟随他们行进了一段距离。因为乌尔莱恩遭到了海洋联盟大使的袭击,再加上拉登西恩的战争已经在几天前打响,德瓦考虑到越来越高的风险,专门为护国公增加了这些护卫措施。

"我去看他时,他已经睡了,"乌尔莱恩说,"等会儿我要再去一趟。他怎么样?"

"还在恢复。我认为医生给他放血的次数太频繁了。"

"德瓦,你要知道术业有专攻。布雷德勒知道他在做什么。我敢说你也不想让他指导你习剑。"

"的确如此,先生。可是……"德瓦略显尴尬地说,"我想做点事,先生。"

"哦?做什么?"

"我想派人试吃拉登斯的食物和饮品,确保他没有被下毒。"

乌尔莱恩停下脚步,看向他的保镖:"下毒?"

"纯粹是预防措施,先生。我确信他有一些……普通的疾病,微不足道。但为了安全起见,我还是希望你能同意。"

乌尔莱恩耸耸肩:"既然你觉得有必要,那就做吧。我的试吃随从肯定不介意多吃点儿东西。"他再次动身,快步向前走去。

他们走出后宫,三步并作两步地走上楼梯,直到乌尔莱恩在中途停了下来,接着开始逐级向上。他边走边揉着后腰说:"我的身体有时会刻意提醒我自己的真实年龄,"他咧嘴一笑,拍了拍德瓦的手肘,"我夺走了你的对手,德瓦。"

"我的对手?"

"跟你下棋的对手,"他挤挤眼睛,"佩伦德。"

"啊。"

"跟你说吧,德瓦,那些小姑娘好是好,但等你拥有过真正的女人,就会意识到她们还是小姑娘。"他又揉起了腰,"老天,她真是让我吃尽了苦头。"他抻着胳膊,大笑了几声,"德瓦,如果我哪天死在后宫,那一定是佩伦德的错,但绝不要惩罚她。"

"好的,先生。"

他们走到了国王的寝宫。乌尔莱恩将这里改设成了每天听取战争简报的地方。卫兵把守的双开门另一头隐约传来了讨论声,乌尔莱恩转向德瓦:"好了,德瓦,接下来这几个小时,我都会待在里面。"

德瓦忧郁地看了一眼大门,像个盯着糖果店柜台,身上却分文没有的小男孩。"我真的认为我也应该跟随您参加简报会议,先生。"

"好了,德瓦,"乌尔莱恩说着,拉住了他的肘部,"我跟手下的将军在一起不会出什么事的,更何况门口还有双重警卫呢。"

"先生,被暗杀的领导人通常认为自己是安全的,直到惨剧发生的那一刻。"

"德瓦,"乌尔莱恩温和地说。"我能把自己的性命交给这间屋里的人,而且我与大部分人相识已久。其中一些人跟我的交情甚至比你我还长。我可以信任他们。"

"可是先生——"

"而且,你还会让其中一些人感到不适。"乌尔莱恩略有些不耐烦地说,"他们认为保镖不应该像你这样富有主见,光是看见你,就足够让某几个人心神不宁。他们觉得屋里像是多了一重阴影。"

"那我就穿上五颜六色的衣服,或是一身弄臣的装束——"

"不必,"乌尔莱恩把手搭在他的肩膀上,"我命令你,接下来这两个小时,你要自由行动。等那些将军向我汇报完昨天到现在已经攻陷了多少城镇,你再回来继续履行职责。"他拍了拍德瓦的肩膀。"走吧。如果你回来的时候我不在这里,那就证明我回后宫跟你的对手再战三百回合去了。"他对德瓦咧嘴一笑,捏了捏他的胳膊,"谈论战争和胜利总能让我浑身充满年轻人的冲劲!"

他留下德瓦独自站在那里盯着地上的瓷砖,转身走进了向他敞开的大门。两名宫廷卫兵加入守门者的行列,分别看守着大门内外两侧。

德瓦动了动下巴,仿佛在咀嚼什么东西,接着转过身,快步离开了。

石膏师几乎完成了彩绘室的复原工作,最后一层涂料正在风干,他则跪在布满白点的垫布上检查自己的工具和水桶,尝试回忆起正确的摆放顺序。这个工作通常由他的学徒来做,唯独这次不行,因为一切都要保密。

彩绘室的门悄然开启,护国公的保镖——身着黑衣的德瓦走了进来。石膏师注意到那个高大男人脸上的神情,突然感到一阵寒意。老天,他们该不会打算在自己完成任务后杀人灭口吧?他知道这是个秘密。因为他刚封上了一个中空的凹室，显然是用来监视别人用的。但这个秘密竟如此重要，他们竟要在事后杀了他封口吗？他在皇宫干过活儿。他很诚实，而且守口如瓶。宫里的人知道这点。他还有个兄弟在这里当卫兵呢。他值得信任，他不会把这件事告诉任何人，他可以用家里孩子的生命保证。他们不可能杀了他，对吧？

见到德瓦走近，他往后缩了缩。保镖的佩剑在黑色剑鞘中左右摇晃，另一边的匕首也在深色的刀鞘里弹动。石膏师注视着他，发现他面色阴沉冷酷，远比无情的震怒和杀手的假笑更吓人。他尝试挤出一点声音，但是没有成功。他觉得自己快要吓尿了。

德瓦似乎没注意到石膏师。他只是低头看了他一眼，然后瞥了一眼刚做好还在晾干的石膏板。雪白的板材夹在彩绘中间，就像失去了血色的死人面孔。接着，德瓦走了过去，登上了小讲坛。石膏师感到口干舌燥，转过头去注视着德瓦的动作。保镖紧紧抓住坛上座椅的一只扶手，接着将它松开，走到房间另一头的画板前。那是一幅后宫的场景画，画面上满是身材丰满、气质慵懒的夫人。她们穿着暴露的衣服，或是闲坐无事，或是端着酒杯下棋。

黑色的身影定定地站了一会儿。当他开口说话时，石膏师吓得跳了起来。

"画板做好了吗？"他的声音很洪亮，在空荡荡的房间里显得无比空虚。

石膏师咽了口唾沫，清了清嗓子，最后才挤出声音来。"是——是——是的，先生。明——明天就能交给画师了。"

保镖依旧对着画板，室内再次响起空洞的嗓音。"很好。"接着，他毫无征兆地动手了。他完全没有向后借力，而是直接出拳，一拳击穿了面前的画板。

石膏师站在彩绘室另一头，忍不住尖叫起来。

德瓦又呆站了一会儿，才收回右拳，任凭手臂垂了下来。一些石膏碎片被他的动作带出来，洒落在地上。

石膏师吓得瑟瑟发抖。他想爬起来逃跑，但是动弹不得。他想举起双手自卫，手臂却像被人粘在了身体两侧。

德瓦低头看着右臂，缓缓扫掉黑色衣袖上的白色粉尘。然后，他原地转身，快步走向大门，突然停下脚步，带着悲痛至极的神情转过头来。他看了一眼被他砸穿的画板，然后说："你也许会发现另一块画板也需要修缮。我猜那是几天前被打破的，对吧？"

石膏师拼命点头。"是的，是的，当然了，先生。哦是的，一点儿没错。我刚才也发现了，先生。我这就把它修复好，先生。"

保镖盯着他看了一会儿。"很好，卫兵会过来领你出去。"

接着他就离开了，大门被重新合上，再次上锁。

11 医生

伊夫尼尔宫的卫队司令用一块浸香的手帕捂住口鼻。他眼前放着一块厚石板，上面钉了铁手铐、脚镣和绳索。但是这些东西都没有用来束缚目前躺在石板上的人。那个除了胯下的遮羞布，浑身几乎一丝不挂的人正是国王的首席审讯官诺列蒂。现场除了卫队司令博尔奇克，还有奎提尔公爵的首席审讯官雷林格，以及一个面如死灰、汗如雨下的年轻抄写员。他是卫队司令阿德兰派来的人，而阿德兰本人正在带队搜寻诺列蒂的学徒乌努尔。这三个人对面站着沃希尔医生以及她的助手（也就是我），除此之外还有奎提尔公爵的私人医生斯克林。

伊夫尼尔宫的地下审讯室相对较小，天花板也更低。室内散发着各种令人不快的气味，当然也包括诺列蒂身上的气味。并非因为他的尸体已经开始腐烂，因为谋杀发生在短短几个小时前。单纯因为这个死去的审讯官苍白的皮肤表面满是灰尘污垢，很显然他并不是那种讲卫生的人。博尔奇克司令此刻正盯着一只跳蚤。那东西从尸体的遮羞布底下爬出来，沿着松弛的腹部曲线缓缓向上移动。

"看，"斯克林医生指着灰白皮肤上的小黑点说，"乘客正在逃离沉船。"

"向着热源前进。"沃希尔医生飞快地拍向跳蚤，但是那东西反应更快，一蹦就不见了踪影。博尔奇克饶有兴致地看着，我也不禁为医生的天真行为感到惊奇。那句话怎么说来着？抓到跳蚤的方法只有那么几种？下一个瞬间，凭空一抓，接着摊开手掌查看战利品，最后用力一捏，在裤子上擦了擦手。她抬头看向博尔奇克，后者脸上带着惊讶的表情，"我怕它跳到我们身上。"医生解释道。

石板上空亮了一盏灯。刚才沃希尔医生派那不幸的抄写员去开灯，从他遭遇到的灰尘和碎屑的洗礼来看，那盏灯恐怕很久没有人开过了。除了头顶的照明，一对落地的烛台也为这可怕的光景贡献了几分光亮。

"可以开始了吗？"伊夫尼尔宫的卫队司令声音洪亮地问道。博尔奇克身材高大健壮，额际到下巴之间横亘着一道巨大的疤痕。去年打猎时的意外使他的膝盖无法弯曲。正因为这个，带队搜寻乌努尔才成了阿德兰的任务。"我从未享受过下方展开的任何活动。"

"我猜那些活动的主角也这样想。"沃希尔医生说。

"而且他们也不应该遭到那样的待遇。"斯克林医生说完，抬起一只娇小的手，紧张地扯了扯领子，同时目光在拱形的墙壁和屋顶之间游移，"这地方拥挤又压抑，不是吗？"他瞥了一眼卫队司令。

博尔奇克点点头。"诺列蒂以前总抱怨这里连挥鞭子的空间都没有。"他一开口，面如死灰的抄写员就在小岩板上做起了记录。粉笔的尖头滑过光滑的石板，发出刺耳的声音。

斯克林嗤笑一声："这下他再也不用挥鞭子了。乌努尔有消息了吗，司令？"

"我们知道他逃走的方向，"博尔奇克说，"应该在天黑前就能抓到他。"

"你认为他能毫发无伤地回来吗?"沃希尔医生问。

"阿德兰很熟悉这里的森林,我的猎犬也都训练有素。那年轻人可能会被咬个一两口,但保证能活着被送到雷林格大师手中,"博尔奇克瞥了一眼身旁那个矮胖的男人。那人正一脸迷恋地盯着几乎完全切断了诺列蒂头部的伤口。听到博尔奇克提到他时,雷林格缓缓抬起头来,对他笑了笑,露出一副整齐的牙齿。那都是他从受审者嘴里撬出来的好牙,用来置换了自己的一口烂牙。他为此感到格外自豪。博尔奇克见到他的回应,很不高兴地闷哼了一声。

"现在最让我担心的正是乌努尔的命运,各位先生。"沃希尔医生说。

"真的吗,夫人?"博尔奇克依旧用手帕捂着口鼻说,"你关心他的命运?"说到这里,他转向雷林格,"我想,他的命运目前掌握在我们这一边的人手中。还是说,那小伙子患了什么疾病,有可能导致我们无法审问他?"

"乌努尔可能不是凶手。"医生说。

斯克林医生揶揄地哼了一声。博尔奇克抬头看了一眼离自己并不远的天花板。雷林格则一直盯着尸体身上的伤口。

"是吗,医生?"博尔奇克拖长语气说,"是什么让你得出了如此奇怪的结论?"

"这个人已经死了,"斯克林气愤地抬起一只瘦削的手,朝尸体挥了挥,"在他自己的屋子里被杀死了。有人看见他的助手逃进森林里,而当时这具尸体还在往外冒血。他的主人经常对他大打出手,甚至不止如此。每个人都清楚这件事。只有女人才会对这些明显的迹象视而不见。"

"哦,让我们的女医生把话说完吧。"博尔奇克说道,"我还挺好奇的。"

"是啊，医生。"斯克林嘀咕着，转头看向另一侧。

医生没有理睬她的同行，而是弯下身来捏住了诺列蒂脖子上那块割裂的皮肉。我紧张地咽了口唾沫。"伤口是锯齿状工具造成的，有可能是一把很大的匕首。"她说。

"令人惊叹。"斯克林讽刺地说。

"这是一道单一的伤口，从左边划到右边，"医生说着，拨开了尸体左耳附近的皮肉。我承认，她的助手此时此刻感到有点儿恶心，不过我跟审讯官雷林格一样，无法将目光从伤口上移开，"这一刀切断了所有大血管，喉部——"

"什么玩意儿？"斯克林说。

"喉部，"医生耐心地重复了一遍，还指着诺列蒂脖子里被粗暴切开的管道，"气管上半部分。"

"我们这里叫气管上半部分，"斯克林医生龇牙咧嘴地对她说，"我们不需要异邦词汇。庸医总喜欢用它们来唬人，好显得自己无比聪明。"

"如果我们往深处看，"医生说着，向后扳动尸体头部，又微微托起其肩部，"奥尔夫，你能把那个木块拿过来，垫在他的肩膀下方吗？"

我从地上捡起一块形状宛如迷你断头台的木块，塞到死者肩膀下方。我觉得这太恶心了。"抓住他的头发，好吗？"医生说着，又把诺列蒂的脑袋向后扳了一些。随着一阵黏稠的声音，伤口进一步张大了。我抓住诺列蒂稀疏的棕发向后拉扯，同时双眼看向远处。

"向深处看，"医生重复了一遍，弯下身子凑近诺列蒂的喉咙，以及那一堆五颜六色的组织和管道，似乎完全没有受到影响，"可以看到，凶器割得很深，甚至划伤了死者的上脊柱。你瞧，在第三节颈椎的位置。"

斯克林医生嗤笑一声,但是我的眼角余光注意到他也凑了过去。桌子另一端突然传来作呕声,卫队司令阿德兰的抄写员飞快地转过身去,跑到水槽边弯下了身子,手上的石板则落在一边。我觉得自己也快吐了,只能努力把酸水咽回去。

"这里,看见了吗?脊椎骨的碎片卡在喉头软骨里了,这是凶手抽出凶器时留下的痕迹。"

"好吧,真有意思。"博尔奇克说,"你想表达什么?"

"切割的方向表明凶手惯用右手。几乎可以肯定,这个伤口就是右手持凶器造成的。其深度和穿透力表明了凶手拥有极大的力量,这也进一步增加了凶手使用惯用手的可能性。因为人们使用非惯用手时不太可能发挥出这么大的力量。再从伤口角度来看,切口顺着喉咙向下倾斜,证明凶手比死者高了一头。"

"哦,老天!"斯克林医生大声说,"你怎么不干脆把他的内脏扯出来,像旧时的牧师一样从中找到凶手的名字?我敢肯定那上面写着'乌努尔',假设我没记错他的名字。"

沃希尔医生转向斯克林:"你还没明白吗?乌努尔没有诺列蒂高,而且他是左撇子。我猜他的力量与常人无异,也许高出一些,但他看起来并没有特别强大。"

"也许他当时怒火中烧,"博尔奇克说道,"人们在某些情况下能发挥出超常的力量。听说他们在这种地方尤其如此。"

"而且那一刻诺列蒂有可能跪在地上。"斯克林医生指出。

"或者乌努尔站在凳子上。"雷林格的声音听起来格外柔软,带着强烈的气声,还笑容可掬。

医生看向旁边的墙壁。"诺列蒂站在那个工作台前,遭到了来自身后的袭击。动脉血喷溅到了天花板上,静脉血则直接滴落在工作台上。他并没有处在跪姿。"

抄写员已经吐完了，重新拾起石板站起来，回到桌边，面带歉意地看了一眼博尔奇克。后者没有理睬他。

"夫人？"我开口道。

"怎么了，奥尔夫？"

"我能放开他的头发了吗？"

"当然可以，奥尔夫。抱歉了。"

"乌努尔怎么做的很重要吗？"斯克林医生说，"案发时他肯定在这里，案发后他逃走了。这当然是他干的。"说完，斯克林医生厌烦地看了沃希尔医生一眼。

"审讯室的门既没有上锁，也无人看守，"医生指出。"乌努尔也许出去跑腿了，回来发现主人被杀。至于——"

斯克林医生摇摇头，对医生抬起一只手。"夫人，这种女人似的幻想和不健康的残肢癖好证明你也许存在精神上的疾病。这跟抓捕凶手和获取真相毫无关系。"

"医生说得对，"博尔奇克对她说，"显然你很了解尸体，但你必须承认，我也很了解犯罪。无论何时，逃跑都意味着有罪。"

"乌努尔可能只是吓坏了，"医生说，"他看起来不太聪明，也许只是慌了神，没有想到逃跑会招致最大的嫌疑。"

"反正我们很快就能抓到他，"博尔奇克不容置疑地说，"然后雷林格会查出真相。"

医生开口时，我怀疑在场所有人都能听出她语气里的恶毒。"哦，是吗？"

雷林格对医生咧嘴一笑，博尔奇克横亘着伤疤的脸上出现了冷酷的神色。"是的，夫人，他可以。"说完，他朝尸体挥了挥手。"这是一场很有趣的会面，但是下次你若想用那些可怕的人类解剖学知识取悦上级，最好别来打扰我们这些有事要忙的人。日安。"

博尔奇克转身离开，钻过低矮的门框，朝敬礼的卫兵点了点头。刚才忍不住吐出来的抄写员犹豫地看了看未完成的记录，好像不知道下一步该做什么。

"我同意，"斯克林医生得意地说着，小脸凑到医生面前，"你也许暂时迷惑了我们的好国王，但你骗不了我。如果你看重自己的安全，最好马上请求国王批准你离开，回到你那糟糕的老家去。日安。"

斯克林医生昂首阔步地走出了审讯室，面如死灰的抄写员又一次左右为难地看着医生无动于衷的脸。接着，他对依旧笑吟吟的雷林格嘀咕了一声，合上记事的石板，跟随小个子医生离开了。

"他们不喜欢你，"奎提尔公爵的首席审讯官对医生说，他脸上的笑容更灿烂了，"我喜欢你。"

医生隔着停放尸体的石板，盯着他看了好一会儿，然后举起双手说："奥尔夫，给我一块湿毛巾。"

我快步跑开，在工作台上拿起一罐水，再从医生的包里找出一条毛巾打湿了。医生用湿毛巾洗了手，期间一直盯着对面那个身材浑圆的矮个子男人。我又递给她一条干毛巾，让她擦干了手。

雷林格依旧保持微笑。"你也许厌恶我的身份，女医生，"他轻声说，声音透过那些可怕的假牙传出来，显得有些扭曲。"但我同样懂得如何给人快感。"

医生把毛巾递给我，然后说："奥尔夫，我们走吧。"她对雷林格点点头，然后走向门口。

"有时候疼痛也可以是快感。"雷林格在我们身后大声说道。我感到头皮发麻，又有点想吐。医生一点反应都没有。

"这只是普通的感冒，先生。"

"哈，普通感冒。我见过得感冒死掉的人。"

"是的，先生，但您不会。今天感觉脚踝怎么样？让我看看好吗？"

"我觉得有所好转了。你能换药吗？"

"当然。奥尔夫，你能否……"

我从医生包里拿出一些绷带和器具，摆在国王大床的垫布上。这里是国王的寝宫，现在是诺列蒂被杀的第二天。

伊夫尼尔宫里，国王的住所在宫殿后部华丽的圆顶高塔上，正好位于大殿圆顶上方。露台从贴满金箔的圆顶下方伸出，中间隔着小小的规整式花园。由于屋顶高度恰好高过背后山脊上最高的树木，这里成了山谷这一侧的制高点。朝北的窗户让房间通风和采光效果绝佳，而且从那里看出去，眼前只有修剪成几何形状的花园、白色的围栏，以及大片蓝天。所有这些将这里烘托得犹如世外仙境。我敢说，山上清新的空气也加深了与世隔绝的印象。但有一点特别重要：这里看不到人类世界的世俗和无序，因此才显得格外纯净空灵。

"我能赶上下一个小月的舞会吗？"国王看着正在给他准备绷带的医生。其实旧绷带看起来一尘不染，完全不需要更换，因为前一天诺列蒂死亡的消息传到隐秘花园后，国王就因喉咙刺痛和打喷嚏而卧床休息了。

"我猜您应该可以参加，先生，"医生说。"但请尽量不要在大家面前打喷嚏。"

"我可是国王，沃希尔。"国王说完，对着手帕吸了吸鼻子，"我可以随心所欲地对任何人打喷嚏。"

"那您会把致病物质传播到别人身上，在您恢复健康的时候，致病物质会在他们身上繁殖，最后那些人也许会忍不住在您面前打喷嚏，从而再次感染您，而他们恢复健康时，您又成了传染源，如此不断循环。"

"别对我说教，医生。我现在没心情。"国王转头看了看身下压塌的枕头，正要张嘴叫人，却打起了喷嚏，满头的金发随着他的动作不断跳动。医生站起身子，扶起国王，帮他拍松了枕头。国王有点惊讶地看着她。

"你比表面上强壮许多啊，医生。"

"是的，先生。"医生谦虚地微笑着，解开国王脚踝上的绷带，"但仍不及我应有的那样强壮。"她穿着昨天的衣服，红色长发打理得比平时更仔细一些，梳成辫子垂在深色长外套背后，几乎到了她纤细的腰部。医生看向我，我惊觉自己盯得出了神，慌忙低头看着自己的脚。

大床的帷幔底下露出了一小块乳白色的布料，看起来格外眼熟。我疑惑了一小会儿，紧接着油然生出了针对国王权力的嫉妒之心。因为我意识到，那是牧羊女的服装。发现这一点后，我不动声色地将它踢进了帷幔底下。

国王重新靠在枕头上："那个杀了我的审讯官逃跑的小子有啥新消息吗？"

"他们今天早上抓到他了。"医生边说边忙着手上的工作，"但我不认为他杀了人。"

"真的吗？"国王说。

主人，就我个人而言，我并不认为国王特别关心医生对这件事的看法，但他依旧示意医生详细说明。国王虽然地位崇高，但彼时正生着病，还刚吃完一顿简单的早餐。尽管如此，他还是愿意听医生说说为什么乌努尔不是杀害诺列蒂的凶手。不得不说，其他学徒、助手和侍从头天晚上都聚集在宫廷的厨房里，而他们一直认为这件事唯一令人费解的地方在于乌努尔为何能忍耐这么久才动手。

"好吧，"国王说，"我猜奎提尔那边的人应该能问出真相。"

"真相吗，先生？还是一句用以满足那些人既成偏见的话？"

"你说什么?"国王抹了一把发红的鼻头。

"先生,刑讯逼供是一种野蛮的行为,它无法查出真相,只能得到审问者想听到的结果。因为拷打带来的疼痛难以忍受,那些承受疼痛的人会承认任何东西,或者应该说,会承认他们认为审问者希望他们承认的东西,以求对方停止折磨。"

国王盯着医生,脸上满是困惑和质疑。"人都是野兽,沃希尔。会撒谎的野兽。要想从他们口中得到真相,唯一的办法就是压榨出来。"国王冷哼一声,"我父亲就是这样教我的。"

医生看了国王很久,然后继续解开旧绷带:"的确如此。好吧,我猜他一定是对的,先生。"她一手托住国王的脚,用另一只手松开绷带,同时也吸起了鼻子。

国王一直在吭吭哧哧地吸鼻子,还目不转睛地盯着医生。"沃希尔医生?"当绷带被完全解开,医生将它交给我处理时,他终于开口问道。

"先生?"医生应了一声,用袖口擦了擦眼睛,躲开奎斯的目光。

"夫人,我惹恼你了吗?"

"不,"医生飞快地回答,"不,先生。"她正要包上新的绷带,却把它放到一边,恼怒地喷了一声。接着,她开始检查国王脚踝上的小伤口,又命令我去拿水和肥皂。其实我早就准备好了,把它们都放在床边。医生似乎对此很不满意,但还是马上处理了伤口,洗净并擦干国王的脚,再裹上新的绷带。

国王全程都有点不高兴。医生裹好绷带后,他看着她说:"你很期待参加舞会,对吧,医生?"

医生对他微微一笑。"当然了,陛下。"

我们收拾好东西正要离开,国王伸手拉住了医生。我注意到他眼中浮现出从未有过的困惑和茫然。"医生,听说女人比男人更能承受疼痛。"他似乎在分析医生的表情,"我们审问时,伤害最深的是我们自己。"

医生低头看着被国王拉住的手。"女人之所以更能承受疼痛,是因为我们必须生育,先生。"她低声说,"这种痛苦通常被认为是无可避免的,但像我这样的人能在某种程度上减轻那个痛苦。"她抬头注视着国王的双眼,"然而当我们开始折磨他人,先生,我们就会变成野兽。不,甚至是野兽都不如的东西。"

她小心翼翼地抽出手,拿起地上的包,对国王微微鞠了一躬,然后转身走向大门。我犹豫了片刻,以为国王会叫她回来,但他没有说话。他只是坐在那张大床上,一脸挫败,还吸着鼻子。我对国王鞠了一躬,跟随医生离开了。

乌努尔并没有被审问。他被抓获并带回宫殿的几个小时后,医生和我还在忙着照顾国王,而雷林格还在布置审问他的房间时,一名卫兵巡逻到关押他的牢房门外,赫然发现乌努尔用一把小刀割开了自己的喉咙。他四肢都被紧紧捆在身后,而且押进牢房之前还被脱光了衣服。那把小刀的刀柄卡在牢房石壁的缝隙中,高度正好及腰。乌努尔得以绷紧束缚他的铁链,跪在地上让脖子划过刀刃,然后轰然倒地,失血而死。

据我所知,两名卫队司令异常愤怒。负责看管乌努尔的卫兵很幸运,他们既没有受到责罚,也没有被审问。人们最终一致认同,乌努尔肯定是在袭击诺列蒂之前就插好了小刀,以防自己出逃失败被抓回宫殿。

我们共同的地位决定了我们知之甚少,并且意见也缺乏价值。但我们都有机会充分了解乌努尔的智慧、谋略和狡诈,深知他三者都不尽人意。因此没有一个人认为这个解释有任何说服力。

奎提尔：我的好公爵，见到你真是太高兴了。你不觉得这片风景很好吗？

瓦伦：嗯。你还好吧，奎提尔？

奎：我健康得很。你呢？

瓦：一般般吧。

奎：我猜你一定想坐下休息。瞧？我已经命人备好了椅子。

瓦：谢谢，但是不用了。我们到这边来吧……

奎：哦，好的，很好……我们到啦，而且这里的风景更好。不过，我实在无法想象你叫我到这里来是为了欣赏我自己的房子。

瓦：嗯。

奎：请容我猜测一番。你对……他叫什么来着？诺列蒂？你对诺列蒂的死有疑虑？或者说，对他和他学徒的死都有疑虑？

瓦：不。我认为那件事已经了结了。我不关心两个审讯官的死亡。他们的工作虽然不可或缺，但也卑劣不堪。

奎：卑劣？哦，是的，很有道理。但我会将它称为一种最为高尚的艺术。我手下的雷林格就是个名副其实的大师。我之所以没有在奎斯面前盛赞他，完全是担心他抢走我的人。那会让我格外伤心，就像是被夺走了宝贝。

瓦：不，我担心的人专门从事缓解疼痛的工作，而不是制造疼痛。

奎：真的吗？你是说那个自称医生的女人？对呀，国王究竟看上她什么了？他难道不能把她当成单纯的床伴吗？

瓦：也许他是这样想的，但可能性很低。而她看国王的目光让我怀疑那个女人很愿意被推倒……不管怎么说，我对此都毫不关心。问题在于，他似乎认为那个女人是个称职的医生。

奎：然后呢……你想找另外的人替代她吗？

瓦：是的，随便什么人。我怀疑她是个间谍，或者女巫，或者介于两者之间的东西。

奎：我明白了。你对国王说过此事吗？

瓦：当然没有。

奎：啊哈。好吧，其实我的医生也跟你持有同样的观点，希望你听了能感到安慰。但我要警告你，这不应该是安慰，因为我的医生是个自视清高的蠢货，不比那些只会放血和锯骨头的庸医强多少。

瓦：好吧，好吧。不过，我相信你有一个最称职的医生，因此很高兴他跟我一样怀疑那个叫沃希尔的女人。如果我们最终需要说服国王，他的观点也许至关重要。我可以告诉你，卫队司令阿德兰也认为她是个威胁，但他跟我的意见一致，认为现在还不是与她公开对抗的最佳时机。所以我才想找你一谈。你能对此保密吗？我接下来要谈的事情必须瞒着国王，尽管这件事的目的正是为了保护他。

奎：嗯？是的，我当然可以保密，我的好公爵。继续吧，在这里说的任何话都不会传出墙外。或者说，栏杆之外。

瓦：你保证？

奎：当然，当然。

瓦：我和阿德兰找诺列蒂商量好了，一旦证明确有必要，就把那个女人带走审讯……而且不会不告知国王。

奎：哦，我懂了。

瓦：我们从哈斯皮德到这里来的途中，原本已经安排妥当。可是现在我们到了，诺列蒂却死了。我希望你愿意做好准备，随时执行一个类似的计划。如果你那边的雷林格真的如你所说那般能干，应该能从女人嘴里撬出真相。

奎：当然。目前为止，我还想不到哪个女人能抵抗他在那方面的攻势。

瓦：很好，你能安排几个卫兵抓捕她，或者在她被抓捕时不予干涉吗？

奎：……我明白了。这样做对我有什么好处吗？

瓦：你的好处？当然是保证国王的安全啊，先生！

奎：那当然是我最关心的问题，显然你也一样，亲爱的公爵。然而这个女人没有明显的加害行为，看起来倒更像是你在发泄私愤，不管你掌握了多少信息。

瓦：我的好恶完全取决于是否对王室有益，并且我希望过去这些年——应该说是好几十年——的忠心服务已经证实了这点。你并不关心那个女人，难道你会反对吗？

奎：你必须站在我的角度上看问题，亲爱的瓦伦。只要你们待在这里，我就有义务保证你们的安全。你们一行人到达伊夫尼尔才短短几天，就有一名官员遇害，而凶手也逃脱了应得的审问和惩罚。这让我很不高兴，先生。幸亏这个案子从一开始就判明了真相，并且看起来完全是王庭内部的矛盾，我才没有感到更大的羞辱。尽管如此，我还是要说，博尔奇克也许没有意识到他只差一点就要被降职了。此外，我要补充一句，我的卫队司令至今仍怀疑事情没有完全真相大白，那个学徒的死有可能是封口。不管怎么说，在谋杀和自杀之后，国王青睐的人又要突然消失，这就意味着我必须用最严厉的手段惩罚博尔奇克，否则我将颜面扫地，再也抬不起头来。给我最有说服力的证据，证明这个女人图谋伤害国王，我才有可能支持这个行动。

瓦：嗯，我猜你唯一能接受的证据就是国王的尸体，只有这才能让你满意。

奎：瓦伦公爵，我希望你能发挥自己的聪明才智，在事态发展到那个地步之前揭露那个女人的真面目。

瓦：的确如此，我正好有计划。

奎：那就对了。你的计划是什么？

瓦：我希望快有结果了。

奎：你不愿意告诉我吗？

瓦：奎提尔，很遗憾，我们俩似乎都不能向彼此透露太多。

奎：的确，不是吗？

瓦：我没有别的可说了。

奎：很好。哦对了，公爵？

瓦：先生？

奎：我应该可以指望你按兵不动，别让那个女人在伊夫尼尔官消失吧？如果她真的消失了，我可能要仔细考虑一下是否把你刚才说的透露给国王。

瓦：可你刚才保证了。

奎：我是保证过，亲爱的瓦伦。但我想你一定理解，我效忠的对象是国王，而不是你。如果我发现国王平白无故地被欺骗了，那么我有责任告诉他。

瓦：抱歉打扰你了，先生。看来我们两人都浪费了一早上的时间。

奎：日安，瓦伦。

我日后又发现了这段对话，但不是在医生的日记本上，而是夹在别的资料中（为了让叙述更连贯，我对它进行了些许编辑）。这两段话的共同参与者是瓦伦，但考虑到后来发生的一切，我实在不知如何理解它。我只做记录，不做判断，也不提供任何猜测。

12 保镖

几个世纪以来,克劳恩山皇家公园一直是塔萨森王室的私人狩猎地。乌尔莱恩把其中大部分赠送给了在继承战争中支持他的贵族,但保留了护国公及其麾下在林中打猎的权利。

四匹骏马与它们的骑手包围了高大的灌木丛和纠结的爬山虎,方才被打落的猎物应该就在那里。

勒路因抽出宝剑,在马上俯下身子,戳了戳那丛灌木。"你确定它进去了吗,兄长?"

"十分确定,"乌尔莱恩凑到坐骑的脖颈旁,眯起眼睛观察灌木丛的一个开口。接着,他继续压低身体,一只手松开缰绳,好看得更仔细些。德瓦守在乌尔莱恩身边,伸手拉住了被他放开的缰绳。灌木丛另一头的勒路因也俯下了身子,趴在坐骑的脖颈上。

"那孩子今天怎么样,乌尔莱恩?"旁边传来耶阿米多斯低沉的声音。他的大脸涨得通红,满是油亮的汗水。

"哦,他很好,"乌尔莱恩直起身子说,"每天都在变好,但还不够强壮。"他环顾四周,然后回望树林后的山坡,"我们需要几个助手……"

"让你那个黑衣人帮忙吧,"耶阿米多斯对乌尔莱恩示意了德瓦,"德瓦,你下马去敲打树丛,好吗?"

德瓦微微一笑："我只知道怎么敲打人类猎物，将军。"

"人类猎物，嗯？"耶阿米多斯大笑一声，"那真是好时光啊，对吧？"他拍了拍身下的马鞍。德瓦的微笑又保持了一段时间。

在旧王国的最后几年，贝敦王凶残暴戾。囚徒和不幸被抓到正在做违法交易的偷猎者成了打猎的主要猎物。那个野蛮的传统如今已被取缔，但有一样东西成了那段时光的见证，那就是贝敦王的古董猎弩，此时正被乌尔莱恩背在背上。

乌尔莱恩、德瓦、耶阿米多斯和勒路因与狩猎的大队伍分开了。其他人还在山的另一头，只隐约传来一些声音。"小耶，吹响你的号角吧。"乌尔莱恩说，"叫些人过来。"

"好的。"耶阿米多斯举起号角，吹出一声巨响。德瓦听见山那头几乎同时传来了号角声，所以那边的人恐怕没听见这边的号角。他没有说什么。耶阿米多斯甩了甩号角，露出一脸得意的表情。

"护国公，劳尔布特会来吗？"他问，"我以为他要来。"

"今天早上来了消息，"乌尔莱恩踩着马镫站起来，抬手遮挡打在脸上的阳光，凝视着前方的灌木丛。"他耽误了行程，在——"他看向德瓦。

"应该是维恩德城，先生。"

"在维恩德。那座城比我们想象的更难攻破。"

勒路因也站起了身子，看向同一个地方："有人说我们损失了几台攻城炮。"

"目前还只是传闻，"乌尔莱恩说，"斯玛尔戈果然又冲过头了，把他的增援队伍甩在后面。通信一直不稳定。对上斯玛尔戈那个人，你不可能猜到结果。他也许是推进得太快了，大炮跟不上，也许只是放错地方了。我们不要做最坏的打算。"

"我还听到了其他传闻，护国公，"耶阿米多斯说着，拧开酒袋的盖子喝了一口，"也许我们应该亲自出征拉登西恩，接过指挥权。"耶阿米多斯皱起了眉。"护国公,我太怀念打仗的感觉了。而且我敢保证,你肯定不会把攻城炮放错地方。"

"没错,"勒路因说,"兄长,你必须亲自指挥战斗。"

"我考虑过,"乌尔莱恩抽出自己的佩剑,开始拍打灌木顶部,"我一直想表现得更像个政治家,而非军阀。何况我也不认为拉登西恩的叛乱值得我们动用全部武力。但如果形势需要,我也许会改变主意。我打算等劳尔布特回来再说,或者等他的消息。小耶,你再吹一遍号角好吗?我觉得他们刚才没听见。"乌尔莱恩收好佩剑,摘下绿色猎帽,擦了一把汗。

"哈!"耶阿米多斯应了一声,举起号角,猛吸一口气。那个动作使他的身体好像浮了起来,整张脸皱在一起。接着,他把号角放到嘴边,用尽全力吹了起来,脸涨得通红。

那个声音几乎能撕裂耳膜。几乎就在那时,灌木丛朝向下坡的方向传来一阵沙沙声。德瓦离得最近,他瞥见一个巨大而粗壮的灰褐色身影以迅雷不及掩耳之势向另一丛植物冲了过去。

"哈!"耶阿米多斯大喊一声,"我把它吓出来了!"

"德瓦!"乌尔莱恩吼道,"你看见它了吗?"

"在那里,先生。"

"小勒,小耶!这边!"乌尔莱恩调转马头,冲向那个方向。

德瓦总是尽量跟在乌尔莱恩身边,无奈森林里的灌木丛太过茂密,让他无法如愿,只好跟在护国公的坐骑后面穿过树丛,跳过倒下的树干,弯身躲避低垂的树枝,有时不得不趴在马身上,甚至悬在其身侧,以免被树枝卡住。

乌尔莱恩顺着德瓦指示的方向飞奔下坡,他的坐骑飞快地穿过拥挤的灌木丛。德瓦跟在后面,努力让那个上下耸动的绿色团块保持在视野中,因为那是乌尔莱恩的帽子。

缓坡上覆盖着灌木,上空是纵横交错的树枝。有的树木倒下了，被健康的树木挂住，郁郁葱葱的枝叶与扭曲光秃的枝干纠缠在一起，让人寸步难行。坐骑的脚步很不稳定。地上堆满腐烂的树叶、树枝、果实和种皮，底下可能隐藏着大量洞穴、地道开口、岩石和半腐烂的木块，踩到任何一个都能让马折断腿，或者令其翻倒在地。

乌尔莱恩冲得太快了，德瓦则拼命紧跟其后。除了追逐猎物时的狂奔，他从未如此担心过自己和主人的生命。尽管如此，他还是尽了全力，试图引导坐骑穿过满地的断枝和被踩踏的痕迹，追逐乌尔莱恩的脚步。他还听见身后传来了耶阿米多斯和勒路因纵马前进的响动。

他们正在追逐的猎物是一头奥特。那是一种强大健硕的食腐动物，有马的三分之一大小。它们通常被认为是好战又愚蠢的生物，但德瓦认为上述评价不太正确。因为它们会一直逃跑，直到被逼到绝路，才用自己的尖角和锋利的牙齿战斗。它们会尽量躲避开阔空间，因为那里的树丛和其他障碍物相对较少，更利于奔跑。相反，它们会选择像这里一样的地方，到处布满活的和死的树木，满地都是枯枝败叶，不仅阻碍视线，也妨碍追逐。

追逐的痕迹穿过一道陡峭的山坡，向一条小溪延伸。乌尔莱恩又喊又叫，消失在了远处。德瓦暗骂一声，催促坐骑加速。然而它摇了摇头，喷出一声鼻息，拒绝了德瓦的命令。德瓦决定不再观察坐骑的落脚之处，把这个问题留给动物自己处理。他现在最好专心躲避那些悬在半空，有可能把他打得晕头转向，或是捅穿他眼睛的枝丫。他听见远处传来狩猎队伍其他成员的动静。人在喊叫，号角在轰鸣，猎狗在狂吠，猎物在嘶吼。听声音，像是那些人包围了一大群猎物。乌尔莱恩正在追逐的那头猎物成功逃脱了所有猎犬的追赶。那可是个大家伙，不带猎狗去追猎显然是一件勇敢且愚蠢的事情。德瓦一只手松开缰绳，飞快地擦了擦脸。

这天很热，大树下的空气凝滞而黏稠。他满脸大汗，刺痛了眼睛，在嘴里留下一丝咸味。

他身后传来一声枪响。也许是通知猎物逃脱了，也许是一名火枪手被打掉了半张脸。一个人骑马能携带的小型枪支极不可靠，也不精准，反而对射击者更危险。体面的绅士不会使用那种东西，他们通常认为弓弩更胜一筹。不过，铁匠和军械师依旧在努力生产出更好的火枪。继承战争期间，乌尔莱恩利用这些武器对抗骑兵队的冲锋，获得了很好的效果。德瓦担心他有生之年的某一天，枪械会发展得足够可靠，并且足够精确，给保镖带来最糟糕的噩梦。不过现在看来，那一天还相当遥远。

左边的小溪谷下方传来一声尖叫。叫声也许来自人类，也许来自奥特。尽管天气很热，那个声音还是让德瓦打了个寒战。

他已经看不到乌尔莱恩的身影。枝叶在他的左前方不断摇晃。德瓦突然有种不祥的预感，怀疑那声尖叫来自护国公。他用力咽了口唾沫，再次擦了擦脸，试图驱赶在头上嗡嗡作响的飞虫。一根树枝刮伤了他的右脸。如果乌尔莱恩坠马了怎么办？他可能被咬伤，也可能被撕碎了喉咙。去年有个年轻贵族的坐骑在这附近绊倒，骑手也掉了下来，被参差不齐的树干残桩刺穿了背部和腹部。他当时发出的惨叫像极了刚才的尖叫，不是吗？

他情急之下想驱马过去，但是背上的猎弩被一根树枝卡住，他险些从马背上摔下来。德瓦用力拽住缰绳，身下的动物被金属嚼子勒得尖声嘶鸣。他在马鞍上扭动身体，试图挣开束缚，但是没有成功。那一刻，他看见勒路因和耶阿米多斯正从山坡上靠近。他咒骂一声，拔出匕首砍向那根惹人恼怒的树枝。枝条应声而断，其中一端还卡在猎弩上，但好歹是松开了他。他双腿一踹，坐骑又开始向坡下前进。

他冲出灌木丛，跑下坡度突然变大的土堤，进入溪边的空地。

乌尔莱恩的坐骑站在一棵树旁喘气,骑手却不见踪影。德瓦疯狂地四处寻找护国公,紧接着发现他站在小溪上游处的一堆乱石边,猎弩搭在肩上,瞄准了那只野兽。奥特发出阵阵低吼,试图跳上阻挡前路的长满苔藓的湿滑岩石,以逃离那片空地。

奥特纵身一跃上到半坡,并试图找到落脚点继续攀爬完成逃亡,但是失足滑落,随着一声呜呜重重地落在溪边,还在一块位置较低的岩石上弹了一下。它挣扎着站起来,甩了甩身子。乌尔莱恩朝它靠近了几步,猎弩始终对准目标。德瓦下了马,解下自己的猎弩。他想对乌尔莱恩喊话,劝他回到自己的坐骑上,把那头野兽留给他来处理。然而奥特离得太近了,他不敢分散对方的注意力。奥特不再攀爬岩石,而是朝着乌尔莱恩发出了低吼。此时他离那头野兽只有五、六步之遥。它现在唯一的出路,就是越过那个人。

趁现在,德瓦想。射击,开火,快趁现在。他在乌尔莱恩身后,隔了十步左右。他先顺着土堤朝右边缓缓走了几步,扩大了观察角度,以便同时观察乌尔莱恩和野兽。他尝试在不移开目光的情况下准备好猎弩,因为他担心只要不盯着护国公和他的猎物,就会发生点什么事情。猎弩被卡住了,他能摸到。肯定是刚才那根树枝。他紧紧抓住枝叶,试图将武器扯出来,但是没有成功。

奥特低吼着躲避缓缓逼近的乌尔莱恩,臀部撞上了它刚才试图攀爬的长满青苔的岩石。它微微低下头,弯曲的尖角只比人手长一点,但都异常尖锐,足以划开一匹马的肚腹。乌尔莱恩穿着轻薄的皮夹克和长裤。早上出发前,德瓦曾建议他换上更结实的外套或锁甲,但护国公坚决不穿。因为天气实在太热了。

奥特压低身子,意图再明显不过。德瓦可以清楚地看到它后背的肌肉在收缩绷紧。他用力扯了一下卡在猎弩上的树枝,接着左右晃动。对了,匕首。他也许可以放弃猎弩,使用匕首。那把匕首并不适合投掷,但他只有这个选择。卡在猎弩上的树枝开始松动了。

"兄长?"他身后传来一个声音。德瓦回过身,发现勒路因站在高处,坐骑的前蹄紧挨着土堤边缘。乌尔莱恩的弟弟。他的脸正好被一束阳光照到,于是他抬起一只手遮挡光线,看向小溪对面的空地。很快,他就发现了乌尔莱恩。"哦。"他轻声道。

德瓦飞快地转了回去。奥特没有动弹,依旧在轻声呜呜,它的身体绷得很紧,口角流出了唾液。德瓦听见他的坐骑发出一声小小的哀鸣。

乌尔莱恩做了个细小的动作。紧接着,那边传来一个几不可闻的响动,乌尔莱恩也僵住了。

"该死。"他轻声骂道。

弩箭可以在几百步之外杀人。如果距离较近,它射出的箭甚至可以穿透铁板。追猎最紧张的时候,人们几乎没有时间停下来安放箭矢、拉弦。通常猎人上马前就会绷好弩弦,许多人还会上好箭矢,以便随时射出。挂在马鞍上的弩箭已经射穿过不止一名猎手的脚,有时甚至更糟。若是背在背上,一旦被灌木丛中的树枝卡住,意外受伤时会更致命。因此猎弩都有一个安全锁扣,人们必须记得在发射前松开它。沉浸在追逐的兴奋中,猎人很容易忘记这个操作。乌尔莱恩手上那把贝敦王的猎弩是个古董,安全锁扣是后来加上去的,而不是一开始就设计好的,所以只能装在后方,位置不太理想,不方便滑动。于是乌尔莱恩不得不松开一只手调整锁扣。也许,这是乌尔莱恩处死的老国王的诅咒。

德瓦屏住了呼吸。卡住猎弩的树枝掉落在地。他一边盯着奥特,一边看着乌尔莱恩缓缓将一只手移向猎弩的安全锁扣。由于只剩单手支撑,猎弩轻轻晃动起来。奥特的低吼声突然变大,还稍稍改变了位置,侧身靠近溪流,脑袋一侧被乌尔莱恩的身体挡住,大大缩小了德瓦的射击角度。德瓦听见上方传来勒路因坐骑的呼吸声。他摸索着找到安全锁扣,然后将猎弩架在肩上,又向右跨了一步,以找到合适的角度进行射击。

"什么?这是啥?他在……"上方又传来另一个声音,同时伴随着树叶的沙沙声和马蹄的踏步声。是耶阿米多斯。

乌尔莱恩轻轻松开安全锁扣,继而把手放回扳机上。奥特猛地冲了过去。

乌尔莱恩试图瞄准向他冲来的猛兽,猎弩角度骤然下坠。与此同时,他还猛地往右边跳去,阻断了德瓦射杀野兽的视野。德瓦在千钧一发之际松开了扳机,没有击中护国公。乌尔莱恩的猎帽突然松脱,落进了溪流里。德瓦看见了这副光景,但没有想到是什么造成的。他朝护国公狂奔,将猎弩架在腹部,指向侧面。乌尔莱恩脚下打滑,支撑体重的脚突然踩空。

两步,三步。有什么东西从德瓦的头顶呼啸而过,带起一阵微风拂过他的脸颊。片刻之后,他听见一阵水声,水花飞溅到空中。

四步。他仍在加速,每一步都像拼尽力气的跳跃。护国公的猎弩发出一声脆响,弩头向后一甩,箭羽射中奥特的左腿。野兽发出一声哀嚎,猛地跳向空中,扭转了身体,接着落到地上,离摇摇欲坠的乌尔莱恩只有两步之遥。它压低带着尖角的头部,朝他冲了过去。

五步,六步。乌尔莱恩跌倒在地,奥特的长吻撞上了他的左腿。野兽向后退去,再次冲刺。这次它把头压得更低,对准了乌尔莱恩的腹部。后者举起一只手,试图阻挡那头野兽。

七步。德瓦边跑边拉开猎弩,依旧顶在腰部。他慢半拍做好准备,然后扣动了扳机。

箭镞射中了奥特的左眼上方。野兽猛地一颤,停在了原地。

箭羽插在兽头之上，仿佛长出了第三个角。德瓦先是隔着四步之遥，继而变成三步，同时一把扔开猎弩，左手伸向右胯，抓住了长匕首的刀柄。乌尔莱恩用力一蹬，让下半身远离野兽的身体。那头奥特离他只有一步之遥，正低头看向地面，摇头晃脑地打着响鼻，野兽前腿突然一软，倒在地上。

德瓦拔出匕首，从乌尔莱恩上空一跃而过。后者就地一滚向后退去，德瓦就这样拦在了二者之间。奥特喷着鼻息、摇头晃脑，用奇怪的表情抬头看向德瓦。他很肯定，那是惊讶的神情。就在那一刻，德瓦一刀扎向野兽左耳下方的脖颈，飞快割开了它的喉咙。野兽呼哧呼哧地倒在地上，脑袋垂在胸前，黑色的血液渐渐蔓延开来。德瓦跪在原地，刀尖对着野兽，同时空出一只手向后摸索，确认乌尔莱恩的位置。

"你没事吧，先生？"他头也不回地问道。奥特抽搐了一下，似乎想站起来，接着却侧躺在地，四肢抽搐。鲜血持续从它脖子的伤口涌出。不久之后，野兽停止了颤抖，血液由喷涌变为渗出。慢慢地，野兽蜷起四肢，终于死去。

乌尔莱恩双膝着地直起了身子，一只手搭在德瓦的肩膀上。德瓦感到他的手在颤抖。"我很好……并得到了教训。我猜这应该是最合适的说法。谢谢你，德瓦。老天，这家伙可真大，不是吗？"

"是很大，先生。"德瓦判断这头一动不动的野兽已经不具有威胁性，便斗胆往后看了一眼，发现耶阿米多斯和勒路因正顺着土堤坡度较缓的地方走下来。他们的坐骑留在土堤上，低头看着乌尔莱恩和德瓦的坐骑。两个人一路小跑过来，耶阿米多斯手上还抱着他刚刚发射过的猎弩。德瓦重新转向奥特，然后站起来，收起长匕首，又扶起了乌尔莱恩。护国公的手臂也在颤抖，并且没有马上放开德瓦。

"哦,先生!"耶阿米多斯紧紧抱着猎弩高喊着,圆圆的大脸色如死灰。"您没受伤吧?我还以为——老天,我以为我……"

勒路因赶了上来,差点被德瓦扔在地上的猎弩绊倒。"兄长!"他张开双臂紧紧抱住兄长,几乎把他撞倒在地。那个动作也把乌尔莱恩搭在德瓦身上的手拽开了。

山坡顶上的围猎响动越来越靠近了。

德瓦回头看了一眼奥特。它看起来一点生气都没了。

"谁先扣了扳机?"佩伦德不动声色地问。她歪着头凝视"保守秘密"的棋盘,思索下一步该怎么走。两人坐在后宫的会客大厅,时间临近九点。当天晚上的庆功宴席格外热闹,但乌尔莱恩早早便离开了。

"是耶阿米多斯,"德瓦同样压低声音说,"是他那一箭射掉了护国公的帽子。人们后来在小溪下游找到了帽子,箭矢则插在溪边的木桩上。如果再低一些……"

"确实。那么勒路因的箭险些射中了你。"

"也险些射中了乌尔莱恩,但我想幸免于难的是他的腰部,而非脑袋。"

"那两箭真的瞄准了奥特吗?"

"……是的。那两个人都不是神射手。如果耶阿米多斯真的瞄准了乌尔莱恩,那我猜宫中大多数有经验的人都会认为那一箭的准头超过了他的正常水平。更何况耶阿米多斯发现自己险些伤了护国公时,着实受到了惊吓。至于勒路因,看在老天的份上,那可是护国公的弟弟。"德瓦重重地叹了口气,随后打了个哈欠,还揉了揉眼睛,"耶阿米多斯不仅准头差,而且根本不是当刺客的料。"

"嗯。"佩伦德不置可否地应了一声。

"怎么?"这句话脱口而出时,德瓦才意识到自己已经很了解这个女人了。她不过是哼了一声,自己却能领会到其中深意。

"我有个朋友经常陪侍耶阿米多斯,"佩伦德轻声说,"她告诉我,耶阿米多斯很喜欢打牌赌钱,更喜欢假装不懂游戏的微妙之处,扮演一个糟糕的玩家。他总会忘记规则,不是问自己该怎么走,就是问其他玩家用到的术语是什么意思,如此种种。他经常会连续输掉几场小赌,但事实上,他只是在等待一个特别大的赌注上台。一旦让他找到机会,他几乎无一例外地会赢。她已经亲眼看到了好几次,既感到有趣,又心怀警惕。许多年轻而志得意满的贵族误以为自己遇到了愚蠢好骗的大鱼,最后离开时却输得一个子儿都不剩。"

德瓦盯着棋盘,意识到自己咬紧了嘴唇。"看来那人是个伪君子,而不是小丑。让人担心啊。"他抬头看向佩伦德,但后者没有对上他的目光。他忍不住凝视着佩伦德盘在头上的金色发丝,惊叹于它的光泽和细腻,"你的朋友对那位先生还有别的看法吗?"

佩伦德还是没有抬头,而是深深吸了一口气。德瓦注视着她肩膀的摆动,还有胸口的起伏。"有一次,也许是两次,"佩伦德说,"耶阿米多斯喝得烂醉,似乎对她透露过……对护国公的嫉妒和蔑视。我认为,他看你很不顺眼。"说到这里,她突然抬起头来。

德瓦微微后仰,仿佛受到了那双蓝边金瞳的威压。"但这些都不能证明他不是个忠实的追随者,"佩伦德说,"如果一个人决定找碴儿,只要足够努力,就能找到各种理由不信任别人。"说完,她又低下了头。

"当然,"德瓦感到脸上一热,"但我还是希望知晓这些事情。"

佩伦德移动了一颗棋子,接着是第二颗。"到你了。"她说。

德瓦重新开始分析棋局。

13 医生

主人,六天过后,宫中举办了蒙面舞会。国王仍有轻微的感冒,但医生给他服用了一种由鲜花和山草药制成的制剂,可以让他的"黏膜"在舞会期间保持干燥(我猜她指的是国王的鼻子)。她还建议国王不喝酒,多喝水,喝点果汁更好。然而在舞会开始不久后,国王很快就被说服了(主要是被他自己),认为果汁也包括葡萄酒,所以他喝了很多。

伊维纳吉的大宴会厅是个极尽奢华的圆形空间,其边缘有一半覆盖着高大的落地窗。自从去年伊夫尼尔宫的夏歇结束后,那些落地窗被修缮一新,原本巨大的粉绿色石膏板被替换成了网格状的木栏,中间镶嵌着小小的透明玻璃。那些玻璃晶莹透亮,就像水晶一般,完美地展现了山谷对面沐浴在月光中的森林和山丘,几乎没有扭曲。那个效果格外引人注目,我听到周围的人发出阵阵赞叹,并纷纷探讨这些工程所需的巨额费用。从他们总结出的惊人数额来看,哪怕说这里的新窗户都是用钻石做的,他们也不会感到奇怪。

大厅中央有个低矮的圆形舞台,那是管弦乐队演奏的地方。演奏者朝向圆心接受指挥,而指挥者则依次转向各个部分的乐手。人们围绕着那个中心翩翩起舞,就像卷入旋风中的落叶。复杂的舞步和排列营造出了杂乱中井然有序的气氛。

医生是场上较为引人注目的女性之一，主要是因为她的高挑身材。大厅里当然也有更高挑的女人，但她显得分外耀眼。她的气质在各个方面都更胜一筹，而且自然从容。她穿的礼服与大多数人相比非常朴素。那是一件富有光泽的深绿色长裙，完美衬托了她精心梳理成宽大扇形的红发，而且十分贴合身形，甚至显得不合时宜。

主人，我承认，当时我站在大厅里，感到既兴奋又骄傲。医生没有同伴，于是陪同她参加舞会成了我的重任，为此我感到沾沾自喜，因为大多数学徒和助手都只能待在下层等候，唯有高级侍从才被允许参加。少数几个没有被安排仆从工作的人都很清楚，他们无法在满是年轻贵族的场合突出自己。相比之下，医生将我视作平级，在整个舞会期间没有对我这个学徒发出任何命令。

我选择的面具是一张肉色的彩纸，上面画了图案，半边是快乐的笑脸和高耸的眉毛，另外半边则是悲伤下垂的嘴角，眼角还有一滴泪。医生戴了遮住半张脸的面具，由轻盈光亮的银制成，还被用漆处理过。我认为那是我当晚看到的最美的，也是最令人不安的面具。因为它会反射观察者的目光，以此隐藏起佩戴者。虽然医生的倩影根本无可隐藏，但那张面具的效果依旧超过了其他由羽毛、金丝和闪闪发光的宝石精心装饰的面具。

在那张镜子般的面具之下，医生的嘴唇饱满而柔软。她像宫廷里许多夫人那样，用一种红色油膏给嘴唇上了色。我从未见过她这样打扮自己。她的唇瓣看起来多么湿润，多么水灵啊！

我们坐在前厅的大桌旁，周围都是漂亮的贵族夫人和她们的侍卫，墙上高高地挂着巨大的贵族画像，被簇拥在豪宅与宠物中间。仆人们端着酒到处走动。我从未见过安排得如此妥当的舞会，尽管在我看来，部分仆人有点粗枝大叶，端盘子的动作略显笨拙。

舞曲中间的休息时间，医生没有待在大厅里，而且似乎并不愿意加入人们的舞蹈。我认为她之所以出现在这里，完全是因为国王希望她去。而且就算她喜欢跳舞，也感到很不自在，生怕犯了礼仪错误。

我也感到既兴奋又紧张。如此大的宴会厅可以容纳极尽奢华与隆重的排场，因此吸引了来自各地的几十个大家族、公爵和女公爵、盟国统治者及其随从，通常会产生即使在首都也很少见的权利和条件的集中状态。难怪这些场合会促成新的从属、计划、同盟和敌对，并且贯穿政治、国家及个人层面。

我不可能不被这种紧迫而隆重的气氛所影响，因此在舞会正式开始之前，我可怜的情绪就已经被折磨得支离破碎，濒临崩溃。

但是至少，我们得以安全地逗留在舞会边缘。这里聚集了那么多王子、公爵、男爵、大使和其他希望与他交谈的人，其中许多人还一年到头都见不到他，只能抓住这独一份的机会。因此国王不太可能关心医生和我，毕竟我们每一天都是随叫随到。

我坐在座位上，沉迷于周围人群的低语，听着远处传来的乐曲，不禁想象这里有多少阴谋和计划正在酝酿，多少同盟或敌对正在形成，多少欲望被激起，多少希望被粉碎。

一行人经过我们身边，向舞厅走去。为首的小个子男人转而朝我们走了过来。他带着一个蓝黑色羽毛做成的旧面具。"啊，你就是女医生，除非我认错人了，"瓦伦公爵沙哑刺耳的声音传了过来。他停下了脚步。他的妻子（第二任妻子，比他年轻许多，娇小又性感）挽着他的手臂，金色面具上嵌满了宝石。瓦伦家族的年轻人和随从们也停了下来，在我们周围站成一个半圈。我跟随医生站了起来。

"您想必是瓦伦公爵吧。"医生彬彬有礼地鞠了一躬，"您好吗？"

"很好。我本来应该问候你,但我猜医生都会照顾好自己,所以决定问问国王的情况。他还好吗?"我发现公爵说话有点口齿不清。

"国王总体上还不错,但他的脚踝依旧需要治疗,因为他还有点——"

"很好,很好。"瓦伦转头看了一眼通往舞厅的大门。"你觉得我们的舞会如何?"

"让人印象深刻。"

"告诉我,你以前生活的那个德雷岑也有舞会吗?"

"有的,先生。"

"那里的舞会跟我们的一样好吗?还是说他们的更奢华高贵,让我们可悲而徒劳的努力黯然失色?你说德雷岑的医学比我们这边发达,那它在其他方面也一样吗?"

"我认为德雷岑的舞会远远没有这边的好,先生。"

"是吗?这怎么可能?听了你的诸多评判和言论,我还以为你的故乡各个方面都比我们先进呢。你说起那个地方来用词如此华丽,我甚至以为你在描述一片童话般的土地呢!"

"我想公爵会发现,德雷岑与哈斯皮德一样真实。"

"天哪!我几乎要失望了。好了,我们该走了。"他转身要走,又停了下来,"等会儿你应该会去跳舞,对吧?"

"我想是的,先生。"

"你能向我们演示一遍德雷岑的舞蹈,然后教会我们吗?"

"先生,舞蹈?"

"是的,我猜德雷岑的舞步并非全都跟我们一样,肯定也有些我们从未见过的东西。这绝对有可能,对吧?"公爵略带驼背的小身板猛地转向一边寻求认同。

"哦,是的,"他的妻子在黄金和宝石制作的面具之下娇声说道,"我猜德雷岑一定有最新潮、最有趣的舞步。"

"很遗憾,我并不是舞蹈老师,"医生说,"现在我很希望当初能多努力学习如何在舞会上表现自己。但是很遗憾,我的青春岁月大多消磨在了学业上。我是在有幸来到哈斯皮德后,才——"

"哦,不!"公爵高声喊道,"亲爱的女人,你怎么可以说你在这等文明的举止上教不了我们什么呢!简直前所未闻!哦,亲爱的女士,我的信仰被动摇了。我求你重新考虑这件事。在你那充满医学气息的记忆中好好找找吧!至少试着为我们回忆一下医生的沙龙舞、外科的芭蕾舞,或者护士的角笛舞、病人的吉格舞呀。"

医生不为所动。就算她像我一样在面具底下汗流满面,也没有表现出来。她平静地说:"公爵对我的知识范围的评价令我受宠若惊。我当然愿意听从你的指示,然而——"

"我相信你可以,我很肯定,"公爵说,"对了,请问你来自德雷岑哪个地方?"

医生稍微挺直了身子:"我来自纳普西利亚岛的普雷塞尔,先生。"

"哦,是的,是的。纳普西利亚。纳普西利亚。没错了。我猜,你一定很怀念故乡吧?"

"是有一点,先生。"

"无人与你用母语交谈,无法了解最新的消息,没有同胞与你追忆往昔。流亡异乡,多么可悲啊。"

"但也有好处,先生。"

"是的,很好,非常好。仔细回忆回忆那里的舞步。过会儿见。届时你会表演几下高踢腿和旋转,对不对?"

"也许吧。"医生回答道。我很高兴自己看不见她面具下的表情。不过因为面具只遮住了半张脸,我还能看见医生的嘴唇。因此我那一刻我有点担心,那对鲜红饱满的唇瓣能吐出多少恶毒的话语。

"就是这样,"瓦伦说着点了点头,"待会儿见,夫人。"

医生微微鞠了一躬。瓦伦公爵转过身,带领一群人走进了舞厅。

我们坐了下来。我摘下面具,擦了擦脸。"夫人,我觉得公爵的酒量有点差。"

镜子般的面具转向我,上面映出了我自己的面孔——形状扭曲,涨得通红。两片红唇勾起一个微笑,面具下的双眼却难以解读。"是啊。你说,如果我不表演德雷岑的舞蹈,他会介意吗?我真的想不起来。"

"我认为公爵刚才对你的态度太冒犯了,夫人。大部分都是酒后狂言。他只想——呃,身为一名绅士,他肯定不会有意羞辱你,但他也许想戏弄你。细节并不重要。他可能已经忘了刚才说的大部分话。"

"希望如此。奥尔夫,你觉得我跳得糟糕吗?"

"哦,不,夫人!我没见到你踏错一步呢!"

"那是我唯一的目标。要不要……"

一个带着宝石皮面具、身穿国王边防卫队队长礼服的年轻人出现在我们旁边。他深深鞠了一躬,问道:"奥尔夫先生?沃希尔医生?"

我们愣住了,随后医生看向我。"是的!"我脱口而出。

"国王命令我邀请两位与王室成员一同跳舞,下一场集体舞马上就要开始了。"

"哦,见鬼。"我喃喃道。

"我们很高兴得到国王的盛情邀请。"医生平静地站起来,对他点了点头,接着朝我伸出手。我也抬起手,让她挽住我的手臂。

"请跟我来。"队长说。

我们加入了十六人的队伍,其中有奎斯国王,还有身材娇小丰满、来自塔萨森山地边界之外某个幽静王国的小公主,以及身材高挑、来自外特罗塞尔的王子和公主兄妹,另外就是奎提尔公爵和他的妹妹盖尔夫人、盖兹公爵和女爵(卫队司令阿德兰的舅舅和舅妈)、他们那位身材异常高挑匀称的女儿及其未婚夫、法罗斯的希尔斯王子,卫队司令阿德兰本人与乌利尔夫人,最后是一位我被引见过,也在宫中见到过,但是想不起来叫什么的年轻女士,以及她的同伴——乌利尔夫人的胞弟,我们在隐秘花园为国王疗伤时见到的,年轻的乌尔里希勒公爵。

我注意到年轻的公爵故意站在靠近我这边的位置,确保自己有两次机会与医生跳舞,而不是一次。

介绍完所有成员后,穿着一身亮眼华服、头戴纯黑色面具的威斯特宣布舞蹈开始。我们排成两列,男士面对女士,各自就位。国王喝完最后一口酒,把酒杯放在托盘上,挥挥手打发走端盘子的仆人,然后朝威斯特点点头,威斯特又朝乐队指挥点了点头。

音乐声起,我的心脏越跳越快。我对这套舞步还算熟悉,但依旧担心自己犯错误。而且,同样担心医生会跳错关键的动作。她以前恐怕从未参与过如此正式而复杂的舞蹈。

"夫人,你喜欢这场舞会吗?"奎提尔公爵碰上医生时问了一句,随即互相鞠躬,牵起双手,转圈踏步。我正在与盖尔夫人跳同样的舞步,她的举止和浑身散发的气质都明确表明,自己对一个自称医生,但没有贵族头衔女人的助手不感兴趣。因此,我勉强能够在不踩到她的情况下完成舞步,并专心倾听夫人与公爵的对话。

"非常喜欢,奎提尔公爵。"

"当国王坚持要邀请你时,我吃惊极了。不过他今晚特别……特别开心,你不觉得吗?"

"他看起来的确很开心。"

"在你看来,那不算过分吧?"

"我没有资格评价国王的任何行动,先生。除了他的健康。"

"的确。我有幸得到了选择舞曲的机会。你喜欢吗?"

"是的,公爵。"

"也许舞步有点复杂。"

"也许吧。"

"要记住那么多不自然的动作,有那么多机会犯错。"

"亲爱的公爵,"医生担心地问。"我希望这不是某种隐晦的警告。"

我此时正背着双手围绕舞伴转圈,恰好正对着奎提尔公爵。我感觉他吃了一惊,甚至有些哑口无言。接着,医生继续道:"您该不会踩我的脚吧?"

公爵发出了短促而高亢的笑声,紧接着,我和医生的中央舞步就结束了。我们退到一旁,让另外四对舞伴上场,双手或是背在身后或是搭在胯上,用两只脚交替打着节拍。

"奥尔夫,还好吗?"医生问道。我觉得她听起来有点气喘,但她还是乐在其中。

"是的,到目前为止一切都好,夫人。公爵似乎——"

"医生,你在教奎提尔新的舞步吗?"阿德兰从她另一边凑过来问道。

"我很肯定自己教不了公爵什么东西,卫队司令先生。"

"我同样肯定他也有同感,夫人。可他在最后一圈有点走神了。"

"这是一套复杂的舞蹈,而且他自己也这样说。"

"但也是他选的。"

"他的确选了。您认为瓦伦公爵也会跳这个舞吗？"

阿德兰沉默了片刻。"我想他可能会，或至少认为自己会跳。"他瞥了医生一眼，没有被面具遮盖的脸上露出了微笑，"但我需要集中所有精神注意自己的舞步，而不是去审视别人怎么跳舞。啊，抱歉……"

舞池里又换了一组人。"好医生。"年轻的乌尔里希勒与医生碰了头。他的同伴，那位我忘了名字的小姐似乎跟盖尔夫人一样不屑与我说话。

"公爵。"医生回应道。

"你看起来很不错。"

"谢谢。"

"你的面具是布罗特克恩的吗？"

"不，先生，这是银的。"

"啊，是的。它产自布罗特克恩吗？"

"不，是哈斯皮德。我请一位珠宝工匠打造了这个面具。"

"哦！这是你自己设计的！多迷人啊！"

"我的脚，先生。"

"什么？哦！啊，很抱歉。"

"您的面具呢，公爵？"

"什么？哦，呃，这是家里的旧东西。你喜欢吗？它好看吗？我还有一个成套的女款，我想把它送给你，不知你是否愿意收下。"

"我不能接受，先生。而且您的家人一定也会反对。但还是要谢谢你。"

"那不算什么！那就是，它只是——应该说，它非常典雅大方，我是说那个女款，而且那是完全由我做主的东西。如果你愿意收下，我将会荣幸之至！"

医生顿了顿，仿佛在考虑这个提议。然后她说："这对我来说是更大的荣幸，先生。但是如您所见，我已经有面具了，而且您也很欣赏它。我每次只能戴一个面具。"

"可……"

公爵的话还没说完，舞步就结束了，医生重新回到我身边。

"你都听到了吗，奥尔夫？"我们停下来休息并用双脚计算舞步时，医生问了一句。

"什么，夫人？"

"你的舞伴好像都沉默不语，而你却带着专注对话的表情。"

"是吗，夫人？"我感到面具下的脸越来越烫。

"是的，奥尔夫。"

"请原谅我，夫人。"

"哦，这没什么，奥尔夫。我不在意，你爱听就听吧。"

曲子又变了，两组舞者要围成圆圈，重新组成男女间隔的队列。医生轻柔而坚定地握着我的手，而且我发誓，她在松手前还捏了我一下。她的手温暖而干燥，皮肤无比光滑。

没过多久，我就在王国第二大（甚至可能是第一大）宫殿的大舞厅中间，和来自半隐王国的公主跳起了舞。那位公主不时发出银铃般的笑声，皮肤像瓷器一般雪白细腻，他的王国位于塔萨森的野蛮无政府地区另一端，四周被大雪覆盖、高耸入云的山峦环绕。

她的皮肤像云朵般白皙，眼睑和太阳穴带有刺青，鼻翼与人中穿了孔，佩戴着宝石装饰。她身材娇小，曲线优美，身穿花纹繁复、颜色艳丽的本国长裙和长靴。她不怎么会说帝国语，更是对哈斯皮德语一窍不通，而且对舞步也很陌生。尽管如此，她依旧是个迷人的舞伴。我几乎没有注意国王与医生的对话，只注意到医生看起来十分优雅高挑,国王相比之下则更活泼快乐。他的舞步没有平时那么流畅(考虑到他一定会跳舞,那天下午医生给他缠的绷带特别紧)。另外,那两人脸上都带着微笑。

音乐在周围起伏流淌,戴着美丽面具、身穿华服的人群在身边来去自如,我们也穿着自己最光鲜的衣服,成了这一切的焦点。医生在我旁边翩翩起舞,我偶尔能嗅到一丝她身上散发的香水味。我认不出那个香味,也不记得她以前使用过。那种香味很迷人,让我联想到燃烧的树叶和海浪的泡沫,还有新翻过的土地和盛开的花朵。那阵香气既强烈又感性,既甜美又尖锐,既轻盈又丰满,充满了神秘气息。

后来,当医生早已离开我们,连她最明显的特征都变得难以记起时,我偶尔还会在不同的私密时刻捕捉到一丝同样的气息。但那些瞬间总是转瞬即逝。

我坦率地承认,每当回忆起那个久远的夜晚、华丽的舞厅、绚丽的舞者和医生令人屏息的存在,我就会感到一阵痛苦和渴望,仿佛记忆的绳索缠绕了我的心,不断收紧,压迫着它,直到它几欲破裂。

在那场感官的风暴中,我的视觉、听觉和嗅觉都被占据,令我既害怕又兴奋,并体验到了那种奇怪的,掺杂着激情与宿命的感情,让我感到自己会在那一刻毫无知觉地死去(就像突然不复存在,而不是经历死亡的过程),接下来等待我的将是至福与高潮。

"夫人,国王看起来很高兴。"我们再次并排而立时,我小声说道。

"是的,但他有点一瘸一拐。"医生说完,朝奎提尔公爵的方向皱了皱眉,"对一个脚踝还在恢复的人来说,选择这种舞蹈很不明智。"我看着国王,但他那一刻也没有在跳舞。尽管如此,我还是注意到他并没有用脚打节拍,而是站着不动,重心放在没受伤的腿上,用手打起了节拍,"你的公主怎么样?"医生微笑着问我。

"我想她叫斯库恩,"我皱着眉说,"或者那可能是她故乡的名字。也许是她父亲的名字。我不太确定。"

"如果没记错的话,她是瓦德兰的公主,"医生说。"我怀疑斯库因恐怕不是她的名字,因为那是她那身裙子的名称——斯库因格纹。我猜测,她可能觉得你在问裙子。不过,鉴于她是瓦德兰的王族女性,名字应该以'古尔'开头。"

"哦,你了解她的王国吗?"我感到很困惑,因为退隐之地或者说半隐王国是已知世界上最偏远及最封闭的地方。

"我读过关于那个地方的文献,"医生温文尔雅地说着,继而被引到中央,与高大的特罗塞尔王子跳舞。我则与他的妹妹配成了一对。她长得很瘦,不怎么漂亮,而且很无趣,但舞跳得很好,而且看起来跟国王一样高兴。她很乐意与我交谈,但好像把我误认为了某个身份显赫的贵族,而我没来得及解除那个误会。

"沃希尔,你看起来漂亮极了。"我听见国王对医生说。医生微微低下头,对国王嘀咕了一句我听不见的话。我猛然感到妒火焚身,但在意识到自己嫉妒的对象时,火焰转而变成了极度的恐惧。老天,那可是我们亲爱的国王!

集体舞还在继续。我们碰到了盖兹公爵与女爵,然后再次组成圆形。医生的手还是跟刚才一样温暖干燥。接着,我们又开始了先前的八人舞。此时我已经有点喘不上气来,并意识到难怪像瓦伦公爵那样上了年纪的人会不参加舞蹈。这种舞戴着面具来跳尤其难受,因为它无比漫长,让人又热又累。

奎提尔公爵在冰冷的沉默中与医生共舞。年轻的乌尔里希勒几乎是跑着迎上了医生,并继续尴尬地尝试把一些家族传承赠送给她。医生每次都巧妙地婉拒了。

最后(谢天谢地,因为新礼服鞋让我的脚又酸又痛,而且我急需方便），我们又与乌利尔夫人以及卫队司令阿德兰跳了舞。

"告诉我，医生，"阿德兰跳舞时说，"伽罕……是什么？"

"我不太确定。你是说伽安吗？"

"当然，你的发音比我准确多了。是的，我是说伽安。"

"那是德雷岑行政组织的一个官职。在哈斯皮德，或者说在帝国语中，它大致相当于镇长或县长，但是没有军事指挥权，同时要求担任这一职位的男性或女性有能力在外交初级领事层面上代表德雷岑。"

"受教了。"

"您问这个做什么，先生？"

"哦，最近我读了一份大使发来的报告……应该是来自库斯克里吧，报告上提到了这个词，看起来像某种官衔，但没有给出任何解释。我本来打算问问外交官员，但是忘记了。显然是见到你让我联想到德雷岑，最后想起了这个问题。"

"我明白了。"医生说道。两人又说了几句话，可是就在那时，乌尔里希勒的姐姐乌利尔夫人对我说话了。

"我弟弟似乎看上了你那位医生女士。"乌利尔夫人比我和她的公爵弟弟大上几岁，长得同样又黑又瘦。不过她的黑眼睛很明亮，棕色的头发也富有光泽，就是声音有些尖锐，即使压低了也略显刺耳。

"是的。"除了这两个字，我想不出该怎么回应。

"我猜他想给家里找个私人医生，当然要最有能力那种。家里的助产士已经老了，也许在国王厌倦了那位女医生之后，她能到我们这边来当个合适的替代者。假设我们认为她有资质，并且值得信赖。"

"我万分尊重您的看法，夫人，但我认为这会贬低她的才能。"

那位女士居高临下地看着我："你懂得尊重我吗！好吧，我认为不是。你在说假话，先生。因为假设你真的尊重我，就不会说任何话反驳我刚才的言论。"

"请原谅，夫人。我只是不忍心看到一位如此高贵美丽的女士在论及沃希尔医生的能力时受到欺骗。"

"哦？你是……"

"我叫奥尔夫，夫人。自从沃希尔医生开始为国王效劳，我就有幸一直担任她的助手。"

"你是哪个家族的？"

"我的家族已经不复存在，夫人。我父母来自科伊蒂，在帝国军团洗劫德拉城时丧生了。当时我还是个襁褓中的婴儿。一位军官可怜我，没有把我扔进火堆，而是带回了哈斯皮德。我与牺牲的将领留下的孤儿一同长大，是王室忠诚的仆人。"

夫人惊讶地看着我，随后挤出一句话来："而你却想在我为自己的家族挑选下人时指手画脚？"她大笑起来，我相信大多数人听到那个笑声，都会以为我踩到了她的脚。接下来的舞蹈中她一直高高仰着头，仿佛要用鼻梁稳住一颗大理石果。

音乐停了下来。我们互相鞠躬，步伐蹒跚的国王很快就被急于与他交谈的公爵和王子们包围了。那位瓦德兰的小公主（我已经弄清楚她的名字叫古尔－阿普丽）朝我礼貌地挥了挥手，接着一位面目狰狞的陪护人员护送她离开了。"你还好吧，奥尔夫？"医生问道。

"我很好，夫人，"我对她说，"就是有点热。"

"去找点喝的，然后到外面走走吧。你觉得呢？"

"我认为这是个好主意，夫人。应该说，是两个好主意。"

我们拿了两杯仆人们保证酒精含量很低的芳香潘趣酒，然后摘掉闷热的面具（并花了点时间回应大自然的召唤），走到了环绕大宴会厅的阳台上，跟另外一百多个人共同呼吸清新的晚风。

天很黑，而且夜晚会很漫长。日落时，西亘几乎赶上了夏米斯，所以在很长一段时间内，只有月亮照亮天空。芙伊和伊帕瑞林成了我们的灯笼，蓝灰色的光芒倾洒在阳台地砖、花园露台、喷泉上，与纸灯、路灯和散发香气的火把交相辉映。

奥明公爵与女爵在一群随从的簇拥下向我们走来，前方还有几个手持长杆照明的侏儒。那些长杆顶端是透明的玻璃大球，里面像是容纳了数不清的小火星，散发出柔和的光芒。那些奇妙的光芒靠近时，我发现球里原来是成百上千的萤火虫，都在那长相奇怪的牢笼里飞来飞去。它们发出的光芒很微弱，却让人莫名惊奇兴奋。公爵与医生互相点头致意，女爵却没有理睬我们。

"奥尔夫，你刚才对那位年轻又高贵的乌利尔夫人说起自己的往事了吗？"医生与我并肩漫步，不时啜饮一口潘趣酒。

"我提到了自己的身世，夫人。那也许是个错误，因为她对我们都没有什么好印象。"

"从我看到的光景，包括她给我甩的脸色，我的确认为她对我没有好印象。如果她觉得你的经历冒犯了她，那真是太遗憾了。"

"还包括我父母来自科伊蒂的事实。"

"好吧，我们必须忍受贵族的偏见。你的长辈不仅是共和主义者，而且敬畏上帝，因此他们对任何世俗的权威都不屑一顾。"

"他们的信条是可悲的错误，夫人。我并不为之感到自豪。但我还是像任何孩子一样珍重与父母相处的记忆。"

医生看着我。"你不怨恨发生在他们身上的事情吗？"

"身为一个讲究原谅而非暴力的人，我痛恨他们遭到的镇压，也谴责帝国的行为。但我被视作无辜的孩子，并得到了解救，因此我感谢上天，感谢祂让一名哈斯皮德的军官发现了我，并遵循了我们这位好国王的父亲更符合人道的命令。"

"但是夫人，我并不了解我的父母，也从来没遇到过认识他们的人,他们的信仰对我来说毫无意义。促使我复仇的帝国已经不复存在,被从天而降的大火击垮了。一个不可挑战的强大力量被另一个更强大的力量征服了。"我看向她,并从她的表情中感觉到我们此时正在交心,而非假装平等。"夫人,怨恨有什么意义呢?"

她握住我的手,像刚才跳舞时那样捏了我一下,接着,她又伸出双手从我胳膊底下穿了过去。这是一种不再被上流社会所接受的举动,因此引来了不少人的怒视。但让我惊讶的是,我并没有感到尴尬,而是感到异常荣幸。这只是一个友好的动作,但它表达了亲近和安慰。那一刻,我感到自己是宫中最受宠的男人,不论出身、头衔、等级或境遇。

"啊!我被行刺了!谋杀!救命!救命!杀人啦!"

那个声音响彻阳台,所有人都停下了动作,仿佛被冻结的雕像。下一个瞬间,我们齐齐回过头去,看向声音传来的方向。那是一扇高大的门,通往宴会厅旁的小房间,只见它越开越大,一个衣衫不整的人影缓缓倒在了灯光下,手里还死死抓着被吸入门中的淡金色窗帘。就在那时,室内又传出了微弱的、少女般的尖叫声。

那个只穿了一件白衬衫的人缓缓翻过身来,面孔迎着月光,衬衫的纯白在光芒的映衬下,似乎也散发着淡淡的光晕。他胸部靠近一侧肩膀的地方赫然有个鲜红色的印记,宛如刚采摘的艳丽花朵。他倒在阳台石板地上的动作带着一种灿烂的优雅,直到窗帘再也支撑不住他的体重,跟着他颓然坠落。

于是他跌倒在地,窗帘轻飘飘地覆盖在他身上,就像糖浆包裹住不断挣扎的昆虫,完全掩盖了他圆润的身形。如此一来,虽然房间里的尖叫仍在持续,每个人都愣在原地注视着那一幕,现场也好像根本没有尸体。

医生首先做出了反应。她将高脚杯扔到一边,发出一声脆响,紧接着跑向那扇缓缓摇动的高大门扉。

又过了好一会儿，我才终于回过神来。但我最终还是穿过一大群仆人（不知为何突然都拿起了剑）赶到了医生旁边。彼时医生已经跪在地上，掀开了层层叠叠的窗帘，在里面找到了血流不止、浑身抽搐、奄奄一息的瓦伦公爵。

14 保镖

"射!"

投石机猛地一震,长臂(其实还没有一个成年人伸展的手臂长)向前弹去,砰地撞在十字梁的皮垫上。石头在空中划出一道弧线,飞向下方的花园,击中了德瓦的城市,深深嵌入精心耙过的土壤中,激起一大片红褐色的尘土。灰尘在空中弥漫了一会儿,又渐渐散开,落回地面。

"哦,真不走运!"

"就差一点儿了!"

"下次一定。"

"已经很接近了,拉登斯将军。"德瓦说道。他一直坐在栏杆上,抱着胳膊,一条腿悬在空中晃悠。随后,他跳到阳台的黑白瓷砖上,走向自己的微型投石机,迅速而有力地拉动转盘,长臂吱嘎作响地向后收回,最后停在了后部横梁上方大约四分之三的位置。由于底座上的皮带已经被拉扯到极致,投石臂被压得微微弯曲。

与此同时,拉登斯爬到了德瓦刚才坐的石栏杆上。跟随一旁的护士紧紧抓着拉登斯的外套后背,以防他一头栽下去。他把玩具望远镜举到眼前,观察下方花园的破坏情况。

"小伙子，下次往左边一点，"乌尔莱恩对儿子说。护国公与他的胞弟勒路因，还有布雷德勒医生、比列斯、泽斯皮尔司令、嫔妃佩伦德在一群仆人的簇拥下，坐在修建了遮阳棚、与石栏杆高度相仿的平台上观战。

拉登斯踢了踢石栏杆，护士把他抓得更紧了。

身披红色纱衣的佩伦德转向护国公："先生，我相信护士把他保护得很好，可是看见他坐在上面，我的骨头都隐隐作痛。你能否纵容一个年老的妃子，放任她胆怯又愚蠢的想法，叫人弄个台阶来？这样他就能越过栏杆看到对面的东西，也不必爬上爬下了。"

外交官比列斯皱起眉头，哼了一声。

乌尔莱恩抿嘴想了想。"嗯，好主意。"说完，他招手叫来了仆人。

与他们相隔两层的下方花园被划分为两个部分，各自建有微缩景观。其中有山峦、丘陵、森林，还有带城墙的大型首都、十几个小城市、许多规模更小的城镇、大量道路和桥梁，三四条河流分别流入两个浴缸大小的湖泊，最后汇入更大的水体，代表内海。

内海是两个轮廓粗糙的圆形，在中间相交，因此两座湖中间有条短小的通道相连。双方阵营都有许多城镇兴建在湖岸边，并有更多城镇位于两侧海岸。不过其中一个阵营的海岸城市明显多于另一个阵营，而德瓦阵营中的城市主要集中在离两台投石机和露台最近的水边。

德瓦固定好投石机的活钩，小心翼翼地解开了绕线机，然后从两架投石机中间的石堆中挑选了一块石头。等拉登斯从栏杆上爬下来后，他把石头放进投石机的兜子里，根据黑色瓷砖上的粉笔标记重新调整好位置，然后眯起眼睛观察他的目标区域，蹲下身来再次调整位置,继而从兜子里拿出石头,稍微卸掉一些压力,重新固定活钩。

"够了,德瓦!"拉登斯上蹿下跳,摇晃着手里的小望远镜。他穿着一身贵族将军的制服,帮他拉紧投石机和重新定位的仆人则穿着公爵家投弹手的制服。

德瓦眯起一只眼,转向男孩做了个可怕的鬼脸。"哈!"他用蹩脚演员的夸张腔调故作粗鲁地说,"这位小少爷,请你原谅我,但我必须完成这些调整,你不知道吗?哈!"

"老天,那家伙真是个蠢货。"比列斯咕哝了一句。但是乌尔莱恩放声大笑起来,于是他也挤出了微笑。

拉登斯听了那句话,高兴得尖声大叫,接着慌忙捂住嘴巴,险些用望远镜捅到自己的眼睛。

德瓦又做了一些调整,随后转头确认拉登斯不在危险区域内,最后大喊一声:"去吧,我的好孩子!"拨开了锁扣。

石块呼啸着冲向蓝天。拉登斯兴奋得大吼大叫,拔腿跑向石栏杆。德瓦的石头几乎正中拉登斯那边的湖泊中心。男孩惊叫一声。

"哦,不!"

德瓦刚才已经朝拉登斯的另一个小湖投下了重磅弹丸,腾起的湖水淹没了岸边所有小镇和一座城市。拉登斯也集中了德瓦的其中一个湖,但没有打中另一个湖。那块石头激起一大片水花,波浪迅速蔓延,冲向岸边。"啊啊!"拉登斯吼叫着。巨浪冲上湖岸,微型湖滩和港口的水位先是下降,继而反冲回来,击中湖畔城镇的脆弱建筑,把它们都冲走了。

"哦,真不走运,小先生,真不走运,"布雷德勒医生评价了一句,继而转向乌尔莱恩低声说:"先生,我觉得这孩子太激动了。"

"打得好，德瓦！"乌尔莱恩拍着手大喊一声。"哦，随他去吧，医生，"他也压低声音对布雷德勒说，"他在床上躺得太久了，脸上有点血色不是更好吗。"

"如您所愿，先生。但他还没完全康复呢。"

"德瓦先生是个很好的投弹手。"泽斯皮尔司令说。

乌尔莱恩大笑几声。"我们可以派他去拉登西恩。"

"可以立即派他前去。"比列斯赞同道。

"那边的情况有所好转了，不是吗，兄长？"勒路因说着，让仆人给他添上了酒水。他看了一眼比列斯，后者摆出了严肃的表情。

乌尔莱恩哼了一声。"比他们不顺利的时候好多了，"他赞同道。"但还是不够好。"他看向弟弟，又看向儿子。小男孩正焦急地监督仆人为他装弹。"这孩子已经好转了。如果这个情况持续下去，我可以考虑亲自出征。"

"终于！"勒路因说，"哦，我敢肯定那会是最好的事情，兄长。你现在仍是我们最棒的将军，拉登西恩需要你。我希望能陪你一起出征，可以吗？我手下有个训练有素的骑兵队，改天你一定要来看看他们训练。"

"谢谢你，弟弟，"乌尔莱恩摸了一把脸上的灰色短须，"但我还没想好。我也许会让你留在库夫做我的摄政王，与耶阿米多斯和泽斯皮尔合作。你愿意吗？"

"哦，先生！"勒路因伸手搭在护国公的胳膊上，"那将是我无上的荣幸！"

"不，那将是让你万分为难的荣幸，弟弟，"乌尔莱恩疲惫地笑了笑，"泽斯皮尔，你怎么想？"

"我听见您的话了，先生，但我还是不敢相信。您真的如此信任我吗？"

"如果我要出征边境,当然会信任你。但现在还不确定。比列斯,你愿意把这三位代理人当成我,继续向他们提供外交方面的建议吗?"

比列斯听见护国公的提议时,脸上的表情十分僵硬,但很快就放松了一些。"当然,先生。"

"耶阿米多斯将军愿意吗?"勒路因问。

"只要我开口,他就会留下来。但他也跟你一样,非常乐意跟随我去拉登西恩。我真希望能在两个地方都得到你们的助力,但那无法实现。"

"先生,请原谅我的打扰,"佩伦德夫人说,"短梯来了。"

两个仆人合力搬来了一架图书馆的短梯,放在靠近观景台的阳台地面上。

"什么?哦,对了。拉登斯!"乌尔莱恩喊了儿子一声,后者仍在烦恼投石机的力度和石块的大小,"过来,你站上去更容易观察。把它拿到你想要的地方去吧。"

拉登斯考虑了一会儿,似乎接受了这个主意。"啊哈!我有攻城车啦!"他朝德瓦晃了晃望远镜。仆人们把短梯推到了阳台边缘。"我知道你的底细了,坏男爵!"拉登斯大喊一声。德瓦做了个鬼脸,用夸张的动作躲开了仆人推过来的短梯。

拉登斯爬到台阶顶上,脚底高过了护士的头顶。护士没有跟着他爬上去,但也没有远离,而是焦急地看着他。德瓦也爬了上去,对男孩挤眉弄眼。

"可以了,投弹手,"拉登斯喊道,"准备好就开火!"

石头呼啸而过,沿着内海的海岸线飞了一会儿。德瓦大部分剩余的城市都在那里。"哦,不!"拉登斯喊道。

游戏规定,每个玩家只能朝内海发射一块石头。拉登斯和德瓦每人都留了一块特别大的石头,以便在合适的时机淹没更多敌方城市。这轮进攻,拉登斯选了一块中等大小的石头。如果它落到了海里,尤其是落在靠近海滩的浅海位置,它将无法造成多大的破坏,同时还会让孩子失去用大石头进攻的机会。

最后,石块砸进了一座海岸城市,在港口激起一小片水花,但绝大多数是尘土和建筑物的碎片。那些残骸纷纷落在了地面和水面上。

"干得好,儿子!"乌尔莱恩跳起来说。

勒路因也站了起来。"漂亮!"

"打得好!"布雷德勒也叫了一声。比列斯则礼貌地鼓起了掌。

泽斯皮尔一拳打向座位扶手。"太棒了!"

德瓦握紧双拳,愤恨地吼了一声。

"好耶!"拉登斯大喊大叫,手舞足蹈,接着失去平衡,几乎要摔下来。佩伦德看着德瓦冲上前去,最后在护士接住孩子时刹住了身体。拉登斯气哼哼地看着护士,在她怀里使劲挣扎,直到护士把他放回刚才站立的地方。

"小心点,儿子!"乌尔莱恩笑着喊道。

"很抱歉,先生,"佩伦德双手按住了面纱遮挡的喉头,仿佛心脏已经蹦到了那个地方,"我以为他会安全些——"

"哦,他没事!"乌尔莱恩愉快地说道,"你别怕。"说完,他又转回去喊了一声:"真漂亮,小子!再来几下这样的好准头,然后把那块大石头射进他的海里!"

"拉登西恩完蛋了!"拉登斯对德瓦挥舞着小拳头,另一只手则扶着台阶上突出的尖端,"上天保佑我们!"

"哦,那里不是帝国,而是拉登西恩了?"乌尔莱恩笑着说。

"兄长,"勒路因说,"追随您是我最大的荣幸,代替您治理国政也与之不相上下。我保证会尽力完成你交给我的任务。"

"我敢肯定你会的。"乌尔莱恩说。

"正如您弟弟所说,先生。"泽斯皮尔司令凑上前去,看着护国公的眼睛说。

"好吧,事情也许不会发展到那个地步,"乌尔莱恩说,"也许下一个信使会带来新消息,告诉我们那些男爵都来乞求和谈了。不管怎么说,我很高兴你们都愿意接受我的提案。"

"当然了,兄长!"

"乐意至极,先生。"

"很好,事情就这么定了。"

德瓦的下一弹击中一片农场,导致他大失所望地咒骂起来。拉登斯放声大笑,并在下一轮进攻中摧毁了一座小镇。接着,德瓦打断了一道桥梁。拉登斯打偏了两轮,但是很快就击中了一座城市,而德瓦在那一轮什么都没打到。

拉登斯决定用自己最大快的石头一举攻下德瓦剩下的城市。

"好儿子!"他的父亲喊道,"发动总攻!"

投石机在一阵吱嘎声中缓缓绷紧,德瓦则在旁边嘀嘀咕咕地抱怨,最后,皮带终于绷到最紧,长臂被压得微微弯曲。

"拉得太紧了吧?"乌尔莱恩大声说,"别打到你自己的海域了!"

"不,先生!我还要多放几块石头!"

"很好,"护国公对儿子说,"小心别弄坏投石机了。"

"父亲!"男孩喊道,"我能自己装弹吗?求求你了!"

穿着投弹手制服的仆人正要去抬最大的石块,闻言停下了动作。德瓦的表情瞬间严肃起来,佩伦德则倒抽了一口气。

"先生——"她正要开口,且被打断了。

"我不能允许那孩子抬起这么大的石头,先生,"布雷德勒医生凑到护国公旁边说,"这会给他造成过大的负担。长期卧床生活已经让他的身体变虚弱了。"

乌尔莱恩看向泽斯皮尔。"我更担心他装弹时投石机突然绷断了，先生。"卫队司令说。

"小长官，将军从来不自己装弹。"乌尔莱恩严肃地告诉儿子。

"我知道，父亲。可就这一次，求求你了。这不是真正的战争，只是假的。"

"好吧，那我可以帮你吗？"乌尔莱恩问道。

"不！"拉登斯大喊一声，任性地跺着脚，一头红色卷发上下跳动，"不用了，谢谢你，先生！"

乌尔莱恩打了个手势放松下来，微笑着说："小伙子有他自己的想法，不愧是我儿子。"他对儿子挥了挥手，"很好，拉登斯将军。请你装弹，愿上天引导你的投石机。"

拉登斯选了两块较小的石头，气喘吁吁地抬过去，逐一放进兜子里。然后，他蹲下身，紧紧抱住最大的石头，闷哼一声抬了起来，继而转过身，摇摇晃晃地走向投石机。

德瓦朝他那边迈出半步，拉登斯似乎没有发现。他又哼了一声，将石头举到脖子的高度，凑近了投石机绷紧的长臂。

德瓦又朝那边不着痕迹地挪了几步，几乎能伸手抓到男孩了。与此同时，他也紧紧盯着发射的锁扣，以及拉登斯越凑越近的双腿。

男孩努力靠向石兜，身形左右摇晃，而且气喘吁吁，汗水顺着额头流了下来。

"稳住，小伙子。"佩伦德听见护国公低声喃喃。他紧紧攥着椅子的扶手，指节因为用力而泛白。

德瓦靠得更近了，已经能够随时拉住男孩。

拉登斯闷哼一声，把石头推进了兜子里。大石压上两块小石，发出一阵细碎的响声。整个投石机似乎都震动起来，德瓦顿时绷紧了身体，仿佛要扑向孩子把他拽走。但是下一刻，男孩自己后退了半步，擦掉脸上的汗水，转身对父亲露出了微笑。护国公点点头，长叹一声放松下来，随后看向勒路因和其他人。"好了。"他说完，如释重负地咽了口唾沫。

"投弹手先生。"拉登斯朝投石机一扬手，仆人点头领命，走向自己的位置。

德瓦已经默不作声地回到了自己的投石机旁。

"等等！"拉登斯转头跑上了台阶，他的护士也回到台阶下待命。随后，拉登斯抽出自己的佩剑，高举起来向下一挥，"发射！"

投石机发出了可怕的咔嚓声，一块大石头和两块小石头分别朝着不同的方向飞去。所有人都前倾着身子，想知道石头最终会落在哪里。

大石头没有击中目标，而是砸进了德瓦一个沿海城市附近的浅滩上，激起一片泥浆，但并没有造成更大的破坏。其中一块小石头击中了几块农田，另一块则捣毁了拉登斯自己的小镇。

"哦。"

"哦天哪。"

"运气真不好，小少爷。"

"真可惜！"

拉登斯什么都没说。他站在台阶顶端，一脸沮丧，连小木剑都耷拉下来了。接着，他回过头，伤心地看着自己的父亲。

他的父亲皱起眉，随后朝他挤了挤眼睛。男孩的表情没有改变，周围都陷入了沉默。

德瓦跳上栏杆蹲了下来，指节顶在石板上。"哈！"他高呼一声，又跳了下来。"没打中！"他已经设置好自己的投石机，长臂绷在了三分之二的位置，"胜利属于我！嘻嘻！"他从自己的石堆里挑选了最大的石头，把投石机又绷紧了一些，然后装好弹药。做完这些操作后，他抬头看向拉登斯，露出凶狠的坏笑，还搓了搓手，指着男孩说，"这位假冒的小将军，现在让我们瞧瞧谁才是老大吧！"

他微微调整投石机的位置，随后拉开锁扣。投石机猛地一震，大石头冲上半空。德瓦又跳回了石栏杆上。

大石头的黑影在空中飞行了片刻，随后开始下落，扑通一声砸进了海里。

石头激起一大片水花和泡沫，朝着各个方向冲刷而去，形成一片圆形的波浪。

"什么？"德瓦站在石栏杆上尖叫起来，双手抓住了两把头发，"不！不！不！！"

"哈哈！"拉登斯大喊一声，扯下脑袋上的将军帽，高高扔向空中，"哈哈哈！"

大石并没有落进拉登斯那一侧的海里，而是击中了德瓦硕果仅存的几座沿海城市海域。巨大的波浪一阵阵冲刷出去，距离分隔两个内海的海峡还有好几步远。它们一波又一波地淹没了岸边的城镇，拉登斯那边损失了一两个小城，德瓦这边反倒损失惨重。

"万岁！"勒路因高声欢呼，也把自己的帽子扔向空中。佩伦德隔着面纱，朝德瓦露出了灿烂的笑容。乌尔莱恩笑着点点头，还不断鼓掌。拉登斯深深鞠了一躬，还对德瓦嚣张地吐出了舌头。后者此时已经从石栏杆上爬下来，蜷着身子坐在地上，无力地捶打着地面的瓷砖。

"不玩了！"他哀号道，"我放弃！他太厉害了！老天保佑护国公和他手下的将军！我是个没用的可怜虫，本来就不该斗胆挑战他们！可怜可怜我，让我像个卑微的坏蛋一样投降吧！"

"我赢啦！"拉登斯说完，扭过身子对护士笑了笑，任凭自己落进她的怀抱里。她闷哼一声，稳稳接住了男孩。

"过来，小伙子，到这里来！"他的父亲站起来，走向观景台边缘张开双臂。"快把那个勇敢的小战士带到我这里来!"

护士把拉登斯送进了他父亲的怀抱,其他人也围了上来,大笑着拍手叫好,向他表示祝贺。

"一场精彩的战役,年轻人!"

"相当精彩!"

"老天保佑你!"

"很好,干得漂亮!"

"——下次我们可以在晚上玩这个游戏,父亲。找个黑黑的晚上,做点火球点燃它们,让城市燃起大火!可以吗?"

德瓦站起来,拍了拍身上的灰尘。佩伦德掀开面纱看向他,他笑了笑,脸上飞起一阵红晕。

15 医生

"怎么样?"国王问道。

医生凑上前去看了看伤口。瓦伦公爵的尸体被放置在案发现场的长桌上,原来摆在上面的丰盛宴席已经被转移到了旁边的地板上。有人用桌布裹住了公爵的身体,遮挡住他的双腿、腹部和头部,只露出胸前的伤口。医生已经宣布了他的死亡,但是在此之前,她做了一件令人惊讶的事情。

那个老人倒在阳台上失血抽搐时,医生好像亲吻了他。当时她跪在公爵身边,先深吸一口气,然后将气息吹进公爵口中,使他的胸膛恢复起伏。与此同时,她还从自己的衣服上撕下一块布料,试图阻止伤口流血。然后,我拿出一块干净手帕接过了止血的工作,而她则继续往瓦伦公爵的嘴里吹气。

过了一段时间,医生很久都没能感觉到任何脉搏,只能摇了摇头,筋疲力尽地直起身子,坐在了地上。

一群手持长剑或匕首的仆人在周围站成了一圈。医生和我抬起头时,发现奎提尔公爵、卫队司令阿德兰与博尔奇克,以及国王已经走了过来,正低头看着我们。还有一个姑娘待在我们身后那间昏暗的屋子里,无声地哭泣着。

"带他进去,点亮所有蜡烛。"奎提尔对手持武器的仆人下令后，转头看向国王。后者点了点头。

"医生，怎么样？"国王又问了一遍。

"我认为这是刀伤，"医生说，"使用的武器薄且锐利，刀刃极窄，并且刺穿了心脏。多数失血都发生在体内，所以它还在慢慢往外渗出。这一切只是推测，需要打开尸体的胸腔才能真正确定。"

"我猜现在最主要的问题是他死了。"阿德兰隔着列队在窗边的一群仆人说道。那边还传来了女人的嘶吼声，我猜应该是公爵夫人。

"刚才有谁在这间屋子里？"奎提尔向自己的卫队司令问道。

"这两个人。"博尔奇克朝一男一女两个年轻人点了点头。他们看起来都跟我差不多大，长得分外俊俏，衣衫不整，还被仆人将双手扭在背后控制住了。我现在才意识到舞会上为何会有那么多仆人，而且大多数看起来比一般仆人粗鄙得多。其实他们是卫兵。难怪一有风吹草动，他们手上就突然出现了武器。

年轻女子把脸哭得又红又肿，并且露出了茫然和惊恐的神色。窗外传来的哭号吸引了她的注意，所以她一直盯着那个方向。她身边的年轻男子面无血色，几乎跟瓦伦公爵的尸体一样苍白。

"你们是什么人？"阿德兰问道。

"我——我——我叫尤尔耶瓦，先生，"年轻男子紧张地吞咽了一下，"是瓦伦公爵的侍从，先生。"

阿德兰看向年轻女子，后者直愣愣地盯着虚空。"你呢，女士？"

她浑身一颤，没有看向阿德兰，而是看向了医生，但还是没说话。

最后，年轻男子开了腔。"她叫德罗伊瑟，先生。她来自米兹伊，是吉尔森夫人的侍女，我的未婚妻。"

"先生，我们能让女爵进来了吗？"医生问国王。他摇摇头，抬起一只手。

卫队司令阿德兰脑袋往后一缩，用下巴对着女孩质问道："你在这里干什么，女士？"

年轻女子盯着他，仿佛听到了陌生的语言。我意识到她的确是个外国人。接着，年轻男子哭着回答道："先生们，我们在这里只是为了取悦他，真的！"

他泪流满面的轮番看着在场的人。"先生们，他说他喜欢做这种事，还说会奖赏我们。我们什么都不知道，直到听见他的惨叫。他当时站在那里，那个后面，在屏风后面看着我们。后来他碰倒了屏风，我们才……我们才……"那扇倒地屏风靠近房间角落，就在一扇门旁边。他极力扭着脖子看过去，呼吸变得越来越急促了。

"冷静下来。"阿德兰呵斥道。年轻人紧紧闭上眼睛，瘫软在控制他的两名卫兵手下。卫兵互相看了看，然后看向阿德兰和博尔奇克。我觉得，那两位卫队司令也有点失去了血色。

"还有一只黑鸟。"女子突然开了口，声音奇怪而空洞。她面色苍白，布满汗水，眼神无比空洞。

"什么？"博尔奇克说。

"一只黑鸟，"她定定地看着医生说，"屋里很黑，因为这位老爷只想用烛光照亮我们。但我看见了，一只黑鸟，或者说一只夜羽。"

医生面露困惑。"黑鸟？"她皱着眉说。

"我想你能帮上忙的只有这么多了，女士，"奎提尔对医生说，"退下吧。"

"不，"国王对她说，"医生，留下来。"

奎提尔的下巴动了动。

"你们做的是我猜测的那种事情吗?"国王问那个女子。他瞥了一眼医生。舞厅的奏乐声渐渐安静下来。

女子缓缓转过空洞的面庞。"先生,"她开口了,我很肯定她并不知道那是国王,"是的,先生。就在那边的沙发上。"她指向房间中央的沙发。那里原本有个大烛台,现在已经被碰倒在地,烛火也熄灭了。

"而瓦伦公爵则在屏风后面观看。"阿德兰说。

"这是他的作乐方式,先生。"女子低头看向跪在自己身边哭泣的男人,"我们不认为这有什么坏处。"

"现在有坏处了,女士。"奎提尔压低了声音,近乎耳语。

"我们已经做了一段时间,先生们,"女子空洞的双眼再次转向医生。"我听见一个响动,还以为又有人想打开落地窗。可是下一刻,那位老爷就喊叫起来,屏风倒下了,接着我就看见了夜羽。"

"你看见公爵了?"博尔奇克问道。

她转头看向博尔奇克:"是的,先生。"

"没看见其他人?"

"只看见了那位老爷,先生,"她又看向医生,"他只穿着衬衫,一只手放在这里。"她耸了耸一侧肩膀,低头看着左侧胸口和肩膀的交界处,"他大声喊,说自己被谋杀了。"

"他身后的门,"阿德兰说,"就在屏风的后方。那扇门当时打开了吗?"

"没有,先生。"

"你确定?"

"是的,先生。"

奎提尔凑近国王低声道:"我手下的雷林格会查证这个事实。"医生听见那句话,瞪了一眼公爵。国王只是皱了皱眉。

"那扇门上锁了吗?"阿德兰问博尔奇克。

博尔奇克皱起眉。"应该上锁了,钥匙应该插在锁孔里。"他穿过房间,发现门上没有钥匙,于是在地上找了一会儿,然后直起身子,推了推门。接着,他在腰间的布袋里翻找了片刻,掏出一个挂满钥匙的铁环,挑出一把插进锁眼里。门锁应声而落,房门向内打开,几个打扮成仆人的武装卫兵困惑地看了进来,发现自己的司令官后马上直起了身子。博尔奇克跟他们简单交谈几句,再次锁上房门,回到聚集在桌旁的人群中。"警报响起后不久,卫兵就守在那里了。"他那硕大而笨拙的手指摆弄着钥匙,试图将其放回腰间的口袋。

"那扇门共有几把钥匙?"阿德兰问。

"我这里一把,宫殿总管一把,还有一把本来插在这一侧的锁孔上。"博尔奇克告诉他。

"德罗伊瑟,你看见的黑鸟在什么地方?"医生问。

"就在那位老爷站的地方,夫人。"她突然露出不确定又悲伤的表情,"也许只是个影子,夫人。因为烛火,还有倒下的屏风。"她垂下目光,喃喃自语道,"只是个影子。"

"让女爵进来吧。"国王见一名打扮成仆人的卫兵走过来对奎提尔耳语,便这样说道。

"女爵刚才晕过去,被带回房间了,先生。"奎提尔对国王说,"但是卫兵告诉我,有个年轻侍从有话要说。"

"那就带他进来。"国王的语气听起来很不耐烦。德罗伊瑟和尤尔耶瓦被卫兵拽向房间中央。年轻人跟跄着站了起来,还在默默哭泣。女子则一言不发地盯着虚空。

费莱查罗走进门来,看起来比我印象中更矮小,脸上几乎没有血色,还害怕得瞪大了眼睛。

"费莱查罗。"阿德兰看着周围的人介绍道,"已故公爵的侍从,对吧?"

费莱查罗清了清嗓子,紧张地扫了一眼所有的人,随后发现了医生,还对我笑了笑。"陛下,"他向国王鞠了一躬,"奎提尔公爵,各位先生、夫人。我知道这里发生的一些事情……虽然不多,但是应该有用。"

"是吗?"奎提尔眯起了眼睛。国王将重心换到另一只脚,痛得眉头一紧,见医生给他拿来了椅子,便点头道谢。

费莱查罗朝屋子另一头的角落点了点头:"早些时候,我正好在门后那条走道上,先生们。"

"你在那里干什么?"奎提尔问。

费莱查罗咽了口唾沫,瞟了一眼德罗伊瑟和尤尔耶瓦。那两人再次被带到桌边,双手依旧被控制着。"女爵命令我……"费莱查罗舔了舔嘴唇,"跟踪公爵,看他在做什么。"

"于是你就跟到这里来了?"阿德兰说。他认识费莱查罗,因此语气虽然严厉,但并不凶狠。

"是的,先生。还看见了这两个年轻人。"费莱查罗又看了二人一眼,他们都没有反应。"女爵怀疑这个年轻女人跟公爵有关系。我看着他们走进这间休息室,然后悄悄走到了门外的过道上。我猜在那里应该能听见点什么,或是透过锁孔看见点什么。但是锁孔被堵住了。"

"被钥匙堵住的吗?"阿德兰问。

"应该不是,先生。我想是另一头的小百叶窗。"费莱查罗说,"不过,我带了一面小铜镜,打算从底下的门缝偷窥。"

"那么你偷窥到了吗?"奎提尔问。

"我只看见一点灯光,像蜡烛的火光,奎提尔公爵。我听见这两个年轻人上床的声音,还有一些肢体移动的动静,别的就没有了。"

"公爵遇刺的时候呢?"博尔奇克问。

费莱查罗深吸一口气。"先生,就在那一刻之前,我应该是被人打中了后脑勺,然后不省人事了。大概有几分钟时间。"他转过身撩起头发,露出一块半干的血迹,还有高高鼓起的大包。

国王看向医生,后者走上前去检查了伤口。"奥尔夫,"她说,"请弄点清水来,还有一块餐巾或类似的东西。地上那瓶是烈酒吗?也拿过来吧。"

费莱查罗坐在椅子上接受伤口的检查和治疗。阿德兰仔细看着他受伤的地方。"我觉得这样的伤口的确能让一个人昏过去几分钟,"他说,"医生,你怎么看?"

"是的。"她说。

"你醒来后看见了什么?"博尔奇克问道。

"先生,我能听见屋子里的动静,还有人们喊叫的声音。我所在的走道上没有人。我当时头晕目眩,就走到厕所去吐了,然后我又去找女爵,直到那时才听说公爵被杀了。"

阿德兰和博尔奇克对视一眼。"你被袭击时,没感到背后有人吗?"阿德兰问。

"没有,先生。"费莱查罗说着,被医生涂抹在他伤口上的烈酒刺激得龇牙咧嘴,"我太专注于铜镜了。"

"你说的铜镜……"博尔奇克开口道。

"在这里,先生。我跑去厕所之前带上它了。"费莱查罗把手伸进口袋里,拿出一块硬币大小、打磨得锃亮的铜片,递给了博尔奇克。后者查看之后,又传给了其他人。

"费莱查罗,瓦伦女爵是善妒之人吗?"阿德兰一边把玩那面小镜子,一边问道。

"并没有很夸张,先生。"费莱查罗的声音有些奇怪,但那应该是因为医生一直按着他的头清洗伤口。

"你把所有事实都告诉我们了,对吗,费莱查罗?"国王严肃地问。

费莱查罗努力在医生的按压下抬眼看向他。"是的，陛下。"

"费莱查罗，当你遇袭时，"医生松开了他的头，"你是撞到了门上，还是倒在了地板上？"

奎提尔喷了一声。费莱查罗想了想："我醒来时靠在门上，夫人。"说完，他看了一眼阿德兰，又扫了一眼其他人。

"如果有人开门进屋，"医生说，"那你也会倒进来。"

"我想是的，夫人。如果有人想关门，就得先把我扶起来。"

"你真的没有隐瞒任何事情吗，小伙子？"奎提尔问。

费莱查罗正要开口，却犹豫了。我觉得他应该没那么蠢，但也许刚才挨的那一下伤到了他的脑子。

"怎么？"国王声色俱厉地追问道。

"陛下，先生们，"费莱查罗紧张地说，"女爵怀疑公爵跟那个女子在这里幽会，所以才会产生嫉妒。如果夫人知道公爵只是……想看他们，也许不会如此介怀，甚至全然不在意。"费莱查罗看着房间里的所有人，避开了我和医生的目光，"她若是得知这里发生的事情，恐怕会笑出声来。真的。而且她除了我不会信任任何人。我了解她，各位先生。她绝不会做这种事。"他舔了舔嘴唇，又咽了口唾沫，然后沮丧地看着桌上被布块覆盖的公爵。

奎提尔张嘴想说话，但是国王抢先了一步。他看了看阿德兰和博尔奇克，然后说："谢谢你，费莱查罗。"

"我认为费莱查罗应该留下，先生，"阿德兰对国王说，"卫队司令博尔奇克可以派人去他的卧房搜查武器，或是丢失的门钥匙。"国王点点头，博尔奇克转身对仆人装扮的卫兵交代了几句。"也许，"阿德兰补充道，"司令官还可以再打开门，看看年轻的费莱查罗是否留下了血迹。"

卫兵奉命去搜查费莱查罗的卧房，博尔奇克和阿德兰则走向那扇门。

国王微笑着看向医生。"谢谢你的帮助，沃希尔。"他点了点头。"你可以走了。"

"是，先生。"医生说。

我后来听说，他们搜遍了女爵的卧房，以及费莱查罗的卧房，但是没有发现任何可疑的东西。那扇门朝向走廊的一侧，还有下方的地板上都发现了血迹。不久之后，卫兵又把宫殿其余部分搜查了一遍，依旧没有发现凶器。丢失的钥匙在宫殿总管的钥匙柜里找到了，而总管应该是无辜的。

主人，我了解费莱查罗，不认为他有能力杀死公爵。国王没有允许雷林格审问那两个情人（但我相信德罗伊瑟和尤尔耶瓦都被带进了审讯室，并听审讯官详细讲解了每种工具的用途）。他的决定也许过于宽容，但我也不认为那两个人还能吐出什么信息来。

博尔奇克也许更想找个替罪羊来结案，据说奎提尔在接下来的几个月总是私下大发雷霆。然而，他除了没收博尔奇克产业中两个较小的庄园，别的什么也做不了。因为博尔奇克在舞会上安插了额外的卫兵，而且尽了全力预防不测。

我觉得费莱查罗很幸运，因为他是瓦伦手下一个富有男爵家的三儿子。如果他的出身更低，而非与那个不小的头衔之间仅隔两个体弱多病的兄长，那他也许就会享受到雷林格大使的待客之道了。现在，人们普遍认为他有如此良好的出身，不太可能与公爵的谋杀案有更多的关系。

16 保镖

"我也想跟去。德瓦先生，你能问问我父亲吗？他觉得你很聪明。"

德瓦面露尴尬。佩伦德对他露出纵容的微笑。内侍总管斯蒂克坐在高台之上，肥胖的脸皱成一团。德瓦穿着马靴，手上拿着一顶帽子，旁边的沙发上还搭着一件厚重的黑色斗篷，旁边是一对马靴袋。护国公已经决定亲自出征，挽救拉登西恩摇摇欲坠的战局。

"你留在这里比较好，拉登斯。"德瓦揉了揉孩子金红色的头发，"你得养好身体。生病就像遇袭，你懂吗？你的身体是一座堡垒，正在被入侵者围困。你已经击退并赶跑了他们，但你必须乖乖养病，调集力量重建城墙、修整投石机、清洗大炮、恢复军械库储备。明白了吗？你父亲是感觉这座堡垒平安无事了，才放心出去打仗的。所以，你的职责就是保证它一直平安无事，把身体养得越来越好。

"如果可以选择，你父亲当然更愿意留下来陪你，可他对手下的人也要尽到跟父亲一样的义务，你懂吗？那些人需要他的帮助和指引，所以他必须前去。你要留下来，用养好身体、修复堡垒的方式帮助你父亲赢得战争。这是你身为士兵的使命。你能做到吗?"

拉登斯低头看着自己身下的坐垫。佩伦德为他理了理凌乱的卷发。他把玩了一会儿坐垫边角松脱的金线,然后头也不抬地小声回答:"我能,但我真的很想跟你和父亲一起去。真的很想。"他抬头看向德瓦,"我真的不能一起去吗?"

"真的不能。"德瓦安静地说。

男孩重重地叹了口气,再次低下头去。德瓦对佩伦德笑了笑,佩伦德则注视着拉登斯。

"哦,"佩伦德说。"哦,先生,您可是在投石攻城比赛上大获全胜的拉登斯将军。您必须履行自己的职责。您的父亲,还有德瓦先生很快就会回来了。"说完,她也对德瓦笑了笑。

"谁也说不准,"德瓦说,"等我们到达拉登西恩,战争说不定已经结束了。战争有时就是这样的。"他摆弄着手上那顶打了蜡的帽子,随后放在黑斗篷旁边,清了清嗓子。"我说过赛克鲁姆与希利提分开,后来成为传教士的故事吗?"

拉登斯似乎没有再听,但是过了一会儿,他侧过身来,不再哼唱:"不,你没说过。"

"好吧。有一天,这两个好朋友不得不分开了。赛克鲁姆决心成为一名随军传教士,将拉维西亚的文明带到遥远的异国,教导那里的人民不再犯错。希利提试图劝阻他的朋友,因为他依旧认为这么做是不对的。但赛克鲁姆坚如磐石。"

"什么意思?"

"就是很固执。"

"哦。"

"一天,"德瓦继续道,"在赛克鲁姆快要出发时,他们去了一个很有纪念意义的地方。那是一座岛屿,上面非常荒凉。人们到那里去通常是为了暂时远离拉维西亚的富庶。岛上没有流淌着葡萄酒和甜水的溪流，没有挂在树上的现成野味，也没有香水喷泉和成堆的甜点石头，更——"

"人们想远离甜点石头？"拉登斯难以置信地问。

"对呀，他们也会希望暂时抛开自由飞翔的能力，抛下自动涌出热水的脸盆，以及时刻环侍左右的仆人。拉登斯，人有时候就是这么奇怪。一旦他们拥有了取之不尽的舒适，就会开始怀念粗野的生活。"

拉登斯闻言皱起了眉，但是没有追问。很显然，他认为拉维西亚人或者说所有大人都疯了。

"说回赛克鲁姆和希利提，"德瓦继续道，"他们上岛度假，远离了所有奢华舒适。他们一个仆人都没带，甚至也没带保护他们免受伤害，并且能呼唤当地神明的魔法护身符和珠宝。他们必须在荒野中靠自己的力量求生。荒野上有食物和水，也能找到茂密的大树遮风挡雨。他们带上了弓和箭，还有一对可以发射毒镖的吹管。他们来度假前就制作了那些东西，并且为它们感到相当自豪。他们用自己制作的武器猎取岛上的动物，但那些动物不像家畜那样温顺，也不希望被人杀死、煮熟并吃掉，所以它们都小心翼翼地避开了那两个其实没什么经验的猎手。

"一天，赛克鲁姆和希利提试图用毒镖猎杀一些动物，但没有成功。他们沮丧地回到栖身的大树下，一路争吵不断，对彼此非常恼火。他们都感到无聊而饥饿，那也许就是二人吵架并互相指责的原因。赛克鲁姆认为希利提太好斗，杀死动物只是为了取乐。希利提为自己射箭、吹镖和徒手格斗的身手感到自豪，并暗自认为是赛克鲁姆不喜欢猎杀动物，所以故意制造了响动，让猎物意识到他们的存在并迅速逃跑。

"他们走到了一条两侧地势陡峭的小溪，那里有一棵倒下的大树形成的天然桥。那天下了很大的雨，这也是他们痛苦和争吵的另一个原因。树桥下的溪水也在泛滥。"

"那是什么意思?"

"就是小溪里的水变多了,涨起来了。他们开始过桥。希利提本来想提议一个接一个地过去,但那时他们两个都已经走到了树干上。他走在前面心想,如果此时转头让赛克鲁姆返回等待,她肯定会更生气。于是希利提什么也没说。

"果然,树桥坍塌了。毫无疑问,因为它已经在那里静静腐烂了很多年,两侧堤岸的泥土又被雨水冲走了一部分,所以当两个人的重量压在上面时,树干显然决定放弃挣扎,屈服于重力——哦,意思就是退让,坠入溪流中。

"它轰然倒塌,从中间折断,还带下了两侧的不少树枝碎片、石头和泥土。"

"哦,不!"拉登斯抬手掩住了嘴,"塞克鲁姆和希利提怎么了?"

"他们跟着树一起掉了下去。希利提比较幸运,因为他所在的那一半倾斜得比较慢,他得以抱住树干下滑,并在树干落水前纵身跳到河岸上。尽管他后来还是滚进了水里,但没怎么受伤。"

"可是塞克鲁姆呢?"

"赛克鲁姆就没那么幸运了。她所在的那一半树干可能在途中翻滚了一下,或者她自己翻滚了一下,导致她最后被树干压住,困在水底。"

"她淹死了吗?"拉登斯看起来很担心,两只手都捂在了嘴巴上,并咬住拇指吮吸起来。

佩伦德搂住他,把他的手从嘴边拿开了:"放心吧,别忘了这时赛克鲁姆还没成为随军传教士呢。"

"是的,可是后来发生了什么?"拉登斯紧张地问。

"对呀,"佩伦德说,"为什么树干没有浮起来?"

"很长一截树干落在了陡峭的岸边,"德瓦告诉她,"所以掉进水里压住赛克鲁姆的那一段浮不起来。总而言之,希利提只能看见同伴的一只脚从水里伸出来,就在树的另一头。他游了过去,艰难地越过岩石和断裂的树枝,来到赛克鲁姆身边,意识到她被困在水底。于是他又潜入水中。水里的光线充足,他看到赛克鲁姆在拼命挣扎,就试图将树干从腿上推开。但是树干纹丝不动,因为它又大又沉。希利提亲眼看着最后一串气泡从赛克鲁姆口中冒出来,被湍急的水流卷走了。他回到水面,深吸一口气,再次潜入水中,对着赛克鲁姆的嘴,把空气传递给她,让她多坚持一会儿。

"希利提再次尝试推开赛克鲁姆身上的树干,可它实在太重了。他想,如果能找到一根足够长、足够坚硬的杠杆,或许能卸开压在赛克鲁姆腿上的重量,但这么做需要时间。与此同时,赛克鲁姆肯定又快没气了。希利提又吸了一大口气潜入水中,赛克鲁姆嘴里再次冒出泡泡,于是他又给同伴传递了空气。

"此时,希利提意识到不能再这样下去了。溪水很冷,会快速消耗他的体温和力量,他现在已经疲惫不堪,自己都喘不上气了。

"然后他想到了吹管。他自己的吹管已经在落水时被溪流冲走,不过他刚才潜入水中时看见赛克鲁姆的吹管仍挂在她背上,有一部分被她压在了身下。希利提潜下去,又给赛克鲁姆传递了一口空气,接着握住吹管,用尽力气摇晃拉扯,费力地把吹管抽了出来。他不得不先回水上换气,然后再次潜入水中,在赛克鲁姆面前指了指吹管。赛克鲁姆接过管子,含在了嘴里。

"危机尚未解除。赛克鲁姆吐出了管子,因为里面进了很多水。希利提将管子拿到水面上,放掉里面的水,再用手堵住管子的一端,重新潜了下去。

"这下赛克鲁姆能够呼吸了。希利提观察了一会儿,确保赛克鲁姆暂时不会有事,然后才离开小溪寻找杠杆。最终,他找到一根又直又粗的树枝,足以满足他的要求。他又涉水回去,潜入水中,把杠杆架在一块岩石上,末端卡住倒下的树干。

"经过几次尝试,他终于成功了。杠杆几乎断裂,而且树干移开时还压到了赛克鲁姆的伤腿。尽管如此,她好歹重获自由,终于浮上水面。希利提把她拖到岸边,那根吹管则随着溪水漂向下游。

"希利提费了好大的力气才把赛克鲁姆拖上陡峭的溪岸,因为她的腿严重骨折,几乎无法使劲。"

"医生要把她的腿切掉吗?"拉登斯在沙发上扭来扭去,瞪大了眼睛。

"什么?哦,不,不用。总之,希利提把赛克鲁姆拖到了堤岸上。那时他已经筋疲力尽,不得不留下朋友独自返回宿营点。不过他想办法……在宿营点附近点起了一堆火,引来其他人解救他们。"

"所以赛克鲁姆没事了?"拉登斯问。

德瓦点点头。"她后来确实没事了。人们都称赞希利提是个英雄。赛克鲁姆腿伤痊愈,但尚未加入军队时,她又返回那座小岛,顺着出事的溪流一路向下游寻找,最后在不同地方的石缝里找到了他们丢失的两根吹管。她从拯救了自己性命的吹管上切下一小截,并在出发成为随军传教士的那天晚上,在朋友们为赛克鲁姆举行的宴会上,用一条小丝带系住那段吹管送给了希利提。这是一个标志,它标志着原谅。你还记得发生在另一条河边的事情吗?希利提害赛克鲁姆掉下了瀑布,而那段吹管意味着不好的回忆已经一笔勾销。他们两人心里都明白,往事已经不再重要,赛克鲁姆原谅了希利提。那个小木圈有点小,不能当作戒指戴在手上,实在是太遗憾了。不过希利提对赛克鲁姆说,他会一辈子珍惜这个礼物。而且他做到了，直到现在还是这样。因为他至今仍把它带在身边，一刻都不曾远离。"

"赛克鲁姆去了哪里？"拉登斯问。

"谁知道呢？"德瓦摊开双手说，"也许她来到了这里。她和希利提都知道……帝国的存在，也知道哈斯皮德。他们谈论过这个地方，还为之争论过。说不定，她真的来过这里。"

"赛克鲁姆会去看过她的朋友吗？"佩伦德问完，把拉登斯抱到腿上坐着。他很快又扭着身子爬走了。

德瓦摇摇头："没有。赛克鲁姆离开几年后，希利提也离开了。他与拉维西亚的朋友都失去了联系。赛克鲁姆也许已经回去了，但希利提无从得知。他放逐了自己，永远离开拉维西亚的舒适生活。赛克鲁姆和希利提再也不会相见了。"

"多悲哀啊，"佩伦德声音很低，表情也很忧郁。"再也见不到自己的朋友和亲人。"

"其实……"德瓦刚开口，却抬头看见护国公的助手在门口向他打手势。他揉了揉拉登斯的头发，缓缓站起身，拿起了帽子、包和斗篷，"我没时间逗留了，年轻的将军。你得跟你的父亲道别。瞧啊。"

乌尔莱恩穿着一身华美的骑装，大步走进房中。"我儿子在哪儿？"他大声喊道。

"父亲！"拉登斯跑过去，扑进了乌尔莱恩的怀抱。

"哦！天哪，你都这么重了！"乌尔莱恩看向德瓦和佩伦德，然后挤了挤眼睛。他跟男孩坐在靠近门口的沙发上，两个人拥抱在一起。

佩伦德站起来，走到德瓦身边。"好了，先生，你必须忠实地向我保证，你会好好照顾护国公和你自己。"她朝德瓦仰起脸，目光明亮。"如果你们其中任何一个受到伤害，我会非常生气。我知

228

道你很勇敢，但也希望你不要太过勇敢，来挑战我的怒火。"

"我会尽我所能保证护国公与我都能平安返回。"德瓦对她说完，重新整理了受伤的斗篷、帽子和袋子，分别搭在两个手臂上，继而把马鞍袋挎到肩头，又把帽子甩到背后，靠帽绳挂在脖子上。

佩伦德略带忧伤地看着他的动作，然后将好手搭在他的手上，让他安静下来。"要小心。"她轻声说完，转身走到能够看见乌尔莱恩、后者也能看见她的地方坐下。

德瓦看了她一会儿，她坐在那里，身穿红色长袍，腰板笔直，面容平静而美丽。接着，他也转过身去，走向大门。

17 医生

主人,他们后来当然揪出了杀害瓦伦公爵的凶手。不可能有别的结果。如此公开的谋杀案不能平白无故地不加追究,正如一个空缺的爵位必须有继承人。这样的事件会在社会结构中造成漏洞,必须用另一个人的生命来修补。这是一个真空,必须有灵魂被吸取。这次人们找到的灵魂,是一个来自米兹伊的可怜疯子。他看起来极为乐意,甚至幸福十足地把自己扔进了那个真空。

他名叫贝里吉,曾经是个做打火匣的工匠,年纪不大,在城里算是有名的疯子。他跟其他几个流浪汉一起睡在桥下,每天沿街乞讨,在市集上捡拾被丢弃或腐烂的食物。第二天,瓦伦公爵死在舞会的消息刚刚公之于众,贝里吉马上就走进治安官的办公室,供认了罪行。

治安官并没有感到惊讶,因为贝里吉向他供述自己是城里或附近某起谋杀案的凶手。某些案子的凶手不明,但有些案子的凶手则再明确不过了。贝里吉总在法庭上宣称自己有罪,而他承认自己犯下的一起凶案中,那个众所周知的恶毒丈夫就睡在被他屠杀的妻子边上,醉得不省人事,沾满鲜血的手上还攥着刀。这件事给那些将法庭当作剧场的民众带来了许多欢笑。

通常情况下,贝里吉会被扔出门外,滚倒在街上的尘埃中,而治安官丝毫不会在意他供述的罪状。然而兹事体大，奎提尔公爵当天上午才向治安官表示，他的辖区内短时间连续发生了两起如此凶残的谋杀案，这令公爵十分恼火。因此治安官认为，这次不能轻易忽略掉那个疯子的认罪。

令他惊喜的是，贝里吉被关进了镇上的监狱。治安官让人给奎提尔公爵带去口信，告知他这一迅速的行动。不过他同时也提醒道，贝里吉只是习惯性认罪，不太可能是真的罪魁祸首。

卫队司令博尔奇克传话给治安官，让他把贝里吉暂时羁押在监狱里。半个月过去了，凶案调查没有任何进展，公爵便命令治安官对贝里吉的说法展开进一步调查。

一段时间过去了，贝里吉和他那些住在桥下的同伴都已经不记得他们在假面舞会那天和当晚的行动，只记得贝里吉坚称自己离开了城市，爬到山上的宫殿，又溜进公爵的卧房将他杀害在床上（当贝里吉清醒时听说公爵是在舞厅旁的房间中被杀，就很快改变了说法）。

由于此案再也没有别的嫌疑人，贝里吉被押送到宫中，由雷林格大师审问。这个举动除了证明奎提尔公爵对调查凶案的认真态度，以及他手下的人都圆满完成了任务，还能证明什么呢？贝里吉根本没给公爵的首席审讯官带来令人满意的挑战。据我所知，贝里吉遭受的痛苦相对较少，但仍足以让他那脆弱的大脑进一步崩溃。

当贝里吉出现在公爵面前接受审判时，他已经是个瘦弱、秃顶、浑身颤抖的废人。他的眼神四处游走，两个眼球仿佛完全无法联动。他不停地喃喃自语，却说不出任何连贯的话。他不仅承认自己杀害了瓦伦公爵，还承认杀死了塔萨森国王贝敦、普赛德皇帝，甚至还有奎斯王的父亲德拉辛王，并声称自己要为毁灭了整片国土，将时代至到后帝国时期的天火巨岩负责。

贝里吉被绑在城市广场的火刑柱上烧死了。公爵的继承人——瓦伦的弟弟——亲自点了火。不过在此之前，他先令人将那个可怜虫勒死了，让他免受火刑之苦。

我们在伊维纳吉山上相对平静地度过了剩下的时光。那件事情过后，宫里始终弥漫着担忧和怀疑的气氛，后来也渐渐消散了。再也没有发生过不明原因的死亡或令人震惊的谋杀。国王的脚伤痊愈了。他出去打猎，再次从坐骑上跌落下来，但是只有一些擦伤。也许受益于山上清澈的空气，他的健康情况似乎有所改善。

医生发现自己无事可做。她喜欢在山上散步或骑马，有时会允许我跟随，有时则坚持一个人去。她在米兹伊城中待了很长时间，帮助贫民医院救治孤儿和其他不幸的人，与当地助产士交流经验，还与药剂师讨论药剂和药汤。随着夏歇时间的推移，一些在拉登西恩战场上受伤的人转移到了这座城市，医生便尽其所能，治疗其中一些人。起初，她想与城里的医生见面，但收效甚微，直到医生请来国王，在他出发去打猎之前跟他们做了简短的会谈。

我想，在改变这些人的行事惯例方面，她取得的成就不尽如人意。我的医生发现这里的医生比他们在哈斯皮德的同行医术更过时，甚至对病人造成了潜在的危险。

尽管国王明显很健康，可他还是会找各种理由跟医生见面。国王担心他会像他父亲晚年时那样发胖，于是向医生咨询饮食方面的问题。这在我们看来很奇怪，因为发胖证明一个人吃得好，工作轻松，成熟程度超过了一般标准。但这也许表明，医生向国王灌输了一些奇怪想法的传言有一定的真实性。

对于医生总跟国王待在一起，人们也纷纷摇头叹息。但是据我所知，他们之间没有发生过任何亲密举动。除了有几次因病卧床，我一直跟在医生身边。即使在卧床期间，我也积极通过几个助手同袍和仆人努力了解了医生和国王的动向。

我可以肯定地说,到目前为止,我都没有错过任何事,并且向主人报告了所有值得关注的信息。

国王多数在晚上传唤医生。如果没有明显的病痛,他就会装模作样地扭扭肩膀,皱着眉头说一侧有些僵硬。医生似乎很乐意扮演按摩师的角色,并高兴地在国王的金褐色皮肤上涂抹各种精油。他们会轻声交谈,但多数时候会保持沉默。当医生为国王揉松格外紧绷的肌肉时,他也会咕哝几句。当然,我始终保持着沉默,皆因不愿打破那烛光下的魔咒。每当看到医生纤细有力的手指在国王的肉体上游走,我就会感到奇怪而甜蜜的忧伤。

"你今晚好像很累,医生。"国王趴在床上,赤裸着上半身,接受医生的按摩。

"是吗,先生?"

"是的。你干什么去了?"国王扭头看着她,"沃希尔,你该不会找了个情人吧?"

医生脸红了,这可不是她常有的反应。我觉得每次她出现这种反应,国王都在场。"我没有,先生。"她回答道。

国王趴了回去。"也许你该找个情人,医生。你长得很漂亮,只要你愿意,就能有很多机会。"

"陛下,您过誉了。"

"不,我只是在陈述真相,而且你心里清楚得很。"

"那我只好表示赞同了,先生。"

国王又扭过头,这回是看着我:"你觉得呢,呃……"

"奥尔夫,"我紧张地咽了口唾沫,"先生。"

"对,奥尔夫,"国王扬起眉毛,"你觉得如何?这位好医生是不是个令人愉悦的对象?你不觉得她会让任何正常的男人都喜上眉梢吗?"

我又咽了口唾沫,然后看向医生。她瞥了我一眼,目光有点令人生畏,又有点像乞求。

"当然,先生,"我开口道,"我认为夫人品貌兼优,陛下。"我嘀咕着,感到脸颊越来越烫。

"品貌兼优?就这样?"国王大笑起来,依旧盯着我,"你不觉得她很有魅力吗,奥尔夫?有魅力、漂亮、俊俏、美丽?"

"我认为夫人具备了您说的所有优点,先生。"我低头盯着自己的双脚。

"你瞧,医生,"国王再一次趴了回去,"连你这个年轻的助手都同意我的说法。他觉得你很有魅力。所以,你到底要不要找个情人?"

"还是不了,先生。情人会占据我为您服务的时间。"

"哦,这些天我健康极了,完全可以让你每晚空出一点时间去找些乐子。"

"陛下,您真是太慷慨了。"医生冷冷地说。

"你又来了,沃希尔。那该死的讽刺。我父亲总是说,当一个女人开始讽刺地位更高的人,证明她欲求不满。"

"先王肯定是一个无价的智慧源泉,先生。"

"他当然是,"国王赞同道,"如果他在这里,肯定会说你得出去找点乐子,这是为了你好。啊!"医生将重心压在了国王的脊柱上,"轻点儿,医生。没错,你甚至可以称之为医学治疗,或者至少说,那个词叫什么来着?"

"毫不相干?多管闲事?粗鲁无礼?"

"保健疗法。我想起来了,保健疗法。"

"哦,你说那个啊。"

"我知道,"国王说,"如果我为了你的身心健康,命令你找个情人呢?"

"承蒙陛下关心我的健康,我真是太高兴了。"

"你会服从国王的命令吗,沃希尔?如果我真的下令,你会找个情人吗?"

"我会担心要以什么来证明我服从了国王的命令,先生。"

"哦,我会相信你口头的汇报,沃希尔。而且,我敢肯定任何睡到你的人都会迫不及待地四处炫耀。"

"是吗,先生?"

"是的,除非他有个特别善妒而且厉害的妻子。告诉我,你会服从命令吗?"

医生想了想。"我可以自由决定人选吧,先生?"

"哦,当然,医生。我可不打算为你拉皮条。"

"那好吧,先生。我当然乐意服从。"

"很好!既然如此,我就得考虑考虑是否真的要下令了。"

我已经不再盯着自己的双脚,然而脸颊依旧滚烫。医生看了看我,我不确定地笑了笑。她也咧嘴一笑。

"先生,如果你下令了,"她问,"而我又拒绝了呢?"

"你要拒绝国王亲口下的命令?"国王的惊恐看起来很逼真。

"虽然我为您服务,并全心全意保证您的健康,但我相信从技术层面来讲,我并非您的臣民,而是异邦人。事实上,我根本不是这个国家的国民,而是德雷岑群岛共和国的公民。我很乐意,也很荣幸在您的法律管辖范围内为您服务,但我不认为自己有义务像出生在哈斯皮德境内的人,或者您臣民的后代那样,服从您的每一个命令。"

国王想了好一会儿,然后说:"医生,你好像说过,你曾经考虑学习法律,而非医术。"

"我是说过,先生。"

"我想也是。好吧，如果你是我的臣民，却不服从我的命令，我会把你关起来，直到你改变主意。如果你不改变主意，就会遭遇不幸的命运。因为这件事本质上虽然微不足道，但国王的意志必须得到服从。这是个极为重要且严肃的问题。"

"然而，我并不是您的臣民，先生。您将如何处理我这种不服从命令的行为呢？"

"我猜我应该命令你离开我的国土，医生。你得回到德雷岑，或者到别的地方去。"

"我会很伤心的，先生。"

"我也是。但你必须理解，我别无选择。"

"当然，先生。所以我最好祈祷你不对我做出那样的命令，否则我就得委身于一个男人，或是惨遭放逐。"

"的确。"

"先生，如您所说，我是个有主见且固执的人。对我来说，那无疑是个艰难的选择。"

"我很高兴你终于意识到这个问题的严重性了，医生。"

"确实。那么请允许我冒昧地问，您意识到了吗，先生？"

"什么？"国王支起了脑袋。

"陛下您在娶妻方面的想法非常重要，一如我对情人的选择不值一提。鉴于我们恰好谈到了这个话题，我只是想知道您对这个问题考虑了多少。"

"我认为我们正在迅速偏离刚刚讨论的话题。"

"请原谅，陛下。但是，您近期打算结婚吗？"

"我认为这与你无关，医生。那是我的朝臣、顾问、贵族千金和其他高贵女士的父亲需要担心的问题，因为他们考虑这件事显然更合乎情理并有利可图。除此之外，那就是我个人的问题。"

"然而，正如您刚才所指出，一个人的健康和举止会因缺乏……感性的释放而深受影响。对一个国家的政治财富来说有意义的事情，也许对国王个人而言堪称灾难，比如他娶了一位貌丑的公主。"

国王扭过头，打趣地看着医生。"医生，"他说，"我会为了我的国家和我的继承人的利益而结婚。如果我必须娶一个丑陋的女人，那也无所谓。"他眼中泛起了玩味的光芒，"我是一个国王，沃希尔。你也许听说过这个地位附带的特权。在相当宽松的范围内，我可以得到任何想要的人，而且我不会因为娶妻而改变这种情况。我可以娶世界上最不漂亮的公主，但我保证不会让'感官释放'的频率和质量有任何改变。"说完，他对医生露出灿烂的笑容。

医生显得很尴尬："可是，如果您需要继承人，先生……"

"那么我会让自己恰到好处地喝醉，确保所有窗帘紧闭，烛火被掐灭，然后在心中勾勒别人的面孔，直到仪式圆满完成，我亲爱的医生。"国王说完，得意地趴了回去，"只要那个女人的能力够好，我应该不必经常遭受这种痛苦，你说呢？"

"我不知该怎么说，先生。"

"那就听我的，还有那些为我生过孩子的女人——我必须说，她们生的大多是男孩。"

"非常好，先生。"

"总之，我不命令你找情人。"

"我非常感激，先生。"

"哦，这不是为了你，沃希尔。我只是过于同情被你带上床的人。毫无疑问，你们会过得十分愉快，可是——老天保佑那个不幸的可怜虫，他不得不在事后忍受你这些讨厌的谈话。啊！"

我想，我们在伊夫尼尔宫度过的夏天，只剩下最后一件值得一提的事情了。其实我在回到哈斯皮德一段时间后才得知那件事，当时有关它的消息已经被各种事件掩盖了。

主人，正如我先前所说，医生常常独自在山上散步或骑马。她有时在夏米斯升起时出发，直到那颗恒星行将落下才返回。我和其他人一样，认为她的行为有些古怪，甚至当医生慷慨地邀请我一同前往时，我依旧对她的动机感到困惑。散步是她最奇怪的举动。她会像平民一样，不停地走上好几个小时。她还会带上自己在哈斯皮德花大价钱买来的小书和不怎么小的书，里面都是关于该地区原生植物的绘画和描述。她会仔细观察从我们面前经过的鸟类和小动物，那种关注程度显得很不自然，因为她对打猎毫无兴趣。

骑马就不那么令人疲惫了。不过我想，医生只有在计划的旅程太长，无法考虑步行时才会骑马（她从不在外面过夜）。

尽管我难以理解这些旅行，又对被迫整天步行感到恼火，但我渐渐还是体验到了其中乐趣。我本来就该待在医生身边，这是她本人和主人的意愿，因此我对做这些职责之外的事情并无愧疚。

我们常常在沉默中跋涉或骑马，偶尔谈论一些无关紧要的事情，或是医学、哲学、历史等诸多话题。途中，我们会停下来吃饭，也会观察动物或欣赏美景。除此之外，我们还会查阅书籍，看看我们见到的动物是否符合书中描述，或是作者过于依赖幻想了。我们试图破译医生在图书馆里复制的粗略地图，不时拦住樵夫和农夫问路。我们收集羽毛、鲜花、小石子、贝壳和蛋壳，最后返回夏宫。一路下来，我们没有做任何真正有意义的事情，但我心中充满了喜悦，脑内洋溢着狂野的欢愉。

没过多久，我就渴望医生带我参加所有的旅行，而当我们回到哈斯皮德之后，我才后知后觉地悔恨自己没有做一件事。那是我们还在伊夫尼尔夏宫，医生每次独自出去探险时，我经常想到要做的事情。我很后悔没有跟随她。我多么希望那时我能鼓起勇气跟踪她、秘密监视她。

回到哈斯皮德几个月后,我听说两个与我平级的初级侍从在医生独自出行时偶然碰到了她。那两个人是奥姆斯特和普米尔,他们分别是瑟米尔男爵和卡瑞斯亲王的侍从,我与他们不熟,而且也不喜欢他们。那两个人是出了名的恶棍,酷爱欺凌、作弊和强迫别人,经常吹嘘自己又打破了谁的脑袋,在牌桌上玩弄了哪个仆人。据传,前年普米尔差点打死了一名初级侍从,因为那个年轻人向主人抗议,说普米尔敲诈了他的钱财。那甚至不是一场公平的战斗。小伙子被他从后面扑倒,打得不省人事。更厚颜无耻的是,普米尔没有否认这一切——至少没有在我们面前这样做。他觉得这样会让我们更惧怕他。奥姆斯特比普米尔好一点,但我们一致认为,那只是因为他比较缺乏想象力。

以下是我听到的故事:在一个格外闷热的傍晚,他们走在距离夏宫有一段距离的森林里,包里装着刚打到的猎物,为自己的偷猎行径得意扬扬,并期待着那天的晚餐。

回程的路上,他们遇到了一只皇家修尔兽。那本来就是一种罕见的动物,而且他们发誓,那一只通体纯白。它像个迅捷而苍白的幽灵,在森林里穿行。二人放下手上的行李,弯弓搭箭,屏息静气等待它靠近。

他们都没有想过,如果他们真的能打到那头野兽,结果会如何。他们不能告诉任何人,因为猎杀修尔兽是王族的特权,而那头野兽的个头实在太大了,仅凭两个人不可能把它带到非法经营的屠夫那里(假设真的有人胆敢冒犯王室的威仪)。尽管如此,他们还是追了上去,也许是被与生俱来的狩猎本能蒙蔽了思考。

他们没有抓到猎物。那头修尔兽在靠近山丘上一个被树木环绕的小湖时,突然受到惊吓,飞快地跑了起来,短短几个瞬息就消失在弓箭的射程之外。

那两个人刚刚爬上小山，透过树丛的遮挡看见了那一幕，顿时大失所望。但是，他们接下来目睹的光景立刻打消了那种情绪。

因为一个美得令人震惊，全身一丝不挂的女人从湖里游了出来，盯着白兽逃走的方向。

原来那就是野兽飞速逃离的原因，但是在二人眼中，那个女人成了更适合狩猎并享受的对象。她身材高挑，头发乌黑，双腿修长，但是腹部过于平坦，不太符合审美，她的双乳虽然不大，但是看起来高耸而结实。奥姆斯特和普米尔一开始都没有认出她来。那个女人就是医生。她不再盯着白兽逃进树丛的方向，转身重新入水，如游鱼般轻松地游向两个年轻人躲藏的方向。

她在两人匍匐的小山包正下方上了岸。他们意识到，她把衣服留在了那个地方。医生走出水面，面向湖水、背对着他们，用双手擦拭身上的水滴。

他们对视一眼，但无须交谈。这里有个女人，孤身一人，没有护卫，没有同伴，而且据他们所知，她在宫中也没有丈夫或拥护者。这次他们同样没有停下来仔细思考，也没有想到她在宫中确实有个拥护者，而且那个人的地位至高无上。那具近在咫尺的白皙身体让他们变得比碰见白兽时更加兴奋，激发了远比狩猎更深层的本能，浇灭了所有理性思考。

林中的光线很暗，到处充斥着受到修尔兽惊吓的鸟叫声，因此即便他们动作笨拙，也被那些噪声掩盖了。

他们可以将她打昏，或是出其不意地蒙住她的眼睛。换言之，她可能根本看不见侵犯自己的人。他们可以在不被发现的情况下尽情蹂躏她，无须担心事后受到惩罚。他们被修尔兽带到了这里，这一定是古老森林之神的旨意。是那个神话般的生物引导了他们，这个机会不容错过。

普米尔拿出他习惯用来当作武器的硬币袋。奥姆斯特点了点头。

他们悄悄走出灌木丛，顺着几株小树之间的阴影向湖边潜行。

那个女人轻声唱着歌，又拿起一块小手帕继续擦拭身体，然后拧干。接着，她弯腰拾起衬衫，臀部宛如两轮散发银光的满月。她依旧背对着那两个人，而他们已经潜行到了离她只有几步远的地方。她将衣服举过头顶，套在身上。有这么一瞬间，她的视线会受到衣服的遮挡。奥姆斯特和普米尔都明白这是个好时机，不约而同地冲了上去。他们感觉那个女人的动作僵住了，也许因为她终于听到了身后的动静。那一刻，她可能转过了头，但目光依旧被套在头上的衣服遮挡。

他们在黑暗中醒来，脑袋剧痛不已。夜幕完全落下，空中只有芙伊和杰尔里的微光，宛如两只灰色的眼眸，在平静的湖面和他们周围洒下谴责的目光。

医生已经离开了。两人后脑勺上都肿起了鸡蛋大小的鼓包。他们的弓也被拿走了，而最奇怪的是，他们的匕首被拧成了结。

听到这里，我们都十分费解。军械师助手费里斯发誓说，金属不可能被弯成那样的形状。他拿起一把相似的匕首，尝试以同样的方式将其弯曲，匕首竟很快就断开了。让它们弯曲的唯一方法，就是将其加热至白热状态，然后再拧弯，而这么做十分困难。他还补充道，自己做了太多实验，还被军械师教训了一顿，告诫他不要浪费宝贵的武器。

那一刻我并不知道，其实我遭到了怀疑。奥姆斯特和普米尔认为我一直跟医生在一起，或是在她知情的情况下保护她，或是在她不知情的情况下监视她。后来是费莱查罗洗清了我的嫌疑，让我免去了一顿欺凌。因为我和乔利斯当时正帮他整理瓦伦公爵的遗物。

当我最后得知发生了什么事时，实在不知该作何感想。我当然希望当时我在场，不管是为了守护抑或监视。我肯定会跟那两个可恶的流氓拼命，以保卫医生的荣誉。但与此同时，我也甘愿抛弃我自身的荣誉，换得那两个人所见的光景。

18 保镖

　　一般来说，从塔萨森首府库夫前往尼尔叶城有六天路程，护国公和他手下的精兵仅用四天就到达了那里，并且在漫长的骑行后都感到了疲劳。他们决定在城里休息，一边等待后面的重炮和攻城车赶来，一边等待拉登西恩前线的新消息。很快，劳尔布特公爵的加密信息就送来了，然而那并非什么好消息。

　　事实证明，男爵们的部队训练有素、装备齐全、供应可靠，远远超过了预期。城市内部粮草充足，新防线几乎囊括了所有城市。驻守这些防线的部队并非乌合之众，而是显示出了极高的素质。游击队经常骚扰保护国一方的补给线，洗劫营地、伏击马车，将本应针对他们的武器据为己有，并迫使前线所需的部队不得不去后方保卫补给车队。劳尔布特将军本人在围困兹尔特城的作战中，遭到城内部队的大胆夜袭，几乎丧失性命或被俘虏，最后凭借运气和慌乱的徒手搏斗才避免了灾难。当时将军身边只有一名卫兵，不得不亲自拔出剑来作战。

　　我们都知道，一名士兵意图智取敌人却又担心自己被困的情况叫作钳形运动。所以谁也无法想象，当我们在尼尔叶遇到这种困境时，乌尔莱恩的心情究竟如何。那个困境并非来自敌人的侵袭，而是我们得到的信息。在我们了解到拉登西恩战况堪忧之后，不到半天，相反方向又传来了更糟糕的消息。

乌尔莱恩看起来完全泄了气。他垂下双手，任凭手中的信滑落在地。

接着，他重重地坐在了尼尔叶城中心的公爵府老宅的餐桌前。德瓦站在乌尔莱恩身后，弯腰拾起那封信，将它叠好，放在他的盘子边上。

"先生？"布雷德勒医生问了一句。在场其他军官都看着他，面露担忧。

"那孩子，"乌尔莱恩轻声告诉医生，"我就知道我不该离开他，或者应该让你留在那里，医生……"

布雷德勒盯着他看了好一会儿。"情况有多糟糕？"

"生死之间。"乌尔莱恩低头看着信，然后把它交给了医生。

"又发作了，"布雷德勒拿起餐巾擦了擦嘴，"您需要我返回库夫吗，先生？我天一亮就出发。"

护国公盯着桌子看了一会儿，然后回过神来。"是的，医生。我也跟你一块儿走。"说到这里，护国公带着歉意看向其他军官，"先生们，"他挺直身体，提高了声音，"我必须请你们先行前往拉登西恩，因为我儿子身体不适。我很希望能为这场战争的最终胜利做出贡献，但我担心即使继续前进，自己的心思和注意力仍会朝向库夫。我很遗憾，除非各位想办法延长战争，否则荣耀将属于你们。我将尽快加入各位的行列，因此请原谅我，并纵容我这个本已是祖父年龄的人仍摆脱不掉的为人父的弱点。"

"当然了，先生！"

"我们都能理解，先生。"

"我们会竭尽全力让您感到骄傲，先生。"

支持和理解的声音此起彼伏。德瓦环视着聚集在宴会桌旁的低级贵族们年轻、热切、认真的面庞，莫名有种恐惧和不祥的预感。

"佩伦德，是你吗？"

"是我，年轻的先生。我想来陪陪你。"

"佩伦德，我看不见了。"

"这里很黑。医生认为你在恢复时应该避开光亮。"

"我知道，可我还是看不见。你能握着我的手吗？"

"你一定不要担心。当你还小的时候，疾病看起来很可怕。但是这些事情最终都会过去的。"

"真的吗？"

"当然。"

"那我今后还能看见东西吗？"

"当然可以，不要担心。"

"可是我很害怕。"

"你叔叔已经写信给你父亲通知情况，我想他很快就会回家的。事实上，我确信如此。他将给你带来力量，赶走所有恐惧。很快你就知道了。"

"哦，不！他应该在战场上。他应该加入战争，为我们赢得胜利，而我却把他拉回了家。"

"冷静点，冷静点。我们不能对他隐瞒你的病情。如果这样做，他会怎么想？他会希望知道你是否安好，他会想看你。我猜他还会带布雷德勒医生回来。"

"还有德瓦先生吗？"

"还有德瓦先生。无论你父亲去什么地方，他都会跟随。"

"我不记得发生什么事了。今天是什么日子？"

"是旧月的第三日。"

"发生什么了？我像上回看皮影戏那样突然发抖了吗？"

"是的，你的老师说，你当时从座位上摔了下来，他还以为你想逃避数学课。后来，他跑去叫了护士，然后又叫来了埃斯米尔医生。他是你叔叔勒路因和耶阿米多斯将军的医生，医术非常好，几乎跟布雷德勒医生一样好。他说你很快就能好起来。"

"真的吗？"

"真的。而且他看起来像最诚实，最值得信赖的人。"

"那他比布雷德勒医生还好吗？"

"哦，布雷德勒医生肯定更好，因为他是你父亲的医生。你父亲值得拥有最好的，因为那对我们都好。"

"你真的认为他会回来吗？"

"我很肯定。"

"你能给我讲个故事吗？"

"故事？我不知道自己会不会讲。"

"可是每个人都有故事。你小时候没听过故事吗？……佩伦德？"

"是的，是的，我肯定听过。没错，我有个故事。"

"哦，好的……佩伦德？"

"嗯，好吧，等等。很久很久以前……很久很久以前，有个小女孩。"

"嗯？"

"是的，她是个长得很丑的孩子，她的父母既不喜欢她，也不关心她。"

"她叫什么名字？"

"名字？她叫……多恩。"

"多恩，这个名字真好听。"

"是的，但不幸的是，她长得并不可爱。她住在令人厌恶的小镇上，跟令人厌恶的父母生活。父母对她颐指气使，而她很讨厌自己被命令做的那些事情。父母总是把她关起来，强迫她穿破衣烂衫，拒绝给她买鞋，也拒绝给她买扎头发的丝带。他们不让她跟其他孩子一起玩，也从来不给她讲故事。"

"可怜的多恩！"

"是的，她很可怜，不是吗？她几乎每晚都哭着入睡，并向旧神和上天祈祷，让她摆脱这种不幸的生活。她希望逃离自己的父母，可是他们却把她锁在家里，让她无处可逃。有一天，镇上来了展览会，能看到演员、舞台、帐篷、杂耍者、喷火者、飞刀客，还有壮汉、矮人、踩高跷的人，以及各种仆从和表演动物。多恩十分憧憬展览会，想去看看热闹，从中得到快乐。因为她觉得自己在镇上完全没有生活可言。可她的父母还是把她锁了起来，不想让她观看那些精彩的表演。他们担心，如果别人看到家里有这么个丑陋的孩子，自己就会遭到取笑。他们甚至可能劝说多恩离开，成为他们怪胎表演的展品。"

"她真的那么丑吗？"

"也许没有那么丑，但他们仍旧不希望别人看见多恩，所以他们把她藏在了家中的密室里。可怜的多恩哭了又哭，眼泪停不下来。然而多恩的父母并不知道，展览会的组织者会派人到镇上各家各户去做些小小的善事，或是帮忙砍柴，或是打扫院子，这样人们就会觉得欠了人情，去观看他们的展览。他们在多恩居住的镇上也这么做了，而多恩的父母如此吝啬，自然不会错过得到免费帮工的机会。

"他们把演员请到家中，让他们打扫整个房子。当然，因为多恩负担了大部分家务，房子已经非常整洁了。演员们打扫了房子，还留下了一些小礼物，因为他们都很友善而慷慨。就在那时，三名演员——我想是一个小丑、一个喷火者，还有一个飞刀客，听见了可怜的多恩在密室里哭泣。他们放她出来，用滑稽表演逗她高兴，还对她非常好。她第一次感受到了被人欣赏和关爱的快乐，不禁流下了喜悦的泪水。她的坏父母先是藏在了地窖里,然后伺机跑掉了——他们因残酷行为被曝光,感到无比羞耻。

"展览会的演员让多恩重新获得了生命。她甚至开始觉得自己不再丑陋,还穿上了比以前更好的衣服,觉得自己既干净又美好。她想,也许她并非注定一生都丑陋和不快乐。也许她很美丽,生活也将充满幸福。不知何故,只要跟那些演员在一起,多恩就觉得自己很美。她开始意识到,是他们让自己变得很美。她以前很丑,只是因为别人说她很丑。现在她不丑了,就像魔法一样。

"多恩决定加入展览会的行列,与演员们一起行动。可是他们伤心地拒绝了她,因为如果他们真的带走了多恩,人们就会把他们当成从好人家骗走小女孩的人,本来的好名声会受到影响。他们对多恩说,她应该留下来寻找父母。多恩明白了其中的道理,而且她当时感到自己充满了力量和才能,变得既美丽又有活力,所以她挥手告别了那些亲切的演员,让他们把快乐和友善带到下一个城市。你知道后来怎么样了吗?"

"怎么样了?"

"多恩找到了自己的父母,而且他们后来一直对她很好很好。她还认识了一个英俊的小伙子,并嫁给了他,生了很多孩子,从此过上了幸福的生活。除此之外,她有一天还找到了那个展览会,并最终成为其中一员,以报答演员们之前的善意。

"这就是多恩,一个丑陋的,不快乐的孩子变得美丽又快乐的故事。"

"嗯,这个故事很棒。不知道德瓦先生还有没有关于拉维西亚的故事。那些故事有点奇怪,但我觉得他本意是好的。现在我该睡觉了。我……哦!"

"啊,抱歉。"

"那是什么?我手上有水吗?"

"那是快乐的泪水。这个故事太快乐了,让我忍不住哭了出来。哦,你在干什……"

"嗯,尝起来有点咸。"

"哎,你真是个可爱的人,拉登斯少爷,竟把一位女士的眼泪舔干净了!放开我的手。我得……嗯,这样好多了。睡吧,你父亲很快就回来了。我会派护士过来帮你掖好被子。哦,你需要这个吗?这是你的小被子吗?"

"是的,谢谢你,佩伦德。晚安。"

"晚安。"

宫妃雅尔德端着美酒和水果走进浴室。耶阿米多斯、勒路因和泽斯皮尔正泡在乳白色的水中。与雅尔德同级的宫妃特里姆和赫拉埃都赤身裸体地坐在浴池边上,特里姆修长的双腿浸泡在水中,赫拉埃则梳理着长长的黑发。

雅尔德把装有果盘和酒壶的托盘放在耶阿米多斯手边,然后脱下她穿去寻找仆人的宽松长袍,泡进了水里。另外两个男人的目光紧盯着她,但她没有理会,而是待在耶阿米多斯身边为他斟酒。

"我们小小的掌权时期也许会出乎意料地提前结束。"泽斯皮尔抬起一只手,轻轻抚摸特里姆深褐色的小腿。她低头笑了笑,但前者并没有看到。特里姆和赫拉埃都来自翁格瑞安,只会说家乡话和帝国语。男人们则用塔萨森语交谈。

"也许也不算太糟糕,"勒路因说。"护国公命令比列斯在他外出期间向我汇报,而我已经越来越厌倦听那个白痴对我说教外交礼仪。我有点希望乌尔莱恩真的回来。"

"你认为他会回来吗?"耶阿米多斯的目光从勒路因转向泽斯皮尔。他接过雅尔德递来的酒杯啜饮起来,还洒了几滴酒水在身边的半透明水面上。

"我担心他会。"泽斯皮尔说。

"担心?"勒路因说,"可是……"

"哦,不是因为我对手中这三分之一的大权多么不舍,"泽斯皮尔说,"而是因为我认为他这么做对塔萨森无益。"

"可是大部分军队会继续进发,不是吗?"勒路因说。

"他要是带些军队回来倒是更好,"耶阿米多斯对卫队司令说。"我们有三个人分享他的权力,但是手底下没多少兵力。等牛皮都吹完了,就得靠军队和武器来产生力量。我的兵力甚至不足以让城墙热闹起来。"

"护国公总是说,得民心者不需要很多治安官,更不需要军队。"泽斯皮尔说。

"当你有好几个装满士兵的军营赞同观点时,这么说实在太容易了,"耶阿米多斯说。"但是你会发现,最终检验那个理论的人是我们,而不是我们的主子。"

"哦,人们已经很高兴了,"泽斯皮尔说,"就目前而言。"

勒路因瞥了他一眼:"你的探子那么确定吗?"

"我们从来不监视自己的民众,"泽斯皮尔对他说,"相反,我们只会保持与普通人密切沟通。我的卫兵与各种人混在一起,分享他们的住宅、街道、酒馆,以及他们的想法。"

"他们没听到抱怨吗?"耶阿米多斯怀疑地问道,同时把高脚杯递给雅尔德,让她斟酒。

"哦,他们总能听到抱怨。等哪天他们听不到抱怨了,我就该怀疑人民即将造反了。不过现在他们还在抱怨各种税收,抱怨护国公坐拥如此大的后宫,勤劳努力的人却娶不到老婆,抱怨某些将军过着奢靡的生活。"泽斯皮尔说完,笑着接过特里姆喂给他的水果。

勒路因也笑了。

耶阿米多斯贪婪地喝了几大口酒。"那我们就能放心了，因为普通民众还没有对权力形成直接威胁。"他说，"那么其他边境地区呢？他们的兵力已经被抽减到最低限度，甚至更糟糕。如果此时其他势力向我们宣战，该去哪里找增援部队？"

"拉登西恩的问题不会永远持续下去，"勒路因嘴上虽然这么说，表情却并不轻松。"军队总归是要回来的。现在尼尔叶那边有了新的人马和机器，斯玛尔戈和劳尔布特应该能迅速解决战事。"

"他们一开始也是这么说的，"耶阿米多斯提醒道。"当时我们就应该倾巢出动，一鼓作气粉碎那些男爵的势力。"那位将军握紧拳头，狠狠砸在水面上。雅尔德擦掉了溅入眼睛的洗澡水。耶阿米多斯又喝了一口酒，然后吐了出来。"进水了！"他对雅尔德吼道，接着把酒倒在了她的头上。他大笑起来，另外两个男人也跟着发出笑声。酒水刺激到了她的眼睛，但她还是顺从地低下了头。耶阿米多斯把她按进水里，让她自己浮上来。"好了。"他又将酒杯塞了过去。雅尔德用餐巾擦了擦酒杯，重新倒满酒。

"现在我们都知道了，"泽斯皮尔说，"但当时情况还不甚明了。我们都认为斯玛尔戈和劳尔布特的人能轻易完成那项工作。"

"但他们没有完成。"耶阿米多斯含了一口酒仔细品尝，然后说，"护国公不该把如此重要的人物交给那些笨蛋。贵族，可不是嘛！他们并不比我们好。护国公太高看他们的出身了。那些人打仗跟女人孩子似的。他们花了太多时间跟那些男爵谈判，而不是真正去战斗。就算他们真的打起仗来，也好像不敢让自己的剑沾上血。他们啊，讲究太多，肌肉太少。做什么都得靠计策和谋划。我才没时间搞那些东西。对付拉登西恩的男爵，最好是正面交锋。"

"直爽一直是你最吸引人的特点，耶阿米多斯。"勒路因对他说，"我想我的兄长对你这种将领唯一的担心，就是过于消耗人力。"

"哦，那算什么消耗？"耶阿米多斯挥舞着没有酒杯的手说，"那些大多是贫民窟出来的游手好闲的可怜虫，不管打不打仗都会早早死去。他们期待赚得盆满钵满后胜利归来，而真正带回来的通常是传染病。战死沙场，名留青史，被胜利的凯歌称颂……这已经比大多数人渣好得多。他们是暴力工具，最好被暴力地使用，不要搞这种阴谋算计。上去就打，打完拉倒。那帮贵族花花公子玷污了整个战争事业。"耶阿米多斯看着坐在浴池边的两个姑娘，又瞥了一眼雅尔德。"我有时会想，"他悄悄对另外两个男人说，"公爵们迟迟打不赢这场仗，会不会另有所谋。"

"什么？"勒路因皱着眉头问。

"我认为，为了取悦护国公，他们都竭尽了全力。"泽斯皮尔说。"将军，你这么说是什么意思？"

"我的意思是，先生们，也许我们被当成了傻瓜。劳尔布特及斯玛尔戈两公爵与拉登西恩那帮男爵的关系也许比他们跟我们的关系更亲密。"

"很显然，这不包括身体上的关系。"勒路因微笑着，表情却有点尴尬。

"嗯？是的，太近了。你不明白吗？"他健硕的身躯离开了倚靠的浴池边缘，向前探去，"他们出门打仗，带走越来越多的部队，然后一拖再拖，中间遭受些挫折，损失了人马和机器，然后来找我们抱怨，请求帮助，又从首都和边境带走大批人马，给外面别有所图的人空出长驱直入的阳关大道。如果护国公真的加入了他们，天知道那两个人会干什么？那个即将死去的孩子可能救了他父亲的命，如果那真是他的父亲。"

"将军，"勒路因说，"你注意点。那孩子也许并非快要死去。而且我毫不怀疑，我就是跟那孩子血缘相通的叔叔，劳尔布特将军和斯玛尔戈将军的表现也证明他们是这个保护国名副其实的优秀官员。他们在我们的事业尚未做大之时就加入了阵营,可以说他们当时冒的风险胜过我们任何一个人,因为他们本就拥有权力和声望,而与我们同流合污意味着他们极有可能失去那些东西。"说完,勒路因看向泽斯皮尔,寻求赞同。

泽斯皮尔正忙着埋头吃水果。他抬头看了看另外两个男人,用眉毛表示了惊讶。

耶阿米多斯不置可否地挥挥手。"这些说起来都很好听,但事实是,他们在拉登西恩的表现没有想象中那样好。他们曾说只需几个月就能取得胜利,乌尔莱恩也没有怀疑。连我都认为只要他们足够努力,将手下的军队投入到前线作战,这份工作应该不会超出他们的能力范围。但他们做得很糟糕。到目前为止,他们都是失败的。他们没有攻陷城池,反倒损失了攻城机器和大炮。每一条溪流、每一座山丘,甚至每一道该死的树篱和花花草草都能阻挡他们的行军。我只是在问为什么。为什么他们表现得如此糟糕?如果不是故意的,又应该如何解释?这难道不是阴谋吗?战争双方是否存在勾结,企图把我们和手下的人马死死拖住,引诱护国公亲征,然后趁机杀了他?"

勒路因又瞥了一眼泽斯皮尔。"不,"他对耶阿米多斯说,"我认为不是这样的,你这样说也得不出什么结果。给我点酒。"他对赫拉埃说。

泽斯皮尔对耶阿米多斯咧嘴一笑:"老耶,不得不说,你在猜疑方面的才能几乎与德瓦不相上下。"

"德瓦!"耶阿米多斯哼了一声,"我也从来没相信过他。"

"哦,这话说得越来越荒唐了!"勒路因一口喝干杯中酒,整个人浸入水中,又重新冒出来,甩甩脑袋,吹了口气。

"老耶,你怀疑德瓦有什么阴谋?"泽斯皮尔笑着问道,"他当然不希望我们的护国公死去,因为他已经不止一次将他从几乎必死的境地中拯救出来。而最近这一次,在场每个人几乎都完成了那些刺客从来没有成功过的事情,把护国公送上天堂。你差点就把一支箭射进乌尔莱恩的脑壳里了。"

"我瞄准的是那头奥特,"耶阿米多斯皱着眉说,"而且我差点射中了。"他又把酒杯推给雅尔德。

"我相信你说的没错,"泽斯皮尔说,"我射的那一箭更偏离目标。但你还是没说你为什么怀疑德瓦。"

"我就是不信任他,仅此而已。"耶阿米多斯有点赌气地说。

"我可能更担心他不信任你,我的老朋友。"泽斯皮尔凝视着耶阿米多斯的双眼说。

"什么?"耶阿米多斯急促地问道。

"那天打猎,在溪边,他可能觉得你想杀了护国公。"泽斯皮尔压低声音,不无忧虑地说。"他也许在观察你。如果换成我,我可能会很担心。他是一条狡猾的猎犬,行动起来悄无声息,獠牙却像剃刀一样锋利。我可不想成为他的怀疑对象。为什么?因为我会非常害怕,害怕哪天早上再也醒不过来。"

"什么?"耶阿米多斯大吼一声,扔下了酒杯。酒杯落到乳白色的洗澡水里。他愤然起身,气得浑身发抖。

泽斯皮尔看向勒路因,后者的表情十分焦虑。他突然仰头大笑起来。"老耶!你简直太容易被激怒了!我在跟你开玩笑呢,伙计。你要是真的有心,都能干掉乌尔莱恩一百次了。我了解德瓦,他不认为你是刺客。大傻瓜!来,吃块水果。"泽斯皮尔拿起一串水果,扔向浴池另一头的男人。后者接住水果,愣了片刻,也笑了起来,继而坐进水里,笑得停不下来。

"哈!当然!啊,泽斯皮尔,你竟然像个娘们似的挑逗我。"他说。"雅尔德!这水太冷了,让仆人烧点热水来,还有酒!我的酒杯呢?你弄到哪里去了?"

那只酒杯在耶阿米多斯身前沉入了水底,只在乳白色的水中留下一片红色污渍,宛如鲜血。

19 医生

夏天过去了。那是个相对温和的季节，在伊夫尼尔宫的山上尤甚。那里的风时而清爽宜人，时而温暖和煦。有很长一段时间，西亘和夏米斯都会在夜间落到地平线之下。当我们还在巡游时，夏米斯与西亘会先后落下，而当我们在伊夫尼尔宫面对那些令人费解的事件时，两颗恒星几乎是同时落下，在接下来那段平静的时期，西亘慢慢超过了夏米斯的脚步，先于它划过天穹。

当我们是时候收拾行装，储藏余物时，西亘升起的时间已经比夏米斯早了一个钟头左右，每天为山丘带来漫长的黎明，让万物落下长而清晰的阴影，白昼似乎只掀开了半边面纱，有的鸟儿开始鸣叫，有的鸟儿则依旧沉睡。若空中没有月亮，或月亮落得很低，有时还能在紫色的晨光中看见零落的星光。

返回哈斯皮德后，我们又举办了一系列奢华的仪式。宫中摆起盛宴、庆典、就职仪式，还有通过新建大门的凯旋阅兵，在特制拱门下的庄严游行，还有自命不凡的官员们发表的长篇大论，精心准备的礼物互赠，以及新旧奖励、头衔和勋章的正式授予，还有其他各种形式的事务。所有这些都令人厌倦不已，然而医生向我保证（这让我有点吃惊），所有这些参与性的仪式和符号性共识都有助于巩固我们的社会，因此是有必要的。医生甚至说，德雷岑应该多举办一些这类仪式。

在返回哈斯皮德的途中，以及那些仪式的过程中（我依旧认为大部分只是虚张声势），国王成立了许多城市委员会，建立了更多的手工业和专业行会，并将自治权授予各个县区及城镇。此举并没有得到相关省份的公爵及其他贵族成员的普遍赞同，但相比前往伊夫尼尔宫的路上，国王这次似乎更有精力去说服那些可能在这场权力重组运动中蒙受损失的人，并且始终愉快地坚持自己的行事方法。这并不仅仅是因为他贵为国王，也因为他知道自己是正确的，并且在不久之后，人们就会理解他的做法。

"但是没有必要这么做，先生！"

"啊，将来会有的。"

"先生，您真的如此肯定吗？"

"当然肯定，就算太阳落下之后必定会升起那样肯定，乌尔里希勒。"

"的确，先生。然而我们还是会等到太阳升起后才起床活动。您的建议相当于半夜起身，为白天做准备。"

"有些事情必须早做准备。"国王带着愉快的表情对年轻的公爵说。

年轻的乌尔里希勒公爵选择跟随朝廷返回哈斯皮德。自从我们在伊夫尼尔宫的隐秘花园第一次遇到他，他的演讲能力和见解都有了很大长进。这也许是因为他成长得特别快，但我觉得，他新养成的滔滔不绝的能力很大程度上取决于跟朝臣在同一个地方生活了整整一个季度。

路程过半时，我们在图佛平原扎营。奥明、乌尔里希勒和新任的瓦伦公爵（包括内侍威斯特及一群仆从）陪同国王站在王帐外由布匹围挡、朝天空敞开的院子里，医生则在为国王包扎双手。

一阵散发着丰收气息的和风吹来，摇动着高大的旗杆，王旗在六角形空间的每个角落猎猎作响，旗影落在精心整平又铺了地毯的地面上，不断晃动。

我们的君主将与托佛城的古老城市之神托佛比斯进行一场礼仪性棍术比武。托佛比斯的形象是一个五彩斑斓的多边形，由一百个人顶着长长的环形华盖扮演。届时的场面看起来就像一个人与一顶帐篷打架。虽然那个帐篷栩栩如生，又细又长，涂有鳞片，还安了一颗巨大的脑袋，形状如同巨型长齿鸟。但这毕竟是当地的习俗，为了让地区政要满意，我们不得不奉陪。

乌尔里希勒公爵看着医生为国王的手指和手掌缠上一圈又一圈的绷带，然后说："可是先生，为何要做如此长远的准备？难道这样看起来不会过于愚蠢——？"

"因为等待更愚蠢，"国王耐心地说，"如果一个人计划在黎明发动进攻，就不会等到黎明才唤醒手下的部队，而是在半夜组织人马。"

"瓦伦公爵，你也有同样的想法，对不对？"乌尔里希勒气愤地说。

"我认为与国王争论没有意义，就算他看似向我们这些小人物一样，正在犯错误。"新任的瓦伦公爵说。

无论从哪个方面看，这位新公爵都是他已故兄长的合格继承人。他的兄长没有留下后嗣，因此头衔必须由其兄弟继承。这个继承人（据他自己所说）只比兄长晚出生了一年，他对这一事实的怨恨与对自身价值的评估完全成正比。因此，他看起来总是闷闷不乐，甚至比原来的公爵还苍老。

"你呢，奥明？"国王问道，"你也认为我准备得过早了？"

"也许有一点，先生，"奥明为难地说，"但这种事很难准确衡量。我猜，这件事的对错只能等到很长时间以后才能判断。也许要等到我们的孩子那一代。这其实有点像种树,真的。"他说完这句话时,自己也露出了一丝惊讶。

乌尔里希勒看着他皱眉道:"树木在生长,公爵。而我们正在砍伐周围的森林。"

"是的,但有了那些木材,我们可以修建房屋、桥梁、船只,"国王微笑着说,"而且树木总有一天会长回来,不像脑袋。"

乌尔里希勒抿紧了嘴。

"我猜测公爵的意思是……"奥明说,"我们进行的……改革也许有点太快了。我们正在冒险剥夺或缩减现有贵族集团的权力,但缺乏一个取而代之的权力框架。不得不承认,我很担心自己省份的一些城镇居民尚未完全理解由自己把持土地所有权的转让资质意味着什么。"

"但他们肯定早已开始进行粮食、家畜或者手工业品等的交易,甚至持续了无数个世代,"国王举起医生刚包扎好的左手,放在眼前仔细查看,仿佛在挑剔瑕疵,"仅仅因为他们过去全靠领主来决定耕种作物的种类和居住地点,不能妄言他们无法理解其中的深意并自主决定。你甚至可能发现,他们早就在这么做了,只是使用了所谓的非正式方式,并且没让你知道。"

"不,他们都是头脑简单的人,先生,"乌尔里希勒说,"将来有一天,他们会准备好承担这样的责任。但不是今天。"

"你知道吗,"国王认真地说,"我父亲去世时,我也没有准备好承担他留下的责任。"

"哦,先生,您可别这么说,"奥明说,"您太谦虚了。您当然准备好啦,而且后来发生的各种事情也完全证明了这一点。事实上,您非常迅速地证明了这一点。"

"不,我不认为自己准备好了,"国王说,"当然,我更没有感觉自己准备好了。我敢打赌,如果你对当时朝中所有公爵和其他贵族进行调查，并允许他们说出真实想法，而非我或我父亲希望听到的话，他们一定会说，我还没有准备好承担这个责任。更重要的是，我也会同意他们的说法。然而，我父亲去世了，我被迫登上了王位。尽管我知道自己没有准备好，还是必须接受这个现实。我通过表现得像个国王学会了如何当国王，而不仅仅是因为我是父亲的儿子，并且早已被告知我将成为国王。"

奥明点了点头。

"我们都明白陛下的意思。"乌尔里希勒说道。这时，威斯特和几个仆人为国王穿上沉重的礼袍。医生让出位置，让他们为国王穿好袍袖，再走上前去继续包扎右手的绷带。

"朋友们，我们必须勇敢起来，"奥明公爵对瓦伦和乌尔里希勒说，"国王说得对。我们生活在一个新时代，必须有勇气以新的方式行事。天意的法则也许是永恒的，但对法则的应用必须随着时代的发展而改变。陛下说的没错，农民和工匠在许多方面都有良好的实践经验，我们不应该仅仅因为他们的出身而低估那些人的能力。"

"没错。"国王挺直身躯，头部后仰，让仆人为他梳理头发并束成发髻。

乌尔里希勒看着奥明，似乎恨不得啐他一口："制作桌椅板凳或赶牛拉犁时，实践经验固然有用。但我们谈论的是省份的治理。在这一点上，我们自己才有完整的经验。"

医生仔细查看了国王手上的绷带，然后退到一旁。一阵微风穿过四周的布帷，带来一阵花香和谷物的清香。

国王让威斯特为他戴上护手，系好束带。另一个仆人拿来一双宽大而华丽的靴子，小心翼翼地为他套在脚上。"那么，我亲爱的乌尔里希勒，"国王说，"你务必要把自己的知识传授给市民，以免他们犯错，让我们变得更贫穷。因为我希望通过这种改革获得更好的收成和税金。"说到这里,国王吸了几下鼻子。

"只要各方面收入有所增长,我相信那一定会体现在公爵领的份额中,"奥明公爵一脸警惕地说,"应该说,我很肯定。是的。"

国王飞快地看了他一眼,一副随时都要打喷嚏的样子。"这么说来,你准备率先在自己的省份实施改革吗,奥明?"

奥明眨了眨眼,随后露出微笑,鞠躬说道:"这将是我的荣幸,先生。"

国王深吸一口气,摇了摇头,随后隔着厚重的手套拍了拍手。他向乌尔里希勒投去得意的目光,后者则一脸惊恐和厌恶地盯着奥明。

医生在她的包旁边蹲了下来。我以为她要帮我收拾各种零碎物品,却看见她拿出一块干净的方巾,又回到了国王身边。就在那时,他打了个大大的喷嚏,挣脱了正在为他梳头的仆从,还把他手上的梳子甩到了颜色鲜艳的地毯上。

"先生,我帮你吧。"医生说。国王点了点头。威斯特看起来很不高兴,因为他才刚拿出手帕。

医生轻轻举起手帕,让国王擤了鼻涕,接着叠好手帕,又用一个干净的角落轻轻擦拭了他湿润的眼角。"谢谢你,医生,"国王说。"你认为我们的改革怎么样?"

"我吗,先生?"医生面露惊讶,"这不是我需要考虑的问题。"

"少来,沃希尔,"国王说,"你对所有事情都有看法。我猜你比在场的其他人都更支持我。快说吧,你肯定很赞同这个,因为这是你那宝贝家乡德雷岑的制度,对不对?你以前经常滔滔不绝地谈到。"他皱起眉头。乌尔里希勒公爵一脸阴郁,我还看见他瞥了一眼瓦伦,后者同样面露难色。奥明公爵似乎没有在听,尽管他脸上带着惊讶的神情。

医生缓缓叠好并收起了手帕。"为了对比我离开的地方和我选择停留的地方,我谈了很多事情。"她说这些话的慎重程度,与她叠手帕的动作无异。

"我想,无论我们做什么,都无法满足这位女士的高标准。"乌尔里希勒公爵话语里带着挖苦,也许还夹杂着轻蔑,"她已经说得很清楚了。"

医生促狭地笑了笑,看着更像是吃痛的表情。随后,她对国王说:"先生,我可以离开了吗?"

"当然,沃希尔。"国王带着惊讶和关切的神情看着她。医生转身离开,他举起一只戴手套的手,一名仆人马上拿起他跟假怪物战斗的镶金嵌银的法杖递了过去。远处响起一阵喇叭声和欢呼声。"谢谢你。"国王对她说。她回头看了一眼,飞快地鞠了一躬,然后走了出去。我也紧随其后。

主人已经知道发生了什么,老瓦伦公爵花大半年时间准备的惊喜终于降临到了医生身上。但我还是要说说这件事,希望能完善主人已经掌握的情况。

朝廷回到哈斯皮德只有两天,我还没收拾好医生的所有行李。那天在大礼堂有一场外交招待会,医生被要求出席。她和我都不知道究竟是谁发出了邀请。那天早上她很早就出去了,说要去拜访我们出发巡游前她定期前往的一家医院。我奉命留下,继续为她收拾居所。我知道主人派了一名手下跟踪医生,最后发现她的确去了一家妇人医院,还看了几个住院的病人。我花时间把收纳玻璃器具和药瓶的架子从装满稻草的箱子里拿出来,又制作了一张清单,列出医生下半年制药需要用到的新鲜原料。

上午第三个钟点过半的时候,医生回来了。她洗了个澡,换上更正式的衣服,带着我去了大礼堂。

我不记得那里有什么期待的氛围,因为场面十分拥挤。礼堂里聚集着数以百计的朝臣、别国外交官、领事人员、贵族、商人和其他人。这些人毫无疑问都在关心自己的事情,并且确信那件事比其他人的事更重要,如果这对他们自己有帮助,就值得国王特别关注。当然,医生似乎没有预感到有什么奇怪或不愉快的事情将要发生。如果她看起来心不在焉,那是因为正在思索继续收拾卧室、书房和工作室,还有重新拼凑那些化学机器的事情。当我们走进礼堂时,医生还让我记下了几种成分和原材料,因为她突然意识到自己在不久的将来会需要那些东西。

"啊,我亲爱的医生,"奥明公爵从一群穿着奇特的外国人中挤了过来,"我听说这里有人要见你,夫人。"

"是吗?"医生问。

"是的,"奥明说着挺直了身子,越过人群的头顶看向另一边,"我们的新瓦伦公爵,还有……啊,卫队司令阿德兰说了点什么。"他朝哪个方向眯起眼睛,"我没听全。他们看起来……啊,看见了,在那儿呢。"公爵挥了挥手,然后看向医生,"你在等人吗?"

"等人?"医生重复了一遍。此时,公爵已经领着我们走向大厅的另一头。

"是的,我只是……呃,我也不清楚……"

我们走到卫队司令面前。我没有听清医生和奥明公爵接下来说的话,因为卫队司令正在跟手下的几个队长交谈。那两个队长都是令人生畏的大块头,神情严厉,配有双剑。阿德兰发现我们走近,就对那两个人点了点头。他们后退了几步,守在一旁。

"医生,"卫队司令阿德兰彬彬有礼地打着招呼,手臂伸向医生一侧,仿佛要抓住她朝向另一头的肩膀,使她不得不转过身来,"日安。你怎么样?行李都收拾好了吗?重新安顿下来了吗?"

"我很好,先生。我们还没安顿下来呢。你呢?"

"哦,我……"卫队司令看向身后,露出惊讶的神情,"啊,乌尔里希勒来了。这位又是谁？"

他和医生都转过身去，面对着乌尔里希勒公爵，还有一位身材高大、有着古铜色皮肤的中年男子。他穿着奇怪而宽松的衣服，头戴一顶小三角帽。乌尔里希勒公爵微笑着，表情里夹杂着好奇和迫切。他身后是新任的瓦伦公爵，彼时正低着头，深色的眸子像是半闭着。

古铜色皮肤的陌生人长着相当高挺的鼻梁，上面架着奇怪地金属框架，中间还镶嵌了两块硬币大小的玻璃，分别对着两只眼睛。他把那东西摘下来，像脱帽致敬一样（然而他的帽子还留在脑袋上）深深鞠了一躬。我有点怀疑那顶帽子会掉下来，但它好像是由三个宝石别针固定住的。

他直起身后，开始用我从未听过的语言对医生说话，那种语言充满了奇怪地咕噜声和音调变化。

医生茫然地看着他。陌生人友好的表情顿时有点动摇。瓦伦公爵眯起了眼，乌尔里希勒眉开眼笑，还深吸了一口气。

就在那时，医生咧嘴一笑，伸手握住了陌生人的手。她大笑起来，还摇了摇头，嘴里发出一串声音，听着很像陌生人说的那种语言。在那些急促的话语中，我分辨出了"德雷岑"（但它听起来更像"德列赫兹恩"）"普雷塞尔""沃希尔"，她还重复了几个类似"库敦"的发音。那两个人站在一起，对彼此笑脸相迎，用源源不断的奇怪语言交谈，又是大笑，又是点头摇头。我发现乌尔里希勒公爵脸上的笑容渐渐褪去，宛如盛开的花朵骤然凋零。新任瓦伦公爵依旧半闭着眼，表情闷闷不乐。卫队司令阿德兰出神地看着他们，目光不时飘向乌尔里希勒，嘴角挂着一丝微笑。

"奥尔夫，"我听见呼唤声，发现医生正转过来看着我。"奥尔夫，"她又喊了一遍，还对我伸出手，脸上的笑容无比灿烂。"这位是库督恩伽安，"接着，她又转向外国人。"叽里咕噜，叽里咕噜，奥尔夫。"（我听着就是这样的）我想起医生曾经告诉我，伽安是代表兼职外交官的头衔。

那个古铜色皮肤的高大男人又一次摘下鼻子上的金属框架，向我鞠了一躬。"浑高信见到李，韦尔夫。"① 他慢吞吞地吐出了一句听起来很像哈斯皮德语的话。

"你好，库督恩先生。"我也向他鞠了一躬。

医生又介绍了奥明公爵。那位伽安已经见过瓦伦、乌尔里希勒和卫队司令。

"这位伽安出身的岛屿跟我的家乡属于同一个群岛，"医生面色红润，看起来很兴奋。"他被老瓦伦公爵从库斯克里邀请到这里来，讨论贸易事宜。他走的路线跟我完全不同，但也花了同样长的时间。他离开德雷岑的时间也几乎跟我一样，所以没什么新鲜消息。不过，能再次听到德雷岑语真是太好了！"她将笑脸转向陌生人，继续说道："我想试试能否说服他留下来，成立一个正式的大使馆。"说完，医生又开始对陌生人叽叽咕咕地说话。

乌尔里希勒和瓦伦对视一眼。卫队司令阿德兰抬头打量了一会儿大厅的天花板，随后轻轻喷了一声。"好吧，各位先生，"他对三位公爵说。"我觉得我们在这儿有点多余了，你们说呢？"

奥明公爵心不在焉地"嗯"了一声，另外两个人则用大失所望的表情瞪着医生和库督恩伽安，不过新任的瓦伦公爵脸上一直是那个表情，没有明显的变化。

"这两位的母语交谈听起来固然吸引人，但我还有别的事情要做。"阿德兰说。"请恕我失陪。"他对公爵们点点头，转身离开现场，又对等候在一旁的健硕队长点头示意，让他们跟上。

"瓦伦公爵，乌尔里希勒公爵，"医生转过来，脸上依旧带着

---

① 很高兴见到你，奥尔夫。"

微笑。"太谢谢你们了。两位能如此迅速地想到把我介绍给伽安,我感到非常荣幸。"

新瓦伦公爵没有说话。乌尔里希勒像是咽下了苦水。"这应该是我们的荣幸,夫人。"

"国王需要召见这位伽安吗?"医生问。

"不,他不需要觐见国王。"乌尔里希勒说。

"那我能否带他离开片刻?我很想跟他谈谈。"

乌尔里希勒微微颔首,嘴角抽了抽:"当然,请随意。"

主人,我与医生和她的新朋友在歌苑长廊外的小房间里待了一个半钟头,除了知道德雷岑人说起话来好像世界随时会毁灭,而且有时他们喝酒会兑些水和糖,没有打听到任何消息。那天晚些时候,库督恩伽安确实与国王有约,并请求医生为他翻译,因为他的帝国语比哈斯皮德语好不了多少。医生欣然同意。

当天下午,我被独自派往沙文药房,为医生采购工作室需要的化学品和其他用品。我出发时,医生看起来神采奕奕,正在为库督恩伽安与国王的会面精心打扮。我问她是否还需要我的帮助,她说傍晚过后才会有需要。

那是个美好而温暖的日子。我走了很远的路去药店,经过码头时,我想起了半年前的暴风雨之夜,我到这里来寻找那些被差遣去取冰块的孩子。同时,我也想起了躺在贫民区出租屋那个肮脏的小房间里的孩子,还有那场可怕的高烧。尽管医生竭尽了全力,她最后还是死了。

码头上充斥着鱼虾、焦油和海水的味道。

我提着一篮用稻草包裹的釉面陶土罐和玻璃试管,走进一家小酒馆尝了尝兑水和糖的酒,觉得不合口味。我在那里坐了一会儿,透过打开的窗户凝视街道,随后在夜间第四个钟点返回了王宫。

医生住所的门敞开着,这有点不像她的风格。我内心突然充满恐惧,犹豫着要不要继续前进。最后我还是走了进去,发现起居室地板上扔着一双短礼靴,还有一条小腰封。我把那一篮子化学品和原材料放到桌上,走向工作室,因为我听到里面传来了声音。

医生坐在一张长椅上,赤裸的双脚高高翘起,底下垫着一沓纸,膝盖以下的双腿毫无遮挡,长袍的领子也开到了胸口。她红铜色的长发松散地垂在身后,悬挂在屋顶上的一个炉子正在她头顶上方缓缓旋转,留下一圈圈散发着草药味的烟雾。那把破旧的匕首躺在医生肘边。她拿着一只酒杯,脸色发红,好像在自言自语。她看见我便转过来,两只眼睛水汪汪的。

"啊,奥尔夫。"她说。

"夫人?你还好吧?"

"哦,我并不好,奥尔夫。"她拿起一个罐子,"来点儿酒吗?"

我环顾四周:"要不要把门关上?"

她想了一会儿:"好的,看来今天是个关门的日子,那就关上吧。关好门再回来,陪我喝杯酒。一个人喝酒太悲伤了。"

我走回去关上了大门,然后找到一只酒杯,又抬了一把椅子回到工作室,跟她坐在一起。她往我的杯子里倒了些液体。

我看了看杯中物,那液体没有散发气味。"这是什么,夫人?"

"酒精,"她说。"纯度很高。"她嗅了嗅,又说,"但还是有股耐人寻味的酒香。"

"夫人,这是你让皇家药剂师为我们做的蒸馏酒吗?"

"没错。"她说完又喝了一口。

我抿了一口,开始不受控制地咳嗽,并努力尝试不把它吐出来。"这酒太烈了。"我声音沙哑地说。

"不烈不行。"医生沉闷地说。

"出什么事了,夫人?"

她看着我,过了一会儿才说:"奥尔夫,我是个非常愚蠢的女人。"

"夫人,你是我见过的最聪明、最有智慧的女人。你甚至是我见过的最聪明、最有智慧的人之一。"

"你太客气了,奥尔夫,"她盯着酒杯说,"但我还是很傻。没有人能在每个方面都很聪明。我们都有犯傻的时候,而我面对国王,就显得很傻。"

"面对国王吗,夫人?"我担心地问。

"是的,奥尔夫。面对国王。"

"夫人,我相信国王是个体贴而善解人意的人,不会因你的所作所为而不满。事实上,就算真的存在冒犯,他对你的冒犯似乎比你对他的冒犯更大。"

"哦,这跟冒犯没有关系,奥尔夫,只是……愚蠢而已。"

"我很难相信这点,夫人。"

"我也很难相信,可我真的干了蠢事。"

我小心翼翼地抿了一小口酒:"你能告诉我究竟发生了什么吗,夫人?"

她目光飘摇地看着我。"你会替我保密……"她一开口,我就感到心里一沉。但医生接下来的话让我得以免于进一步的谎言和背叛,或草率地暴露自己的身份。"哦,算了,"她摇摇头,用空着的手揉了揉脸,"这不重要。只要国王有意,所有人都会知道这件事。反正,也不重要,谁在乎呢?"

我没有说话。她咬着下唇想了想,又喝了一口酒,接着朝我悲哀地笑了笑。"我对国王表明了心意,奥尔夫。"她说完叹了口气,然后耸耸肩,仿佛在表示自己已经说完了。

我低头看向地板,轻声问道:"那又是怎么回事,夫人?"

"我觉得你能猜到,奥尔夫。"她说。

我发现自己也咬住了嘴唇,于是喝了口酒掩饰。"我们都爱戴国王,夫人。"

"每个人都爱戴国王,"她苦涩地说,"或者口头上爱戴国王。因为这是必须的。我的感觉不一样,那种感觉非常愚蠢,并且违背了我的专业道德。但我还是说出来了。国王见过库督恩伽安之后——对了,我很清楚瓦伦那个老浑蛋想陷害我。"她边说边打断了自己的话。我呛了一口酒。因为我没听过医生这样骂人,有点儿走神了。"没错,"她又说,"我觉得他怀疑我不是……而是……算了,不管怎么说,事情发生在国王与伽安会面之后。我们在一起,只有我和他。当时他感到脖子僵硬。我也不清楚。"她悲凉地说,"也许我在离家这么远的地方见到同乡人,有点儿兴奋了。"

她突然啜泣起来。我抬起头,看见医生弓着身子,几乎把头埋在了膝盖之间。她砰地放下酒杯,双手抱着头。"哦,奥尔夫,"她低声说,"我做了多么可怕的事情啊。"

我盯着她,想知道她究竟在说什么。医生吸了吸鼻子,用袖子抹了一把眼泪和鼻涕,接着又伸手去拿酒杯。那只手碰到旁边的匕首时犹豫了一下,继而抓住酒杯,将它送到嘴边。"我真不敢相信我做了那种事,奥尔夫。我不敢相信我竟然告诉他了。你知道他怎么说吗?"她带着无可奈何、摇摆不定的微笑看着我。我摇了摇头。

"他说他当然知道,难道我以为他是傻瓜吗?哦,他感到受宠若惊,但我向他坦白自己的感情本来就不明智,如果他接受了这份感情,就更不明智了。另外,他只喜欢,只愿意跟漂亮的、娇小的、没有头脑的女人待在一起。他觉得这样更舒服。他不要机智,不要才华,更不要学识。"她哼了一声,"空白。他想要的就是这个。一张漂亮的脸蛋,一个空荡荡的脑袋!哈!"她举起酒杯一饮而尽,然后重新斟满,还洒了一点在礼袍和地板上。

"沃希尔,你这该死的白痴。"她喃喃自语道。

听了她的话,我的心瞬间就凉了。我想拥抱她,用双臂将她紧紧护在胸前……同时我也想逃离这里,逃离眼前这一幕。

"他想要愚蠢的伴侣,呵……你知道这又多讽刺吗,奥尔夫?"她说,"自从我来到这里,做的唯一一件蠢事就是对他表白我的爱意。那是彻头彻尾的、毫无疑问的、明显无误的愚蠢,但还是不够。他想要始终不变的愚蠢。"她盯着酒杯。"但我不能怪他。"她喝了一口酒,开始咳嗽,不得不放下酒杯。杯底正好落在那把旧匕首上,因此失去平衡,落在地上摔得粉碎,酒水也溅得到处都是。她放下搭在长椅上的双腿,又把头埋在掌心里,蜷缩成一团哭了起来。

"哦,奥尔夫,"她哭着说,"我都做了什么?"她前后摇晃着,双手捂着脸,修长的手指插在纠结的红发里,宛如牢笼,"我都做了什么呀,我都做了什么……"

我感到惊恐万状,不知该如何是好。这几个季度以来,我一直觉得自己很成熟,像个有能力、能控制自己的大人。可是现在,我又觉得自己变成了小孩子,面对一个成年人的痛苦和烦恼,完全不知道该怎么做。

我犹豫不决,一种可怕的感觉在心中滋长。无论我接下来做什么,都会是错的,完全错误。我将因此痛苦终身,更糟糕的是,她也可能因此受苦。可是,我看着她前后摇晃并发出嘤嘤的哭声,最终还是按捺不住,把酒杯放在脚边,离开了座位,走到她身边坐下,伸出一只手轻轻搭在她的肩膀上。她没有反应。我让手臂随着她的动作移动,进一步搂住了她的肩膀。不知为何,在这个状态下,她突然显得比平时娇小多了。

但她并不认为我这样触碰她是多么可怕的过错,于是我鼓起了最大的勇气,又坐近了一些,双手环抱着她,慢慢让她停止晃动,感受着她的体温,品尝着她呼出的甜美气息。她没有挣开我。

我正在做自己片刻之前想象的事情,这也是我这一年来一直在想象的事情。这件事绝不可能发生,而我却夜以继日地幻想,持续了一个季度又一个季度。我还曾幻想过,直到现在也还在幻想,这个拥抱还可以变得更加亲密。不管这个幻想显得如何荒唐,而且直到现在依旧荒唐。

我感到她松开了紧紧攥住头发的手。紧接着,她伸出双臂抱住了我。她拥抱着我。我开始头晕目眩。她的脸,被泪水打湿的滚烫的脸近在咫尺。我害怕得发抖,不知自己是否有足够的勇气转过头去,贴上她的嘴唇。

"哦,奥尔夫,"她对着我的肩膀说,"这样利用你太不公平了。"

"夫人,请您随意利用我。"我紧张地吞咽了一下。她温暖的身体依旧散发着柔和的香味,没有被酒精的气味所掩盖,闻起来更让人心醉神迷,"冒险……"我开了口,然后不得不停下来,紧张地咽一口唾沫,"冒险向别人表白心意真的那么糟糕吗?就算你怀疑对方没有类似的感觉?夫人,这难道是错的吗?"

她轻轻推开我,双眼红肿,脸上满是泪痕,但依旧如此平静而美丽。她先与我对上目光,然后轻声说:"这永远都不能算是错的,奥尔夫,"她伸手握住了我的双手,"但我并不比国王盲目,也没有更多的能力来回应。"

我傻傻地思索着她的意思,过了好一会儿才明白过来,可怕的悲伤慢慢笼罩了我的灵魂,就像一块巨大的裹尸布被扔在我的身体上,以一种悲哀而不可避免的方式遮蔽了所有的梦想和希望,将它们永远湮灭。

她抬起一只手放在我的脸颊上,手指依旧温暖而干燥、温柔而坚定。我发誓,她的皮肤闻起来都是香甜的。"亲爱的奥尔夫,你对我而言非常珍贵。"

听见这句话,我的心越来越凉了。

"是吗,夫人?"

"当然。"她抽开身子,低头看着摔碎的酒杯,"你当然非常珍贵。"她回到原来的座位上,深吸一口气,用手理了理头发,又抚平了长袍,然后尝试扣上衣襟。她的手指有点不听使唤。我在一旁看着她,内心渴望帮她完成这项任务,又想放任她继续挣扎。但是最后,她还是放弃了,只把长领子拉高了一些。她抬头看着我,擦掉了脸上的泪水。"我需要睡觉了,奥尔夫。你能退下吗?"

我拿起地上的酒杯,放到工作台上。"当然,夫人。我能为您做点什么吗?"

"不,"她摇摇头,"我不需要你做什么。"说完,她转开了头。

20 保镖

"我给那孩子讲了个自己编的故事。"

"是吗?"

"是的。那是一串谎言。"

"嗯,所有故事在某种程度上都是谎言。"

"我讲的那个更糟糕。因为它是个真实故事改编成的谎言。"

"你肯定觉得有必要这样做。"

"是的,没错。"

"是什么促使你这样做?"

"因为我想讲那个故事,但不能对一个孩子说出实情。这是我知道的唯一值得讲述的故事,是我想得最多的故事,也是我反复在梦境中经历的故事,是我觉得需要讲的故事。然而,一个孩子无法理解那个故事,就算能理解,这对他来说也太不人道了。"

"嗯,听起来不像你对我讲过的故事。"

"我该讲给你听吗?"

"那个故事讲起来应该很痛苦。"

"是的,也许听起来也很痛苦。"

"你想讲给我听吗?"

"我不知道。"

护国公回到了宫中。他的儿子还活着，但是气息奄奄。布雷德勒医生接替了埃斯米尔医生的工作，但他也不确定那孩子出了什么问题，因此无从治疗。拉登斯时而昏迷、时而清醒，有时无法认出他的父亲或护士，有时则在床上坐起身来，宣称自己感觉很好，几乎康复了。然而，清醒和明显好转的时间间隔越来越长，男孩蜷缩在床上沉睡或半梦半醒的时间越来越多，总是闭着双眼、四肢抽搐、喃喃自语、辗转反侧，像是在发作。他几乎什么都吃不下，只能喝点水或非常稀释的果汁。

德瓦依旧担心有人在暗中给拉登斯下毒。他与护国公商量后，安排孤儿院的院长将一对双胞胎送入宫中，担任拉登斯的试吃者。那两个外表一模一样的男孩只比拉登斯小一岁。

他们身材矮小，幼年的困窘使得他们体质脆弱，轻易就会被疾病击垮。然而拉登斯始终没有好转，那两个孩子却茁壮成长，每次都高兴地吃完小主人几乎一口都没动过的饭菜。从吃下去的比例来看，不知情的人甚至会以为拉登斯才是负责试吃的人。

匆忙赶回库夫几天后，乌尔莱恩和他的直属部下已经把拉登西恩的消息抛在了身后，而且战场上一直没有更新的情报，让人无比沮丧。乌尔莱恩整日在宫中走来走去，无法安定下来，甚至在后宫也找不到多少慰藉。那些年轻女孩低声下气的态度只会让他感到更加烦躁，所以他和佩伦德待在一起的时间比和其他人待在一起的时间都长，两人通常只会相对而坐，低声交谈。

此间还安排了一次狩猎，但是未等出发，护国公就取消了行程。他担心追捕猎物的活动会使他离王宫和儿子过远。他试图逼迫自己处理其他国家事务，但对朝臣、省级代表和外国政要都没有什么耐心。他花了很多时间待在图书馆里，阅读古老的历史资料和古代英雄的生活。

拉登西恩总算传来了消息，但那内容模棱两可。他们又占领了一座城市，但是损失了更多兵马和战争机器。部分男爵表示想讨论一些条款，让他们通过象征性的进贡在理论上保持对塔萨森的忠诚，但保留通过叛乱取得的独立。劳尔布特和斯玛尔戈将军都知道这不符合护国公的意图，因此要求增派军队。人们认为，这条消息无疑与已经在路上的增援部队擦肩而过，因此最后这项要求无须探讨。战报以加密书信的方式传达，并没有值得辩论或探讨的东西，但乌尔莱恩还是在地图厅召开了一个完整的战争会议。德瓦被邀请参加，但被命令不要发言。

"也许最好的办法就是你把自己派出去，兄长。"

"把我自己派出去？干什么？去旅游疗养？看望乡下的某个老姨妈？你说把我自己派出去是什么意思？"

"我的意思是，也许最好的办法，就是你换一个环境。"勒路因皱着眉说。

"最好的办法，老弟，"乌尔莱恩说，"就是让我的儿子快快好起来，拉登西恩的战斗大获全胜，而且我的顾问和家人不再提出愚蠢的建议。"

德瓦希望勒路因能听出兄长语气中的恼怒，并接受暗示闭上嘴巴。然而他并没有停下来。"好吧，我应该改口说'比较好的办法'，而非'最好的办法'——那就是去拉登西恩。去承担起所有战斗指挥的任务，这样你脑子里就不会有那么多空间烦恼那孩子的病情。"

德瓦就坐在乌尔莱恩身后，正对着地图桌的上首，可以看到其他人用不赞同甚至轻蔑的目光看着勒路因。

乌尔莱恩恼怒地摇了摇头："老天啊，弟弟，你觉得我是什么人？我们在成长过程中遇到过导致感情缺乏的经历吗？你能简单地屏蔽自己的感情吗？我不能，而且我会用最大的怀疑来看待任何声称他们可以的人。因为那种人不是人,而是机器,是动物。天哪,即使是动物也有感情。"他扫了一眼在座的人,仿佛想看看是谁胆敢站出来声称自己冷漠无情。"我不能就这么扔下那个孩子。你可能还记得,我尝试过,但是被叫回来了。你忍心让我离开他,然后日日夜夜为他担忧吗?你忍心让我待在拉登西恩,心却留在这里,无法全身心地投入指挥吗?"

勒路因好像总算学会了保持沉默。他抿着嘴唇,死死盯着眼前的桌面。

"我们在这里讨论如何应对这场该死的战争,"乌尔莱恩朝大桌上摊开的塔萨森地图挥了挥手。"我儿子的病情使我留在了库夫,但除此之外,这件事与我们的会议无关。请你们不要再提起它。"他瞪了一眼勒路因,后者依旧盯着桌面。"好了,现在谁能说点实际有用的话?"

"有什么可说的,先生?"泽斯皮尔说。"最新的战况没有透露多少信息。战争还在持续,男爵们想要保住他们拥有的筹码。我们距离太远,做不了什么贡献,除非是同意男爵那边的要求。"

"这句话也没什么用。"乌尔莱恩不耐烦地对卫队司令说。

"我们可以派出更多部队,"耶阿米多斯说。"但我不建议这样做。因为我们的部队所剩无几,只能勉强保卫首都,而其他省份的兵力已经被抽调殆尽了。"

"是的,先生。"名叫维尔泰勒的年轻人说道。他是一名省提督,此次率领一个轻炮连应召来到了首都。他的父亲是乌尔莱恩在继承战争期间的老战友,因此护国公邀请他参加了会议。"如果我们耗费了太多兵力去惩罚那些男爵,别人也许会纷纷效仿,导致我们的省份乱象四起。"

"只要我们的惩罚足够严厉,"乌尔莱恩说,"就有可能说服你口中的'别人',让他们相信这种做法很愚蠢。"

"您说的有道理，先生，"省提督说道，"但首先我们要做到，然后确保那些人听闻此事。"

"他们会听闻的，"乌尔莱恩面色阴沉地说，"我对这场战争已经失去了所有耐心。除了大获全胜，我不接受其他结果。不会有进一步的谈判。向斯玛尔戈和劳尔布特传话，责令他们尽其所能抓捕男爵，抓到后立刻送往这里，要像对待普通小偷一样，但是必须加强看管。他们将受到最严厉的惩罚。"

比列斯看起来很难受，被乌尔莱恩注意到了。"比列斯，怎么了？"他怒声问道。

外交部部长面色变得更差了。"我……"他开口道，"我，呃……"

"怎么了，伙计？"乌尔莱恩怒吼一声。高大的外交部部长吓了一跳，稀疏的灰色长发飘了起来。

"您……护国公是否……我是说，先生……"

"老天啊，比列斯！"乌尔莱恩咆哮道，"你该不会要反对我吧？怎么，你终于长出一点儿骨气了？那东西究竟从什么见鬼的地方冒出来的？"

比列斯面如死灰："请护国公原谅我。我只是希望您三思，不要用如此残酷的方式对待叛乱的男爵。"说到这里，他瘦长的脸上已经满是绝望和痛苦的神情。

"该死，那我到底该如何对待这些浑蛋？"乌尔莱恩的声音压得很低，但充满嘲讽，"他们向我们开战，让我们像个傻瓜，让我们的女人成为寡妇。"乌尔莱恩一拳砸在桌子上，震得地图飘了起来。"看在所有旧神的份儿上，我到底应该如何对待那帮垃圾？"

比列斯吓得快哭了，连德瓦都开始可怜他。"可是先生，"外交部长的声音细如蚊呐，"其中几位男爵与哈斯皮德王室有亲缘关系。与贵族打交道时难免会涉及外交礼仪问题，即使他们是反叛者。如果我们能想办法让其中一个人落单，然后善待他，或许还能把他拉到我们这边来。我明白——"

"你什么都不明白，先生。"乌尔莱恩的语气里满是蔑视。比列斯似乎缩小了几圈。"我不会再谈论礼仪了，"他恶狠狠地吐出那两个字，"现在已经很清楚，这帮人渣一直在挑衅我们。"他看着比列斯和其他人说，"这些高贵的男爵们扮演了诱惑者，装出娇媚的样子。他们暗示，只要我们对他们好一些，他们就会屈服。只要我们多奉承他们一些，他们就会对我们俯首称臣。只要我们肯从口袋里多掏一些礼物出来，多给几样代表了尊敬的信物，他们就会我们敞开大门，并帮我们去游说那些不太合作的朋友。迄今为止他们所有的抵抗都是为了表演，是为了他们娘娘腔的荣誉打的献媚之仗。"乌尔莱恩再次一拳砸向桌子。"但是，我拒绝！上次我们已经被耍了，这次我只会派出刽子手。我要让他用铁链拽着那些骄傲的男爵带到广场上，像对待普通犯人一样对他们行刑，然后一把火烧成灰。看看剩下的人对此有何反应！"

耶阿米多斯一拍桌子站了起来："说得好，先生！就该这样！"

泽斯皮尔看着比列斯越缩越小，并与勒路因交换了眼神，后者很快低下了头。泽斯皮尔抿着嘴，研究桌上的地图。其他级别较低的将军、顾问和助手们都各自装出了忙碌的样子，没有人敢看护国公，或者说任何反对的话。

乌尔莱恩扫视着他们，面带嘲讽。"怎么，没有其他人愿意帮外交部部长说话吗？"他对比列斯消沉的身影挥了挥手。"难道他要一直孤立无援？"

没有人回答。"泽斯皮尔？"乌尔莱恩说。

卫队司令抬起头来："先生？"

"你认为我说得对吗？我是否应该拒绝那些反叛者进一步的要求？"

泽斯皮尔深吸一口气。"我认为用您的方法威胁他们更有成

278

效，先生。"

"如果我们真的抓到一个，就该施行我的计策，对吗？"

泽斯皮尔凝视着对面的扇形大窗，窗户镶嵌的玻璃和宝石在阳光下闪闪发光。"我很希望看到一名男爵得到教训，先生。正如您所说，这个城市有足够多的寡妇会用欢呼来盖过他的哀号。"

"你认为这样做没有什么不妥之处吗，先生？"乌尔莱恩通情达理地问。"你不觉得这样很鲁莽，过于残忍和急躁，有可能会反噬我们吗？"

"那也许是一种可能性。"泽斯皮尔略显不确定地说。

"'也许'？'可能性'？"乌尔莱恩模仿卫队司令的语调说，"但我们需要做得比这更好，司令！这件事至关重要，需要我们深入思考。我们不能轻易决定，对不对？但也许不是。也许你只是想否决。你要否决吗，司令？"

"我同意您的说法，我们必须深入思考接下来要做的事，先生。"泽斯皮尔的语气和态度都很严肃。

"我的好司令，"乌尔莱恩看似诚挚地说，"能从你口中抽出一丝同意的意愿，我实在是太高兴了。"他看向周围的人，"还有人有话要说吗？"所有人都低下了头。

德瓦很庆幸护国公没有转过头来询问他的意见。事实上，直到现在他依旧在担心这件事。因为他怀疑自己说不出任何能让这位将军满意的话。

"先生？"维尔泰勒开口道。所有目光都集中在年轻的省提督身上。德瓦希望他接下来要说的不是什么蠢话。

乌尔莱恩瞪了他一眼："你想说什么，先生？"

"先生，很遗憾，继承战争时我还过于年幼，无法上阵杀敌。但我从很多值得尊敬的指挥官那里听到过您的事迹，他们说您的判断总是很肯定，您的决定总是目光长远。他们还说，就算对那些计策有所怀疑，他们还是信任您，而那种信任后来都被证明是正确的。若非如此，他们就不会有将来——"说到这里，年轻的提督环顾四周，"而我们也不会有今天。"

其他人都看向乌尔莱恩，想知道他的反应。

乌尔莱恩缓缓点了一下头。"也许我该感到生气，"他说，"因为对我评价最高的人，竟是在场最年轻，且最晚加入的人。"

德瓦感觉长桌周围散发出一丝谨慎的宽慰感。

"我们都有同感，先生。"泽斯皮尔对维尔泰勒宽容地笑了笑，又对乌尔莱恩小心翼翼地笑了笑。

"很好，"乌尔莱恩说，"看看还能向拉登西恩派遣什么新队伍，再告诉劳尔布特和斯玛尔戈，要他们加紧对男爵的战斗，绝不拖延妥协。先生们。"说到这里，乌尔莱恩草草点了一下头，站起来走了出去。德瓦也起身跟了上去。

"让我给你讲个更接近事实的故事吧。"

"只是更接近而已？"

"有时候事实让人难以接受。"

"我有强大的内心。"

"是的，但我的意思是，它有时对讲述者过于沉重了，而不是倾听者。"

"啊，那好吧，就拣你受得了的说。"

"哦，那还真不多。我要开始说了。这是个普通的故事，特别普通。我说得越少，你能从其他人那里听到得越多，有可能是几百个人、几千个人，甚至几万个人。"

"我猜那不是什么令人高兴的故事。"

"确实，这个故事一点都不令人高兴。它讲到了女人，特别是年轻女人，被卷入战争中。"

"啊。"

"你瞧？这个故事几乎不需要讲述。这些要素已经暗示着最后的结局，还有发展过程，不是吗？打仗的是男人，战争就是攻占村落和城镇，而那里有女人照料炉灶。当她们生活的地方被剥夺，她们也被剥夺了。她们成了战利品，她们的身体也遭到侵占和掠夺。所以我的故事跟那成千上万的女人的故事并无不同，无论她们来自哪些国家和部落。然而对我而言，这意味着一切。这是我所遭遇的最大的事情，也是我生命的终结。你眼前这个我只是幽灵，是鬼魂，是个淡淡的影子，没有实质。"

"别这样，佩伦德。"他向她伸出双手，并非寻求回应，也不寻求触碰。那是一种同情，甚至祷告，"如果这个故事让你如此痛苦，那就不要讲了。"

"哦，可是它会让你痛苦吗，德瓦？"她的语气中有一丝苦涩和谴责，"这会让你尴尬吗？我知道你很重视我，德瓦。我们是朋友。"那两句话说得太快，让他来不及反应，"你在为我伤心，还是在为自己难过？大多数男人不愿意听到他们同胞的所作所为，不愿意知道那些与他们酷似的人有多么残忍。你也不愿意去想那些吗，德瓦？你认为自己与众不同吗？还是说，你听到这样的故事会变得格外兴奋？"

"夫人，我绝不会从这个话题中得到任何好处或快感。"

"你确定吗，德瓦？如果你确定，你真的认为自己能代表大多数男性吗？你是否认为女人面对她们愿意委身的对象时不应该抵抗，否则当她们抵抗更残酷的侵犯时，男人怎么能确定那些挣扎和抗议不是在演戏呢？"

"你必须相信，我们并非都一样。即使所有男人都有……本能的冲动，但不是每个人都会屈服，或受到任何影响，哪怕在私底下也一样。听到你的遭遇，我实在无法表达自己有多么遗憾……"

"但你还没听呢,德瓦。你还没有听完全部。我暗示了自己遭到强暴,但那没有杀死我。这个事实也许会杀死曾经是个小女孩的我,并以一个女人取代她,一个痛苦的、愤怒的女人,或是一个想结束自己生命的女人,也有可能是想杀死那些强暴者的女人,甚至一个疯掉的女人。

"我认为我有可能变得愤怒而痛苦,会憎恨所有男人,但我想我会活下来,甚至被我家中和镇上的善良男人说服,或者被一个永远留在我梦中的特别好的男人说服:我并没有失去一切,世界也并非那么可怕。

"但我从未有机会走出那个阴影,德瓦。因为我陷入了深深的绝望,甚至再也找不到向上的道路。发生在我身上的事情是最不重要的,德瓦。因为我眼看着自己的父兄惨遭屠戮,而在此之前,他们还被迫看着我的母亲和姐妹一次又一次地被一大群高贵的男人糟蹋。哦!你低头了!我的措辞让你内心不安了吗?你感到冒犯了吗?我这些粗俗的士兵用语伤害了你的耳朵吗?"

"佩伦德,请你相信,我真的感到很遗憾……"

"你为何要感到遗憾?这不是你的错。你不在那里。你已经向我保证过自己不赞同那种行为,那为何还要遗憾?"

"如果换成是我,我也会痛苦不堪。"

"换成是你?怎么可能呢,德瓦?你是个男人,你永远只能站在男人的立场上。如果不是施暴的人,就是那些移开目光,或在事后才谴责同胞的人。"

"如果我处在你当时的年纪,一个漂亮的女孩……"

"啊,你就能与我共情。我明白了。这样很好。我很欣慰。"

"佩伦德,你想对我说什么都行。如果能让你好受些,就责备我吧。但是请相信我……"

"相信你什么,德瓦?我相信你的确感到遗憾,但你的同情就像落在伤口上的咸眼泪一样令人刺痛。因为我是一个骄傲的幽灵，你懂吗？没错，一个骄傲的鬼魂。我是个被激怒的阴魂，也是有罪的阴魂，因为我已经意识到，我憎恨发生在家人身上的一切，是因为它伤害了我，因为我从小就期望别人为我完成一切。"

"我以我自己的方式爱着我的父母和姐妹，但那不是无私的爱。我爱他们是因为他们爱我，他们让我感到自己很特别。我是他们的宝贝，是他们选中的深爱之人。在他们的付出和保护之下，我没有学到小孩子通常会学到的事物，比如世界真正的运作方式和孩子在其中如何被利用。直到那一天，那个早晨，所有美好的幻想都被撕碎，而残酷的事实被强加到我头上。

"我总是指望事情最美好的一面，我相信这个世界始终会像过去一样温柔地对待我，我爱的人都会爱我。我对发生在家人身上的事感到愤怒，一部分原因是我的期望，我对幸福的假设遭到了玷污和抹杀。这就是我的罪过。"

"佩伦德，你必须知道，那不能算罪过。你的感受其实是每个正常孩子的感受，他们到了一定年龄都会发现自己曾经是自私的。那是孩子天生的自私，尤其是那些得到深爱的孩子。这种认知无可避免，但它稍纵即逝，终究会就被正确地消化掉。你之所以没能处理好这种情绪，是因为那些男人的所作所为，可是——"

"哦，停下，停下！你以为我不懂吗？我明白，但我是个鬼魂啊，德瓦！我明白，但我无法感受，我无法学习，我无法改变。我被困住了。我被困在了事情发生的那一刻。我已经被定罪了。"

"无论我说什么、做什么，都无法改变你的遭遇。我只能倾听，佩伦德，我只能做你允许我做的事。"

"哦，我让你为难了吗？我让你变成受害者了吗，德瓦？"

"不，佩伦德。"

"不，佩伦德。不，佩伦德。啊，德瓦，你知道能够说'不'

是多么奢侈的事情吗?"

他走过去,半跪在她身边,他们近在咫尺,却没有触碰到对方。他的膝盖落在她的脚旁,他的肩膀贴近她的胯部,他的双手就在触手可及的地方。他近得可以闻到她的香水味,足以感受到她身体散发的热量,足以接触到从她口鼻中吐出的气息,足以让一滴热泪先是落在紧握的拳头上,破碎成更细碎的水珠,然后打在他的脸颊上。他一直低着头,双手叠放在竖起的膝盖上。

保镖德瓦与嫔妃佩伦德待在王宫的秘密角落。这是位于下层的古老藏身洞,只有壁橱大小,通往某个旧贵族住所的厅堂,而那个住所就位于大殿的底层。

塔萨森的第一任君主出于感情因素而非实际功用,选择保留这些房间。后来的统治者对这些房间漠不关心,因为在初代国王眼中非常宏伟的房间到了后人眼里就显得过于狭小,而且布局不好,如今已经沦落为储藏室。

很久以前,这个小小的藏身洞专门用于监视他人。这是一处监听的地方,而不像德瓦攻击海洋联盟刺客前藏身的小室。它的存在不是为了警卫,而是为了容纳贵族。他可以坐在里面,透过一个小洞监听自己的厅堂。那个小洞也许被挂毯或画作所掩盖,但可以让厅堂的主人听见客人如何谈论自己。

佩伦德知道德瓦常在宫中漫游,便要求他展示一些途中发现的东西。当她看见这个小房间时,突然想起了自己家中的秘密隔间。继承战争期间,小镇遭到洗劫时,她的父母就把她藏在了里面。

"如果我知道那些人是谁,你会成为我的战士吗,德瓦?你会为我的荣誉报仇吗?"她问道。

他抬头凝视她的双眼。在昏暗的灯光中,那双眸子显得格外明亮。"我会,"他说,"如果你知道他们是谁,如果你能肯定。你会要我去吗？"

她愤怒地摇摇头，抬手擦掉了眼泪。"不。反正我能认出来的人都已经死了。"

"他们是谁？"

"国王的手下。"佩伦德抬起头，避开了德瓦的目光，像是在对着古代贵族用来偷听的小洞说话。"老国王的手下。一个男爵指挥官，还有他的朋友。他们负责指挥那场围攻和占领。很显然，我们受到了青睐。他们收买的间谍说，我父亲家中有镇上最迷人的姑娘。他们最先找到了我们，而我父亲试图用金钱将他们打发走。他们受到了冒犯。一个商人竟敢用钱收买贵族！"她低头看着膝盖，她那只健康的手仍旧沾着泪水，放在悬带包裹的废手旁边，"后来，我知道了每个人的姓名。至少是所有的贵族。他们在后来的战争中死了。最初死讯传来时，我试图说服自己我应该感到高兴，但我没有。我无法感到高兴，因为我没有任何感觉。那一刻我意识到，我的内心已死。他们在我体内植入了死亡。"

过了许久，德瓦才轻声说："但你还活着，有个人结束了战争，并建立了新秩序，而你拯救了那个人。他们没有权利——"

"啊，德瓦，强者向来有权利霸占弱者，富人永远可以盘剥穷人，而强权天然可以欺压弱势。乌尔莱恩制定了我们的法律，还做了一些改变，但法律依旧把我们捆绑在能够伤害最深的动物身上。男人争夺权力，他们趾高气扬地游行，用财力震慑周围，随心所欲霸占女人。这一切都没有改变。他们也许不像动物那样使用尖牙利齿，而是使用武器，他们还可能利用他人，用金钱来展示自己的统治地位，而非其他权势的象征。可是……"

"可是，"德瓦坚定地说，"你仍然活着。有人对你怀有最崇高的敬意，因为认识你而感到生活更幸福了。你之前不是说，在王宫里找到了某种和平与满足吗？"

"在首领的后宫里。"她这样说着,但语气不再充满愤怒,而是有节制的轻蔑,"待在一群为地位最高者聚集的宠妾中,却因为身有残疾,只能靠同情苟活。"

"哦,别这样。我们也许表现得像动物——尤其是男人,但我们不是动物。如果真的是,那么这种行为就不会激发羞耻心。我们也有与之相反的行为,并因此树立了更高的标准。你说你待在这样一个地方,可是没有提到爱。佩伦德,难道你在这里感受不到一丝爱意吗?"

她飞快地伸出手,轻抚他的面庞,动作是那么自然,仿佛兄妹的触碰,又像老夫老妻一样娴熟。

"你说得对,德瓦。羞耻来自比较。我们知道自己可以慷慨、善良、富有同情心,并且能够做到。尽管如此,天性还是让我们做出了相反的行为。"她空虚地笑了笑。"是的,我能感受到一些我认为是爱的东西。那种感觉我记得,也可以思索和讨论。"她摇了摇头,"但我不理解。我就像一个盲人谈论树的模样,或是云的形状。我对爱只有模糊的记忆,就像幼年时失明的人可能记得太阳和母亲的面庞。我理解其他宫妃对我的喜爱,德瓦,我也能感觉到你对我的敬重,并回报那种感情。我对护国公负有义务,正如他也认为他对我有责任。就这一点而言,我感到满足。但是爱?那是为活人而存在的东西,我已经死了。"

不等德瓦回答,佩伦德就站了起来。"好了,请带我回后宫吧。"

21 医生

我认为医生并没有觉得事有蹊跷。何况我自己也没有任何怀疑。库督恩伽安跟来时一样,突然就消失了。他在遇见我们的第二天就乘上了开往川瑞尔的船,这让医生感到有点伤心。后来我想了想,有迹象表明宫里正在为一大批新客人做准备:某些走廊的活动比以往频繁得多,许多平时不打开的门都被打开了,空置的房间也做了通风。但这些迹象都不明显,由仆人、助手、学徒和侍从组成的信息网尚未反应过来。

第二月的第二天,夫人访问了曾经的贱民区。以前,住在那里的人都是底层人士、外国人、苦工和被驱逐的人。直到现在,那仍然是个不怎么健康的地区,只是不再有围墙和巡逻。(自称)化学家兼金属专家彻尔格大师的工作室就开在那里。

那天早上,医生起得很晚,而且状态一直很差,直到一个钟头后才稍见好转。她总是唉声叹气,很少对我说话,反倒会自言自语,而且有点站立不稳,面色苍白。不过,她以惊人的速度摆脱了宿醉的影响。虽然她在上午剩下的时间和整个下午都很低调,但在我们出发去贱民区之前她吃完一顿迟来的早饭后似乎又恢复了正常。

关于头天晚上的事,我们没有再说一个字。我想我们两人都对自己说的话和暗示的事情感到有些尴尬，因此达成了无声但完全一致的见解，那就是对此闭口不言。

彻尔格大师还是那么奇怪而独特。当然，他在宫中非常有名。既因为他那头狂野的头发和衣衫褴褛的外表，也因为他在大炮及黑火药方面的造诣。除此之外，我无须在这份报告中赘述。更何况，医生和彻尔格交谈的内容我都无法理解。

我们在下午第五个钟声之前回来了，一路都是步行，但跟着几个推车的男孩。他们推的小车上包着稻草和黏土，里面有许多化学品和原料。我开始怀疑，这个季节将在漫长的实验和药水包围中度过。

我记得当时自己对此略有不满，因为我毫不怀疑，医生的任何创意都少不了我的参与，除此之外我还要承担她交给我的那些家务事。我很确信，这批新的材料都要由我来进行称重、测量、研磨、混合、稀释、清晰、擦拭和抛光。于是，我和伙伴们相处的时间就会相应减少，无暇与他们打牌，或是跟厨房里的姑娘们调情。而且不客气地说，在过去这一年里，那些事情对我而言已经甚为重要了。

即便如此，我想，可以说在我的灵魂深处，依旧暗自欣喜于医生的依赖，并期待为她的事业起到更重要的作用。毕竟这意味着我们将在一起，以团队的身份平等地工作，在她的书房和工作室里闭门造车，一起度过许多快乐而紧张的夜晚，为一个共同目标而奋斗。既然她已经知道了我的心意，那么在那种亲密无间的环境中，我难道不能期待更多的进展吗？医生被她所爱的人，或是她认为自己所爱的人果断拒绝了，但她拒绝我的方式在我看来更多是谦虚，而不是敌意甚至冷漠。

然而那天晚上，我面对医生带回来的那么多材料，的确感到有点儿生气。很快，我就为此后悔了。因为不久之后我就意识到，我为她和自己设想的那个未来是何等不确定。

一阵暖风裹挟着我们穿过市集广场，吹向王宫大门。长长的影子迎接我们进入宫中。医生给推车的男孩们付了钱，然后召集几个仆人帮我把陶罐、箱子和盒子搬进房间。我顶着一个圆滚滚的陶罐行走，并且知道里面装满了酸性液体。一想到我将要跟它和它的伙伴们分享同一个狭窄的房间，我就感到浑身不舒服。医生正在谈论修建一个与工作台等高的炉灶和排烟管，以便更好地排出有毒烟雾。但我怀疑，即使真的修建了那东西，在接下来的几个月里，我依旧会泪流满面、鼻腔刺痛，双手布满小小的灼伤，衣服被刺穿许多小洞。

我们到达医生的住所时，夏米斯正在西斜。各种容器被分别摆放到不同的房间，医生向仆人道了谢，并塞给他们一些硬币。接着，我们点燃灯火，开始打开我们从彻尔格大师那里买来的不可食用及有毒的物品。

七点刚过就有人来敲门，我打开门一看，发现是个不认识的仆人。他比我高，年纪也比我大一些。

"奥尔夫？"他笑着说。"给，GC的传言。"他塞给我一张封了口的纸条，上面写着沃希尔医生的名字。

"什么人？"我反问道。但他已经转身走开了，我只好耸耸肩。

医生看了纸条："卫队司令要我到求婚者翼楼去见他和奥明公爵，"她叹了口气，用手指理了理头发，随后看了一眼周围还未拆完包装的箱子，"你能帮我做完剩下的事吗，奥尔夫？"

"当然可以，夫人。"

"你应该知道东西都该放在什么地方。同类的放在一起。如果遇见不熟悉的东西，就先放在地上。我会尽快回来。"

"好的，夫人。"

医生扣好衬衫的扣子，抬起手臂闻了闻腋窝（我认为她这种举动很不淑女，甚至感到心烦，但现在回想起来，内心却有种怀念的痛楚），随后耸耸肩，披上一件短外套走向大门。她打开门，回过头来看了一眼散落在地板上的稻草、箱板、麻绳和麻袋等乱七八糟的东西，又拿起她刚才用来割开（或者说锯开）箱子和板条麻绳的匕首，吹着口哨离开了。大门在她身后缓缓关闭。

我鬼使神差地看了那张传唤她的纸条。医生把纸条放在一个敞开的箱子上面，当我从另一个箱子里抱出缓冲的稻草时，那张乳白色的纸条一直吸引着我的目光。最后，我看了一眼大门，接着拿起纸条，坐在地上读了起来。除了医生告诉我的内容，上面并没有太多信息。我又看了一遍。

请沃希尔医生赏脸前往求婚者翼楼，私下会见奥明公爵与卫队司令阿德兰。

P. G. t. K. 阿德兰

P.G.t.K.，天佑吾王。确实如此。我盯着最后那个词看了一会儿。字条末尾写着阿德兰，但这不像他的字迹，因为我见过阿德兰的字。当然，纸条有可能是口述的，或者是阿德兰的侍从艾普莱恩按照主人的吩咐写下的。但我也认识艾普莱恩的字迹，显然与纸条上的不一样。然而，我并没有更深入地思考这个问题。

我可以为我接下来的行为列出一大堆理由，但事实是，我没有任何理由，除非算上本能。甚至可以说，本能也可能是对这种冲动的美化。那一刻，我觉得这更像是一种心血来潮，甚至是一种微不足道的责任感。我甚至不能说自己感到恐惧，或是有所预知。我只是单纯地做了这件事。

从这项任务开始之时，我就准备好了跟踪医生。我本以为有一天会得到尾随她的命令，比如哪天她没有主动带我进城。但主人从未提过那样的要求。我一直以为他派了更有经验、更擅长尾随且不太容易被医生认出的人来做这种工作。因此，当我熄灭灯火，锁上房门并跟上医生时，从某种意义上说，我在做一件自己早已料到将来会做的事情。我把纸条放回了原来的地方。

宫里很安静。我猜大多数人都在准备晚餐。我登上了顶层。住在这里的仆人应该正在底下忙碌，因此没有人会看到我飞奔而过。而且，这里是前往旧求婚者翼楼的近路。对于一个没有考虑自己在做什么的人来说，我的头脑倒是十分清醒。

我顺着仆人走的楼梯下到黑灯瞎火的小阁楼，并在芙伊、伊帕瑞林和杰尔里的微光中绕过旧北翼（现在的宫殿南部）的角落。远处是宫殿的主要部分，那里的窗边都亮起了灯火，能勉强为我指明几步路。但是灯光很快就被旧北翼的百叶窗遮住了。与求婚者翼楼一样，除非有重大的国事活动，每年这个时候，这里通常无人使用。求婚者翼楼也是一片漆黑，唯独正门边缘有一丝光亮。我朝那边走去，始终藏身在旧北翼墙角下的阴影中，同时感觉自己的一举一动都遭到了杰尔里的审视。

国王居住在这里时，连通常没有人的地方也会安排定期的警卫巡逻。然而到目前为止，我还没看到任何卫兵的影子，也不知道他们多久巡视一次，或者他们是否真的会到王宫这个部分来巡视。然而，单单是知道卫兵有可能出现，我就紧张得无以复加。我有什么可隐瞒的呢？我难道不是一名忠实的仆人，对国王也忠心耿耿吗？然而那一刻，我却不由自主地躲藏起来。

如果走求婚者翼楼的大门，我要顶着三个月亮的光芒穿过另一个院子。但即使不考虑这个问题，我也不想走那里进去。接着，我想起了这里应该有另一条路，从旧北翼的下方通往内部一个较小的带长廊的院子。通道尽头有一扇门，恰好开在通道光影的交界处，而且敞开着。狭长的院子悄无人声，显得有些阴森。彩绘的廊柱宛如僵硬的白色哨兵，正在盯着我。我顺着通道来到院子的另一头，那里也有一扇门，同样没有上锁。我向左转弯，不一会儿就来到了求婚者翼楼的后方，并且处在三个月亮的阴影之中，眼前是百叶窗紧闭的翼楼高大而漆黑的外墙。

我站在那里，不知该怎么进去，只能一直走，直到发现了一扇门。我本以为那扇门上了锁，但是试着打开时，却发现它没有上锁。怎么会这样呢？我缓缓拉开门板，生怕它会吱嘎作响，但是门悄无声息地打开了。

室内黑得伸手不见五指。身后传来一声轻响，门关上了。我不得不沿着里面的走廊摸索前进，一只手扶着右边的墙，一只手向前伸出。这里应该是仆人的居住区。我脚下是裸露的石板地面。我经过了几扇门，全都上了锁，只有一扇门通向一个又大又空的储藏室，里面散发着淡淡的酸味，让我怀疑那里曾经用来储藏肥皂。我不小心打到了一个架子，几乎痛得大叫起来。

回到走廊继续前进，我又来到一道木制楼梯前。我蹑手蹑脚地往上走，见到了一扇门，底部还透出非常微弱的光亮，只能用眼角余光才能勉强辨认出来。我小心翼翼地扭动把手，把门拉开了一条缝。

门里是一条铺着地毯的宽阔走廊，两边都挂着画。我发现光源来自远处的一个房间，靠近正门口。就在那时，我听见一声惨叫，然后是貌似打斗的声音，接着又是一声叫喊。远处传来脚步声，门口的灯光一闪，接着出现了一个身影。我只能分辨出那是个男人。下一刻，那个身影就穿过走廊，直奔我而来。

过了一会儿我才意识到，他可能真的在朝我藏身的这扇门跑来。彼时他已经穿过了大约半个走廊的长度，身上还散发着狂暴而绝望的气息，让我感到恐惧万分。

我转身跳下黑暗的楼梯，重重地落在地上，扭伤了左脚踝。

接着，我一瘸一拐地走向刚才发现的储藏室，在墙上摸索了好一会儿，总算找到了那扇门，然后一把拉开，跌跌撞撞地逃了进去。就在那时，外面传来一声巨响，一道微光投了出来，显然那个人已经推开楼梯顶上的大门。片刻之后，我又听见了沉重的脚步声。

我背靠着架子，手伸向不断晃动的储藏室门，想把它拉回来，但是我够不着。接着又是一声巨响，伴随着痛苦而愤怒的吼叫，显然是那个人撞到了门上。储藏室门轰然关闭，我被笼罩在一片黑暗中。外头又传来一扇更沉重的门被关上的声音，然后是上锁的声音。

我推开储藏室门，楼梯依旧被微弱的光线照亮。顶端传来一些响动，但距离好像很远。那也许是关门声。我又走上楼梯，透过半开的门朝外面张望。宽敞的走廊另一头又有个影子闪过。我准备再跑，但没有人出现，反而传来一声闷哼。那是女人的喊声。那一刻，我心中突然生出难以言喻的恐惧，不由自主地穿过了走廊。

大概走了五六步，另一头的大门猛然被推开，一对卫兵拔剑冲了进来。其中两个人停下来看着我，其余的人则径直走向透出光亮的房门。

"你，过来！"其中一名卫兵挥剑指向我，对我喊道。

亮着光的房间里传来了叫喊声，还有女人惊恐的声音。我迈开颤抖的双腿走向卫兵。他揪住我的衣领，把我推进了房间。医生被两个高大的卫兵扣住，双手被死死按在墙上。她正对那些人大喊大叫。

奥明公爵一动不动地仰卧在地板上，周围有一大摊黑红的血。他的喉咙被割开了，一片扁而细长的金属刀刃竖立在他的心脏上方。那片扁平的金属刀刃连接着金属制成的薄刀柄。我认出了它。那是医生的手术刀。

我想，我有好一阵子都说不出话来，也失去了听觉。医生还在对那些人大喊大叫，然后她看到了我，开始对我大喊大叫，但我无法听清她在喊什么。如果不是那两个卫兵揪着我的领子，我早就瘫倒在地了。一名卫兵跪下来查看尸体。他不得不跪在公爵的脑袋边上，以避开仍在地板上蔓延的血泊。他掀开奥明公爵的一侧眼睑。

我唯一还在运作的大脑部位告诉我，如果他在检查生命迹象，那真是一件蠢事。因为地板上流淌着大量鲜血，而手术刀的刀柄还留在公爵胸口。

卫兵说了点什么，我感觉应该是"死了"，或者类似的话。但我想不起来了。

接着，房间里又多了很多卫兵，变得相当拥挤，我甚至看不见医生了。

我们被带走了。一路上，我的听觉都没有回复，也说不出话来，直到我们被带到主殿的审讯室，看到奎提尔公爵的首席审讯官雷林格大师在那里等着我们。

主人，当时我就知道你必须放弃我。也许按照原定计划，我不会被放弃，因为那张据说是您写的纸条的确提到了"私下"这个词。这意味着医生要单独前去，而不是带我去，因此无论医生被指控什么罪名，我应该都能保持清白。尽管如此，我还是跟着她去了，甚至没有想到把自己的担忧告诉任何人。

当那个必定是杀害奥明公爵的真凶向我冲来时，我也没想到奋起抵抗，反而逃跑了。我从楼梯上跳下来，躲进了储藏室里。那个家伙撞上储藏室的门时，我甚至紧紧贴在架子旁，祈祷他不要往里看，不要发现我。当我被推进我与医生最后一次共同待过的房间时，我意识到自己因为堕落而沦为了同谋，正如我们被诺列蒂大师召见的那个晚上。

在那一刻，医生看起来无比高大。

她挺直了身子，高昂着头颅，不亢不卑地向前走着。我则被卫兵拖拽着跟在后面，因为我的双腿已经完全不听使唤。如果我能反应过来，一定会大声喊叫、拼命挣扎。可是我当时被惊呆了。医生骄傲的面庞上浮现出不甘和挫败，但是没有惊慌或恐惧。我没有被过分蒙蔽，以至于无法想象我的外表与感受有什么不同。我内心充满了惊恐，四肢也随之瑟瑟发抖，使不上力气。

如果说我被吓得尿了裤子，是否会感到羞耻？应该不会。因为雷林格大师是一位公认的酷刑专家。

审讯室。

里面的光线很充足，墙上挂满了火把和蜡烛。雷林格大师一定喜欢看清自己在做什么。相比之下，诺列蒂更喜欢黑暗而充满威胁的气氛。

我已经准备好告发医生和她的所有。我看着屋子里的架子、笼子、浴缸、火炉、床和火钳，还有那些数不清的道具。我的爱，我的奉献，我的荣誉都化成了水，顺着我的脚后跟流出来。无论要我说什么，只要能拯救我自己，我都会欣然说出来。

医生要完蛋了，这一点我很肯定。无论我说什么、做什么都救不了她。她的行动从一开始就被安排好了，专门为了这项指控。那张可疑的纸条、奇怪的地点、为真凶留出的路线、适时出现且人数众多的卫兵，连雷林格大师见到我们的神情都很欣喜，还事先摆好并点燃了所有蜡烛，烧旺了火炉……这一切都明示了计划和勾结。医生是被力量巨大的人逼到这个地步的，因此我绝不可能拯救她的命运，或是以任何方式减轻她的惩罚。

如果有人读到这段话，并认为"如果换作我，会想尽办法帮她减少折磨",我请你再想想。因为你没有被带进审讯室,看到那么多的工具在等着你们。一旦你看到那些东西,心里就只会想着如何防止它们被拿来对付你自己。

医生毫无抵抗地被带到贴近地板的水槽边,又被按在那里剪掉了长发,剃光了所有发茬。这似乎让她很不高兴,因为她开始大喊大叫。雷林格大师以一种慈爱的态度亲自做了那些事,攥紧从医生头上剪下来的每一束头发,凑到鼻子前细细嗅闻。与此同时,我被直愣愣地绑在一个铁架上。

我想不起医生喊了什么,也不记得雷林格大师说了什么。我知道他们做了一些交谈,仅此而已。审讯官参差不齐的牙齿在烛光下闪闪发光。

雷林格一遍又一遍地抚摸着医生的头,并在左耳上方停下了动作,凑过去仔细查看,用柔和的声音嘀咕了一句我听不清的话。接着,他下令脱掉医生的衣服,放在火炉边的铁床上。把医生押送过来的那两名卫兵开始撕扯她的衣服,审讯官则慢慢解开了厚重的皮围裙,然后开始以一种谨慎的、敬畏的态度解开裤子。从头到尾他都盯着被那两个卫兵扒掉衣服的医生,两个卫兵最后变成了四个,因为医生一直奋力抵抗。

接着,我就看到了自己一直希望看到的东西,让我曾经无数次在羞耻的窒息中想象的东西。

医生,一丝不挂。

这并不意味着什么。她在挣扎、拉扯、喘息,不断试图用拳脚和牙齿发动攻击。她的皮肤因用力而变得斑驳,她的脸满是泪水,因愤怒和恐惧而发红。这不是甜腻的春梦,不是温香软玉的美景。这是一个即将被人以最卑鄙、最恶心的方式侵犯的女人,她将要受尽折磨,最后被杀死。她和我一样清楚这一点,雷林格和他那两个助手,还有看守我们的卫兵也同样清楚这一点。

那一刻，我最热切的希望是什么？

我希望他们不知道我对医生的感情。如果他们认为我对这一切无动于衷，我最后可能只需要听她的尖叫。哪怕有这么一瞬间，他们觉得我深爱着她，或者只是有点儿心动，那么根据他们的规矩，我要被割掉眼皮，被迫目睹她遭受的所有折磨。

她的衣服被扔到角落的长椅边上，落成了一堆。有什么东西在里面叮当作响。雷林格大师看着医生被赤身裸体地固定在铁床架上。他低头看了一眼自己的阳具，抚摸了一把，然后遣散了卫兵。他们看起来既失望又松了口气。雷林格的一个助手在卫兵离开后锁上了大门。雷林格走向医生，脸上挂着明亮闪耀的微笑，似乎整张脸都在发光。

医生的黑衣服完全滑落在地。

我眼中充满泪水，想到她刚才离开时还检查了工作的进展，甚至想返回去捡起那把该死的、钝得派不上用场的匕首。只要她想起来，就会带着它。可是现在，那东西对她又有什么用呢？

雷林格大师说话了。这是医生念出那张纸条的内容后，我能详细回忆起来的第一句话。中间相隔了半个小时，却漫长得好像整整一个时代。

"夫人，先把重要的事情做了。"他说着，爬上困住医生的铁床，一只手握着膨胀的阳具。

医生平静地看着他，嘴里喷了一声，脸上露出失望的表情。"啊，"她冷淡地说，"所以你是认真的。"然后她笑了。她笑了！

然后她发出了一些声音，像是用一种我不知道的语言做出指令。那不是她前一天跟库督恩伽安使用的语言，而是完全不同类型的语言。纵使我因为不忍心看到接下来发生的事情而闭上了眼睛，心里还是在想，那种语言似乎来自远离德雷岑的地方。

那么，接下来发生了什么？

有多少次我试图解释它,有多少次我试图弄懂它。这不是为了别人,而是为了我自己。

我希望看到这本日记的人能够理解这种心情。因为那一刻我闭着眼睛,根本没看到接下来那一刻究竟发生了什么。

我听见一阵呼呼声,像是瀑布,又像是平地刮起的大风,或是箭矢顺着一个人的耳朵擦过。接着是一声长长的喘息。后来我意识到,那实际是两声喘息。总而言之,那是一阵长长的呼气声,然后是砰的一声,像拳头砸中了什么东西。现在回想起来,那好像是空气、皮肉、骨头,还有……什么?更多的骨头?金属?木头?

应该是金属。

谁知道呢?

我感到一阵奇怪的眩晕,也许真的昏迷了片刻。我也不清楚。

如果我真的昏迷了,那么当我醒来时,眼前出现了不可思议的光景。

医生居高临下地看着我,穿着她的白色长衬衫。当然,她的头发还是被剃光了。她变得和往常判若两人,显得很陌生。

她正在解开捆绑我的绳子。

她的表情冷静而自信,面孔和头皮上落满红斑。

她刚才被固定的铁床上方也有很多红色斑点。血几乎喷到了每一个我能看见的地方,有一些正从旁边的长椅上滴落。我看了看地上。雷林格大师躺在那里,或者说他的大部分身体躺在那里。他头部以下的部分倒在石板地上抽搐,而其余部分……很多红色、粉色和灰色的碎片散落在房间里,足以让人想象他脖子以上的部分遭遇了什么。

简单地说,就像他脑袋里有颗炸弹爆炸了。我还看见几颗大小颜色各异的牙齿散落在地板上,宛如弹片。

雷林格的助手们躺在旁边的一大摊还在扩散的血泊中,他们的脑袋都被扯断了，只有一个人的头还跟肩膀连着一层皮。他的脸正对着我，还睁着眼睛。

我发誓，那双眼睛眨了一下，然后缓缓闭上了。

医生松开了我。

她的衬衫下摆蠕动了一下，然后便静止下来。

她看起来无比镇定自若，但却像个死人，那么的无助。她把头转向一边，说了一句话。我至今都可以发誓，她的语气充满了不甘和挫败，还夹杂着痛苦。有什么东西在空气中一闪而过。

"为了自救，我们必须把自己关起来，奥尔夫。"她说着捂住了我的嘴，"如果可以。"

温暖、干燥、强壮。

我们在一间牢房里，一间设置在酷刑室内的牢房，中间隔着铁栏。我不明白她为什么把我们关在这个地方。医生已经穿上了衣服，还背过身去让我匆匆脱掉身上的衣物，尽可能地清洗干净身体，再重新穿好衣服。与此同时，她收集齐了刚才被雷林格剃掉的红色长发，一脸遗憾地跨过审讯官的尸体，将那些闪闪发光的发丝扔进火炉。头发被烧得噼啪作响，冒出了令人作呕的烟雾。

她悄悄打开酷刑室的门，然后才把我们俩关进小牢房里，从外侧锁上牢门，再将钥匙扔到距离最近的长椅上。最后，她平静地坐在铺着稻草的脏地板上，双手环抱膝盖，茫然地注视着牢笼之外的屠杀现场。

我在她身旁蹲下，膝盖靠近从她靴子顶部突出的旧匕首。空气中弥漫着粪便和焚烧头发的气味，还混合着刺鼻的腥味，我猜一定是血。我有点恶心，便试着把注意力集中在琐碎的事情上，还发现了一点小小的变化，让我异常感激。医生那把旧匕首的墨晶石低端镶嵌的白色小珠子都不见了，反而变得更加整齐对称。

我用嘴巴深吸了一口气，以免闻到房间里的气味，然后清了清嗓子。"夫人……刚才究竟发生了什么？"我问道。

"奥尔夫，你必须按照自己的想法如实汇报。"她的声音听起来疲惫而空洞，"我会说，他们三个人为我闹翻了，开始互相残杀。但这其实并不重要。"她看着我，目光像是要在我身上钻个洞。我不得不转开了头，"你看见什么了，奥尔夫？"她问。

"夫人，我当时闭着眼睛。真的。我听见……一些声音。像是风声、嗡嗡声，然后是砰的一声。接着，我好像昏过去了。"

她点点头，微微一笑。"嗯，这很方便。"

"我们不该逃跑吗，夫人？"

"我认为我们跑不了多远，奥尔夫。"她说，"但是有另一条路，而我们必须耐心。事情尽在我的掌控之中。"

"那好吧，夫人。"我眼中突然充满了泪水。医生转过来对我笑了笑。她没有了头发，看起来很奇怪，像个孩子。她伸出手臂搂住了我，我把头搭在她的肩膀上，她也把头靠了过来，前后摇晃着我，像母亲在哄孩子。

酷刑室大门猛然敞开，卫兵们冲进来时，我们还保持着那个姿势。他们停下脚步，盯着地上那三具尸体，然后快步向我们走来。我吓得往后缩了缩，以为接下来又要面对折磨。卫兵们看见我们似乎松了口气，这让我感到很惊讶。一个队长拿起医生扔在长椅上的钥匙放了我们，还要我们尽快行动，因为国王快要死了。

22 保镖

护国公的儿子仍旧苦苦维持着生命。痉挛和食欲不振使拉登斯变得无比虚弱,几乎无法抬头喝水。有几天早晨,他似乎有所好转,但很快又复发了,再次滑落死亡的边缘。

乌尔莱恩心烦意乱。仆人报告说,他在自己的寝宫大发雷霆、撕扯床单、拽掉挂毯、砸碎装饰品和家具,用刀割开古老的画像。他去看望卧病在床的拉登斯时,仆人们开始清理房间里的残骸,但是乌尔莱恩回来后,又把仆人赶了出去,并且再也不让任何人进入他的房间。

宫中弥漫着惨淡可怕的气氛,被其领袖无力的狂怒和绝望所侵染。那段时间,乌尔莱恩一直待在被他破坏殆尽的寝宫里,只在每天上午和下午去看望儿子,晚上则临幸后宫。他通常跟佩伦德躺在一起,或是枕着她的腿,或是卧在她怀中,让她抚摸他的头直到睡着。但那样的平静并不能持续很久,他很快就会在睡梦中抽搐,大喊大叫,然后醒来,起身回到自己的寝宫,显得老态龙钟、面容憔悴、绝望不堪。

保镖德瓦在乌尔莱恩门外的走廊上摆了张小床。每天大部分时间,他都会在走廊上来回踱步,焦急地等待乌尔莱恩难得的露面。

护国公的弟弟勒路因曾经尝试面见乌尔莱恩。他跟德瓦耐心地在走廊上等候,并在乌尔莱恩好不容易走出房门,向儿子的病房快步走去时加入进去,试图与兄长交谈。但乌尔莱恩没有理会他,并告诉德瓦除非有他的命令,否则不允许勒路因或其他任何人靠近。耶阿米多斯、泽斯皮尔,甚至布雷德勒医生都被保镖拦在了门外。

耶阿米多斯不相信德瓦的话,并认为他在阻止所有人靠近将军。

于是有一天,他也不顾德瓦的阻拦,来到走廊上等待。乌尔莱恩打开房门后,耶阿米多斯一把推开德瓦,走向护国公说:"将军!我必须和你谈谈!"

乌尔莱恩只是在门口看了他一眼,不等他靠近就关上了房门,还从里面上了锁。耶阿米多斯只能站在门口发呆,最后转身走了,没有理会德瓦。

"您真的不见任何人吗,先生?"一天,当他们走向拉登斯的房间时,德瓦问道。

他以为乌尔莱恩不会回答,但护国公却说:"不见。"

"他们需要跟您讨论战事,先生。"

"是吗?"

"是的,先生。"

"那么战事如何?"

"不怎么样,先生。"

"既然不怎么样,那还有什么好讨论的?让他们做自己应该做的事。我不想再关心它了。"

"恕我直言,先生——"

"德瓦,如果你真的尊重我,那么从现在起,只在被问到的时候说话。"

"先生——"

"先生！"乌尔莱恩转过身来怒视着他，迫使他向后退开，直到背部撞上墙壁。"我命令你保持沉默，除非我允许你说话。否则我就把你赶出去。明白了吗？你可以回答是或不是。"

"是，先生。"

"很好。你是我的保镖，你只负责保护我，没有别的工作。走吧。"

战况确实很糟糕。宫中所有人都知道，前线非但没有进展，反而被男爵的军队夺回了一座城市。假设抓获男爵的命令已经传到了，它要么没有被执行，要么不可能完成。越来越多的军队消失在拉登西恩，只有能行走的伤员带回混乱和恐怖的故事。库夫的市民开始怀疑被派去参战的人能否平安回来，并对因为战争而额外征收的税金怨声载道。

前线的将军不断要求派遣增援部队，但后方已经没有任何可派遣的人马。宫廷卫队被削去一半，编成一个步兵连派往战场。连后宫卫队的内侍也被征召入伍。乌尔莱恩闭门不出时，那些试图替他管理领土和战事的将军不知如何是好。据传，卫队指挥官泽斯皮尔曾提出，现在唯一能做的事情就是把所有军队带回家，一把火烧毁在他们控制之下的拉登西恩领土，把废墟留给那些该死的男爵。也有传言说，当泽斯皮尔在半个月前乌尔莱恩召开了最后一次战事会议的桌旁提出这个建议时，耶阿米多斯将军发出了可怕的怒吼，还跳起来拔出佩剑，发誓若有人胆敢再提出背叛乌尔莱恩意愿的建议，就要割掉那个懦夫的舌头。

一天早上，德瓦来到后宫外厅，请求面见佩伦德夫人。

"德瓦先生。"她坐在一张沙发上。德瓦则走到相隔一张小桌的另一张沙发上落座。

他指了指放在桌上的木盒和棋盘："我想下一局'领袖之争'，你愿意陪我吗？"

"乐意奉陪。"佩伦德说完，跟他一起展开棋盘，摆好了棋子。

"有什么新消息吗？"开始棋局后，佩伦德问道。

"那孩子的病情没有变化，"德瓦叹了口气。"护士说他昨晚睡得好一些了，但几乎认不出他的父亲，而且只会说胡话。至于战事，前线倒是有点变化，但不是什么让人欣喜的消息。这场战争也许已经出了很大的问题。最新的报告内容很混乱，看起来像是斯玛尔戈与劳尔布特都在撤退。如果只是撤退，那我们还有希望，但是报告本身的性质让我觉得那实际上可能是一场溃败，或者正在演变成一场溃败。"

佩伦德瞪大眼睛看着他："老天，情况真的那么糟糕吗？"

"恐怕是的。"

"塔萨森有危险吗？"

"希望不会。男爵们应该不具备入侵我们的军事力量。就算他们真的这么做了，这边应该也有足够的军队进行充分防御。只是……"

"哦，德瓦，这听起来毫无希望。"她注视着德瓦的眼睛。"乌尔莱恩知道吗？"

德瓦摇摇头。"他不愿意听。但耶阿米多斯正与勒路因讨论，今天下午要去拉登斯的房门外守着，要求他听取汇报。"

"你认为他会听吗？"

"我想他会听。但我也认为他会选择逃离，或是命令卫兵把他们扔出去，或者刺死，或者干脆亲自冲过去攻击他们。"德瓦拿起护国公棋子，抓在手上把玩了一会儿，又放了回去。"我不知道他会怎么做，但我希望他能听进去。我希望他恢复正常，开始治理国家，就像他应该做的那样。他不能再这样下去，否则战时内阁那些人可能会觉得没有他更好。"他注视着佩伦德瞪大的眼睛。"我不能跟他谈，"他说道。佩伦德觉得他的声音像一个受了伤害的小男孩。"我被禁止与他交谈。如果我能说点什么,肯定早就说了,但他亲口威胁我,如果我擅自开口,他就要把我赶走。我相信他是认真的,所以为了保护他,我只能保持沉默。但他必须知道现在的情况。如果今天下午耶阿米多斯和勒路因没成功——"

"那我今晚有可能成功吗?"佩伦德严肃地说。

德瓦低下了头,片刻之后重新看向她。"很抱歉,我只能来求你了,佩伦德。但我不要求你一定要答应。如果情况不是那么危急,我绝对不会请你做这种事。可事实就是如此。"

"他也许不会听一个残疾嫔妃的话,德瓦。"

"佩伦德,此时此刻除了你没有别人了。你能试试吗?"

"当然。我要说什么?"

"把我刚才说的情况告诉他。战争面临着失败,劳尔布特和斯玛尔戈正在撤退,我们只能希望那是有序的撤退,但各种情况暗示着那也许是一场溃败。告诉他,战时内阁陷入了混乱,没有人知道该怎么做。他们会一致同意的事情,恐怕只有'无法带领我们的首领不配当首领'。他必须重新获得那些人的信任和尊重,以免为时过晚。整座城市,整个国家都开始反对他了。人们都对灾难的预兆议论纷纷、怨声载道,甚至有人怀念起所谓'过去的好日子'。夫人,他能听多少就对他说多少,或者你敢说多少就说多少。但要小心,他已经对仆人动过手了,而我届时无法在场保护你,也无法防止他伤害自己。"

佩伦德平静地看着他:"这是一项重任,德瓦。"

"的确如此,我对此非常抱歉。但情况真的很危急。如果我能帮到你,你只需开口。只要我能做到的,就在所不辞。"

佩伦德深吸一口气,盯着棋盘看了一会儿,最后犹豫地笑了笑,朝棋子挥挥手。"该你走了。"

他也露出了忧伤的浅笑。

23 医生

我和医生站在码头区,周围充斥着这种地方常见的喧嚣,此外还要加上一些当地人的混乱。那种混乱通常伴随着一艘准备远航的大船出现。还有不到半个钟头,大帆船"破浪号"就要随着大潮下水。人们正在吊装最后一批物资,我们身边堆满了一捆捆绳索、一桶桶焦油、一卷卷柳条编织而成的碰垫,以及压平的手推车。在货物的缝隙间,则上演着一幕又一幕催人泪下的离别场面。当然,我们也不例外。

"夫人,你真的不能留下来吗?求求你了。"我恳求着,泪水不争气地滑落下来,让所有人都看到了。

医生带着疲惫而认命的平静表情,眼中有一丝破碎而遥远的光芒,像在遥远房间的黑暗角落里瞥见的冰块或碎玻璃。她的帽子紧紧盖住了头皮。我从未觉得她像现在这样美丽过。这天风很大,也很暖和,两个太阳高挂在天空两侧,位置并不对称。如果她是夏米斯,那我就是西亘,我渴望她留下来的绝望之光被她渴求离开的丰饶之火冲淡了。

她握着我的手,破碎的目光最后一次温柔地注视着我。我尝试眨掉眼中的泪水。如果再也见不到她,那我至少希望对她的最后一瞥生动而鲜明。"很抱歉,奥尔夫。我不能。"

"那我能跟你走吗，夫人？"我哭得更惨了。这是我最后一次，也是最令人沮丧的演出。我一直决心不提起这件事，因为答案如此明显，如此可悲，而我注定要失望。大概半个月前，我就知道她要离开。我知道她的离开不可避免，知道我的任何话语都无法影响她，无法改变她认为一切皆已失败的想法。但在那几天里，我还是想尽了一切办法挽留她。我一直都想说：如果你一定要走，请把我带走！

但这句话实在太悲哀，它的结果也太显而易见了。我当然会这么说，而她当然会拒绝我。我还是个年轻人，她则是个成熟有智慧的女人。如果我跟她走，除了时刻提醒她已经失去的东西，代表她的失败，还能做什么呢？她看见我就会想到国王，并且永远不会原谅我。因为我不是他，因为我会提醒她：你已经失去了那个人的爱，即使你救了他的命。

我知道如果我说出来，她会拒绝我，所以我铁了心绝不问她。这是我为自己保留的最后一点自尊。然而，我意识中熊熊燃烧的部分对我说：她也许会答应！她也许一直在等你开口！她也许（那个诱人的、疯狂的、迷惑的、甜美的声音在我心里说）真的爱你，并只想带你一起回到德雷岑。她也许觉得自己不应该主动开口，因为那意味着带你离开所有熟知的人与事物，并且有可能永远回不来。

于是，我像个傻瓜一样，真的问了她。而她只是握着我的手，摇了摇头。"如果可能的话，我会答应你，奥尔夫，"她安静地说。"你主动提出陪我走，真是太贴心了。我会永远珍藏这份善意。但我不能让你跟我走。"

"你去哪里我都愿意跟随，夫人！"我大喊着，眼里噙满泪水。如果我能看清楚，就会不顾一切地扑到她脚下，用力抱着她的腿。然而我只是垂下了头，像孩子一样哭泣。"求求你，夫人，求求你,夫人……"我泪流满面,甚至说不出这就是我想要的,我想要她留下来,或是带我走。

"哦,奥尔夫,我正努力憋着眼泪呢。"她说着,把我揽进了怀里。

最后,我埋在她怀里,紧贴着她,双手环抱着她,感受她的温暖和力量,以及柔韧结实的身体,吸取她皮肤上散发的香水味。她的下巴搭在我的肩上,我也摆着一样的姿势。在啜泣的间隙,我能感觉到她在颤抖,显然也哭了起来。半个月前,当卫兵冲进酷刑室,告知国王情况危急时,我也这样紧贴着她,跟她坐在一起,头搭在彼此的肩膀上,相互依偎着。

国王的情况确实危急。他突然罹患了来源不明的可怕疾病,晕倒在了不告而来的奎提尔公爵举办的晚宴上。当时奎斯国王正在说话,突然没有了声音,双眼紧紧盯着前方,紧接着开始颤抖。下一刻,他就翻着白眼瘫倒在座位上,失去了知觉,酒杯也从手中滑落。

那一刻,奎提尔的医生斯克林也在场。他不得不拽出国王的舌头,以免他窒息而亡。然后,国王就毫无知觉地躺在地上,浑身痉挛,周围的人则急得团团转。奎提尔公爵试图控制局面,立刻下令四处安插卫兵。乌尔里希勒公爵呆呆地看着,新瓦伦公爵则在座位上低声呜咽。卫队司令阿德兰派一名卫兵看守国王的餐桌,确保没有人触碰他用过的盘子和喝过的酒壶,以便保留证据核实是否有人下毒。

就在那一片混乱中,一名仆人跑进来,告知了奥明公爵被杀的消息。

不知为何,每当我试图想象当时的场景,思绪就会转向那个仆人。仆人极少有机会向那些地位崇高的人传递令人震惊的消息,得以向国王汇报他手下的宠臣被谋杀这样的重大消息,看上去就像一种特权。如果他在那一刻发现,自己带来的消息竟不如眼前的事态那般严重,必然会感到无比难堪。

后来,我比平时更积极地找当晚在场的仆人打探消息,据说,他们当时就发现某些宾客对那个消息的反应并没有预期那样强烈,大概只是因为国王的突发状态分散了注意力。仆人们还大胆地猜测,卫队司令、乌尔里希勒公爵和奎提尔看起来好像早就知道会得到这个消息。

斯克林医生下令将国王送到床上,然后脱掉衣物。接着,斯克林检查了国王的身体,看是否存在被毒镖刺中或伤口感染的痕迹。结果什么都没找到。

国王的脉搏已经变得很缓慢,而且越来越慢,只在发作一阵痉挛时短暂地加速。斯克林医生报告说,除非采取一些措施,否则国王的心脏肯定会在那个钟头之内完全停止跳动。他坦白道,自己无法查出国王究竟犯了什么毛病。一个气喘吁吁的仆人从斯克林医生的房间里拿来了他的行医包,但他给国王服用的滋补药和兴奋剂(听起来比嗅盐强不了多少,尤其是考虑到奎斯当时无法吞咽任何东西)没有任何效果。

斯克林考虑给国王放血,那是他唯一能想到的还没尝试过的方法。但是过去的实践已经证明,给一个心脏衰弱的人放血有害而无益。值得庆幸的是,不想让事情变得更糟的想法胜过了总要做点什么的冲动。医生令人准备一些外国传来的输液设备,但并不指望那些东西比他已经施用的药剂强多少。

是您,主人,是您提出传唤沃希尔医生。我听说乌尔里希勒公爵和奎提尔公爵把您拉到一边,发生了激烈的争吵。后来乌尔里希勒公爵怒气冲冲地离开了房间,还拿一个仆人出气,使他被刺瞎了一只眼睛,还被削断了两根手指。您能够坚持自己的立场,实在是让我钦佩不已。很快，一支宫廷卫队就被派往酷刑室，并得到命令：必要时可以靠武力将医生带离。

我又听说，夫人平静地走进了充满惊慌和混乱的国王卧室，那一刻，贵族、仆人和几乎半个王宫的人都聚集在那里，放声哭泣哀号。

她派我和两名卫兵到她的房间里取行医包。我们在房间里碰到了奎提尔手下的一个仆人和另一个宫廷卫兵。那两个人被抓了个正着，脸上都带着焦虑和内疚的表情。奎提尔公爵的人还拿着一张我很眼熟的纸条。

我这辈子从来没有为自己的行动感到如此自豪。当时我还在担心自己的折磨只是被推迟了，而并没有被取消，同时又因为眼前那一幕而惊得浑身发抖、冷汗直冒。我为自己在酷刑室的冷漠和怯懦感到羞愧，也耻于身体不受自己的控制，但我的脑子还在飞快地运转。

接下来我做出的行动，就是从奎提尔的仆人手上拿走纸条。

"这是我家夫人的东西！"我咬牙切齿地走上前去，毫不掩饰怒火，一把抢过了那家伙手上的纸条。他呆呆地看了我一眼，又看了纸条一眼，我则飞快地把它塞进了衬衫口袋里。他张开嘴想说话，我并不理睬，而是马上转过身去对一起派来的两名卫兵说："立刻把这个人带出去！"

当然，我的行动也有赌博的成分。由于事态过于混乱，谁也不清楚我和医生究竟还是不是囚徒，因此卫兵很可能意识到他们是我的狱卒，而非我的保镖，我不能如此命令他们。但我打算谦虚地宣称，他们从我的义愤填膺中看到了坦诚和真实，决定照我的命令行事。

公爵的人一脸惊恐，还是顺从地被带了出去。

我扣好外套，进一步保护好口袋里的纸条，然后找到医生的包，跟卫兵一道匆匆赶往国王的房间。

医生已经将国王侧翻过来对着自己，她则跪在床边，心不在焉地抚摸着国王的头，回避斯克林医生连珠炮似的提问。（她说国王有可能对食物中的某些东西产生了反应。虽然反应很强烈，但不是中毒。）

主人，您当时抱着手臂，站在医生旁边，奎提尔公爵则在角落里怒视着她。

她从包里拿出一个带瓶塞的小玻璃瓶，举到灯光下轻轻摇晃。"奥尔夫，这是21号嗅盐，草本的。你认识它吗？"

我想了想，回答："是的，夫人。"

"我还需要更多，干的，在两个钟头内备好。你记得怎么配药吗？"

"应该记得，夫人。我可能需要参考一下笔记。"

"可以。那两个卫兵应该能帮你，快去吧。"

我转身离开，然后停下脚步，把刚才从公爵仆人那里抢下的纸条递给了医生。"这是那张纸条，夫人。"在她还没来得及问我这是什么之前，我就飞快地离开了。

我错过了接下来的骚动。医生捏住国王的鼻子，还用另一只手捂住了他的嘴，直到他面色发青。主人，您挡住了其他人的抗议，但是很快也开始担心，甚至要抽出佩剑。但是就在那时，医生放开了国王的鼻子，紧接着将盐瓶塞到他鼻子底下。那些红色的粉末看起来像干涸的血液，但其实不是。国王被放开后猛吸一口气，把粉末也吸进了鼻腔。

房间里大多数人也跟着深吸了一口气。有好一会儿，国王都没有反应。但是我得知，接下来他缓缓睁开了眼睛。看见医生后，国王露出了微笑，继而剧烈咳嗽起来，只能被人搀扶着坐起身。

他清了清嗓子，怒视着医生。"沃希尔，你到底对你的头发做了什么？"

我认为医生很清楚自己不再需要第21号草本嗅盐。那只是她耍的心眼，确保我和她不会被带到国王面前，治愈他的疾病，又被迅速带回酷刑室。她想让人们认为治疗的过程会更长，不只是飞快地吸一口嗅盐。

尽管如此，我还是在两名卫兵的护送下返回了医生的住所，并摆好了制作粉末所需的设备。即使在两名卫兵的帮助下（那是个很新奇的体验，因为我能四处发号施令，而不是执行别人的命令），想在两个钟头之内产出少量嗅盐也是很紧迫的任务。但至少这让我有事可做了。

我后来才打听到奎提尔公爵在国王卧房里爆发的小道消息。主人，将我们带离牢房的队长在国王苏醒后悄悄与您交谈过。我听说你脸上闪过了瞬间的动摇，但很快就面无表情地向奎提尔公爵告知了他的首席审讯官及其两名助手的命运。

"死了！死了？该死，阿德兰，你真的一件事都做不好吗！"这是公爵的原话。国王瞪了他一眼。医生不为所动。其他人都愣愣地看着他。公爵想打您，被您的手下拦住了。那两个人也许想也没想就做出了行动。接着，国王质问发生了什么事。

与此同时，医生也在看着我给她的纸条。

那就是号称由您写就、把医生引到了杀害奥明公爵的陷阱里，并且本应害死她的纸条。国王已经从医生口中听到了奥明的死讯，也知道她被诬陷成了凶手。他坐在床上目视前方，试图消化那些信息。医生还没有告诉他酷刑室里"发生"的事情，只说她在遭到审问前就被释放了。

她给国王看了纸条。国王把您叫过去，您确认纸条不是您写的，但写纸条的人确实努力模仿了您的字迹。

奎提尔公爵趁机要求将谋杀他手下的人绳之以法，但他的行动可能有点仓促，因为这带出了一个问题——首先，他的人在那里做什么？国王渐渐理解了现状，表情也随之阴沉下来。有好几次，他不得不让那些争先恐后说话的人停下来，好让自己还有点迷糊的大脑弄清楚究竟发生了什么。据称，奎提尔公爵喘着粗气，眼睛瞪得老大，嘴里还吐着唾沫星子，一度试图把医生从国王身边拽开。国王及时揽住了她的肩膀，并命令您和公爵保持距离。

在那半个钟头里，我没能亲眼见到国王卧室中发生的所有事情，所有信息都是通过别人打听到的。当信息经过他人的头脑和记忆过滤，就会产生一定损耗。即使我没有身在现场，还是相信当时有人做了一些快速的思考，主要是您。不过奎提尔公爵至少需要冷静下来，重新以更理性的方式考虑问题，才能接受您所规划的道路，就算他自己做不出什么贡献。

简而言之，乌尔里希勒公爵应该受到指责。纸条是他写的。宫廷卫兵发誓，乌尔里希勒以您的名义对他们下了命令。那天晚上，乌尔里希勒的一个手下被押送到国王面前，泣不成声地承认他在那天早些时候潜入医生的住所，偷走手术刀并杀死了奥明公爵，然后在医生从前门进入不久后，从求婚者翼楼的后门跑了出去。我得以从旁作证，表示那家伙很可能就是在求婚者翼楼的昏暗走廊里朝我冲过来的人。

当然，那家伙在手术刀的问题上撒了谎。医生只丢过一把手术刀，就是我在两个季度前，从贫民医院回来那天偷走的那把。当然，我把它送到了您手中，主人，虽然不是以它后来被"送入"奥明公爵身体的那种形式。

与此同时，乌尔里希勒公爵被说服，主动离开了王宫。我认为，如果他更成熟一些，可能会对此深思熟虑，并意识到如此仓促的离去很可能会证实任何针对他的指控。但他也许从未想过将自己的行动与此前惨死的乌努尔那种下等人相对比。不管怎么说，他被灌输了一些想法，认为国王此刻怒火正盛，但不会持续很久，而这只是个误会，奎提尔和您过不了多久就能解决，但在这段时间里，那位年轻的公爵必须缺席。

国王清楚表明，如果有人胆敢进一步诋毁医生的名誉，将会引来他的怒火。您则保证会尽一切努力来理清这件事的混乱之处。

那天晚上，国王的两名亲卫为我们看守了房门。我在自己的房间里睡得很香，直到被噩梦惊醒。我想医生应该睡得很好。第二天早晨，她看起来气色还不错，并剃光了所有残留的头发，比雷林格大师仔细多了。

头发是我帮她剃的。她坐在卧室的椅子上，肩膀披着毛巾，腿上放着一个脸盆，里面盛着温热的肥皂水，还漂浮着一块海绵。当天上午，我们还要去面见国王，更详细地讲述头天晚上的经历。

"夫人，当时究竟发生了什么？"我问道。

"你问的是什么时候，什么地方，奥尔夫？"她边说边用海绵打湿头皮，接着拿起一把手术刀（竟然是这东西）刮了一会儿，又把刀子递给我完成剩下的工作。

"我说的是审讯室，夫人。雷林格和另外那两个人究竟怎么了？"

"他们抢着要先得到我。奥尔夫，你不记得了吗？"

"我不记得了，夫人，"我喃喃着，回头看了一眼通向工作室的房门。那扇门上了锁，就像它背后的其余两扇门一样。但我还是感到害怕，并承受着痛苦的内疚，"我看到雷林格大师正要……"

"正要强迫我，奥尔夫。拜托你下手稳一点。"她说着抬手抓住我的手腕，从她裸露的头皮上拿开了一些，回过头来对我笑了笑,"我好不容易躲过了虚假的谋杀指控,从遭受酷刑的边缘逃脱出来,若是被你弄伤,就太讽刺了。"

"可是夫人!"不怕羞愧地承认,我哭了。因为我依旧坚信,面对如此致命的灾难性事件和如此强大的对手,我们不可能逃脱极端的痛苦,"他们根本没时间争吵!他当时正要对你施暴!老天啊,我看到他了。就在事情发生的一刹那前,我闭上了眼睛……根本没时间!"

"亲爱的奥尔夫,"医生一直抓着我的手腕,"你一定是忘了。你当时昏迷了好久,脑袋歪到一边,身体也瘫软了。不得不说,你还流了不少口水。在你失去知觉时,那三个人发生了激烈的争吵,就在那两个助手杀死了雷林格,又开始自相残杀时,你又醒了过来。你真的不记得吗?"

我凝视着她,却无法解读她的表情。我突然联想到她在伊夫尼尔宫的舞会上戴的面具。"那就是我应该记住的吗,夫人?"

"是的,奥尔夫。没错。"

我低头看向手术刀光滑如镜的刀刃。

"可您是怎么摆脱束缚的,夫人?"

"哦,雷林格大师匆忙中没有扣好其中一个铁环,"医生放开我的手,再次低下头。"这是个严重的职业性失误,但换个角度说,那也令我受宠若惊。"

我叹了口气,拿起沾满泡沫的海绵,又在她的后脑勺上挤了一些肥皂水。"我明白了,夫人。"我不高兴地说着,剃掉了最后一点头发。

与此同时,我做出了自己的结论,也许记忆终究是欺骗了我。因为医生靴子里依旧插着那把匕首,昨天在酷刑室里我还如此笃定已经不见了的白色小宝石赫然出现在刀柄上。

我想，我当时已经知道生活不可能再回到原来的样子。即便如此，当医生两天后独自去面见国王，回来告诉我她请求国王解除自己的私人医生职务时，我还是倍感震惊。我站在一堆拆了封的板条箱和盒子中间，呆呆地看着她。那些从城里采购回来的物资和材料还没来得及收拾。

"解除职务？"我愣愣地问。

她点点头。我觉得她看起来好像哭过。"是的，奥尔夫。我认为这是最好的办法。我离开德雷岑太久了，而国王的身体总体来说很健康。"

"但他两天前还差点死掉了！"我大声喊着，不愿相信自己听到的话，还有话语背后的深意。

她对我微微一笑。"那种事应该不会再发生了。"

"但你说那是因为……那叫什么？某种同素异形电解盐！该死的，女人，那可能——"

"奥尔夫！"

我想这应该是我们头一次对彼此用这样的语气说话。我像个破裂的气球一样从怒火中清醒过来，马上低头看向地板。"对不起，夫人。"

"我很肯定，"她坚定地告诉我，"那种事不会再发生了。"

"好的，夫人。"我喃喃道。

"你最好把这些东西重新打包起来。"

一个钟头后，我已经沮丧到了极点，正按照医生的命令重新打包房间里的盒子、板条箱和口袋。就在那时，主人，您来了。

"我想跟你私下谈谈，女士。"您对医生说。

她看了我一眼。我站在那里，热得满头大汗，全身沾满箱子里的稻草。

她说:"我认为奥尔夫可以留在这里。你觉得呢,卫队司令?"

我记得,您看了她一会儿,然后严厉的表情像雪一样融化了。"好吧,"您叹了口气,坐在一把暂时没有放置任何箱子和货物的空椅子上。"是的,他的确可以。"您对医生笑了笑。她刚洗完澡,正用毛巾包住头。她每次洗完澡总会用毛巾包起头发。我当时还傻傻地想:她已经没有头发了,为何还要这样做?她穿着一件厚实蓬松的袍子,显得她的光头非常小,直到包上毛巾才稍微平衡了一些。包好毛巾后,她从沙发上抱开几个盒子,坐了下来。

您花了点时间调整姿势,把佩剑移动到不碍事的地方,又研究了一会儿双脚的摆放,然后才说:"我听说你已经请求国王解除职务了。"

"你说的没错,卫队司令。"

您点了点头。"这也许是最好的。"

"哦,我很肯定,卫队司令。奥尔夫,别光站在那里,"她转过来看着我。"继续工作,谢谢。"

"好的,夫人。"我咕哝道。

"我很想知道那天晚上究竟发生了什么。"

"我认为你已经知道了,卫队司令。"

"而我很肯定我并不知道,夫人,"您无奈地说。"换作更迷信的人,也许会认为这是巫术。"

"但你没有被欺骗。"

"确实没有。我固然无知,但没有被骗。也许可以说,如果你一直待在这里,而事情一直得不到解释,我会感到更遗憾。但既然你要走了……"

"是的,我要回德雷岑,并且已经找到了船……奥尔夫?"

我失手弄掉了一只装蒸馏水的瓶子。它没有碎,但发出了很大的声音。"对不起,夫人。"我努力忍着眼泪说道。她已经找到船了!

"你认为自己在这里的工作还算成功吗,医生?"

"我想是的。国王的健康状况比我刚到达时更好。仅就这一点而言,如果我能领取任何功劳,那么我希望自己感到……满足。"

"不过,能回到同类中想必很好。"

"是的,你可以想象。"

"好吧,我该走了,"您站了起来,然后说,"先是伊夫尼尔的凶案,然后是奥明公爵,还有那三个人,这实在太奇怪了。"

"奇怪吗,先生?"

"出现了那么多的刀刃,却没找到多少。我是说凶器。"

"是的,很奇怪。"

您转向门口。"那天晚上发生在审讯室的事情,太糟糕了。"

医生没有说话。

"我很高兴你……毫发无伤。我很想知道这是怎么做到的,但我情愿只得到最后的结果,而无法得知详情。"您笑了笑,"我敢说今后还会再见的,医生。如果没有机会再见,那请允许我祝你回家的旅途平安。"

就这样,半个月后,我与医生站在码头,拥抱着彼此,深知自己愿意抛下一切挽留她或追随她,也知道我再也见不到她了。

她轻轻推开我,吸了吸鼻子。"奥尔夫,你必须记住,西比尔医生的做法比我更正式。我很尊敬他,可是——"

"夫人,我不会忘记你对我说的任何一句话。"

"好,很好,对了。"她从外套里拿出一个封了口的信封,"我在米菲利家族那边为你安排了一个账户,这是证明书。你可以把收入用在自己喜欢的地方,尽管我希望你会做一做我教你的实验——"

"夫人！"

"——但我已经跟米菲利说好了，你只有在获得医生头衔后才能动用本金。我建议你用那些钱购买土地和房子，不过——"

"夫人！账户？什么？怎么回事？在哪里？"我惊呆了。她已经给我留下了许多可能有用的药品和原材料，足以塞满我的新导师西比尔医生为我提供的小房间。

"这是国王给我的钱，"她说，"我不需要它，所以现在是你的了。另外，这是打开我日记本的钥匙。里面包含了所有的实验笔记，你可以随意使用。"

"哦，夫人！"

她握住我的手，用力捏了捏。"奥尔夫，你要做个好医生，做个好人。好了，快点，"她勉力笑了笑，神情却很绝望，"收起我们的眼泪，免得都脱水了，好吗？我们——"

"如果我成了医生，"我开口了，远比自己想象得更冷静，"如果我成了医生，可以用那些钱效仿您来时的旅途，一路去往德雷岑吗？"

她已经开始转身，听见我的话又转了回来，盯着码头上的木地板。"不，奥尔夫。不，我……我想我应该不会在那里。"她抬起头，露出勇敢的笑容，"我要走了，奥尔夫。就此别过。"

"再见，夫人。谢谢你。"

我会永远爱你。

我心中闪过那句话，也可以说出来，甚至有可能说出来，也许几乎要说出来了。但是直到最后，我都没有说出来。也许正是那句我自己都不知道自己想说，最终也没有说出口的话，让我得以保留最后一丝自尊。

她慢慢走上跳板，然后抬起头，加大脚步，挺直腰杆，大步流星地踏上了大帆船。她的黑帽子消失在纵横交错的缆绳之后，一次都没有回头。

我缓缓走回城中,一路都低着头,任凭泪水顺着鼻梁滑落,心情沉到了谷底。有几次我想回头看一眼,但每次都告诉自己,船还没有启航。我始终在希望,希望我能听见一串急切的脚步声,或是轿夫追赶上来的声音,或是马车的车轮声和马匹的鼻息声,然后是她的声音。

报时的炮声响起,在城市中回荡,惊起一大片飞鸟,让黑暗中充满了鸟叫声。我依旧没有回头,因为我想自己已经走到了看不见港口和码头的地方。等我最后终于抬头时,我意识到自己走得太远,已经快到市集广场了。我在这里不可能看见大帆船,甚至不可能看见它最高的帆。

我沿着来时的路飞奔。我觉得自己赶不上了,但实际并没有。等我能再次看到码头时,大船还在那里,高高在上,威风凛凛,被两艘满是健硕桨手的牵引船拉向港口的出海口。码头上仍有许多人,向聚集在船尾的乘客和船员挥手。我没看到医生。

我在船上没看到医生!

我像个疯子一样在码头上跑来跑去,寻找着她。我搜寻每一张脸,研究每一个表情,尝试分析每个人的姿势和步态,就像陷入了爱情的痴狂,真的相信她最终离开了那艘船,留在岸上,留在我身边。方才那场离别的大戏只是持续了过久的令人疯狂的玩笑,她其实没打算登船,只是为了开个玩笑,为了进一步嘲弄我。

我几乎没注意到大船悄然滑出外海,也没注意到牵引船乘着波浪返回,而她则在港口墙外放下了奶白色的大帆,乘风而去。

之后,人们陆续离开了码头,最后只剩下几个哭泣的女人。一个人弓着身子,双手掩面。另一个人蹲在地上,抬起脸空洞地看着天空,任凭泪水顺着脸颊无声流淌。

……而我，凝视着港口灯塔之间的空隙，以及远方火山湖参差不齐的轮廓。我呆站了一会儿，然后四处徘徊，内心麻木，脚步虚浮，摇着头喃喃自语，几次想要离开，却还是转了回去，怒视着那片将她从我身边带走的粼粼波光，我的心在海风中孤独地跳动，每跳一下，风就带着她远离我一分，只给我留下海鸟的鸣叫，和女人绝望的低声啜泣。

24 保镖

保镖德瓦从飞行的梦境中醒来,在黑暗中静静躺了片刻才完全清醒,想起了自己身处何处,又是何人,肩负什么职责,正在经历什么。

一切变化来得如此快速,又如此荒唐,就像一堆沉重的锁子甲死死压住了他。他翻身时甚至闷哼了一声,接着抬起一只手枕在脑后,注视着眼前的黑暗。

拉登西恩的战争失败了。事实就是如此简单。男爵们得到了他们要求的一切,并抢夺了更多。斯马尔戈与劳尔布特二位公爵正率领沮丧的残部返回。

拉登斯离死亡更近了一些。不管他出了什么问题,都远远超出了医生所能治愈的范围。

当拉登西恩的灾难通过一堆杂乱无章的报告和加密信息完全暴露之后,乌尔莱恩昨天参加了一次战争会议,但他始终盯着桌子表面,大部分时间只做出了单音节的回应。只有当他痛斥斯马尔戈与劳尔布特的失败时,才展现出了更多的活力和曾经的闪光点。但即使是那场咆哮,在接近尾声时也变得乏味和勉强,就好像他连愤怒也维持不了很久。

会上决定,接下来再无补救可行。军队将会折返,伤员必须得到照料。为此需要建立一座新的医院。军队将被削减到最低限度,只满足保卫塔萨森的需求。少数城市的街头已经爆发了骚乱,此前人们只是抱怨战争加重了赋税,而当他们得知那一切都变成徒劳时,暴乱不可避免。税收必须下降,以保持民众的和平,因此一些项目必须暂停或是放弃。他们还需要与获胜的男爵进行谈判,以便在局势稳定后让一切恢复正常。

乌尔莱恩对这一切只是点点头,似乎完全不感兴趣。其他人可以负责执行。他离开了会议,回到儿子床边。

他依旧不让仆人进入卧室,并且几乎所有时间都在里面度过。每天,他会到拉登斯身边待上一两个钟头,但只会不定期地造访后宫,通常只跟年长的嫔妃,特别是佩伦德夫人聊天。

德瓦感到枕头上湿了一块,那是他躺了一夜的地方。他翻了个身,心不在焉地摸着枕头上的湿痕。他一定是睡觉时流口水了。他揉搓着湿乎乎的三角形水痕,心中暗想:我们睡觉会变得多么不体面啊。也许他在睡梦中一直吮吸着枕巾。人真的会这么做吗?也许会,也许只有孩子——

他猛地跳起来,慌慌张张地穿上长裤,单脚跳着咒骂不断,接着系好剑带,一把抓起衬衫,踢开门穿过晨光昏暗的小客厅奔向走廊,还惊动了正在掐灭蜡烛的仆人。他跑得很快,赤脚拍打在木地板上咚咚作响,还尽量边跑边套上衬衫。

他想寻找卫兵跟着自己,却一个都没见到。他绕过转角奔向拉登斯的病房,迎头撞上一个端着早餐盘的仆人,把那个女孩连同盘子撞倒在地。但他没有停下脚步,只是大声道了歉。

拉登斯的房门前有一名卫兵,正斜倚在凳子上睡觉。德瓦一脚踹向椅子,把卫兵喊醒,接着冲进门去。

护士坐在窗边看书,闻声抬起头来,瞪大眼睛惊讶地看着德瓦半裸露的胸口。

拉登斯静静地躺在床上，床头的桌上摆着脸盆和毛巾。德瓦大步走过去，护士吓得缩起了身子。他听见身后传来卫兵进房的声音，便回过头说："抓住她。"他朝护士点点头，后者浑身一震。卫兵不明所以，有点犹豫地走向了女人。

德瓦走到拉登斯身边，从颈部摸到了微弱的脉搏。孩子手里紧紧攥着一块黄色的布料，那是他睡觉时从不离身的小被子。德瓦尽可能温柔地把它从孩子手里拿出来，然后转身看向护士。卫兵站在她身边，一只手紧紧抓着她的手腕。

护士眼睛瞪得老大，另一只手朝卫兵挥舞着。卫兵没有松手，并最终抓住了她的另一只手，把她制伏了。护士试图用脚踹他，卫兵把她转了一圈，将其双手扭到背后抬高，使她不得不痛呼一声弯下了身子，脸几乎挨到膝盖。

德瓦开始检查小被子被吸吮的一角。卫兵莫名其妙地看着他，护士则倒抽一口冷气，继而哭了起来。德瓦试探性地舔了一口，尝到淡淡的甜味，还有一点发苦。他朝地上啐了一口唾沫，继而单膝跪地，盯着护士通红的脸，举起手上的小被子。

"孩子就是这样摄入毒物的吗，女士？"他轻声问道。

那女人死死盯着小被子，泪水和鼻涕顺着她的鼻尖滴落下来。她紧紧咬着牙关，继而松开。过了一会儿，她点了点头。

"药在哪里？"

"呃……窗边的椅子下面。"护士用颤抖的声音回答。

"把她按住。"德瓦悄声命令卫兵，然后走到窗边，扔掉嵌在墙上的座板上的坐垫，拉开一块木头挡板，伸手进去摸索。他找到几个玩具和几件衣服，全都扔到了一边，接着又摸出一个不透明的小瓶子，举起来让护士看。

"是这个吗？"

她点点头。

"从哪来的?"

护士摇起了头。德瓦抽出长匕首。她尖叫一声,开始拼命挣扎。卫兵加重了束缚的力道,最后她无力地瘫软下来,气喘吁吁。德瓦用刀尖对准她的鼻子。"佩伦德夫人!"她尖叫道,"是佩伦德夫人!"

德瓦僵住了。"什么?"

"是佩伦德夫人!罐子是她给我的!我发誓!"

"我不相信。"德瓦朝卫兵点了点头,卫兵又吊高了她的手臂。护士痛苦地惨叫起来。

"是真的!是真的!我没说谎!"她尖叫道。

德瓦将重心放回脚跟,朝按住护士的卫兵摇了摇头。卫兵放松了力道。女人啜泣着,扭曲的身体颤抖不停。德瓦收起长匕首,皱了皱眉。又有两名穿制服的卫兵举着剑冲进了房间。

"先生?"其中一名卫兵见此情景,问了一句。

德瓦站起来,对刚进来的两个人说:"保护好这孩子。"接着,他又对按住护士的卫兵下令:"带她去见卫队司令泽斯皮尔,告诉他拉登斯被下毒了,她是行凶者。"

德瓦一边整理好衣服,一边快步走向乌尔莱恩的卧室。又有一名卫兵听见骚动赶过来找他。德瓦让他跟带着护士的卫兵一起去找泽斯皮尔。

乌尔莱恩门前站着一名卫兵。德瓦挺直身子,暗中后悔自己没有多花点时间穿戴整齐。无论乌尔莱恩下了什么样的逐客令,他都必须见到他,而要想尽快实现这个目标,他需要得到这名卫兵的协助。他用上了自认为最有权威的语气,厉声吼道:"站直了!"卫兵猛地绷直了身体,"护国公在里面吗?"德瓦皱着眉,对房门点了点头。

"不在,先生!"卫兵喊道。

"他去哪儿了?"

"我想他应该是去后宫了,先生!他说不需要通知您,先生!"

德瓦盯着紧闭的房门看了一会儿,然后转身走开,但中途停了下来。"他什么时候去的?"

"大约半个钟头前,先生!"

德瓦点点头,然后走开了。绕过转角后,他拔足飞奔起来。在他的呼唤下,两名卫兵追了上来,一同赶往后宫。

大会客厅的双开门轰然开启,几个嫔妃正在灯光柔和的大厅里与家人用餐交谈。门被撞开后,所有人都陷入了沉默。内侍总管斯蒂克像一座昏昏欲睡的白色肉山,坐在房间中央的高台上。他脸上的睡意一扫而空,皱眉看着两片门扉缓缓闭合。德瓦穿过房间,冲向通往真正后宫的大门,两名卫兵紧随其后。

"不行!"内侍总管大喊一声,站起身来摇摇晃晃地走下高台。

德瓦已经跑到后宫门前,用力拉扯门把。门被锁住了。斯蒂克步履蹒跚地走过来,朝他晃着手指。"不行,德瓦先生!"他高声喊道,"你不能进去!永远不行,尤其是护国公临幸的时候!"

德瓦看向跟随过来的两名卫兵,下令道:"按住他。"斯蒂克尖叫起来。这名内侍竟意外得强壮,大腿粗的胳膊把两名卫兵都打倒了。最后卫兵好不容易抓住他,他开始大声求救,德瓦则扒开他的白色袍子,寻找他藏在里面的钥匙。他从那具不断挣扎的巨大身躯的腰带上割下钥匙,试了一把,然后是另一把,试到第三把时,门终于被打开了。

"不行!"斯蒂克号叫着,仍在不断挣扎。德瓦飞快地环顾四周,发现没有人上前帮忙。他拔出钥匙,带着它们走进了内宫。在他身后,两名卫兵拼尽全力按住了怒火中烧的内侍总管。

德瓦以前从未到过这里,但是他曾在图纸上看过这个地方的布局,所以知道自己身在何处。只是他并不知道乌尔莱恩在哪里。

他快速穿过一条短小的走廊,来到另一扇门前。斯蒂克的号叫声仍在耳边回响。门后是个圆形内院,高处的采光窗投射下柔和的光芒。这个微光笼罩的空间有三层高,中央是一座小喷泉,四周布置了沙发和座椅,衣着甚少,甚至赤身裸体的少女或站或坐,见到德瓦进来都吓得尖叫起来。一名内侍正好从最下层的房间走出来,看见德瓦大喊一声,挥舞着手臂向他跑来。但是当他发现德瓦手上的长剑,就停下了脚步。

"佩伦德夫人,"德瓦飞快地说,"还有护国公,他们在哪里?"

宦官像被催眠一样,呆呆地看着离自己只有几步之遥的剑尖,过了一会儿才颤颤巍巍地举起手,指向上方的白色圆顶。

"他们在那里,"他用颤抖的声音小声说,"顶层的小院里,先生。"

德瓦环顾四周,找到了楼梯,大步跑过去,顺着盘旋的台阶一路上到了顶层。这一层有十几扇房门,隔着下方的内院,他能看到对面有个更宽的入口,里面是另一条走廊,尽头有一扇双开门。他喘着气绕过环形走廊,来到那扇门前。门依旧是锁着的,他试了两次,打开了门锁。

他走进了另一个内院,这个院子只有一层,支撑圆顶和天窗的柱子比主院里的柱子更加精致。这个院子中央也有一个喷泉水池,乍一看周围没有人烟。喷泉由三个纯白色大理石精雕细琢、身体交织的少女组成。德瓦感到白色雕像后面有动静。喷泉隔开的院子另一头是一扇虚掩的门。

喷泉的水声是宽阔空间里唯一的声响。穹顶投下的影子在光亮的大理石地面上缓缓移动。德瓦朝身后看了一眼,接着走上前去,绕过喷泉。

佩伦德夫人跪在喷泉高出地面的水池边,正在慢条斯理地洗手。她的好手缓缓按摩揉搓着废手。那只手浸在水中,宛如溺水儿童的肢体。

她披着半透明的红色薄衫，天窗投下的光线穿过她凌乱的金发，突出了被薄纱遮盖的肩膀、胸部和臀部。德瓦出现在喷泉边时，她没有抬头，反倒一直专注地洗手，直到自己满意为止。接着，她抬起浸在水中的废手，轻轻放在身侧，任凭它无力地垂着，干枯而苍白。随后，她放下了卷起的红纱衣袖，遮住手臂，再慢慢转过身来看着德瓦。他已经走到了佩伦德身边，面色苍白可怕，满是恐惧。

佩伦德依旧不发一言，而是缓缓转身看向身后敞开的门。那扇门与德瓦进来的门正好位于内院两侧。

德瓦的动作很快。他用剑柄推开门，看向房中。他就这么站了一会儿，然后向后退去，直到肩膀撞上一根廊柱。他手中的长剑低垂，自己也低下了头，目光盯着身上的白色衬衫。

佩伦德看了他一会儿，然后转开了。她依旧跪在地上，用薄纱长衫尽量擦干手上的水，同时盯着近在咫尺的喷泉边缘。

瞬息之后，德瓦已经来到她的身边，站在她低垂的废手一侧，赤裸的双脚靠近她弯曲的小腿。剑缓缓落下，停留在喷泉的大理石边缘，随后吱吱嘎嘎地滑动到她面前。剑身一坠，利刃对准了她的脖颈，冰冷的金属贴着她的皮肤。德瓦微微用力，用剑身抬起了她的脸，让她抬头看着自己。利刃依旧压在她喉咙的皮肤上，冰冷、纤薄、吹毛即断。

"为什么？"他问道。佩伦德看见他眼里含着泪水。

"为了复仇，德瓦。"她平静地回答。她本以为自己就算能发出声音，也会颤抖而不连贯，最终破碎成啜泣。但她的说话声很平稳，也很流畅。

"什么仇？"

"杀我之仇，杀我家人之仇，强迫我母亲和我姐妹之仇。"她觉得自己远比德瓦要冷静,声音听起来很理智,近乎冷漠。

他低头看着她,脸上满是泪水。他的胸口在没有塞好,也没有扣好的衬衫底下剧烈起伏。但她注意到,架在自己脖子上的剑并没有动摇。

"是国王的人……"他的声音哽住了,泪水仍在流淌。

她想摇头,但有点担心最轻微的动作都会划破皮肤。可她转念一想,如果自己足够幸运,德瓦用不了多久就会划开她的喉咙。于是,她小心翼翼地摇了摇头。脖子上的利刃没有移动,而她并没有让利刃割伤自己。

"不,德瓦。他们不是国王的人,而是他的人。他,和他的人。他和他的亲信,最亲近他的人。"

德瓦盯着她,泪水已经渐渐停止。他胸口已经形成了一片泪痕。

"德瓦,我对你说的都是实情,只有一点不同。行凶的人不是效忠老国王的贵族,而是护国公和他的朋友们。乌尔莱恩杀死了我,德瓦。我觉得自己应该以牙还牙。"她睁大眼睛,目光落到眼前的利刃上,"看在曾经的友谊的份儿上,我可以请求你速战速决吗?"

"可你救了他!"德瓦吼道,利刃依旧没有动摇。

"因为我在执行命令,德瓦。"

"命令?"他不可思议地反问道。

"我的城市和我的家人遭遇惨剧之后,我就展开了流浪生涯。有一天晚上,我来到一座营地,想出卖身体跟士兵换取食物。他们都得到了自己想要的,但我不在乎,因为当时我知道自己已经死去。只是其中一个人很残忍,想用我不情愿的方式对待我,于是我意识到,当一个人的心死了,杀起人来也会变得格外容易。我以为他们会杀了我偿命,那么我的生命就会止于那一刻,也许那样对我们都更好。但他们的长官把我带走了。我被带到哈斯皮德边境上的一座堡垒，驻守在那里的人大多是奎斯的手下，但指挥官忠于老国王。我在那里得到了礼遇，还学习了间谍与杀手的本领。"说到这里，佩伦德露出了微笑。

她心想，如果自己还活着，此时跪在冰冷的白色大理石上，膝盖也许会隐隐作痛。但她已经死了，所以并不会有这种困扰。德瓦脸上还挂着泪痕。他双眼圆睁，几乎要从眼眶里脱落出来。"但我接到的命令是等待时机。命令来自奎斯国王本人，"她告诉德瓦，"乌尔莱恩总有一天要死，但不是在名声和权力的高峰期。我接到的命令是不惜一切代价保证他活着，直到他迎来被彻底毁灭的时机。"

她含羞地笑了笑，微微转动脖子，看向自己的废手。"我的确那样做了，过程中，我得到了无条件的信任。"

德瓦露出了极度惊恐的表情。她想，这就像在看一个人死于痛苦和绝望。

她没有看，也不想看乌尔莱恩的脸。她耐心等待着，一直等到她假装自己被叫走，然后回来传达那个假消息。乌尔莱恩把脸埋在枕头里一阵抽泣，然后她站起来，用好手举起一只沉重的花瓶，朝着他的后脑勺砸了下去。抽泣声停止了。他没有再动，也没有再发出任何声音。她坐在乌尔莱恩的背上，割开了他的喉咙，仍旧没有看他的脸。

"奎斯是这一切的幕后黑手，"德瓦的声音很沙哑，仿佛被利刃对准咽喉的人不是佩伦德，而是他自己，"战争，还有下毒。"

"我不知道，德瓦。但我猜是的。"她故意低头看向利刃，"德瓦。"她抬起头，用受伤和恳求的神情看着他。"我只能告诉你这些了。毒药是完全无关的人送到贫民医院的，我在那里接收了它们。我认识的人都不知道那是什么。如果你抓了护士，就等于把我们一网打尽了。我再也没有更多的话可说。"她顿了顿。"我已经死了,德瓦。恳请你,完成最后的工作吧。我突然觉得很累。"她放松了支撑头颈的肌肉,下巴靠在剑身上。现在,她全靠那柄剑——也就是德瓦的力量——承托着头部和所有的记忆。

已经被体温焐热的长剑缓缓落下并抽开,她不得不撑住身体以免一头撞上喷泉水池的边缘。她抬起头。德瓦垂着头,收剑入鞘。

"我告诉他那孩子已经死了,德瓦!"她生气地说,"我对他说了谎,然后砸碎了他那肮脏的脑袋,又割开了他苍老松弛的脖子!"她挣扎着站起来,僵硬的关节有点不受控制。她走向德瓦,伸手拉住他的胳膊,"你要把我扔给卫兵和审讯官吗?这就是你对我的判决吗?"

她摇晃着他,但他没有回应。她低下头,一把抓起离自己最近的武器——德瓦的长匕首。她抽出匕首,德瓦面露警惕,飞快地后退了两步。他本可以阻止她,但并没有这么做。

"那我就自己来!"她说完,提刀一抹。他的手臂一闪,接着她眼前就迸出了火星。不等她的眼睛和头脑意识到发生了什么,佩伦德的手臂就传来了刺痛。她手中的长匕首被德瓦打掉,撞在墙上发出刺耳的金属撞击声,继而掉落在地。再看德瓦,长剑又一次出现在他手中。

"不。"他走向佩伦德。

尾声

写到这里,我突然感到,我们一辈子所能知道的东西,其实少得可怜。

未来就其本质而言是深不可测的。我们确实能对不久之后的未来做出一些可靠的预测,然而我们尝试预测的时间越长,就越容易在某个时刻发现自己有多么愚蠢。就连再明显不过的事情,看起来几乎一定会发生的事情,都有可能反复无常。当我还是个孩子时,天降火石的前一天晚上,肯定有数以百万计的人都坚信太阳还会照常升起。然后,火石就落下来了。对许多国家而言,那天的太阳没有如期升起,数以百万计的人也再也没有醒来。

当下同样变幻无常,谁又能肯定自己真的知道眼前正在发生什么呢?我们只能看到身边发生的事。地平线通常是我们能看到的最远边界,而地平线非常遥远,所以那里的事物必须要异常巨大,才能被我们看见。此外,在我们所处的现代世界,地平线实际上并不是陆地或海洋的边缘,而是离我们最近的树篱,或是城墙,或是住所的墙壁。更重大的事情往往发生在别的地方。天降烈火和巨石的那一瞬间,当半个世界的人被混乱惊醒时,另一半世界依旧如故,直到一个多月后,天空才出现了不同寻常的云彩。

当一位国王去世,这个消息可能要一个月才能传到王国的最远端，也许要好几年才能传到大洋彼岸的国度。而在某些地方，谁知道呢，这个消息也许会在传播途中慢慢地不再是新闻，而成为最近的历史，因此不再值得被旅行者交流最新情况时提及，于是一个震撼了国家、推翻了王朝的死亡需要经过几个世纪，化身为史书中的一个短小段落，才能到达大洋彼岸。因此我再说一遍，当下与未来同样不可知，因为每一刻发生的事情，都需要经过漫长的时间才能传到我们耳中。

那么，过去呢？我们应该能在过去中找到确定性，因为事情一旦发生，就不能撤销，也不能改变。最新的发现也许会给已知的事件带来新的视角，但事件本身不能改变。它必须固定、肯定和确定，因此才能为我们的生活带来一些确定性。

然而，历史学家的意见从来都难得一致。翻阅交战双方对同一场战争的描述，阅读一个鄙视他的人撰写的伟人的传记，再去读伟人的自传。老天，就算在厨房里跟两个仆人谈论当天早上发生的同一件事情，你都能听到两个截然不同的故事，有时受害者变成加害者，一个人觉得显而易见的事情，另一个人却感到不可思议。

当一个朋友讲述他与你共同参与的故事时，你明知道其中一些事情从未发生过，但那个人的说法却比现实更有趣，或是更能反映你们两个人的情况，所以你没有提出异议。很快，其他人也开始讲述那个故事，并加以修改。不久之后，你又会发现自己也在讲述那个你很确定从未发生过的故事。

习惯写日记的人偶尔会发现，纵使我们没有任何恶意，也从未考虑过加强故事的趣味性或为自己赚取声誉，还是会把一些事情记错。在漫长的一生中，我们可以非常清晰地讲述一些过去发生的事情，并且对自己的话深信不疑，自以为记得非常清楚。但是当我们翻开自己当时的书面记录，却发现它与我们记忆中的样子全然不同。

所以，我们也许永远无法确定任何事情。

但生活必须继续，我们必须投身于世界的运转。为了做到这点，我们就要回忆过去、预测未来、应对当下的需求。我们都在挣扎着活下去，哪怕要在那个过程中为了保持理智，说服自己过去、当下和未来比实际中更可知。

那么，究竟发生了什么？

我在漫长的余生中反复回忆那几个瞬间，但毫无收获。

我想，我恐怕没有哪天不在回忆哈斯皮德城埃芬兹宫酷刑室里的那一刻。

我很确信，当时自己并没有失去意识。有那么一小段时间，我相信了医生的说法，认为自己当时昏迷了。可是在她走后，我从悲痛中恢复过来，越来越确信我记忆中的时间和实际经过的时间没有差别。雷林格当时已经爬到铁床上，准备强迫医生。他的两个助手站在几步之外，我不确定具体是什么地方。我闭上眼睛，不想让自己看到那可怕的瞬间，接着空气中突然充满了奇怪的声音。过了短短几秒钟，顶多只有几次心跳，我可以用性命发誓。然后那三个人就变成了后来的样子，死得异常凄惨，而医生已经摆脱了束缚。

怎么会这样？什么东西能以如此快的速度做出如此骇人的事情？或者，什么样的把戏能够这样操控人的意志或思想，让他们对自己做那样的事？而且，仅仅在片刻之后，她为何能保持如此冷静的样子？每次回想起发现审讯官死亡，我们并肩坐在小牢房里，直到卫兵冲进来那段时间，我都愈发肯定医生出于某种原因知道我们会获救，知道国王会突然面临生命危险，亟须她去救治。可是，她为何如此肯定呢？

也许阿德兰是对的，这里面涉及了巫术。也许医生有个看不见的保镖，能在坏蛋脑袋上留下鸡蛋大的肿包，也能在我们身后神不知鬼不觉地溜进地牢，屠杀那些屠夫，并解开医生的束缚。这几乎是唯一合理的答案，但也是最异想天开的答案。

也许我确实睡着了，晕倒了，或是不省人事，随便你怎么称呼它。也许我的笃定其实是错的。

还有什么可说的呢？让我想想。

医生离开几个月后，躲藏在布罗特克恩省的乌尔里希勒公爵死了。他们说，公爵只是不小心被打碎的盘子划伤，最后导致血液中毒。没过多久，奎提尔公爵也死了，死于一种遍及四肢并令其坏死的慢性疾病。斯克林医生对此束手无策。

我成了一名医生。

奎斯国王又统治了四十年，直到最后身体都特别好。

他膝下只有女儿，所以我们现在有个女王。我对此接受良好。

最近，他们开始称女王的先父为"善王"或"伟王"。我敢说，等到有人阅读这份文件时，已经有一种称呼被确定下来了。

最后那十五年间，我一直是奎斯国王的私人医生。医生的教导和我自己的研究使我成了这个国家最好的医生，也许甚至是世界上最好的医生之一。因为当库督恩伽安确定了大使身份，使我国与德雷岑群岛共和国实现了更频繁更可靠的来往时，我发现虽然那个世界另一端的国家在许多方面与我们相媲美，甚至超过了我们，但他们在医学或其他方面并没有医生暗示的那样先进。

库督恩伽安来到我们这边生活，成了我父亲一般的存在。再后来，他成了我的挚友，并在哈斯皮德担任了十年的大使。他是个慷慨、足智多谋、意志坚定的人。有一次他对我坦白：这辈子只有一件事是他曾经做出努力，却没有完成的，那就是追踪医生，或者说查清她究竟来自哪里。

她已经消失了，所以我们无从询问。

一天晚上，海洋之犁航行在奥斯克的海面上，迎风穿过了一串无人居住的小岛，向库斯克里驶去。这时，被海员称为"链火"的绿色鬼影开始在帆船的索具上跳动。起初所有人都感到惊讶，随后开始担心自己的生命。因为那些链火比水手们曾经见过的所有链火都明亮耀眼，而且海上的风势突然变大。几乎要撕碎船帆、折断桅杆，甚至让整艘船倾倒。

接着，链火就消失了，几乎跟来时一样突然。风势减缓，恢复了稳定。于是除了守夜的人，其他人都慢慢回到了自己的船舱。一些乘客说，他们当初没能叫醒医生来看链火，但谁也没有多想。当天晚上，船长邀请医生共进晚餐，但得到了婉拒的纸条，理由是因特殊情况感到身体不适。

第二天早上，人们发现医生消失了。她的舱门从里面上了锁，人们不得不强行撞开。舱室用来通风的舷窗被打开了，但是窗口实在太小，她不可能钻过去。很显然，她的所有行李，或者说大部分行李还在船舱里。人们把那些行李打包起来，打算送往德雷岑，但出奇的是，那些行李也在接下来的航行途中消失了。

库督恩伽安跟我一样，在将近一年后听闻了这些消息。从那以后，他就开始执着地想让她的家人知道她的经历，以及她在哈斯皮德做的好事。可是他在纳普西利亚岛和普雷塞尔城打听了无数遍，还亲自去打探了好几次，尽管他有很多次几乎快要找到跟她亲近的人了，到最后还是空手而归，从未真正找到过任何见到过或者认识女医生沃希尔的人。不过，我想那只是让他在临终时无比懊恼的少数几件事之一，除此之外，他的绝大部分人生都富有影响力，并且成就非凡。

老卫队司令阿德兰晚年遭受了严重的病痛。我想，侵蚀他的疾病应该类似于多年以前夺走奴隶主唐奇的那种慢性病。

我得以减轻他的痛苦，但是到了最后，他还是难以承受。我的老主人对我发誓，正如我一直以来怀疑的那样，他就是那个把我从化作焦土的德拉城家中、从我父母的尸体怀中救出来的军官，但他是怀着内疚的心情把我送进了孤儿院，因为正是他杀死了我的父母，烧了我的家。他在痛苦的临终之际说，我一定想杀了他。

我选择不相信，但还是尽我所能加速了他的死亡。不到一个小时后，他平静地死去了。他说那些话时心神肯定已经不正常了，但我还是短暂地相信了他，甚至想延长他的生命，让他遭受更多的痛苦。

阿德兰死前还恳求我，让我告诉他那天晚上在酷刑室里究竟发生了什么。他尝试开玩笑说，如果奎斯在医生离开不久后没有把酷刑室改造成酒窖，他可能会命人把我带过去审问，以获得真相。我觉得他应该是在开玩笑。我难过地告诉他，自己已经在写给他的报告中说明了当时发生的一切，那已经是我的记忆和表述能力的极限。

我不知道他是否相信我。

现在我也老了，再过几年也将离开人世。王国和平昌盛，甚至还发生了医生所说的进步。我有幸成为哈斯皮德医科大学的第一任校长，这是我莫大的荣幸。我还肩负过皇家医学院第三任院长的荣誉职责，后来又转任城市顾问，负责监督国王慈善医院和救济院的建设。我身为一个出身如此低微的人，能够在这个进步的时代以如此多的方式为国王和人民服务，为此，我感到无比自豪。

世界上自然还存在战争，只是最近在哈斯皮德这边比较和平。即便如此，还有三个所谓的帝国正在互相征伐。他们的战争没有任何成果，无非是让世界其他地区摆脱了帝国的暴政，得以按照不同的方式发展繁荣。我们的海军似乎经常打海战，但那些战争通常离得很远，我们又总是胜利的一方，因此它们都不像是真正的战争。再往前追溯，拉登西恩的男爵得到了教训：帮助他们抵抗一个统治者的势力有可能在他们尝试摆脱所有统治时掉转矛头。当然，弑君者乌尔莱恩死后，塔萨森发生了内战，事实证明耶阿米多斯是个糟糕的国王，但年轻的国王拉登斯（好吧，我承认，他已经不那么年轻了，但在我眼中他还是那个样子）补救了大部分问题，并把国家打理得井井有条，近来更是安分守己了。我听说他很有学者风范，这在一位国王身上是个不错的特质，只要做得不太过分。

但那是很久以前的事了。这一切都已经过去。

嫔妃佩伦德的故事构成了我的故事的对立面，我将它加入这份记录时基本没做任何修改，只对她偶尔过于华丽的辞藻和文风做了一些调整。这是我在哈斯皮德另一位藏书家的图书馆中读到一个戏剧化的版本时，自己去找出来的故事。

我选择让她的故事终结在那个时间点，是因为在那之后，两个版本的分歧变得非常大。我读到的第一个版本以三幕剧的形式出现，保镖德瓦为了给死去的主人报仇，用剑刺死了佩伦德夫人，最后回到他的家乡半隐王国。在那里，他的真实身份被揭穿——他其实是一位王子，但由于某个不幸但荣耀的误解，被他的父亲废黜了。接着是他与弥留之际的父亲和解，中间穿插着漂亮的演说，最后德瓦即位，成了一位好国王。我承认，我个人认为这个结局在道德上更令人满意。

其次是号称佩伦德夫人亲手记录的版本。作者表示之所以留下这份记录，是为了抵制耸人听闻的不实之词。在那份记录中，被她辜负、主人被她刺杀的保镖德瓦牵起她的手（她当时甚至还没洗净手上的血迹），带她走出了后宫，并告诉那些在外面紧张等待的人：乌尔莱恩很好，因为得知了儿子没有大碍，总算放下心来，陷入了沉睡。

德瓦说要带嫔妃佩伦德到卫队司令泽斯皮尔的办公室，与下毒并指控嫔妃的护士对质。因为他怀疑那个指控是假的。随后，德瓦向内侍总管斯蒂克道歉，交还了钥匙。他吩咐几个赶过来的卫兵留在原地，其余的则回到原来的岗位上。接着，他就领着佩伦德夫人离开了，态度礼貌而坚定。

为他们提供坐骑的马夫目睹二人离开了王宫，许多诚实可信的市民也看见他们出城了。

就在他们骑马穿出城市北门时，斯蒂克尝试打开后宫顶层通往小院子的门。

但是钥匙塞不进去，因为锁孔被什么东西堵住了。

人们最后把门撞开，发现锁孔里的异物是一小截手指形状的大理石，显然来自小院中央喷泉的一个少女雕像。

后来，人们又在小院另一端的卧房里发现了乌尔莱恩的尸体。他的血浸透了床单，身体已经冰冷。

德瓦和佩伦德没有被抓住。他们经历了不为人知的冒险，最后进入半隐王国莫特罗奇。奇怪的是，那里没有人认识德瓦，而德瓦却对其了如指掌，并且迅速为自己建立了良好的声誉。

两人后来成了商人，还创办了一家银行。佩伦德这份记录构成了故事的另一半。他们结了婚，几个儿子（据说还有女儿）直到今天仍在经营着据说足以跟我们的米菲利家族相媲美的贸易企业。据报道，该公司的标志是一个简单的圆环，就像空心圆管的切面。（我怀疑这个符号也是两个故事之间不止一处的对应关系之一，但考虑到这里面的含义对我这个老家伙来说太过令人困惑，我决定把它留给读者，让他们自己去揣摩并发现相似之处，得出各自的结论。）

总而言之，据说德瓦和佩伦德五年前都死于一场隘口的雪崩，无情山峰上的冰雪成了他们唯一的坟墓。不过，他们显然都度过了漫长而幸福的婚姻生活，因此我要重申，我更喜欢他们前一个版本的命运，纵使没有任何事实能够证明。

现在，我这个分裂的故事结束了。我很肯定里面还缺失了很多内容，如果我能多知道一些，多发现一些，必定还能添加更多的细节。但是正如我在上面所指出的，有时（实际上可能是经常），人们不得不满足于现有的东西。

我的妻子很快就要从集市回来。(是的，我结婚了，并且一如既往地爱着她，只因为她是她，而非贪恋曾经失落的爱。但我承认，她长得确实有点像那位好医生。)她带着两个孙辈去看礼物了，并计划在回来后让我陪孩子玩。现在我老了，很少再做实际的工作，但生活还要继续。

目 录

鸣谢 ·· i
编者简介 ··· i

第一章 犯罪场景和疯狂的可乐治愈法
　　——关于心理治疗作业这一奇妙世界的介绍 ·············· 1
　　霍华德·G. 罗森塔尔

第二章 惊魂之夜——探究心理治疗家庭作业的阴暗面 ·········· 21
　　霍华德·G. 罗森塔尔和杰弗瑞·A. 科特勒

第三章 家庭作业 ·· 30
　　帮助别人和"新的自信的你"打交道 ······················· 30
　　罗伯特·E. 艾伯蒂,哲学博士
　　在所处关系中获得额外的观点 ······························ 34
　　史蒂夫·安德烈亚森,文学硕士,和康尼瑞尔·安德烈亚森,
　　　哲学博士
　　"反驳"扭曲的思想 ··· 40
　　帕特里夏·阿雷东多,教育学博士
　　靠网上冲浪达到你的职业梦想 ······························ 43
　　爱德华·贝克,教育学博士,临床认证心理健康咨询师,
　　　美国国家认证心理咨询师
　　复习治疗笔记 ·· 45
　　朱迪思·S. 贝克,哲学博士

在一起的时间 …………………………………………… 48
　　多萝西·S. 贝克渥,哲学博士,和拉斐尔·J. 贝克渥,哲学博士

社区志愿服务：识别影响和制定计划 ………………… 51
　　马拉·伯格-韦格,哲学博士,执业临床社工,和朱莉·伯肯
　　　梅尔,哲学博士,执业临床社工

灯光,摄像,开拍!!! 通过电影做出新意 ……………… 55
　　鲍伯·伯图里诺,哲学博士

中断诱导 ………………………………………………… 58
　　克劳蒂亚·布莱克,哲学博士

三人组 …………………………………………………… 62
　　理查德·N. 鲍利斯,文学士,STM

冥想解决 ………………………………………………… 66
　　约翰·D. 博伊德,哲学博士,美国专业心理协会,美国心理
　　　催眠协会

一份危险的作业 ………………………………………… 68
　　彼得·R. 布利金,医学博士

继续追求幸福：给夫妻们的一份家庭作业 …………… 70
　　帕特里夏·布巴斯,教育学硕士

来自未来的信 …………………………………………… 73
　　克里斯丁·拜瑞尔,MPF,EAP

爱人：在所有来访者中促进社会兴趣 ………………… 78
　　乔恩·卡尔森,心理学博士,教育学博士

群组中的以来访者为中心的作业 ……………………… 79
　　玛丽安·施耐德·科伊,文学硕士,和杰拉德·科伊,教育博士,
　　　美国专业心理学会

婚姻咨询测试的家庭作业 ……………………………… 83
　　雷蒙德·J. 科尔西尼,哲学博士

积极行动的标签：在家庭治疗中利用治疗性符号 …… 87
　　理查德·H. 考克斯,哲学博士,美国专业心理学会

来访者的自我监控、自我报告和自我干预·················· 89
  苏珊·R. 戴维斯,哲学博士,和斯考特·T. 梅尔,哲学博士

"好像":扮演想要的图式变化 ·························· 91
  基思·S. 多布森,哲学博士

之字形技术 ·· 94
  温迪·德莱顿,哲学博士

理性情绪行为疗法自助表和阅读材料 ···················· 99
  阿尔伯特·埃利斯,哲学博士

给独立个体和夫妻治疗的行为作业:行为改变的纠正建议 ······ 102
  罗伯特·W. 费尔斯通,哲学博士

我们能和不能改变什么:应对消极声音 ····················· 107
  亚瑟·弗里曼,教育博士,美国专业心理学会

天真幼稚者、愤世嫉俗者、现实主义者 ···················· 116
  克里斯·弗雷,社会工作硕士

情感缺陷:关系的调节 ································· 119
  斯特林·K. 格伯,哲学博士

太阳—云—树:一个带来改变的放大/减小技术 ·············· 122
  塞缪尔·T. 格拉丁,哲学博士

摆脱不幸福夫妻的七个致命习惯 ························· 124
  威廉·格拉瑟,医学博士

信任圈:悲伤支持 ····································· 126
  琳达·戈德曼,理学硕士

用心理治疗名片进行有效干预 ··························· 129
  保罗·A. 豪克,哲学博士

我爱露西育儿技巧 ····································· 135
  洛娜·L. 赫克,哲学博士

《生命意义评价量表》——给来访者的意义疗法家庭作业 ········ 138
  罗斯玛丽·亨里瑞恩,护理学硕士,教育学硕士,美国注册
  护士

自我概念调整策略························· 141
约瑟夫·W. 霍利斯,教育学博士

学习如何倾听:把微咨询的基础技能带回家········· 143
艾伦·E. 艾维,教育学博士,美国专业心理学会

为不情愿的来访者扩展选项··················· 149
穆里尔·詹姆斯,教育学博士

我想要什么?···························· 152
杰斯伯·尤尔,文学硕士

成为一名治疗师:帮助来访者尝试"我自己的治疗" ······· 154
尼古劳斯·柯尚迪,哲学博士

"J"字与"A"字的石头:对待嫉妒、愤怒和冲动反应的家庭作业
  任务······························ 157
布雷福德·基尼,哲学博士,克莉丝汀·劳森,哲学博士生,
  和梅利莎·鲁斯,理学硕士

不可思议的家庭作业······················· 159
沃尔特·肯普勒,医学博士

应对链································ 162
梅利莎·T. 科伦布拉特-汉宁,社会工作硕士,社会工作者
  学会会员

由家庭作业构成的心理疗法:少说话,多互动
  ——一个彻底打破旧传统的观点················· 164
卢西亚诺·雷贝特,哲学博士,美国职业心理学考核委员会

在现实世界中重塑一个全新的自我··············· 174
阿尔文·梅尔,哲学博士

翻转情感:纸盘活动······················· 177
吉恩·马尔诺洽,社会工作硕士,和贝丝·哈索,理学学士

驯服 PIT 怪物 ·························· 178
小马克西·C. 玛尔兹比,医学博士

偷听以加强社交技巧······················· 186
克里夫顿·米歇尔,哲学博士

生命的印记 ··· 189
　罗伯特·A.奈梅尔,哲学博士

最喜欢的咨询分配任务：基础知识 ············· 191
　理查德·C.尼尔森,哲学博士

多样化的家庭作业是生活的调味品：一个选择家庭作业的
　发展和诊断方法 ···························· 195
　爱德华·C.纽克鲁格,教育学博士

创造一个新的家庭戏剧 ··························· 200
　弗雷德·纽曼,哲学博士

挖掘出洞：自我破坏和问题赌徒 ················· 204
　利亚·诺尔,法学博士,哲学博士

挑战身体比较：建立正面的身体意象 ············· 206
　苏珊·J.帕克斯顿,哲学博士

业余时间的治疗师 ································ 209
　霍华德·G.罗森塔尔,教育学博士,国家认证心理咨询师,
　　注册临床心理健康咨询师,MAC,执业咨询师,创办公共
　　事业注册从业者董事会

理解和应对转变 ···································· 212
　南希·K.施罗斯伯格,教育学博士

引进小丑 ·· 216
　加里·斯库塞斯,文学硕士

神奇的个人便笺技术 ······························ 217
　梅格·塞利格,咨询教育硕士

止痛治疗：缓解自杀患者的心理痛楚 ············· 221
　埃德温·S.施耐德曼,哲学博士

在家庭治疗中利用嘻哈音乐来建立密切关系 ······ 225
　卡瑟琳·福特·索里,哲学博士

转换和弹橡皮筋技术：打破消极习惯,减轻痛苦 ··· 233
　伦恩·斯佩里,医学博士,哲学博士

开放：情感的注意—命名—支持法 ····················· 236
　　罗伯特·塔伊比,社会工作硕士,临床社会工作者
优势和资源的支持地图 ····························· 239
　　苏珊·史泰格·泰伯,哲学博士
有益健康的行为日记 ······························· 244
　　唐纳德·I. 邓普勒,哲学博士,注册有处方权临床心理学家,
　　BCFE
用心理教育的生活技能干预模型来最大化人类潜能 ············ 246
　　罗斯玛丽·A. 汤普森,教育学博士,全国教会理事会会员
　　（NCC）,低工资委员会委员（LPC）
核心理治疗的家庭作业案例：诗歌、绘画和触摸 ············· 257
　　艾琳·沃肯思德恩,医学博士
给混血身份者的阅读疗法作业 ························ 260
　　比衣·韦尔利,哲学博士
大北极 ····································· 263
　　威廉·J. 威克尔,哲学博士
生命线 ····································· 265
　　艾拉·大卫·韦尔奇,教育学博士,美国专业心理学会
家庭愤怒管理的"无聊"方法 ························· 267
　　杰丽·王尔德,哲学博士
改善家庭关系的黄金时间 ··························· 268
　　罗伯特·E. 伍伯汀,教育学博士

第四章　心理咨询中的家庭作业 ························ 272
　　克里斯多夫·E. 海和理查德·T. 金尼尔

第五章　实施心理咨询和治疗家庭作业的十五个建议 ············ 284
　　霍华德·G. 罗森塔尔

鸣　谢

我亲爱的读者们,这是一本具有里程碑意义的书:它比之前任何已出版的著作,包括此书的最初版本包含了更多由技术精湛、杰出的治疗师们分享的心理治疗家庭作业策略。文本中甚至包含(我敢说)一些传说。我们梦之队的专家们包括阿尔伯特·埃利斯(Albert Ellis),威廉·格拉瑟(William Glasser),艾伦·E. 艾维(Allen E. Ivey),理查德·N. 鲍利斯(Richard N. Bolles),朱迪思·S. 贝克(Judith S. Beck),帕特里夏·阿雷东多(Patricia Arredondo),小马克西·C. 玛尔兹比(Maxie C. Maultsby Jr.),彼得·R. 布利金(Peter R. Breggin),克劳蒂亚·布莱克(Claudia Black),乔恩·卡尔森(Jon Carlson),卢西亚诺·雷贝特(Luciano L'Abate),尼古劳斯·柯尚迪(Nikolaos Kazantzis),沃尔特·肯普勒(Walter Kempler),温迪·德莱顿(Windy Dryden),罗伯特·W. 费尔斯通(Robert W. Firestone),亚瑟·弗里曼(Arthur Freeman),穆里尔·詹姆斯(Muriel James),杰弗瑞·A. 科特勒(Jeffrey A. Kottler),塞缪尔·T. 格拉丁(Samuel T. Gladding),埃德温·S. 施耐德曼(Edwin S. Shneidman),杰拉德·科伊(Gerald Corey),玛丽安·施耐德·科伊(Marianne Schneider Corey),洛娜·L. 赫克(Lorna L. Hecker),利亚·诺维(Lia Nower),康尼瑞尔·安德烈亚森(Connirae Andreas),史蒂夫·安德烈亚森(Steve Andreas),多萝西·S. 贝克渥(Dorothy S. Becvar),拉斐尔·J. 贝克渥(Raphael J. Becvar),阿尔文·梅尔(Alvin R. Mahrer),加里·斯库塞斯(Gary Schultheis),鲍伯·伯图里诺(Bob Bertolino),贾斯珀·尤尔(Jesper

Juul),罗伯特·A. 奈梅尔(Robert A. Neimeyer),伦恩·斯佩里(Len Sperry),雷蒙德·J. 科尔西尼(Raymond J. Corsini),保罗·A. 毫克(Paul A. Hauck),南希·K. 施罗斯伯格(Nancy K. Schlossberg),威廉·J. 威克尔(William J. Weikel),罗伯特·E. 伍伯汀(Robert E. Wubbolding),等等。

我唯一的成名原因是我创造了使之发生的媒介。这儿真正的明星是我们富有创造力的心理咨询师和治疗师阵容。这些人每个都拥有一种非常特别、稀有的天赋。每个人都知道——如何帮助那些经历痛苦的人并足够友好地与他人分享。例如，一段和穆里尔·詹姆斯十五分钟长的聊天，很可能比在沙发上一年之久的宣泄对情感更有益，并且给人留下我们真的是*生而为赢*的印象。让我们暂停，给我们所有的编著者当之无愧的热烈掌声。没有他们智力和技术上的慷慨奉献精神，就不可能有本书。这些编著者非常认真地对待写作他们的家庭作业这份任务。我知道，他们中的很多人反复与我联系获取反馈。而其他的编著者则不顾他们正忙于大量项目或正经历极端的个人困境的事实来完成这一工作。特别鸣谢埃德·贝克，尼古劳斯·柯尚迪和沃尔特·肯普勒推荐了其他编著者，这使得艰巨的编写工作变得容易。

接下来，荣誉属于位于弗洛里森特山谷图书馆的圣路易斯社区学院的乔安妮·格兰尼斯(Joanne Galanis)教授，感谢她非凡的研究协助。我也要感谢我的编辑达纳·布利斯(Dana Bliss)。达纳无疑是我共事过的最好的图书编辑。

我妻子，帕特里夏(Patricia)，一名颇有造诣的社会工作干预策略学者，为本书提出了许多宝贵建议，更不用说她和我的儿子们，保罗(Paul)和帕特里克(Patrick)，被迫容忍我与我的手稿近乎病态依赖的关系。

最后，感谢两位非常特殊的绅士——我的先父默尔·刘易斯·罗森塔尔(Merle Lewis Rosenthal)，我所认识的最好的作家，和已故的编著者约瑟夫·霍利斯博士(Dr. Joseph Hollis)，他信任我的想法和我的写作风格,并慷慨地给了我写书的起点。许多人尽其一生也未必有好运遇见一个人,能有约瑟夫·霍利斯博士这样的眼力和正直。所以,我认为自己是一个非常幸运的人。

请记住,不要为今晚做任何计划,因为……你有家庭作业!

编者简介

霍华德·G. 罗森塔尔（Howard G. Rosenthal, EdD），教育学博士，密苏里大学圣路易斯分校硕士，圣路易斯大学博士学位获得者。他是畅销的心理咨询综合测试备考书和音频项目 *Encyclopedia of Counseling: Master Review and Tutorial for the National Counselor Examination, State Counseling Exams, and the Counselor Preparation Comprehensive Examination* (Special 15th anniversary edition)，及 *Vital Information and Review Questions for the NCE, CPCE, and State Counseling Exams* (Special 15th anniversary edition)的作者。他也编辑了有史以来的第一本公共事业词典（*Human Services Dictionary*），其独特之处是书中的定义帮助读者回答了考试中典型的或原型性的问题。他的资料帮助全国各地的心理咨询师顺利通过州资格考试、执业考试，或是他们的学业考。

罗森塔尔博士幽默且易懂的写作风格使他与其他一些具有影响力的作者享有同等声誉，这些作者与作品包括 Barry Sears 与他的 *Zone Diet* 丛书，Mark Victor Hansen（"心灵鸡汤"系列的合著者）为 Jeff Herman 出版公司所著的 *You Can Make It Big Writing Books: A Top*

Agent Shows You How to Develop A Million-Dollar Bestseller。

作者其他受欢迎的图书(包括与本书的配套书)有：*Favorite Counseling and Therapy Techniques*（2nd edition）；*Not With My Life I Don't: Preventing Your Suicide and That of Others*；*Before You See Your First Client: 55 Things, Counselors, Therapists, and Human Service Workers Need to Know*；*Help Yourself to Positive Mental Health*（与 Joseph W. Hollis 合著）和 *Therapy's Best: Practical Advice and Gems of Wisdom From Twenty Accomplished Counselors and Therapists*。目前,已经有 10 万人听过他活泼、幽默的演讲,这使得他成为中西部地区最受欢迎的演讲者之一。

罗森塔尔博士由于出版《教授成功》(*Teaching for Success*)一书而获得了美国国家"年度教学技巧奖"。他被圣路易斯社区学院列于名人堂,获得爱默生卓越教学奖,并被编入《美国名人大辞典》(*Who's Who in America*)。他已经在 *Counselor: The Magazine for Addictions Professionals* 杂志发表 20 多篇文章,并且多次为心理健康专栏撰稿。

他现在是位于弗洛里森特的圣路易斯社区学院公共事业与成瘾研究学科合伙人和教授,并且在位于密苏里州的韦伯斯特大学韦伯斯特格罗夫斯校区讲授研究生课程。他本人的网络地址是 www.howardrosenthal.com。

第一章

犯罪场景和疯狂的可乐治愈法

——关于心理治疗作业这一奇妙世界的介绍

霍华德·G. 罗森塔尔

> 心理治疗可以在办公室里开始,但是它必须在办公室外能持续下去。当开展治疗时,作业便是使这一过程开始的好方法。
> ——威廉·格拉瑟博士(Dr. William Glasser)现实疗法之父
> 致霍华德·罗森塔尔博士的私人信件
> 1999年1月28日

萨拉(Sarah)以这一事实为豪:当他们以为她并不在听的时候,那个资助她建立零售业的人称她为"有毒的商人"。像诸多其他的治疗师一样,我花了无数时间辅导施虐的男性,但这次的来访者是个例外。萨拉,她认可自己是一个虐待男性家属者,并为之骄傲。她的精神科医生把她从当地的减压小组放出来后送到了我的病后调养小组。在她残忍地用一个铁质台灯敲打她的丈夫唐(Don)之后,她被迫承认了这点。由于严重的割伤、擦伤、青肿,唐在当地的急诊室接受了治疗。这已经不是唐第一次成为恶性攻击的受害者。

当我问萨拉为什么要用客厅的铁质台灯攻击她丈夫时,她怒瞪了我一眼并且咆哮道:"他回家时傻乎乎地舔着一个冰淇淋,但没有给我也买一个,明白了吗?"

这对夫妻有没有试过婚姻咨询呢?当我与唐单独会话时,他告诉我"很多次了","但在这些会面后,我常常会为此付出代价"。

"付出代价?"我问,"是怎么样的?"

萨拉会挑剔唐在会话过程中说的每一句话,而那些话甚至并不是批评她,于是她常常对他进行身体攻击,除了之前提到的客厅台灯,盆啊锅啊也常常会被选择为武器。

"我爱她",他羞怯地承认道。"虽然如此,我可能不久就要离开她。坦白地说,罗森塔尔博士,我怕我的妻子。"

我们治疗小组所有关于她的汇报,都明显地体现了她对男性的强烈敌意。我向读者保证我的治疗师身份并没有使我能够豁免于她那刻薄的愤怒。

与这位聪明、受过良好教育的、吸引人的 34 岁女性的治疗对话揭示了她在婚姻范围之外也有与婚姻中相似的表现。我或许应该补充上,无论是否在小组治疗环境中,她在女性面前从未有不适当的敌意。

在许多场合,萨拉的唯一目的就是向一些外形丑陋低劣的家伙挑衅,她极富表现力地像"打杂肮脏的当地小酒吧"似的建立关系。萨拉进去的时候"包挟"着一把隐刃刀或是一个碎冰锥,仅仅是为了以防万一她需要一些额外的"火力"。作为一个节制饮酒的中上等阶层女商人,她的这些行为几乎无法与她的地位相称。

够有趣的是,萨拉在身体和口头上虐待男性的事实明显是一种自我协调障碍(ego syntonic disorder)。这就是说,她并没有真正感觉到她的行为是不正常的,并且我从未听到她有表达过想要改变这方面行为的渴望。

萨拉确实想要得到治疗,然而,她想要在最糟糕的时候进行。她的愤怒攻击是可预见和无情的。每晚她几乎都能精准地在清晨 3:50 醒来。然后会呼吸急促、大量出汗,并且体验到深刻的心跳意识。继而一股强烈的恐惧感侵入全身,使这个在醒着的时候无比吝啬、坚韧、狂傲的女人被惊慌和垂死的恐惧所打败。她一夜又一夜亲历这种令人恐惧的情境。

萨拉经历过无数富有创造性的住院医师和门诊医师的治疗,但全无益处。在他们的名字后面装点着医学博士、哲学博士、社会工作硕士、社会福利工作博士、教育学硕士、教育学博士和心理学博士的头衔,这些助人者都使她的记录变得熠熠生辉。尽管我对他们中许多人的洞察力和干预方法感到惊讶,但最终结果是,当时钟的指针缓缓地指向并逗留于凌晨四点那个记号时,那个焦虑怪兽总已准备好闪现它的尖牙。

大量的精神科药物和自然疗法未能改善这种可怕的情况。

她有没有找过女性治疗师呢?"是的,我曾找过很多。她们都非常和蔼,但是情况没有任何改变。"足够回答这个假设了。

她有没有试过被催眠?"有,很多次了。"

生物反馈?"变得严重了,当然。"

我必须对读者讲真心话,尽管我有丰富的经验、接受过大量的训练,但我对如何帮助这位女士没有实质的概念。

当我实施认知策略时,一般是这样的,"不要告诉我要怎样思考",反之,我的移情反应通常是屈服于类似"不要告诉我我的感受是怎样的"这种话。

我提出了奇迹问题,却被我的来访者告知,"把你的以短期战略解决方案为导向的素材用到那些同样相信圣诞老人的人身上吧,罗森塔尔。在那儿,做那个,它不会蹲着的。"

然而突然那就发生了,就像弗洛伊德的史诗中的一幕似的,它仅仅是我们所需的一个治疗休息,或者我是这样认为的。在一场我们无节制地花费了许多时间详述来访者童年时期的细节上的会话后,她回到家并且生动地再体验了那些被压抑的记忆。我确信那对她具有纪念碑式的治疗价值。

萨拉回想起当她大约六岁的时候,她和爸爸住在位于一间小酒馆楼上的小公寓里。(萨拉的妈妈在她还是婴儿的时候就死于不明并发症。)萨拉记得她坐在那个从他们公寓通向酒吧门口人行道的楼梯井里。一天晚上,当她坐在楼梯台阶上玩着洋娃娃时,一个正离开酒吧的醉酒的男人冲上楼梯,口中嚷道他要强奸她。萨拉并没有真正地理解男人的话意味着什么,但她知道这不会是一个好的经历。当这个男人强奸她之后,她的脑海中不住地在问:"我的爸爸在哪儿?我的爸爸在哪儿?他正在楼下的酒吧里喝得烂醉。他应该在这儿保护我,他应该在这儿保护我啊。"

如果这是一部好莱坞电影,萨拉,武装上了这种洞察力——应该已经爬上了她的马,在一幅完美落日的画面中骑马离去,从此过上幸福生活。然而,现实生活给了她一副与心理动力的好莱坞版本相距甚远的牌局。

在现实中,伴随着复仇,萨拉的夜间恐慌持续发作,充满着对男性的敌意,包括她的丈夫。并且它在不停地加剧,直到到达又一个新的顶峰。小组中的好几个男性向我倾诉道,就如同萨拉的丈夫唐一样,他们也对自己的人身安全感到担忧。

我知道我的时间已经耗尽了。在伦理上,我不能再将萨拉·克朗(并非她的真实姓名)更长时间地留在我的小组中了。尽管我的心理疗法风格通常偏向于认知行为策略方向(或在初始阶段通过来访者中心咨询与来访者建立好关系,之后开展认知行为疗法),我决心坚持这一可能性,即她的受抑制的记忆的确是具有重要意义的,就如同众所周知的使泰坦尼克沉没的冰山,惨剧中只能明显地看到那一尖端。

我问萨拉,她成长过程中所居住的那间公寓和毗连的酒馆是否位于我们普通的地理位置,她陈述说此地离那儿还不足四十英里的车程,自从搬离那块区域后她再未回到过那个"犯罪现场"。那时她大约八岁。

"萨拉",我说道,"我希望你能够返回你所说的'犯罪现场'。我希望你能随身带个笔记本并且写下你的任何想法、感受和你所经历过的记忆。我并不在意你当时的记忆有多么愚蠢或怪异。我还希望你能够骑车到邻近街区四处转转,打量下你孩童时念的学校,寻访下在你成长过程中感觉有趣的地方。此外,我希望你能在这次寻访后始终随身带着你的笔记本,直到你返回这个小组。特别必要的是,你必须将它置于你的床边,以防万一你做了一个重要的梦。必须确保你不会受到身体伤害,并且向我保证无论发生什么,你不会再会为了想要和男性顾客打一场架而走入酒吧。"

"坦白地说,罗森塔尔教授,你所布置的'返回犯罪现场'家庭作业惊到了我,这真是难以置信的愚蠢;虽然如此,介于我已经几乎尝试过了这世上的任何其他方法,包括一些从之前的治疗师那里获得的和你这份差不多愚蠢的别的家庭作业,我猜想,再尝试一件也不至于杀了我。"

我必须承认,萨拉无疑有一种使她的治疗师保持谦卑的方法。

萨拉手拿着她的笔记本回到了她的下一个小组治疗会议中。不知怎的她甚至看上去有些不同,有些事发生了变化。她接下来向小组所诉说的使我们出神。她回到了犯罪发生的现场,并且草草记下了一些表面上看来无关紧要的记录。然而那天晚上,当她因夜间惊恐发作而醒来时,她再次体验了她所压抑记忆的终篇。我的临床预感是正确的,萨拉仅仅观察到了冰山一角。那些潜伏在表面下方的才是掌控这个神秘心理难题的最后一块病态的秘密。

从最初的冒险故事中断处,萨拉的新记忆产生了。是的,那个从酒吧里出来的男人强奸了她。之后,可怜的孩子蜷缩成胎儿一般,眼泪如小溪似的流淌在脸上,抓紧她的洋娃娃以获安慰。简单来说,她处于一种心理冲击的状态。最后,像到了一个来世一样,她看见她的爸爸走上了楼梯。她的爸爸代表安全——会在她需要的时候保护她、拥抱她、给她安慰。

他俩走入了公寓,萨拉告诉了父亲刚刚发生的事。她的爸爸并没有安慰她,反而爆发出一阵笑声。他的呼吸中有着无法抵抗的酒精气味,"我也打算要强奸你",他宣布道,仍然在控制不住地大笑。

他确实强奸了她,但是萨拉的精神和身体无法再承受另一次地狱般的攻击。她的头脑想要逃离:游离的,超然的,想要从极度痛苦中逃跑。由于那时萨拉已经学会了认时间,她抬头看向时钟并且开始对自己念道:"现在是三点五十,现在是三点五十。"

萨拉抬起头，其他组员都入迷了。她终于能够与这个在最近三十年中远离她，一直封锁在她脑海里的邪恶秘密面对面。她有了开始进行认知重建过程的洞察力。她的症状能够讲得通了，她能够正常对待发生在她身上的事了。在她成年后第一次，生命中的光被点亮了，她可以处理现实生活中常常面临的严峻事实。慢慢地却也无疑地，她的夜间惊恐发作开始平息了，她可以安然在睡眠中度过那个不吉的四点。就像一架高性能战斗机飞过，所留下的雾化尾迹慢慢开始蒸发一样，她的愤怒也开始驱散。这将花上一段时间，但至少萨拉正走在复原的道路上。

这个治疗传奇并没有运用任何方法、模式或形式去证明心理动力方法的优越性。然而，它是一种对心理治疗家庭作业所具有力量的闪光证明，我深信这种家庭作业实质上可以在任一形式的伦理干预中被利用。

治疗家庭作业完成中的简易性和艺术性

一些我与之交流过的治疗师认为，有效的家庭作业任务本质上应该是非常复杂、繁复、难懂或深奥的。事实并非如此。恰恰相反，往往最简单的策略可以引出最不同凡响的结果。

我回忆起，曾有一个女人因为感觉她的丈夫沉默寡言而来见我。当她提议两人一起去见婚姻咨询师时，她的丈夫声明他并没有觉得他们间的沟通有问题，拒绝了她的提议。我记得我之前在研究生院时的教授之一，拉斐尔·J.贝克沃（Raphael J. Becvar）（也是本书的一名撰稿者，一名公认的婚姻、家庭、夫妻问题咨询专家）说过，在许多案例中，任一变化，即使是一个微不足道的变化，都可能会引发家庭系统中的重大变故。

我在上述假设下开展工作，询问来访者她的一天是如何开始的。她告诉我，在过去的23年中，她都帮她丈夫把他最喜欢的品牌可乐拿到床上。我建议她帮她丈夫拿一个不同品牌的可乐，并让我知道之后发生了什么。这个女人有点惊恐，因为她害怕她丈夫会彻底大发雷霆。

虽然如此,我的来访者还是同意去尝试一下。结果表明她的预测是正确的:的确她的丈夫火冒三丈,一场关于她的不恰当行为的争辩随之而起,这对夫妇在这天所谈论的话远超他们在过去的这么多年里说过的话。(这提醒我想起了一些政客的说法,即他们宁愿人们不喜欢他们,也不愿意人们对他们根本没有意见。)尽管这对夫妇的情况当然没有变成很理想的一种,然而那场由错误的可乐所引发的争辩开了先例,他们的交谈频率逐步上升到了来访者满意的程度。

一些家庭作业任务,不同于之前所提及的两种,根据需要,可以由一个周期,或不间断的活动组成。请允许我再多分享一个,有点不寻常的"可乐治愈"。我的一个男性来访者最近告诉我,由于有严重的焦虑、沮丧和一种势不可挡地想要自残的欲望,他被火速送往一个急救中心。而这样的事已经发生过很多次。主治医师尝试利用药物使他镇定下来。当医生为他进行静脉注射时,他开始大叫着想要某一特定品牌的可乐。"在那个时候我可以为了可乐去死",他告诉我。当他得到了他所选择的饮料后,他的惊恐、沮丧和自残的念头几乎瞬间就减轻了。

急救中心的职员们都惊讶极了。坦白地说,我也是。事实上,在超过 20 年的治疗中,我从未碰到过如此相似的事。"为什么你认为那个特定牌子的汽水会如此有效呢?"我问。

"哦,实际上那非常简单,"他回答,"我的妈妈和爸爸非常残暴,我受到了身体上和情感上的虐待。但作为一个小孩,有几次当我生病时他们给我这个牌子的汽水。我相信这是我整个生命中他们唯一对我仁慈、给我安慰的时刻。"

我因此给了我的来访者一个简单的作业:他应该总是在他的家里放上一瓶或一罐这一品牌的汽水,同样在他的车上也是如此,并且只有当他感觉惊慌、有自毁倾向或极度压抑时,他才应允许抿几口饮料。为避免习惯性反应,来访者被指示决不在吃饭时、社交活动时或为娱乐目的而喝饮料,它已经被特定用作为一种急救药品。时至今日,这一技术一直十分有效。可乐治愈法万岁!

同样值得注意的是隐秘的家庭作业任务(或与公开任务结合的隐

秘任务)常常会产生巨大的影响。

凯蒂(Katie),27岁,一名才华横溢的广告总监,在她发现她的男友鲍勃(Bob)与办公室里的另一个女人有染后来寻求治疗。

"告诉我关于那个女人的事。"

凯蒂说每个人,包括凯蒂本人到目前为止都很喜欢她。不仅是因为"那个女人"可能是最受欢迎的职员,而且她也同样是广告社里的后起之秀。她的个性非常棒,另外,她之前还曾做过泳装模特。

我猜想我保护性的一面暗地里是想让"那个女人"在一个或更多方面次于我的来访者。如果那确实是真的,我就仅需解释给凯蒂听:水往低处流,鲍勃只是有意无意地选了一个能让他感觉自身优越的伴侣而已。(反移情,任何人?)不幸的是现实,或至少是凯蒂所感觉到的现实,破坏了我的治疗策略。因此我选择了一项同时捍卫隐秘和公开行为的作业任务。

我直直地盯着凯蒂的眼睛,"如果你打算要有外遇,你会怎样表现呢?"我打听道。

凯蒂看上去很震惊,可能用"冒犯"这个词来描述更为准确。"我永远永远,绝不可能会搞外遇!"

"是,我知道。但那不是我所问的问题。让我们仅仅假设一会儿,如果你想要和另一个男人搞外遇,你的想法、动作、感觉和行为会有哪些不同呢?我想请你细想这个假设情景,并在下次会面时和我分享你的结论。"

凯蒂再次抗议这样的行为几乎是不堪设想的,而且她可能无法给予我一个诚实的答案。她告诉我她会在这个问题上做些严肃的思考,至少,她会尝试去完成作业。

凯蒂回去了,而且使我惊讶不已的是,她完成了隐秘作业。真够惊人的是,我的来访者透露这个隐秘活动使她的严重抑郁得到了减轻。可能仅仅是因为将她的注意力放在别的而不是分手这件事上,起到了一种温和的治愈作用。

这是一些凯蒂决定将要*假设*去做的事情:

1. 表现出一种更加兴奋、活泼的举止。
2. 与同事们一起更多地交谈、欢笑和开玩笑。
3. 稍稍尝试不同的发型和颜色。
4. 做一些她认为别人可能会感觉更为性感些的穿着和化妆打扮。
5. 吃得更好一点儿并且通过锻炼最小限度地减轻些体重。
6. 做一次专业美甲。

我于是建议凯蒂,她所深思熟虑的事情中并没有哪一项是违背道德底线或下流可耻的,因此她作业任务的第二部分就是去真正实施上述六条策略。凯蒂开始表现得*仿佛她正在搞外遇*。在一段极其短的时间里,她的情绪有了明显提升。尽管对于这一情况她并不怎么激动,但她那一贯地对于鲍勃的过分执念开始平息。

几个星期之后,鲍勃回头与她商量重新在一起的可能性,凯蒂拒绝了。我的来访者已经和办公室里的另一位绅士交了朋友,并且可以想象不久的将来他们会开始约会。

另一种罗森塔尔效应?当少即是明显多的时候

心理治疗不仅可以很简单,而且如果来访者并非怀着自杀或行凶的念头,我发现有个悖论——就将它称为另一个罗森塔尔效应吧,如果你愿意的话——少往往会是更多。要来访者在会话指导之外作出很多改变,常常不如让来访者去做一些微小的、几乎注意不到的、几近不存在的一些行为上的改变来得更有效更有指导性。

拿一个决定要用固定自行车开展她的锻炼计划的来访者来说吧。很不幸,她爽快地承认她之前尝试过很多次,但是从来无法坚持这项活动超过几天。比较盛行的建议通常会是,她可以先坚持大约 20 分钟或诸如此类的废话,首先攻克第一天。我对于该来访者的建议会是:根本就不要去想它!这个来访者已经尝试过投入这个锻炼计划中,并且已经失败过了。为什么会这样呢?最大可能是,这个锻炼已经变成一种令人厌恶的体验。

取而代之的是,我指示来访者第一天只骑15秒的自行车就够了,甚至应该更进一步警告她不能骑超过15秒。第二天和第一天完全相同;没有进步就是最好的进步。到了第三天,她可以骑大约20或30秒。到第四天,她真的开始打气了……嗯,我的意思是踩脚踏板……并且迈向打破45秒记录的目标。以此类推,直到达到一个理想的时间。

对于那些主张神速进行行为转变的治疗师的建议

与其说努力神速地做出改变,不如说运用这一范式而取得的进步会以一只踝部负重的乌龟所呈现的速率、力量和加速度展开。第一天15秒钟的锻炼很可能不会让来访者喘得上气不接下气,也不会让她在第二天感到酸痛。鉴于她有充裕的时间去逐渐适应,于是骑健身自行车成了令人愉快的体验,而不是令人沮丧的惨败或引发去非处方柜台买消炎止痛药物的诱因。这项活动变成了胜利(即使在一开始时是非常小的)而非挫败。

一位男士来我这里,声称拖延症毁了他的生活。他已经推迟撰写他的论文(曾经是非常"完美"的)太久了,以至于他的博士委员会准备不再给他延期。几次与一位认知方面的治疗师和一位曾推荐他正强化计划的行为矫治专家的会话并没有改变这个情况。我给了这位男士一份作业,请他在下次会面时带来:为他的论文写三句普通的句子(而不是一句更长的句子!)。这个来访者返给我将近20页纸,看上去是出色地完成了要求!

心理游戏:当作业"就去做吧"不再起作用怎么办

一个家庭作业任务可以浓缩成类似一个智力游戏。克里斯(Chris)生活在一个相当豪华的街区。在一次消防队来过他家之后,他过来找我,称"爱管闲事的邻居们"由于他车库里堆满了数以百计快要叠到天花板的箱子报了案。消防局长解释说他的车库被认为是有消防隐患的,如果在短时间内不做出整改,他就会收到一张传票。

克里斯对于这一情况感到很气愤,并且迅速聘请了一名律师。可以这么说，他已经准备好出现在市政厅了，直到他的新律师骑车路过他的房子并且瞥到了他正巧开着的车库。这位律师打电话告诉他说，他赞成消防局长的评定，随后拒绝了这个案子。

克里斯感觉这是个里程碑似的清扫车库任务，从他告诉我的描述中看来，他的看法是非常准确的。我布置了一项大体上围绕着心理游戏所展开的家庭作业任务。

"我希望你和自己玩一个心理游戏"，我解释道。"回到家并且抽个时间好好地看下你那混乱的车库，然后说服你自己你已经完全没有办法真的去打扫车库，因为这项工作比登天还难。这应该会很容易，因为你基本上已经抱有这样的想法很长一段时间了。务必强化你脑海中的这一观念，那个地方就完全是个深坑。简直太可怕了！"

"接下来，告诉自己你要分解掉一个箱子（并且仅是一个），把它放到你的回收垃圾桶里。同时，坚定地告诉自己，不管你有多大的决心想要继续这些工作去拿走更多的箱子，你就是不会去做。"

克里斯抗议了。"好吧，我知道我是个一流的拖延症患者，但是一个箱子也没太大不了。假如，即使极度懒惰如我——下决心拆掉第二个或第三个箱子怎么办？"

"如果那情况发生了——当然可能并不会发生——再一次让自己确信你只会搬走两个箱子而不是更多。"

我想说克里斯的家庭作业为他的车库在美丽小屋中赢得了一席之地，但那是个彻头彻尾的谎言。然而他做到了，进展得很顺利，远超移走一个、两个或三个箱子，他移走了足够多的箱子好让他的一辆车能真正有了一个车顶。

本章目前所说的一些作业干预（以及成百上千的其他干预）使我确信，在许多案例中，作业任务可以并确实能够改善来访者的境况。

本书的不时进展

1998 年我为泰勒-弗朗西斯出版集团（Taylor & Francis Group）旗下的促进发展（Accelerated Development）出版社编辑过一本有创意

的书，名叫《最受欢迎的心理咨询技巧：五十一名治疗师分享他们最具创意的策略》(*Favorite Counseling and Therapy Techniques: Fifty-one Therapists Share Their Most Creative Strategies*)，根据销量（在不到一年的时间里此书成了该出版社学术类最畅销图书）以及我所受到的来自无数读过此书的人的反馈，我确信这本书提供了有价值的服务。我因此觉得，出一本续集，特别针对心理治疗作业这样一种特定类型的治疗技术，将会对咨询师和教育工作者来说非常有用，同样对初学者和有经验的临床医生来说也一样。我有一个不可思议的发现，即当现实生活中有一个来访者坐在你面前时，你永远不会有太多富有创造性的治疗主意!

鉴于如何挑选治疗师阵容的过程我已经在早期的工作中详细描述过了（罗森塔尔，1998），所以这里除了声明我保证在本领域中所有有贡献的编著者会被记为作者或编者，或两者皆是之外，我将不再做特别说明。有意这样做是为了防止我把我的朋友和同事包装在书里。诚然，我认识到这样一个事实，还有成千上万有着足够的资格但从未写过或编辑过一本书的治疗师们促成了此书。

我请所有之前为我那本治疗技术书做过贡献的51名治疗师再一次对家庭作业主题献计献策。不幸的是，有好几人已经从学术界或实践岗位上退休了。其他人则由于有很多进展中的工作，只好不情愿地婉拒了这一项目。还有些人我已经无法联络上了，尽管我已经做了最大努力。

我给了自己诗意自由，邀到一些世界上最富有创造力的治疗师来填满这些空缺：在前期工作中并不包含的领域内先锋。幸运的是，这些人中的很多人都对该项目十分热情并同意为此出力。这里并没有试图去偏好某一专业信念。因此，你会发现精神病学家、心理学家、咨询师、社工、婚姻和家庭治疗师、护士、是的，甚至是剧作家和戏剧导演都提供了心理疗法。所有的编著者都合乎情理地收到了传真信件（图 1.1）和格式样本（图 1.2）。

2008 年我们作出了更新此书，做一个新版的决定。或许最重要的决定就是，在新书中将最初版本包含的所有家庭作业技术全部保留。为什么呢？答案很简单。

尊敬的琼斯教授：

我发这封信想邀请您为我的一本名叫：《最受欢迎的心理咨询家庭作业，经典周年版》的新书投稿。这是我在2001年出版的《最受欢迎的心理咨询家庭作业》一书的更新版。

由于您是精神分析领域所公认的专家，如果您能在百忙之中拔冗指导，我将非常荣幸。来稿通常很短；尽管较长的篇幅当然是允许的，但一般来说几页纸就可以了。我相信这本书将会是很有用的，就像先前那本一样，我云集了像您一样在心理健康、精神病学和心理学界有名望的人参与制作此书。

我还附上了一份格式样本以及一份将要在此书中用到的样稿。感谢您花时间阅读此信。请速回复我您是否能够寄送一份稿件给我。祝福您未来事业顺利！希望您能给我发来稿件。

真诚地，

教育学博士，临床认证心理健康咨询师，执业咨询师，
国家认证心理咨询师，MAC
霍华德·罗森塔尔

图 1.1　给所有治疗师的信

写你最喜欢的心理咨询或治疗家庭作业的简要格式

请不要提交已在其他书籍或杂志上发表过的文章。

1. 你希望在本书中注明的署名和最高学位（例如：乔·史密斯教授）
2. 你的职业资质（例如：执业咨询师，心理学家，委员会认证精神病学家，执业临床社工等）。
3. 主要供职机构，不超过两个（例如：密苏里大学，哥伦比亚和私人从业）。
4. 主要著作。你可以用美国心理学会文献格式最多列举三本书。如果还有其他著作，可以参照"还有14本其他著作"这样简单的概括。
5. 家庭作业的名称（例如：离异家庭儿童的角色扮演）。
6. 技术适用的人群（例如：进入夫妻咨询的酒精成瘾的成年子女）。
7. 给出注意事项（例如：不要将该项技术用于有自杀倾向的人和小于18岁的来访者）。
8. 用4至6页纸来描述您的方法。如果你的方法有点长，也不是问题。如果可以，请一步一步地描述过程，尝试运用简单易懂的语言，无论何时都要避免生僻的技术术语。如果您需要引用和记录您的想法，请运用美国心理学会文献格式；如果您的想法是最新的，那么参考文献可以不用。
9. 我会尽快联络并告知您此书将在何时出版。请留下您的地址、电话和电子邮箱，以便需要对您的策略进行一些阐明。

感谢您所付出的时间、知识、援助和专长！
这本书将会给教育者和治疗师带来极大益处。

图 1.2　贡献技术的格式要求

那些传奇的人分享了他们最受欢迎的家庭作业

第一版的许多来稿来自治疗大师,他们的这些来稿不仅对新手治疗师,对经验丰富的专业人士来说也同样非常有用。为何要更换掉这些极好的点子呢?还有一个窘境就是,我们的几位大师,如阿尔伯特·埃利斯(Albert Ellis)、雷蒙德·J. 科尔西尼(Raymond J. Corsini)、约瑟夫·W. 霍利斯(Joseph W. Hollis)、埃德温·S. 施耐德曼(Edwin S. Shneidman)已经过世,因此无法再为这一新周年纪念版出力了。你要如何取代埃利斯,科尔西尼,霍利斯,施耐德曼呢?直言不讳地说,你根本就做不到。(仅在此做个记载:如果没有约瑟夫·W. 霍利斯教授,这位由衷信任我的想法的教授的协助,这一系列书极有可能无法出版。)因此,所有来源于第一版中的杰出治疗师的那些未做改动的家庭作业任务,仍将出现在此新版本中给您启发及带来阅读的乐趣。他们的遗赠将在这些书卷中继续鲜活。

此书云集了一群世界上最优秀的治疗师

我写这篇原文时的目的之一就是,让此书包含比其他已出版的有关心理治疗家庭作业的书籍更多的由著名治疗师带来的内容——目前为止,我成功了。在这次新版中我的目标更上一层楼,同时增加了更多才华横溢的咨询师,在此我只能再一次说:任务完成了。

你不可能让西格蒙德·弗洛伊德成为撰稿者,但……

请容许我分享一个幽默的小趣闻。鉴于我有点儿着了魔似的到处抓机会去找顶级治疗师来为我的这本新版投稿,我的同事责问道:"好吧,罗森塔尔,你的书里已经有西格蒙德·弗洛伊德了吗?"

现在很显然,西格蒙德·弗洛伊德不会是一个可行的选择,因为他在1939年就离开了我们。然而,作为一个前儿童虐待治疗工作者,我是一个很不错的业余私人侦探。我发现苏菲·弗洛伊德(Sophie Freud)(西格蒙德·弗洛伊德的孙女!)仍然健在。更值得注意的事实是,她曾经教授社会工作和心理治疗实践。然而最令人惊讶的一点是,她对于祖父的精神分析理论非常不满!由于我主张以卵击石,于是我联络了苏菲并邀她来稿。苏菲真的做出了回复。

亲爱的罗森塔尔教授:
　　我很荣幸收到您的邀请来为你的书投稿,但是我在很久之前就退休了,并且没有再跟进此领域的项目。很抱歉我无法为你的书投稿。
　　谢谢。
　　真诚地

苏菲·弗洛伊德

有没有不使用家庭作业的治疗师?

我不会忘记提及,在构成此书期间我被屡次问及:"什么类型的治疗师会使用家庭作业?"

就本书的撰稿者而言,更好的问题应该是:"什么类型的治疗师会不布置家庭作业?"请考虑下列编著者的名声及专家意见,以及心理治疗形式方面的变化。

- 阿尔伯特·埃利斯(Albert Ellis)是理性情绪行为疗法(REBT)的创始人,他是 75 本书籍和专著的作者,还发表过 1 200 余篇论文。埃利斯去世前,美国心理咨询协会和美国心理学会共同授予其"活的传奇"荣誉。1982 年,他被美国和加拿大心理学家评选为心理学史上第二大最具有影响力的心理学家,仅居卡尔·罗杰斯(Carl Rogers)之后,击败了西格蒙德·弗洛伊德(他排名第三)!不幸的是,埃利斯博士于 2007 年 7 月 24 日离世。
- 威廉·格拉瑟(William Glasser)是现实治疗和选择理论之父,并一直被认为是最具影响力的精神病学家之一。格拉瑟是美国心理咨询协会"活的传奇"奖获得者。精神病学与心理学研究中心曾授予他终身成就奖。

- 罗伯特·E. 伍伯汀(Robert E. Wubbolding)是现实疗法中心主任,也是不少荣誉的获得者。
- 艾伦·E. 艾维(Allen E. Ivey)提出微咨询专注技巧的概念,并且他的培训教材已被众多培训咨询师、社工和治疗师的机构使用。
- 马克西·C. 莫尔茨比, Jr.(Maxie C. Maultsby, Jr.)开创了理性行为治疗和理性自我辅导。
- 埃德温·施耐德曼(Edwin Shneidman)是美国自杀学协会的创建人。1958年,当他帮助创立洛杉矶自杀防治中心时,他真正地彻底改变了心理健康的面貌。他对玛丽莲·梦露(Marilyn Monroe)之死的调查受到了举国关注。依我拙见,施耐德曼是历史上最优秀及最具有洞察力的临床医师之一。试着在不用字典或词典的情况下阅读他的一本书或一篇文章。读下去,我打赌你不敢! 施耐德曼教授于2009年5月15日离世。
- 沃尔特·肯普勒(Walter Kempler)被认为是格式塔疗法的和家庭治疗的先驱者。
- 彼得·R. 布利金(Peter R. Breggin)是前任国际精神病学和心理学研究中心的主任,并以他所出版的《回击百忧解》和《回击利他林》为众所周知。他也常常是美国国家电视节目的座上宾。
- 罗伯特·W. 费尔斯通(Robert W. Firestone)是声音疗法的创建者,并且他还有许多领域的专业知识,包括儿童虐待、自杀预防、人际关系等。
- 朱迪思·S. 贝克(Judith S. Beck)是贝克中心的主任,该中心从事认知疗法与研究。
- 亚瑟·弗里曼(Arthur Freeman)是认识行为疗法(CBT)运动中最具影响力的人物之一。
- 理查德·鲍利斯(Richard Bolles)是有史以来最畅销求职书籍《你的降落伞是什么颜色?》的作者。
- 杰拉德·科伊(Gerald Corey)和玛丽安·施耐德·科伊

(Marianne Schneider Corey)是一些用于心理学、心理咨询、公共事业项目等最受欢迎的教科书和参考书籍的作者。
- **雷蒙德·J. 科尔西尼**是过去 150 年中最有影响力的心理学家之一。他著写了一些心理学和心理疗法方面的初级教科书及参考书籍。科尔西尼教授于 2008 年 11 月 8 日离世。
- **塞缪尔·格拉丁**(Samuel Gladding)是前美国心理咨询协会主席、前团体工作专家协会主席,现任咨询师教育督导协会主席。像科里他们及科尔西尼教授一样,他写的教科书也是该领域的主要教材。
- **康尼瑞尔·安德烈亚斯**(Connirae Andreas)和**史蒂夫·安德烈亚斯**(Steve Andreas)是神经语言程序学领域的专家。
- **温迪·德莱顿**(Windy Dryden),**保罗·A. 豪克**(Paul A. Hauck),**和约翰·D. 博伊德**(John D. Boyd)被公认为是理性情绪行为疗法的领袖。
- **比衣·韦尔利**(Bea Wehrly)是跨文化和跨种族问题方面心理咨询的专家。
- **南希·施洛斯伯格**(Nancy Schlossberg)是一名杰出的发展心理学专家。
- **多萝西·S. 贝克渥**(Dorothy S. Becvar)和**拉斐尔·J. 贝克渥**(Raphael J. Becvar)是家庭治疗方面公认的学者及教科书的作者。
- **洛娜·L. 赫克**(Lorna L. Hecker)和**凯瑟琳·福特·索里**(Catherine Ford Sori)是众所周知的致力于治疗活动和作业的《治疗师的笔记本》系列书籍的编者。
- **加里·舒尔特海斯**(Gary Schultheis)是一些有关短期治疗的家庭作业文章的合著者。
- **鲍伯·伯图里诺**(Bob Bertolino)已广泛地撰写了关于简短的解决导向疗法和治疗青少年的方法的文章。
- **罗伯特·E. 艾伯蒂**(Robert E. Alberti)参与合著了经典的自信训练书籍《你的完美》。

- 穆里尔·詹姆斯(Muriel James)参与合著了《生而为赢》,这是一本从1971年起就销售火爆的格式塔/交互分析书,已被以22种语言出版。
- 奥尔·马赫瑞(Al Mahrer)是一名美国心理咨询协会"活的传奇"奖的获得者。他还创建了体验式疗法。
- 卢西亚诺·雷贝特(Luciano L'Abate)和尼古劳斯·柯尚迪(Nikolaos Kazantzis)都是认知行为疗法领域的著名专家。最近他们编写了一本关于在心理治疗中运用作业的书籍。雷贝特教授曾创作出版、合著或编辑了超过35本书籍,并在科学和专业期刊上发表了250余篇论文。依我看来,他在此书中的贡献是那样的博学精深,与其说这仅仅是另一本家庭作业任务,不如说是一份关于心理治疗的现状和未来的哲学作品。
- 乔恩·卡尔森(Jon Carlson)拥有双博士学位,他是美国心理咨询协会的"活的传奇"。另外,他还录制了200多盘DVD和录像带,奠定了其顶尖治疗师的基础。
- 帕特里夏·阿雷东多(Patricia Arredondo)也同样荣获了美国心理咨询协会的"活的传奇"奖。她也被认为是多元文化多样性研究的权威专家。
- 克劳蒂亚·布莱克(Claudia Black)是成瘾研究、过度依赖和康复运动的领导者。
- 利亚·诺维(Lia Nower)是一名心理治疗师、律师、社工,是当今赌瘾治疗领域中的领军人物。

因此,我们的治疗师远不止于充分聚焦了自信训练、理性情绪行为疗法、认知行为疗法、格式塔疗法、交互分析、婚姻和家庭治疗、神经语言程序学、多元文化咨询、声音疗法、自杀学、成瘾、职业就业咨询、简短的策略性解决导向疗法、一种发展的视角和理性自我辅导。如果再加上未在本章节中提及,但却在本书中起重要作用的治疗师们,仅举几例来说,我们还可以添上存在主义分析治疗、哀伤辅导和核治疗。

尽管家庭作业在心理动力学或以人为中心/以来访者为中心的心理咨询中使用的频率不高，*但也会在某些特殊的情况下使用*。我的开篇冒险故事，其中我的来访者被指示去"重返犯罪场景"，以期能帮她揭露一段被抑制的记忆，就是一个完美的心理动力学家庭作业例证。两位科里对本书的贡献，同样还把艾伦·E. 艾维也包括在内的一项，展示了一名基本上非指示性的（例如：以人为中心的）治疗师可以运用家庭作业来加强治疗过程。归根结底，几乎任何合法的精神治疗范式的治疗师都会采用有效的家庭作业策略。我们中的一些撰稿人明智地指出：由于家庭作业这个词常常让人联想起消极的含义（这之后你可要感谢你在高中里最不喜欢的老师），所以当对你的来访者作出指令时，使用一个例如像*任务*或*练习*这样的同义词可能更为合适。

在本书中，你会发现适用于成人、儿童和青少年，于个体、团体、夫妻或婚姻和家庭咨询中的家庭作业干预策略。为保持材料的时新和真实，我坚持要求每个治疗师的投稿都是特别为此主题所写的。

全球学习个性化

就术语的字面意义来说，这是一本世界级的书。换言之，我们的专家来自五湖四海。尽管大多数人都居住在美国，但也有许多专家是远道而来。例如，已创作或编辑超过115本书的理情行为疗法专家**温迪·德莱顿**（Windy Dryden）在伦敦大学金史密斯学院。**贾斯珀·尤尔**（Jesper Juul）是位于斯堪迪纳维亚半岛的肯普勒研究所的常务董事，并且还是一本关于儿童的全球畅销书（八个国家）的作者。**阿尔文·R. 马雷尔**（Alvin R. Mahrer）是一名来自加拿大渥太华大学心理学院的知名治疗师，而社会工作者**克里斯丁·拜瑞尔**（Christine Byriel）则是丹麦心理治疗师协会的一员，也是欧洲心理协会的成员。认知行为疗法作业专家、屡获殊荣的治疗师**尼古劳斯·柯尚迪**（Nikolaos Kazantzis）在新西兰的奥克兰持续着一份兼职。**苏珊·帕克斯顿**（Susan Paxton），进食障碍及身体意象问题专家，从澳大利亚的拉筹伯大学心理科学学院而来加入我们中间。加拿大人**基思·多布森**（Keith Dobson）是认知治疗学会会长,也是国际认知治疗协会主席。

最后,尽管本书注定是以家庭作业为主的,但我也必须承认所有的技术(是的,甚至是家庭作业)都有其缺陷,且它们中有很多。请记住古老的医学格言:首先不要造成伤害。确实,家庭作业有其阴暗面,如果没有提到这一点便是我的疏忽。著名治疗师杰弗瑞·科特勒(Jeffery Kottler)与我将在下一章中揭秘心理治疗。

这里是给您的成功的家庭作业。

霍华德·罗森塔尔博士
密苏里,圣路易斯
2010 年 9 月

参 考 文 献

Rosenthal, H.G.(Ed.)(1998). *Favorite counseling and therapy techniques: Fifty-one therapists share their most creative strategies*. Philadelphia: Accelerated Development/Taylor & Francis.

第二章

惊魂之夜

——探究心理治疗家庭作业的阴暗面

霍华德·G. 罗森塔尔和杰弗瑞·A. 科特勒

> 不管是人是鼠,即使最周密的安排设计,
> 结局也往往会出其不意。
> 于是留给我们的除了虚无,只有悲哀和痛苦,
> 而不是指望的欣喜*。
>
> ——罗伯特·彭斯,
> 《致老鼠》
>
> 我真不知道要如何感谢你,他们不停地说着和写着,要感谢您编写出如此精彩的书!我一直不断重读这本书,发现它带来莫大的帮助。但当我们不断与他们讨论时,我们发现他们往往只遵循我们这本"精彩的书"中的一部分做了一点——或者,他们真正做的几乎都是我们所提倡的对立面。
>
> ——阿尔伯特·埃利斯博士和罗伯特·哈珀博士
> *A New Guide to Rational Living*(1997, 3rd ed., p.1)

---

* 更新后的语言。

当我在编写本书 2001 年初版的第二章时，我儿子帕特里克(Patrick)才两岁半。而我准备好编写此书的当前这章时，帕特里克走向我，并且非常有力地拽了拽我右边的衬衫袖子。我从电脑上抬头看。"摇一摇我"，他要求道。他的口吻和非言语行为明显表示出了强烈的愤怒。

"说'请'"，我说。

他的脸扭曲得更厉害了，他的愤怒逐步增长到了崩溃边缘。

"Clease"(是的，我知道你们无法在字典中找到帕特里克的口齿发音，但是我试图尽可能地精确表达)，他用一种非常令人讨厌的语气咆哮着回应我。

我依然保持着平静。"好好说"，我劝告道。

帕特里克露出了他可能最为卑鄙的表情，给了我一个对峙的凝视，肺都要气炸了似的大声喊道，"好好!"

这就是许多家庭作业的命运。最周密的计划常常导致不作为，或者更糟，灾难。

我永远无法忘记我对心理治疗家庭作业的初次体验。当时我正在接待一个大约十岁，名叫凯莉(Kelly)的少女。这个孩子逃课过多，家事法庭直截了当地通知我，由于她的极端旷课，他们正严肃考虑着将孩子进行寄养家庭看护安置。

已经没有时间采用冗长持续的心理治疗策略了，这孩子需要立刻开始上学。小女孩和她妈妈被家庭寄养这一前景吓呆了，于是，这位年轻的小姐同意听从我的指导来避免这种她们极其讨厌的情况。

当时我正在读研究生，我们的教授那时刚完成了一场演讲，内容关于利用正强化来结合作业治疗与行为合同的是非曲直。我确信通过端上一杯折中的心理治疗鸡尾酒，调配一份健康剂量的作业，和一撮斯金纳的操作性条件作用理论，我就能避免少女的寄养安置。

我的下一步就是去会见凯莉，并且迅速弄清对于这个孩子而言合适的正强化物。

凯莉提出离"惊魂之夜"没几天了，但是她没有什么可穿的。当我还在无知地为如何看待"惊魂之夜"而找借口时,凯莉转了转她的眼珠说,"嗨,你到底生活在哪个星球上?是万圣节,但你知道吗,学校里的每一个人都称之为惊魂之夜,可是我甚至连个面具都没有。"

事实上,我不知道。但是现在我知道了什么将会是这个孩子最完美的强化剂。我们讨论了她所想要的确切面具,并且我已准备好了开出完美的家庭作业方案。我告诉凯莉,如果她第二天去学校,我会给她她所需要的那个面具去参加惊魂之夜的"不请吃就捣蛋"游戏。说得委婉些,凯莉很兴奋。她欣喜若狂。她还十分热情地提议,请住在她家隔壁的她最好的朋友为她的行动作证。(嗨,好主意,为什么我就没有想到那茬呢?)

我很激动,第一,因为我确信我刚刚使出了一个世界级的心理治疗家庭作业妙计。第二,因为这位年轻的小姐向绕开国家寄养制度踏出了第一步。

当我第二天早晨到达办公室时,我收到了一个便条,说是学校的社工来电过。理所当然是她来电了,为什么不呢?我肯定她打来是为了告诉我凯莉到了班级,并且想找出我是利用了何种心理治疗智慧宝石来动员了她上学。

让我大为恼火的是,学校的社工来电说凯莉没有出现。我难以置信,甚至要求社工亲自去再检查一遍教室。学校社工尊重了我的请求,但仍报告说在任何地方都没有发现凯莉。

我目瞪口呆,坦白说失望至极。在我下班回家的路上我驶向了凯莉家。在我还没来得及敲门时,凯莉热情踊跃地跑出来见我。

"我的面具在哪里……我的面具……你带了吗……你带了吗?我看上去肯定会很酷。"

她兴奋地说个不停。我,相反,非常认真和严肃。"凯莉,"我提醒她,"我们做了一个交易……我们有一个契约。还记得吗?我说你必须去学校才能得到面具。"

现在她变得泪盈盈的。"但是我确实去了。我去了学校。真的,我发誓我去了。"

"不，恐怕你没有去。"

凯莉擦去了眼泪，露出了笑容。"塔米(Tammy)，我的邻居。记得吗，我告诉过你我会有一个证人？好吧，我有。"

在我还没来得及让凯莉面对学校社工的观察结果，或者，更恰当地说，她的缺席，凯莉就把塔米拖着来见我了。

"她说的是真话，先生，"塔米说。

"好的，塔米"我让步道，"那么你告诉我发生了什么。"

"好，先生。凯莉今天早晨去了学校。我和她一起去的。我甚至还让她摸了摸那楼。"

"那为什么学校的社工告诉我今天凯莉没有在教室呢?"我想要知道。

两个女孩都笑了。"好吧，那太容易回答了，"凯莉宣布道。"记得吗，你只是说我今天必须去学校？嗯，我去了。我甚至还摸了那栋楼。你没有说过任何关于要进到里面去的事。"

我认为这个故事与两项道德有关：(1)在布置家庭作业时一定要**具体**，确保来访者理解你的指令，以及(2)许多家庭作业就算不是适得其反，也将会被证明是无用的。

有时候家庭作业的失败恰恰是因为它们发挥得太好了！比如，我常常给了解彼此的夫妻在争吵期间布置对换角色的作业。也就是说，夫妻双方同意结束传统的争吵，然后每一方扮成对方再次争论。(例如，一位丈夫如他妻子那般争辩，同时这位妻子像她的丈夫那样争辩。)通常——如果这对夫妻愿意参与，这项作业便能煽起对于对方处境的同理心，这是非常有效的。然而，有一次当我布置这项练习后，那位丈夫扮演了妻子的角色几分钟并叫喊道，"嗨，不公平！现在我完全理解了你的感受。我再也不要这样做了。"

一个来向我寻求帮助要戒烟的女士也采用了一种颇为类似的处置。我给了她一份家庭作业，要求她要一直随身带一支润唇膏。这支润唇膏就如催眠剂一类，用来抵制抽烟的欲望。(注：欲知更深入的解说，请阅读我收录于《最受欢迎的心理咨询技巧》一书的"嗅觉条件反射：催眠后芳香疗法"［Rosenthal，2011，p.261]来获知详情。）。"你的技巧失败了，"她责备道。"我把我的润唇膏扔出了车窗外。它使我讨厌香烟,并且我真的开始不喜欢抽烟了。"

虽可能看似矛盾,并且尽管助人者讨厌承认这一点——确实有来访者对他们的不正常行为感到很舒适。就感到安全的意义来说,这些来访者熟悉此种行为,并且更重要的是,他们从这种作为中得到了满足感。就拿像这样的案例来说（来访者明确地或含蓄地为他或她的不幸争辩），治疗师必须帮助来访者用适当行为来取代不适当行为,以收获健康,不然最讲究的家庭作业也会被证明是一个令人沮丧的惨败。

当我在编辑最受欢迎的技巧文本(Rosenthal，2010)时我联系了迄今已是超过 75 本书的作者的杰弗瑞·科特勒。科特勒教授写了封信描述为何他不是一名技术的拥趸者。此文非常有见地,故我决定全文引用,放于描述技术的缺陷的一章中。

由于这个版式大获成功,我致信给科特勒教授,叙述说我假设他不喜爱心理治疗家庭作业,因而他是否愿意写一份简短回复来支持他的立场。下文便是未改动的来自著名专家杰弗瑞·科特勒教授的回复。

为什么我不信任最喜爱的家庭作业

杰弗瑞·A. 科特勒

霍华德请我就这个主题说些什么,因为他知道我会有不同的看法。"我正在设想,"霍华德在他的邀请信中告诉我,"你也是极其不喜欢家庭作业的,因为终究它们也是技术的一种形式罢了。"这是一个合理的预言,考虑到我在他的姊妹书《最受欢迎的心理咨询技巧》(Rosenthal,2011,第二章)的撰稿中写了为何我认为对于技术的关注阻碍了治疗的进程。我就像之后的作者一样喜欢技术；我只是不认为与我们与咨询者所发展的关系、我们所创造的用来培养信任与勇于冒险的氛围、我们所做的建模、我们所演示的属性和我们所引发的精神成长相比，技术有那么重要。

如果我不是很着迷于技术，那么也就讲得通我不太在意家庭作业的很多事。事实上不是这么一回事。我认为光说不练几乎就是浪费时间。我已经见过太多的人一直夸夸其谈但始终没有*做*任何有建设性的事情来改变他们的生活。他们周复一周来参加会谈，谈及他们的难题，抱怨他们的痛苦，享受美妙的治疗关系，但他们却继续做着同样疯狂、不正常的事情。那就是为什么我认为家庭作业对持久的变化是至关重要的。

我并不反对（而且你们当然知道有一个正在到来）家庭作业而是反对*最喜爱的*家庭作业。"最喜爱"隐含着我甚至还没听到他们的故事，就已经知道对我的来访者来说最好的是什么了。"最喜欢"意味着我做的是我所喜欢的，令我感到高兴的，而不是来访者可能需要的。

实话实说，我当然有在治疗中最喜爱做的事情。像大多数从业者一样，我相信我知道对于人们来说什么是最好的。我甚至还有一个经过验证的候选名单，在大多数时间中最管用的屡试不爽的成功秘诀。我的问题是我实践的时间越长，我越无法肯定我真的知道对于其他人来说什么是最好的。我的最佳工作超越了技术。最为成功的持久变化并非来自我精心安排和布置作业的努力；而是我们的合作关系所创造的一些完全全新的东西。这些家庭作业任务可能并不是我最喜欢的，因为在这次合作之前，它们从未存在过。此外，它们对其他人而言是无用的。

我常常在新手治疗师身上注意到，他们之所以往往介绍家庭作业（或技术），并非因为那是来访者所需的，而是因为他们无助和无能为力。他们认为：我想要去帮助，我认为我并不能提供什么，于是我便给来访者一些事情去做，因此我对自己的出力感到好多了，就好像我现在真的在做一些治疗似的。

有一个很好的例子：我这周正在督导一个新手治疗师，她正在经历类似的挫折。因为她的来访者并没有遵循治疗师所布置的家庭作业。当我让治疗师更多谈谈所发生的事时，她提到她已经让来访者完成一些在其他几个来访者身上收效甚好的任务。以她有限的经验，她已经开发了一个最喜爱的会谈间技术，并且打算将之用于她的大部分其他来访者。这个问题，不管怎样，是她没有不厌其烦地去为特定的来访者改编、定做个性化作业，也没有和来访者就任务进行协商，让来访者全身心地去完成。

我同样不相信任何人都需要家庭作业，或者说每个案例都适用家庭作业。我回想起一个商业伙伴，他来找我聊一些家庭问题。他是那种精力充沛的高管，装备齐全地带着几台电话，一个手提电脑，外加一个时常要给自己写些备注的笔记板。我希望他至少能在我们的会谈中做些笔记，但我不能肯定；就我所知，他正在写对下一个收购行动的计划。

"所以，博士"，他像是把我当成是他的财务顾问似的，对我说："我需要做些什么来小心这个问题？无论要付出什么样的代价，我都准备好了。"他会纹丝不动地坐在那儿，钢笔保持着要写下我告诉他的话的姿势。

我感觉到一种难以抑制的想大叫的冲动，这种力量太使我激动。如果我叫这个家伙从帝国大厦上跳下来，我想知道他是否真的会去做。

这个生意人，他的世界是如此有序并目标明确，他想要指挥我们的会谈，让我给他布置能治愈他的我所最喜爱的家庭作业任务。我甚至连自己也弄不清是否有这样的解药，但是为了泄恨，我并不打算给他。于是我突然想到，家庭作业是这个家伙在世界上所最需要的一样东西。这个新奇的事物常常会促进重大的改变，并且对他而言，更为结构化的目标设定是最熟悉不过的了。

我提了一个他非常不情愿去做的请求，让他把笔记板放在一边。我让他合上电话，将他所有的东西都置之一旁。然后我让他看着我和我说话。

"聊什么？"他申诉道，对这种奇怪的请求感到非常不适。

"聊随便什么事情，"我提示道。

这次会谈进展得很顺利，尽管不让他摸公文包做笔记非常困难。到了告别的时间，他问，不，他恳求给他一些在两次会谈之间能做的事。我张开嘴，并且开始告诉他我所认为他要做的事情，当我停下后，直视着他的双眼，微笑着。

"暂时最好什么也不要做。"我警告他。"只要让这些东西停下来一阵。"

生意人沮丧地点了点头，走了出去，明显对这样的状态很不满意，只是还没有不满到要换咨询师。

现在，读者们，我确信，你们可以很容易地总结出我为这位先生精心安排了一份最喜爱的家庭作业，一个同他所喜爱的矛盾的指令。的确，我真的认为这个人最需要的就是不要让他的生活有更多的结构化，更多的目标和任务，而是少一些。在某种意义上，我有意限制他为自己创造任何家庭作业，这本身就是一种作业。我承认这一点。

然而，我会强烈否认，这项独特的任务对其他人也能起效。我所尝试对我的来访者所做的，并非是让他们从最受欢迎的技术或家庭作业中获得舒适，而是运用一些通则来创造对于每个人在每一情形下独一无二的作业。

我会在每本书中看到许多价值，如同此书，它展现了富有经验的从业者们谈论的关于他们最富有创造性和受欢迎的促进改变的方法。这样的一本书只会激励我——不要去模仿甚至使用这些技巧——而是在与我的来访者的合作中创造我自己的技术。唉，我几乎没有什么我认为可以对任何人都有效的最喜爱的一些方法技术。

好吧,所以说家庭作业并非是完美的。你能说出哪个总是有效的技术或治疗策略吗?有时,来访者仅仅是不会去做家庭作业,而在其他一些情况下,他们会做不好。一份对于你早晨 10 点的来访者而言非常富有表现力的作业,往往对于你 11 点时咨询的对象来说是扫兴不堪的。更糟糕的是,即使针对同一个人的同一个问题,对于你的来访者在这周非常起效的家庭作业,可能在下周就是徒劳。

规定家庭作业或不规定家庭作业,那是一个问题。平静下来、放松,让超过 70 余名世界上最有创造力和技巧的治疗师将你置于他们各自的办公室情境中,带给你一场永远不太可能会忘记的、难以置信的治疗旅程。所以抓起你的病例记录和一些管理式医疗面板应用,并且拿好你的共情量表。我个人向您担保,这会是惊心动魄的一程。

参 考 文 献

Eills,A.,& Harper,R. A.(1997),*A new guide to rational living*(3rd ed.). Hollywood,CA:Wilshire Book Company.

Rosenthal,H.G.(Ed.).(2011). *Favorite counseling and therapy techniques*(2nd ed.). New York:Routledge.

第三章

家庭作业

帮助别人和"新的自信的你"打交道

治疗师：罗伯特·E. 艾伯蒂（Robert E. Alberti），哲学博士

服务机构：退休人员（退休前供职于心理治疗和组织咨询的私人诊所，曾担任高校辅导员、教授、学院院长，图书编辑与发行人）；加利福尼亚州执业心理学家、执业婚姻家庭治疗师（MFT）

主要著作：

> Alberti, R. E. (Ed.). (1977). *Assertiveness: Innovations, applications, issues*. Atascadero, CA: Impact Publishers.
> Alberti, R. E., & Emmons, M. L. (2008). *Your perfect right: Assertiveness and equality in your life and relationships* (9th ed.). Atascadero, CA: Impact Publishers. (Original work published 1970)
> Fisher, B., & Alberti, R. E. (2000). *Rebuilding: When your relationship ends* (3rd ed.). Atascadero, CA: Impact Publishers.

艾伯蒂教授，自信训练的领军人物，是美国心理协会资深会员（心理治疗和媒体心理学）。他的著作被国际认可为心理自救的"黄金标准"。

技术适用对象：成年人、高校学生、青少年

注意事项：伴有社交恐惧、高度焦虑，或两者都有的人禁止使用。

在过去 40 年中,自信和社交技能训练已成为心理治疗师和其他人性化服务专业人员的准备工作中司空见惯的组成部分。对于我们这些努力帮助来访者成长和改变的人来说,很少有什么并不广为人知的过程维度。的确,由于和自信训练相关的步骤已经和其他治疗融为一体,或许你会问,"为什么我们还要谈论自信训练?这不是那些已被尘封在历史书中的认知行为程序中的一个吗?"

好吧,可能值得再看看。二十世纪七十年代的社会运动将自信普及成了一种激励自主的工具,并且,从小方面而言,哪怕是社会变迁,也的确随着政治时代消退了。然而与此相反,需要在人际效能上得到帮助的人数可以说比 30 年前大大增加。已前进至增加职业责任的妇女们、已面临要求提高而压力增大的年轻人们、被强力推销员轰炸的消费者们、20 年受雇于同一个雇主却因"下岗"而得找工作的工人们、由于技能缺陷而加剧社交恐惧症的来访者们……如今还有谁能不面临要表现得更自信些的需求的?

克服障碍从而改变是自信心训练和治疗小组的常规话题。有一个常常被忽视,但是可用于处理最难以克服的障碍的策略:来访者或培训生生活中的重要他人。为帮助萌发自信去正面应对障碍,"帮助别人和'新的自信的你'打交道"的作业应运而生。

当你在自信中成长时,你会注意到你周围的变化。你的家庭、朋友、同事和其他人可能会对你的改变感到奇怪,并且他们可能并不都为此而高兴:"最近哈罗德身上发生了什么?他一直表现得非常古怪。我问他能不能借用他的车,而他居然说不可以!"

人们会注意到。他们会想知道,为什么你是一个坏脾气的或不再易于受控制的人。一些人会称赞这些变化,其他人则会颇有微词——但是他们一定会注意到这种改变。学习自信的学生会在最初做得过分些,那会使改变更加显而易见。其他人会认为你突然变得咄咄逼人,你或许是这样。如果你在你的生命中第一次说不,你会因真正扯开嗓门而感到愉快。"我说不,而且不会再重复第二遍!"

如果你像那般反应过火,并炫耀你新发现的自我表达,其他人会厌恶它。不出所料，你会是个令人讨厌的人。从你的朋友和家庭的观点来看，你变成了个爱出风头的讨厌鬼——有些人宁愿远离你。如果相反你对你的主张太过于试探性，其他人会注意到有些事已经改变了，但并未认识到你在试图做什么。

让那些最亲近你的人知道你正试图做什么是个好主意——至少是那些你可以信任的人——和可能甚至需要向他们求助的人。如果你成功的话，变得坚定而自信终究需要你的朋友们介入进来——没有理由向能够在沿途帮助你的人隐瞒。

你需要培养一些敏感性以感受其他人对你自信的反应。你能教自己观察影响，并留意他人反应的细微线索。同样的，我们所紧张于的、你自信表达时的非言语行为也包含在内。你已学习注意你自己的眼神交流、身姿、手势、面部表情、声音和距离。与你的听众调入同一频道，来帮助你知道你要怎么做才能讲得清楚明白并判断他人是如何回应的。

考虑让你最信任的朋友（们）参与到你的自信建立中来。试试这些步骤：

- 告诉你最亲密的朋友——确保这是一个你可以信任的人——你正在学习变得更加自信。
- 请牢记，当告诉某些人关于你要变得自信的打算时，你一定要很小心。那些将你的最大利益放在心上的人将会给予你支援。其他人——即使是一些亲近的朋友和知己——事实上也许会伤害你的努力。请谨慎挑选。
- 告诉你的朋友变得自信于你而言意味着什么，以及自信和攻击性的区别。
- 寻求你朋友的帮助，如果她愿意的话。
- 如果她同意，共同决定一些她可以留意的特定行为，并且请求她给你定期反馈，主要针对你在那些细节中是如何做的——特别是行为中的非语言成分。
- 要认识到，有时候你的自信需要你对朋友说不，或者要说或做一些违背她偏好的事。和她在事先以及当事情发生时讨论这些情况。

- 避免大肆宣布,"我从现在起要变得有自信了!"——仿佛那就是粗鲁无礼或其他不恰当行为的借口,或允许你对自己的行动逃避责任。
- 如果你将发展自己的自信作为治疗形式的一部分,你需要做到不要将其透露给任何人。仅仅谈一谈你的目标,并且指明你在学习新的技能。
- 如果你在与治疗师或其他训练员一起协作,你可以请求带你的朋友做一次介绍/培训课程。
- 如果你决定前进下去并且让一个朋友加入你的计划,你会发现如下声明(图 3.1)对让朋友适应你的自信训练过程是很有用的。请自由地使用它,只要在你的朋友在信任范围内即可。

朋友可以怎样帮助

有人足够信任你并且来寻求你的帮助。

一个朋友、亲戚、室友、同事或其他重要的人要求你阅读这份简短声明,因为他或她已经决定要做出一些改变。你的朋友正在进行的这一过程被称作自信训练(AT),目的是帮助人们变得更有能力去表达自己。

自信常常会和攻击性混淆,所以让我们现在就把两者理清。学习变得更加自信并不意味着学习摆布他人而让你为所欲为。它意味着坚持自我,直接地、坚定地表达情感,并且建立平等的关系,将双方的需求全都考虑在内。

有很多有效的 AT 方法——你的朋友或许读了一本书,上了一次课,和咨询师一起工作或进行独自或小组实践。这或许要花几周甚至几个月的时间,但是你会开始注意到一些变化。你的朋友可能会表达关于去哪儿吃饭,政府出了什么问题,你要如何整理你的半间公寓等观点,可能会在你提出请他帮忙时说不,在交谈中更为积极主动,比以往有更多的赞美甚至偶尔会表现出愤怒。别担心,如果这些新举动是打算要威胁你,你的朋友就不会让你来读这个!

大多数人发现增加自信使人们更加愉快。他们更加自然、不那么羞怯,更加诚实和直接,并且自我感觉更好,或许甚至感到更健康!

所以,你要怎样参与进来呢? 很好,你的朋友已经要求你阅读这个了,所以你会知道一些关于他或她现在的生活正在发生着什么,并且会更好地理解你将会在未来几周或几月里看到的变化。

显然你是你朋友生命中一个值得信任的人,因为让某个人知道一个人打算做出改变可以说是有风险的:有点像告诉人们你的梦想或新年决心。如果事情没能成功,这个人将会变得脆弱,易受到一些真正具有伤害性的攻击。请为那份已经延伸于你们之间的信任而感到荣幸。

> 这里有一些你可以提供帮助的方法：
> - 了解你朋友希望如何去改变，那么你将会知道要去寻找什么。
> - 当你看到改变的渴望——无论有多么微小——轻拍他的后背表示赞许。
> - 在你自己与朋友的往来中保持诚实，包括指出她的尝试有些武断过火。
> - 你自己也仔细研究下自信。
> - 积极指导你朋友在一些特定行为方面的改变，例如：增加眼神交流或调整语音语调。
> - 你自己成为一个良好的自信模范。
> - 帮助你的朋友演习特定的场景，例如：面试工作或对质。
>
> 你可能发现你的体贴有事半功倍的效果，并且你可能发现自己在此过程中也学习到了一两件事。

图3.1　朋友可以怎样帮助

［改编自 Aberti, R. E., & Emmons, M. L. 1995. *Your perfect right: A guide to assertive living* (7th ed.). Atascadero, CA: Impact Publishers. 出版商许可转载。］

在所处关系中获得额外的观点

治疗师：史蒂夫·安德烈亚森(Steve Andreas)，文学硕士；康尼瑞尔·安德烈亚森(Connirae Andreas)，哲学博士

服务机构：神经语言程序学(NLP)培训师和顾问

主要著作：

> Andreas, S.(2006). *Six Blind elephants: Understanding ourselves and each other: Vol. 1. Fundamental principles of scope and category*. Moab, UT: Real People Press.
> Andreas, S., & Andreas, C. (1987). *Change your mind and keep the change*. Moab, UT: Real People Press.
> Andreas, S., & Andreas, C. (1989). *Heart of the mind*. Moab, UT: Real People Press.

技术适用对象：所有成年人、10或12岁以上儿童

注意事项：如果在游戏中运用，该流程可用于6至10岁儿童。在

完成家庭作业时,儿童可能需要一些指导和辅助。只有进展顺利,方可用于儿童,因为每个孩子的心理加工类型并不都在同一时间成熟。

200多年前,罗伯特·彭斯写了如下这些(用现代英语所写):

> 哦,给我们一些力量作为礼物吧,
> 站在别人的立场上看我们自己!
> 要让我们自由,可能需要很多错误,
> 与愚蠢的见解。

像其他人所做的那样来体验自己,这种能力是任何一种良好关系中的基本部分。若不理解他人对事件的体验不同于我们,他人的反应对于我们来说将永远是个谜,就如同自闭症患者的体验一样。学习如何去"穿别人的鞋子走路"是一个很老的,并且已在心理学领域以及许多思想传统上被广泛认可的基本理念。

然而,很少人有这种能力,因为这是一种几乎不会被明确讲解教授的技能。幸运的是,可以通过一个简单的练习来帮助来访者学习这一在人际关系中关键的能力,那么这个练习就可以成为一项家庭作业。尽管简单易懂易做,它却常常具有深远和广泛的影响。当他们变得自然而然地能更好理解别人的观点,当他们的人际关系改善,以及当他们感到与家人、朋友和同事相处变得更为足智多谋时,来访者时常会被惊讶到。

家庭作业包括教授来访者三个根本感知位置。每一个都提供了一种独特的智慧,并且它们一起提供了一系列惊人完整的信息,这些信息将被用在我们与他人发生无可避免的冲突及挑战的情况中。

三个感知位置

1. **自我位置**。当我考虑与另一个人有互动时,我从自己的观点来体验,向外看,看见另一个人。这就是我们中的大部分人所假设的我们一直所处的位置。

当我使用这个位置时，我与我自身的需求保持联系，并且可以追求我自己的兴趣和目标。

如果我仅使用自我位置，我就像一个小孩，以自我为中心且利己主义，其他人的需求和欲望对我来说毫无意义。

2. **观察者位置**。我能从外部来观察我自己与某个人之间的同一互动，就如同我是一名观看电视中的两个陌生人的观察者。从这个位置，我能平心静气地观察我们之间的互动——言辞的顺序，姿势，以及在交流中出现的表情。当我使用这个位置时，我能够将自己的行为看得更清楚，就如同我正在看其他人一样，同时也看到我们中的每个人是怎样回应他人的——在无评价和判断的情况下。如果我仅使用观察者位置，我变得超然和疏远，并且生活变得没有意义，就像一部存在主义小说中的人物一样。

3. **他人位置**。我从另一个人的视角来体验我们之间的互动。我变成另一个人并体验这个人在这样的情况下会怎么样，从而反观自我。当我把这做得很好，我能尽力在自己的知识和能力中接纳别人的信仰、态度、价值观、学问以及个人经历。当我使用这一位置时，我能够获得对他人所正在经历的一种深入的、丰富的以及细致的理解。如果我仅使用他人位置，我为他人而活胜于为自己而活，在一种自我牺牲的生活中，他人的需求和欲望往往优先于我自身。

讨论

这些位置中的每一个都有其独特的优势和局限性。充分运用这三者的能力发挥了我们的优势，摈弃了局限性。与许多技巧相似，最初这可能是一个意识过程，但是伴随着练习，变为了无意识且自然而然的过程。这里有一些关于这个练习是如何帮助人们自然地变得更加足智多谋的案例：

一名女性（Pearson，1997）想要在性爱中取悦她的丈夫，但是她已经对其中她丈夫很喜欢的某一方面感到很厌恶。当她采取了他人位置，并发现他有多么享受其中时，她说，"哇，我不知道他竟如此喜欢这样!"当她移至观察者位置时,她看到自己很友好地对待丈夫,给了丈夫非常特别的一份体验。当她回到自我位置时,所有厌恶都消失了,取而代之的是为能给他带来如此多的喜悦而感到高兴。

一名男性在探讨他与妻子的一场艰难的争吵时发现,当被他所说的一些事情抨击时,她感到何等震惊,而从他自身的视角来看,他仅把它看成是简单地充分表达他的挫败和混乱而已。这让他在与她的交谈中采取更加温和和富于同情心的方法。而且,当他告诉她,他已站在她的位置体验过后,她感动地落泪了,因为他终于明白了她的感受。

感知位置练习

这些设计出来的说明用来提供一个一般路径实例;不同的人会在不同的方面需要不同程度的指示,有不同的问题或关心的事需要解释等等。在至少有一次(最好有两到三次)该过程的指导经验后,来访者将被要求去找一处安静的地方,并且在每天都使用同样的步骤处理一天中的一至两项事件。

1. **选择事件**。"弗雷德,我想要你想一下你与你妻子安有过的一个较小的困难。当第一次学习这个方法时,利用一个小困难是十分重要的。以后,当你更有经验且更流畅地实施这过程中的步骤时,它将在处理重大问题时变得更加容易和有用。"

2. **自我位置**。"再度从你自身的角度来体验这项经历。你正在用自己的眼睛看出去,在用自己的耳朵聆听,用你所拥有的感受来回应那些事件。"

3. **观察者位置**。"现在,我想让你允许你自己换到一个舒适的位置。从这儿你同样可以看到你自己和安(或允许场景换来换去,直到你处于一个舒适的位置去观察它们)。"

从这个位置,在脑海中播放你刚刚看过的完全相同的录像带,但是从这个新的视角,再一次看和听所有事件,这一次仅用一种好奇的态度来看,你可以从站在那儿的弗雷德和安之间的这场互动中学到什么。

如果你对于他们有任何除了好奇或温和的同情之外的感受,那些感受可能属于弗雷德或安两者中的一个,那么你可以让那些感受移动到它们所属于的那一方。

现在用一点点时间允许你整体记住这个观察者位置是怎样的,这样你在未来无论何时当你发现它很有用时,就能够很容易地回到这个位置。"

4. **他人位置**。"现在请看到安,并注意她的语音语调、她的节奏、她的姿势、运动和手势等非言语表达是如何表现她这个人的。暂时抛开你自己的信仰、价值观念和设想,缓缓地走向她并且走进她,那样你就会如同她一样体验这个处境。

"作为安的时候,当你发现在这场互动中成为她会是怎样时,播放在那个事件中同样的录像。花一些时间去做这件事,再一次带着关于你能从中学到什么的好奇感。你也许想要重复录像一到两次来确认你能彻底地从这个视角来体验它。"

5. **观察者位置**。"现在回到观察者位置。保存所有从其他位置所学到的东西,你能够完全放弃那个位置,并且再一次播放录像,注意其中所发生的任何变化,从安的视角体验过后你又是如何从观察者位置体验这些事件的。"

6. **自我位置**。"现在回到你自己的自我位置,并且再一次播放录像,注意其中所发生的任何变化,从安的视角和观察者位置体验过后,你又是如何从这个位置体验这些事件的。"

总结

一个人能够持续从一个位置移动到另一个,只要这能不断地提供有用的信息即可。通常我们终止于自我位置,因为这是我们在大多数的生活中可以最睿智地生活的方式。(但是,如果一种体验是非常强烈的,来访者可能在观察者位置上感到更舒适和更机智。)

在情境中使用这个过程,常常会使它变得清晰,甚至十分透彻。在每一种位置中的所学延续和丰富了其他方面。通常这个练习会使来访者实现如下内容：
1. 欲望、需求和目标变得更清晰
2. 感到本人应变能力变强
3. 对他人的体验直觉变得更为准确
4. 对待别人更富同情心
5. 有更多的创造性的解决方案
6. 在人际关系中体验到更大的智慧

像任何其他技巧一样，学习如何进入每一种位置并进行体验，以及学习如何自发地快速切换，轻易地从一种位置进入另一种，都要通过实践来提高。将这一过程作为家庭作业的同时也是在磨练技巧，将困难和棘手的情境变得明晰和丰富。这些新知识是理解上的，而不是智力上的东西，并且它们延续至日常与他人的互动中，改变了来访者对他人的感知、理解以及回应。

感知位置平衡法

一旦来访者学习了前几段中所介绍的基础练习，通过让每种位置变得仔细恰当的附加练习，受益会大大增长。迄今为止，每一个和我们一同工作过的人都有过错位，在感知位置的一些方面都跑偏。例如，一种属于他人的感觉可能是位于自我位置，一个自我的声音可能位于观察者位置，或者在自我位置中的双眼可能是从离开真实双眼左侧3英寸处看出去的，等等。这些错位妨碍了我们从位置中尽可能取得收获。学习对齐位置能提高我们使用每种位置时的准确度并带来好处。

理想上，观察者位置的视平线与互动中的两者是一致的。如果观察者的视平线较高，很可能观察会成为批评。将位置降低至视平线，会将批评改变为中性观察。经过久而久之地练习，这样简单的移动会帮助人们变得不那么武断。

如果观察者并非处于被观察的两者中等距处，那通常会有一种倾向，即（观察者）会支持离其比较近的那一方。将观察者位置移动至离两者同样的距离处将会消除这种偏差。

有一名来访者经测试被诊断为生理抑郁,需要抗抑郁药。通过调整他与他母亲的关系,他发现"他"的声音实质上是他母亲的声音,这让他如鲠在喉。在允许将其母亲的声音还给她,为他自己的声音腾出地方之后,他的抑郁在接下来的两周内自然而然地消除了。关于如何进行这些对准练习,相关的调整标准,以及如何处理异议等更多信息,请参考安德烈亚森(Andreas,1991,1992)和安德烈亚森等(Andreas and Andreas,1991)的文章。

基础的感知位置练习源于神经语言程序学领域。调整标准和练习由康尼瑞尔·安德烈亚森开发。

参 考 文 献

Andreas, C. (1991). *Aligning perceptual positions* [Videotape]. Lakewood, CO: NLP Comprehensive.

Andreas, C. (1992). *The aligned self* [Audiotape set]. Lakewood, CO: NLP Comprehensive.

Andreas, C., & Andreas, T. (1991). Aligning perceptual positions: A new distinction in NLP. *Anchor Point*, 5(2), 1-6.

Burns, Robert. (1994). *Selected poems*. NY: Penguin Classics.

Pearson, J. (1997). Aligning perceptual positions in sex therapy. *Anchor Point*, 11(1), 13-18.

"反驳"扭曲的思想

治疗师:帕特里夏·阿雷东多(Patricia Arredondo),教育学博士

服务机构:威斯康星大学密尔沃基分校学术事务协理副校长和咨询心理学教授;美国国家注册咨询师和执业心理咨询师;美国心理学会

17&45部门会员；美国心理咨询协会的"活的传奇"；波士顿赋权研讨会股份有限公司的拥有者和董事长

主要著作：

> Arredondo, P., Toporek, R., Brown, S. P., Jones, J., Locke, D. C., Sanchez, J., et al. (1996). Operationalization of the multi-culture counseling competencies. *Journal of Multicultural Counseling and Development*, 24, 42-78.
>
> Santiago-Rivera, A., Arredondo, P., & Gallardo-Cooper, G. (2002). *Counseling Latinos y la familia*. Thousand Oaks, CA: Sage.

技术适用对象： 主要用于成年人，但也可用于年龄偏大的青少年

注意事项： 使用该技术的治疗师和心理咨询师应该精通大卫·彭斯（David Burns）的 *Feeling Good*（1990）和亚伦·贝克（Aaron Beck）的认知行为疗法。

"反驳"技术基于认知行为疗法（CBT）的原理，目的在于打破彭斯（Burns，1980）所描述的自动思维是与认知扭曲联系在一起的。这项技术与来自 *Feeling Good* 的某几章结合使用。有一张基于书中"三列技术"练习的工作表被布置给来访者作为家庭作业。有时，他们会被推动写下会谈时的自动思维，但通常他们在临床会谈外就准备好了一切。

我决定在那些表现出可怜的自我价值和自我效能问题的成年男女身上应用该技术。他们时时善于自我批评，他们中有一些是酗酒者的成年子女，另外一些人也表现出类似父母的行为症状。来访者的自动思维和自我评估受到了来自权威人士的以往模式的极大影响，就像他们父母。换句话说，来访者的自我考评主要来自他人的评价，而不顾他们的成就和生活处境（都是专业人士）。作为成年人，这些男性和女性屈从于权威人士的观点，并且持续削弱自己的能力和自我价值。我要指出他们的错误思维，并且他们会认识到自动曲解。即：对于有些人所说的或他们觉得别人正在思考的，他们非常习惯于假设这些是关于

他们不对的地方，有些消极的事情要降临到他们头上，以及/或者他们无力去坚持自己的想法。尽管他们具有理解他们的自动思维无理性的能力，但要我的来访者动摇存在已久的消极思维过程并不容易。

自贬思想导致了一系列的感情——内疚，垂头丧气，无可奈何，焦虑和沮丧。这些多半是根深蒂固的感觉，来访者已经感受了多年。这些思想引发了情绪，然后导致行为反应——不勇于发言，对再麻烦的事情都不敢反对，过度准备一项工作任务，假定没人想要遇见他们，而且因此在社交活动中早早离场，抢话，等等。在治疗中，我们讨论思维，情感和行为的关系。

彭斯鉴定了认知扭曲的10种类型。在我的来访者中最为常见的是"过分概括，算命和夸张/小题大做"。一些比较常见的思维是"我的老板从不喜欢我的工作""我做不好任何事""我很无能"和"我的同事们很快就会意识到我并不如他们所认为的那样好"。

彭斯的三列技术是作业的基础（Burns，1980，pp.60，62）。来访者要写下（整理）他们比较常见的自动思维，将这些根据认知扭曲类型进行分类，然后加入理性反应。举个例子，如果想法是"我的老板认为我不能胜任任务，所以她很可能不会让我去做"，一个合理且自我赋权的反应可能如此陈述："我在过去两年中一直在做这类项目，并且总是因为成功的结果而受到称赞。我会像对待别的一样对待这个任务——只要做好我该做的事。"简言之，这个记录活动提供了一个逻辑公式来帮助识别自动负面思维，标记它，反驳它，并且用一个对自己的正面陈述来取代它。来访者被要求在每一项任务中把自己限制在三个自动思维中。

这些思考就是我们已经在会谈中讨论过的那些。我通常会指出那些过度自我批评的自我参照的模式，并且质疑这般思维的基础。通过讨论，我们将揭开这些想法背后的经历，回到与父母或兄弟姊妹在一起的早年生活遭遇，在各种类型的接触中回忆起负反馈甚至欺侮行为。我的角色就是和来访者讨论促成他们的自我怀疑的现在和过去的关系。这个认知过程很有用，也是通往记录活动的必要环节。

参 考 文 献

Beck, A. T. (1975). *Cognitive therapy and the emotional disorders*. Madison, CT: International Universities Press.

Burns, D. (1980). *Feeling good*. New York: New American Libaray.

靠网上冲浪达到你的职业梦想

治疗师：爱德华·贝克(Edward S. Beck)，教育学博士，临床认证心理健康咨询师(CCMHC)，美国国家认证心理咨询师(NCC)

服务机构：宾夕法尼亚州哈里斯堡萨斯奎哈纳学院；宾夕法尼亚州费城罗斯蒙特学院

主要著作：

> Beck, E. S., Seiler, G., & Brooks, D. K., Jr. (1987). *Training standards for mental health counseling*. Alexandria, VA: American Mental Health Counselors Association.

贝克博士写过 20 多篇关于标准、伦理和职业事务的文章。他是美国心理健康咨询师专业委员会 1992 年"年度咨询师"，还曾获得美国咨询协会下属国际婚姻家庭咨询师协会 2000 年"年度从业者"称号。

技术适用对象：能使用计算机的高中、大专/中等专业学校、高校、年轻人和职业转变期的成年人

注意事项：无

注意：调查协助由萨斯奎哈纳学院暑期实习、奥尔布赖特学院的杰西卡·史密斯(Jessica R. Smith)提供

在 21 世纪,一个人的职业选择仅受限于个人想象力和掌握与日俱增的职业及职位信息数据库的无能为力。在二十世纪九十年代早期,在当地报纸上每日更新的招聘员工广告被认为是最全面的工作列表。直到 20 世纪 90 年代中期,你可能去当地报摊买一份国家或大城市的报纸即可知道其他区域的职位。

万维网已成为目前最广泛的职业信息、职位信息的来源,也是全球工作的信息来源。工作的人,需要职业信息以及获得工作的途径(如果不是全部人,也是我们中的大多数人),必须学习如何掌握技术及学习使用网上冲浪技术进行职业性想象(Beck,1998)。让来访者克服对技术的恐惧,可能是在帮助他们获得所需要的信息,并与最新的、准确的职业信息及空前数量的招聘启事对接起来的一个主要障碍。来访者要有动力去学习怎样带着异想天开的狂热去网上寻找那个信息。给予来访者学习这项技术的好处就是他们获得了终身研究能力,不仅仅是为了职业,也可以获得其他信息。

在所有的测试和评估以及所有聚焦于技术的职业决策之后便是家庭作业。调查来访者"开始工作"的时间。下面有几个来访者应该去探索的,关于最新职业信息的关键数据库。

可能来访者阅读了理查德·鲍尔斯(Richard Bolles)的《你的降落伞是什么颜色?》后想要做一个快速在线搜索。网址是 http://www.jobhuntersbible.com。接着她可能想要注意美国劳工统计局家庭网络,网址是 http://stats.bls.gov,来获得关于国家和地区性职业和经济信息的各种链接。如果她正在寻找一份用人单位能提供公平机会的工作,她可能会发现在网址 http://www.blackcollegian.com(非裔美国人大学生职业和工作网站)上的信息是非常有用的。

如果这些网页没有给到你的来访者她想去的地方,她可能想要《职业展望手册》主页的链接,网址是 http://www.bls.gov/oco,在那里她会发现关于工作、收入、就业前景、培训和资格以及相关资料的特定信息。从那儿她可能想要看看"美国职业银行"里有些什么(http://www.ajb.dni.us/index.html),或者前往有 250 000 个职位列表的

www.monster.com，或可能在 www.jobsfed.com 寻找一份联邦政府的工作。因特网上有成百上千的有价值的职业发展网站，来访者可以使用任何主要搜索引擎去寻找工作和职业发展信息。许多雇主想要通过电子邮件发送简历来得到快速反馈信息，这个方法又有效又经济（在大多数情况下免费），而且，最重要的是，富有成果而有趣。这是一份在人的一生中能做并且应该长期做来帮助实现个人职业梦想的作业。

参考文献

Beck, E. S. (2011). Vocational fantasy: An empowering technique. In H. G. Rosenthal (Ed.), *Favorite counseling and therapy techniques* (pp. 47–49). Philadelphia: Accelerated Development/Taylor & Francis.

复习治疗笔记

治疗师：朱迪思·S. 贝克(Judith S. Beck)，哲学博士

服务机构：宾夕法尼亚州，巴拉辛维市，贝克认知疗法研究机构主任；费城，宾夕法尼亚大学，精神病学系临床心理学副教授

主要著作：

> Beck, J. S. (1995). *Cognitive therapy: Basics and beyond*. New York: Guilford Press.
> Beck, A. T., Freeman, A., Davis, D., & Associates. (2004). *Cognitive therapy of personality disorders* (2nd ed.). New York: Guilford Press.

贝克博士是认知疗法研究院杰出的创始人、前院长

技术适用对象：只要运用得当，适合所有年龄的来访者，无论其有任何问题或诊断，可以对个人、小组、夫妻或家庭进行治疗，包括住院病

人或门诊病人

注意事项：提供复习治疗笔记的基本原理,合作设计家庭作业。

认知疗法中一个首要的作业就是让来访者定期复习他们的治疗笔记(Beck,1995)。对于每一个治疗课程,我都不断地问自己,"我希望我的来访者会在这周记住什么(包括在未来)?"因为研究显示,来访者几乎会忘记他们在医生办公室听到的所有东西,我试图让来访者记录下所有我想让他们记住的东西。许多来访者会写在笔记本或者索引卡片上(或者我会为他们写下来,如果他们不能或不愿意的话)。其他一些来访者更喜欢听简短的录音带或CD,内容是在将近会谈结束时我们共同达成的学习重点总结。

有时候我不得不富有创造力地来建议来访者可以记住我们的治疗内容的方法。无法阅读的来访者应该有一名能给予支援的朋友或家人,可以向他们朗读治疗笔记。他们可以画画来促进他们对重要观点的记忆。来访者可能会借一个iPod,CD播放器,卡式录音机或者在汽车里每天播放几遍他们的录音。

在治疗的开端,大多数来访者不知道录音的益处是什么。当我们结束讨论一个问题或事件时,我一般会问来访者,"你能够对我们刚刚所讨论的做一个总结吗?"或"这儿的主要信息是什么?"或"关于这个[问题/讨论]你想记住些什么?"

如果来访者做了一个合理的总结,我会要他们将它写下来(或者我会帮他们写下来)。如果没有,我通常会说一些类似于"很好,但是我想如果这样来说可能会更有帮助:……"的话。如果我判断流畅的会谈被打断或来访者会反应消极,我会等到会谈结束时再建议来访者录下最重要的点。

我是如何判断哪些是来访者要录下的要点？首先,我会让来访者录下他们的家庭作业任务。(事实上,我常常让他们在会谈中就开始做一个书面作业,并且在家庭作业中完成它。)第二个种类是这些步骤包含在他们会谈所学的技术中,因此他们可以在家中每天练习它们。在将来,尤其在有压力的时候,他们可能忘记去做,或者忘记要怎么样做他们已学过的任务。第三个种类涉及帮助来访者整合他们的改变后的想法和信念。来访者时常发现将它们用"新理念/旧观念"的格式写下来是很有用的。例如:

  旧观念——如果别人不开心,就是我的错并且意味着我很差劲。
  新理念——人们可能是,也可能不是因为我而不开心。始终让每个人都高兴是不可能的。"差劲"的人会为了他们自己的快乐一再地故意伤害别人。
  旧观念——如果我没有充分发挥我的潜力,我就是一个失败者。
  新理念——成功和失败在一个连续体上。如果我试图在工作中充分发挥我的潜力,我将会在家庭、朋友、休闲、私事等方面牺牲我的潜能。

第四个种类更为行为化,帮助来访者记住在特定情景中或者当他们处于不幸境遇时要做些什么。

如果我的心情开始螺旋式下跌并且我无法回应我的消极想法,试试下列所说的四至五条:

1. 如果合适的话,离开当下的情境。
2. 给彼得或苏打电话。
3. 做快速剧烈运动(自行车,步行,运动视频)。
4. 自我舒缓:沐浴,冥想,做放松运动,或者听欢快的音乐。
5. 分心:看看电视或者读读《人物》杂志。
6. 读读应对卡。
7. 将反常的想法记录下来。

如果这些帮助还不够,并且我有自杀的风险,打电话给我的治疗师(电话♯_____)或者去_____医院急诊室。

如果我不想服药,提醒我自己:

- 我已经忍受得够久了。
- 不吃药的话我无法康复。
- 副作用开始慢慢地减少。
- 我将永远不知道药物是否会起效,除非试一下。

这是力量的象征,如果我去做一些违背我的意愿但却可能有用的事。

在来访者处于困境时,只阅读这些卡片是不太够的。来访者需要经常地读读它们。在早餐、午餐和晚餐时复习它们,例如,在需要的时候,使其更可能成为来访者在感受到压力时会留心并相信的东西。

参 考 文 献

Beck, J. S. (2011). *Cognitive therapy: Basics and beyond*. New York: Guilford Press.

在一起的时间

治疗师:多萝西·S. 贝克渥(Dorothy S. Becvar),哲学博士;拉斐尔·J. 贝克渥(Raphael J. Becvar),哲学博士

服务机构:多萝西·S. 贝克渥,工作于 Haelan 中心的执业婚姻与家庭治疗师,执业临床社工,美国婚姻家庭治疗协会(AAMFT)授权督导,国家委员会认证咨询师,也是圣路易大学社会工作系教授

拉斐尔·J. 贝克渥,执业婚姻与家庭治疗师,注册心理学家,密苏里州圣路易市美国婚姻家庭治疗协会授权私人执业督导师

主要著作：

> Becvar, D. (1997). *Soul healing: A spiritual orientation in counseling and therapy*. New York: Basic Books.
> Becvar, D., & Becvar, R. (2008). *Family therapy: A systemic integration* (7th ed.). Boston: Allyn & Bacon.
> Becvar, R., & Becvar, D. (1998). *Pragmatics of human relationships*. Iowa City, IA: Geist & Russell.

两位贝克渥博士以独立作者及合著的方式出版了 80 多本专业出版物。

技术适用对象：夫妻

注意事项：无

且不论现有的问题，我们在工作中发现，在一起一段时间的配偶们会有过于安定以及忘了该如何取悦彼此的倾向。无论是否已婚，关系中的魔法会逐渐消失，而且主要关注点在于哪里出错了而非哪里变好了。这对夫妻越是想解决他们的问题，他们就越陷越深。可能是一方变成了工作狂或者有外遇。或许可能的问题是持续的冲突，或无法进行有效的沟通，或两者兼而有之。最终，有时就像是最后一根救命稻草，有时是力图防止关系进一步恶化，他们决定来寻求治疗。

在让来访者讲述他们的故事之后，这些故事通常由一连串他们正经历的问题项目清单组成，我们要他们描述理想的解决方案。而后让他们叙述他们成长时在家庭中的经历，并描述他们是如何及何时相遇的，他们求爱的早期，以及随着时间的流逝，关系是如何发展的。我们经常要每个人去告诉另一半最初是什么吸引了自己，以及他们爱上的是什么。这样我们就很好地了解了他们的问题从何处来，能向何处发展。更为理想地，我们还营造了一个环境，使夫妻们对一些可能感到是有点希望的。

通常我们发现这一点，就像大多数陷入困境中的夫妻们一样，来访者没有花很多时间在一起，并且当他们那样做时，容易脾气火爆。因此,在会谈临近结束时,我们常常提出建议:让他们在接下来的一周里每天在某一时刻互处 15 至 30 分钟。我们可能需要在会谈时花时间允许夫妻成员们协商他们在何时利用这个时间。我们通常需要提醒他们每天有 24 小时,并且全取决于他们决定如何利用这些时间。我们强调从他们以前的关系中汲取潜在的益处。

一旦选定了一个时间,我们建议它被视为神圣不可侵犯的时段。我们还建议以下指导方针:

1. 在他们在一起的时间中不应有问题讨论。

2. 在他们在一起的时间中不应有工作、孩子、金钱,或者其他世俗的、可能"热门的"事件的讨论。

3. 尽可能地,在他们在一起的时间中,不要有来自孩子、电话、电视、报纸等的侵扰。

4. 夫妻双方要轮流主管他们在一起的时间。

5. 掌控在一起的时间的那一方选择一项他或她相信对方会玩得愉快的活动。

为帮助这对夫妻开始,我们可以提供活动点子,包括玩一个游戏、散散步、按摩后背或足底按摩、跳舞或听听音乐。我们提醒他们玩得开心并不需要花很多钱。我们还建议刻意"致力于"关系是痛苦的,更重要的是花点时间去有创意地改变他们的关系。

在布置"在一起的时间"的任务时,我们务必注意要向这对夫妻保证我们并没有忽视他们的问题。不如说,我们解释我们的目标是使他们能形成一些积极的能量,因此他们将能更加有效地处理他们的问题。我们提醒他们,他们并不能在一夜间就得知他们关系的走向,需要花费点时间来达到他们的目标。

虽然我们不这么说,但我们相信可用于关系系统的总能量是有限的。我们相信致力于良性互动的能量越多,那么能被用于消极互动的能量就越少。而夫妻俩能重新发现最初是什么使他们走到了一起也是我们的期望。随着他们开始能更赞赏地看待彼此,我们希望他们将变得对每一个小过失不那么敏感。随着治疗继续进行,我们常常以这些假设为基础,扩大在一起的时间任务至一个约会之夜。

对约会之夜的基本准则与那些先前的参考意见是一致的。不同点在于那个主导的人必须邀请另一个人出来约会,但只是指定时间和合适的着装。举个例子,"我想要在周六晚上八点左右与你约会。请穿上你的牛仔裤并带上一件毛衣。"然而,他们真正要去哪儿以及他们要去做什么,在到约定的时间前应被保持神秘。如果孩子需要一个临时照料者,那么负责的人还需要做出妥善安排。

我们倾向于帮助夫妻们将他们的态度从一方提防另一方想"让他难堪",转变成对另一方正尝试让他或她变得快乐将信将疑。就这一点而言,我们发现帮助来访者创造在一起的时间常常是很有用的。随着他们开始更多地彼此享受,他们就能更好地实现所期望的目标。

社区志愿服务:识别影响和制定计划

治疗师:马拉·伯格-韦格(Marla Berg-Weger),哲学博士,执业临床社工;朱莉·伯肯梅尔(Julie Birkenmaier),哲学博士,执业临床社工

服务机构:密苏里州圣路易大学社工学院教师;注册临床社会工作者

主要著作:

> Berg-Weger, M. (2005). *Social work and social welfare: An invitation*. Boston: McGraw-Hill.
>
> Birkenmaier, J., & Berg-Weger, M. (2007). *The practicum companion for social work: Integrating class and field work* (2nd ed.). Boston: Allyn & Bacon.

伯格-韦格博士在激励、老年学、家庭护理和社工教育等领域出版过著作。伯肯梅尔博士在社会发展、财务管理、教育领域和老年学领域

出版过著作。

技术适用对象：正在经历他们生活中某个转变或轻度抑郁的大龄青少年以及各年龄段的成年人

注意事项：不适用于眼前处于高度危机的个体，以及伴有严重及持续性的精神疾病的来访者。这种技术对于制定心理健康方面的终止方法和长期策略最为有效。

前言

许多个体和家庭由于变故而面临压力，或者因为社会网络支持不足和被孤立而丧失斗志。并且，许多与社区没有紧密联系的个体和家庭无法享受到为社区做出贡献而获得的成就感和满足感。一个人在为社区机构和活动志愿服务时，通过帮助机构、左邻右舍，以及与其他社区领袖的联系，扩大了自己的社会支持。另外，参与进入一个社区的一个或多个方面，能够对个人所处环境有正面积极的促进，从而提高个人的心理健康。

当个体面对大量压力时，社区志愿活动似乎不可能是一份即时援助。事实上，来访者可能没有意识到志愿服务很重要。然而，志愿活动能够改变一个来访者看待他或她在某些事件上的观点，并提供其他好处，例如一个新的人生目标和方向，成功的构建，甚至几个聘约。一个人的原生家庭所认为的社区参与和志愿服务的重要程度，会强烈地影响个体对于社区参与的看法。家系图的使用能够促进关于家庭志愿服务模式的讨论。

这项练习可以帮助来访者做到以下几点：

1. 反思他们以往对社区所做的贡献。

2. 深入他们对自己的照料者/原生家庭曾参与社区事务的程度的理解，以及这些如何形成了他们关于社区参与的重要性的感知。

3. 培养对促成共同努力重要性的赞赏。

4. 生成一个计划来助力社区。

应用

请注意，对社区改善的参与可以包括对以下几类事务的贡献：

一种宗教机构或传统（教堂、犹太教堂、清真寺）

教育机构（初等教育、中等教育或高等教育）

文化机构（例如：剧院、视觉艺术或音乐组织）

宣传/政治事务（例如：在竞选活动中帮忙、做选举投票工作、参与推进政治事务的小组）

组织（例如：在办公室做志愿工作、组织或参与募资、服务董事会）

慈善工作（例如：组织一次食品或衣物募捐活动、在避难所工作、向贫困者分发物资、帮助贫困者建造家园、服务赈济队伍）

社区工作或事件（例如：在邻里街区聚会中帮忙、担任邻里组织的专员）

反思以往对社区的贡献

诸如以下的问题能够反映出个人对于参与社区事务的感知和历史。

1. 在你当前的承诺之外（例如：工作和维持一个家庭），还有什么占据了你的时间？
2. 你从消耗你自由时间的活动中获得了多少满足？
3. 你觉得你的社区/邻里环境怎么样？
4. 你认为什么会改善你的社区/邻里环境？
5. 你在过去有过什么样的志愿经历？现在呢？

深入了解原生家庭对社区参与模式的影响

家系图对于组织调查来访者原生家庭对社区的贡献是十分有用的。请确保家系图中所包含的都是当前的信息。如果你已在先前了解过家系图识别功能失调模式想法，你可能希望采用这一想法，即你将通过讨论不同个体（通常是成人）对社区所做的贡献，再次回顾家系图。

划出识别个人优点和弱点这两者的重要性，来获得一个构成来访者原生家庭的关于个体的完整面貌。告知来访者，你想要听到关于原生家庭成员的社区参与情况。当你们在讨论家系图中的每个成年人时，要求来访者想想此人对于他们的社区所做过的(或在做的)任何贡献。贡献可能或小或大。如果来访者从未见一个人对社区做过一份贡献，那么问问他或她是否曾听过任何人有对家庭中某个人所开展的一项活动的评论。如果来访者无法想起任何事，有必要用如下问题来调查，"他/她曾经在邻里或教堂中帮过忙吗？""他/她曾经帮助组织过他/她孩子学校里的事情吗？"

在练习之后，提问来访者关于他或她的原生家庭对于社区参与的看法，例如"你的家庭成员中有谁曾谈论过对社区做贡献的事吗？""这在你的成长过程中看起来重要吗？""你认为你在家庭中关于社区参与的体验如何塑造了你的生活？"

提升对致力于公共事务付出重要性的理解

在先前来访者对志愿精神的看法讨论的基础之上，提问关于志愿服务益处的问题。如果来访者能够指出家庭成员所做的一些社区贡献，尝试通过询问类似"你怎么看待[亲戚的名字]逃避志愿活动？""是什么让他/她保持参与的？"的问题去引出他们关于志愿服务益处的想法。以一种积极的方式与没有找到参与过社区事务家庭成员的来访者相处，分享你关于社区参与对良好心理健康这一方面具有重要性的想法，指出对自身环境作出积极贡献可能获得的好处以及可能增加的社会支持。询问来访者关于志愿活动对于他或她的心理健康可能产生的积极影响和他或她最有兴趣参与的类型的想法。

制定计划

为来访者制定一个详细的计划来志愿服务社区的改善，并且根据计划将志愿活动整合于治疗计划中。

灯光，摄像，开拍！！！通过电影做出新意

治疗师：鲍伯·伯图里诺(Bob Bertolino)，哲学博士

职业资质：密苏里州执业心理咨询师、执业婚姻与家庭治疗师、执业临床社工；美国联邦注册心理咨询师、注册康复咨询师

服务机构：密苏里州圣路易市玛丽维尔大学(Maryville University)健康学院康复咨询系副教授；密苏里州圣查尔斯市 Youth In Need 股份有限公司高级临床顾问

主要著作：

> Bertolino, B. (2010). *Strengths-based engagement and practice: Creating effective helping relationships*. Boston：Allyn & Bacon.
> Bertolino, B., Kiener, M. S., & Patterson, R. (2009). *The therapist's notebook for strengths and solution-based therapies*. New York：Routledge.
> Bertolino, B., & O'Hanlon, B. (2002). *Collaborative, competency-based counseling and therapy*. Boston：Allyn & Bacon.

以独立作者及合著出版书籍 10 本，参编书籍多部，发表文章多篇。

技术适用对象：青少年，也可以扩大至用于青少年家庭

注意事项：如果电影是限制级的，请在获得家长许可的情况下再让青少年观看该电影。

在与青少年一起工作时，碰壁众所周知的"砖墙"是司空见惯的。那就是说，青少年时常听到相同的讲座、演说或者来自父母、老师、执法人员，并且，是的，甚至是治疗师的咆哮。因此，他们不理会类似的人或在被问及一个特定的观点、行动或行为模式时，用无可救药的"我不知道"来回应。为解决这个问题，我常常使用下面的任务。

许多文化都利用故事延续丰富的传统。电影推广了故事中的传统并且吸引了各年龄层次的人。我发现在帮助青少年获得新的视角时，电

影特别有用。青少年对别人告诉他们如何去感受、看待世界以及行动习以为常，但电影允许青少年创造他们自己的新体验、观点以及行动。

　　要使用这种方式，首先请清楚地识别需要解决的问题。通过"清楚地"，我意思是请确定你对问题有一个行为描述。那就是说，含糊是不会有吸引力的，非描述性的词语和短语例如"对抗的""失去控制"和"不正当行为"以及确定当青少年*正在做*问题行为时看上去是什么样子的。举个例子，如果一位父亲将问题定义为他的儿子是"对抗的"和"无礼的"，你要询问当他的儿子正在对抗及无礼时，他做了什么。接着我们便可知道儿子"大喊大叫并说了脏话"以及"取笑他人"。你对青少年、家庭或两者所面临的问题越清楚，你就可以越确定你所要布置的电影。

　　然后，我提议让青少年观看我所布置的一部电影。我已经集合了一个清单，从中挑选出趋向于浓缩了青少年和家庭所面临的许多问题的某部。例如，如果我发现这个孩子是由于他的体重、兴趣等等而被作弄，我可以使用电影 *Angus*，因为它探索了一个与类似问题作斗争的青少年的生活。我给这名青少年的唯一要求就是去看这部电影，并且要完整地、不间断地看完。我接着告知双亲/监护人这个任务，并且让他/她/他们去租借或购买这部电影。我不说明为何选择一部特定电影的理由，并且我只要求该青少年在后面的会谈中准备好来讨论该电影。为了开始下次活动，我通常说，"有一些电影里的东西要给你，并且你看过以后就会知道是什么。我想下次讨论它。"这个青少年将会发现一些预设的意义与电影的一些方面有关。

　　在下一次会谈中，我问该青少年，"在电影中你留下了什么深刻印象？"或者"你有注意到这部电影的什么吗？"在我不给出意见和想法的情况下，通过询问这样的问题，我允许该青少年谈及对什么印象深刻或者哪里与他或她产生共鸣。很多时候，青少年会描述一个情节或角色。有时候我甚至不需要发起讨论，因为青少年正迫不及待要告诉我他或她经历了什么。然后，我们开始一场对话，即对他或她来说什么很突出，是一个角色、场景还是情境？通过询问类似如下的问题，我于是寻找出一个青少年可能因为观看电影而形成的新观点：

关于那个角色/场景/情景给你留下的最深刻印象是什么？
他/她做的那些事怎么会发生_____？
你是怎么看_____认为那是一件好事的？
在你的经验中，人们从哪儿得到了想法去表现得像_____在电影里做的那样？
如果你是电影里的_____，你将会有怎样的感受？
如果你是电影里的_____，你认为那个情境将会变成怎样？

当被问及他或她印象深刻的是什么，如果一名青少年用"我不知道"或"无"来回答，我会挑选特定的角色、场景或情境来问一些前面提及的问题。接着我会提一些问题，或者是(a) 在电影中所发生的事件基础上得到一个积极的结果，或者是(b) 探索青少年在未来也许会考虑的观点和行动。

你会和电影里的_____做的一样吗？如果是/不是，为什么？
他/她能做得怎样不同？
如果你是电影里的_____你会怎样做？
如果你发现自己在那个情境中，你会怎样做？
你想自己被看成是像电影里的_____一样吗？如果是/不是，为什么？
为了能被那样看待，你需要继续去做什么或做些什么不一样的？

由于青少年们能从电影里获得多重意义，他们有许多机会去创造新的观点，学习更多积极的行为以及处理未来的逆境或问题的方法。进一步来说，电影提供了一种非常好的培养治疗关系的方法，并且是当直接法在青少年身上看上去不管用时，这是另一种间接提出有问题的观点、行为或两者兼有的选择途径。

我推荐治疗师将他们自己要布置的电影清单放在一起。这里有一些我建议给青少年看的电影。请记住，不同的青少年会从不同的电影中获得不同的意义。

片　　名	主　　题
Angus	青少年面对着逆境并试着变"正常",结果却发现原来并没有所谓的正常。他只能是他自己。
Simon Birch	伴有肢体残疾的青少年学习去应付、交朋友,并且最终寻找到了希望。
The Mighty	两个男孩,每一个都面临着困境,相互交好并学习去面对生活给予他们的挑战。
Dangerous Minds	一名永不放弃的老师和一群"顽劣"的学生彼此互相学习关于逆境、文化、家庭、教育、贫困和未来的可能性。
Stand and Deliver	另一名不会放弃帮助他的学生们学习的老师。尽管有许多拦路虎,包括他人的侮辱性观点和在贫穷社会里每一天生活中的挑战。
Good Will Hunting	一名才华横溢的年轻人在充满可能的世界里挣扎于责任和方向的故事。

中断诱导

治疗师: 克劳蒂亚·布莱克(Claudia Black),哲学博士

职业资质: 心理学家

服务机构: Mac商务出版集团克劳蒂亚股份有限公司(Claudja Inc.)首席演说家、培训师和作家;拉斯维加斯精神康复中心高级临床和家庭心理服务顾问;心理康复中心出版社高级编辑顾问

主要著作:

Black, C. (1999). *Changing course*. Bainbridge Island, WA: Mac Publishing.
Black, C. (2001). *It will never happen to me* (2nd ed., rev.). Bainbridge Island, WA: Mac Publishing.
Black, C. (2006). *Family strategies*. Bainbridge Island, WA: Mac Publishing.

此外,还出版过15本书、20张DVD与7张CD。

技术适用对象: 想要在停止他们的上瘾和其表现上得到帮助的来

访者及其配偶、青春期的及成年的家庭成员

注意事项：一般情况下不要进行这项练习，除非成瘾者显现出一些要治疗和复原的动机，因为他或她将会接受诱导并且展示出抵抗。当顾问、朋友和家人担心成瘾者可能会没有洞察力来应对练习时，成瘾者会很好地了解到别人是如何诱导他们的。他们指望它并且学着去操纵他人来参与诱导行为。如果成瘾者有任何想要复原的动机，他或她会加入进练习中。治疗师需要根据青春期年龄孩子的成熟度谨慎行事，并确保这类孩子在现在和未来能够支持参与这项练习。

简介

成瘾行为常常受到成瘾者所深爱的人们的诱导行为的支持。诱导行为是指任何支持这一错觉，即成瘾并不是问题所在，帮助成瘾者避免承担他或她的成瘾相关行为所带来的责任的行为。作为一种物质或行为成瘾，家人和其他关心的人所表现出的恐惧和爱的方式，使成瘾者更容易继续在成瘾习惯中生活。当一位亲人面临成瘾所带来的可怕后果时，诱导行为是一种正常而自然的反应。但是它的作用却与他们想要停止成瘾者自我毁灭行为的心愿恰恰相反。成瘾顾问煞费苦心地工作来解释诱导，并且尽管家庭成员或许在理性上掌握了概念，但他们时常滑回到他们熟悉的并实践过的行为上。

这项练习是干预诱导家庭成员的一种形式，强有力地刺激家庭停止使成瘾者免遭他或她的行为所带来的后果，也破坏成瘾者有意识的操纵。

此练习的最大力量在于该家庭听成瘾者承认他或她是怎样能做到的，以及成瘾者从诱导行为中所接收到的消息。当家庭成员启用了保护，非常明显，他们已被有意识地利用和操纵了。从这个他们认为他们正在帮助的人口中听到这些，加强了他们要停止诱导行为的意愿。它燃烧了合理及合法的愤怒——不正义，但合法。家庭成员更深层地理解到他们曾在某种意义上参与了支持活跃上瘾的延续。

成瘾者要为参与治疗过程的每一个家庭成员和/或关心的其他人完成一次书面作业。每一个参与的家庭成员/关心的其他人只需完成一次作业。

练习

发出一张讲义（常常作为一份回家作业，因为需要时间来认真考虑回答），他们要在其中完成下面的句干练习好多次。

成瘾者的句干是：

你诱导过我的方式之一是_____（填空）……
以及那个行为告诉我_____（填空）

每一个家庭成员最起码要复述整个句干三至五次。每一次被复述时，句干的第一部分"你诱导过我的方式之一是"需要和之前的回答不同。很多时候对第二部分的回答，"那个行为告诉我"是与其他回答重复的。如果是这样的话，它只不过是加强了这一点。

举例：

- 你诱导过我的方式之一是当我说我要买食品时你借给我钱。我用它买了毒品。那个行为告诉我我可以通过向你撒谎来得到我想要的。
- 你诱导过我的方式之一是不告诉任何人我真正是怎样摔断腿的（喝醉时从楼梯上跌倒了）。那个行为告诉我你会为我保守秘密，所以我可以继续使用。
- 你诱导过我的方式之一是你对我的老板谎报了我的行踪。那个行为告诉我你会为我找借口。

家庭成员/关心的其他人的句干是：

我诱导过你的方式之一是_____（填空）……
以及那个行为告诉你和我_____（填空）

以及我承诺_____（填空）

家庭成员复述全部句干多次，每一次完成不同填空。

举例：
- 我诱导过你的方式之一是当我发现你的藏匿处时我没有告诉你，那个行为告诉你和我，我不愿意就你的成瘾来面对你。我承诺不再保持沉默。当我发现你的藏匿处时我会告诉你。
- 我诱导过你的方式之一是当我们在外面和朋友一起，我坐着听你口头严厉指责我时，那个行为告诉你和我，我是不值得尊重的。我承诺告诉你在他人面前我不想被人用那种方式说话，并且如果你不立即停止，我会转身离开。
- 我诱导过你的方式之一是在你喝醉时清理了你弄在身上的狼藉（扔衣服，呕吐，等等），那个行为告诉你和我，你不必要为你自己负责或直接处理你自身行为所带来的后果。我承诺不再为你的行为收拾残局，并且会告诉人们为什么会搞成那样。

成瘾者与一名家庭成员在某一时间聚在一起，彼此面对面坐着。他们每个人读一读他们已完成的清单。一直让成瘾者先来，慢慢地读他或她的清单。没有对话。接着轮到那名家庭成员来读他或她的。然后来访者再和另一名家庭成员分享另一张清单，并且该家庭成员也进行分享。就这样继续，直到所有参与者有机会去分享。

这项练习是但仅是积极影响一个家庭应对活跃上瘾过程中的元素之一。该目标是帮助家庭成员认清他们在活跃上瘾生活中所占的部分，激发他们走出成瘾行为模式的阴影。虽然家庭成员没有力量去阻止成瘾者做他或她的成瘾行为，他们确实有能力用给予他们更多的个人尊严和自尊的方式来改变他们自己的行为，并且允许成瘾者去面对他或她自身行为所带来的彻头彻尾的后果——此为获得更健康行为之动机中的一个关键因素。

三人组

治疗师：理查德·N. 鲍利斯(Richard N. Bolles)，文学士，STM
服务机构：求职者圣经(JobHuntersBible.com)有限责任公司
主要著作：

Bolles, R. N. (2007). *The career counselor's handbook*. Berkeley, CA: Ten Speed Press.
Bolles, R. N. (2010). *What color is your parachute? 2010 Edition: A practical manual for job-hunters and career-changers*. Berkeley, CA: Ten Speed Press.
Bolles, R. N., & Bolles, M. E. (2005). *Job-hunting on the Internet*. Berkeley, CA: Ten Speed Press.

理查德·鲍利斯的《你的降落伞是什么颜色?》是有史以来最畅销的求职书籍。成千上万的人已经读过了这部作品，它已被译成20种语言！

技术适用对象：年轻如17岁的学生以及成年人

注意事项：此技术的目的在于通过辨识出人们自己的天赋——特别是他们中意的天赋，来帮助人们建立自尊。这是在假定一个人有能力写下关于自己的生活故事的情况下。然而，对于那些不会写但能够讲述关于他们自己的故事的群体，这项技术也可以以不用写的方式做到。这也是假定参与者来自知晓和接受"个体成就"这一概念的文化。那些仅能允许人们说团体成就，他们只是其中一个微不足道的成员的社会或文化，可能会在使用这项技术上有困难。尽管如此，如同伯纳德·霍尔丹(Bernard Haldane)所证实的，用"良好的经验"来取代单词"功绩"或"成就"常常就能解决在类似文化中的这个问题。

技术描述

我第一次发明这项技术是在1973年，和约翰·C. 克里斯托(John

C. Crystal)一起,并且于 1974 年出版。它是构建在之前由伯纳德·霍尔丹(Haldane,1974)提出的"动机技巧"和克里斯托的"工作自传"思想基础上的。在后者的研究中,克里斯托让他的学生或者来访者写下了一份详细的他们自己生活的传记,着重写他们的工作经验,随后他分析出来访者自传中反复出现的特殊天赋、才能或技巧。

问题是怎样让来访者去做这种分析,使得他们或许会发现自身独特的天赋或技能。显然,我们首先让他们独立去做分析。由此我们发现了一个有趣的事实。当然,有些人在这项任务上要比其他人完成得好很多,这是可以被预料到的。但是我们惊讶地发现,那些擅长于辨识他人的天赋和技能的人对于他们在自己自传中自身的技能却视而不见。

因此,我们让人们结对工作,帮助彼此识别对方的天赋。但是由于结对的成员之一能比另一名成员更好地完成任务,他们陷入了一种"师生"关系,当轮到老师来帮助学生时,是有极大的帮助,但反之却不可能。这名"老师"对于他或她自己的技能是盲目的,常常只从学生处有极少发现或得不到帮助。

因此,我们最后安排"三人一组"为最小群,那样能让每一名成员都得到真正的帮助。而且,当我们以一个更大的群体工作时,我们把大群分成最小为"三人一组",如果群里的数量不是三的整数倍,有可能一至两个会变成"四人一组"。

这项技术最终演变成一种完善的形式,现如今已在全世界被运用得相当成功,就像这样:

1. 成员安静地坐在一起,三人组中的每一名成员都写一份一页的故事,内容为他们生活中的一些使他们真正过得愉快并感受到一些成就感的事件。(二选一,他们可以简单地将他们的故事录在袖珍录音机里,如果他们有的话。)一个典型的"好故事"将包含这些部分:

a. 一个目标:你想要达到什么

b. 你在达成那个目标中所面对的一些类型的障碍、阻挠或约束(自己强加的或其他方面的)

c. 描述你做了什么,一步一步地(尽管有障碍和约束,你是怎样着

手达成你的目标的)——说得简单些,就如同对 5 岁的孩子在说

　　d. 对从这一步步的描述中得出的成果或结果的描述

　　e. 就金钱(节省了或赚得了)、时间、数字等来说,你能提供的那个成果任意可测量/可量化的明细

　　2. 仍是安静地坐在一起,三人组中的每一名成员在纸的空白处写下他们听到的那个故事,他们所看到的他们在当时使用过的天赋或技巧(例如:发明、分析、组织、创造等)。

　　3. 当三个人都完成了前两个步骤时,真实的"三人组"开始了。我们会称呼三人组中的成员为 A、B 和 C。A 从朗读他或她的故事开始。B 和 C 专心地听,并且每个人在一张白纸上简单记下他们在 A 的故事中听到的 A 用到的技能。当他们在匆匆记下突然想起的东西时,他们能自由地在任何时间让 A 暂停,如果 A 在讲故事时讲得太快,没有给出一步一步的信息,他们也可以自由地向 A 提问让其进一步说明。

　　4. 当讲/读完该故事后,A 接着继续告诉其他两位他或她从自己的故事里听到了什么天赋或技能。

　　5. 结束后,A 拿一支钢笔或铅笔,准备记下 B 和 C 现在要给出的信息。B 先来,向 A 读早前他或她在听 A 的故事时所写的技能列表,这其中的一些无疑会与 A 已经列下的技能重复。我们发现这再好不过了,因为这是对 A 试探性的辨识的证明。另一方面,许多 B 列表中的可能是那个故事于 A 而言从未想到过的技能。A 必须将这些略记下来——在必要的时候可以让 B 暂停——并且在这样做的时候不可有争议或质疑。此时此刻,这实质上是一个头脑风暴的过程,A 必须记录下来,即使 A 并不确定他或她是否拥有那些技能。

　　6. 当 B 完成后,就轮到 C 来精确地重复第 5 步中所描述的过程。

　　7. 当 C 完成后,就已完成了三人组的前三分之一。现在是让 B 来站到舞台中央的时候了,做所有 A 从步骤 3 至 6 所做过的。当然,现在 A 和 C 是听众。

　　8. 当这全部完成后,现在是让 C 来站到舞台中央的时候了,做所有 A 和 B 从步骤 3 至 6 所做过的。这一次,A 和 B 是听众。

9. 当三人全部如此轮流过后,他们就已完成了三人组的第一回合。在之后的一天(最好),进行第二回合,在这天他们重复(或者是在同一个三人组,或者是在一个新的组)做步骤1至8。三人组中的每一名成员,当然,写一个在他们生活中(与工作相关或无关的)某一时间,当他们真正感到愉悦或有明显地感受到成就感时的全新的故事。

10. 在之后的一天(最好),进行第三回合,在这天他们重复步骤9。

11. 在随后的日子里,他们应该重复步骤9二至四次,直到完成至少五个回合,至多七个回合。有两件事情将会被发现:

a. 每个人对于他们自身天赋、才能、技巧以及"优势"的"失明"将随着每一次成功的回合而减少。换言之,每一个人将会在没有三人组中其他两名成员的帮助下,在看待他或她自己的技能上变得越来越好。的确,可以说这就是三人组的主要目标——通过教授他们如何去克服对自己天赋的"盲目"来提高参与者的自尊。

b. 通过进行至少五个到七个回合的三人组行动,模式就开始显现了。每个人会发现他或她在一个又一个的故事中一次又一次地使用了同一个技术。那是因为这些是他们最喜欢的技能,并且无论何时、无论谁在尝试写下他们过得愉快的时光时,结果总是会证明,他们之所以感到快乐是因为他们能运用他们最喜欢的技能或天赋。他们只有在现在,反躬自问,在他们的10个最喜欢的技能中,哪一个是他们的最爱,接下来一个呢,再接下来一个呢,等等。接着他们就能在同一时间里,不仅带着更强的自尊,而且带着一些可以引导他们选择工作和能使他们发现最大成就感和最大乐趣的活动的实用信息融入现实世界中。

参考文献

Crystal, J. C. and Bolles, R. N. (1974). *Where do I go from here with my life?* Berkeley, CA: Ten Speed Press.

Haldane, B. (1974). A pattern for executive placement. *Harvard Business Review*, 25(4a), 652-663.

冥想解决

治疗师：约翰·D. 博伊德(John D. Boyd)，哲学博士，美国专业心理协会，美国心理催眠协会

服务机构：执业临床心理医生；弗吉尼亚州夏洛特城私人心理诊所医生

主要著作：

> Boyd, J. D. (1978). *Counselor supervision: Approaches, preparation, practices*. Muncie, IN: Accelerated Development.
> Grieger, R. M., & Boyd, J. D. (1980). *Rational emotive therapy: A skills-based approach*. New York: Van Nostrand.

曾在多本著作中执笔关于心理治疗和临床催眠的章节，并在期刊上发表过有关该领域的多篇文章。

技术适用对象：群体或单独的青少年以及成年人，或者正在应对慢性情绪困扰的夫妻治疗

注意事项：在使用此技术之前，需已建立稳定的情绪，包括控制和调整情感。

注：治疗师需有心理咨询及临床催眠学位认证

皮层下/潜意识理论

心理动力及新认知行为心理治疗现认识到，慢性情绪困扰和症状通常是由皮层下的心理过程(例如：驱力，冲动，原始情感，表象，经典和操作性条件反射)和潜意识存储的信息(也即创伤性记忆和其他致病性学习经验)促成的。当皮层下思维中的过程和信息难以被有意识的、皮层的思维及其问题解决操作获取时，情绪困扰是很难治的，并且在治

疗中，它们受到大量自觉意识及披露的严重保护。

心理疗法

不论什么理论方法，有效的心理治疗开始于治疗师与来访者之间信任联盟的建立、来访者情绪的稳定以及通过各种各样的技术缓慢小心地揭开的潜意识材料。当来访者获得大量有意识的洞察力，并且情绪上能忍受呈现的潜意识材料时，解决程序就可以开始了。

解决程序

这一阶段的心理治疗技术指向改变潜意识过程以及存储信息，以便使情绪困扰消散。通过治疗和家庭来完成工作。来访者进入一个更深的意识状态（例如：冥想、自我催眠、内省），冥想的步骤见后文。

未来的表象和动机理由

开始作业有两个先决条件：(1) 一个面向目标的未来表象；(2) 一个动机理由。表象是来访者想如何去感受、思考和执行的内部表征——一个现实的和心理健康的替代品替代了来访者接受治疗的不安情绪、示意性信念、价值和行动。伴随着未来表象，必须有一个动机理由，包括在冥想中勇于遭遇和体验不想要的情绪症状、相信一个人调整二分心的问题解决过程的能力，和对整合、重组以及对合成的潜意识和意识信息转化治疗的信任。转化治疗引起了通向一个未来表象现实化，或其近似的一个新的自适应协同效应和人格改变。

冥想的步骤

在治疗中，作业包括以任何方式进入冥想状态，聚焦于所渴望的未来表象并体验它，接着内在注意转向不安症状的体验，花费冥想时间中的 20 分钟来依靠前述的二分心过程进行转化治疗。潜意识及皮层变化把来访者从干扰转向未来表象。这项练习的结束是离开内在工作并全神贯注于改变，然后将冥想体验与形成的认知构成记录于日记或日志中(例如：深刻见解、想法、观念)。

成果

冥想体验，认知改变和梦想内容标志着转化的*微妙*进程，它们通常会在症状减轻后被发现。来访者们惊讶地发现情绪困扰不用激烈的突破体验就化解了。

适用的作业技术取决于相应的治疗工作，治疗师会被要求协助内省意义上的改变。不管怎样，来访者总是主导，是变化的主要原动力和验证器。

案例

一名年长的丧偶来访者来参加简短心理治疗(六次会谈)，因为她在一生中一直有情绪困扰(述情障碍和心境烦躁不安)，关于她的童年记忆的空白点、一个旅行癖以及无法在情感上体验对她的孩子们的爱。她的模糊的未来表象是成为一个更好的妈妈和以某种方法满足她的旅行冲动。冥想疗法带来了关于从前的父母的痛苦回忆：他们没有能力养育并更偏爱一个早熟、更具吸引力的兄弟姊妹。梦境反映出这些记忆，于是冥想作业引领来访者通向洞察，即频繁的旅游是对她能感到被爱的家庭的追寻。在冥想中重复体验痛苦的记忆，她意识到她自己的孩子已遭受了情感忽视，并且她感受到一种对他们兴奋的、深沉的爱。一种对她现居住地的满足迅速发展，并且她开始寻求与她成年子女更加频繁地联系，在这个过程中，她努力尝试并体验了情感的亲密无间。

一份危险的作业

治疗师：彼得·R. 布利金(Peter R. Breggin)，医学博士

服务机构：纽约伊萨卡岛的精神病学家、马里兰州贝塞斯达心理学与精神病学研究中心前主管；马里兰州巴尔的摩市约翰斯·霍普金

斯大学咨询与公共事业系副教授

主要著作：

Breggin, P. R. (1998). *Talking back to Ritalin: What doctors aren't telling you about stimulants for children*. Monroe, ME: Common Courage.

Breggin, P. R. (2000). *Reclaiming our children: A healing solution for a nation in crisis*. Cambridge, MA: Perseus.

Breggin, P. R., & Cohen, D. (1999). *Your drug may be your problem: How and why to stop taking psychiatric medications*. Cambridge, MA: Perseus.

技术适用对象：任何人

注意事项：可能会适得其反。

基于治疗原则，"己所不欲勿施于人"，我很少给我的来访者布置作业。无论怎样，我确实催促他们去思考治疗中所学到的，去挑选什么是对他们有用的，并且将有用的运用在会谈之间的日常生活中。

然而，有一个例外：一份我保证会改善我的来访者的生活以及几乎他们所接触的任何人生活的家庭作业。这只是一项需要一至两周的实验，我建议他们尝试对每个他们见到的人表现友好。我解释道，"在我们再一次会面之前，试着礼貌和善地对待和你相处的每一个人，即使你发现那是个卑鄙和令人恼怒的人。"

一些宗教在我们见到每一个人的时候都要说一些祝福神的话；贵格会(the Quakers)会说"神的"，这存在于我们每个人身上。从根本上说，我敦促我的来访者们带着尊重甚至崇敬来对待其他人去进行实验。

自然而然地，就像我们中的大多数，我的来访者忍不住想驳回如乌托邦般的"友善"，认为它们是怯懦、尴尬甚至是危险的。很少有人感激地说："那真是个好主意，彼得。是普遍真理在我个人生活中的应用。我已经等不及要将它付诸行动。"

对于我的一些来访者来说，与人为善的做法改变了他们的生活。他们发现，首先，当他们不断利用他们内心深处的能力去善待他人时，他们感到更好更强大起来。最后，他们发现他们自己轻叩到了灵魂的能量来源——我们在精神上称之为爱的东西。因为他们尝试友好,甚至是爱,他们开始对真正生活在他们最高的道德和精神价值中感觉良好。他们还注意到其他人——家人、朋友、出租车司机、服务员,且有时候甚至是他们的医生和律师——作为回报也倾向于更好地对待他们。

我的来访者也发现这种新原则关系很少让他们陷入麻烦。相反的,他们与人发生冲突的经历更少了。而且当有人偶尔试图虐待他们时,他们享受着来自保持他们自己更积极观点的内心满足感。他们也能更好地认出有潜在危险的人。

当我们在自己周围创造出一种热情的氛围时,似乎投射出了一道光芒,反映出带着负面关注来接近我们的人。与之相比,当我们的内心被消极的昏暗灯光所模糊,我们不太可能会认出并保护自己免受来自他人的敌意。

在推荐我们的来访者尝试在他们的生活中将待人友善作为常规习惯时有一个重大的危险:对我们可能会适得其反。来访者可能会注意到,当我们作为治疗师时,对他们并不是一直很礼貌和尊重。我的来访者之一可以对我说,"彼得,我做了我的作业,现在你做你的吧。"理所当然地,我会试图抗议它是乌托邦的、天真的、危险的——除了不能应用在治疗师身上这条规则因为……好吧,就是因为不能。

当我确实将这条原则应用在我自己的治疗实践中时,当我像对待上帝般欢迎我的每一个来访者,当某人能像任何其他在这个地球上的人一样被高度珍爱时——似乎帮助每个人都感受到并尽到了我们最好的能力。这是相互的治疗。我力劝所有治疗师把这项作业布置给他们自己。

继续追求幸福:给夫妻们的一份家庭作业

治疗师:帕特里夏·布巴斯(Patricia Bubash),教育学硕士
服务机构:洛克伍德学校地区,执业专业咨询师,已退休;圣路易

斯精神分析协会委员、圣路易斯咨询和发展协会前任主席

主要著作：

Bubash，P.（2008）. *Successful second marriages*. Gilroy，CA：BookStand Publishing.

技术适用对象： 任何年龄段的已婚或处于稳定关系却对这段关系并不满意的夫妻们

注意事项： 无

乔·普费弗(Joe Pfeffer)教授，在写"对幸福的强烈追求"时，记录了他对这个任务的观察："争取幸福的*行动*可能实际上才是我们所寻找的给我们带来特别满足的东西，而非'拥有'我们所理解为'幸福'的东西。"幸福是努力，是致力于那创造有型或无形的幸福。

他对术语*幸福*和*努力*的行为的独到见解可以被应用在不满目前关系的已婚夫妻的咨询活动中。有问题的夫妇经常发现他们没有一个共同目标或共同兴趣。在任何关系中，只要有团队般的努力，每个人都会成为其他人的拉拉队长，给予对方鼓励和支持。一段婚姻关系就是从这种共同意志发展而来的。

一场能给夫妻双方带来知足和满意的婚姻将是包含共同目标或共同努力的婚姻。

并且，如果这个目标或兴趣是属于非物质的，那么它对这两人甚至会有更多的回报。

不同于将他们的精力投入于获取"事物"，幸福和满足难以捉摸。如果一段关系的成功和幸福仅仅基于一个更大的房子，一辆更贵的汽车，买一台新的大平板电视，或加入一个昂贵的乡村俱乐部等目标，最终，期望会耗尽；《玫瑰战争的阴影》这部 1989 年由迈克尔·道格拉斯和凯瑟琳·特纳领衔主演的电影演绎了一场婚姻的垮台：从共同目标开始，但因仅有获取更多事物的欲望而以看不见彼此以及他们曾经对彼此的爱而告终。他们的幸福只是昙花一现，但是齐心协力获得一种技能、身体

健康和个人发展的夫妇们将会发现长期的对彼此的尊重与成就。

在我的关于夫妻访谈的书,《成功的第二次婚姻》中,我观察到那些分享着共同目标的夫妻们——无论是一个计划好的假期,一门健身课程,一种业余爱好,或只是为一个答应过的组织做一次夫妻志愿活动——都显示了知足,彼此尊重,满意他们间的关系。

在对来做婚姻咨询的夫妻初次面谈之后,我会给每一方一张纸,让他们写下单词"*追求幸福*"作为活动的标题。我会要他们列出三个个人目标。个人目标可以简单到加入一个运动俱乐部、写一本书或参加一次马拉松,或者对于他们而言任何重要的和渴望的。很多例子会趋向于是非物质的。

一旦他们写下这些列表,我会让他们交换。当他们讨论和分享配偶列表上写了什么时,我会要每个人决定好哪一个目标是优先的。一旦决定好,然后每一个配偶将在对方的目标纸上写下三个他或她将为他们的配偶提供鼓励和支持的具体事项,那将有助于他俩实现个人目标。

这项任务的前提是将这对夫妻带至一个聚焦于他们婚姻的"伙伴关系"的地方。帮助彼此实现目标是对幸福的真正追求:一起奋斗的行动。美满的婚姻并不是由有形的东西提供的,而是如同普费弗教授所述,"一起奋斗的行动"给予了我们最大的幸福和满足。夫妻一起努力,彼此相互鼓励,接着分享彼此的成就才是婚姻的结合。

在下一次的会话中,我们会考虑夫妻双方取得了什么进步。

1. 完成了任一或所有三个步骤了吗?
2. 他们离实现每个人的目标还有多远?
3. 他们体验到他们彼此的亲密关系有任何改变吗?

参 考 文 献

Pfeffer, J. (2009, August). The powerful pursuit of happiness. *Java Journal*, p. 9.

来自未来的信

治疗师：克里斯丁·拜瑞尔(Christine Byriel)，MPF*，EAP**

服务机构：执业临床社工、哥本哈根 Psykotera-peutisk 研究所（心理治疗研究所）所长

主要著作：

> Byriel, C. (1998). *Men hvordan skal jeg få det sagt?* [But how can I get myself to say it? Introduction to assertiveness] (3rd ed.). Copenhagen, Denmark: C.A. Reitzels Forlag.
>
> Byriel, C. (1999). *Kom godt igennem din skilsmisse* [Get through your divorce in one piece]. Copenhagen, Denmark: Atelier.
>
> Byriel, S., & Byriel, C. (1996). *"Se mig! —Hør mig!" Introduktion til stemmens lyd, krop og psyke* ["See me — Hear me!" An introduction to voice as health and healing]. Copenhagen, Denmark: C.A. Reitzels Forlag.

克里斯丁·拜瑞尔还是医疗保健领域其他两本书和五本研究著作的作者。

技术适用对象：青少年和成年人

注意事项：无

我工作的一项主要特征是，我从不会预先精确地知道怎样帮助我的来访者过上更充实的生活。我总是从个人经验中开展工作，从未依赖一些治疗处方，因为在治疗咨询室里的生活就和外面的生活一样五彩缤纷、不可预知且令人惊讶。秉着正式专业教育和指导实践培训的背景，我发现作为一名治疗师，最具价值的教学经验在于我与我的来访者的交流，以及我所规定的作业从治疗发展而来的相互关系里如一股喷泉般涌出。

---

* MPF 表示丹麦心理治疗师协会成员资格。

** EAP 代表欧洲心理治疗协会成员资格。

我认为,治疗师的工作原则和目标是能感受和表达我们内心的东西及发展一种发现我们自己所渴望的生活理念的能力。那些来向我咨询的大多数人都与他们自己情感生活中的关键部分隔绝了。他们很难用语言和行动表达他们的真实自我,并且对生活可能会向他们提供的可能性表示不确定。此外,一些来访者还被锁在他们没有能力带来改变,生活实际上除了消极和破坏性的经历外什么都不能给予的错误观念中。他们创造了一种看上去是徒劳的生活。我的工作有助于发现通向未知的房间房门的钥匙,去开启藏在我们每个人身上的宝藏。到目前为止,大部分来访者需要被带回到他们童年里呈现过的智慧和强大的想象力中。无论那个童年是怎样发生的,个人的价值观和能力通常都会躲藏在被如此重创的生活废墟下。我们需要将孩子的幻想和渴望的梦想渗透至大脑的右半球,它拥有能开辟山棱或退去黑暗的黄金公式。

我们所具有的聚焦和指挥我们的意识及注意的能力是为我们带来改变的唯一方法。这种能力可以加强,并且作为一个治疗师,我把它视作我的一个至关重要的任务来支持其意识,因此我的来访者变得能够将他们的注意力集中于治愈和个人成长。从许多方面训练这项能力类似于其他类型的学习经验的过程。比如,它就像学着骑自行车。我们看到一辆自行车并想要拥有它。我们幻想着它将带我们去向遥远而宽广的道路,我们支撑着那样的梦想,尽管有无数的时刻我们几乎一败涂地。我们的父母、姐妹和兄弟发疯似地跑去挡住最大的灾难并给予我们支持。然后有一天我们发现,在一个令人窒息的时刻,当我们的意识专注于身体平衡点时,我们可以在没有帮助的情况下骑行了。那就是第一个胜利。我们的沮丧和擦伤在能够靠自己前行的狂喜中被抛在脑后。渐渐地,通过与那决定性的第一次相似的学习过程,我们增添了更多的技能。所有人都有能力学习新的技能,并且都能够集中他们的意识于生活中有益的和令人满意的当然也可以是那些黑暗和病态的事情上。无论我们选了哪个方向,那都是我们自身个人选择的结果。我们自由地选择,每一次,无论我们的决定是关系到伟大而有持久重要性的事情,还是其他小而琐碎的——换句话说,在我们与其他人互动的真实和具体情况中,采用还是丢弃一个观念,接受还是拒绝一个特定的主题、朝向还是远离新的思维方式——我们选择了回答这些时的情感。

我们的自由意志驻留在我们的选择里,但这绝不意味着只要我们想,我们就可以自由地去做任何事。例如,我们不能强迫他人——不论是配偶、伙伴、同事或来访者——通过一种意志行为,去像我们一样思考或像我们一样行动。我们也不能仅仅通过"想"而创造出一个完美的世界,但是我们可以决定我们自己的行动。我们有权力决定何时以及如何反应,我们使用哪个词,从一个时刻到下一个时刻做出什么决定,以及我们用什么方式关注自己和他人。关于自我的每一个意识时刻都是可以自由选择的时刻。

自我意识要求我们提防源自童年的编码:这些是被反复灌输的习惯和成人的价值标准,它们可能已变成自动、无意识的,从而僵化和过时。这使得我们在一个自我实现预言的生活中,用业已决定的和事与愿违的方式来回应我们的环境。行为改变的种子不在于此:在于改变的意志。

这颗种子正是我作为一名治疗师所必须培育和保护的。

我们唯一可以安全负责地维护意志力的地方在于我们和自己的关系。如果我们不是儿童或暴力行为受害人,我们就不能被剥夺自主权,除非我们已给了别人这样做的机会。是我们自己的内心信仰、焦虑、希望、同情或冷漠,导致我们陷于自我牺牲还是朝向更丰富的生活。当我们相信生活注定是徒劳或痛苦的,我们就会表现得像他人的牺牲品,而且会发现我们的生活受消极的一面影响;这就像一个人坐在新自行车上,而且告诉自己永远骑不了它。

我将与读者分享的家庭作业任务生成了一种强有力的态度。在我从事心理治疗工作的三十年间,这份特殊的家庭作业任务在实践中往往是一个转折点,这已被数次证明。

假定你未来的力量
(给来访者的说明,步骤1)

你的任务是和自己在想象的层面工作。当你是一个孩子时你已经做过这个。作为一个成年人,你必须现在幻想你的未来并且唤起一个在你所向往的生活背景中的心理意象,探索你的想象力所唤起的越来越多的生活面貌和阴影。

想象力是行动之母;它常常先于那些决定我们生活航向的思想和观念。所有人为的发展来自那些将被创造出来的视觉意象。我们知道我们的思想和幻想不仅对我们自身,而且也对与他人的关系品质有着决定性的影响。我们每个人创造了我们自己内部观点的世界,它影响我们看待和体验世界的方式。我们有自由来选择那个幻想是黑暗痛苦的还是光明繁荣的。当还是个孩子时,你也创造过你的世界意象。是他们的世界塑造了你的内部地图。你别无选择,因为你没有其他的模型。当你发现其他的家庭是如何生活时,意象世界的其他部分将更加具体。今天你已经长大了,并且你能完全自由地去创造你自己的意象,而且这一定是积极的。你和外面的世界都已经改变了。孩子们无法改变他们的世界。成年人可以。

你在当下创造着自己的生活,不是在过去或是未来,而是在它发生时。

将一个人的幻想转变成具体结果需要才能、策略、练习和改变的机会。但是使情况成为可能的首要因素是我们想象自己是一个成功者的方式。用这种方法你可以驱走自己的和他人的负面意象。

写从你的未来寄来的信
(给来访者的说明,步骤2)

这个任务的目的是探索你对你的幻想、思考以及观念工作方式决定你的未来生活——从长远来说你所想要的生活——的认识。你树立了一个积极的目标。

你必须计划一个你可以独处的时刻。你必须找到一个地方,在那儿你期望你可以感觉很好。它必须是一个你之前从未去过的地方,一个与沮丧或痛苦无关的地方。*你未来的地方!*

你也许会选择坐在海边或湖边,坐在一个你之前从未去过的教堂里，或是一个安静的没有人会打扰你的博物馆里。可能它是一家咖啡屋，一家餐馆。想象——就在此刻，你就坐在那儿，在未来的某个时候。

你需要带钢笔和纸以及一个对你来说有特殊意义的、象征着你生活中的美好的一个物体。它可以是一件首饰、一块石头、一张照片、一本书，或在你个人历史中将你定格于积极的一面的某物。

然后遵循一个选择，你必须召唤你心灵之眼中的未来。现在选择你是否希望在五年或十年里遇到你自己。

接下来，你必须进入一个幻想，在其中你所梦想的好生活已经实现了。你的未来生活正如你所希望的那样。你的任务是非常以自我为中心，并且确信在你的幻想中你是世界的中心（就像在你的童年梦想中）。

你需要用正面意象思考并专注于光明与温暖。换言之，不要自我怀疑！当你已在那个未来生活中调和了你的意识和你的内在正能量，并唤起了你自己的正面意象时，你必须从未来版本的你的角度写一封信，并寄给一个在中间这段时间内没有收到过你信的近亲或朋友。

直到今天，你已发现时间和你在过去的五年或十年间作出的选择以及你所选的道路是有关联的，它带你到达你所指向的今天的生活，一种令你快乐和满足的生活。

现在，请不要责怪你自己，如果你在做到它之前不得不尝试这练习好多次。如果完全进入一个幻想对你来说是一个新事物，这需要一些练习才能成功。

把信放在一旁，祈祷你的想象力和内部能量帮助你打开通往新世界的大门。

练习是简单的，但是尽管如此，该任务对于那些已经完成的来访者来说意味着是一个个人的转折点。自己试试看，你将必然发现它有积极的影响！

*编者按：*特别鸣谢丹麦哥本哈根欧登塞大学的玛丽安·博尔奇（Marianne Borch），她首次将这篇文章由丹麦语翻译成英语。

爱人：在所有来访者中促进社会兴趣

治疗师：乔恩·卡尔森(Jon Carlson)，心理学博士，教育学博士

服务机构：美国州长州立大学(Governors State University)心理与咨询分部著名教授；威斯康星州日内瓦湖区健康诊所负责人

主要著作：

Carlson, J., & Dinkmeyer, D. (2003). *Time for a better marriage*. Atascadero, CA: Impact Publishers.

Carlson, J., Watts, R. E., & Maniacci, M. (2006). *Adlerian therapy: Theory and practice*. Washington, DC: APA Books.

Kottler, J., & Carlson, J. (2004). *The mummy at the dining room table*. San Francisco: Jossey-Bass.

技术适用对象：各年龄层的人

注意事项：无

社会兴趣法则的良好实践能够释放一个人的潜在力量，并帮助他克服以自我为中心，所有的神经症都来自那儿。阿德勒相信，当社会兴趣法则被理解且每个人的教育基于此时——爱人(即所有宗教真正的目标)将变得"像呼吸或直立行走一样自然。"

博顿(Bottome)

(1973，p.150)

这份家庭作业策略接近于阿尔弗雷德·阿德勒(Alfred Adler)所称作的*社会兴趣*。他认为社会兴趣是每一个心理健康的人所争取的东西。它包括表现出对他人的兴趣和以对社会负责的方式来向其他人提供帮助和服务。

在这项活动中，治疗师指导来访者参与一个对社会有用或有益的

行动。这类作业旨在改变来访者以自我意识(或自身)为焦点,并且迫使来访者去考虑帮助别人。通过参加帮助他人的活动,来访者会增强积极的情感,这是给予他人的结果,而且会发展出新的社会交往的方式。毕竟,最近已有研究文献证明幸福源于给予而非拥有(Gilbert, 2006)。

治疗师仅需要问来访者,"如果你需要去做社区服务,你会选择什么活动?"或许答案会是提供免费的儿童看护,为年长邻居割草,在教堂或犹太会堂做志愿服务,或者在当地的养老院帮忙。这个人的姿态或意图比具体的活动重要。"在这周,为不是你直系家属的另一个人提供一些服务对你来说是很重要的。"

这是一项通用的家庭作业任务,我在实践中用于我的大多数来访者身上。当我深入一个治疗会谈时,我会要求来访者去参与任何对他或她有意义的社会活动。

参 考 文 献

Bottome, P. (1937). *Alfred Adler: Apostle of freedom*. London: Faber & Faber.
Gilbert, D. (2006). *Stumbling on happiness*. New York: Vintage Books.

群组中的以来访者为中心的作业

治疗师:玛丽安·施耐德·科伊(Marianne Schneider Corey),文学硕士,和杰拉德·科伊(Gerald Corey),教育博士,美国专业心理学会

服务机构:玛丽安·施耐德·科伊,执业婚姻与家庭治疗师兼顾问;杰拉德·科伊,执业心理学家兼富勒顿加州州立大学人力服务和咨询学院名誉教授

主要著作：

> Corey, G., Corey, M. S., & Callahan, P. (2010). *Issues and ethics in the helping professions*. Pacific Grove, CA: Brooks/Cole.
> Corey, M. S., & Corey, G. (2008). *Groups: Process and practice* (4th ed.). Pacific Grove, CA: Brooks/Cole.
> Corey, M. S., & Corey, G. (2010). *Becoming a helper* (3rd ed.). Pacific Grove, CA: Brooks/Cole.

杰拉德·科伊是 15 本咨询教材和许多期刊文章的作者或合著者。科伊博士和他的妻子玛丽安·施耐德·科伊已在世界各地开展了心理健康和心理咨询工作室。二人在 2001 年得到群组工作专家协会所颁发的杰出事业奖。

技术适用对象：主要是成年人

注意事项：当群组引导者与群组成员建立了一种协作和信任的关系，该方法就能发挥最好效果。

或许帮助群组成员从群组体验中收获最多最有用的技术之一是，设计他们在群组会谈中和群组之外皆可进行的家庭作业任务。因为组会是家庭作业中相对来说比较简短和吸引人的，是使任何团体经验学习最大化的最好方式之一。我们没有哪种最喜欢的技术；相反，我们努力为我们所有的群组构建一个过程：激发成员们确定他们可以采取何种积极和具体的步骤来给他们的生活带来所渴望的变化。

群组中的作业的目的

在我们看来，群组本身并不是终点；确切地说，它是一个人们可以学习新的行为，掌握一系列生活技能，以及在群组会谈中和群组之外皆可实践这些技能和行为的地方。家庭作业是使群组中所学的东西效果最大化的一种手段，也是将这些所学转化到日常生活中许多不同情况的一种手段。理想上，在每次群组会话中，咨询师需要鼓励成员们去构思他们自己的家庭作业任务。家庭作业使得每个成员都积极参与其中。

虽然我们常常会给成员提议一个他们可以考虑在小组之外去做的活动,但我们避免规定及告诉成员他们需要为家庭作业做什么。我们的建议以这样的精神呈现:帮助成员增加他们把握想从群组体验中有所收获的机会。我们群组中的所有家庭作业是以来访者为中心的,在此意义上讲,它是基于来访者想要什么。小组成员尽可能地合作设计作业。我们经常会问,"你能在今天和下周之间做些什么来练习在此所学的东西?"或者我们也许说,"在你的生活中你对于和别人一起想要得到什么越来越清晰。你能在本周中想到一些你愿意为自己设定的,能推动你更接近你想要的特定任务吗?"

把写日记作为常规作业

在我们的群组中,我们大力鼓励成员把在群组会谈之间进行常规的日记写作作为一个实践。我们要求我们组的参与者每天至少花上几分钟的时间在他们的日记中记录某些情感、情况、行为和关于课程行动的想法。成员们也可以回顾他们生活中的某段时间并描述它们,这也会协助他们明晰他们想要在一个群组会谈中探索些什么。用行云流水的风格书写对于关注情感大有帮助。

我们鼓励成员把他们的日记带入群组,并分享曾给他们带来问题的一段特别经历。他们可以与群组一起探索他们本可以怎样更好地处理情况。这些日记是为了成员们的利益,来帮助他们关注他们想要参与融入群组的方法。

另一个利用日记的方法是,将它作为在每天的生活中遇见他人的一个准备。举个例子,詹妮在与她丈夫的交谈上存在很大困难。她对他愤怒的大部分时间在于他做或没有做的许多事情。但是她压抑愤怒,并且她对于他们没有为彼此抽出时间而感到难过。詹妮通常不向他表达悲伤,也不让他知道她对于他不参与孩子们的生活的怨恨。为处理这个问题,她可以给她的丈夫写一封详细而毫无保留的信,指出所有她感到气愤、受伤、难过、失望的方面，并表达她希望他们的生活有何不同。她不一定要把这封信给丈夫看；事实上，我们告诫她不要把这封信分享给她丈夫。写信是一种让她明晰她的感受，让她在群组中做好自己工作的方式。这项工作接着能帮助她对最终想要对丈夫说什么及她想怎样去说有清晰的认识。

还有另一个让成员们自然而然借助日记记录他们对前几次会谈的反应和经验的技术。他们可以思考如下问题：我对加入这个群组感觉如何？我如何看待群组中的人们？我如何看待在其中的我自己？我在群组会谈的时间里最想使用的方式是什么？我有什么学到的或经历过的会想要留给这个群组？通过在群组外花时间思考这些问题，成员们进一步获得参与群组从而取得最大受益的机会。

写日记的过程能让成员对他们在每一次群组会谈中的体验保持追踪，通常这也是使成员参与组内新行为的催化剂。在一个群组的中间点，人们可以在该周花时间写下他们在此刻对该群组的感受如何，他们是如何看待他们到目前为止的参与，如果群组现在就结束他们会感觉怎样。在群组中讨论这些问题，要求参与者重新评估他们的承诺程度，并常常激励他们增加对群组的参与。

我们提醒群组成员小心地练习写他们的日记，那他们就不会泄露群组中任何人的秘密。他们被告知不要写下任何参与者的姓名或其他人的具体可识别信息。我们建议他们关注自身以及自己的反应，而不是写下关于其他人在小组中的所言所行。我们向成员建议将日记放在一个安全的地方，那么别人就无法接近他们的个人作品和反思。

设计真实的家庭作业

家庭作业既可以在群组会谈期间完成，也可以在群组之外完成。举个例子，亨利表明他倾向于在会谈中继续保持沉默，并且不会在组会中提出他所想要谈论的。通常，在一次群组会谈的末尾，亨利会考虑他希望自己早些时候应该说的话。我们可以建议一份作业：让亨利承诺提前一周去做下次会议中第一个发言的人。

通常成员会对群组中的重要关系做非常强烈的探索。尽管在组内会议中谈论一项关系可以有很好的治疗效果,并且成员能对动态关系有深入了解,但这常常只是变化的开端。成员然后需要决定,他们是否对与他们生活中的某个人打交道有兴趣,并且与其的交谈方式有所不同。举个例子,罗莎决定她想要以一个与她典型作为所不同的方式接近她的母亲——没有争吵和防守。她可以首先练习她希望能够向她母亲表达什么,而且可以从别的成员的反馈和支持中受益。罗莎更可能真正不同地对待她母亲,如果她清楚她想和母亲在一起做什么并且也得到了小组中其他成员基于她的行为演练的反馈,罗莎就有更大可能在实际中不同地和她母亲相处。

我们总是对成员施压,让其意识到在下一次会议中露面有多么重要,即使他们并没有完成所有他们之前同意去做的,或者即使他们的作业导致了令人失望的结果。当他们给自己布置的任务没有实现他们的预期,那么群组会讨论对策来帮助这些成员。有时,即使努力工作和承担义务,成员也无法从他们的遭遇中得到他们所期望的。我们会谈到出现退步是在预料中的,以及成员们可以怎样最好地应对意想不到的结果。如果成员们给予他们自己能应对的作业,那么出现令人失望的结果的机会就会减少。有必要使作业适合每个成员的发展水平,并且在制定实际计划时指导他们。我们希望成员会识别和执行小步骤,而不是试图做得太多太快。随着成员通过执行作业的过程开始自我引导,他们增加了对采取行动去获得他们想要的东西的责任感,而且增强了权利感。

婚姻咨询测试的家庭作业

治疗师:雷蒙德·J. 科尔西尼(Raymond J. Corsini),哲学博士,已故

服务机构:退休的私人诊所心理医生;工业心理学家

主要著作：

> Corsini, R. J. (1994). *Encyclopedia of psychology*. Toronto, Ontario, Canada: Wiley-Interscience.
> Corsini, R. J., & Wedding, D. (2007). *Current Psychotherapies*. Pacific Grove, CA: Brooks/Cole.
> Painter, G., & Corsini, R. J. (1990). *Effective discipline in the home and school*. Muncie, IN: Accelerated Development.

科尔西尼是超过 25 本书籍和多篇专业文章的作者和编者。遗憾的是，科尔西尼于 2008 年 11 月 8 日去世，享年 94 岁。

技术适用对象：婚姻或夫妻咨询的来访者们

注意事项：无

哈罗德和旺达来见我，诉说他们正在离婚的边缘。他们通常开始防御自己以及攻击对方，但是我阻止了他们，并问了他们一个我认为的关键问题：“你们彼此有和好的意愿吗？”再三考虑之后，他俩都表示同意。

然后我说我有一个特别的操作方式，并且现在就想要实行它。因此，可以请他们只跟我说话吗？他们同意了。

我看着旺达并说："你想要哈罗德要么停止要么开始做的一件无法拒绝的事情是什么？"

她思考了片刻接着说："我想要他停止挑我母亲的错。"

我接着转向哈罗德并说，"请告诉我她想要你停止做的事情。"他开始了一个看上去很长的故事，即对旺达母亲的抱怨，但是我打断了他，"所有我想从你这儿听到的是她说了什么。"他接着回答，"她想要我停止谈论她的母亲。""并不完全正确，"我说，"要我重复她的话吗？"他于是说："她用了'挑'这个词。"

我然后转向旺达："你认为他知道什么最让你烦恼吗？"而最后她说，"他明明清楚我烦恼什么。"

然后我让他告诉我一件旺达所做过的最让他烦恼的事。

答案是一个词："吸烟。"

我转向旺达并只是看着她。她又开始了可能是一长串的陈述,但我阻止了她并说:"我只是想知道你是否知道他最烦恼什么。"

她回答:"他是想要我彻底戒烟还是仅仅在他面前克制吸烟呢?"

我看着他,他说:"如果你完全停止当然更好,但是如果你能在我在场时停止吸烟就足够了。你知道我……"

我打断了他,"那就足够了。"

然后我对旺达说:"他想要什么?"

"我不应该在他面前吸烟,"她答道。

我问哈罗德她是否理解了他的抱怨,他做了肯定答复。

我写了张便条,之后我要大声对他们读出来。

我转向旺达,要她再说一件抱怨,支支吾吾下她要他不叫她"死胖子"。

在对这个词有一些争论并试图告诉我她应该减肥后,哈罗德同意了,但是我希望没有听到那些。

最终,在会谈接近尾声时,我准备好做个总结,并说,"我打算为你们每个人所赞同的打扰你的东西命名,并且我要问你们,你们是否同意去停止它们或开始它们,视具体情形,从现在到下周。"

我从哈罗德开始:"你能承诺一周内不挑旺达母亲的错吗?"他同意了。接着我转向旺达,"你能承诺一周内不在旺达面前吸烟吗?"

然后我继续和哈罗德达成同意不叫旺达死胖子,和旺达达成同意在 6:15 前准备好晚餐,和哈罗德达成同意在本周中的一个晚上带旺达出去吃饭,以及和旺达达成同意在本周中打给她姐姐的长途电话不超过一次。

他们同意完全那样做一周。

对你们来说知道他们是否无愧于他们的协定并不重要,但重要的是去理解该方法背后的理论,如何解释这对夫妻在第一次会谈中的反应,以及如何解释下一次会谈和在这对假想夫妻身上的技术价值。其基本思想在于,如果该对夫妻表明他们关心彼此,那就给了婚姻咨询师可做的一些事,去查明他们是否会提起抱怨。咨询师正寻找那些明确的、无可争辩的、经常发生的行为。治疗师锁定不多于三个抱怨,并且让另一方重复该抱怨。稍后——当所有的抱怨都说到了——要求该对夫妻再一次重复他们,并且要问每一个人他们是否同意在一周内不去攻击对方。

此时此刻,你作为婚姻咨询师,该局面于你成了一项"石蕊试验"。你要作出关于此人是否已准备好面对抱怨的决定,抱怨是否合理,此人是否采取了合理的方式来陈述他或她已听到的问题,以及他们是否同意去停止或说他们将"试着"停止。

到了下一周,我们可能发现双方100%停止或一个做了而另一个没做,等等。

如果有任何人没有遵循他们的作业指示,我将采取以下步骤:"哈罗德,上一周你承诺不叫旺达死胖子,可是她说你仍继续使用这个贬义称呼。"通常来访者会嘟囔那不重要或类似的话。"这对于她以及对于我作为你的咨询师来说很重要。"我将不会再进一步,除非你对你的承诺和对她表示尊重。

所以,我会为他们每个人重温全部的六项——坚持至每个词的每个字。在每个人都赞同对方履行了协议之前不要向前发展。

可能会发生的,并已在我身上发生过的情况是,一方履行了协议而另一方每一例都没有做到。对后者的情况我会说,"你俩都听了对方的抱怨。我只接受那些于我来说看上去合理的抱怨,它们发生得很频繁,而且另一个人显示出他或她理解了并且同意停止。你们中的一个确实停止了。另一个没有。对于我来说,这表明那个不想停止的人不想让婚姻继续下去。这件事似乎不重要,但我不会继续和你们进行下去。我建议你们寻找一个更好的婚姻咨询师。"

我称此为婚姻咨询测试,并且有过良好的效果,当双方都通情达理的时候。夫妻能够在之前不可能的情境下获得成功,因而,将会更愿意去合作以获得对方善意的证据。如果这是很明显的,接着治疗师可以寻求进一步的协议,或可以用别的方式进行干预。

* 编者按:一些职业道德准则规定:治疗师在此情况下应转介来访者。在实施这些技术前请先核查你的职业道德准则。

积极行动的标签：
在家庭治疗中利用治疗性符号

治疗师： 理查德·H. 考克斯（Richard H. Cox），哲学博士，美国专业心理学会

服务机构： 密苏里州斯普林菲尔德市福里斯特职业心理研究所主席和名誉教授

主要著作：

> Cox, R. (Ed.). (1973). *Religious systems and psychotherapy*. Springfield, IL: Charles C Thomas.
>
> Cox, R. H., & Esau, T. G. (1974). *Regressive therapy: Therapeutic regression of schizophrenic children and young adults*. New York: Brunner-Mazel.

许多书籍章节的作者，在专业杂志上发表论文数篇。

技术适用对象： 该技术适用于所有家庭。它可以被用于提升家庭健康和恢复功能失调的家庭。

注意事项： 除了在某人的脖子上戴一条珠宝式样的链条外没有其他警示。

偶然的家庭功能失调是很正常的，但有一些变成了长期的，还有许多变得日益尖锐。本文所述的技术对工作坊、家庭治疗以及其他以关注人的尊严为主题的群组活动是有帮助的。简易心理疗法的世界和心理健康福利的减少要求治疗师找到更快的干预方法，并利用家庭自助。虽然可以找到针对所有宗教信仰的语句，但这项技术对犹太教和基督教传统的家庭最有效，因为所有宗教信仰都有共同的人类尊严问题。

方法

第一，讨论常见的人与人之间的尊重以及如何实践人的尊严。特

别是要说明缺乏美德如何导致家庭破裂、不尊重和功能失调。治疗师应该寻找特定的家庭问题,以证明其在一种功能失调的情况下实践某个特定的美德将有什么帮助。让一个家庭成员讨论下如果某种美德已经扩展至其自身,他或她会有何感受,并且尝试去和其他人讨论当某种美德被拒之门外,他或她会有何感受(如:当有人没有耐心时)。

第二,找一个短语、诗歌或段落,如《圣经》的一节,那种详细说明人际间尊严要素的材料。大多数的家庭都有一些语境,治疗师可以从中画一个"普遍信仰"的美德清单。举个例子,引用《圣经》,里面说圣灵所结的果子,就是"仁爱、喜乐、和平、忍耐、恩慈和忠诚。"(加拉太书5章22节)。宗教和世俗文学中有许多类似的短语可以被用来展示如何对待他人的普遍本质。

第三,做些小金属板(像军用"狗牌")并把它们放在颈链中。指示每一个家庭成员戴一个"积极行动标签"一星期,并同意和所有其他的家庭成员一起每天实践那个标签上的美德。举个例子,爸爸同意对其他所有的家庭成员练习"忍耐"一星期。

第四,在下一次家庭会谈中,让每一名成员讨论他们实践其积极行动标签上指定的美德的体验。每一名成员与其他家庭成员就他或她对实践该美德的感受,以及当有人对他们实践了美德时的感受交换意见。他们还会注意到他们的朋友是怎样理解他们的"新首饰"以及他们向朋友们关于这一饰物所作的解释。报告显示,和朋友就"标签"展开开放性讨论带来了许多有益成果。这变成了各种各样的公开"忏悔"和一份公开"保证"。这样的同伴群体强化是很有帮助的。

第五,家庭成员要在接下来的一周里交换积极性行动标签。从帽子里抽签来交换标签。家庭成员们不能选择他们的标签。(你们也可以制定你们自己的规则,或要求整个家庭这样做。那些严重支离破碎的家庭无法很好地制定他们自己的规则!)

尽管这样一个家庭作业有许多看似老掉牙的方面,但我发现它革命性地既表明这样的美德在普通的日常家庭生活中是缺失的,又表明了积极奖励在每天的人际沟通和互动中实践"常见尊严"的展现。对于治疗师来说,发现一些该家庭确定可接受的文学载体是很重要的,例如宗教信仰体系。对家庭成员们来说,让他们去表述他们所不情愿的,到至少尝试着去实践他们所相信的是很困难的。"狗牌"的每日时刻提醒使他们认识到自己每天的保证以及向其他可能看到标签的人解释它意味着什么,从而进一步印刻了他们对家庭变化的承诺。

有多少家庭成员以及有多少美德被选来实践将决定所需要的会谈次数或在任何一次会谈中所需讨论的美德数量。在已给的例子中,每一周可利用一项美德,共7周,另有最后一周的总结治疗,如此,这一过程能适合于简短的八周治疗。

来访者的自我监控、自我报告和自我干预

治疗师:苏珊·R. 戴维斯(Susan R. Davis),哲学博士;斯考特·T. 梅尔(Scott T. Meier),哲学博士

服务机构:苏珊·R. 戴维斯,执业心理学家,私人诊所,南伊利诺伊卡本代尔大学;斯考特·T. 梅尔,执业心理学家,纽约州立大学布法罗分校咨询与学校教育心理学系教授

主要著作:

Davis, S., & Meier, S. (2001). *The elements of managed care: A guide for helping professionals*. Pacific Grove, CA: Brooks/Cole.

Meier, S. (2008). *Measuring change in counseling and psychotherapy*. New York: Guilford Press.

Meier, S., & Davis, S. (2010), *The elements of counseling* (7th ed). Pacific Grove, CA: Brooks/Cole.

技术适用对象:高校学生和成年门诊病人

注意事项:一些认知行为理论知识,特别是自我效能理论,能加强该技术的使用。

我们最喜欢的作业是自我监控,让来访者在心理治疗会谈之外记录下关于他们自身的信息。自我监控是自我报告和行为评估的结合:来访者在一些维度上观察他或她自己并记录信息。然后来访者在下一次的治疗会谈中把观测记录带来进行讨论。

我们更喜欢的是所记录的信息类型依赖于来访者在一次特定的会谈中所讨论过的问题(例如,"我想要学得更多")。也就是说,来访者所记录的信息是具体或特定针对个人的(例如,该来访者想要增加会谈的次数或长度),而不是来自一本手册或练习簿的问题。这就提高了来访者去做自我监控作业的动力,因为该任务具有"表面效度";换言之,来访者理解他正在记录一个特定的行为的原因和内容(例如,记录他什么时候学习以及持续了多久)。

自我监控的重点通常是一个行为。也就是说,所记录的是一个明显的行为,比如吸烟的数量、喝酒的数量,或发起对话的数量。然而自我监控的目标也可以是想法或感受,例如一个来访者可以在任何时间记录她有一个闯进脑海的念头或一种沮丧的感觉。

自我监控已被证明是一种对于评估和干预皆有用的方法。研究表明,独立于其他的干预措施,行为问题的记录如吸烟,可减少被观察行为。自我监控好像是一个反应性的获取数据的方法:因为个体会越来越意识到被观察行为,他更有可能去改变那些行为。而且通常该行为是朝期望的方向变化,例如减少吸烟次数或增加社会交往。

自我监控作业通常可以和逐渐暴露在恐惧和困难的情况搭配在一起使用。例如一个自称很害羞的大学生年龄的来访者,或许会答应自我监控下周他向同学发起对话的次数。如果次数为零,那再下一周的作业可以是继续自我监控并发起至少一次对话,无论时间长短。

这项作业很重要的一方面是它需要被设计成能最大化任何特定来访者的成功机会。也就是说,所挑选的作业任务必须是来访者很有可能完成的一项。我们害羞的来访者更有可能在一周内成功地向一位同学发起对话而不是向十位同学。类似地,一个搬入新社区的害羞的成年人可能首先尝试散一会儿步,在后院里做三十分钟园艺,或者向一位邻居发起五分钟的对话。

提高成功可能性的一个方法是坦率地问来访者所提议的作业是否值得去尝试。与其说治疗师去说服来访者她可以在某些任务上取得成功,不如说调整或改变任务更有用,离开会谈后的来访者会带着一种胜任感来执行所讨论的行为。在少数情况下,即来访者没有成功地执行任务,失败可以被归结为是所选任务的结果——而不是来访者——并且在下一次会谈中像这样明白地进行讨论。基本理念就是围绕作业任务创造条件,以提高来访者执行相关行为的自我效能。

参 考 文 献

Bandura, A. (1997). *Self-efficacy: The exercise of control*. New York: Freeman.

Nelson, R. O. (1977). Assessment and therapeutic functions of self-monitoring. In M. Hersen, R. M. Eisler, & P. M. Miller (Eds.), *Progress in behavior modification* (Vol. 5, pp. 263–308). New York: Brunner/Mazel.

"好像":扮演想要的图式变化

治疗师: 基思·S. 多布森(Keith S. Dobson),哲学博士

服务机构: 加拿大亚伯达省卡尔加里大学临床心理学教授

主要著作:

> Dobson, D. J. A., & Dobson, K. S. (2009). *Evidence-based practice of cognitive-behavioral therapy*. New York: Guilford Press.
>
> Dobson, K. S. (Ed.). (2010). *Handbook of cognitive-behavioral therapies* (3rd ed.). New York: Guilford Press.

技术适用对象： 所有具有个人能动性（personal agency）的来访者；可能不适用于未成年人和未独立的成年人

注意事项： 无

简介

"好像"技术是认知治疗技术应用范围的一部分。其宗旨在于帮助来访者同时对替代图式或自我概念以及那种图式的行为表达进行探索。此技术可以非常有效，并可以对治疗改变产生相当大的动量，但是它也带有重大风险，这会在之后进行描述。

技术步骤

这项技术基于几个要求或步骤。第一，它必须建立在来访者在他或她的个人历史过程中有过一个导致其个人苦恼的功能失调图式。由于通常需要花些时间去完全了解功能失调的操作图式，暗示"好像"技术趋向于在治疗的中间至后期阶段运用。第二，一旦识别功能失调图式并且来访者非常重视其后果，治疗师和来访者需要确定一个可行的、来访者想要去发展的替代图式。这一步要花些时间，因为有时候会有一种全盘否定原来负面图式的倾向，期望和之前完全不一样，而这往往是不切实际的。因此，所开发的必须是一个现实的和自适应的、能长期维持的替代图式。举个例子，如果一名来访者基于一段早期儿童虐待、社会排斥和成人侵害的历史，有着自己是不可爱的人的自我图式，那么发展一种内在为有价值和可爱的替代的自我图式可能是不现实的；相反地，来访者能被一些人所爱这样的观点可能是一个能尝试去发展的更可行的观点。

"好像"技术的第三步是和来访者一起想象新图式的意义，想象得越详细越好。来访者会对他或她自己说些不同的话吗？他或她会穿着不同吗？他或她会将自己带入一种不同的方式中吗？这关联到了与他人互动的什么方式？需要修改社交圈本身吗？可能存在什么样的职业或事业影响？在某种意义上，一般会被问到的问题是："预期的结果是什么？"来访者要如何知道该技术是成功还是失败？这个分析的结果或许涉及对来访者目前方式和行为模式的一个"小调整",以更符合正在开发的新图式,或者如果目标是更为激进的自我图式改变,它或许需要一次对这些模式的重大调整。在其他情况中,来访者会担心这些变化的影响,甚至对他们所期望的暗示的变化幅度而闷闷不乐。

在"好像"技术的第四步,来访者和治疗师设计一个实验,在其中实施所想象的方式。这个设定包括假想的与他人互动,与治疗师进行角色游戏,与来访者生活中的人讨论这些变化,或者来访者在日常生活中体验真实的变化。在某些情况下,可以用一种渐进的或逐步的方式来引入,而在其他情况下,图式可能从一开始就被完全执行。这一步是表演的核心,就好像新图式已经到位,好像来访者期望其他人从这个角度来回应他或她。实际上,这样的转变往往不激进,但是在新的自我意识可能出现前,要花费数周或数月来体验。在此期间重要的是,来访者主动监控了他或她的想法、感受和行为,去看自己有多频繁地实现了预期的理想图式,以及自己允许新体验融入其自身变化观点的程度。

"好像"技术的最后阶段是评价。模式的改变有没有导致预期的变化?如果有,在什么领域,以及为什么?来访者要如何维持这些进步?如果预期的变化没有发生,出现了什么问题?这些问题是否表明有必要转变策略和做另一尝试,或彻底地放弃该技术?如果要重新尝试该技术,对于来访者和治疗师来说"倒退"至起点很重要,并且根据已收集到的新信息,重新设计和实现"好像"技术。

优势和挑战

正如已经提到的,"好像"技术是很强大的。如果该方法被精心设计和有效实施,它能给来访者带来他或她根据现有的图式生活下去将永远不会得到的信息。举个例子,没有深思熟虑的策略开发,一个自我看法依赖于他人的来访者可能永远不会计划一场独自旅行,或拥有独立的体验。

虽然这些想法有时候会令来访者一头雾水,但需要注意的是,"好像"技术不同于"在你做到之前,一直假装你能做到"的想法。在后一种情况下,"假装做到"的感觉暗示来访者实际上没有致力于正在尝试的改变以及并没有真正对其结果负责。相反,在用"好像"技术时,作为奋发向前的预期目标,应该对变化有真正的支持认可。从这层意义上说,来访者需要尽可能全面地致力于努力和体验。部分原因是技术这方面也带来了巨大的风险。举个例子,一个来访者理解了自己当前的亲密关系,然后导致了他或她的个人悲伤的窘境,决定要独居,那这就是有风险的,这个决定令人遗憾。那位来访者可能经历了一定程度的痛苦,因为他或她要体验孤独。的确,仅是表现得好像一个新图式的行为可能导致某种意义上的痛苦或不均衡。更进一步,在这个案例中,来访者作出了一个影响他或她的伴侣的决定,而且可能导致人际纠纷或问题。在极端情况下,此技术可能引起事业、生活方式或主要人际关系的变化。

鉴于上述考虑,对于使用"好像"技术的治疗师来说,确保来访者充分领会做或不做的意义是十分重要的。这是来访者的权利,在他或她的生活中做出改变,并且尽管治疗师能指导探索和决策的过程,但最关键的是治疗师要确保是来访者自己作出行动与否、采取什么具体步骤的决定。治疗师还需要确保他或她对于个案的参与能持续得够久,任何"好像"技术的不良结果都可以被评估及慢慢减轻。

总之,即使有时有风险,"好像"技术也可以是一个强大的去改变导致来访者痛苦或功能失调图式的策略。该技术应被用于综合性个案概念化的背景以及作为一个正在进行的护理项目的一部分,而不能作为一个孤立的治疗方法。它需要一些时间来组织、计划、执行和评估,并且只有在来访者表示知情同意后方可开始进行。然而该技术的结果,可能是意义深远的也可能在极端情况下导致自我意识的深刻改变,并可能在现实中发挥作用。

之字形技术

治疗师:温迪·德莱顿(Windy Dryden),哲学博士
服务机构:伦敦大学金史密斯学院心理咨询教授

主要著作：

> Dryden, W. (1999). *Rational emotive behavioural counseling in action*. London: Sage.
> Dryden, W. (1999). *Rational emotive behavior therapy: A personal approach*. Bicester, UK: Winslow Press.
> Ellis, A., & Dryden, W. (2007). The practice of rational emotive behavior therapy (2nd ed.). New York: Springer.

温迪·德莱顿是 118 本书籍的作者或编辑，也是 13 部系列丛书的编辑。

技术适用对象： 成年人以及年长的青少年

注意事项： 该技术最好和理智的来访者一起使用，即他们的健康信仰是合逻辑的、正确的以及积极的，并且他们想要通过坚定这些信念，作为实现他们治疗目标的一种方法。

理性情绪行为疗法（REBT）的主要目标之一是帮助来访者识别、挑战以及改变他们有害身心健康的（非理性的）信念，获得及加强他们对于替代性的健康（理性的）信念的信心。阿尔伯特·埃利斯（Ellis, 1963），理性行为疗法创始人，区分了智力洞见[定义为在一个健康的（理性的）信仰下的一种轻微和偶尔持有的信念]和情绪洞见[定义为在一个健康的（理性的）信仰下强烈和频繁持有的信念，以这种方式大大地促进了健康的情绪和建设性的行为]。

一旦来访者已经实现了将智力洞见融入健康信念，这意味着，在这个背景下，她（在此个案中）明白了她的不健康的信念是与现实相悖的，是不合逻辑的，并且是消极的，而她的健康的替代性信念是与现实一致，是合逻辑的和积极的，下一步就是去帮助她削弱她之前确信的并加强后面的信念。做这些能帮助她获得健康信念的情绪洞见，这也会反过来促进其积极的情绪和行为目标的实现。

我最喜欢的帮助来访者将情绪洞见融入他们的健康信仰的一种技术被称为"之字形技术"。它基于这样的信念，即一个人可以通过有效地回应来对这种信念发起攻击,从而增强自己的健康信念,这种攻击表现为怀疑、保留或反对。

使用此技术时,我为来访者提供明确的书面材料,说明如何用这个技术做作业。在"之字形"书面形式的例子中,我提供了他们一份样例,该样例表现了前一名来访者对该技术的成功实施,其准许将此用于这一用途。

我现在为你们提供以下内容:

1. 关于你的来访者能如何完成一份之字形表的书面说明(图 3.2)。

2. 一份空白的之字形表(图 3.3)。

3. 我的一名来访者是如何成功地完成该之字形表的一份样例(图 3.4)。

4. 关于你的来访者能如何使用录音版本的之字形技术的书面说明,我建议在他们能完成书面版本之后再实行(图 3.5)。

---

1. 在左上角的方框内写下你的健康信念。

2. 在 100 分的范围内,以 0%=没有信念,100%=全部信念,来为你现有的信念水平打分,并将此打分写在表中所提供的空格处。

3. 用一个直接针对该健康信念的攻击来回应这项健康信念。这可以采用对该健康信念的一个质疑、保留或异议的形式,使这个攻击声明尽可能真实。它能越多地反映你真正所相信的越好。将这个攻击写在右边的方框内。

4. 尽可能充分地回应攻击。重要的是,你要去回应该攻击的每一个元素。尽可能有说服力地做这些,并将回应写在左边的第二个方框内。

5. 沿着这个脉络下去,直至你已回答了你所有的攻击并无法想出更多了。

如果你发现这个练习很难,你会发现首先作出你的攻击时温柔些会更容易。然后,当你发现你能相当容易地回应这些攻击时,那开始使攻击更锐利些。以这种方式进行直到你作出真正强烈的攻击。当你作出一个攻击时,就做得好似你要让自己去相信它一样。接着当你回答时,带着驳倒该攻击的目的把你自己真正地投入其中,并提高你健康信念中的信念水平。

请不要忘记这个练习的目的是为了加强你的健康信念,所以在当你已回答了所有攻击之后停止下来是很重要的。使用尽可能多的你所需要的形式,当你完成时,把它们夹在一起。

如果你作出了一个你无法回答的攻击,停止练习,然后我们将在小组中讨论你要如何最好地回应它。

6. 当你已回答了你所有的攻击后,重新对你之前对健康信念的信念水平打分。如果你已成功地回应了你的攻击,那么这个打分将会上升。如果它没有增加或只多了一点点,我们将在小组中讨论如此的原因。

图 3.2 如何完成一份之字形表

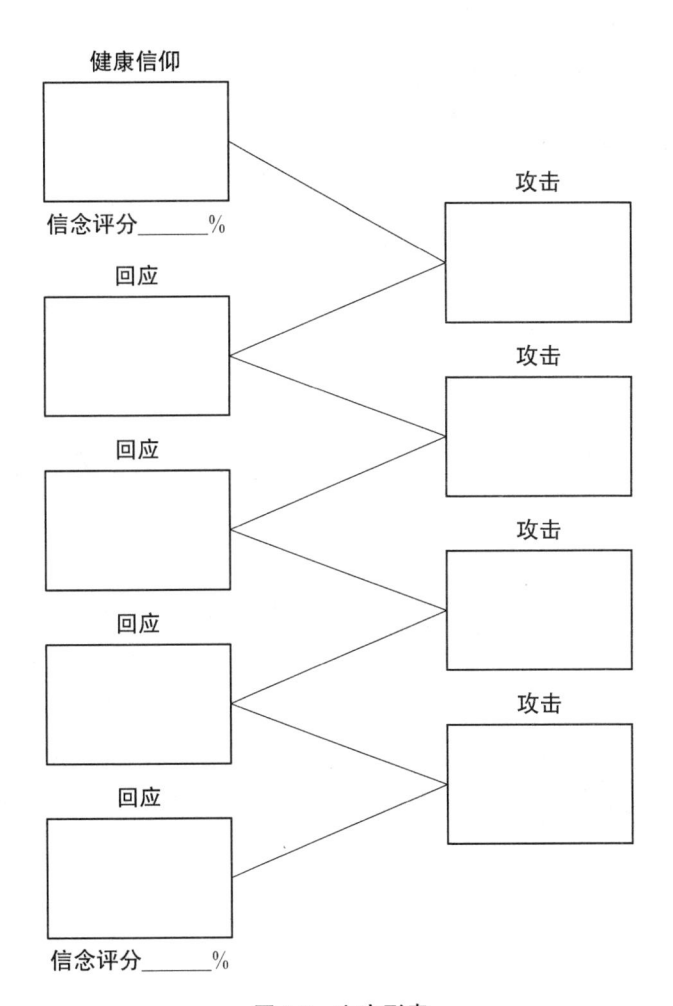

图 3.3 之字形表

健康信仰

我更希望布莱恩表现出对我的家庭的爱、感激和尊重，但是绝对没有要他必须去做。他没有做到是不好，但也不算太糟。

信念评分=40%

回应

如果他认识到这些并表现出更多的感激那固然很好，但是他当然没有必要<u>必须</u>去做。他是一个容易犯错误，有着优点和弱点的人。他有许多优点，没道理只因为他缺乏感恩而当他是坏人。

回应

请记住他有着与我自己非常不同的教养并来自一个和我非常不同的文化背景。期望他能表现得和我的家庭一样是荒谬的。为什么他要那么做？如果他试试看也许是不错的，但是当然他没必要必须去做。

回应

第一，世界是不公平的——因此要求公平就能得到公平是不现实的。第二，尽管如果布莱恩能对我的家庭做像我对他所做的那么多努力就好了，但他没有义务去做。他<u>不是</u>我，没有必要表现得像我一样。我对让他变得像我或者像我的家庭一样的要求是不健康和不合理的。

信念评分=75%

攻击

但是他们已经为他做了那么多，尤其是在他不怎么好的时候。他完全应该认识到这点并且感恩。如果他没办到，那他不是一个好人。

攻击

但是他知道这对我来说意味着什么，如果他能投入更多感情并融入他们——他们给了他很多爱。他没有充分地回报实在是太糟糕了。

攻击

但是我对他的父母付出了巨大的努力，即便他们的背景和行为对我来说就像是外星人一样。他没有做同样的事情，这是不公平的，完全不应该如此。

图 3.4　之字形技术：一个例子

> 1. 为了进行该练习,你将需要一个手持式的、高品质的、带有优质磁带的录音机。一个好的微型或迷你型盒式磁带就足够了。
> 2. 找一个你不会被打扰的时间和一个不会被人听到的地方。把你的答录机打开或不要挂上你的电话听筒。你将为此任务抽出大约 20 或 30 分钟时间。
> 3. 从在磁带上讲述你的健康信念开始录音,注意用语言说出信念评分并录进去,在 0%至 100%的范围内。
> 4. 试着通过攻击你的健康信念把你自己带回至你的不健康信念。
> 5. 用有力的和具有说服力的方式来回应这个攻击,请确保你回答了该攻击中的所有元素。
> 6. 以这种方式反复进行(请确保你的回应比你的攻击更有力度和说服力),直到你再也想不出更多的攻击。
> 7. 对你最初所述的健康信念进行信念水平的再次评分。
> 8. 听录音,注意以下几点:
> - 在你要跑题时,制定另外的回应,那将使你能够紧扣主题。
> - 当你未能对一个攻击的一个元素(或许多元素)进行回应时,制定对没有回答的元素的一个回应。
> - 当你听上去未被攻击的回应所说服时,从语气和论证内容两方面制定更有说服力的回应这项攻击的方法。

图 3.5　关于如何使用录音版本的之字形技术的说明

参 考 文 献

Ellis, A. (1963). Toward a more precise definition of "emotional" and "intellectual" insight. *Psychological Reports*, 13, 125–126.

理性情绪行为疗法自助表和阅读材料

治疗师: 阿尔伯特·埃利斯(Albert Ellis),哲学博士,已故

服务机构: 执业心理学家;纽约阿尔伯特·埃利斯研究所主席

主要著作：

> Ellis, A. (1994). *Reason and emotion in psychotherapy* (Rev. & updated ed.). Secaucus, NJ: Carol Publishing Group.
> Ellis, A., & Dryden, W. (2007). *The practice of rational emotive behavior therapy* (Rev. ed.). New York: Springer.
> Ellis, A., & Harper, R. A. (1997). *A guide to rational living* (3rd ed.). North Hollywood, CA: Wilshire.

埃利斯教授是超过 75 本书和 1 200 篇文章的作者。他是理性情绪行为疗法之父。于 2007 年 7 月 24 日逝世,享年 93 岁。

技术适用对象：青少年及成年人来访者

注意事项：该技术不适用于年纪小的青少年来访者和伴有严重阅读困难的成年人。

几乎我所有的青少年和成年人来访者在他们的第一次治疗会谈中都会收到几张理性情绪行为疗法(REBT)自助表,连同一打描述 REBT 基本原理和实践的小册子,这些已在第一次会谈中同他们一起讨论过。通常,他们的第一份家庭作业任务是开始阅读小册子和一两本我的自助书籍,比如《理性生活指南》(*A Guide to Rational Living*),《如何坚决不让自己为任何事而痛苦——对,任何事!》(*How to Stubbornly Refuse to Make Yourself Miserable About Anything—Yes, Anything!*),《如何在焦虑控制你之前控制它》(*How to Control Your Anxiety Before It Controls You*),或者《阿尔伯特·埃利斯的读者》(*The Albert Ellis Reader*)。

来访者被要求开始阅读小册子和这些书中最喜欢的一本,并完成一两份关于他们目前经历的一个重要的不安感觉或行为的 REBT 自助表(图 3.6)。他们被告知我们将在下一次治疗会谈中一起重温所填写的内容,我将会检查表格,看看他们是否准确地进行了填写,是否开始学习如何发现和反驳那些帮着制造混乱的非理性信念,以及是否已经想出有效的新理念和起作用的情绪和行为。

第三章 家庭作业

A（诱发事件或逆境）

- 简要总结你在不安什么（一台摄像机有机会看到什么？）
- 一个A可以是内部或外部的，真实或想象的
- 一个A可以是一个过去，现在或未来的事件

IB'S（非理性信念）

为鉴别IB'S，寻找：
- 教条式的要求（务必做的，绝对对的，应该做的）
- 糟糕透顶（它是可怕的，糟糕的，恐怖的）
- 低挫折忍受（我无法忍受）
- 憎恨自己/他人（我/他/她很坏，一文不值）

D（反驳信念）

为了反驳，问问自己：
- 持有这种信念将带我去向何方？
- 它是有帮助的还是适得其反的？
- 支持我非理性信念存在的证据在哪儿？
- 我的信念合逻辑吗？符合现实吗？它遵从我的偏好吗？
- 它真的很 可怕 吗？（它可能的最坏情形）？
- 我真的无法 忍受 吗？

C（后果）

主要的不健康的负面情绪：

主要的自暴自弃的行为：

- 焦虑 -沮丧 -低挫折耐受
- 羞耻/尴尬 -痛苦 -内疚
- 盛怒 -嫉妒

E（有效的新理念）

更多的教条化思考，争取：
- 非教条式偏好（希望，需求，心愿）
- 评估坏的（它是坏的，不幸的）
- 高挫折耐受（我不喜欢它，但是我可以忍受）
- 不全局地评定自我或他人（我和其他人都很容易犯错误的人）

E（起作用的情绪和行为）

新的健康的负面情绪：

新的建设性行为：

健康的负面情绪包括：
- 失望
- 担忧
- 烦恼
- 悲伤
- 后悔
- 受挫

图3.6 REBT自助表，温迪·德莱顿和简·沃克版权所有（Dryden & Walker, 1992）。由罗伯特·埃利斯修改（Ellis, 1996）

我们常常要求来访者将使用 REBT 自助表作为一份持续性的作业，并在他们有一个重要的情绪或行为问题时，鼓励他们填写一张表格并将其带进他们的治疗会谈中进行讨论。

给独立个体和夫妻治疗的行为作业：行为改变的纠正建议

治疗师：罗伯特·W. 费尔斯通（Robert W. Firestone），哲学博士
服务机构：加利福尼亚圣巴巴拉市格兰顿联盟临床心理学家
主要著作：

Firestone, R. W. (1997). *Combating destructive thought processes: Voice therapy and separation theory*. Thousand Oaks, CA: Sage.

Firestone, R. W. (1997). *Suicide and the inner voice: Risk assessment, treatment, and case management*. Thousand Oaks, CA: Sage.

Firestone, R. W., & Catlett, J. (1999). *Fear of intimacy*. Washington, DC: American Psychological Association.

三本其他书籍、视听觉精神健康训练素材的作者，创造了费尔斯通自毁想法评估问卷（Firestone Assessment of Self-Destructive Thoughts, FAST Firestone & Firestone, 1996）。该问卷能区分来访者是否具有自杀倾向。

技术适用对象：独立个体和群体治疗中的成年人和青少年来访者，以及已在个体或夫妻治疗中学习使用语音治疗技术的夫妻。

注意事项：无

简介和背景

语音治疗是借助语言或口头词句表达思想和态度的过程，与自己对立和对他人带有敌意是适应不良的行为和生活方式的核心。该方法将内化的破坏性思维过程带至表面，并伴随对话形式的效应，使来访者

能够面对人格的差异化成分。

正如我已在之前的著作中所描述的(Firestone，1985，1888，1990，1997a,1997b,1998；Firestone & Catlett，1999)，主要的技术包含让来访者用第二人称"你"来表述他们对自己的负面想法，就仿佛他们在对自己说话而不是用第一人称"我"来形容自己。以这个形式说出自我攻击的描述，常常能够释放强烈的情感，其次是自发的顿悟。用第二人称来表达声音也有助于把来访者的观点和在发展期间所吸收的消极思维过程分开。

传统上，语音治疗技术由三部分组成：(1) 引出和识别消极思维模式的过程和释放相关的影响；(2) 讨论对于言辞表达的洞察力和反应；(3) 通过应用适当的纠正建议抵消掉受声音控制的自毁行为。(对步骤 1 的深入讨论，请见 Firestone, 1998；对步骤 2 进行讨论，请见 Firestone, 1997a。)在这一阶段的治疗中，来访者和治疗师试图通过协作计划和对与个人动机相一致的行为改变作出建议来中断适应不良的行为模式。行为改变的计划分为两类：(a) 帮助控制或中断不由自主的习惯并破坏成瘾依恋的纠正建议(b) 通过承担风险和逐步地克服与追求愿望的和优先考虑的事情有关的恐惧来扩大来访者世界的纠正建议。需要重点强调的是，这些步骤并不一定要按照在此描述的顺序进行。甚至在开始阶段，我们就运用纠正建议去鼓励来访者避免物质成瘾和他们用来压抑情感的习惯。我时常在治疗的不同阶段建议下述活动或作业：

语音治疗技术

1. 在初次会谈中，我通常鼓励来访者写一份包含对于重要童年事件、目前关系、个人和职业问题以及志向的个人历史。这份历史帮助治疗师理解他们的来访者的背景、他们的优先级以及目标的独特方面，并且帮助来访者开发一个他或她的现状的整体图景。在创建个人记述或他们的生活回顾时，来访者能更好地阐述把他们带向治疗的问题并顺便地获得对前因的深入了解和/或他们的痛苦来源。

2. 为了帮助来访者逐渐熟悉自我攻击的过程,我建议他们逐渐意识到他们开始经历自我批评思想的特定时刻。识别引发痛苦的情绪波动和心理障碍的情况和经验是很重要的。对于治疗师来说,识别出消极思想和态度的发生也是很重要的。他们没有必要去赞同或不同意这些消极想法;只要当它们发生时,把它们看作是攻击,而不是以表面价值接受它们或当作准确的自我评价就足够了。仅仅是告知一个人他会被卷入自我攻击的过程中,往往就能有效抵制毁灭性的想法对一个人的整体情绪和行为上的影响。

3. 正如已提到的,坚持每天记日记可以成为对治疗的一个重要补充,它能帮助来访者识别促成自我攻击思维过程的特定的事件或情况。写下抑制来访者的积极或自信行为的行动想法能促进态度的变化:这允许他们去挑战他们的恐惧。对追求爱情和满意关系的嘲笑的声音攻击是来访者报告中最常见的。这些声音提醒个体们不要投入自己的情感照顾另一个人,并且强调受伤或牺牲的可能性。当来访者在一篇日记中记录下他们看似自我保护的想法,或把它们透露给密友或配偶,他们就会发现这些消极的预测通常是不合逻辑的或不准确的。

在大多数情况下,我推荐来访者通过每天与一个有同情心和理解力的可靠朋友谈话来追踪他们毁灭性的思维过程。我鼓励他们向其他人公开他们自我批评的思想和愤世嫉俗的态度,虽然不一定要在这些会话中分析它们。这项技术本身就有重要价值。

4. 作为一个识别影响成瘾行为的毁灭性思维的补充练习,我们鼓励来访者意识到他们感觉到被迫沉溺于破坏性习惯的次数。我提议他们做一个有意识的决定来减少或完全放弃最容易上瘾的习惯(吸烟、饮酒、暴饮暴食,或任何强迫性的习惯反应)并关注可能出现的情感(焦虑、愤怒、悲伤)。举个例子,如果一名来访者决定戒烟,我推荐坚持写日记,每天记录放弃成瘾行为的模式之后出现的感受。一般而言,当吸烟、饮酒或暴饮暴食的诱惑势不可挡时,偶尔记录情绪反应的过程有助于来访者维持他们戒除的决心。

5. 在夫妻治疗中,配偶们学习将他们的毁灭性想法透露给自己和配偶。通过识别特定的自我攻击,和对他人的审判的、批判性思考的过程,每一个丈夫或妻子都能够更好地大大方方地与配偶相处。用第三人称的格式来言语表达对他人敌对的、冷嘲热讽的态度,就好像其他人给出他或她配偶的负面信息。例如:"*他是如此冷酷和沉默寡言的。他迟早会拒绝你。*""*她是那么夸张,那么没用。为什么与她扯上关系?*"

在我们的个体辅导或夫妻团体中,作为参与的结果,男人们和女人们培养了互相倾听和理解的能力。配偶双方都向对方坦率交换意见,透露自我贬低的想法和对对方愤怒的态度。有时,我们集中注意力于一个配偶的个别作业,而让另一个听着。追踪他们的自我攻击和对配偶敌对态度的来源,以及早期的家庭互动,有助于他们获得审视彼此问题的全新视角。结果,他们倾向于更同情他们的伴侣和同情他们自己。

在应用该程序作为一项家庭作业时,我时常推荐夫妻双方每天花将近半小时进行类似的交流。重要的是每个伴侣努力在不指责对方的情况下"放弃"他们的负面抨击,以及去尝试不将另一方的话语反应为个人批评,即使他们有某些事实依据。夫妻双方试着真诚和敏感地放弃他们的消极思想,并尝试着放弃他们的批判观点和怨恨。

6. 在第五条中所描述的练习的修改版本能帮助人们中断经常出现在性行为前、中或后的消极想法。伴侣们对于爱、性冲动和吸引的感受很容易被关于自己身体的消极想法所一扫而空——举个例子,"*你的阴茎太小了。*""*你的乳房太大了,太小了,形状不对,*"或者关于性能力,"*你不能保持勃起。*""*你不会达到高潮。*"当男人和女人从一个深情的拥抱过渡至一次性爱抚时,他们各自的"声音"常常可能取得优势,并能显著降低性欲以及积极的个人情感。

在这些情况下,我推荐伴侣们放弃他们的自我批评思想和在性行为时对他们配偶的冷嘲态度。在一方或配偶双方都意识到失去的感觉并更多参与认知过程时,他们可以暂时停止做爱,并通过进行这个练习与伴侣交流。他们被要求在说关于彼此的自我攻击和批判性思想时保持身体接触。通过打断他们的性爱,用一定的时间来分享这些想法和表达他们的忧虑,他们能够维持一定程度的感觉并保存他们对彼此的深情和真情。

结论

在语音治疗模型中,纠正建议考虑到来访者能在会谈间的间隔中所从事的专门活动,这不同于其他被用于行为或认知—行为治疗中的建议。它们源自来访者在会谈中已为他或她自身所发现的负面习惯类型,而并非由治疗师施加的指令。我们的建议直接关系到受来访者的消极思维过程影响和控制的适应不良的行为模式。治疗师必须认识到来访者对于纠正建议的接受有引起相当大的焦虑和阻力的倾向,并可能造成一场尖锐的语音攻击,那需要由有经验的临床医生来处理。

由于语音治疗的程序挑战来访者的核心防御及基本的自我概念,发起重要行为变化的过程使他们对自己拓宽边界和暴露对自己的误解更加明显。我相信治疗进展的潜能不仅仅是识别消极思维模式和发现被压抑的材料的功能;的确,个人成长最终必须包括建设性的行为改变,以反对自我限制或自我毁灭的模式和生活方式。在治疗环境之外自身花费精力,可以帮助来访者开始消除阻挡自我实现的行为,并发起与他们的个人目标更为一致的行为。

参考文献

Firestone, R. W. (1985). *The fantasy bond: Structure of psychological defenses*. New York: Human Sciences Press.

Firestone, R. W. (1988). *Voice therapy: A psychotherapeutic approach to self-destructive behavior*. New York: Human Sciences Press.

Firestone, R. W. (1990). Voice therapy. In J. Zeig & W. Munion (Eds.), *What *is psychotherapy? Contemporary perspectives* (pp. 68 – 74). San Francisco：Jossey-Bass.

Firestone, R. W. (1997a). *Combating destructive thought processes: Voice therapy and separation theory*. Thousand Oaks, CA：Sage.

Firestone, R. W. (1997b). *Suicide and the inner voice: Risk assessment, treatment, and case management*. Thousand Oaks, CA：Sage.

Firestone, R. W. (1998). Voice therapy. In H. G. Rosenthal (Ed.), *Favorite counseling and therapy techniques* (pp. 82 – 85). Philadelphia：Accelerated Development/Taylor & Francis.

Firestone, R. W., & Catlett, J. (1999). *Fear of intimacy*. Washington, DC：American Psychological Association.

Firestone, R. W., & Firestone, L. A. (1996). *Firestone assessment of self-destructive thoughts manual*. San Antonio, TX：Psychological Corporation.

我们能和不能改变什么：应对消极声音

治疗师：亚瑟·弗里曼(Arthur Freeman)，教育博士，美国专业心理学会

服务机构：宾夕法尼亚州费城，费城骨科医学院心理学系心理学家

主要著作：

Beck, A. T., & Freeman, A. (2006). *Cognitive therapy of personality disorders*. New York：Springer.

Freeman, A., Pretzer, J., Fleming, B., & Simon, K. M. (2004). *Clinical applications of cognitive therapy* (2nd ed.). New York：Plenum.

Gilson, M., & Freeman, A. (1999). *Beating the BEAST of depression*. San Antonio, TX：Psychological Corporation.

弗里曼教授已出版60余本书籍，被译成多种语言。他已在30多个国家做过演讲。

技术适用对象：在认知行为疗法中由青少年过渡至成年人的患者

注意事项：无

认知行为疗法的患者将家庭作业的重要性社会化成治疗不可或缺的一部分。有几点需作强调：作业为患者提供了一份实验室经验；家庭作业提供了治疗会话之间的连续性；家庭作业给予患者在治疗会谈中不易做到的技能实践；家庭作业将治疗工作带入了"真实的"世界；家庭作业提供了一个数据收集的机会；在真实世界里的成功有助于增强患者的能力；而且，最后，当心理治疗结束时，所有的一切都成了家庭作业。

安排家庭作业是非常重要的。它必须是协作的，并向患者充分说明，而且要被患者看成是一个潜在的有价值的体验。家庭作业必须有组织地取自会谈材料；也就是说，在治疗会谈已发生的和下一次治疗会谈计划这两者之间必须存在联系。

第一份家庭作业任务对将自己看成是不堪重负于所感知的巨大生活问题的患者很有用。通常，患者唠叨着，"我无能为力。有太多需要改变。"

当被治疗师问，"有多少事情你必须要改变？"患者回答，"约一百万。"

家庭作业的顺序如下：

> *治疗师*：我想要你将你认为必须要改变的所有事情列一张完整的清单。清单应该尽你所能做到完整。不要遗漏，如果可能的话请将大问题分解成几部分。（注意：这并不意味着是一种矛盾的干预，而是一个数据采集的机会。）请为每个问题或分项编号。

当患者把所写的清单带来，他或她会看到，尽管它可能内容很多，但它所显示的要远远少于一百万个问题。

治疗师于是可以讨论问题的总数。第二，也是最重要的，作业的一部分如下：

> *治疗师*：我希望你现在做的是重新做清单，并将每一项分到

下面四个种类中去。

1. 可以很容易地改变的事情
2. 改变起来有一些困难(轻到中度)的事情
3. 改变起来有巨大难度(重度的)的事情
4. 无法改变的事情

用这个方法来衡量问题,患者可能会看到绝大多数的问题落在前三类。

临床实例

罗斯是一名42岁妇女,她因为"低自尊"而来寻求帮助。在刚进来时,她的《贝克抑郁量表》评分为32,处在严重抑郁的水平。她报告说她从青少年时期起就自我感觉很差。罗斯的许多表述的主题是她在很多方面是有缺陷的。罗斯和治疗师之间的会话如下:

治疗师:你认为你**最**不对劲的是哪儿?

患者:一切。

治疗师:一切?

患者:是的,一切。

治疗师:"一切"是多少? 数一数所有你不对劲的"一切",你猜有多少?

患者:哦,我不知道。数都数不过来。

治疗师:在这儿多呆一会儿。如果我们可以雇用一名会计来清点你所有的不对劲的事情……你知道,一名审计师……他或她将会发现什么?

患者:一百万。

治疗师:一百万?

患者:或许吧。

治疗师:那么那些你认为不对劲的事情中的大多数,它们可

能会和你怎么看待有关系吗？

患者：是啊，很可能。

治疗师：嗯……我想知道……我想知道如果你能得到所有用你的方法看出来不对劲的事情的一个真实数目，那将会发生什么呢。如果我们能找出一个计算出实际数目的方法，你认为你会发现什么？

患者：我可能会更加沮丧和不安。

治疗师：或者，也许未必。是否你会更加不安是我们可以测量的事情。你是否愿意尝试一个实验来收集用于治疗的信息呢？

患者：这取决于它是什么。我不知道。

治疗师：这是我的想法。假如……你家里有没有一个全身镜？

患者：哦，上帝啊。

治疗师：等等，等等。如果你可以独处。你完全赤裸，站在镜子前……

患者：真恶心。

治疗师：……而且你有一本便笺簿和一支钢笔。接着你开始列一张清单，从你的脚趾开始直到你的头部，所有你觉得不对劲的地方……用你所看待的方法。

患者：我将会待在那儿很长一段时间。

治疗师：那也是你可以衡量并且我们可以讨论的事情。

患者：（被激怒地）我这样做的目的是什么？为了感觉更糟？

治疗师：有三个理由来试一试。首先，像往常一样，收集信息。第二，看看缺陷和错误的实际数量是多少。最后，对于它们我们能做些什么？你会愿意去尝试这个……作为一项实验吗？

患者：我真的不想去做。

治疗师：那不是我的问题。我并没有问这是否会很有趣，这是否令人愉快，或者这是否是你想要做的事情。我刚刚的问题是……是……你愿意试试将这作为我们收集数据、开展工作的方法吗？

患者：好吧。你建议我做什么？

治疗师：只是赤裸裸地站在镜子前，接着列出你身体的百万项不对劲的地方的清单，以及你是怎么看的。然后在下一次会谈时把清单带来。

患者：这是我做过的最蠢的作业。

在下一次会谈时，患者带来了她的清单。如下：

1. 我的脚趾是弯曲的。
2. 我的脚太大了。
3. 我肥胖的脚踝。
4. 我有沉重的小腿和大腿。
5. 我的臀部太宽了。
6. 我的胃突出来了。
7. 我的乳房太小了。
8. 我的肩膀很大。
9. 我有一个双下巴。
10. 我的嘴唇太薄了。
11. 我的脸太圆了。
12. 我的眼睛小小的，像猪一样。
13. 我的眼睛是褪色的颜色。
14. 我的头发是灰色的。
15. 我的头发很丑。
16. 我太矮了。
17. 我超重了。
18. 我看起来像只有一条眉毛。

治疗师：你怎么看这个清单呢？

患者：我认为这整件事都很傻。

治疗师：你对你所发现和写下的东西感到惊讶吗？

患者：不。

治疗师：没有让你惊讶的？

患者：没有。这就是我所想的。

治疗师：很好，我必须承认我很惊讶。

患者：为什么？

治疗师：清单上有18件。你已经让我相信有一百万件。我已预期会收到一盒子信息。但这全都在一张黄色的纸上。

患者：是啊，那是真的。但是还是有18件。

治疗师：已经比你的预测少了999 982件了。

患者：是的，情况确实如此，但18件也让我难以忍受了。

治疗师：好吧……现在让我们来做这个实验中有趣的部分。我想让你拿着这张清单并将它分成四个独立的列表。第一，可以很容易地改变的事情。第二，改变起来有一些困难（轻到中度）的事情。第三，改变起来有巨大难度（重度的）的事情。第四，无法改变的事情。

于是患者在会谈中将其分类。她修改后的清单看起来如下：

1. 我的脚趾是弯曲的。

    患者：我无能为力。

    治疗师：你可以把最弯曲的那些折断并让一名整形外科医生重置。

    患者：那太匪夷所思了！

    治疗师：我同意。但是这可以做到。你想要把这一件放在哪儿？

    患者：当然是第三类。

随着讨论，归类好了，剩余的17件结果如下：

2. 我的脚太大了。(4)

3. 我的肥胖的脚踝。(3)

4. 我有沉重的小腿和大腿。(2)

5. 我的臀部太宽了。(4)

6. 我的胃突出来了。(3)

7. 我的乳房太小了。(2)

8. 我的肩膀很大。(4)

9. 我有一个双下巴。(2~3)

10. 我的嘴唇太薄了。(2)

11. 我的脸太圆了。(2~3)

12. 我的眼睛小小的,像猪一样。(1)

13. 我的眼睛是褪色的颜色。(1)

14. 我的头发是灰色的。(1)

15. 我的头发很丑。(1)

16. 我太矮了。(3)

17. 我超重了。(2~3)

18. 我看起来像只有一条眉毛。(1)

罗斯很快看到,她清单中的大多数是可以被改变的,但许多要花时间、钱或痛苦来改变。其他项目与她的信仰相抵触(例如:丰胸)。

会谈集中于她可以快速改变的事情,举个例子,改变她的发型、发色,买有颜色的隐形眼镜,或者减肥。

这种可量化的技术将可能性放在了患者面前。如果她不喜欢什么事,她可以改变它。或者来访者能决定她是否愿意为改变而工作。一个警告:小心被患者的争论如"为什么我要做这个?这不公平。其他人生来就美。我被骗了。"给岔开话题。

致力于可以改变的,而不是大自然、世界、基因的不公,或"他们"所认为的。

应对消极的声音

认知疗法中的一个关键干预是帮助患者意识到她的内在对话。鉴于我们都随身携带着过去收集和选择的声音,我们每一个人都应该去判定什么声音是最活跃和最主导的,以及什么声音是被动的和潜在的。活跃的声音控制着日常行为——比如怎样穿着打扮,遵守社会习俗,回应得体,等等。在紧张时期,被动和潜在的声音常常涌现,控制行为,然后再返回到被动的和潜在的位置。认知治疗师称这些为"自动思维",因为它们似乎常常只是在没有任何意识控制的情况下出现。以下技术的目的是将未说出的声音带至意识水平,并且接着帮助患者对适应不良的、不合理的、消极的或扭曲的想法作出适应性反应。

这项技术和著名的格式塔疗法中的"空椅子"技术有一些相似之处。

治疗师会听患者说,最经常地是从第一次接触中就听他们说,与自我("我一无是处。""我又胖又丑。""我有缺陷。"),与他们的特殊的世界("这不公平。""他们不公平。""所有男人都是糟糕的。"),与未来("我的痛苦永远不会结束。""我将永远不会快乐。""事情毫无希望。")相关的自动思维。这些想法的影响转化成行动,比如焦虑个体的逃避或者抑郁个体的不作为。当个体毫无挑战地"倾听"内心的声音时,她会在众多方面受到影响。

接下来的作业,我使用了如下的导入:"让我们假设你被逮捕并被指控犯罪。地方检察官在为期 9 天的时间里出示了 90 名目击者,他们所有人都证实了你某些方面的罪行,之后控方暂停。"

"然后你的辩护律师站了起来并做了以下陈述:'法官大人,陪审团的女士们先生们,我的委托人通常是一个好人并且可能是无辜的。'"我于是问患者,"被给予这样的辩护,你被判无罪的机会有多大?"患者可能会说,"没有机会!"

我继续说:"现在我们假设地方检察官在为期 9 天的时间里出示了那相同的 90 名目击者,但是你的律师在为期 5 天的时间里出示了 50

名目击者，他们所有人都证明你是清白的。现在你被判无罪的机会有多大？"

对于这情况患者可能回答，"很好，现在我有一个机会了，因为有一些反击了。"

导入的最后一个部分如下："地方检察官在为期9天的时间里出示了那相同的90名目击者，但是你的律师说，'法官大人，陪审团的女士们先生们，我们只有一名目击者来辩护。请让教皇出庭作证。'"

教皇出庭作证，并说你不可能犯罪，因为恰好那个晚上你和教皇及几个红衣主教正在梵蒂冈吃晚餐。

患者接着被问，"现在你被判无罪的机会有多大？"患者可能会回答她的机会更大了，因为她现在有一个非常可靠和强大的反击了。

我于是告诉患者，下一个家庭作业将影响到帮助他们建立一个强大和可靠的针对他们不正常思考的反击。

该家庭作业所需的设备是一盘盒式录音带或数字录音机。

1. 治疗师将开发出一份患者的特定的内在或内心生活问题的自动思维清单。
2. 想法按顺序列出。患者接着练习消极的自我评价。
3. 然后治疗师帮助患者开发适应性反应。
4. 治疗师和患者可以练习回应不正常的想法。
5. 接着帮助患者用磁带录下每一个不正常的想法，每个想法之间留5秒的停顿。想法由第三人称讲述。举个例子："你不行"(停顿)。"你所做的任何事都不会有用"(停顿)。"你没有价值"(停顿)。
6. 然后鼓励患者在他们去工作的路上，在车里听录音带，在一段时期内每天练习适应性反应。

结果将是患者可能已经练习了适应性反应，所以当自动思维出现，患者将有能力去应对，从而减少患者对自动思维的消极反应。

最常见的患者反应之一是当他或她不相信适应性回应时，他或她在提供适应性反应上存在问题。治疗师应该向患者指出,一开始他或她没有必要相信对自动思维的响应。随着实践和对适应响应回应的持续性评估,患者将开始相信回应。

最终,患者也将在回应中练习得很好,从而能对自动思维作出快速反应。

天真幼稚者、愤世嫉俗者、现实主义者

治疗师：克里斯·弗雷(Chris Frey),社会工作硕士

服务机构：密苏里州圣路易斯市弗雷和拓宾咨询协会(Frey and Tobin Counseling Associates);执业临床社工;注册社工学院

主要著作：

> Frey, C. (1997). *Men at work: An action guide to masculine healing*. Dubuque, IA: Islewest Publishing.
> Frey, C. (2006). *Double jeopardy: A counselor's guide to juvenile male sexual offenders/substance abusers*. Alexandria, VA: American Correctional Association.
> Frey, C. (2006). *Double jeopardy: A workbook for treating juvenile male sexual offenders/substance abusers*. Alexandria, VA: American Correctional Association.

技术适用对象：成年人

注意事项：治疗师和咨询师需要理解来访者的世界观背后的问题,这些经历在人际关系和个人健康上形成了天真幼稚或愤世嫉俗的立场。

许多来访者按绝对价值来描述生活和人际关系。在这个范围的一端是对一些人能反复以有害的、麻木不仁的方式行动始终感到惊讶的来访者。这些来访者常常带着相当大量的隐秘的愤怒,想知道为什么他们的家人、朋友和同事不欣赏他们,想知道什么时候他们的牺牲和美

好能得到回报。这份天真会导致怨恨、内疚、困惑,以及一系列不尽人意的关系。

在另一个极端是基于以前的痛苦经历,已决心从一个不信任的基础来看待世界、人际关系,有时甚至是自己的来访者。这些来访者是愤怒的,常常公开地,错误地相信他们能因愤世嫉俗而与伤害和痛苦隔绝。这些人时常被其他人看作"索取者",这成为亲密关系中最困扰的问题。他们常常认为自己是智者,从艰难、真实的教训中学习到了人情世故。

天真幼稚和愤世嫉俗的人皆倾向于相信广义一维世界,对于好和坏有些僵化的观点。极端情况下,这两类来访者常常是感情严重受伤的,或许在童年的某时,天真是一种自然和正常的状态。

天真幼稚者、愤世嫉俗者、现实主义者的家庭作业任务首要目标是帮助来访者形成更灵活、成熟的对自我和他人的看法。作业有助于在不太乐观的情况下灌输希望和个人成长,因此来访者可以建立更有效的支持系统并采用更现实的观点看待他们自己。

当来访者理解自己的典型观点倾向于天真或愤世嫉俗,引入作业的一个方法是在会谈中做一场讨论,来表现出现实主义视角的个体。这些人学到生活的艰辛经验教训并将它们用于亲密关系、他们的工作,甚至可能是他们的社区。这些人被描述为半成品,处理着影响人们的愤怒、信赖、创伤以及许多有关关键恢复的问题。我常常参考现实主义者,使用12步骤口号:进步,而不是完美。

然后来访者通过生活也许能够识别他们已经认识的带有这个能量的个体:家人、朋友、老师、教练、同事。治疗师或心理咨询师可以提供来自他或她自身经历的故事,或公众人物的例子。我有建议过讲马丁・路德・金(Martin Luther King Jr.),维克多・弗兰克(Victor Frankl),以及我的导师鲍勃・布伦戴奇博士(Dr. Bob Brundage),他在奉献于慢性精神疾病的事业中保持了他的同情心和创造力,是强大的现实主义者的杰出例子。这些个体中的每一个都看到了人性中的阴暗和金色,包括他们自己的。

我建议让来访者顺着如下的连续问题来识别他们自己：

天真幼稚者　　现实主义者　　愤世嫉俗者

来访者接着被提问了在会谈之外要考虑的一系列问题。和大多数家庭作业一样，我鼓励来访者去选择最有意义以及最符合他或她学习方式的完成作业的方法：手写或计算机录入，顺着连续问题画画和写作，与其他人讨论该作业，或仅仅考虑问题。

问题随着此人的需求而变化，而且可能包括以下内容：

- 选择你生活的几个阶段。把你自己放在一个连续的时间段内。你随着时间变化了吗？什么人和事影响了你在每个阶段的活动？
- 今天你将自己置于哪里？
- 在重要的人和影响之中，谁的观点与你自己的最相似？你将这些人的观点看作是积极和富有成效的吗？如果是这样的话，通过什么方式？如果不是的话，通过什么方式？
- 什么生活经历加强了你对你当前生活方式的信念？
- 你的观点如何影响你的愤怒、痛苦、困惑、内疚、恐惧、人际关系或其他关系？
- 你现在的观点在你的生活中起了怎样的作用？
- 如果你会从改变你的视角中受益，你将会向什么方向转变？

在来访者回到会谈时，可以从许多方向引入家庭作业。我经常将这项作业与愤世嫉俗者的信任构建练习及天真幼稚者的边界设定练习相结合。在各种形式的创伤解决和原生家庭工作中，来访者可能带着对特定事件和过往关系的更深刻的见解归来，并且这种见解可以引发其他形式的治疗。从此时此地的视角，这项家庭作业可以突出失败关系中的模式并引领来访者通往生前导向的改变策略。随着治疗继续，原先天真的来访者在更清晰地看待他人时能更加宽容地看待他们自己。当愤世嫉俗者恢复时,会对一部分个体给予一定程度的信任,自以为是的愤怒会减少,而且来访者能开始在经常充满挑战的世界中找到安全的空间。

情感缺陷:关系的调节

治疗师:斯特林·K. 格伯(Sterling K. Gerber),哲学博士
服务机构:华盛顿州,切尼,东华盛顿大学教授
主要著作:

> Gerber, S. K. (1986). *Responsive therapy: A systematic approach to counseling skills*. New York: Human Sciences Press.
> Gerber, S. K. (1999). *Enhancing counselor intervention strategies: An integrational viewpoint*. Philadelphia: Accelerated Development/Taylor & Francis.

技术适用对象:已婚夫妻或对伴侣有长期承诺的配偶

注意事项:未能完全按照程序,在长期治疗后可能导致关系中的情绪波动和压力增加。

情感缺陷(见 Gerber,1999)是一种来访者由于未能成功建立两种情感状态中的一种而不快乐、不满足,或者不安全的状况。第一种对应于非一致性的,个人验证的缺乏。它由孩子们在童年和青少年时期在功能性家庭建立。马斯洛的第三层次需要(爱与归属)的成功达成可以参考相同的条件。来访者提出诸如"我不明白我怎么了。当我审视我的生活时,每件事看上去都很好。我有一份丰厚的收入,一栋漂亮的房子,一个好伴侣,有社交良好的孩子们。然而还是少了点儿什么。我不快乐。我感觉不满足"的抱怨。

第二种情感缺陷发生在长期关系里,即持续的情感安全缺乏。这表现在情感层面未能成功地黏合,常常是由于发生性关系,有共同的生

活安排（通常包括生孩子），或两者皆有，在未完成情感关系纽带之前，或对此有冲突时。对于这种情况，适用所规定的作业。

来访者常常展现出好像是过剩动力的东西，即存在对令人满意的关系产生不利影响的条件。他们可能注意到沟通问题，爱的语言上的不协调，伴侣的自私自利，不再爱恋，无法解决经济利益冲突或事业转折，或所有这些。简而言之，他们可能会产生许多抱怨的目标，并未认识到他们苦恼的根基并非是他们的关系出了什么问题而是它有什么不太对。

他们以可能类似于一只野生动物对训练员那样不信任且小心翼翼地回应，或一只被虐待的宠物（或孩子）对其主人那般接近彼此。通过煞费苦心地在野生动物面前以及逐步地减小距离，直至可以容许亲近和交流来创造一份可预见的安全、支持关系的过程，这可能描述了两个人之间一种相互支持和安全的关系的调节过程。

另一个感知动力的框架是伴侣一方的格式塔分割（Gestalt Spsplits），一些已良好建立动力，另一些是未完成的。举个例子，夫妻可能有他们最满意的可预期的性模式，有通常最起效的问题解决技巧，以及有计划理想关系的社会方面的技能。同时他们可能拒绝情感承诺，保持一个不安全或保护距离的姿态，培养一种鲁莽的"慌忙逃走"策略。

第三种描述这种起效的方式的方法，在将其解释给来访者时特别有用，是一个利用汽车蓄电池的隐喻。对于任何曾经历过耗尽蓄电池和充电过程的人来说，该类比是很令人信服的。缓慢充电的过程是在一个长时期内"细流"般地充完。这个途径比起快速充电方法的优势在于它提供了在充电之后更长的性能周期。通过每天给"关系蓄电池"充一点儿电，它将禁得起短暂的高消耗并能快速地恢复工作容量。这项家庭作业策略是一种缓慢的为关系充电的方法。

尽管这个方法可以设置于所有夫妻心理咨询内，但是它对那些夫妻之间表现出情感矛盾的来访者特别有用——传递同时的或交替的"靠近一点——走开"的信息。这个过程中有三个关键因素。第一，来访者被指示每天花两个 5 分钟（计时）在非性的亲密身体接触（一些耳鬓厮磨）上。这可以是起床前在床上相互依偎和拥抱，一起坐在沙发上，手牵手，或其他彼此舒适的互动。避免接吻或其他与性互动有关联的行动，比如从 5 分钟的调节期进展至了性行为中。

第二个关键的方面是让夫妻有中性的或愉悦的条件或者伴随着触摸的互动。中性条件可能包括观看一个电视节目的一部分或阅读书籍。愉悦互动可能包括非煽动性的交谈，分享来自这一天早些时候的积极体验，或者交流第二天的日常工作事项。在其他时间以及在其他场合进行困扰或人际关系问题的关注。

第三，这项活动必须每天进行两次，在持续很长的时间的每一天中。一些积极的影响可能早在 3 周里就很明显。最大效果是习惯于日常并无限期地持续下去。

积极的早期影响可能在一部分一方或配偶双方都习惯于将被触摸仅作为性行为的前戏的夫妻身上受阻。另一个经常遇到的问题是，一方或配偶双方不愿意每天为他们的辩论、获胜或支配的需求留出 10 分钟。顺便说一句，有人可能会认为，一对无法中立或愉快地做一点儿甚至任何事的夫妻，以及无法一起行动并彼此接触的夫妻，对于一起做涉及负面或有问题因素的事情时预后很差。

本策略在问题关系中及用其来解决问题关系中的所有问题上是远远不够的。它提供了伴侣们一个良好的合作以及情感满足的基础，促进了对不同交流方式的理解和接纳，建立了彼此都能接受的基本规则，这就可能成就尊重和容忍的个性。

参 考 文 献

Gerber, S. K. (1999). *Enhancing counselor intervention strategies: An integrational viewpoint*. Philadelphia: Accelerated Development/Taylor & Francis.

太阳—云—树：
一个带来改变的放大/减小技术

治疗师：塞缪尔·T. 格拉丁(Samuel T. Gladding)，哲学博士

服务机构：北卡罗莱纳州温斯顿·塞勒姆市威克弗里斯特大学；执业专业咨询师（北卡罗莱纳州）

主要著作：

> Gladding, S. T. (2008). *Groups: A counseling specialty* (5th ed.). Upper Saddle River, NJ: Prentice Hall.
> Gladding, S. T. (2009). *Counseling: A comprehensive profession* (6th ed). Upper Saddle River, NJ: Prentice Hall.
> Gladding, S. T. (2010). *Family therapy: History, theory, and practice* (5th ed.). Upper Saddle River, NJ: Prentice Hall.

格拉丁博士是诸多其他书籍，章节和期刊论文的作者。

技术适用对象：小学至老年年龄段及心理治疗中的家庭/夫妻

注意事项：该技术对于主要通过具象手段来处理信息的个体没有那么有效。

"太阳—云—树"可以用在团体或家庭心理辅导会谈中或作为会谈之间的作业。该技术可以用来向来访者阐明放大或减小一张图中的三要素中的某一个如何改变图片的总体性。更重要的是，它被设计为帮助来访者认识到放大或减小他们的部分行为能够改变他们活动的方式以及别人对他们的回应。

给团体或家庭成员每个人一张 8.5×11 英寸的空白打印纸。同样给他们一盒蜡笔或马克笔，最好给他们多种颜色可供选择。咨询师告知团体或家庭成员按照顺序在纸上画一个太阳、一朵云和一棵树，但是他们可以按自己所想安排这些元素。他们有 3~5 分钟来完成他们

的画。

接下来，给团体或家庭成员第二张白纸并提供以下指导语："请看你们第一次画的太阳、云和树。现在在这第二张纸上画另一幅画，在其中放大或减小你在第一张画中的某个元素。举个例子，你可以把你的太阳画得更大或更小些。"

然后给团体或家庭成员 3~5 分钟时间来画他们的第二张图。

在两幅画都完成之后，咨询师要每一个团体或家庭成员来展示第一张图并告诉小组或家庭成员一些关于他或她就图画而言的感受。比如，绘画者喜欢元素被排列的方式吗？然后要求团体或家庭成员举起第二张画来展示，并告诉小组他或她在放大或减小图中的某一元素上做了什么。小组或家庭成员被要求描述第二张图与第一张区别在哪里，以及他或她对那种不同作何感受。举个例子，绘画者可能对第二张图感觉更舒适，因为可能云被放大了，遮挡了一些太阳的"热度"。如果有需要或必要，可以做放大或减小图中其他元素的步骤，以便绘画者更好地了解在此过程中想法有何改变。

当所有的团体或家庭成员分享完了他们的图画，咨询师接着要每个人挑一个他或她目前所表现出的行为，比如语速太快或太慢，或者看起来有兴趣或没兴趣。这必须是此人的全部行为中具有代表性的一种行为。然后此人向团体或家庭展示该行为，之后要求其放大或减小。接着此人与其他团体或家庭成员讨论对这样的一种行为改变感觉如何。反过来，个体接收来自团体或家庭成员关于如何认识这样一种改进的反馈。

反馈之后，要求团体或家庭成员思考并写下一张他们想要通过放大或减小而改变的其他行为清单。作为一份家庭作业任务，他们被要求修改他们的清单中的一个或多个行为。他们被要求务必向家庭或小组以外的人以及那些在家庭和小组中的人征求对他们修改后的行为展示的反馈。团体或家庭成员接着要时不时地检查他们可能希望改变的其他行为。他们会被提醒，可以放大或减小这样的行为，如同他们在太阳—云—树绘画中所做的一样。

摆脱不幸福夫妻的七个致命习惯

治疗师：威廉·格拉瑟(William Glasser)，医学博士

服务机构：精神科和精神病学专科医生；加利福尼亚、洛杉矶威廉·格拉瑟研究所所长

主要著作：

Glasser, W. (1998). *Choice theory*. New York: HarperCollins.
Glasser, W. (1999). *The language of choice theory*. New York: HarperCollins.
Glasser, W. (2000). *The compatibility connection, A great relationship—A matter of choice not fate*. New York: HarperCollins.

格拉瑟博士是现实疗法(reality therapy)创始人，也是有史以来最具影响力的精神科医生之一。

技术适用对象：青少年和成年人

注意事项：无

在我 1998 年的书，《选择理论》(*Choice Theory*)中，我解释说我们从出生到死亡所做的一切都是行为表现，并且我们所有的目的行为都是被选择过的。《选择理论》进一步阐述了所有心理问题的压倒性起因——举个例子，所有在《精神障碍诊断与统计手册(第 4 版)》(DSM-Ⅳ)中列出的——是在我们与他人相处有困难时所实践的心理学。这个古老的实践，我称之为"外部控制心理学"，基本上是世界上使用的唯一的心理学。

这意味着几乎每一个主动去找或被送到治疗师面前的人正在经历他或她对外部控制心理学的使用或其他人将此用在他们身上。除非他们学习了一个与我称之为"选择理论"一致的或相当的新的心理学，否则治疗几乎没有成功的机会。基于这一信念，我在 1965 年创造并在

《现实疗法应用实务》(2000)中进化的治疗方法——现实疗法,已经以教授来访者用选择疗法心理学替代外部控制心理学作为主要目标。

当使用外部控制心理学时,我们相信我们选择在关系中做的都是正确的。而且因为它是正确的,这不仅仅是被允许的,也是我们的道德义务在试图控制我们与之有关系问题的对象的行事方式。我们试图以各种各样的方式强迫他或她接受我们的"正确的"方式,因为他或她的"正确的"方式是"错误的"。我们的道德义务还抵制任何试图强迫将他或她的"正确的"方式给我们的人。在婚姻中情况常常如此,当他们意见不一的时候,夫妻们就在彼此身上使用这种心理学。因为配偶双方都知道什么是"正确的",问题随之而来。

当我们持续对他人或他人对我们使用外部控制时,我们损害了彼此都需要的——与我们生活中重要他人的良好关系。并且因为它本质上是我们唯一知道的心理,没有证据表明在21世纪,世界上某一地方的某一大群人现在彼此相处得明显比100年前更好。外部控制心理学是全人类的瘟疫。

选择理论是一种新的心理学,它认为我们只能控制自己的行为。如果我们愿意承担后果,没有人能控制我们。所以无论何时当我们与另一个人有分歧时,举个例子,一位妻子和她的丈夫有分歧,所有她能控制的就是她的行为,她无法控制他的行为。但是选择理论也解释说,由于我们只能控制自己的行为,当我们与他人有分歧时,我们应该尽量选择使我们保持亲近或使我们更亲密的行为。外部行为恰恰反而伤害了婚姻。

为了帮助夫妻双方,在治疗中我会解释七个致命的外部控制习惯,它们最终会破坏任何关系中的幸福感。几乎可以肯定夫妻双方都在他们的婚姻中使用了这些习惯中的一个或多个:(1)批评,(2)责备,(3)抱怨,(4)唠叨,(5)恐吓,(6)惩罚,以及(7)奖励控制或贿赂。

将作业分开布置给丈夫和妻子,要求他们分别写下他/她在婚姻中表现出七个习惯的例子。在他们向彼此展示自己所写的东西之前,他们应该一起阅读并讨论过我的书，《选择理论的语言》(*The Language of Choice Theory*)(1999)。

一旦他们确定他们理解了使用外部控制语言和选择理论语言之间的区别，他们就应该一起讨论要怎样改写他们已经写下的例子。他们的任务是从外部控制变化为选择理论语言。当他们这样做时，他们会看到从生活中移除这七个致命习惯的价值，他们的婚姻质量将会显著提高。

进一步的家庭作业将是读我的整本书，《和谐相处的关系》(*The Compatibility Connection*)(2000)，去发现更多关于"婚姻解决圈子"以及其他他们可以在家做的改善婚姻的事情。如果他们后期能把这些信息作用于他们的婚姻中，他们将最终完全消除这七个习惯。这可能需要大量地阅读，但是比起所做的努力而言，将一个不幸福的婚姻转至一个幸福的婚姻更物超所值。

参 考 文 献

Glasser，W. (1998). *Choice theory*. New York：HarperCollins.

Glasser，W. (1999). *The language of choice theory*. New York：HarperCollins.

Glasser，W. (2000). *The compatibility connection，A great relationship—A matter of choice not fate*. New York：HarperCollins.

Glasser，W. (2000). *Reality therapy in action*. New York：HarperCollins.

信任圈：悲伤支持

治疗师：琳达·戈德曼(Linda Goldman)，理学硕士

服务机构：职业咨询师；哀伤辅导治疗师；哀伤辅导治疗指导师；马里兰州塞维·切斯镇私人哀伤治疗心理医生与咨询师

主要著作：

> Goldman, L. (1994). Life and loss: *A guide to help grieving children*. Muncie, IN: Accelerated Development.
> Goldman, L. (2001). *Breaking the silence: A guide to help children with complicated grief* (2nd ed.). New York: Brunner-Routledge.
> Goldman, L. (2009). *Great answers to difficult questions about death: What children need to know*. Philadelphia: Jessica Kingsley.

技术适用对象：从 5 岁的儿童至十几岁的青少年；可以根据各年龄段情况对语言进行调整

注意事项：幼儿可能需要成年人支持剪切、粘贴和提供所需的照片以及材料；鼓励孩子遵循每一个步骤，但是不要强迫他们；这一策略可以作为一个长期任务或几个独立的小任务进行。

孩子们需要知道，当悲伤时，他们有可以依靠的人。通常，在危机发生时，崩溃的情感和生活结构的突然改变可能导致他们对自身及周围的人产生不安全感和不确定性。有时他们觉得没有人可以求助、倾听和提供关怀。以下的作业在需要的时候可以作为预防工具付诸实施，这是一种在一段悲伤中唤起当前支持意识的技术，也是一种孩子与他们生活中的人们的想法和感触进行讨论和交流的媒介。

1. 请孩子将他们的图片贴到他或她的信任圈的中间。

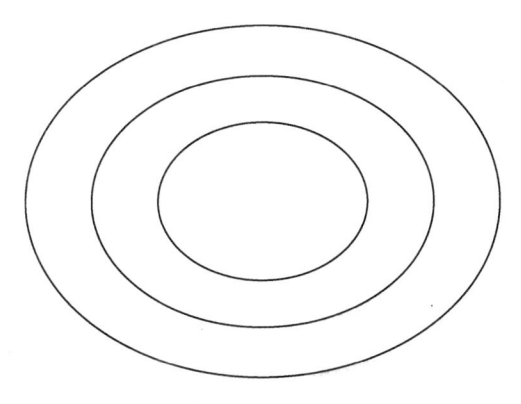

图 3.7 信任圈图示

2. 孩子读过或已向他们读过以下内容：

"在我的生活中有我在乎和我在感情上信任的人。如果我需要交流或想要什么东西我可以叫他们。我最信任的人是：_____。他们的电话号码是：_____。"

写下他们的名字，画下他们的图像，或在最内圈你的照片周围粘贴一张照片。

3. 孩子们读过或已向他们读过以下内容：

"我的生活中有更多我可以依赖的人——家人、朋友、老师、邻居、上帝，甚至是宠物，像我的狗或猫。他们是：_____。他们的电话号码是：_____。"

写下他们的名字，画下他们的图像，或在中间圈粘贴一张他们的照片。

4. 孩子们读过或已向他们读过以下内容：

"有时候在我的生活中有我喜欢的人，但是我不确定是否可以打电话向他们求助。他们可能是学校护士，一个朋友的妈妈，或体育老师。他们是：_____。我愿意_____或不愿意_____打给他们。我会问他们要号码并告诉他们为什么我想要他们的电话号码。"

写下他们的名字，画下他们的图像，或在外圈粘贴一张照片。

5. 孩子们读过或已向他们读过以下内容：

"有时候有些人在我的信任圈以外。我可能会感到他们令我失望，让我生气，或有什么让我无法信任他们的原因。可能是在离婚之后爸爸从未打过电话，汤姆叔叔是一个酒鬼，或奶奶患有阿尔茨海默症。

这些人是_____。

我在情感上无法信任他们因为_____。"

写下他们的名字，画下他们的图像，或在你的信任圈之外粘贴一张照片。

用心理治疗名片进行有效干预

治疗师：保罗·A. 豪克(Paul A. Hauck)，哲学博士
服务机构：犹他大学临床心理学家；私人执业心理医生
主要著作：

> Hauck, P. A. (1994). *Overcoming the rating game: Beyond self-love, beyond self-esteem*. Louisville, KY: Westiminister John Knox Press.
> Hauck, P. A. (1984). *The three faces of love*. Louisville, KY: Westiminister John Knox Press.
> Hauck, P. A. (1998). *How to cope with people who drive you crazy*. London: Sheldon.

著有其他13本著作。

技术适用对象：受到如抑郁、愤怒、嫉妒、消极、焦虑、自卑及拖延等情绪困扰的青少年和成年人

注意事项：无

为回应罗森塔尔博士对此书的供稿请求，我起先认为这对于我来说是一个极好的机会来写写关于我在人际互动的三个原则和三个断言规则方面的工作。这些都是我在过去几年中的主要构想，带着这些，我试图教授人们如何面对他们的人际关系问题。我指出我们与他人的问题通常是三种行为的结果：(1)我们接受了我们容忍的行为；(2)其他人将不会改变除非我们先改变；(3)必须改变的是我们过度的宽容。

为实现这最后不宽容的条件，断言的三条规则必须要理解：(1)如果人们对你做好事，你就对他们做好事；(2)如果人们对你做坏事，在前两次发生时同他们理论；(3)如果人们第三次对你做坏事并且与他们理论没用时，做一些同样惹恼他们的事，但必须不能带着愤怒、内疚、其他同情、害怕被拒绝、害怕身体上的伤害，或担心经济损失的感情而做。

最近当我进入我的团体治疗房间,我的几个小组成员告诉我,他们为我能够为他们以及他们的家人提供另一个鲜为人知但似乎很有胜算的治疗技术而非常感激我,我已经准备好了要阐述这两种想法。这就是我在此时此刻将详细说明的技术。

所有这一切都开始于几年前,当时我的一个来访者要求我写下我给他的某个想法,那样他可以在回家时使用它。他在一周后回来时说他弄丢了纸并因此劳驾我再一次写下它,那样他可以把纸粘在他的冰箱上。我写下了一两个困扰他的主要的非理性想法。在后来的会谈中,他告诉我那张纸很有用,并问我是否愿意另写一张他觉得很有用但却经常忘记的描述着另一个非理性想法的便条。

他最终建议我在一张卡片上打印这些想法,那样他可以保存在他的钱包里。我思虑过后认为"非理性想法"(阿尔伯特·埃利斯语)的清单会是一张极好的可分发出去的卡片。但是如果我用一个理性的版本而不是他们通常知道的非理性版本来表达或许会更好。

我将此放在一张 3.5×2.25 英寸的卡片上,他为此非常高兴。但许多其他来访者处在一个更好的位置来更新他们的记忆。除此之外,他们也可以展示给他们的伴侣、家庭成员或朋友看他们正尝试做些什么。通常,他们的朋友要么对我的来访者正在学习的东西有了兴趣并讨论它,要么他们会发现一些不可接受的想法,让我的来访者竭尽所能地为自己辩护。这给了他们学习关于这个主题自己知道多少的机会。

后来,我增加其他的卡片,从我所发表的关于抑郁、愤怒、担忧与恐惧、自我评定、疯狂制造者、断言、教养、爱情与婚姻以及拖延的几本书中都能找到。现在有 10 张总结不同书籍的卡片,一张归功于阿尔伯特·埃利斯和鲍勃·哈珀,剩余的则来自我自身的努力。

图 3.8 可作为一个关于愤怒卡片的例子。

对有着严重愤怒问题的人,治疗师不能简单地在一次治疗会谈中告诉他们应该做些什么不同的事。他们需要一些非常方便的东西,以便可以马上求助它,来检查自己的不合理想法。他们时常向我证实卡片很有用并使治疗变得更有效。

> 这些是导致愤怒的步骤。
>   1. 我想要什么东西。
>   2. 我很沮丧因为你不会给我我想要的。
>   3. 这很不舒服,我不能忍受不舒服。
>   4. 我改变主意了:我并不仅仅是想要某些东西,现在我要求得到任何我想要的。
>   5. 你不好,一文不值,因为你让我沮丧。
>   6. 为了将你变成一个好人,我打算严厉地对待你。
>
> 说服你自己走出愤怒,可以使用以下推论。
>   1. 你没有惹恼我。的确,没有人可以妨碍我的情绪除非我想让我自己那样。
>   2. 如果我不能随心所欲,我只会失望而已。
>   3. 如果我从来没有另一个需求,我将再也不会生气。
>   4. 不能随心随欲并不可怕、恐怖,也不是世界末日。
>   5. 没有得到我所想要的仅仅只会不舒服,我可以忍受。
>   6. 阻挠了我并不是说你是一个邪恶、败坏或一文不值的人。你是一个人,有权利犯错误。
>   7. 沮丧已经够糟糕了,为什么我要疯了似地让事情变得更糟糕?
>   8. 我不是一个孩子。我是一个成年人并且不需要为所欲为。
>
> 当你被指控任何事情时,立即问你自己三个问题:
>   1. 该陈述正确吗?你同意问题中的行为是不良的吗?然后说,"谢谢",并试着不要再重复那些行为。
>   2. 如果该陈述是正确的,但是你并不认为你所做的有错,那么请忽略这些指控。
>   3. 这是错的吗?考虑指控者是错误的、心烦的、不成熟的等等,他或她有权利持有与你不同的看法。在简短回复之后,同意各自保留不同意见。
>
> 关于这个主题的更多信息,请阅读由哲学博士保罗·A. 豪克所著的 *Overcoming Frustration and Anger* (1976),由肯塔基州路易斯维尔市的威斯敏斯特约翰诺克斯出版社出版。

图 3.8 愤怒的心理学

抑郁的描述在另一张卡片上,用于那些遭受内疚和遗憾的人们身上。请看图 3.9。

这同样也是一个非常好的让你的想法展示给所在社区的方法。当人们携带着写着你的名字、地址和电话号码的卡片时,你就给自己做了免费宣传。举个例子,我的卡片首先提供了我的名字和住址。在顶部上面写着,比如,恐惧、担忧和焦虑心理。谨赠：保罗·A. 豪克,哲学博士,心理学家,后面是我的住址和我的电话号码。

抑郁归因于：
　　1. 自责
　　2. 自怜
　　3. 其他同情

自责
　　1. 没有人使你抑郁。你之所以这样是由于你对自己说要这样做。
　　2. 如果你生活中重要的人拒绝了你,并不说明你没有价值。
　　3. 做得不好永远不会让你变成一个坏人,只不过不完美而已。我们有权利犯错。
　　4. 内疚出于两个步骤：(a) 你做了不好的事,以及 (b) 你认定你是糟糕的。
　　5. 不要为任何事责怪你自己。相反,承担你对过错的责任。
　　6. 自责者是自负的,因为他们审判自己时比其他犯类似错误的人更严厉。
　　7. 你总是可以原谅自己,因为你是(1) 有缺点的,(2) 无知的,或者(3) 心烦意乱的。
　　8. 把对你、对行为的评价和你对自己的评价分开。

自怜
　　1. 你没有必要拥有你所想要的一切。世界并不是为你量身定做的。
　　2. 事情未如你所愿只是令人失望或悲伤,而不是世界末日。
　　3. 常怀感恩。
　　4. 你有一辈子要忍受失望；你也能忍受失望。

其他同情
　　1. 照顾别人是成熟,过分关心是神经质。
　　2. 所有你因别人的苦楚而感到的痛苦并不能缓解他们一丝的疼痛。
　　3. 你健康的超然能帮助别人面对他们的自我挫败行为。
　　4. 作为一个助人者如果你不为他人心碎,你是不会引火烧身的。

　　关于这个主题的更多信息,请阅读由哲学博士保罗·A. 豪克所著的《克服抑郁》(*Overcoming Depression*)(1976),由肯塔基州路易斯维尔市的威斯敏斯特约翰诺克斯出版社出版。

图 3.9　抑郁的心理学

图 3.10 描述了恐惧、担忧和焦虑心理。

为克服对拒绝、失败以及焦虑的恐惧，考虑以下内容：
1. 拒绝并不意味着伤害，除非你想让它伤害。
2. 除非你是一个孩子，否则你不需要过多被爱。
3. 不被认可只不过是一个人的看法，找其他接受你的人。
4. 被某些人拒绝实际上是一种赞美。
5. 拒绝往往并不因为我们有过错，而是因为别人有神经质的习惯。
6. 失败就是不去尝试。尝试通向学习，学习通向成功。
7. 失败不会使你低人一等。任何事都不会。
8. 大部分的恐惧来自小题大做。
9. 焦虑来袭会使你摇摇欲坠，但不会疯狂。

其他技术
1. 承担风险："不入虎穴，焉得虎子。"
2. 反完美主义：做得不好胜于完全没有做。
3. 揭露：生活经历得越多，你就恐惧得越少。
4. 通过锻炼、冥想或者祈祷来放松。
5. 注意力分散：当你感到紧张时，想一些幽默和平静的事情。
6. 反羞耻练习：做感到羞辱的事情，直到你不那么在意公众舆论。

关于这个主题的更多信息，请阅读由哲学博士保罗·A. 豪克所著的《克服忧虑和恐惧》(Overcoming Worry and Fear) (1976)，由肯塔基州路易斯维尔市的威斯敏斯特约翰诺克斯出版社出版。

图 3.10　恐惧、担忧和焦虑的心理学

让我们永远不要忘记在拥有良好的治疗技术的同时，我们也需要像商人那样，知道如何自我宣传。如果我们有很棒的想法但无法将它们传达给公众，那有什么用呢？

这些卡片非常成功，所以当我做研讨会时，我经常将 10 张卡片包在一个小塑料包里，并以一包 2 美元的价格在这些讲座上出售。它们很畅销，因为我屡次看到人们渴望在头脑中袭来一个想法时，能有这样以简洁的话语、有逻辑地写在一张卡片的正面和背面的小工具，当想不起来时，他们可以在任何时间向卡片求助。

此外，我的一张卡片实际上涵盖了断言这一主题，我之前提到过，在图 3.11 中有显示。

> 为实现合作、尊重以及爱，遵循着三个规则：
> 规则1：如果人们对你做好事，对他们做好事（＋ ＝ ＋）。
> 规则2：如果人们对你做坏事，并且没有认识到他们的行为很恶劣，和他们讲道理，但只此两次，下不为例（－ ＝ ＋×2）。
> 规则3：如果有人第三次轻率无礼，做一些同样惹恼他们的事，但必须不要带着(1)愤怒、(2)内疚、(3)其他同情、(4)害怕被拒绝、(5)害怕身体上的伤害或者(6)担心经济损失（－ ＝ －）。
>
> 如果再一次出现轻率的行为，你有四个选择：
> 选择1：没有怨言地忍受。
> 选择2：抗议（通过使用规则3）。
> 选择3：分开或断交。
> 选择4：带着怨恨容忍。
>
> 使用前三个选择中的任意一个，因为它们最终都能使你变得轻松。选择4往往创造更多的痛苦。
>
> JRC
> 你什么时候有权利抗议？当你并不十分满意时（JRC）。如果你很长时间没有维护自己的权利，你将经历四个后果：
> 1. 你会不开心。
> 2. 你会变得躁动不安。
> 3. 你会逐渐失去爱。
> 4. 你会想要结束这段关系。
>
> 如果他人不会改变，那就下定决心忍受这一问题，并且不要带有怨恨（选择1），或使用选择3。
>
> 关于这些原则的完整解释，请阅读由哲学博士保罗·A. 豪克所著的《爱的三面》(*The Three Faces of Love*)(1984)，由肯塔基州路易斯维尔市的威斯敏斯特约翰诺克斯出版社出版。

图 3.11 断言的心理学

这是一个相当新的技术，我还未在任何其他地方见过。在纽约的阿尔伯特·埃利斯研究所的工作人员使用了他们自己版本的卡片，但是我也鼓励你们所有人去发现你们最喜爱的书籍，制作你自己的卡片，并把它们传递给你们身边的人。我向你保证他们会对你十分感激，因为你给了他们一种方式，使他们可以随意回想你在正常的治疗会谈中教会他们的非常重要的课程，无论他们是个人还是团体。

我爱露西育儿技巧

治疗师： 洛娜·L. 赫克(Lorna L. Hecker)，哲学博士

服务机构： 美国印第安纳州普渡大学卡鲁梅分校(哈蒙德)婚姻与家庭治疗中心副教授，婚姻与家庭项目以及诊所主任；《心理治疗实践中的活动杂志》编辑；私人诊所医生

主要著作：

> Hecker, L., & Associates. (2009). *Ethics and professional issues in couple and family therapy*. New York: Routledge.
>
> Hecker, L., & Deacon, S., & Associates. (1998). *The therapist's notebook: Homework, handouts and activities for use in psychotherapy*. New York: Haworth Press.(后来，也出版了 *The therapist's notebook II 和 III*。)
>
> Hecker, L., & Wetchler, J. (Eds.). (2003). *Introduction to marriage and family therapy*. New York: Haworth Press.

技术适用对象： 行为问题儿童的父母

注意事项： 无

当父母来接受家庭治疗，他们常常是恼怒的，并且看不到控制他们难管教的孩子的希望。他们感到无望并无法享受他们的育儿过程。他们常常把他们的孩子看作是罪魁祸首，无法看到他们的行为对孩子的影响。在策略治疗方面，凭他们自己的努力去解决问题，他们经常会导致问题长时间无法解决(Watzlawick, Weakland, & Fisch, 1974)。通常，他们解决问题的方法(唠叨、哄骗、叫喊等)只会使问题变得更糟。

下面的干预是一种针对打破亲子互动中不恰当顺序的指导技术。

当面对处于这种情况下的父母时，我经常使用我称之为"我爱露西"的技术。大多数父母都很熟悉经典电视连续剧《我爱露西》以及其中的标志性明星露西尔·鲍尔(Lucille Ball)。如果你还记得，露西有

一个古怪的本事。如果想起了她在电视中的滑稽动作，往往能给人们的脸上带来笑容，在剧中她扮演了一个嫁给里基（Ricky），一个古巴乐队队长的家庭主妇。当父母面对典型的令人恼火的儿童行为时，我问他们是否回想起《我爱露西》的电视节目。他们通常会不约而同地想起来，然后我问他们能否想象一下露西在一个与他们类似的情况下会做些什么。举个例子：

治疗师：你们俩都说很沮丧，因为你们的孩子把东西摊得屋子里到处都是，并且你们已经厌倦了向他们大声叫喊和对此唠叨。想象一下，如果露西处在你这种情况下，你认为她会做什么？

母亲：我不知道，也许她应该为"救世军"收拾他们的袜子。

治疗师：真是个好主意！对于你抱怨的一直躺在地板上的书包，你想象一下露西会怎样对付那些书包？

父亲：她可能会把它们升到旗杆上。

治疗师：哇，我从来没想过。男孩子，他们肯定在下--次乱丢时三思而后行，不是吗？你认为当他们面对露西要求知道他们的书包在哪儿时，她会说什么？

母亲：我认为她会对此表现得非常愚蠢，并装作她不知道他们正在说什么。也许说它们被闯入者偷走了。

治疗师：你说得对！她会的！

父母们的作业是，以他们想象中露西会做的方式处理一个在下周出现的问题。治疗师能帮助父母们进行头脑风暴来对令人恼火的情况作出反应，就好像他们是露西那样。举个例子，治疗师可能会问："当布莱恩在宵禁后回来，你一般会做什么？"当家长回答他们一般做什么时，治疗师询问他们所使用的方法是否起作用。一般来说，不起作用。接着治疗师可以要求父母准备露西的方法，说："当布莱恩宵禁迟到了，你想象露西会做什么？"治疗师应该鼓励父母们想出有创造力的回应，并帮助他们提出一些古怪的干预措施。与其让家长采取你的回答，不如让他们自己考虑他们是露西时可能做的事情。就拿宵禁这一例子来说，治疗师可能头脑风暴出了方法，即来访者可以如露西似地回应布莱恩。可能会建议家长做到以下某条：

- 穿着万圣节服饰熬夜等候布莱恩，并且当他回来时不和他说任何话。
- 当他进来时，把一桶水放在前门浇湿他。
- 当他进来时，假装正在客厅的地板上做爱，快速穿上衣服，并表现出窘迫。
- 当他回家时在他的床上熟睡，喃喃说对他跑出去有多担心。
- 把所有的钟回拨，所以看上去他好像准时回来了，并对他的准时表示祝贺。告诉他你给他带来了他最喜欢的冰淇淋，因为你知道他不会再因迟到而令你失望。

与父母头脑风暴古怪的干预措施有很多乐趣，但是，最重要的是，在头脑风暴过程中父母的胜任感被触发。他们开始"密谋"仁慈地对付他们的孩子，也巩固了他们对家庭层次结构的控制。这使疲惫的父母重新获得了主动权。父母通常有两种反应：他们被变成露西这个想法迷住了，觉得很有趣，并对他们的孩子们有不同的回应，另外一种家长对建议的反应是"我永远也不可能做到"，提出了他们自己的一个想法。我发现告诫父母露西从来没有恶意是很重要的，并且他们应该只运用露西的形式，如果他们能用露西会做的同样的有爱和有趣的方式来做的话。

这项干预让父母获得更多主动权，提醒他们他们确实可以控制住他们的孩子，并让他们在育儿中得到乐趣。我曾经让父母把书包放在屋顶上，把内衣升到旗杆上，以及做一些其他的极端行为。有的人用没那么强烈但有效的方式回应。作为回应，问题行为消失了，孩子们开始看到他们的父母亲又负责又好玩儿，而且父母们所恼火的"难管教的"孩子们不见了。在策略治疗方面（Watzlawick et al., 1974），家长们已经改变了他们互动模式的一部分，从而引发孩子们有不同的表现。

参考文献

Watzlawick, P., Weakland, J. H., & Fisch, R. (1974). *Change: Principles of problem formation and problem resolution*. New York: Norton.

《生命意义评价量表》
——给来访者的意义疗法家庭作业

治疗师：罗斯玛丽·亨里瑞恩(Rosemary Henrion)，护理学硕士；教育学硕士；美国注册护士

服务机构：美国德克萨斯州阿比林市，维克多弗兰克尔意义疗法研究院，获官方证明的专科医师、教师，美国密西西比州比洛克西私人诊所医生

主要著作：

Henrion, R. P., & Crumbaugh, J. C. (1997). *Rediscovering new meaning and purpose in life*. Abilene, TX: Viktor Frankl Institute of Logotherapy Press.

多本专业书籍和期刊文章的作者/合著者。

技术适用对象：接受个别、团体和家庭治疗，想要过上有意义和充实高效生活的青少年(15岁以上)和成年人

注意事项：无

当医学博士、哲学博士维克多·弗兰克尔(Viktor Frankl)教授，提出他的意义疗法原则和概念时，他从未预想过会有一个追随者，也从未幻想过在欧洲、南北美及南非建立意义疗法研究院。他的主要目的是

与其他医生分享,他是如何在四个集中营的恐怖环境下幸存并在那儿度过有意义的时光的。弗兰克尔在20世纪50年代早期开始做意义疗法的演讲,在1961年夏天,哲学博士高顿·奥尔波特(Gordon Allport)教授邀请弗兰克尔教授在哈佛大学演讲。他的演讲激发了许多美国专业人士将精力集中于为寻找生活意义和目的的来访者开发意义疗法的项目。

我在已教授数年的意义疗法项目中使用了若干家庭作业。每个任务都与发现一个有意义的、充实的未来的步骤联系在一起,帮助来访者将这种治疗方法变成现实。随着在项目进展中取得进步,来访者变得更加热情,因为他们在感情上形成了清醒的认识,认识到他们现在所处的位置,以及通过优先考虑他们的价值观,他们可以选择控制自己的未来。来访者必须重新整理他们的价值观,体验控制自己生活的自由。《生命意义评价量表》(The Meaning in Life Evaluation Scale 或 MILE 量表)是一个用来达成这一目标的重要工具。

生命意义的评价量表

说明:从第一条价值观(财富观)开始评价以下20条价值观,将之(第一条)与其余的19条价值观相比较。在你更喜欢的价值观旁打勾,其他的留空即可。对每条价值观重复同样的步骤直到你评价完19条价值观。在心理学中,这种方法被称为"配对比较",你必须去选择为你的未来所真心希望拥有的价值。另一方面,如果你被要求去评价你所喜欢的价值观,你最有可能选择你认为会取悦治疗师的价值观。

1. 变得富有_____
2. 有可靠的关系_____
3. 有自然的性关系_____
4. 有一个好名声(高素质)_____
5. 永葆青春_____
6. 获得亲密关系_____
7. 成为人们的重要领导者_____

8. 身体健康_____

9. 有权力_____

10. 极力为人们服务_____

11. 变得出名_____

12. 变得身体强壮(男性)美丽(女性)_____

13. 变得富有学识_____

14. 去历险/寻找新的体验_____

15. 变得幸福_____

16. 理解生命的意义_____

17. 实现精神目标_____

18. 体验心灵的安宁_____

19. 获得社会认可/归属_____

20. 获得人格同一性_____

在来访者完成偏好列表后,他们被要求在每条价值后面的横线上添加原始评分。然后将这些分数全部相加获得总分。范围是0～19分;如果来访者有两个19分,那他们对MILE量表使用错误。紧随最高分(19)的可能不止一个价值观,出现了平手。然后来访者选择紧随最高分之后的价值观,按优先顺序排好,那么余下的价值观将被放在后面的顺序中。因此,前五条价值观将被认为是用来发现新的意义和目的的价值观念。换言之,生命中的意义和目的都来源于价值观(Crumbaugh & Henrion, 1999)。

在团体意义心理治疗中,来访者讨论如何在一个有意义且充实高效的未来目标中进步。通过他们所选的价值观,来访者可以创造性地扩展能够增强他们自尊心的短期和长期目标。MILE量表将焦点从问题区域移开,并重新聚集于优点上(反省法是弗兰克尔教授所创造的术语)。该方法是预防性的,让来访者看到整体情况(扩展意识),在这个过程中获得勇气和希望,以及能够有效应对未来损失,消除绝望的感觉(Dossey, 1991)。

建议来访者至少每年填写一次 MILE 量表,特别是当他们在价值观方面有积极目标时。他们可能向更好的价值观进发,因为他们在这时所选择的价值观可能在来年对他们而言只有很少的意义或根本没有意义。许多来访者经常为配偶、亲戚、朋友、老板和恋人要一份 MILE 量表。他们发现 MILE 量表很有趣。

参 考 文 献

Crumbaugh, J. C., & Henrion, R. (1999). (Rev. ed.). Logotherapy: *New help for problem drinkers*. Chicago: Nelson-Hall.

Dossey, L. (1991). *Meaning and medicine*. New York: Bantam.

自我概念调整策略

治疗师：约瑟夫·W. 霍利斯(Joseph W. Hollis),教育学博士,已故

服务机构：执业咨询师及印第安纳州心理健康服务提供者;印第安纳州曼西市波尔州立大学咨询心理学名誉教授;协助创立了 C-AHEAD,即人文主义教育咨询师协会(Counselors Association for Humanistic Education);创建了加速发展有限公司(Accelerated Development, Inc.),一家心理咨询书籍和音频节目的主要出版商

主要著作：

Hollis, J. W. (1999). *Counselor preparation, faculty, programs, and trends* (10th ed.). Philadelphia: Accelerated Development/Taylor & Francis.

Rosenthal, H., & Hollis, J. W. (1993). *Help yourself to positive mental health*. Muncie IN: Accelerated Development/Taylor & Francis.

霍利斯教授于 2002 年 11 月 23 日逝世,享年 80 岁。他是超过 15 本专业书籍的作者。他担任两个州指导协会主席及宾夕法尼亚州费城加速发展有限公司总裁,还担任美国人事与咨询学会(American Personnel and Guidance Association)董事会成员。

技术适用对象:如果是在家完成作业(两次会谈之间),那么来访者必须年龄大到能够写字——通常是 10 岁或更大。如果是在会谈中在心理咨询师的指示下完成,那么孩子的年龄可以小一些,而且咨询师可以记录下在与来访者合作的似乎比较重要的东西。没有年龄上限。

注意事项:如果来访者十分不安,这一技术可能对他或她来说太激烈。咨询师需要评估来访者的情绪状态。如果来访者内心对自我的看法和来访者感知的其他人所认为(即领会、相信)的内在看法相距太远并使他或她心烦的话,那么部分技术可以在咨询师和来访者会面时由咨询师来使用。不管怎样,列出这些概念并等到下次会谈也许对来访者来说太多了。

使用这种技术,心理咨询师必须对来访者有充分的评估且必须相信他或她想要并已准备好考虑改变,去使来访者看待自己和其他人看待该来访者的观点一致。

步骤

1. 咨询师陈述,"每一天我照照镜子,看看我是怎样出现在别人面前的,举个例子,我的眼睛是充血的(红色)或者我的脸看上去无精打采,就像我不在乎这些似的。"

"你认为你可以照照镜子并告诉我别人可能如何看待你吗?"

"如果你能将那些你在镜子中看到的东西列出一张清单就最好了。"

"你可以做吗?请记住这些是你所认为的其他人在你身上看到的东西。"

"从现在到我们下一次会谈见面的这段时间里好好想想这一点。"

2. "接下来,我想要你识别出你所列出的那些项目中你喜欢别人在你身上看到的,然后将字母'L'放在每一个你喜欢的东西的前面。"

"现在你可以那样做了。"

3."接下来,在那些你所不喜欢的每个东西前放一个'D'。"

4."我们没有设定你喜欢或不喜欢的项目的数量。只要尽可能多地写下你认为他们能感知到的关于你的东西。"

5."在下一次会谈中把那些你写的笔记带来。我们将就此讨论,那样我将会更加详细地了解你。"

6."然后我们可以考虑我们可能会做的不同的事情,来帮助你成为你更想要成为的人。"

这项技术帮助来访者发现并讨论那些来访者所感觉其他人所持有的观念以及他或她自己所持有的观念。一旦这些观念浮出水面,咨询师和来访者能一起探索帮助来访者的手段,将"我是什么样的和其他人认为我是什么样的"拉近。这一结果将是值得花时间的。次要的好处是使来访者学习到如何更实际地看待事情并学习如何将观点(别人的和自己的)相统一。

学习如何倾听: 把微咨询的基础技能带回家

治疗师:艾伦·E.艾维(Allen E. Ivey),教育学博士,美国专业心理学会

服务机构:马萨诸塞州大学阿默斯特分校杰出的名誉退休教授;心理学家,微培训协会主席;多元文化竞争力国家研究机构董事

主要著作:

Ivey, A. (2000). *Developmental therapy: Theory into practice*. North Amherst, MA: Microtraining. (原著在 1986 年由旧金山的 Jossey-Bass 出版社出版)

Ivey, A., Pedersen, P., & Ivey, M. (2000). *Intentional group counseling: A microskills approach*. Pacific Grove, CA: Brooks/Cole.

技术适用对象：所有类型的来访者和患者，从心理正常的儿童、青少年和成年人到长期的住院精神病人；抑郁的来访者

注意事项：该作业练习非常有效并且常常能很快发生变化。当然，依赖一个单一的治疗方式是危险的，后续的系统干预是必不可少的。

45年来，参与行为和沟通技巧的教学已成为我布置给来访者的家庭作业任务的一个核心部分。如果人们倾听别人的想法，他们就会获得支持并能吸引到别人。如果他们只谈论他们自身和他们的问题，人们则倾向于远离。

教授倾听技巧有可能是最简单但最强大的家庭作业之一。广泛研究和临床实践已表明这一实践能影响来访者的生活。以下讨论描述了微咨询的起源以及我们如何开发一个表面上看来"简单的"技术的临床应用。我认为贯注行为的简单性具有深远的影响。

以下讨论概述了这项家庭作业的起源，介绍了它是如何演变成一个临床治疗方案的，以及个人、家庭和团体的一些具体操作方法。

微咨询和贯注行为的起源

1966年，我们在科罗拉多州立大学的小组成员收到了来自凯特琳基金会的拨款，用来识别心理咨询和治疗中可观察到的行为技巧(Ivey，Normington，Miller，Morrill，& Haase，1968)。这时候，录像带还未在心理咨询和治疗行业中被用作研究工具。人本主义心理学和卡尔·罗杰斯几乎完全统治了该领域，而行为心理学则在其起步阶段。

我们用了6个月来观察许多采访视频，回顾文献，并进行了无止境的讨论，但是我们发现将访谈分解成若干部分并不是一件容易的事。在绝望中，我们邀请了我们的秘书，詹妮(Janie)，来为培训录像。一名学生志愿者担任她的"来访者"。

幸运的是，詹妮的访谈是一场灾难。她绝大部分的时间都在看地板，谈论她自己，以及随意地向来访者提问。来访者尴尬地坐在那儿。

"有了!"我们像回顾视频一样来思考,"詹妮已展示给我们什么是重要的行为。"詹妮回到我们这边后,我们指出需要和来访者保持眼神交流,带着兴趣前倾,以及——最重要的——追随来访者所提出的话题。当然,这组行为被命名为"贯注行为",并且随后我们将语调也加入进来作为一个必要的组成部分。从那时起,贯注行为已成为心理咨询和心理行业的一个通用概念。

在这简短的指导下,詹妮对来访者进行了第二次访谈。她的行为立即改变了,并且我们看到了一次行云流水的访谈。我们发现我们能数出目光接触中断的次数,对她的非言语行为进行分类,并数出话题跳跃的次数。无疑,詹妮在这次简短的培训课程后并不会是一个称职的咨询师,但显然已经有所改善了。

和詹妮一起的教学会议在周五。周一早晨,詹妮十分激动地来到我的办公室。"我的生活改变了,"她说,我想知道会发生什么。"我回到家,倾听我丈夫的诉说,然后我们有了一个美妙而精彩的周末。"这是微咨询的强大力量之一,我们发现,该概念很容易推广至"现实世界"。微技术的研究持续了多年,超过 400 多份基于数据的研究证明了它的生机和活力(Daniels & Ivey, 2007; Ivey, 1971; Ivey & Authier, 1978)。

将临床贯注行为作为家庭作业

与詹妮一起经历的临床意义已成为我们思考的核心。一名学生来到我们的校园咨询中心,表现出孤独和抑郁。当哈罗德和我交谈时,我注意到他不断谈论到他的生活出现了什么问题,他的处境是如何难以忍受。当哈罗德还是十几岁的青少年时,他的父亲自杀身亡,他在宿舍中完全缺乏支持系统。

我问哈罗德他和宿舍里的其他人谈论些什么。"我总是试图告诉他们与我有关的问题,但是他们不会听我的。他们似乎感到厌烦就走开了。"我想到了詹妮,并且立刻让哈罗德参加一个贯注行为的练习课。我首先演示了当哈罗德说话时我自己的无效聆听,结果我俩都笑了。我要哈罗德列出我作为一个差劲的聆听者所做的行为。他找出了我们曾在詹妮身上识别出的同样的专注和倾听概念。

然后哈罗德和我练习了贯注行为,直到他能有效地倾听我。我把他放在询问者的角色中,他逐渐理解了这个概念。那时我布置给他的作业是,回到宿舍并有意加入其他人中且不要谈论自己的事情。他可以把讨论问题留到与我的面谈中。

当哈罗德回来参加下一次会谈时,他的眼里有了新的光芒。"我交了一个朋友,"他说。"聆听是值得的。我发现如果我注意身边的其他人,他们会留在我身边,但是我也发现,如果我漫无目的地反复谈论我自己,他们很快就走开了。"我们继续在多个会谈中关注哈罗德的问题,但是我们也关注他的社交技巧,比如询问、支持和解述。

住院病人的倾听技巧

从那时起,我已发现基本的教学模式和微技术的概念,特别是贯注行为,它们都是产生重大变化的有效方法。从1968年至1972年,我在马萨诸塞州北安普敦的退伍军人医院工作,和长期住院患者在一起。在当时,药物治疗只是被引入而已,但并不如今这般有效。

我工作时打交道的一些患者已经在医院里待了三年或更久。我利用如下所述的微咨询教学模式,治疗被诊断为抑郁症、精神分裂症和其他问题的患者:

1. 对患者进行录像采访。
2. 然后与患者一起对录像进行回顾。要求患者识别他们在录像中所看到的——我们鼓励他们辨别特定的言语和非言语交流行为。出乎我们最初的意料,患者们通常挑选眼神接触、肢体、语言、口语跟随以及语调的变化。但是,他们看出来了。(例如,"我看向别处太多了。")。我们使用了患者语言而不是更多的微咨询的技术术语。同时,"我看向别处太多了"将会成为操作行为术语,治疗师和患者双方都能理解和认可。在这一过程中非常重要的是患者正在学习他或她"自己的技能"而不是治疗师所教给他们的技能。

3. 在回顾录像带的基础上，患者开发了一组行为改变目标。

4. 将录像采访练习放入患者的日常工作事项中，持续练习直到他们掌握技巧为止。

5. 强调病房更新和患者的家庭布置。

当然，培训的结构是紧跟着与詹妮以及后来与哈罗德一起工作而发现的。在来访者或患者的帮助下，无效的行为被客观记录。理想情况下，角色扮演练习后跟随着录像反馈。随后，着重将具体的行动任务推广至家庭环境当中，布置具体行动任务。

我发现单独使用该模型足以使许多患者离开医院回归社区（Ivey，1973）。教授社交技能会有所作用。

接受这个貌似简单的治疗过程的困难之一即是它的简单。举个例子，当我在澳大利亚新南威尔士大学医学院做访问学者时，我和住院病人一起在一面单向镜前工作，让住院医生在镜后观看。该疗法如往常一样很成功，但是住院医生们逐渐散去，因为他们发觉精神分析和其他复杂深奥的治疗更为有趣。训练有素的专业人员很难接受这个想法，因为有时，简单而直接的方法才是最为有效的。

多元文化和群体的影响

虽然看到微咨询的概念已越来越通用于帮助领域且益处颇多，但缺乏对文化差异的关注给我带来了相当大的担忧。在我们早期的研究中，我们注意到不同文化群体有着不同倾听风格（Ivey & Gluckstern，1974），但是我们常常在教授专注和倾听技巧时并未注意到这一事实。通过家庭作业来泛化很可能不会发生，除非能考虑到文化差异。

小组活动和心理教育经常将贯注行为概念作为培训的一部分。最有可能的是，当你体验以下小组练习时，你已经参加过类似于詹妮那样的活动或阅读过我们早期的文章：

- 两名成员被邀请角色扮演一场有效的访谈或交流。
- 观察者们列出那些"出毛病"的地方，通常会伴随着哄堂大笑。

- 之后紧接着讨论，并且从群体性经验中生成贯注行为的概念。
- 对于个体和文化差异的讨论是至关重要的，而且常常在培训和家庭作业任务中漏掉（说来遗憾，这条常常被忽略掉）。
- 推广（作业）至家庭、工作，并且强调家庭。

基于文化契合性的沟通技巧家庭作业可以并已被运用到从小学至老年中心，从大学咨询中心至精神科病房，从非洲预防艾滋病志愿者至斯里兰卡的难民培训，从流水线工人至管理人员等多种环境中。微技术沟通技能模型的翻译版本有至少 16 种语言。

总结

交流和沟通技巧都基于文化，而且它们是有效咨询和心理治疗的基础。对我们的来访者来说，家庭和团体分享帮助的基本原理只有积极意义。微技术模型的具体性和明确性已在超过 45 年时间的广泛研究中被证明了有效性和价值。它显然不是我们面临的所有问题的唯一答案，但是这看起来永远都是一种有效的专业治疗方案。它在为来访者提供家庭作业时具有巨大价值。

参考文献

Ivey, A. (1971). *Microcounseling: Innovations in interviewing training*. Springfield, IL: Charles C Thomas.

Ivey, A. (1973). Media therapy: Educational change planning for psychiatric patients, *Journal of Counseling Psychology*, 20, 338-343.

Ivey, A., & Authier, J. (1978). *Microcounseling: innovations in interviewing training, counseling, psychotherapy, and psychoeducation*. Springfield, IL: Charles C Thomas.

Ivey, A., & Daniels, T. (2007). *Microcounseling: Making skills training work in a multicultural world*. Springfield, IL: Charles C Thomas.

Ivey, A., & Gluckstern, N. (1974). *Basic attending skills*. North Amherst, MA: Microtraining Associates.

Ivey, A., Normington, C., Miller, C., Morrill, W., & Haase, R. (1968). Microcounseling and attending behavior: An approach to pre-practicum training. *Journal of Counseling Psychology*, 16(2).

为不情愿的来访者扩展选项

治疗师：穆里尔·詹姆斯（Muriel James），教育学博士

服务机构：执业婚姻和家庭治疗师；ITAA（国际沟通分析协会）临床成员和督导；加利福尼亚州拉斐特私人诊所

主要著作：

> James, M. (1985). *It's never too late to be happy: The psychology of self-reparenting*. Reading, MA: Addison-Wesley.
>
> James, M. (1998). *Perspectives in transactional analysis*. San Francisco: TA Press.
>
> James, M., & Jongeward, D. (1996). *Born to win: Transactional analysis with Gestalt experiments* (25th anniversary ed.). Cambridge, MA: DaCapo Press.

詹姆斯博士是许多章节和期刊论文的作者，也是19本书籍的作者或合著者，包括经典的《天生赢家》（*Born to Win*），现已被译成22种语言。

技术适用对象：青少年和成年人

注意事项：无

一些来访者乐意接受家庭作业，而另一些则很不情愿。我为不情愿的个人设计了以下内容，用于短暂或持续的治疗。虽说写的时候想着那些个人来访者，但也能适用于夫妻和家庭。根据我的经验，能鼓励思考的建议或问题，而不是被设计用来使来访者服从的作业任务通常

是有效的。它们很少引起与童年时期作业相关的曾经不情愿的响应。

最常见的负面回应包括因为感觉无法胜任特定的作业而失望,对被告知要做什么而逆反,或者因为作业不是智力挑战或相关的而感到无趣和厌倦。当不情愿的来访者发现怎样扩展他们的选项后,负面回应是可以改变的。

方法和过程

扩展选项的第一步可以在第一次治疗的最后15分钟开始,并且头3分钟的基本目标是释放自然的好奇和希望的天性。缺乏好奇心和希望的人们并非无可救药。他们需要体验自己的力量去作出改变。

该过程从治疗师询问来访者开始,"当你不在这儿时,你有兴趣发现可以用来解决你的问题的其他方法吗?"从"你有兴趣……?"开始,通常引起出于好奇心的"是"或者"可能"而不是显示出绝望、逆反或者不感兴趣的回应。用短语"其他的方法"来作为问题的一部分表明治疗师要意识到来访者或许尝试过但未能成功解决特定问题,但有学习如何这样去做的希望。

紧接着是第二步,以便来访者能意识到他们的童年经历可能与当前的作业有怎样的关系。治疗师提问诸如"当你还是个孩子时你在学校怎么样?"和"你有什么类型的作业?你是怎么做的?"

如果童年的回应预示着缺陷、怨恨、或厌倦,那么有效干预是对做作业给予一个幽默评论,当作在家的"工作"。有时候则更适合询问他们是否有一个在情感上比家更舒适的地方,他们可以清晰思考并能不被打断。答案可能是他们目前不情愿以积极的方式来思考作业的线索。

第三步包含认识到他们已经拥有的解决问题的优势。一位治疗师可以随意说一些诸如"你似乎有一些积极的能力,你愿意把它们列出来吗?再列一些你的成就。"一位来访者也许用"谁,我吗?我没有任何成就"来回复。如果是这样的话,治疗师用"嘿,等一会儿。你把自己带来这儿赴约了,那就差不多是种成就。你是怎样从床里爬起来的?你就只是从床上滚下来然后'砰'的一声落在地板上？还是把你的脚放在地板上然后再起立呢？"来打断。这之后经常是一个微笑,该阶段是为了一个像"看,你能做正确的事情!"的强化评论而设。

过程中的第四步是诱使不情愿的来访者去做一些新的事情。在此之前,来访者应该获得了一些能拯救自己或者朝更高目标迈进的能力。到这时,来访者知道他们有优势但可能尚未意识到它们或要如何用它们来解决当前的问题。在这一步中,建议运用能使来访者利用他们个人优势的特定作业或创建一些新的作业。

为与一位总体逆反并抗拒建议的来访者启动这一过程,可以用不带微笑的方式来告诉来访者,"你或许对做这个没有兴趣,但是假如是这样的话,你可以列出一些你的积极成果以及你需要为实现它们而利用的个人优势的清单。"用短语"你可能会没有兴趣……"勾起那些可能想要证明治疗师是不对的叛逆来访者。如果这样,他们会打断或否认"你可能"这个断言或略带着隐藏的敌意回复,"不,我感兴趣。"对于这种回复,治疗师并不用鼓掌而只淡淡地说"好吧"并布置作业。

要使那些漠然或容易觉得无聊的来访者意识到这样一个事实,新发现能使生活更精彩。告诉他们这是真的还不够。诸如"当你是个孩子时你对什么感兴趣？你对它仍有兴趣吗？如果是这样的话,为什么呢？以及如果不是的话,为什么呢？"及"从现在起使你兴奋从而想要进一步学习的事情有什么？"的问题常常引领来访者去思考什么赋予了他们生活的意义和如何去发现更多的意义,从而不那么无聊。不管是什么年纪,返回学校,培养一个新的爱好,参加一个有趣的组织,或成为一项崇高事业的志愿者,这些选项是少数几个可以减少冷漠和厌倦的方法。

来访者对他们的家庭作业丧失信心可能会影响到他们的幸福感,从而可能确实会感到无望和绝望。这可能与童年或是当前的情况如失业、失去伴侣、失去健康或失去生活的梦想等有关联。由于绝望有时掩盖了抑郁症的临床症状,来访者可能需要医疗护理。

鉴于需要面对失业、失去伴侣、失去健康等现状,可以重谈来访者所失去的梦想,并且设计可实现的新梦想。我相信要快乐永远不嫌晚。当来访者愿意去做一张他们过去和现在正面成果的清单时,当他们愿意去评价这份清单而不是屈服于陈旧的力不从心的感觉、逆反厌倦时,当他们愿意去设置目标并作出计划去实现它们时,他们应该得到认可。无论该认可是语言还是非语言的,它必须是真实的。毕竟,他们做了新的作业。因此,不情愿的来访者能变得自信并能带着新的勇气和希望去克服问题。

我想要什么?

治疗师:杰斯伯·尤尔(Jesper Juul),文学硕士

服务机构:婚姻和家庭咨询师;丹麦斯堪的纳维亚半岛开普勒研究所——家庭和研究生教育中心,前执行董事;丹麦私人诊所;现在就职于Family-Lab International,一个致力于传播他的思想和理论的组织

主要著作:

> Juul, J. (2000). *Your competent child — Toward new family values*. New York: Farrar, Strauss, & Giroux.

《你的优秀孩子》(*Your competent child*,最初于1995年以丹麦文出版)已成为国际畅销书(八个国家)。杰斯伯·尤尔是一位世界知名的演讲者、培训师和督导。

技术适用对象:个人、夫妻和家庭

注意事项:无

大约35年前,当我作为一名家庭治疗师开始我的培训时,我无意中听到我们的一位老师问一名女性来访者,"你想要什么?"好聪明的一个问题,我心想,我必须记住那个问题! 在5分钟之后我就把它忘了,并且当我再记起它时已过去了5年。我有一个两个月的假期,并且我

的妻子和儿子要去上班和上学。这似乎是练习*回答*这个重要问题的完美时间。于是我这样做了——每天早晨独自坐在一张舒适的花园椅子上——纸和铅笔放在桌上并仅仅问自己,"你今天想要什么,杰斯伯?"我的脑子一片空白!经过几天的练习,我努力写了一张有4~5件我想要的东西的简短清单,并暗暗表扬了自己。

当我在几个小时后回顾这张清单时,一切变得明朗起来,我有了关于这些的答案:我妻子想让我做什么,我做了什么事会让她高兴,我的儿子从学校回到家时对我有什么期望等,而且因此我协作过头且崩溃的头脑持续了好几天,直到我最后设法想出一件我那天想要为我妻子做的小事情。这段经历让我觉得尴尬和自卑。

我做的工作,主要是和处于危机的夫妻和家庭一起,或仅仅挫败于他们无能为力成为他们所想要的那样对彼此有价值,我很多时候会把这个问题作为家庭作业布置给成年人:你想要什么?

为什么把它作为家庭作业?有两个理由。在这个移动迅速和服务至上的世界中,许多人会从自己的角度思考他们想要什么,而不是从最亲近的人那儿去探寻他们自己*真正*想要什么。当夫妻寻求心理咨询或治疗时,至少他们其中一人正在经历挫折,情感、想法和思想的交织使我们大多数人集中于我们*没有*得到什么。假设这些也是我们想要的"东西",但这一假设并非总是真的。

为了发挥作用,问题必须由治疗师用一种和蔼、极度感兴趣的方式问出——更像是一次邀请而不是一份作业。35年之后我仍为大多数来访者在他们的人生中第一次听到这个邀请的事实感到悲伤。这一种悲伤也是受这一事实启发:在我25岁之前还没有人问过我,甚至在我更年长些时,我才感到我(也)有权利回答。

来访者常常感到无法发现这个问题的"正确"回答,但这暂时并不那么重要。通过检查所有的回答,我们了解了关于我们自己以及我们最亲爱的人的重要事实和秘密,就像当我们向别人要我们想要的东西并认识到他或她无法甚至不愿意为我们提供它的时候,我们的智慧就会增长。

在过去的30年中,成年人之间的婚姻与恋爱关系从一种社会需要变化为一种情感或存在的选择或两者兼而有之。与此相近的观念"如果它给你你想要的就留下,如果它不能就离开"尽管与我们世界富裕地区中社会的消费态度非常符合,但在某种程度上与爱情的本质相矛盾。把焦点倾向于玩乐、娱乐和休闲,常常使我们认为其他人(商店、机构、公司)应该给我们我们想要的。在家庭中,通常我们必须依靠自己来得到我们想要的,并且当我们努力增进我们的关系时,这项作业常常是很有帮助的。它能让人们更贴近于他们自身生命的现实,并且那仍是与他人保持持久和有益接触的一个前提。

这个基本问题引起了两个新问题:

- 从谁那儿/和谁一起能使我得到我想要的?
- 他或她是如何帮助我得到我想要的,反之亦然?

治疗师能帮助来访者提出这些重要的问题并协助规划和谈判,但是,如同我们常看到的,最重要的治疗发生在会谈之外。

成为一名治疗师:帮助来访者尝试"我自己的治疗"

治疗师:尼古劳斯·柯尚迪(Nikolaos Kazantzis),哲学博士
服务机构:澳大利亚拉筹伯大学心理科学学院
主要著作:

> Kazantzis, N., Deane, F. P., Ronan, K. R., & L'Abate, L. (Eds.). (2005). *Using homework assignments in cognitive behavioral therapy*. New York: Routledge.
> Kazantzis, N., & L'Abate, L. (Eds.). (2007). *Handbook of homework assignments in psychotherapy: Research, practice, and prevention*. New York: Springer.
> Kazantzis, N., Reinecke, M. A., & Freeman, A. (Eds.). (2010). *Cognitive and behavior theories in clinical practice*. New York: Guilford Press.

技术适用对象：各年龄层次的人

注意事项：无

> 在技艺达到一定高度后，科学和艺术便开始在美感、柔性、形式上趋同。最伟大的科学家往往也是艺术家。
>
> ——阿尔伯特·爱因斯坦

治疗师讨论会谈之间的治疗任务，或者"家庭作业"的方式，将最终决定一位来访者是否选择与其建立咨询关系。理想上，治疗师促进了合作和经验主义的治疗环境的建立。换句话说，治疗师的目标在于让来访者加入进一个基于来访者经历（"数据"）的分享识别想法（假设）工作以及考虑被测试策略（实验）的治疗联盟。采取这种方法，来访者通过作业及新发现和了解的机会，可以学习真正的精神。

建议治疗师仔细考虑他们将作业融入会谈中的方法。许多来访者把作业当作对他们个人价值、能力的评估，或视为他们治疗的可能结果的预示。一些来访者对任务感到挑战而情绪上升或任务与他们目前的应对策略明显不一致。当被要求去尝试一个作业任务时，其他人会对他们生活中的重要人物有着深刻记忆。

我们科学的日新月异已帮助心理治疗发展为一种有效的帮助来访者的方式，但是我们的科学还没有回答关于如何在实践中开展心理治疗的问题。关于整合作业的过程，我们只是开始有经验证据来引导我们在会谈中讨论或选择不同家庭作业任务。我们鼓励读者去回顾上述主要作品以指导这些元素。

这项我称之为"我自己的治疗"的作业任务用来在治疗结束后扩展在选择、预期以及回顾作业上的共享工作。在这个活动中，治疗师要求来访者留出大约一小时（或会谈的通常长度）用于来访者进行他或她自己的治疗会谈。如果治疗师已使来访者从社会化的角度理解了该概念，即治疗是"帮助一位来访者成为他自己的治疗师"，那么来访者们常常能很好地回应这项任务。

在将这项家庭作业用于个人和团体治疗的背景下,我为来访者找出来使用的方式之多感到震惊。就过程而言,给予最积极反馈的来访者已给自己规划了日程,回顾了他们之前一星期的作业,制定了一个计划表(通常是一些重读或对治疗技能或它们的应用的反思),并为自己做出了一些"新的"家庭作业。来访者为他们自己安排的日程和作业内容说明了在他们的会谈过程中有帮助的东西是哪些。

该任务要求来访者能承担一定程度的对改变的个人责任,有一个相当稳定的情绪状态。由于这些原因,我将其用在了后期治疗当中,这时的会谈间隔已变为两周或一个月。我发现这份作业缓和了治疗终期。该任务用来预防复发和保持效果也很出色。

尽管这是我最喜欢的一份作业,但我一直没有下决心对所有来访者使用它。我发现用一次会谈的主要部分与来访者共同讨论他们"自己的治疗课程"可以如何进行是很有帮助的,而且我通常结合意象使来访者能够从开始就预演该任务。当用于这种方式时,意象为来访者寻求由任务引发的情绪、想法(包括图像和记忆)和生理反馈等方面发挥了突出的作用。通过计划未来可能遇到的障碍,治疗师能协助来访者去考虑他们在当下的选择。

这项家庭作业任务没有特定的形式。我一般鼓励我的来访者在个人会谈中保留他们自己的会谈笔记,并将这些笔记存放在一个安全的地方。对于团体治疗的来访者,我为他们提供了一本练习册。培养来访者的独立性,包括让来访者去决定自己治疗课程的笔记本的形状和外形。

鸣谢: 该家庭作业任务与亚伦·T. 贝克(Aaron T. Beck)博士的认知疗法中的许多原则一致。并且我感激能从亚伦·T. 贝克博士、朱迪思·S. 贝克博士以及莱斯利·科尔博士(Dr. Leslie Sokol)处得到培训。我也为克里斯汀·A. 帕德斯基(Christine A. Padesky)博士在一次认知疗法培训研讨会中提出该家庭作业任务的想法表示感谢。我的导师弗兰克·M. 达迪里奥(Frank M. Dattilio)博士,以及我在拉筹伯的同事苏珊·帕克斯顿(Susan Paxton)博士和埃莉诺·韦特海姆(Eleanor Wertheim)博士,也是这篇文章的灵感来源。

"J"字与"A"字的石头:对待嫉妒、愤怒和冲动反应的家庭作业任务

治疗师: 布雷福德·基尼(Bradford Keeney),哲学博士;克莉丝汀·劳森(Kristi Lawson),哲学博士生;梅利莎·鲁斯(Melissa Roose),理学硕士

服务机构: 布雷福德·基尼,路易斯安那大学教授及教育领域汉娜世爵杰出学者主席(Hanna Spyker Eminent Scholars Chair in Education);克莉丝汀·劳森是路易斯安那大学的一名博士生,也是路易斯安那州门罗镇儿童和家庭中心的一名治疗师;梅利莎·鲁斯是路易斯安那州门罗镇儿童和家庭中心的一名治疗师

主要著作:

Erickson, B. A., & Keeney, B. (2006). *Milton H. Erickson, M. D.: An American healer*. Philadelphia: Ringing Rocks Press.

Keeney, B. (2009). *The creative therapist: The art of awakening a session*. New York: Routledge.

Keeney, B., Lawson, K., & Roose, M. (in press). *Innovations in creative therapy*. Portland, OR: ICT Press.

技术适用对象: 各年龄层次的人;在对待愤怒或嫉妒方面存在困难的来访者

注意事项: 无

这项技术的用意在于在问题行为发生前就中止潜在的破坏性情绪和想法,并将它们转变成一种积极体验。我们将这份作业用在这样一位来访者身上:他的母亲来求助,因为她的儿子正在生气,情绪低落,

并拒绝完成他在学校里的任务。事实上他很享受去学校,而且还在二年级的荣誉班里。经过对情况的进一步了解发现,其他学生很明显正在故意找他的茬,因为他们嫉妒他是一个好学生而且在学校里表现优秀。我们要求他的母亲与他一起尝试一个实验,以作为帮助他在变得生气时探索认识的方法。我们建议她找一块石头,在上面写上字母"J"代表"嫉妒"(jealous),并嘱咐他的儿子把它放在口袋里随身携带,那样他可以揉搓它或握着它来提醒自己,即使他的同班同学们很眼红,他也应该等到他愉快地完成学校作业后再回应他们。在我们离开之后,这位母亲从他们的后花园里挑选了一块石头,并用一支红色的马克笔在上面写了一个"J"。她说当儿子从学校回到家时,她会向他解释这个练习。

在接下来的一周,这位母亲说她的儿子在上一周里有3天被学校停课,因为向一个先对他挑衅的女生"竖中指"。这位母亲说她问他的儿子是否使用了他的"J"字石头。他告诉她他用了,但还是向她竖了中指,因为是她先做的。我们提议他可能需要另一块石头——每个口袋放一块——那就可以占据他的双手,阻止他用任何一只手"竖中指"。这位母亲说她会在第二块石头上写一个"A"代表"愤怒"(anger)。我们也建议来访者为他的石头"铺张床",那样它们就有可以有某个"休息"的地方,并为每天在学校的行动做好准备。

在遵循这项作业几个星期后,据他的老师反映,来访者开始完成他的学校作业,并成为他们班行为规范最好的学生之一。他的分数提高了并回到了荣誉榜。当他们家搬家时,来访者把石头打包一起带走了。他报告说他丢了一个但又找了一个新的来用。因为深受她小儿子的改进的鼓舞,这位母亲决定为她的每一个孩子制作不同的石头。

我们鼓励告诉你的来访者,这些石头是怎样帮助一个二年级学生不被他在学校中的优异而搞得心烦意乱。然后说,没有必要因为别人弄乱了自己的情绪从而偷走自己的幸福和胜利。为你的办公室收集一堆小石头和光滑的石子,以便来访者可以挑选一颗用于他们的特殊需要。有许多字母、名字、隐喻以及符号可以画在上面,这取决于你要处理的情况。就像之前的举例说明，它们可以被用于转变问题互动的顺序或被携带着作为一种授权某人利用一种特殊资源的手段。或者你可以有一个用来通用诊断的石头，仅仅在上面画一个问号"？"就行。把这块石头借给一个尝试发现他们的挑战和困难的"答案""意义"或"解决方案"的来访者。让他们带着它，每当自己郁闷沉思于生活状况中时揉搓它。告诉他们这项练习将为他们的整个身体充电，更好地武装自己，让自己关注新的事物。然后让他们在睡觉前将那块石头放在枕头下。告诉他们如果这块石头被充分地充电了，他们可能被幸运眷顾并做一个能帮助他们促进生活不断向前的梦。

当他们的治疗有了起色时，考虑给他们一颗标有"R & R"的石头。告诉他们这是一颗特别的"摇滚"（Rock & Roll）石头。它的用途是提醒他们，有时候自己所需要的只是一颗好石头来让生活一起滚动向前。让他们承诺把这块石头给任何他们认为可能需要帮助的人看，无论是朋友、家庭成员，还是同事。如果他们能带动足够多的人带上自己的石头，告诉他们或许有朝一日他们能成为你们"摇滚名人堂"中的一员。我们希望你利用所有种类和形状的石头将你的隐喻和行动朝着一个富有创造力的治疗方向迈进。但是请别告诉任何人你的治疗与烂醉如泥（getting stoned）有任何关系！这更多的是用睿智且令人愉快的方式来处理艰难的困境。

不可思议的家庭作业[*]

治疗师：沃尔特・肯普勒（Walter Kempler），医学博士

服务机构：家庭心理医生；美国加利福尼亚州科斯塔梅萨肯普勒研究所创始人兼主任；斯堪的纳维亚肯普勒研究所共同创始人

---

[*] 编者按：肯普勒博士更喜欢使用连字符号拼写家庭作业（home-work）。

主要著作：

Kempler, W. (1973). *Principles of Gestalt family therapy*. Costa Mesa, CA: Kempler Institute.
Kempler, W. (1981). *Experiential psychotherapy with families*. New York: Brunner/Mazel.

肯普勒博士是格式塔疗法的和家庭治疗运动的领导人物之一。

技术适用对象： 对于一般大众没有限制。适宜性方面，比起接受者，该疗法更多的是与治疗师的适应性以及该治疗师的定位有关。所有共鸣于这一见解的治疗师，即认可"持久的改变更有可能发生在我们坦诚而自然地与来访者相处当中，而非来自智力约制"的治疗师都有可能用这个方法。

注意事项： 不要尝试你所不信任的东西。

尽管只有极少数老师知道我的热情是我学习和做作业的关键，但我十分珍视这些记忆。不过，我仍无法说我曾喜欢过家庭作业。基本上，我仍相信强制是一个值得抵制的诱惑。然而，在我实践的早期，我偶尔会建议人们在会谈之间进行实验或实践的活动。我已计划好布置家庭作业，并不知不觉地利用布置给我患者们的家庭作业来提高我作为一名医治者的价值。

60多年后，我现在懂了，命中该来的总要来。

家庭作业是一种在面谈之间生成、维持或加强进步的战术。就我个人而言，一次在治疗师办公室里的难忘经历能做到家庭作业所期望实现的目标。持久的影响是根本目的：影响带来改变，改变方能持续。

避开个人或家庭的想法是众所周知的家庭作业与会谈本身可能产生的影响经历之间的本质区别。从理论角度来看，深思熟虑的，有意识的，受推荐的行动被省略了有利于心理自发性。我们没必要练习揉擦挫伤，因为根源是挫伤引起了揉擦。我们没必要受训去为一个很好的笑话而发笑，而是这笑话带来了发笑的反应。当努力工作时，所需要的东西会在没有将其建议好或作为一个附录分配好的情况下发生。

我文件中有一个例子如下：

一对花了3天时间从远方城市而来的夫妻想拯救他们20多年的婚姻。妻子平和而口齿清楚地介绍她自己为一名在难以为继的婚姻中与丈夫一起寻求和悦生活的宗教人士。当被问及一些具体的事情时,她变得犹豫不决,把话题抛给了她的丈夫。他反而缓慢而深思熟虑地回答："我知道她对我不满有很长时间了。我不明白我做错了什么。"从他温和、迟疑的说话方式,我想知道他是否是一个害羞的农夫。妻子不由自主地简洁地答复道："你怎么能说你不明白呢：我已经反复告诉过你了。"

当我们缩小细节范围时,妻子在她自己周围以及她和她的丈夫之间画了一个虚构的半圆,除此之外,还清楚地说,"我需要自己的空间,在那儿我可以不用总是被打扰。"

我起先考虑提议让他请她一起约会,但取而代之的——而且这就是不可思议的家庭作业的开端——我转向她的丈夫并解释了我所"理解"的。

"你妻子所试图告诉你而你难以理解的是你只是她名义上的丈夫。事实上,你是她的邻居。"

他目瞪口呆,她则看起来很惊讶。我继续道,"你瞧,你的妻子是如此谦虚,她在她自己周围画了一个比较小的圈。实际上,从我所听到的,你不明白她正在谈论房屋。看上去她只是在谈论一条裙子,但却远非如此。她正在谈论她的家。当然,如果你真的是她邻居的话,她可能把家说得更好些。我猜她甚至对着狗也会把它说得更好些,如果你有一只狗的话。但是既然你没有意识到我正在对你说的这些,你又总是停留在她所说的话题的表面。那就是让她如此沮丧的东西。"

双方都沉默了。我知道哪一个会回答,但是我不知道她会说什么。我凝视远处,等待着。

当妻子开口时,她准确地重复并否认了我刚才对她的全部评价,加了句："我不是一个坏人。"

很好！非常好！而且,这么快远超出我的预期。

我很欣赏她想起我所说过的并坚定地加上了我并没有说她是"一个坏人"。我继续道："我想知道你从哪儿有了这想法？我敢说你的丈夫也永远不会那样评价你。在这儿我没有听到你的丈夫说过那样的话。"

第一次，她的丈夫主动开口了。他对她强调，"我从来没有*那样*想过你。"

几分钟之后，她看着我，说，"我不明白。"

我心想，"鞋子现在穿在对的脚上了"（或者，就像有人可能同样明确表达过的，"现在不可思议的家庭作业已经准备就绪了"），我回答说："是的，我知道。我们今天就到这儿。"

第二天早上他们回来了。她进来时流着泪。她的丈夫关切着，沉默，并且看上去忧心忡忡。我没有等很久，邀请她分享她的想法，她说出了终身掩盖的事情：在一个宗教服务的祠堂中，她曾埋葬过一个遍体鳞伤的孩子。在我看来，她的泪水是一个孩子回家的喜悦。

在告别时，她丈夫主动告诉我，这次来咨询所得到的正是他多年祈祷的回答。我们没有用到第三天。

应 对 链

治疗师：梅利莎·T. 科伦布拉特-汉宁（Melissa T. Korenblat-Hanin），社会工作硕士，社会工作者学会会员

服务机构：密苏里州圣路易斯执业临床社会工作者，有超过 20 年的为诊断为哮喘的来访者服务的工作经验

主要著作：

> Korenblat-Hanin, M., & Moffett, M. (1993). *The asthma adventure book*. Rochester, NY: Fisons.

技术适用对象：在个人、团体或家庭治疗中，正经受着慢性疾病、低自尊、个人或家庭变故的 5～12 岁儿童

注意事项：需要父母或监护人参与，因为孩子必须在监督下使用剪刀和订书机。

在当今世界，做个孩子并不容易。孩子们有独特的恐惧、担忧和烦恼。情感强度、恐惧及烦恼在不确定的时间（或痛苦和悲伤的情况或事件）中增加。由此而来的焦虑使孩子们衰弱并不知所措，从而造成身体和情绪疾病。通过创造可让成年人、父母、年轻人及儿童使用的创新、有趣以及治疗性活动来改善应对机制和生活质量，对于促进儿童健康至关重要。孩子们必须发展沟通和应对他们的情感以及周围环境的技能。交流一个人的情感过程对不擅长言语交际艺术的孩子来说特别具有挑战性。

活动目标

这项活动允许孩子去识别和探索他们拥有的许多情感（关于他们的家庭、离婚、变化或慢性疾病）以及确定他们可以利用来表达或处理他们的想法或情感的特定的干预方法或策略。当允许孩子去创造一些应对技能的时候，该活动可促进健康。"应对链"活动认同一个孩子的情感、恐惧、担忧，或帮助孩子促进表达和探索。它帮助孩子掌握将体验和情感具象化的过程。于治疗师而言，它可以增加对孩子正在斗争的心理问题的认识，同样也可以作为评价应对技能的一个工具。最终目标是为孩子发展许多应对策略，来成功地管理他们的情感、恐惧、想法或挣扎。当各种各样的应对机制交织在一起时，应对链技能的情感和行动就象征着力量的创造。

操作指南

给孩子不同颜色的图纸并让他们拿回家，并进行如下的说明：

1. 将图画用纸剪成条（足够宽到能在上面书写或画画）。
2. 每一天写一张纸条，写一些所发生的事以及所体验的一种情感或想法。（年幼的孩子可以画出他们的感觉，父母和孩子可以一起完成。）

3. 确定一或两种方法来表达想法或情感,并把它们写在一张纸条上。

举个例子:*感觉*:愤怒和悲伤。(小朋友在学校时取笑我。)

应对思路:画一张我愤怒的图画,和妈妈谈谈我的悲伤,和我的老师谈谈我在学校的感受。

4. 把第一条的首末端连接成一个环状,钉住或用胶带粘住。把随后的纸条穿过之前的环,形成一条纸环链。

5. 最后的链条可以带至心理咨询会谈中并做分享。之后可以将它们展示在孩子的房间中。

这个活动强调了发展健康安全的应对机制的根本性和重要性。

由家庭作业构成的心理疗法:
少说话,多互动
——一个彻底打破旧传统的观点

治疗师:卢西亚诺·雷贝特(Luciano L'Abate),哲学博士,美国职业心理学考核委员会(ABEPP)

服务机构:佐治亚州亚特兰大市佐治亚州立大学心理学名誉教授

主要著作:

> Kazantzis, N., & L'Abate, L. (Eds.). (2007). *Handbook of homework assignments in psychotherapy: Research, practice, and prevention*. New York: Springer.
> L'Abate, L. (Ed.). (2007). *Low-cost approaches to promote physical and mental health: Theory, research, and practice*. New York: Springer-Science.
> L'Abate, L. (Ed.). (2008). *Toward a science of clinical psychology: Laboratory evaluations and interventions*. New York: Nova Science.

技术适用对象:愿意并能够在第一次会谈见专业人员前完成表格的任何人。如果他们无法执行这项任务,那他们是否能从心理学和其他方法上得到帮助是值得商榷的,医学方法可能更合适。

注意事项:在从建立几乎仅仅依赖于面对面谈话的心理咨询和治疗实践转向通过程序化远程填写(programmed distance writing,PDW)开始与来访者一起工作,在介绍 PDW 干预前使用一份知情同意书(ICF)让来访者签名是符合伦理并且专业适当的。可在 L'Abate(2010)的文章中找到 ICF 副本。

心理咨询和心理治疗团体在发展中正处于一个艰难的十字路口。它们不得不去选择是否(a)保持不变并接受现状还是改变并向前发展以赶上在过去时代中已发生的社会、技术以及文化的转变;(b)仍处在过去的一个世纪或继续到这一世纪,除了面对面(F2F)基于讨论(TB)的方法之外,还有更多的补充和替代选择可供心理健康专业人员和需要帮助的人们使用;(c)限制使用陈旧过时的心理干预模型的影响或用每天层出不穷的新的替代选择和技术来扩大那种影响(L'Abate & Bliwise, 2009);以及,最后,但同样重要的是,(d)选择像艺术家/江湖术士/骗子那样还是像专业人士/科学家那样工作。我故意将此选择作为二选一:你要么像一个艺术家/江湖术士/那样,要么像一名专业人士/科学家那样工作。我不打算浪费我的时间去争论这两种选择之间的灰色地带。作出你的选择并付出你的代价。我作出了自己的选择,如同我在此写下的。

在 42 年的临床经验、干预以及心理疗法实践和研究(L'Abate, L'Abate, & Maino, 2005)之后,我已经确信对我的时间和可能的专业知识的最佳用途是布置尽可能多的书面家庭作业任务(HWAs)给自愿的、健全或有缺陷的来访者,并且限制我的干预,尽可能少地使用 F2F、TB 接触方式,为了让我能(a)用一个详尽的系统评估,为所提到的担忧、问题、疑问或症状评价原因的性质和近期或远期的背景;(b)不依赖我的独一无二的神奇的直觉、特异的创意、易变的情绪、奇特的个性、洋腔洋调、无与伦比的幽默感和变化无常的奇思妙想;(c)布置尽可能匹配所提及的原因的特定作业;(d)在 F2F 讨论,或远程在线讨论时都通过写完整的 HWA 来管理和评估；(e) 在 F2F 和在线这两个方式中择一(L'Abate，2008a，2008b)给每一份已完成的家庭作业任务具体反馈(L'Abate，2010)；(f) 根据需要布置新的作业，作业与原始评估和以前的 HWA 的过程一致；以及(g) 评估短期和长期效果，既要在终止后立即进行又要在终止后至少三个月、甚至更长时进行：终止后时间越长越好。

为了实现大多数上述功能(如果不能全部实现的话)在过去的四分之一个世纪中，我把我所有的筹码(精力、兴趣、名誉、声望和时间)都赌上了，用来创造和发展，以及，在可能时，评估结构化、程序化远程填写(PDW)，去唤醒过去的*工作手册*和现今的*互动实践练习*(L'Abate，1986，1992，2001，2002，2004a，2004b，2010)。我为什么要那么做呢？

因为我认为 PDW 会让我们专业人员去(a) 永不停息地重复我们的干预，找到一个能逐渐且相对地评估我们的干预对我们和同行的工作是否有用的方法；(b) 从一种非重复的沟通与不确定的治愈方法，比如 F2F 讨论，改变为一种或许更加有效并可能更具性价比的、完全可复制的沟通与治愈方法，比如 PDW；(c) 把评估和干预用 F2F、TB 接触方式所难以复制的方式结合起来；(d) 避免昂贵的 F2F、TB 练习占用我们用于专业时间的精力；以及(e) 将改变的责任直接落于来访者的手和肩上，将我们的时间尽可能多地奉献于需要我们帮助的来访者身上，包括监狱和劳教所里无法得到任何形式帮助的囚犯和青少年们(L'Abate，2010)。

我会努力扩充和解释为何我会表明这样一个激烈的、如果不算是极端激进的立场，一个我希望会背离当前几乎仅依赖于 F2F、TB 接触方式的心理咨询与心理治疗实践现状的立场。这个信念基于以下经验性和实证性研究。我认为非常多的 F2F、TB 联络方式是低效且昂贵的。十多年前(L'Abate，1999)，通过心理咨询和心理治疗团体，我挑战并质疑了据我所知已被忽视，如果不是无视的，五个神圣不可侵犯的心理干预措施。说来也奇怪，迄今为止，我尚未被任一团体逐出。所以，我要总结下那些神圣不可侵犯的东西是什么，看看我是否会由于我打破常规的信念而成功地被永远驱逐出这个行业。

不可侵犯之物 1 谈话能改善行为即使(a) 谈话又廉价又昂贵；任何人都能无休止地谈话，但是专业时间之所以昂贵是因为它是有限的；(b) 当你考虑在来访者离开一名治疗师的办公室后，他们记住了什么以及记住了多少，正像在教堂布道宣讲之后有多少人记住了一样时，说明该谈话是低效的；(c) 谈话是无法控制的，并且因此需要研究基金和特殊专业技能来记录它、分析它和编码；此外(d) 因为不能完全控制，谈话不是一个可复制的行为，很难发现治疗开端时的规定评估与整个进程中所发生的事以及干预时间长短这一过程之间的关系。关于谈话的部分神秘感是由于它是作为交流和没有其他选择的考虑康复的唯一方法，而对它不加鉴别地接受，而且，可能有更为有效的帮助身体和情感上的缺陷人士的办法(L'Abate, 2008b)。

不可侵犯之物 2 观看一场专业的 F2F 能改善行为，即使到目前为止，我们知道我们能在未曾看到他们的情况下，远距离地帮助人们，正如 PDW(L'Abate, 1992, 2001, 2002, 2004a, 2004b)和在互联网上进行计算机辅助干预(Harwood & L'Abate, 2010)及佩尼贝克(Pennebaker)的表达性写作(Lepore & Smyth, 2002)那样。然而，为确保我们与所宣讲的相配，特别是在离来访者很远的距离下工作时，一个全面、系统、客观的评价和一份已签署的 ICF 在咨询和心理治疗中都必须是至关重要的(L'Abate, 2008a, 2008b, 2010)。

不可侵犯之物 3 虽然每天在互联网上要出现成千上万个联盟，在两个或更多的团队之间并没有 F2F、TB 接触方式，但专业人员的谈话和个性作为来访者—专业人士关系的基石改善了治疗联盟。我不否认治疗联盟，尤其是专业人员和来访者之间的书面合同的重要性；更确切地说，我否认联盟和书面合同必须要建立在 F2F 谈话发生的基础上。这些要求可以在远距离发生，不用见我们的来访者，就像在 F2F 对话中一样，并且可能比在 F2F 谈话中更加有效。

不可侵犯之物 4 涉及越多的家庭成员，干预就会越好，尽管，事实上大多数研究表明个人治疗和家庭治疗之间的效果相当(Szapocznik & Prado, 2007)。通过 PDW 和互联网,我们可以帮助的人数并不重要。我们可以帮助尽可能多的想要和需要我们帮助的人,只要他们依靠我们能给予他们的可能是最好的家庭作业任务(HWAs)而努力改变。

不可侵犯之物 5 会谈越多越好:我见来访者的时间越长,我作为一名治疗师就越胜任,而且我能在任何团体中证明这一点,在那儿我的同行和我聚在一起分享"英勇故事"。无所谓要花多少次会谈来帮助某个人。重要的是我们是否帮助到他们。因此,我们需要从一开始就评估和监控过程和结果,贯穿全程至结束及结束之后。

此外,我想说在不远的将来,将会出现非常多的,就算不是大多数,在线心理治疗。让来访者参与到改变的过程中,将责任明确地置于他们自己而非治疗师的肩上。不管怎样,在这些条件下,治疗师的职能是在心理治疗开始时、过程中、终止时以及终止后的一段时间中使用 PDW 和 HWA 进行评价。

为什么要评价以及为什么评价应该是客观和系统的呢?至少有三条理由说明需要如此:(1) 为一次干预后,是否发生短期及长期改善的评估创建一个基线功能;(2) 为保证在干预前后及随访都进行评估,并且会跟进;和(3) 为从一开始和被记为在前三次治疗的会谈之间收取完整的评估费用(L'Abate et al., 2005),在潜在的来访者第一次进入专业人士的办公室之前,需依据 ICF 的管理作出解释一样。另外,我会为执业心理治疗师做一个关于道德、专业以及科学背景的强制性客观评估。

考虑到最近关于心理社会治疗(Szapocznik & Prado, 2007)中家庭功能的负面影响的结果,这个推荐并不是太遥远。正如 Szapocznik 和 Prado 所说的:"就易受伤害的器官系统而言,医疗用品都需要安全检测,然而,就诸如家庭这样脆弱的社会系统而言,社会心理治疗并不要求测试它的安全性。"(p.468)人类难道不比物体或医疗用品重要吗?我们不应该提供他们基于评价而非基于一位艺术家/江湖郎中的主观及很有可能是错误印象的最好的服务吗?

因此，我的信念引领我去支持对于以下基础的持续评估：道德伦理的、专业的及科学的。

伦理道德基础

这是我们需要将艺术家/江湖郎中/骗子与有充分资格的专业人员之间区分清楚之处。可能除了一个具有可疑的专业和科学价值，和他们的临床判断及毫无价值的、卓越直觉的主观面谈之外，艺术家和江湖郎中对他们与生俱来的个人素质和口头表达能力是如此深信不疑，以至于没有任何形式的评估是必要的。即时性是艺术家和江湖郎中的标志，带着最少的评估和最大的自信和自负立刻进入治疗行动。用这种方式，实际上不可能展现出任何改进或结果，但是只要有人能靠这过着好生活，为何要怀疑它呢？

专业理由

艺术家/江湖郎中和专业人员/科学家之间的区别在于花多长时间来评价一个转诊问题。举个例子，在10年传统实践之后（L'Abate et al.，2005），我们决定将前三次会谈奉献给评价，作为专业人员和来访者之间的一个互动过程（"我们需要你对我们进行评价，来看看我们是否对你有帮助。"）。在签订治疗合同之前，来访者必须有权利在三次会谈全程中去评价我们，所谓评价的关系，是因为无论我们喜欢与否，评价都会发生。保证他们对我们信任的最好方式是确保潜在来访者对我们的评估权利与我们相应评价他们的同样多。前后评估和后续行动的花费应该包含在三次评价会谈中，前三次会谈比通常多收取33%的费用以确保所有的前、后，及后续评价从一开始就被支付。就这样，潜在的来访者从一开始就知道，就像应该在ICF中解释的一样，他们在专业人员而不是一个艺术家或江湖浪子的手里。如同Detweiler-Bedell与Whisman（2005）发现的，治疗结果与特定治疗师的行为（例，设置具体目标及讨论完成家庭作业中的障碍）、家庭作业任务的特色（例，写作业的提醒）和讨论中来访者的参与有关。

来访者应该能通过治疗师被评价得多好来评估他们的能力,因为,毕竟,我们治疗师也正被来访者评价着。他们越多被评价,来访者会越信赖专业人员,知道她或他不是一个艺术家或一个江湖郎中。在我们遵循此方法的 15 年间(L'Abate et al.,2005),没有一个个人、夫妻或家庭反对这个方法或拒绝我们。他们通过一份签署的 ICF 允许我们在所谓的三次评估会谈期间来评价他们,在第一次 F2F 和 TB 会谈之前、会谈与会谈之间、终止之后,以及终止后的几个月回答调查问卷或评分表。而且,那些完成 HWAs 的来访者(个人、夫妻和家庭)的会谈次数显著高于未接受 HWAs 来访者的会谈次数。所以,咨询师或治疗师没有必要担心失去生意。评估或许会延长生意。

如果评价如我所确信的那样重要,尤其是当它涉及 HWAs 与 PDW 时,那它应该按步骤或障碍顺序发生:(1)看治疗师之前;(2)当在会谈与会谈之间看治疗师时,要么是 F2F,要么是距前三次会谈期间有些时间;(3)终止后;以及(4)其后的一段时间。

科学依据

为了解转诊原因的性质和严重度,评估必须是客观和系统的,需要快速粗略地使用可靠而有效的面向个体和有亲属关系的测试。为了这个目的,我的合作者们和我(L'Abate, Cusinato, Maino, Colesso, & Scilletta, 2010)创造并生成了一个便宜的、由理论推导出的、关联式的、自我报告的纸笔测试,它们相对易于执行、记分和解释,包括一个仍处试验阶段、结构化的自填问卷访谈,以权重来评估功能的级别(L'Abate, 1992)以及用面向生态的评级量表来评价相同级别的功能(Harwood & L'Abate, 2010; L'Abate, 2008a, 2008b)。

将评估与干预相连接:规范性的评价

始终不断的评估和将评估与治疗相连接的需求可凭借*规定的评价*来获得,即通过把我们被动无效的纸笔、自我报告问卷调查转化成动态交互式的工作手册或实践练习。通过一种非常简单的转换,即允许匹配任何担心、难题、转诊原因，或将症状植入一系列的书面连续的HWAs中，包括互动实践练习(L'Abate，1986，1992，2010)，任何单项测试或症状因子表如那些在DSM-IV或单维度工具中的，例如《贝克抑郁量表》(The Beck Depression Inventory)或《明尼苏达多相人格量表的内容量表》(The Content Scales of the Minnesota Multiphasic Personality Inventory)都可以转换为一本工作手册或互动实践练习。

这种转换会通过四个浅显易懂的步骤发生：（1）让来访者明确（当然，用书面形式）清单中的每一项，并（2）从定义中举两个例子，这是一个常规的任务；（3）根据这些项目对他们的重要性排序，这是一个独特的任务；和（4）给予每个项目标准格式，要求来访者对特定的项目作扩展并给出所有的可能信息。举例来说，如果"哭泣"被列于清单的第一位，一份普通的标准表格会询问哭泣的严重性、持续时间、起因、个人的及人际的结果(L'Abate，2010)。下一个任务是跟随最初每个来访者交来的自己的排序。这是把治疗和评估进行匹配的一种方式，这种方式将是困难的，如不可能的话，则遵循口头所说的，但是那可以通过PDW来完成(L'Abate，2008a，2008b)。

客观和系统评价其本身怎么样呢？如前文所述，在会见专业人员之前，个人来访者的(a)历史背景能通过一个有效力的试验性的结构性访谈(L'Abate，1992)来获得，它能辨别出功能调整和功能失调；(b)目前的功能可通过一个试验性的生态学检查表获得，它能报告当前的功能发展情况(Harwood & L'Abate，2010；L'Abate，2008a，2008b)；(c)由心理健康的温度计，即《贝克抑郁量表》或等效测验所评定的对抑郁症的一个标准总体测量；和(d)一份待来访者签字的知情同意书，只有到第三次评估会谈时才拿出来，在这次会谈中，来访者和专业人员将讨论是否应该开始治疗，或者是否另一个预防或治疗的渠道似乎是最适合于该特定案例的行动方案。

所以，在通过电话为初次会谈安排时间时，潜在的来访者应该被要求至少提前一小时赴约，来完成所推荐的问题或疑问评估所需的表格。会见专业人员视完成这份信息而定。其他测试可在第一次到第二次会谈中进行,那样他们能到最后一次,即第三次会谈时记分。

由于专业人员在第一次会谈见到来访者前不会有时间来对这些表格记分,专业人员也许只是表面上看看它们,使来访者安心,这些调查表或测试将在评估的第一至第二次会谈中被合理记分。关于如何进行这一评估过程的详细建议已在拉巴特的作品(L'Abate,2008a)中给出。从这个过程中,来访者需要在第三次会谈前将签署过的知情同意书带来,如果他们想要继续治疗的话。如果在第三次会谈结束时布置了书面的家庭作业任务,那么这些作业应该与所提到的问题或在前三次会谈评估阶段会出现的任何变化相匹配。总的来说,在这个时候需要给出一个暂定的终止日,要求不超过六份的家庭作业任务的所需时长。

总结

我知道前文所述信念的危险,但我相信,任何没有前测和后测以及后续追踪的干预实质上都是非专业的。任何缺乏这三个步骤的事情都是缺乏职业道德的,因为来访者需要有一个结构,在此结构下他们能行动并打消顾虑,这是治疗师仅为他们量身定做的具体计划和行动方案,指导他们连续和完整评估系统的家庭作业任务的完成过程与结果。宠物医生对我的猫做了这些,那么为何我们不应该对人类做这些呢?

参考文献

Detweiler-Bedell, J. B., & Whisman, M. A. (2005). A lesson in assigning homework: Therapist, client, and task characteristics in cognitive therapy for depression. *Professional Psychology: Research and Practice*, 36, 219-223.

Harwood, T. M., & L'Abate, L, (2010). *Self-help in mental health: A critical evaluation*. New York: Springer-Science.

L'Abate, L. (1986). *Systematic family therapy*. New York: Brunner/Mazel.

L'Abate, L. (1992). *Programmed writing: A self-administered approach for interventions with individuals, couples, and families*. Pacific Grove, CA: Brooks/Cole.

L'Abate, L. (1999). Taking the bull by the horns: Beyond talk in psychological interventions. *The Family Journal: Counseling and Psychotherapy with Couples and Families*, 7, 206–220.

L'Abate, L. (2001). Distance writing and computer-assisted interventions in the delivery of mental health services. In L. L'Abate (Ed.), *Distance writing and computer-assisted interventions in psychiatry and mental health* (pp.215–226). Westport, CT: Ablex.

L'Abate, L. (2002). *Beyond psychotherapy: programmed writing and structured computer-assisted interventions*. Westport, CT: Ablex.

L'Abate, L. (2004a). *A guide to self-help mental health workbooks for clinicians and researchers*. Binghamton, NY: Haworth Press.

L'Abate, L. (Ed.). (2004b). *Using workbooks in prevention, psychotherapy, and rehabilitation: A resource for clinicians and researchers*. Binghamton, NY: Haworth Press.

L'Abate, L. (2008a). Proosal for including distance writing in couple therapy. *Journal of Couple & Relationship Therapy*, 7, 337–362.

L'Abate, L. (2008b). Working at a distance from participants: Writing and nonverbal media. In L. L'Abate (Ed.), *Toward a science of clinical psychology: Laboratory evaluations and interventions* (pp.355–383). New York: Nova Science.

L'Abate, L. (2010). *Sourcebook of interactive practice exercises in mental health*. New York: Springer-Science.

L'Abate, L, Cusinato, M., Maino, E., Colesso, W., & Scilletta, C. (2010). *Relational competence theory: Research and mental health applications*. New York: Springer-Science.

L'Abate, L. & De Giacomo, P. (2003). *Improving intimate relationships: Integration of theoretical models with preventions and psychotherapy applications*. Westport, CT: Praeger.

L'Abate, L., L'Abate, B. L., & Maino, E. (2005). Areview of 25 years of part-time professional practice: Workbooks and length of psychotherapy. *American Journal of Family Therapy*, 33, 19–31.

Lepore, S. J., & Smyth, J. M. (Eds.). (2002). *The writing cure: How expressive writing promotes health and emotional well-being*. Washington, DC: American Psychological Association.

Pennebaker, M. W. (2001). Explorations into health health benefits of disclosure: Inhibitory, cognitive, and social processes. In L. L'Abate (Ed.), *Distance writing and computer-assisted interventions in psychiatry and mental health* (pp.157 - 167). Wesport, CT: Ablex.

Szapocznik, J., & Prado, G. (2007). Negative effects of family functioning from pro-social treatment: A recommendation for expanded safety monitoring. *Journal of Family Psychology*, 21, 468 - 478.

在现实世界中塑造一个全新的自我

治疗师：阿尔文·梅尔(Alvin R. Mahrer)，哲学博士

服务机构：临床心理学家，任职于加拿大渥太华大学，私人诊所心理医生；网址：www.almahrer.com

主要著作：

Mahrer, A. R. (1989). *Dream work in psychotherapy and selfchange*. New York: Norton.

Mahrer, A. R. (2003). *The complete guide to experiential psychotherapy*. Boulder, CO: Bull Publishing.

梅尔博士是17本书和300多份出版物的作者，是经验式心理治疗的先驱。

技术适用对象：致力于独自进行经验式会谈的人；和一名经验式治疗师老师进行会谈的人

注意事项：为了成功并顺利地进行作业做准备，首先一个人应该已成功并顺利地进行过经验式会谈。

家庭作业来自一个人与治疗师老师一起或独自会谈

几乎每一次会谈都会布置和使用家庭作业。不管怎样，经验式治疗师所行使的职责主要是像老师一样向人们展示做什么和怎么做。当会谈由个人独自进行时，家庭作业事实上也会在每一次会谈中布置和使用。

在每次会谈中，由发现一个人更深的内在潜力来布置家庭作业

每次会谈都开始于搜索一个人的内心去发现更深的内在品质，通过一些更深的可能性来体验人的内在。这几乎总是对人隐藏的，并不是某个人的一部分也不是其通常的样子。在这次会谈中，对于这个人，更深的潜能或许是她能成为一个有全新个人特质的人，能重新体验一种令人愉快的控制感，做到完全掌控和支配。家庭作业是帮助这个人去实际生活并成为一个完全崭新的人的方式。

在会谈期间，通过成为有全新个人特质的人来为家庭作业做准备

一个人要经受彻底的、质性的转变才能成为一个全新的人。在经历重新完全掌控和支配人生的过程中体验幸福、快乐和兴奋。

欢迎、热爱、珍惜通过体验而重新发现更深的潜能。首先，这个人该欢迎、热爱、珍惜这新发现的她封存、隐藏、埋于内心深处的潜能。

成为一个有全新特质的个人是在游戏的非现实环境中体验到更深层次的潜力。这个人接着去经历一次彻底的转变成为一个完全崭新的人，成为体验的生动体现，并能完全掌控和支配事物。在或远或近的已逝去的情景中以游戏的、光怪陆离的、乐趣盎然的、无拘无束的，甚至愚笨可笑的方式去重温过去，在那里他可以不受现实的束缚去幻想和欢乐，而后他将发现一个全新的自己。

会谈接近结束时，准备实行会后作业

作为有全新个人特质的人，她从过去发生的情景中离开，并进入到未来数天左右可能发生的后期情景中。

在幻想中荒芜的、不切实际的、滑稽古怪的、愚蠢的、不可思议的后期情景中做一个有全新特质的人。对在后期世界中做一个怎样有全新特质的人进行取样，这个人会慎重地寻找即将到来的荒芜、不切实际、滑稽古怪、愚蠢、不可思议的场景。在这些即将来临的场景中，她体验着，尝试着，并过上能够完全掌握和支配自己人生的生活。

在未来的情景中，这个全新的人吵闹、无法无天、蠢笨，但却幸福、有活力和爆发力。当她在看电视时没有商业广告，在整个部门的面前命令她的经理向她道歉，目中无人的服务生在她面前无比顺从。并且，今天晚上起，每个伙伴身上的令人厌恶的小习惯都会一一根除。

在更适当的现实即将来临的场景中预演和完善这个将来在未来真实情景中出现的有全新品质的人。现在去发现更多合适的现实场景。在这些场景中，这个全新的人会做好准备并渴望生活于其中，去真正体验完全掌控的感觉。作为这个全新的人，她挑选了一个近在眼前的场景，在这一情景中通常她会承担为旅行、假期、访友做好所有安排这一角色，而她的伙伴则扮演着吹毛求疵、对于她的安排感到不快的抱怨者的同伴角色。

她预演改变角色，放弃成为那个永远被责备的人，并为要做的事做准备，制定新规则。在会谈中一系列的试验、改进和排练后，她对于完全掌控产生了一种奇妙感，就像他们和三对夫妻一起进行为期一周的旅行，她来对前期准备做细致入微的把控。最终的成果是要经历反复的修改、改进和预演的，正确、稳定和幸福感是衡量成果的重要标准。

最后，就是对她的丈夫在今晚一起进行这份家庭作业的准备与渴望的承诺。

会谈是为家庭作业做准备；真正的变化发生在做家庭作业中成为真实的个人特质焕然一新的人

如果一次会谈能让这个人做家庭作业，那么它是成功及有效的。如果这个人在进行家庭作业任务时在现实中是特质焕然一新了，那么这个家庭作业是成功及有效的。

第二天，她真正成了个人特质全新的人，她让她的丈夫坐下，随着这个完全崭新的人对他们如何花一天的时间一起为为期一周的露营之旅做准备、制定出完整的新规则，她陶醉在控制、负责、完全掌握的真实感觉中。做这些以及成为这样是很有趣的，她会感觉良好，并且似乎使他俩都从他们痛苦的原有角色中解放了。的确，这个家庭作业太成功了,以至于他们取消了和三对夫妻的露营旅行,并决定可能拿出一周而不仅仅是一天,一起在家里享受他们全新的自我。

翻转情感:纸盘活动

治疗师:吉恩·马尔诺洽(Jean Marnocha),社会工作硕士;贝丝·哈索(Beth Haasl),理学学士

服务机构:吉恩·马尔诺洽是一个独立临床社会工作者,贝丝·哈索是哀伤辅导师。两个人在哀伤辅导领域做过很多研究,也在威斯康星州格林湾的丧亲儿童团体做过许多工作。

主要著作:

> Haasl, B., & Marnocha, J. (1999). *Bereavement support group program for children*. New York: Taylor & Francis.

(编者注:上述工作在"领导者手册"中也有述及,可用于5~15岁年龄段儿童,"参与者工作手册"中亦有描述,可用于7~15岁年龄段儿童。)

技术适用对象:为亲人过世而哀伤的任何年龄的孩子

注意事项:当布置作业时,孩子必须处于安全的环境并有可信赖的成人陪伴。

在悲伤经历期间,孩子们可能会有难以向外表达的情感,并可能在不同的社交场合中掩盖悲伤情感。以下活动能帮助孩子识别和应对他们的悲伤情感。

A. 给孩子纸盘和马克笔,让他们在盘子的一面画上自己的脸,展示他们在各种各样的情况下的感受。在盘子的另一面,让孩子们去画出一张脸,描绘出他们在同样情况下内心的感受。咨询师可以列举些情况,比如在家中和家人在一起时、在学校里、和一个朋友一起玩时、独

自就寝时或在一个派对中。

B. 让孩子在下一次心理咨询会谈中把他或她的盘子带来并做分享。

C. 指出以下几点：

1. 有时我们在外面所表现出来的不同于我们内在的感受。

2. 悲伤的感受常常是我们的一部分，即使我们能参与到正常的活动中。

3. 有时内心感受与我们所表现给他人看的有所不同是正常的。

D. 这能引出关于情感的讨论诸如"我们要如何恰当地表达这些情感？我们能做些什么来处理这些情感？"

驯服 PIT 怪物

治疗师：小马克西·C. 玛尔兹比（Maxie C. Maultsby），医学博士

服务机构：华盛顿特区霍华德大学医学院精神医学系精神病学教授；经美国精神病学委员会认证的会员

主要著作：

> Maulstby, M. C. (1979). *The rational behavioral alcoholic-relapse prevention treatment method*. Lexington, KY: Rational Self-Help Books.
> Maultsby, M. C. (1984). *Rational behavior therapy*. Englewood Cliffs, NJ: Prentice Hall. (现在也有波兰语版)
> Maultsby, M. C. (1986). *Coping better ... Anytime, anywhere*. New York: Simon & Schuster.

玛尔兹比博士构想并研究测试了综合治疗性的认知行为疗法：理性行为治疗（RBT）和理性自我心理治疗（RSC）。他的已有研究和发现主要集中于正常人的情绪和身体行为问题；他是在正常人群的情绪和行为自助观念、技术的医学证明方面的罕见的、国际公认的专家之一。他被称为正常人的心理医生。

技术适用对象：学业不良或情绪和精神上苦恼的正常青少年和成人

注意事项：无

驯服 PIT 怪物*是帮助合适的新来访者立即发生快速的治疗变化和保持动力的一种高效方式。"合适的来访者"意味着头脑健康的人，也就是说，在自然情况下或接受过药物治疗后不能检测出机能失常。在 RBT 或 RSC 中，术语 *PIT 怪物*一词是对于不论持有哪种个人信念的人来说都有以下毋庸置疑的三个特征：(1) 超出其所有者想要的，个人信念出乎意料地引起了它的信仰者们有了混乱消极的情感；(2) 在他们的情感困惑中，PIT 怪物信仰者将引起他们的消极情感归咎于他们相关的外部事件或人身上；(3) 然后，PIT 怪物信仰者要求他们所指控的外部事件或人要么停止，要么被阻止，这既不合逻辑也不适当，PIT 怪物信仰者自己的信念所引起的消极情感的根源就是他们自己的信念。

普遍常见但未知的 PIT 怪物

有几种类型的 PIT 怪物，但限于篇幅，我只讨论一种。然而它是"所有 PIT 怪物之母"；仅仅是由八个小小的、听起来很无辜的单词构成："它让我不安并且我控制不了。"意思是"我无法阻止我心烦意乱的感觉出现。"鉴于此，RBT 和 RSC 中的头两个步骤是(1) 帮助来访者最快地发现那个未知的 PIT 怪物，和(2) 帮助他们驯服或消灭该怪物。

PIT 怪物可以被看作是未知的心理情绪污染物。它们与一种你现在正在呼吸的未知但潜在有害的空气污染物类似。但是，除非你过敏，

---

* PIT 怪物是 RBT 和 RSC 中的一个心理情绪概念，由人类医学研究中关于正常人类行为的身心学习理论派生而来。P 代表所形容的人的代词，IT 怪物指的是让当事人心烦意乱的任何信念或外部事件。PIT 怪物真正含义指像怪物一样让你心烦意乱的任何信念或外部事件。

否则你不会注意到它们。然而，如果它们中任何一种的浓度足够大，它就会使你生病甚至害死你。

PIT 怪物通常是信仰的现代版本，在科学思想时代之前，曾由西方世界古老的绝对统治者们持有。在那时，与那些统治者们背道而驰地表达观点会导致死亡或严厉惩罚的后果。

另一方面，大自然母亲的科学定律中存在理想上健康的情绪自我管理，并且只要是健康人就常常被描述为有健康的情绪自我管理。然而不幸的是，直到大约 110 年前，随着自然的、神经心理生理学规律在医学上的有效性有了整体概述，与"它使我心烦意乱"相关的 PIT 怪物才出现。50 多年前，W. J. Grace 和 D. T. Graham（1952）以及 D. T. Graham、J. A. Stern 和 G. Winokur（1958）的医学研究揭示了以下证据：它（人的外部世界和事件）并不直接引起任何正常人的情绪；相反，正常人的情绪情感是由他们对外部世界和事件的态度及信念引发的。

正常人自己每一天都在以经验证明那个医学常识。怎么说？**很容易！**设想这些正常人所观察到的任何具体的日常生活事件：甲对此类事件持有积极的态度，乙对此类事件持有消极的态度，而丙对此类事件则是无所谓的态度。每个正常人对那个事件所抱有的情绪情感反应都仅仅由个体对此类事件的已有态度所致，而**不是**取决于该事件本身。事件本身仅仅是存在而已。

但还不止这些。下面的客观事件会进一步突出它——事件本身的无辜。假如前面提及的三个人被可靠的来源告知之前已经发生的事件是假的又会怎么样呢？如果他们已亲自观察到这样一个客观真实事件的话，那么那些正常人将仍对他们已得到的消息抱有相同的情绪情感。显然，因此，指责任何"他、她、他们或它"曾对你或其他任何人所做的任何情绪化的事永远都是过于幼稚和极为不公的。

面临着那些强有力的医学事实，下面这个事实似乎是个绝佳的讽刺：现今的内科医生是在大自然人类神经心理生理学规律下，受过最好的理想健康的情绪自我管理训练的医疗专业人员。然而，事实上教授给当今所有的医学、心理学学生和其他医疗工作从业者的关于"所有 PIT 怪物之源"的观点,仍是距今已有 2 000 年,在医学上已被证明是错误的亚里士多德理论的变种:愤怒由不应承受的景象引起,恐惧由危险的感知引起,羞耻由带来耻辱和不光彩的行为引起。"不应承受的景象""感知""行为所带来的"——所有这些短语**只**存在于观察者的信念中。然而它们基于的是一个很容易就能被证明是错误的但几乎仍被普遍相信的假设,即正常人的情绪情感直接由外部事件引起,也就是说,由他、她、他们或它引起的。

此时此刻,亚里士多德的 PIT 怪物情绪神话通常会问:如果"它使我心烦意乱",或刺激源是错误的,玛尔兹比博士,你要如何解释自亚里士多德以来那么多出色的人对此深信并对它做出了符合逻辑的回应呢?我最准确的反应是:这**很容易**解释。但是让如下的史实来说明则更为简单。

在公元前 343 年至公元前 324 年这近 20 年的时间中,古希腊学者亚里士多德(公元前 384—322)因为备受专横的亚历山大大帝的推崇而从未受过质疑。亚里士多德所在的希腊也因被西方世界尊为知识之源而享有盛名。所以,在亚历山大大帝的支持下,所有亚里士多德的正确或不正确的观点都被立即公然接受,犹如它们是神明的启示。记住,科学和科学思想在亚里士多德死后约 2 000 年才产生。数百年来,当普通人被强迫教授并且没有对这所谓无可辩驳的想法做出符合逻辑的回应时,那些观点就和地球是平的与太阳围绕地球旋转的观点一样被自然而然地接受。

当他提出如同许多在他之前或之后的人持有和宣称的"心,而不是大脑""是感觉和灵魂发动脉冲的中心"(Gillispie, 1970)这一仍受到普遍认可,但在医学上是无效和荒谬的信念时,亚里士多德正处于他知识影响力的顶峰。亚里士多德的宣告是以他个人对发育中的鸡胚胎心脏活动的观察为根据的。看起来,以下推论运用了他当时著名的三段论逻辑推理法:当受到外部刺激时,鸡胚胎中的心脏活动产生变化。当人们受到外部刺激时人体的心脏活动产生变化,并且他们获得了对该刺激的特殊情感体验。因此，外部刺激引起人们的情绪情感。

不过，我没有任何证据表明亚里士多德曾描述过那个三段论。但是我不知道亚里士多德说过任何在医学上能被证明有效的关于大脑的话。除了他当时著名的三段论逻辑体系之外，我不知道还有什么比他那仍然流行的情感宣言更可信的逻辑了。无论如何，亚里士多德关于愤怒、恐惧和羞耻的核心主张的证据已在医学上同样被充分证明为是错误的。只有神奇想法能替诸如"它"（外部世界事件和其他人）"让我不安"（也就是其他正常的人），"使我很恼火、高兴、悲伤等等，我控制不了"的信念辩护。

如同所有以科学为基础的认知行为治疗和心理咨询方法，RBT 和 RSC 都基于这些久经考验的医学事实：即如果人拥有一个健康的大脑。"它"，换言之，一个外部事件或与另一个人的非身体接触，"不会对任何正常人产生任何特殊的情感上的东西，"而是正常人带着他们对"它"的现有态度影响到了自己做的每一件感性的事情。

在 RBT 和 RSC 中，态度标记了由人们最强烈的个人信念表示的，在神经质上创造和存储的行为诱导信息。结合有效的神经心理生理的知识，帮助合适的来访者讯速地采取下面这两个理想的治疗行动就变得简单了。第一个是看清他们如何独自引起、保持和消除他们自己的情绪情感。第二个是帮助他们立刻发现那个事实。这可以让他们去迅速地学习如何去驯服甚至消灭他们的各种未知的亚里士多德学派的"它让我不安并且我控制不了"类型的 PIT 怪物版本。其次是我会对有这类问题的来访者给予方法上的帮助，我培训的 RBT 和 RSC 专业学员们也同样会用那些通用的方法来帮助他们的来访者。

在我第一次对有 PIT 怪物问题的来访者开展的正式心理辅导课程中，我给了他们一个关于在现实生活中的自我探索的健康人情绪怎样发挥作用的例子。我最喜欢的一个类似自我发现的例子是个夜贼的例子。我问来访者，"生动并真诚地想象你在凌晨 2 点因厨房中的一阵噪声醒来。你的第一念头是'天哪！我的厨房里有一个窃贼。'如果你同最普通的人一样，你将立即感到痛苦的恐惧。你还将立即开始做你所认为在此情况下最该做的事。但是,在你拨打911或拿起你的枪等行为之前,假设你的室友说,'那不是小偷,那只是风吹活动百叶窗发出的咯咯声响。在把肉烤焦了的味道放出去后我忘了关窗,'然后你的室友笑眯眯地继续道,'此外,你不记得了吗? 你亲手把我们所有的窗和门罩上了铁栅栏,它们那么紧密,没有先吵醒整个公寓大楼前,就算是一个婴儿窃贼也无法进入。所以回去睡觉吧,我会去关上那该死的窗户。'"

现在,如果你相信你的室友,在"火急火燎的时刻",你健康的大脑会去处理这些事实,你的恐惧会怎么样呢? 几乎我所有的来访者都知道并承认它会不复存在。而且,我也始终承认,这是看待这类事件的普遍方式。但在 RBT 中,我们想让来访者学到最佳方式,这意味着让他们去理解什么是理想健康的情感方式。所以让我们深入地看一看医学证明的理解正常人类情感的方法(Maultsy, 1984)。

已被医学证明的最健康的理解是:你的恐惧消失,只因为你已停止创造和维持它。这就是为什么归咎于无辜的噪声、或任何外部的"它"或人引起了你的情感体验都是错误的、不恰当的和不公平的。如果该噪声引起了你的恐惧,像是被打碎的玻璃会导致你脚痛,那么这本不能也不该会发生。当噪声延续时,你不可能平静下来。只因为你本来会相信你的室友,所以你会立马镇定下来并保持冷静,即使该噪声会继续直到有人关窗为止。当然,你也可能会有另一个自由意志:你可能会镇定地说,"不必再麻烦去关它了;把那种气味留在屋里来提醒我想起自己的愚蠢失败。我会用我的耳塞来忽略该噪声,现在回去睡觉。"

到这时,我典型的30~45分钟的会谈将接近尾声。所以,我告诉我的来访者,"会谈快结束了,我不想让你感官超负荷。我只是想要你记住这四个治疗中最重要最深刻的观点:(1)你,不是那噪声,而单单是你,会由你对此噪声的惧怕态度引起你的恐惧。(2)你的恐惧消失的唯一原因是因为你已改变了你对噪声的惧怕态度和信念。(3)与此同时,你将立即排除并证明所有的 PIT 怪物之源是虚假的。(4)幸运的是,所有正常的人类情感都以类似的方式工作。否则,除了损害你健康大脑的强力药物或神经外科外，没有人能帮助你。"

现在作为读者的你们，可能已经猜到了，除了仅仅识别"所有 PIT 怪物之源"，还有更多能快速帮助来访者去解决他们的情感问题的方法。并且，我告诫来访者："期望尽快忘掉绝大多数我刚刚告诉你们的医学细节，将会是此阶段你的情感再教育很正常的反应。"诚然，那些行之有效的医学事实很容易论证，而且正常人从出生至死亡都受到它们的控制。但那些事实和长久保存在记忆中的个人信念有冲突。这样的个人信念不会因你听到过与之相反的事实，就立刻失去往日情感的力量。这样的新事实常常不容易准确地回忆起来，除非你至少三次客观地再想起它们。另外，在你第三次客观地再想它们之前，我还描述了其他两个医学事实。

"健康的人类大脑并不在意事实；从遗传学角度，被编入健康大脑的程序只创造对人们当时所聚焦的事实最强烈的现存信念的最合逻辑的情绪反应。第二个医学事实是：被编入健康的人类大脑的程序首先使所有与现存的个体信念相冲突的事实被感觉是错的。所以，我可以肯定你现在对我所说的一些内容会感到有点不正确。那是十分正常的反应。不可能会是其他反应，除非在此之前，按照我刚描述过的事实，你早已知道并已控制好你的情绪。如果并非如此，你现在的一些错误感觉实质上是可以避免的，但那只是在一开始是正确的。在充分地实践思考并将我所描述的医学事实正确地付诸行动后，我希望任何你现在可能有的'错觉'都将开始'感觉正确'。"

那些最初无法避免的"错误的感觉"的 RBT 名称是认知—情绪失调（CED）。几乎大家都能理解的 CED 例子就是当美国人在英格兰开车时他们所产生的错觉。正确的英式驾驶与正确的美式驾驶位置相反。所以，即便这些美国人理智上知道在英格兰正确的驾驶方式是在左边的道路上，但对他们而言最初在正确的道路上开车感觉是完全错误的。只有在足够的练习之后才做到了正确的英式驾驶，或对任何与现存信念相冲突的新认知开始感觉正确。治疗的情绪再教育（指所有任何有效的谈话治疗或心理咨询）与对第一次学习英式驾驶的美国人进行的驾驶再教育类似。

将这些客观事实记住后再进入治疗第二步明显是最快的：让治疗师或咨询师去快速地帮助来访者在他们的新治疗学习中调整他们的CED。用这种方法协助来访者给了我阐明这个重要事实的机会。我告诉他们："除非你将你自己第三次真诚地暴露在相关的治疗事实下，否则不会真正开始治疗学习，而你最初会感觉到的那些事实是错误的。那是因为正常人在仅仅一或两次暴露或试验中大约能学习做好的唯一一件事情是天真地制造个人问题。"

正如我在你们的首次会谈中说明过的，我会常规性地给我开头几次的治疗会谈录音。那是因为它们包含着绝大多数来访者没有发现或已经忘记了的许多至关重要的、自然的，进而是经验主义的情感事实和见解，来访者需要每天都应用它们。但是，认知—情绪失调轻易就能阻止来访者记住绝大多数我对这些至关重要的情感事实和见解的初次描述。为预防这种有限的记忆和因此导致进展缓慢，最初的治疗进展中，我给我的来访者布置在家中独自倾听的治疗家庭作业：在他们的下一次会谈前，听每个录音会谈的磁带至少三次。因此我将把这次会谈的磁带借给你们，并且给你们布置作业，在下一次和我的会谈前至少将它听三遍。

"当你在听磁带时，请做笔记记下任何你不明白的，即你不相信的尤其是任何对你来说感觉不正确的表述。讲述你的笔记将是在下一次面谈中我们首先要讨论的东西。并且，请记住这盒磁带是你的治疗会谈，不要给其他人听。而且请确保在你的下一次会谈中把它还给我，它是你的治疗记录中非常重要的一个部分。"

附言

这篇小论文无法准确地给你们一个典型的 RBT 或 RSC 面谈中放松、自然舒适氛围的逼真感觉。同样，下面这两条重要的经验也不可避免地没有提到：（1）我和我许多的培训生更喜欢的一个让人放心的准确观点，是治疗师和来访者在相互交流中会引发苏格拉底式的思考；和

(2) 让你有"听到"典型的来访者对 RBT 和 RSC 中心理情绪上有益的交互性反应。不过，在我列出的书籍中，感兴趣的读者会发现许多详细的案例，清晰地揭示了上面这两个不可避免的遗漏。

参 考 文 献

Gillispie, C. C. (Ed.). (1970). *Dictionary of scientific biographies* (Vol. 11, pp. 249, 262). New York: Scribner & Son.

Grace, W. J., & Graham, D. T. (1952). Relationship of specific attitudes and emotions to certain bodily diseases. *Psychosomatic Medicine*, 14, 243-251.

Graham, D. T., Stern, J. A., & Winokur, G. (1958). Experimental investigation of the specificity of attitude hypothesis in psychosomatic disease. *Psychosomatic Medicine*, 20, 446-457.

Maultsby, M. C. (1984). *Rational behavior therapy*. Englewood Cliffs, NJ: Prentice Hall.

偷听以加强社交技巧

治疗师：克里夫顿·米歇尔(Clifton Mitchell)，哲学博士

服务机构：东田纳西州立大学咨询系教授；职业心理健康中心培训师；田纳西州注册心理学家，在心灵管理研讨会中专攻管理对抗疗法技术的教学及法律和伦理问题的培训

主要著作：

Mitchell, C. W. (2007). *Effective techniques for dealing with highly resistant clients* (2nd ed.). Johnson City, TN: Author.

技术适用对象：成人和青少年

注意事项：这项技术适用于对他人或自己的社交技能有不恰当观

念但身体健康状况正常的个人。我会谨慎地将其建议给行为举止和技能不是如此的来访者,那么他们可以偷听并且在社交方面保持恰当。

许多来访者来治疗是因为他们在一些领域中的发展延误。最常见的发展迟滞领域之一就是社交技能。社交技能的缺乏常常是来访者的中心问题,因而成了在克服困难和在生活中前进的一个关键因素。

有时候社交技能之所以缺乏是因为来访者在生活中没有合适的榜样。有时候是没有练习良好社交技能的机会,有时候是由于对失败感到一种恐惧而避免社交。你也会发现,不同的社会情况所造成的不同程度的创伤抑制了社交发展。此外,其他创伤可能在发生时留给来访者太大的内部毁坏,以至于在某些社交场合避免社交活动,也因此导致学习社交技能方式的迟滞。

不管原因如何,来访者对于构建合适、健康的社交技巧的观点往往是不切实际的。很多次我的来访者对于他们的社交技能是何等贫乏有言过其实的观点,而且往往伴随着别人的社交技能比他们的优秀得多的夸张观点。从心理学的角度而言,是来访者自己造成了社交技能的认知扭曲。这些扭曲燃起了恐惧,经常遇到如来访者试图"赶上"他们的同伴的情况。治疗师的任务之一是找出消除这些认知扭曲的方法,重塑合适的关于社交技巧的现实观点。这一过程中,有一些典型的社会行为模型也是很好的,从而在来访者的头脑中建立起一个对现实的理解。我偶然发现偷听作业恰好能努力做到这点。

当遇到苦苦挣扎于社交技巧问题的来访者时,我常常建议他们不要尝试去立马改变他们的社交技巧。相反,我布置给他们在一周期间去有意偷听他人谈话的任务,并在下次会谈向我报告他们的发现。我们常常讨论在何时及何种情况下这事可以完成和谨慎的必要。有时候他们只是坐着并听别人说,而有时候他们被指示去和他们知道的其他人站在一起并敏锐地观察谈话。作业可能是"敏锐观察""详细观察""专心观察"或取决于来访者的个性来制定,"科学观察"是该作业至关重要的部分。他们是有意识地故意偷听并在下次会谈的时候向我报告。对于他们能在观察中发现什么我并没有任何建议,但我希望他们能从中有所学习。

我曾经让一个大学生做了这个作业,他加入了联谊会试图去提高社交技巧,尤其是和女性交往。他被他与女性谈话时感到的技巧缺乏所震惊。他对与异性交谈的能力的感知几乎使他失去勇气,而且他对参加即将到来的社交活动怀有极度恐惧。并且,他坚信联谊会的兄弟们在与女性交谈上比他更娴熟和机灵。因此,他的作业是花费整个星期偷听他联谊会兄弟们的谈话。在回来报告时,他被联谊会兄弟们的会话有多么地平凡和幼稚所震惊了。我仍旧能听到他向我强调,"他们什么都没说!他们只是说了一堆垃圾!"毋庸置疑,他极大地转变了看法,而且他进一步去做自己的交谈。所以,在没有治疗去做任何反驳来访者的内在逻辑前,来访者已经以一个基于经验的方式驳倒了认知扭曲。

如果来访者报告说他或她体验了其他人所具有的优越社交技巧,那么该实践将会简单地被作为一个极好的去开始学习他或她的全部技能中不足之处的方法。首先要着手对观察到的信息做一个详细检查。在探索这些信息的过程中,首先需要做一个开发哪种沟通技巧的评估,并记录可以被模仿的榜样。然后可以让来访者在会谈外运用所学。你会发现向他人学习更多技巧是有必要的。在这种情形下,可以特别注重学习重复练习面部表情、赞美的使用、身体语言、社交暗示、开场白等。当然,其他技术,比如角色扮演,可以接着融合到面询会谈中。

这个作业有很多好处。第一,正如认知理论家会解释的那样,它以经验为主地验证或否定观念。以经验为主来验证观念的作业是认知疗法方法的一个至关重要的部分。这样的任务回答了问题"这是真的吗?"第二,不管结果如何,该作业总是能转变观念。当前模式的瓦解在促进改变上总是有益的。第三,该作业利用了现实世界中现成的范式。这与在治疗师办公室中可能于来访者而言不真实的角色扮演不同。最后,且不论收集到的信息,该作业提供了许多能在谈话治疗中谈论和构建的东西。该作业之美在于在布置它时,头脑中并没有任何特殊目的;因此,无论从来访者的观察中浮现出什么,均可被用作治疗工具。由于治疗师可以以任何方式设计被认为有帮助的开放式结局,这项作业有很高的成功率。

生命的印记

治疗师：罗伯特·A. 奈梅尔(Robert A. Neimeyer),哲学博士
服务机构：孟菲斯大学心理学系教授
主要著作：

> Neimeyer, R. A. (Ed.). (2001). *Meaning reconstruction and the experience of loss*. Washington, DC: American Psychological Association.
> Neimeyer, R. A. (2002). *Lessons of loss: A guide to coping*. Memphis, TN: Center for the Study of Loss and Transition.
> Neimeyer, R. A. (2009). *Construcctivist psychotherapy*. New York: Routledge.

著有22本书籍和超过300篇书籍章节及期刊论文;见 http://web.mac.com/neimeyer

技术适用对象：正在处理一段丧失或过渡经验的青少年和成人,特别是丧亲

注意事项：当来访者们失去了一个自己对其有负面的或矛盾看法的人物,比如一个虐待或疏忽自己的父亲或母亲时,应该要特别注意;在这种情况下,应该花更多的时间来处理生命的印记所造成的矛盾感情。

从某种意义上说,我们都是"拼凑的人格",这反映在我们无意识吸收了许多他人的特征与价值观的零星碎片并将其融入自己的认同感中。这种"继承"超越基因,我们不仅能被父母有力或微妙地影响,也可以被我们所爱过和失去的导师们、朋友们、兄弟姐妹们,甚至是孩子们所塑造。这些生命的印记不总是积极的;偶尔,我们可以将我们的自我批评、不信任、害怕及情感距离追溯至那些曾经对我们有影响力,现在

却只存于内心的关系。在丧亲治疗中,无论是个人的还是团体背景下,我常常对 Vickio(1999)的*生命印记*概念加以创新并将其扩展至治疗任务当中,可以在团体治疗或工作坊环境中作为家庭作业去练习。这涉及鼓励来访者们去回想他们曾爱过和失去的某个人,并可以用以下任何级别去私下追溯他或她在自己生命中的印记,写下关于每个印记的一个短语、句子或(在家庭作业中应用则可花更多的时间)段落。然后,由来访者酌量,我邀请他们在小组合作的环境下讨论他们与一至两位搭档的观察,或在个人治疗中环境中和我一起讨论。反思的基本框架如下:

> 我所想追踪印记的人是_____
> 这个人对我有以下影响:
>   我的怪癖或手势:
>   我说话和交流的方式:
>   我的工作和娱乐活动:
>   我对我自己和他人的感情:
>   我的基本个性:
>   我的价值观和信仰:
> 我最想要确认和发展的印记是:
> 我最想要放弃或改变的印记是:

我将后两项提示包括在需要识别的印记中,是因为生命印记有时候是矛盾的,所以即使是一个所爱的人(例如:一位非常称职的母亲)也可能会有一些来访者宁可在自己的生命中舍弃的一些特性(如牺牲的倾向)。比如,在极端矛盾关系的情况下,有一个爱挑剔爱拒绝他人的父亲,来访者可能会从中发现一种"负面的印记",它通过模仿"不要成为什么样的"强烈地塑造了他或她的生活。但是,就像一张照相底片一样,这样的印记对来访者之后自我建构一个与之相反的个性模式是没有影响力和重要性的。

通常来访者们会发现这是个非常值得肯定的练习,该练习加强了他们与已故亲人的持续的情感联系,同时也传达出这个人在很大意义上一直活在自己的生命中。此外,在随后的分享阶段,尤其是在小组活动环境中,当来访者们对他人讲述所爱的人的生活往事和对自己有影响的故事时,通常会引起肯定和快乐的感觉。不管怎样,即使揭示的印记是负面的,这一方法也通常能以一种治疗仪式的形式将讨论聚焦于需要做什么来放下这种负面印记。

基本的生命印记的变化包括在反思写作作业之后让来访者将他或她的心情用一两个词语或短语记下来,然后再一次和大家分享。这通常能带来由悲伤的感觉到庆祝的一种转变,虽然许多的个体变化是可能的,但我们还是建议对不同的人进行深入的记录或引导,这会对来访者的治疗更加有效。同样地,我已发现当来访者主动去遗忘所爱的人衰弱的疾病,它能有效地将注意力从全神贯注地应对疾病,转移至欣赏生病或濒死的人的毕生遗愿上,所以生命的印记是一剂良药。最后,一些来访者通过用一种类似"访谈"结构的方法来让自己获得进一步的改变,它记录了来访者和已故者相知相交的印记,这大大地扩展和验证了已故的人对世界的影响。在绝大多数情况下,纪念失去的人的生活和遗产似乎会减轻悲伤,并帮助来访者聚焦于继续连接他们的生命与之前那些已经离开了的人的生活的目的和活动。

参 考 文 献

Vickio, C. (1999). Together in spirit: Keeping our relationships alive when loved ones die. *Death Studies*, 23, 161-175.

最喜欢的咨询分配任务:基础知识

治疗师:理查德·C. 尼尔森(Richard C. Nelson),哲学博士

服务机构：印第安纳州拉斐特普渡大学咨询与发展系名誉退休教授

主要著作：

> Nelson, R. C. (1990). *Choice awareness: A systematic, eclectic counseling theory*. Minneapolis, MN: Educational Media Corporation.
> Nelson, R. C. (1992). *On the CREST: Growing through effective choices*. Minneapolis, MN: Educational Media Corporation.
> Nelson, R. C., Dandeneau, C. J., & Schrader, M. K. (1994). *Working with adolescents: Building effective communication and choice-making skills*. Minneapolis, MN: Educational Media Corporation.

技术适用对象：所有来访者们，尤其是学生
注意事项：无

在我作为学校辅导员的工作中，我常常提出这一点，即两次心理咨询会谈之间的时间有巨大的潜力却经常被忽视或浪费。我坚信，任何一名心理咨询师都期望在再次见到一名来访者的时候，他或她应该给出一种分配任务，我更喜欢这样说，因为许多学龄来访者们对*家庭作业*持一种消极态度。事实上，下面这两点往往同样适用于任何年龄和有任何类型忧虑的来访者们：需要鼓励所有来访者在会谈与会谈之间都能有持续的成长，而且许多人可能对文字型家庭作业没有太大反应，但是可能会非常愿意接受他们认为比较相关的*分配任务*。

任何家庭作业或分配任务都要符合情况，而且许多合适的任务既是内在的，也是符合情境的。举个例子，来访者们可以做观察，那可能会让他们深刻理解他们的情况，怀着改变一段关系的方向，或开始一种不同行为模式的希望，每天赞美妈妈或爸爸或另一个关键的人。选择意识理论(Nelson，1990)提出所有年龄段的来访者们在不断地做出选择，而且他们能通过分配任务实现更加积极的选择模式，为自己创建一个更积极的环境。

这里是四个与此相关的分配任务的案例。

数到 10 并观察

保罗，一个初中生，被学校警告如果他再一次打架的话就会被开除。而且如果真被开除的话，他父母将对他严惩，所以他真的感到害怕，因此同意接受两个基本的分配任务。首先，只要觉得要打架时，他就要数到 10；第二，他要用笔记去记下这感觉出现在哪一天的什么时间，发生了什么以及谁在场。到保罗下一次来咨询会谈的时候，他意识到他的好朋友之一，杰里，一个小得多的同学，出现在每一次他试图去打架的场景中。他注意到杰里倾向于操纵局面，所以保罗总是保护他。基于他的观察，保罗告诉杰里他再也不打算为他而打架了。

把记录作为观察

丹尼斯，11 岁，向她的咨询师抱怨，"我一直在哭。"她被要求计算哭的次数，记下当时发生了什么以及谁在场。（Nelson，1990，pp.313-316）。她下一次来面谈时满面笑容。与她的预期相反，她在这期间只哭了六次，而不是"一直"，而且在一些讨论之后她认识到有三次是为了值得的事情而哭的。

称赞

鲁迪告诉他的咨询师，他的妈妈总是"限制我一些事或者说任何事"。他对该建议的价值半信半疑，但他接受了直到再次与咨询师见面之前，在该周中每天都发现一件来赞美他妈妈的事或行动的分配任务。他知道他有机会去称赞她妈妈的厨艺，所以他这样去做了，而且他决定在妈妈为他洗烫衣服方面说一些积极的话。鲁迪认识到他的赞美使他的母亲微笑，尽管当他开始称赞她时母亲分外惊疑。在第二天，他妈妈问他，"为什么你要讨好我，我要到什么时候才知道你是想要什么还是你做错了什么？"在那时鲁迪认识到他说的正面的话有多么少，从那时起他开始主动改变他的方式。

发起

劳拉，一个初中生，曾和她的爸爸有非常积极的关系，但当爸爸开始指责她与同龄男孩们的交往时（Nelson，1990，pp.142-143），关系被严重摧毁了。她拒绝了各种各样的可行建议，但是她同意先接近她的爸爸，并在每天中午至少一次发起交流，直到下一次咨询会谈时。她的努力收效甚佳，为此她感到十分开心。

第一天她通过建议和她的爸爸玩一局棋牌游戏而发起联系，这是他们之前一起玩得很愉快的活动；她的爸爸同意了，他们玩了好几局，而且他批评了她的许多移动，但是她很高兴关于男孩的话题并没有进入到对话中。第二天，她知道她爸爸正在楼上为一个教会会议穿戴，所以她等了爸爸一会儿并通过告诉他他看起来很棒发起了对话；这一次，她的发起又将对话指向了积极的方向。基于这些良好的结果，在第三天她做了她告诉过我她将"决不、决不、决不、决不、决不"会去做的事。她说，"爸爸，我们过去的关系真的非常好，但我们最近相处得不太愉快。我们需要聊聊。"谈话带来了拥抱和泪水，尽管没有带来持久的奇迹，但劳拉学到了真正强有力的一课，如果等待她爸爸首先开口，结果常常是消极的，但是如果她先主动发起对话，她至少能控制互动的第一个方向。

选择意识的观点

选择意识理论（Nelson，1990）提出，需教授所有年龄的来访者在他们的生活中作出积极的选择，并在他们每一天与其他人每一分每一秒的相互交流中，执行更多的积极选择。精挑细选的、相关的、基础的分配任务或家庭作业可能只需要每天花一些时间，可以作为所有年龄来访者的模型选择。通过积极的语言和行为，在其他方面常常感到无力的人能减慢关系不断降温的进程，而且，随着持续的努力，能转向一个更积极的方向。

参考文献

Nelson, R. C. (1990). *Choice awareness: A systematic, eclectic counseling theory*. Minneapolis, MN: Educational Media Corporation.

多样化的家庭作业是生活的调味品：一个选择家庭作业的发展和诊断方法

治疗师：爱德华·C. 纽克鲁格(Edward Neukrug)，教育学博士

服务机构：美国教育指导和咨询部门主席；美国弗吉尼亚州诺福克市欧道明大学心理咨询与公共事业系教授；弗吉尼亚州诺福克市职业心理咨询师、心理学家

主要著作：

> Neukrug, E. S. (2002). *The world of the counselor: An introduction to the counseling profession*. Pacific Grove, CA: Brooks/Cole.
> Neukrug, E. S. (2007). *Theory, practice and trends in human services: An overview of an emerging profession*. Pacific Grove, CA: Brooks/Cole.

纽克鲁格博士是结构式发展，以及其与助人行业教育的关系的研究员，著有几十篇论文和其他出版物。

技术适用对象：所有年龄的来访者们

注意事项：在应用这些原则时，咨询师应该在临床上酌情决定。

当被要求为此书提供一个最受欢迎的家庭作业时，我陷入了困境。我想了又想也无法把注意力集中于某个我会一贯使用的家庭作业任务。然后我很快认识到不断地使用同一个家庭作业是多么愚蠢啊。每

个来访者难道不是独一无二的吗？我对每个来访者打交道的方式难道不是特别适合于那个来访者的吗？我很快明白多年来我所布置的作业任务总是因来访者的需求而量身定制的。然而，在深思熟虑后，我也明白对于这疯狂是有一些规律的，为了发展我的家庭作业，我考虑了许多事情。让我描述下这些要点。

1. *发展一个安全的关系*。家庭作业必须挑战来访者们去改变。然而，如果来访者一直乐意在一个好的家庭作业任务中承担下列事物中所含的风险，它必须得在被提出时有一个支持性关系。要怎样建立一个支持性关系呢？我一般通过共情和理解来做到。但它可以通过很多方式来完成，取决于你自己的风格。你或许会是来访者的"朋友们"，就像格拉瑟（Glasser）试着做的那样；你或许会"加入"来访者或家庭，就像米纽庆（Minuchin）喜欢做的那样；或者你或许会试图通过讲故事作为与来访者的纽带，就像一些建构主义者会做的一样。无论你的方式是什么，如果想要让你的家庭作业起效，你必须建立一个安全的关系。

2. *评估来访者的发展水平*。在开发家庭作业时，咨询师能意识到来访者的发展水平是至关重要的。一般来说，值得注意的是这样的模式所呈现的发展阶段是有秩序的、连续的、痛苦但延续的，贯穿于一个人的一生，并是我们的存在中的一个自然和潜在的积极部分。今天，有许多种类的发展理论，它们都对我们完成家庭作业有用。例如，我们能检测一个来访者的认知发展、信仰发展、职业发展、生命周期发展和人际关系发展，这里只列举一部分。能将来访者的发展水平和家庭作业匹配起来对于成功地达到治疗目标是至关重要的。

3. *实施临床评估*。当和来访者共事时，临床医生做出一个准确的临床评估是很重要的。越来越多的证据如文献报道表明，某一诊断类别的来访者们对特定的技术反响最好。举个例子，有证据表明认知行为的方法对恐怖症最为有效，反之对于在爱的人过世后经历了一段时间丧亲之痛的个体来说，有一个感同身受的、善解人意的咨询师是最好的。因为在某种程度上,家庭作业基于呈现的问题和来访者的诊断分类结果,所以做一个准确的临床评估是至关重要的。

4. *引入多样化*。如果想要展示给来访者一袋"锦囊",临床医生必须对许多不同的方法有广泛了解。只知道几个可能的家庭作业限制了咨询师去准确地匹配家庭作业与诊断出来的来访者的发展水平的能力。

5. *发挥创造力*。一个好的咨询师能使布置家庭作业的方法多样化,并基于他或她不同的理论知识和对来访者的了解创造出新的家庭作业。

6. *信守承诺*。就咨询师而言,在布置任何非常有价值的家庭作业时必须负责,并且至少要从来访者那里获得肯定。尽管一些来访者可能会对一份特殊的家庭作业的价值产生争议,但这或许是因为该作业正中要害;也就是说,它恰到好处地挑战了来访者,所以来访者对在之后使用它有点谨慎和焦虑。

7. *提供后续行动*。一份好的家庭作业会挑战来访者,因此可以预料到很多来访者会有一些抵抗。平稳地挑战你的来访者去接着完成家庭作业是很重要的,特别是那些看上去切中了要害的作业。

8. *记住谦卑*。分清抵抗是针对一份好的(也就是引起挑战性兴趣的)家庭作业、一份选择不当的家庭作业,还是时机错误的家庭作业(例如,在治疗中布置得太早了)的反应是很重要的。在后一种情况下,咨询师必须愿意承认他或她的失败,并通过要么推翻原来的作业,提出新的家庭作业,要么完全放弃该想法来继续前进。

让我来举个如何将前面的步骤用于一位来访者的例子:吉莉安,一位40岁的女性,与她的现任伴侣生活了4年,呈现出轻到中度抑郁。她把这抑郁和她最近升职失败的事实及形容在这一失败的感情关系中她的伴侣对她的恶语中伤联系起来。她说自己一个两年前就不喝酒了,现在正在从酗酒中康复,并说她现在定期参与匿名戒酒互助会。她报告说在过去的关系中有身体虐待的历史,但否认目前有身体虐待。她是一家大型计算机公司的一个非常成功的执行官,并展示出坚定的自信和对自己的生活的掌控。她表述流畅而且她的情绪看起来是恰当的。

现在，使用前面提到的步骤，这是我和吉莉安如何继续进行的过程：

1. *发展一段安全的关系*。使用同理心并花费几次会谈来探索更深度的关系后，我很快认识到吉莉安的过去比她最初表现出来的要复杂得多。她的原生家庭是混乱的，而且她的父亲口头谩骂她的母亲。在她家里喝醉酒是家常便饭。她最初的自信是她在工作中所表现出来的，但在此表象背后，有一个懦弱的、害羞的、自我怀疑的她。她也表现出了对未来的恐惧和怀疑。

2. *评估来访者的发展水平*。通过若干发展计划，我发现吉莉安有一个简单的抽象思维方式（皮亚杰的形式运算阶段；Piaget，1954），基于别人来看待自己的身份（基根的人际关系阶段；Kegan，1982），她大多数的成年生活都在与亲密关系问题作斗争（Erikson，1963，1968，1998），而且不确定她是否想要就她现在的工作做些转变（休珀的确立阶段；Super，1957，1976，1996）。

3. *实施临床评估*。虽然我对吉莉安的初步评估结果是诊断为中度抑郁的适应反应，但在与来访者培养了更深的关系后，我现在将其评估为情绪障碍及得到完全缓解的酒精滥用。

4. *引入多样化*。基于我对吉莉安的评估，现在可以检查很多家庭作业。这些差异非常大，但应该集中于我对她的发展及临床评估上。因此，我可能会开发对吉莉安所依赖的问题、她的自卑感、她在世界上孤立的感觉、她的酒精成瘾以及她目前在职业道路上停滞不前的理解有关的作业。在这个案例中，会考虑将药物的使用作为辅助治疗，并且适当的情况下会转诊至一个精神科医生（这可以被认为是给吉莉安的另一个家庭作业）。

5. *发挥创造力*。因为吉莉安对后形式思维感觉很舒适，我给她的作业类型只受到我缺乏创意的限制。

6. *信守承诺*。通过和吉莉安的工作，我向她展示，而事实上甚至会告诉她,我承诺帮她解决问题。我"站在她的一边"并乐意去通过作业和她一起找到创造性的工作方式。

7. *提供后续行动*。当吉莉安没有跟进一些我认为是"切中要害"的家庭作业时,我会挑战她并温和地向她不停地催促去"再试一试"。

8. *记住谦卑*。虽然我会督促吉莉安去跟进一些家庭作业,但当一个家庭作业不合适或明显不切中目标时我也愿意承认。我愿意说,"我们放弃这个想法再试试别的吧。"

总结

给来访者使用基于发展和临床评估模型的有针对性的家庭作业,能大大地帮助来访者达到他们的治疗目标。这样的家庭作业在布置时需要有基础的支持,应该及时地、温和地促使来访者们走向对自身的新认识,应该被谦虚地布置(知道它们或许需要被改变或返工),并且咨询师应该在帮助来访者实现他或她的目标上提供一个创造性的渠道。

参考文献

Erikson, E. H. (1963). *Childhood and society* (2nd ed.). New York: Norton.
Erikson, E. H. (1968). *Identity: Youth and crisis*. New York: Norton.
Erikson, E. H. (with Erikson, J. M.). (1998). *The life cycle completed*. New York: Norton.
Kegan, R. (1982). *The evolving self*. Cambridge, MA: Harvard University Press.
Piaget, J. (1954). *The construction of reality in the child*. New York: Basic Books.
Super, D. E. (1957). *The psychology of careers*. New York: Harper & Row.
Super, D. E. (1976). *Career education and the meaning of work*. Washington, DC: Office of Career Education.
Super, D. E. (1996). Career and life development. In D. Brown, L. Brooks, & Asoociates (Eds.), *Career choice and development* (3rd ed.). San Francisco: Jossey-Bass.

创造一个新的家庭戏剧

治疗师：弗雷德·纽曼（Fred Newman），哲学博士

服务机构：伊斯特萨德社交治疗中心培训主管；纽约卡斯蒂约剧院艺术总监

主要著作：

> Newman, F., & Holzman, L. (1993). *Lev Vygotsky: Revolutionary scientist*. London: Routledge.
> Newman, F., & Holzman, L. (1997). *The end of knowing: A new developmental way of learning*. London: Routledge.
> Newman, F., & Holzman, L. (2006). *Unscientific psychology: A cultural-performatory approach to understanding human life*. Bloomington, IN: iUniverse.

纽曼博士著有几本其他书籍和几十篇期刊论文。

技术适用对象：典型和非典型的家庭（包括双亲、成年子女和兄弟姊妹，他们可能并不住在同一屋檐下；共享他们孩子抚养权的前配偶；未婚夫妇；同性伴侣）

注意事项：社会疗法是一种对人类发展做文化演出的方法，对于儿童、青少年和成年人来说，不管他们呈现怎样的难题，有怎样的社会的、情绪的、认知的或所有这些能力，或任何前期诊断（包括成瘾和精神错乱）的类型和严重程度如何，它都是很有效的。虽然后面的讨论涉及的是一个有被诊断为厌食症的十几岁女儿的家庭，但"创造一个新的家庭戏剧"展现了它自身对在各种情况下各种家庭的有效性。

与许多家庭相似，诺曼和玛丽琳·皮特里及他们的十几岁的女儿南希处在非常痛苦和沮丧的处境，尽管他们彼此相爱和关心，但他们正在相互疏远。当他们来找我时，他们看起来像是一部糟糕话剧中的演

员,被强迫去扮演他们熟悉得不能再熟悉的角色——"带有负罪感的母亲""愤怒的父亲""问题儿童"。他们陷入那些角色中,包括相同的思路、手势、情绪、设想(关于对与错、真相与谎言、现实与"想象",诸如此类),改变他们对彼此作出的反应几乎是不可能的。

在我的指导下,他们创建了一个使他们能超越他们受限的和限定角色的新家庭戏剧。换句话说,他们表演了跳出他们所在的情绪箱子的方式(由原来剧本定义的),从而开启了以不同眼光看待他们自身及彼此的可能性。

当皮特里家第一次来我这儿时,是在艰难的一年之后,那一年里,16岁的南希日益一心想着她的体重,几乎停止了吃东西并将她的大部分时间花在参加体育锻炼上,那使她明显精疲力竭。几个月之前,在学校发生几次昏厥后,南希入院就医了两周。皮特里家的家庭医生诊断是厌食症,并对她警告:她正在不可挽回地伤害她的身体,并会危及她的生命。在他的推荐下,诺曼和玛丽琳·皮特里来找到我。

自从南希住院,根据皮特里夫人所说,他们的家庭生活恶化为一场"内战",每到进餐时间双方就有一场紧张的对峙:她和她的丈夫尝试了除身体强迫外的每件事来让他们的女儿去吃点东西以对抗南希的"只是不饿而已",她要求他们让她一个人待着。被他们女儿的行为搞得不知所措和担惊受怕的皮特里夫妇,也担心所有这一切对他们两个更小的孩子们,一对11岁的双胞胎所产生的影响。

到目前为止,南希显然是因在父母的坚持下而来陪他们会谈,没有说一个字。我问她对目前的发展有什么感受,她回答说:"我爸爸和妈妈两个人过去常常吵架,而现在他们演得好像他们有的唯一的问题就是我一样。其实,事实并非如此。我爱我的父母,但我希望他们能管好自己的事情。"

"如果你正在挨饿而死,该死的,那就是我们的事!"皮特里先生打断道,怒视着他的女儿。

"我们不想你毁掉你的健康,"皮特里夫人告诉南希。"我们不想你死。"然后,她转向我,泪汪汪地说:"我感觉很糟糕,纽曼博士。这就好像是我们住在不同的星球上,我们说着她甚至无法听到——更不用说理解的一种语言。我们要如何和她沟通?我们要做什么?"

我建议他们能创造一个新的家庭戏剧,并简要地和他们谈了谈关于我所理解的表现和发展之间的关系。

并不奇怪,皮特里一家最初持怀疑态度。"当我是我自己时我怎么能成为别人呢?"皮特里先生想要知道。他的妻子也点了点头。"在我们有这样可怕的现实生活问题时,玩一个假扮的游戏有什么好处呢?"她问我。"这听上去太假了——假装一切都很好但并非那样。这就像当你不想谈论某事时转移话题一样。"

我指出就他们已学到,或已习得的而非天生的意义上来说,他们目前所正在扮演的角色并不是非常"自然"。在我看来,"愤怒的父亲"也不必然是*真实*的诺曼·皮特里,"带有负罪感的母亲"也未必是*真实*的玛丽琳·皮特里或"问题儿童"是*真实*的南希。我说,皮特里一家所处的家庭戏剧和任何他们可能会一起创造的新家庭戏剧之间的重要区别在于,在表演/创造它的时候,他们会有机会去参与*选择*谁,以及怎样成为他们想要变成的样子的发展活动。

南希更容易接受表演这个想法:"这听起来挺不可思议的,"她赞许地说。"我会想方设法来改变话题。如果这意味着我们最终能结束这些可怕的、无聊的对话——'吃,吃,吃……你太瘦了,你太瘦了,你太瘦了'——那么,好吧。我们应该做什么样的戏剧?"

我说我不知道。表演最让人着迷之处就在于人们表演了*什么*并不是多重要的——一班马戏剧团的小丑们;他们的隔壁邻居;来自不同国家或不同世纪的宇航员们,在火星上碰巧遇到彼此;在一个化妆舞会上的客人们。他们所表演的*那些*表明了他们,他们并不是注定(占星术、生物学、心理学或任何其他方式)会是怎样;倒不如说,他们能作出(不是简单意义上的选择,而是通过创造)选择他们不想是谁。换言之,他们能选择成长、改变、发展。

在会谈结束时,皮特里一家都同意了,虽然或多或少有点矛盾,但他们会尝试去做这个家庭作业。

当之后的一周他们三个回来找我时,我得知在回家的路上他们已经决定好无论何时他们在一起,皮特里夫人和南希都将是维纳斯和塞雷娜·威廉姆斯(当时两位最崭露头角的网球超级巨星),皮特里先生则将会是他们的父亲/教练,理查德·威廉姆斯。两个年幼的皮特里家的孩子很高兴地被"分配扮演"为威廉姆斯姐妹们的助理教练。

这是一些从皮特里一家对他们的家庭戏剧"运行"一周后的回顾中的摘录。

皮特里夫人: 我感到很宽慰,我们能在和彼此说话时不用吵架。

南希: 我爸爸在年轻的时候常常打网球,而且他非常重视他作为威廉姆斯先生的角色。他不断地告诉我们我们有多好,我们是最棒的。并且同时他也很严厉,就像一个真正的教练一样。我的妈妈和我在扮演姐妹中玩得很开心。这很酷。

皮特里先生: 起先这感觉非常愚蠢,但是接着我有点钻进去了。我每天早晨都阅读体育版面看看威廉姆斯姐妹是如何做的以及理查德·威廉姆斯对此说了些什么。然后我试着采取相应行动。我不得不承认当我不像曾经的自己一样和我的妻子和女儿讲话时,我开始看到有些东西变得稍有不同了。那使我感到很惊讶。

六个月之后,南希正常地进餐和锻炼(她定期打网球),而且她也不再体重过轻了;她的厌食症的问题已经消失了。而皮特里夫妇,认识到他们能为他们自己创造一个新的婚姻戏剧,不再扮演他们的老样子(精疲力竭的丈夫,在漫长的一天工作后回到家绕着脖子做一个虚拟的"不要打扰我"的手势盯着电视,和他的充满愤恨的、尖刻的妻子);他们发现可以连续不断地成为不同的他们,这是没有限制的。

挖掘出洞：自我破坏和问题赌徒

治疗师：利亚·诺尔（Lia Nower），法学博士，哲学博士
职业资质：心理治疗师；律师；社会工作者
服务机构：罗格斯大学赌博研究中心主任、副教授
主要著作：

> Richard, D. C. S., Blaszczynski, A., & Nower, L. (in press). *The wiley-Blackwell handbook of pathological gambling*. London：Wiley.

技术适用对象：大多数问题和病态赌徒，尤其是那些目前处在赌博相关危机中的人（例如：关系、工作、财政的、法律的）
注意事项：无

说明

本练习由一系列的三个家庭作业组成，根据作者的治疗手册改编。在下一个家庭作业开始之前，每一个完成了的家庭作业会在会谈中和咨询师一起处理。布置第一个家庭作业练习之前，咨询师会要求来访者描述他们目前的危机情况，包括赌博相关问题的本质和程度，他们的相应感受，以及由此产生的他们对自身的看法。心理咨询师也应该询问关于来访者其他处于类似危机情况的时候他们做了什么来"把他们自己挖掘出洞"。

家庭作业1

要求来访者写出对以下问题的回答。每个回答应该是就来访者所认为适当的模糊或详细一致的。有些回答会是长的、具有描述性的，反之，其他的可能是由一条时间轴或一连串的单词组成。没有正确或错误的答案。

我从上一次使自己摆脱危机中吸取了什么教训？

在那次经历中什么是最令人恐惧的？

在那次经历中什么是最令人兴奋的？

为什么我需要再做一次？

我一次又一次为自己重新创建的模式是什么？

那些模式对我产生了什么影响？

在面谈时：来访者和治疗师处理这些理由是从危机到解决然后再返回的来访者模式的基础。咨询师帮助来访者理解自我破坏的积极意外收获，以及为何来访者会感觉自己挖掘比被挖掘出洞更加舒适的原因。

家庭作业 2

用相同的指导语布置来访者第二组系列问题。

我觉得我需要去向我生活中的其他人证明什么？

我觉得我需要向我自己证明什么？

我觉得我最需要向谁证明我自己？

成功对我来说意味着什么？我要如何知道我成功了？

关于这点我最怨恨的是什么？

在面谈时：来访者和治疗师讨论重复危险模式的动机，以便从自身和他人处征求确认。鼓励来访者去找出更健康的满足这样需求的方法。

家庭作业 3

来访者回答最后一系列问题（相同的指导语）。

回顾往事，什么是你总想要从你母亲/父亲那儿得到而你却没能得到的？

你没有得到时你是如何反应的？

取而代之你得到了什么呢？

你是如何尽力弥补损失的呢？

在面谈时：这些最终问题标志着从赌博行为向驱动赌博成瘾需求动机的转变的开始。处理这些回答将带领咨询师走向下一步，去解决引发赌博需求的悲伤、失落和/或不足。

参 考 文 献

Nower，L.（2002）．*Problem gambling treatment manual*．St. Louis：Author．

挑战身体比较：建立正面的身体意象

治疗师：苏珊·J. 帕克斯顿（Susan J. Paxton），哲学博士
服务机构：澳大利亚拉筹伯大学心理科学学院
主要著作：

Paxton, S. J., & Hay, P. H. (Eds.). (2009). *Interventions for body image and eating disorders: Evidence and practice*. Sydney, Australia: IP Communications.

Paxton, S. J., McLean, S. A., Collings, E. K., Faulkner, C., & Wertheim, E. H. (2007). Comparison of face-to-face and Internet interventions for body image and eating problems in adult women: An RCT. *International Journal of Eating Disorders*, 40, 692–704.

Richardson, S. M., & Paxton, S. J. (2010). An evaluation of a body image intervention based on risk factors for body dissatisfaction: A controlled study with adolescent girls. *International Journal of Eating Disorders*, 43(2), 112–122.

技术适用对象：所有年龄段的存在身体意象问题的女性和男性
注意事项：无

在缺乏一个生理比较和一个社会比较这两者时，对意见和能

力的主观评估是不稳定的。

——费斯汀格

(1954,p.119)

身体意象问题,或身体不满,指整个身体或身体的特定部位成为负面情绪、焦虑和轻蔑的一种来源,并导致了角色功能的困扰,在女性和男性身上都被经常观察到(Eisenberg, Neumark-Sztainer, & Paxton, 2006)。在西方世界,女性对身体的不满倾向于集中在对超重的观念上,反之男性则倾向于集中在对瘦而结实肌肉不足的担心上。对身体的不满可能观察不到其他症状,但是它经常能在进食障碍的症状中被观察到(例如,极端的减肥行为和暴食),而且也是厌食症和暴食症的关键诊断标准。

身体不满已被确定有许多风险和维持因素(Wertheim, Paxton, & Blaney, 2009)。一个身体不满的风险因素是把一个人的身体和他人的作比较的倾向:这就是众所周知的身体比较。这个概念源自费斯汀格(Festinger, 1954)的社会比较理论,在其中费斯汀格假定个体通过将自己与他人(最好是相似的)比较来评定他们的自身素质,通常,人们会和他们认为在相关维度上高于他们自身的人比较:这被称为一个向上的比较。向上比较,由于其本身性质,导致负面的自我评价。

这当然是在身体意象领域。无论身体质量指数如何,频繁参与身体比较的个体比较少作比较的人有更大的身体不满的风险。一点也不奇怪,拿自己和名人、模特、或最苗条的朋友作比较,很有可能强调了对不足的感知并促成了身体不满的发展或维持。但概念化为一个认知行为,身体比较的性质和频率是可以被挑战和改变的。如果一名患者开始和其他视作低于他或她自身的人作比较,也就是说,做向下比较会发生什么呢?

被设计用于改变身体比较行为的作业任务就显得很有价值,而且曾被用作成功的身体不满干预的一部分(例如,Paxton, McLean, Gollings, Faulkner, & Wertheim, 2007)。身体比较治疗的目标是减少身体比较的频率(特别是向上比较),去挑选更为现实的目标来比较,并且当比较产生负面情绪影响时做出警告。第一步是确定一名患者身体比较的性质,为此要使用一个监控作业任务。身体比较的情况和目标要被记录。此外,比较的特质和随之发生的认知、情感和行为都被记录。患者和治疗师探索记录,通常能确定根据患者所不满意的特点(忽视他们所满意的特点)作出的选择性比较,而且伴随着不现实的目标(例如,和不同年龄组),导致的负面自我评价和心情。

作业的第二阶段是一个分为两部分的行为实验(Paxton & McLean,2009)。第一,患者在他或她的十次日常比较后记录下想法和感受。接下来,患者做另外的十次身体比较,但这一次被命令连续与十位同性别且没有选择性目标的人作比较。然后患者检查这两组比较的结果。通常地,患者会领会到在后一个顺序中,他们对自己身体的结论是相对积极的,而且他们的心情也并不负面。进一步地,患者认识到比较是在他或她的掌控之中的,而且能选择可比较的目标,因此可以做向上或向下比较。认知重组可用来挑战由比较而导致的认知。最后,不论到底做不做身体比较都可以做出一个选择!

参 考 文 献

Eisenberg, M. E., Neumark-Sztainer, D., & Paxton, S. J. (2006). Five-year change in body satisfaction among adolescents. *Journal of Psychosomatic Research*, 61(4), 521 - 527.

Festinger, L. (1954). A theory of social comparison processes. *Human Relations*, 114 - 140.

Paxton, S. J., & McLean, S. (2009). Body image treatment. In C. Grilo & J. Mitchell (Eds.), *The treatment of eating disorders* (pp.471 - 486). New York: Guilford Press.

Paxton, S. J., McLean, S. A., Gollings, E. K., Faulkner, C., & Wertheim, E.

H. (2007). Comparison of face-to-face and Internet interventions for body image and eating problems in adult women: An RCT. *International Journal of Eating Disorders*, 40(8), 692-704.

Wertheim, E. H., Paxton, S. J., & Blaney, S. (2009). Body image in girls. In L. Smolak & J. K. Thompson (Eds.), *Body image, eating disorders and obesity in youth* (2nd ed., pp. 47-76). Washington, DC: American Psychological Association.

业余时间的治疗师

治疗师：霍华德·G.罗森塔尔(Howard G. Rosenthal)，教育学博士，国家认证心理咨询师，注册临床心理健康咨询师，MAC，执业咨询师，创办公共事业注册从业者董事会

服务机构：密苏里州弗洛里森特山谷圣路易斯社区大学，公共事业和成瘾研究项目协调人和教授

主要著作：

> Rosenthal, H. G. (2005). *Before you see your first client: 55 things counselors and human service providers need to know*. New York: Routledge.
> Rosenthal, H. G. (2006). *Therapy's best: Practical advice and gems of wisdom from twenty accomplished counselors and therapists*. New York: Routledge.
> Rosenthal, H. G. (2008). *Encyclopedia of Counseling: Master review and tutorial for the National Counselor Examination, state counseling exams, and the Counselor Preparation Comprehensive Examination* (3rd ed.). New York: Rouledge.

罗森塔尔博士是若干心理咨询书籍的作者，并且他最被熟知的是他的心理咨询许可/认证及综合测试备考书项目。

技术适用对象：曾接受过至少四五次会谈治疗，喜欢写作或拥有创造性想象力的儿童、青少年或成年人

注意事项：无

许多人擅长模仿行为，也能预料到其他人会做或说什么。这种能力——与这个难以置信的简单，但通常有效的策略结合起来——使来访者能以更快的速度进步。换言之，这个技术事实上允许来访者去炫耀，就好像他或她正在接受额外的会谈一样。我相信读者会认同在这个有限的会谈管理式医疗治疗的黄金时代，这是一个不小的成就！可以像这样给来访者布置家庭作业：

> 你似乎是一个很有洞察力的人。举个例子，你一般好像知道在工作中你的老板会对你说什么，或者当你和丈夫发生争论时，你知道他会断言什么。上一次会谈时你说过当你建议你的女儿去问一下关于她男朋友的家庭情况时，你的女儿会对你翻白眼，而就在稍早前，我发现你是正确的。
>
> 因此，这似乎很合逻辑，由于你已经因为会谈见过我六次了，现在你对我要对你说什么和我要怎样去说已经有了一个相当不错的主意。这周我想要你记录一本非常特别的日记来帮助你应付压力特别大的情况。如果你遇到一件明显使你心烦的事，我想要你把它写在你的日记中。然后我想要你开始一场罗森塔尔博士——来访者之间的对话，就犹如你是在这里在办公室里。假设我那时和你在一起进行面谈，准确地写下你要对我说的话，然后明确地写下（基于你和我一起在之前会谈中的经历）我最有可能对你说的话。如果你不确定我会表达什么，就做一个有根据的猜测。如果时间允许，继续写下去直到想象中的罗森塔尔博士已帮你解决了这个问题为止。最后，在我们下一次会谈时把日记带来，那样我们能诊察你的虚构治疗咨询。

如果一名来访者不是一个写作能手（或者是一个小孩子），可以用对话录音来代替写作任务。一个有生动想象力的来访者能在隐形层面上完成任务，然后报告虚构的治疗互动的本质。

在许多情况下，仅仅是创造假装的会谈的举动就能有益于来访者健康。为从任务中获得最大利益,不管怎样,为帮助教来访者去像治疗师一样思考,心理咨询师应帮助来访者分析治疗师对他或她所说的话。

最后的忠告是,帮手——是的,帮手——常常能受益于从想象出来的会谈中搜集到的信息。如果来访者回应的方式不同于你在治疗过程中采用的方式,你会很想要评估来访者的想象是否能胜过你正在做的!假如,例如,想象中的作为帮手的你在磁带或日记中更有指导性,你可以真的在你和来访者现在和未来的会谈中试验这样的行为。另一方面,如果想象中的治疗师不合适,你可能想这样说:"现在,让我们想想。你知道我从来没有对你爆过粗口。看起来你仍在精神上打击你自己为了……"

在我这系列丛书之前的一本,《最受欢迎的心理咨询技巧》(上海社会科学院出版社,2014)中,雷蒙德·科尔西尼(Corsini, 1998)分享了一种他称为"转变角色:使来访者成为咨询师"的干预技术,是在此所描述的策略的完美后续。科尔西尼建议了一种范例,在其中来访者装作他或她好像是治疗师,同时治疗师则扮演来访者的角色。我强烈建议读者在实施我的方法之前,详细阅读科尔西尼的描述。

业余时间治疗的底线是价格合适,而且据我所知,在这星球上尚未有一个管理式医疗组织已找到一个解决办法来让治疗师获得批准的单位用这类虚构的会谈。

参考文献

Corsini, R. J. (1998). Turning the tables on the client: Making the client the counselor. In H. G. Rosenthal (Ed.), *Favorite counseling and therapy techniques* (pp.54–57). Philadelphia: Accelerated Development/Taylor & Francis.

理解和应对转变

治疗师：南希·K. 施罗斯伯格（Nancy K. Schlossberg），教育学博士

服务机构：转变工作主席；马里兰大学帕克分校荣誉退休教授

主要著作：

Goodman, J., Schlossberg, N. K., Waters, E., & Anderson, M. L. (2006). *Counseling adults in transition*. New York: Springer.

Schlossberg, N. K. (2007). Overwhelmed: *Coping with life's ups and downs*. Lanham, MD: M. Evans.

南希·K. 施罗斯伯格，七本书的作者，是美国心理学会三个分支的一名会员，曾担任过美国咨询协会分支之一美国职业发展协会主席。她也是《过渡期应对问卷》（*The transition Coping Questionnaire*）和《过渡期应对指南》（*The Transition Coping Guide*）两本书的合著者。

技术适用对象：面临转变的正常成人（例如：归国留学生、商业和工业经理、养老院居住者、工作岗位被撤销的人、退休人员、正被晋升的上班族）

注意事项：这是一种帮助人们更好地理解和应对他们的转变的认知方式。这不是一种万能药而且也不深入研究一些潜在妨碍人们做出转变的心理问题。它常常与治疗一起使用，但不能替代治疗。

在转型期的成年人

人们常常想知道为什么他们能很容易地应对一个转变，但发现他们对下一个转变的处理很差。在40多年时间里，我进行过很多关于转型期的人们的研究，所以我也许能回答这个问题。我研究了人的搬家、成人学习者回到学校、工作岗位被撤销的男人和女人们，应对工作—家

庭平衡的干事员，没有获得晋升、没有孩子、没有拥有梦想中的职业或关系和没能在预期时退休的人。

这些和其他的转变可以用以下的方法进行分类：

- 预期的转变：我们通常预期为成年生活中的一部分重大生活事件，比如结婚、成为一名父母、开始第一份工作或退休
- 意料之外的转变：常常是意外发生的破坏性事件，比如重大手术、一场严重的车祸或疾病、一次令人惊讶的升迁或一家工厂倒闭
- 未发生的转变：期望但未实现的事情，比如没有结婚或无法负担退休

转变模式

为更好地理解转变，我开发了一种分析任何转变的方法。这个模式能帮助个体了解他们正在经历的转变，因为我们对变化的反应常常伴有混乱和神秘感。模型有三个主要成分。

成分1：转变改变了一个人的角色、人际关系、常规和设想

每个人会经历转变，无论它们是已发生或未发生的事件，预见或未预见到的。这些转变改变了我们的生活——我们的角色、人际关系、日常生活和设想。第一个孩子的出生和提早退休几乎没有什么共同之处，但两者都改变了一个人的生活。成为一个新父母增加了一个*角色*，改变了一个人和配偶或伴侣的关系，明显地改变了一个人的*日常生活*，并改变了一个人对自己和生活的*设想*。当一个人退休时也同样如此。一个人作为上班族的角色改变了，和前同事的关系，日常生活和设想也是。转变本身并不是关键，而是它会改变一个人的角色、关系、日常生活和设想多少。

成分2：转变过程需要花时间

转变需要花时间，而且人们对它们的反应会变得更好或更糟。起先，人们除了成为一名新的毕业生、一个新丧偶者、一个新退休人员外什么也不去想。然后他们开始脱离过去并走向新角色，一段时间内在

两者之间摇摆不定。我采访过一个六个月前从公立学校系统退休的男性。他说他的第一个月非常艰难,因为他太习惯于他的日常生活、他的人际关系和他的职业身份了。但如今,六个月之后,他对他的新一组活动感到很自在。他积极参加一项锻炼计划,成了一名作为监护人的诉讼代理人的法院系统志愿者,并且他变得活跃于妇女选民联盟中。

离开一组角色、人际关系、日常生活和设想的过程,建立新的一组,这些内容需要花时间。对于一些人来说这过程发生得轻松而快速;对其他人来说这可能需要花费几年。即使在几年以后,有许多人仍挣扎着寻找合适的定位。举个例子,需要花时间适应进入任何类型的退休制度,因许多人将其定义为"最后一步"。

成分3:应对转变的4-S系统

尽管我们承认应对转变需要花时间,但我们看到人们在如何处理看上去是相同的转变方面存在差异,常常能处理好一种转变却对下一种感觉无效。那么我们要怎样处理这段旅程,挺过去,并从中吸取教训呢?

通过确认所有转变事件和未发生事件的共同特征,无论它们看上去有多么不同,可以从变化中消除一些谜团。这些特征是一个人带给每次转变的潜在资源或亏损,而且重要的是要记得那些资源或亏损变化。它们能被归纳成四大类,我称之为4个S:情况(situation)、自我(self)、支持(supports)、策略(strategies)。

- *情况*:这里指的是在转变期的时候人的情况。有其他的压力吗?举个例子,如果一个人被提升至主管工作,而在同时这个人的一位重要的人病危,应付这个工作变化变得困难起来。
- *自我*:这里指的是人在应对个人情况时的内在力量。这个人是乐观的、有弹性的、并能处理含糊状况的吗?显然自身带来的东西会影响一个人如何处理。
- *支持*:一个人获得的或转变当时能得到的支持,对一个人的幸福感是至关重要的。如果一个新退休人员,举个例子,搬至一个没有熟人的新城市,没有支持,适应可能会放缓。

- **策略**：没有有魔力的应对策略。确切地说，灵活使用很多策略的人能更好地去应对。

人们经常问，"我们退休时该搬去加利福尼亚吗？"对此没有简单的答案。不管怎样，一个人可以看看自己的 4 个 S 并提问，此时我的情况好吗？我会带着一个有弹性的自我搬走吗？在我的全部技能中有许多应对策略吗？我有足够的支持吗？如果所有的 S 都是积极的，一次迁居会是个很好的决定。然而，如果一个人的情况是成问题的而且支持极小，要有一个延迟搬迁的决定，直到这个人在新社区构建了支持且情况有所改善。

重申：通过识别以下内容，转变模式澄清了我们正在经历的转变：
- 一个人的生活被改变的程度（角色、人际关系、日常生活、设想上的变化）
- 一个人处于转变过程中的哪里（考虑一个改变、开始改变、改变后的两年）
- 为取得成功一个人可应用的资源（根据 4 个 S，我们每个人都有独特的方法来着手处理退休转变）

应用

为使转变模式成真，你需要应用它。采取以下步骤：

1. 挑选几个看来似乎在同一转变中的人。
2. 用如你的指南一样的模型描述来访问他们。
   a. 确定转变的类型。
   b. 确定转变已改变他们生活的程度。
   c. 确定他们处于转变过程中的哪里。
   d. 确定他们用来应对的资源或/和不足。
3. 每个个体会有一个不同的简况。对于一些人来说，他们的情况会是积极的，但支持、自我和策略会是消极的。对于其他人，情况会是消极的，但自我和策略会是积极的。

4. 挑选那些不足的资源,并和来访者一起关心加强他们的资源的方法。举个例子,如果由于近期搬至一个陌生地区,一个人的支持系统较低,就有开发临时性支持系统的办法。另一个人也许在自我方面较低。对于那个人,可能会推荐治疗。换句话说,4-S系统能使你识别不足在哪里,然后开发个别化计划去帮助来访者。

这样的目的是为了说明同样的外部转变对任意两个人来说都是不一样的。但愿,转变模式能为考虑任何转变提供一种结构。

引进小丑

治疗师:加里·斯库塞斯(Gary Schultheis),文学硕士
服务机构:执业婚姻和家庭治疗师,私人开业诊所
主要著作:

> Schultheis, G. M. (1998). *Brief therapy homework assignments*. New York: Wiley.
> Schultheis, G. M., O'Hanlon, B., & O'Hanlon, S. (1999). *Brief couples therapy homework assignments*. New York: Wiley.

技术适用对象:已婚或处于其他固定伴侣关系中的人

注意事项:我不会介绍这种练习,除非我和一对夫妻建立了合作关系。我想要确信他们不会为一个幽默的(但非常严肃的)建议而感到受冒犯。

虽然我不太频繁使用这种干预,但我发现在正确的情况下,它是非常有效的,而且还给本来黯淡的情况引入了一点点幽默。它提供了一种行为干预的方法,可以立即打破问题模式并在无形中使互动发生改变。

当一对夫妻告诉我他们无法在不以争吵收尾的情况下讨论他们的

问题时，我考虑使用这个练习。经常地，他们说他们的争吵遵循一个熟悉的模式，都是关于"愚蠢的事情"。他们对改变这种模式感到无能为力，甚至不知道该从哪儿开始。我想用一种方法帮助他们打破他们的旧模式，这方法能使其不再像他们过去那样继续。这种干预的一个优势在于它并不需要他们为了改变彼此的交流去学一个复杂的方法，而且向他们展示了一个他们经历过的、完全超出控制的模式可以很容易地被改变。这直接鼓励了他们开始在他们熟悉的思维方式之外冒险。

第一步是弄清楚这对夫妻所想打破的模式。我想要他们一步一步地描述典型的争吵是怎样展开的。我接着要他们定义彼此知道争吵即将发生的时刻。这可能是一些已经说出来的话、一个表情、说话的语气或一种内在感觉。这时候我告诉他们我有一个不寻常的建议，然后我从我的书桌里拿出两个球状的红色塑料小丑鼻子。我非常严肃地给他们每人一个，并说明：在他们其中一个第一次感觉到快要争吵的时候，他或她要说，"到做我们作业的时间了。"他们每个人都戴上他们的鼻子，接着继续他们的讨论。

大多数夫妻发现当打扮成小丑时，他们事实上不可能在他们的旧方式中争吵下去。交流被搅乱了。一方面他们说"我是认真的"，而另一方面表现得"我是在胡闹"。在混乱中，旧的模式会变得不明晰。对于一些夫妻来说，这就是全部所需做的了。对于其他的来说，这为他们打开了实践治疗师建议过但之前来访者无法运用的新技术的空间。

这项练习更具吸引力的一方面是来访者们常常不必为了有效性去真正贯彻它。很多次一想起戴鼻子就足以打破这个困住他们的咒语的力量。

当然，这个练习可以被改成很多方式去适应特定的情况。谁知道你会想出什么来呢？

神奇的个人便笺技术

治疗师：梅格·塞利格（Meg Selig），咨询教育硕士

服务机构：密苏里州弗洛里森特山谷圣路易斯社区大学，心理咨询兼职教授

主要著作：

> Selig, M.（2009）. *Changepower! 37 secrets to habit change success*. New York：Routledge.

技术适用对象：成人及大学年龄的学生和青少年

注意事项：只有在咨询师发送便条或信件不会违反来访者的保密性时，才可以这样做。理想上，在哪里以及所有通信要如何被发送应该在建立治疗协议时讨论过。在此所描述的事件发生在有手机和电邮之前。这些个人电子工具能解决许多保密性问题。不管怎样，电邮和手机交流都有一些风险，咨询师应该警告来访者这些风险。

由于我不给来访者布置作业，所以我最喜欢的心理咨询家庭作业是我给自己的一个：当一位私人心理咨询来访者或团体咨询成员开始错过会谈时，写一张关心便笺。这些任务可能听起来平淡无奇，且比起专业职责来说它也真的没多少技术含量。然而，写一张便笺引起了我最神奇而难忘的咨询经历。

每一名咨询师迟早会与在约定时间或团体咨询时或未能现身，或取消约定次数和按时赴约次数对半开的来访者打交道。为什么会发生这样的情况？一张关心便笺或一封信也许有利于澄清事件。

经由信件或便笺，咨询师能(a) 描述来访者缺席的模式，并询问来访者是否想要终止心理咨询；(b) 描画出来访者的选项，举个例子，现在终止但未来会回归、去找另一个咨询师或过来进行最后一次，然后结束会谈；(c) 简要回顾已经做过的工作；和(d) 不管来访者做了怎样的决定，都祝福他/她一切都好。一张便笺能包含一些或所有这些项目，取决于对一个具体的来访者来说什么是合适的。应该要由来访者决定是否回归咨询，一封关怀的信能使来访者相信咨询师欢迎他或她回来。

我与一张便笺的惊人力量的经历发生在许多年前，那时我在社区

大学带领一个自信训练课程。在第一次会谈中,我以通常的介绍开场,要求每个人告诉团体他或她的名字和记住它的方法。

我开始了:"嗨。随意点叫我梅格。当你想起女演员梅格·瑞恩时,就会想起我。"我们围着圈进行。"我是埃博尼(Ebony)。我妈妈用歌曲《乌木与象牙》(Ebony and Ivory)为我取名。""我是大卫。你们可以通过记住圣经中的大卫王来记住我的名字。"

最终轮到了一个面色阴沉、体格魁梧的年轻非裔美籍女性。她犹豫不决着就好像她正在决定是否要合作。最后她说,"我是Lovedee,你们可以因为我爱毒品(I love de drugs)而记住它。"出现了一些尴尬的窃笑。我们没有一个人会忘记那个名字,那是肯定的。

Lovedee(一个假名,但是是学生真实名字和注释的精确代表)被证明是我最难应付的学生之一。凡给她建议过自信训练的人都会知道自己有几斤几两。Lovedee 不顾及任何人的感受或团体已建立的指导方案,不假思索地对我和其他学生们作出咄咄逼人的评论。当我用独断的措辞去约束她时,她以颠覆性的发牢骚来回应,保持声音足够得低,以至于让人无法理解。有时她会花整节课像狮身人面像一样坐着,手臂折叠在胸前,以一种蔑视的姿势。

所以当 Lovedee 某一周缺课时我松了口气。然后她又一次缺课了。如果她缺课三次,她就会不及格。(在我的大学里,如果能成功完成课程,心理教育组中的学生们能获得一个绩点和一个学分。)

我胆怯的一部分——我那喜欢生活容易点的一面——考虑打破我的写便笺的通常习惯。毕竟,我为此找借口,自信心训练课是一个和团体咨询类似的课程,而且教师们没有义务去写便笺。但是我专业的一面胜出了。为了提醒我自己像 Lovedee 那样的学生可能正在处理一些超出我能想象的事,我手写了一张我对 Lovedee 的缺席表示关切的便笺,我但愿没有什么不对劲的希望,对于缺课政策的提醒,和对于成功完成课程的鼓励。然后我正式抄写了便笺并把它放入 Lovedee 的文件夹中,让自己打起精神看看接下来会发生什么。

当下一次班级会谈开始时，Lovedee 走了进来，没有像往常一样狂妄自大。事实上，她穿着西装和高跟鞋。有一个学生问她是否是要去参加一个工作面试。

"不，"她回答，"梅格写了一张非常好的便笺给我，我打扮一番是要表示我的感激。"她对我一笑——一个真诚的微笑。我报之以微笑，并感到惊喜和宽慰。这是一个转变的时刻。从那一刻起，Lovedee 变成了一个团体中合作且爱奉献的人。事实上，下一个学期中，Lovedee 在第一天的团体课中顺便进入教室，称赞自信心训练的方法，并告诫新生们要听了再听，令我感到很惊讶。

当我把这个故事告诉汉娜，一名私人诊所的同事时，她接着说了她自己的一个关于关心便笺的惊人力量的故事。一个女人来寻求治疗以结束一段虐待关系，但是只在短短数月后就退出了。因为来访者的男朋友和她同住，汉娜无法打电话给她询问发生了什么。她决定写一张便笺到她的工作地址。她仍然什么回复也没有收到。

几年后汉娜偶然遇见了她的前来访者。这名来访者紧拥着她并告诉汉娜说，她终于找到了结束虐待关系的勇气。"我花了很长时间才做好准备，"她说。"当我气馁时，我会再读一遍你那可爱的便笺。我还留着它，在我衣柜顶层抽屉里一个特别的地方。"

所以，写那张便笺吧！除了有履行职业责任的满足感，你永远不会知道一张关心便笺可能会对某个人意味着什么。

参 考 文 献

Fisher, C. B. (2009). *Decoding the ethics code: A practical guide for psychologists*. Thousand Oaks, CA: Sage.

Gidden-Tracey, C. (2005). *Counseling and therapy with clients who abuse alcohol or other drugs*. Mahwah, NJ: Erlbaum.

止痛治疗：缓解自杀患者的心理痛楚

治疗师：埃德温·S. 施耐德曼(Edwin S. Shneidman)，哲学博士，已故

服务机构：执业临床心理学家(加利福尼亚)；洛杉矶加利福尼亚大学死亡学名誉退休教授；美国自杀学协会创始人

主要著作：

> Shneidman, E. S. (1985). *Definition of suicide*. New York: Wiley.
> Shneidman, E. S. (1998). *The suicidal mind*. New York: Oxford University Press.
> Shneidman, E. S. (2002). *Deaths of man*. Blue Ridge Summit, PA: Jason Aronson.

悲痛的是，施耐德曼博士于 2009 年 5 月 15 日去世，享年 91 岁。《人的死亡》(*Deaths of Man*)获美国国家图书奖提名。

技术适用对象：主要是青少年和成人，但几乎任何人都可以

注意事项：无

作业建议

止痛治疗意在通过强调患者的心理需求来减少患者的心理痛苦。基本的三段论是这样的：

1. *大前提*。我们从该断言(假设)开始，即任何自杀的主要元素都是精神痛苦，负面情绪的痛苦——羞愧、内疚、寂寞、焦虑、嫉妒、愤怒、丧亲、烦躁不安、自我牺牲、绝望，等等——心里反省感到不快，我曾称之为*心理痛楚*(Shneidman, 1993)。有这样的信念，其他因素是次要的——男性或女性、黑人或白人、年轻或年老、农村或城市、富裕或贫穷、脑脊液化学物质水平高或低、父母是疯子或神经质。所有这些问题都很有趣并常常是相关的背景杂声甚至背景音乐，尽管如此，但是它们毕竟只是背景。要注意靶心：高水平的心理痛苦才是最重要的。没有痛苦，就没有自杀；如果没有受伤，那就不算心理痛楚。

2. 小前提 A：一般来说，高水平的心理痛楚源于挫败或沮丧的心理需求。这些心理需求——据亨利·A. 默里（Murray，1938）所述——包括屈尊、成就、从属关系、进攻、自治、中和、防护、敬重、支配、显示、避免伤害、不受侵犯、养育、命令、游戏、拒绝、感觉能力、避免羞耻、求助、理解的需求（见图 3.12）。世界上的每个人都能按 100 分——一个恒定的总和，在 20 个需求中来计分（和评价）。需求可以被区分为两组：模态需求，一组一个人通常的生活需求，和重要需求，指一个人会为之而死的需求。这就是自杀者所围绕的东西。治疗师任务的一个基本方面是对患者之所以封闭所需要的模式进行了解。有许多不必要的死亡，但从来没有一个不必要的自杀行为。

```
主题：_____    性别：_____    年龄：_____
评分：_____    日期：_____
____屈尊。被动服从的需要；妄自菲薄
____成就。完成一些困难的事；克服
____从属关系。依附于一个朋友或团体；紧密联系
____进攻。激烈地战胜反对方；反击
____自治。独立和自由；摆脱约束
____中和。通过重新努力来弥补损失；扯平
____防护。在批评或指责时维护自己
____敬重。钦佩和支持、赞扬；效仿一个优秀者
____支配。管理、影响和指导他人；控制
____显示。使他人兴奋、着迷、愉快、娱乐
____避免伤害。避免疼痛、损害、疾病和死亡
____不受侵犯。保护自己和一个人的心理空间
____养育。喂养、帮助、安慰和保护另一个人；培育
____命令。为组织奋斗和在事情和想法中下达指令
____游戏。为了好玩而采取行动；为了自己的利益追求享乐
____拒绝。排除、驱逐、抛弃或开除另一个人
____感觉能力。寻求感觉上的、物质享受的体验
____避免羞耻。避免耻辱和尴尬
____求助。被照顾、被爱和援助
____理解。知道答案；知道如何和为什么
100 总计
```

图 3.12　需求表

（根据 Murray, H. A. 1938. *Exploration in personality*. New York: Oxford University Press 改编。）

3. *小前提 B*：如果恶棍就是心理痛苦,那么我们需要一些东西与那痛苦斗争。有一个词说的就是那个：*止痛剂*。止痛剂是一种能缓和痛苦的物质(或一种药剂人或一个人)。一般而言,心理治疗应该能起安慰作用。但是对一名重度自杀患者——一个不安的甚至更严重的,高致死性的人来说——治疗师安慰人的功能是生死攸关的。

关于止痛剂的最著名的文章是托马斯·德·昆西(Thomas De Quincey)的《一个英国麻醉剂服用者的自白》(*Confessions of an English Opium Eater*)(1821/1986),这是关于止痛剂在减轻痛苦上的作用的精彩文章。

4. *总结*：由此得出结论：在应对一名自杀患者时,主要的任务是评估和处理患者因未满足的心理需求而产生的心理痛楚。治疗师应该起到止痛剂的作用——缓解痛苦,所以患者自杀所*存在的理由*被安抚了,而且结束内心痛苦的需求不再紧迫。减轻痛苦,则自杀的动机会充分地减少,降至明显自毁行为的阈值水平以下。

止痛治疗家庭作业

在止痛治疗中,家庭作业(办公室作业)——几乎按照定义——是给治疗师的,在患者不在时为患者做好。它由持续不断的(会谈至会谈)对患者生死攸关的未满足的心理需求的评级组成,然后,在治疗会谈中和会谈与会谈之间,做那些事情,即：专门计划去解决这些未实现的需求。这可能包括为特定患者量身定做的意见和干预,只要有可能,用语言表达那个患者的心理需求。

我发现大量阅读某些发布在公共领域及可从大多数大学图书馆里获得的自杀日记是非常有用的——举个例子,《从黑暗的房间：英曼日记》(*From a Darkened Room: The Inman Diary*)(Aaron, 1996)或切扎雷·帕韦泽(Cesare Pavese)的日记《燃烧的布兰德》(*The Burning Brand*)(1961),这个意大利作家——我想象过,如果我是英曼和帕韦泽的治疗师,我会在治疗中出于自己的职责,给他们做心理需求方面的评级。

在止痛治疗中没有禁止住院治疗或规定合适药物或任何其他简便的行动,如果它们中的任何一个看起来是在治疗上可取的,只要治疗师的脑海中对基本的抚慰功能保持清晰即可。莱纳尔(Leenaars,1999)的合订本和施奈德曼(Shneidman,2001)的著作是这种治疗自杀患者的止痛方法的两个关键推荐读物。

参考文献

Aaron, D. (Ed.) (1996). *From a darkened room: The Inman diary* (2 vols.). Cambridge, MA: Harvard University Press.

Allport G. (1942). *The use of personal documents as psychological science*. New York: Social Science Research Council.

De Quincey, T. (1986). *Confessions of an English opium eater*. London: Penguin Classics. (Original work published 1821)

Leenaars, A. (Ed.). (1999). *Lives and death: Selections from the works of Edwin S. Shneidman*. Philadelphia: Brunner/Mazel.

Murray, H. A. (1938). *Explorations in personality*. New York: Oxford University Press.

Murray, H. A. (1967). Dead to the world: The passions of Herman Melville. In E. Shneidman (Ed.), *Essays in self-destruction*. New York: Science House.

Pavese, C. (1961). *The burning brand* (E. A. Murch, Trans.). New York: Walker.

Shneidman, E. (1973). *Deaths of man*. New York: Quadrangle.

Shneidman, E. (1979). Risk writing: A special note about Cesare Pavese and Joseph Conrad. *Journal of the American Academy of Psychoanalysis*, 7, 575-592.

Shneidman, E. (1980). *Voices of death*. New York: Harper & Row.

Shneidman, E. (1985). *Definition of suicide*. New York: Wiley.

Shneidman, E. (1993). Suicide as psychache. *Journal of Nervous and Mental Disease*, 181, 147-149.

Shneidman, E. (1996). *The suicidal mind*. New York: Oxford University Press.

Shneidman, E. (1999). Psychological pain assessment scale. *Suicide and Life-*

Threatening Behavior, 29, 287-294.

Shneidman, E. S. (2001). *Comprehending suicide: Landmarks in 20th-century suicidology*. Washington, DC: American Psychological Association Books.

在家庭治疗中利用嘻哈音乐来建立密切关系

治疗师：卡瑟琳·福特·索里（Catherine Ford Sori），哲学博士

服务机构：注册婚姻与家庭治疗师；美国婚姻家庭治疗学会（AAMFT）临床成员；美国咨询协会、游戏治疗协会会员；伊利诺伊州大学园州长州立大学心理与咨询系助理教授；隶属芝加哥大学芝加哥家庭健康中心助理系主任

主要著作：

> Sori, C. F. (2006). *Engaging children in family therapy: Creative approaches to integrating theory and research in clinical practice*. New York: Routledge.
> Sori, C. F., & Hecker, L. L. (2008). *The therapist's notebook: Vol. 3. Homework, handouts, and activities for use in psychotherapy*. New York: Routledge.
> Sori, C. F., Hecker, L. L., & Associates (2003). *The therapist's notebook for children and adolescents: Homework, handouts, and activities for use in psychotherapy*. New York: Haworth Press.（目前正被译成希伯来语）

索里博士是3本其他著作的作者或合著者，另外，还撰写了超过50篇著作章节及数以百计的期刊文章，其中许多有关家庭治疗中的儿童。

技术适用对象：在家庭会谈中有青少年和/或儿童的家庭；个别心理治疗中的儿童或青少年

注意事项：近几年中，一些形式的说唱（rap）和嘻哈音乐得到了一些父母的诟病（也是rap，一语双关！），所以治疗师应该阐明那些治疗方法是"救赎"说唱乐并将其用于积极方式的尝试。

该家庭作业描述了将嘻哈音乐融入家庭治疗会谈,去吸引、评估和治疗儿童、青少年和成年家庭成员的各种方式。嘻哈音乐符合家庭游戏治疗的元理论(见 Dermer, Olund, & Sori, 2006),游戏语言常常是与孩子沟通的首选方法,但也很容易被成人理解。好玩的技术在吸引来访者和帮助他们成为治疗过程中更积极的参与者方面是很有用的。嘻哈音乐是一种符合许多家庭治疗理论的文化相关活动,包括结构的、经验的、焦点解决或叙事治疗。

使用嘻哈音乐的简介

在过去的几十年间,嘻哈音乐现象已从可在非裔美国人社区的贫民区见到变成了美国主流文化的一部分。它受到了各人种和民族的儿童、青少年及年轻人的喜爱。嘻哈音乐是青年文化的声音,那些与这些群体共事的人将会得益于熟悉嘻哈音乐及其所代表的东西。

尽管嘻哈有几个元素(见 Sori, 2008),但该家庭作业任务聚焦于说唱、节奏口技和街舞或动作。说唱是有节奏的并常常需要表演者快速背诵含特定信息的歌词。常常使用头韵,而且小节可能会或不会押韵。街头孩童利用一切可利用的材料比如他们的嘴巴进行说唱,伴随着节奏口技或有节奏的声音(Smith & Jackson, 2005)。简单的嘻哈动作是被鼓励的,因为它们能激励参与者和观察者,并且让干预感觉更真实。

基本原理

有许多关于音乐对大脑的影响的研究,而且有音乐和舞蹈疗法这两个领域。图特尔(Tootle, 2003)鼓励所有的家庭治疗师认清音乐和运动在家庭治疗中的益处。然而,很少有关于年轻人及家庭在治疗上使用嘻哈音乐的文章。嘻哈音乐鼓励沉默、愠怒的青少年们,在好玩的活动中撮合所有家庭成员一起把生命注入会谈中,也是通过承认年轻人的嘻哈音乐专业知识,将他们自身的故事融入家庭中(见 Sori, 2008)的必经之路。

材料

玩具塑料麦克风在打折店或网络上是现成的,每个花几元钱就能买到。小型打击乐器是一个选择,但是人们常常使用他们的嘴巴、手指、手或脚来做节奏口技伴奏。给予家庭嘻哈音乐的录像带、录音或CD,能鼓励参与和不时强调变化。

用法说明

嘻哈音乐可以以几种方式用于家庭作业。在治疗早期,家庭成员会被要求每个人写下关于他们自己、他们喜欢的、不喜欢的、关系、挣扎,或看待问题观点的**个人说唱**。这可以是来访者"介绍"他们自己的独一无二的方式,而且提供了对每个人的"故事"的洞察。在每个人写下他或她自己的韵文之后,一家人能将它们结合起来并为一个家庭一起练习。在他们的下一次会谈时,所有人被邀请一起为治疗师表演。

在他们完成表演且喝彩、掌声渐渐平息后,治疗师可以讨论每个人的说唱的过程和内容(见 Gil & Sobol, 2000)。过程的观察可能包括注意一家人享受的水平及他们是如何一起表演的。临床医生可询问并记下他们的个人说唱的感觉是怎样的,他们是如何将所有这些都放在一起的,练习是什么样子的,对他们来说一起表演的感觉如何。治疗师可以问个人他们是否从他人处获得任何帮助或建议,或谁在做作业时最轻松/困难。内容讨论可以聚焦于来访者所说的关于他们自己的事情和其他人对那些叙述所作出的反应。请确保所有的家庭成员都有机会来分享他们的反应。

嘻哈音乐也可作为所有人一起创作的**家庭项目作业**被布置。当年轻人被公认为可能对嘻哈音乐有大量的专业知识时,我通常让父母来负责将这个活动精心编排(orchestrating,没有双关的意思)起来。他们的任务是合作写一首关于他们家庭的说唱。这可以是对他们作为一个家庭的介绍,对每个家庭成员进行描述,或者他们可以就他们看待问题的观点及他们的力量将如何帮助他们解决问题来说唱。在治疗后期的指令或许是写一个嘻哈，讲述他们一起工作克服将他们带入治疗的问题时是怎样的故事，详细说明迄今为止所取得的进展。如果治疗师使用叙事法并使问题具体化，则说唱可能会描述这一家是如何工作来战胜具体化问题的影响；它能描述当问题消除后，这一家将会怎么样。焦点解决的说唱或许会突出当奇迹发生或问题缩小时将不同的东西。无论什么内容，一家人应该合作完成这份作业。在他们表演之后，治疗师能如早前所描述的那样，对说唱的内容和家庭完成作业的这一过程进行处理。

这是一段节选，来自一个由单身母亲和她的三个青春期孩子构成的家庭在会谈终止时完成的家庭说唱。而后是他们第二次作为家庭作业所写的说唱，并向共同的咨询师做表演。第一个例子是由15岁的女儿表演的：

> 嗨，嗨我们是汉密尔顿一家；我们有四个人并且
> 当我们突然开始我们的韵律，你会请求要听更多！
> 我们有一些挣扎，现在我们感觉很好！
> 必须让我们自己在一起，我们在任何时候都不会做的！

> 其他的孩子们表演了他们的说唱，然后妈妈总结：
> 现在你们知道了我们是谁，我们知道你们想要爱谁
> 但是我们将所有我们的伟大归功于在上的圣父！

嘻哈音乐作为一封治疗信

我最喜欢的一种把嘻哈音乐融入治疗的方式是用于治疗师和团队的，如果可以的话，用概括了来访者的进步和长处的说唱写一封治疗信（如 Pare & Rombach, 2003）。使用这种方法是令人信服和有效的，治疗师要了解他们自己的玩兴是很重要的（Sori & Sprenkle, 2004）。当得知他们的治疗师打算为他们说唱时，这些家庭都很好奇和兴奋，特别是如果他们已为治疗师写过和表演过一次或多次说唱的话。这创造了

平等的环境。

在为来访者表演之前,我通常先表一个低姿态并评论说由于年轻人比我在嘻哈音乐上有更多的专门知识,我的表演不如他们的好。我常常会有一个简单的副歌,每四句重复一次,而且在完成一半时我发信号给家庭来让他们加入到副歌中来。他们几乎总能自发地保持节奏,毫不犹豫加入进来,甚至有时候在没有任何邀请的情况下一跃而起参与进来!

如果治疗师有一个可用的观察团队,那他们能在家庭写说唱和表演时提供帮助。每个人都应该熟悉歌词、动作和团队决定使用的节奏伴奏。在会谈前练习几次是很重要的,那样每个人才有自信并能找准节奏。最后,请确保给每个家庭成员一封说唱治疗信的手写稿,那样他们可以带回家。

随后,该家庭会被邀请分享他们对治疗师的说唱的反应,仔细看看文字并看看有什么适合他们的,有什么他们可能采纳的建议并加以改进,或者有什么他们可能想要去改变的。这是一个进一步巩固说唱中所指出的积极改变的时机。甚至可以邀请这一家来帮助编写说唱的"修订本",以此来作为作业,并在下一周为治疗师和团队表演。

利用嘻哈音乐治疗信

扩展这项活动的一个方法是每个家庭成员在说唱中结合木偶。这些可以是该家庭在一个家庭木偶访谈中使用过的木偶(Gil, 1994; Irwin & Malloy, 1975),在一个木偶反思小组中使用过的(Sori, 2011),和/或由治疗师和团队挑选的来比喻代表家庭成员、外部化的问题、他们的力量等的木偶。木偶使这个活动更加丰富,从而增加了戏剧性的影响力,并从来访者处得到了更加积极、好玩的反应。

在前面提及的汉密尔顿家庭的案例上,在他们表演过家庭嘻哈之后,协作咨询师和团队表演了一个强调该家庭积极品质的说唱治疗信,并强调了所有已经发生的变化。我们合并了一些该家庭在家庭木偶访谈早先一次会谈中使用过的木偶(Gil, 1994; Irwin & Malloy, 1975)并额外增加了一个智慧的、戴着眼镜的猫头鹰木偶给蒂莫西,一个确诊患者。除了在适当的时间举起木偶外,团队还使用了玩具麦克风、动作和节奏口技。每个人都有一节,一个关于汉密尔顿一家的部分。这里是一些摘录的举例。第一个是关于母亲的,第二个是给蒂莫西的,他曾被学校开除但现在做得很好,因为他的妈妈花了更多的积极时间来陪伴他。最后一行强调了该家庭的整体进步和力量。

(副歌,在每小节后重复两次)

嗨,嗨,嗨,汉密尔顿说唱!人人踩脚,打响指,拍手!

玛丽安,多好的妈妈!她爱她的孩子们,而他们认为她是炸弹!

她太强势了,不让她的孩子们做错事,

知道怎样去说唱而且她真的吹奏了一首歌!

蒂莫西,蒂莫西——他真是聪明而且他有一个宽大的胸怀。

戴着眼镜的他真的很酷,使他看上去像GQ*!他在他的新学校里太酷了!

他有一个获得成功的计划,并且他一定会实现!

现在他请求他需要的东西;妈妈回应了而且他很满意!

在木偶秀中他们都知道了;他们得到了礼貌,创造性!

他们把此概念用到护手霜上**,而且幽默对他们来说就像一瓶良药!

他们说,什么呀,让我们携手!他们是一个像字母汤似的紧密联结的团队。

他们太有趣了就像他们滚入了蜂蜜中,

如果有趣是金钱,那么每一天都会是晴朗的!

嗨,嗨,嗨,汉密尔顿说唱!人人踩脚,打响指,拍手!

---

* 译注:一本男性月刊。

** 这个案例中的治疗师将一些治疗技术融入家庭会谈中,为了促进接触和依恋以及在家庭成员中增添乐趣。互相在手上擦护手霜是一个在这个家庭在真正能引起共鸣的游戏治疗活动。

一旦我们开始，妈妈和最年长的少年取出了他们的手机对我们录音。在几行歌词之后，所有人都不由自主地站起来，开始伴着节奏跳起来，并在副歌中踊跃地加入我们。当我们结束时，他们欢呼并与我们举手击掌。后来他们所有人都在讨论有多么惊讶在一些唱段中团队注意到了他们和他们所有的工作。他们全都喜欢说唱——喜欢一起创作，也喜欢看团队的作品。妈妈说了她第一次来治疗的时候是多么不满，但在第一次会谈后他们所有人都喜爱它，每周都期盼着回来。因为会谈结束了，他们准备要离开，每个人的手里带着一份他们的"说唱治疗信"复印件，蒂莫西着重声明这已"确实成了汉密尔顿家庭的转变！"

单一治疗师的说唱治疗信

因为许多培训环境之外的临床医生们没有团队这一选项，所以可以通过多种方式将嘻哈音乐作为治疗信用于单独治疗师的工作中。治疗师能简单地写说唱治疗信然后由他或她自己来表演，让该家庭作为观众。这需要一点勇气和玩兴，但应该带着信心和天赋来演，所以建议在镜子前练习。一些背景节奏或嘻哈器乐（也许能从卡拉 OK 录音）的录音能提供一个良好的基础并能帮助弥补任何错误！

虽然在一开始这可能对一些人来说有点吓人，但如果你能在此过程放任自己一点，并相信自己的创造力，你和你的来访者将感到充满活力并看到积极的结果。我发现如果人们放大他们的热情、肢体动作、手部运动，强调特定的话语，他们能更好地放开压抑，因为那释放了他们，使他们去享受过程。而且如果治疗师自己很享受，来访者们也会如此！

或者，家庭成员能加入成为参与者/观察者。治疗师可以给每个家庭成员分配一个在治疗师的表演中提供支持（举个例子，使用嘴、手、脚等来做节奏口技，和/或嘻哈音乐动作）的角色。当治疗师做韵文时，还可以邀请该家庭来表演副歌，以 21 世纪希腊合唱队式的方式！

有时候只让年轻人来做参与者/观察者是很有用的，也许目的是更好地加入他们或展现他们的特殊才艺和专业知识。治疗师可以独自和孩子们见面来准备和练习，那样他们能在下一次会谈中为余下的家庭成员表演。作为家庭作业,也可以请年轻的嘻哈音乐人来贡献点子或参与写部分的治疗信说唱,或者可以请他们来扩充或修改它。无论使用哪个方法,该活动都能以前面描述过的方式来进行。

总结

在有儿童或青少年的家庭治疗中,嘻哈音乐是特别有效的,因为它与文化相关;而且由于它既是书面的又是表演的,所以给来访者留下了强烈的影响。以此获得的信息是更令人难忘的,因为这个技术超出了谈话疗法,涉及音乐和动作,包含了更多的感官。嘻哈音乐鼓励创造力,增加家庭乐趣和相互关联的感觉,而且胜过了"无聊的"谈话疗法。来访者会期待会谈且更多地投身于过程中! 所以只要记得:

> 当你停滞不前而且不知道做什么时
> 和那个刚好看着你"抵抗的"无声的孩子,
> 你不能就坐回去! 你去到他在的地方看他!
> 所以站起来,开始跟着节拍动一动!……
> 临床医生的说唱……啊哈!……小孩子的说唱……啊哈!

(Sori,2008)

致谢: 特别感谢汉密尔顿(不是他们的真名)家庭的共同咨询师,帕梅拉·哈里森(Pamela Harrison)和吉姆·普罗恩蒂斯(Kim Pronitis)和所有团队成员为这个家庭作出的努力和创造性的工作。

参考文献

Dermer, S., Olund, D., & Sori, C. F. (2006). Integrating play in family therapy theories. In C. F. Sori (Ed.), *Engaging children in family therapy: Creative approaches to integrating theory and research in clinical practice*（pp.37-65）. New York：Routledge.

Gil, E. (1994). *Play in family therapy*. New York：Guilford Press.

Gil, E., & Sobol, B. (2000). Engaging families in therapeutic play. In C. E. Bailey (Ed.). *Children in therapy: Using the family as a resource*（pp.341-382）. New York：Norton.

Irwin, E. C., & Malloy, E. S. (1975). Family puppet interviews. *Family Process*, *14*, 170-191.

Munns, E. (2003). Theraplay：Attachment-enhancing play therapy. In C. Schaefer (Ed.), *Foundations in play therapy* (pp.156-175). New York：Wiley.

Pare, D., & Rombach, M. (2003). Therapeutic letters to young persons. In C. F. Sori & L. L. Hecker (Eds.), *The therapist's notebook for children and adolescents: Homework, handouts, and activities for use in psychotherapy* (pp. 199-203). New York：Haworth Press.

Smith, E., & Jackson, P. (2005). *The hip-hop church: Connecting with the movement shaping our culture*. Downers Grove, IL：Inter Varsity Press.

Sori, C. F. (2008). "Kids-rap：" Using hip-hop to promote and punctuate change. In C. F. Sori & L. L. Hecker (Eds.), *The therapist's notebook：Vol. 3. More homework, handouts, and activities for use in psychotherapy*. New York：Routledge.

Sori, C. F. (2011). Puppet reflecting teams in family therapy. In H. G. Rosenthal (Ed.), *Favorite counseling and therapy techniques* (2nd ed.). New York：Routledge.

Sori, C. F., & Sprenkle, D. (2004). Training family therapists to work with children and families: A modified Delphi study. *Journal of Marital and Family Therapy*, *30*(4), 113-129.

Tootle, A. E. (2003). Neuroscience applications in marital and family therapy. *The Family Journal: Counseling and Therapy for Couples and Families*, *11*(2), 185-190.

转换和弹橡皮筋技术：
打破消极习惯，减轻痛苦

治疗师：伦恩·斯佩里(Len Sperry)，医学博士，哲学博士

服务机构：佛罗里达大西洋大学心理健康咨询系教授；威斯康星医学院精神病学和行为医学中心临床教授

主要著作：

> Sperry, L. (2006). Cognitive behavior therapy of DSM-IV-TR *personality disorders* (2nd ed.). New York: Routledge.
> Sperry, L. (2008). *Treatment of chronic medical conditions: Cognitive-behavioral therapy strategies and integrative treatment protocols*. Washington, DC: American Psychological Association.
> Sperry, L. (2010). *Highly effective therapy: Developing essential clinical competencies in counseling and psychotherapy*. New York: Routledge.

技术适用对象：在门诊中体验消极习惯或痛苦思想或情感的来访者

注意事项：虽然研究显示习惯逆转能对抽搐和抽动秽语综合征（Tourette's syndrome）有效，但是这些应用需要相当多的培训

转换技术

一个特别有效的帮助我的来访者减轻或消除一个消极习惯或其他目标行为的技术是习惯逆转训练。最初由阿兹林和纳恩（Azrin & Nunn，1973）开发，习惯逆转训练已被应用于动作抽搐和发音抽搐、咬甲癖、吮拇指/手指癖、拔毛癖或旋转、抠抓皮肤和咬唇、口、舌或脸颊及磨牙。研究已经发现这对于跨年龄段（也就是，儿童、青少年和成人）、性别和种族（Miltenberger，Fuqua，& Woods，1998）的行为治疗是有效的。

该技术的基本变化机制是转换或代替。所以，习惯逆转训练不是试图去打破或停止一个消极行为，而是聚焦于用一个更好的或不相容的习惯来代替它。举个例子，如果一个来访者试图在她看电视时控制冲动饮食或吃零食，那么可以帮助她养成一个需要使用手的兴趣爱好，比如十字绣。因为一个人无法同时吃零食和做十字绣，消极习惯将会逐渐消除。可以帮助一个试图打破喝咖啡习惯的来访者转换成喝热水

或花草茶。或者,可以鼓励一个强迫性拔头发(称为拔毛癖)的来访者去捏一下手腕的皮肤而不是拔掉或缠绕她的头发。由于这些和其他习惯都能使我们觉得安慰,直接打破或完全移除它们是几乎不可能的,因为随后的失落感或空虚会导致行为重复和加剧。为战胜一个消极习惯,代替的行为应该能阻止该消极行为的重新发生,它不应被其他的分散注意力,而且它应该是一个来访者在进行正常活动时,至少能做 3 分钟的行为。

弹橡皮筋技术

当来访者报告说他们感到"走神"并通过体验痛苦来寻求打破咒语时,能教他们快速地使自己恢复。辩证行为治疗(DBT)技术取代了感受痛苦或做自罚行为的需求,是用一种痛苦但无害的行为来替代一种自我伤害的行为。

该技术的基本变化机制是注意力分散。一个非常简单和有效的注意力分散技术是在一只手里拿着一块冰直到它完全融化。在安全的时候,这会是很不舒服和痛苦的。因为来访者不常常能获得冰块,有一个廉价而现成的替代选择:一根宽宽的可以绑在手腕上的橡皮筋。用法是:对着手腕弹橡皮筋,直到来访者感到被刺痛的感觉分散了注意力而更加平静。这项 DBT 技术是由莱恩汉(Linehan, 1993)提出的,用于边缘性人格障碍个体,目的是从强烈的空虚和无知中"迅速返回自身"至现实中。

不管怎样,我已发现这项弹橡皮筋技术有更广泛的应用,包括痛苦的感觉或强迫性思想。在第一次意识到焦虑或沮丧感觉或强迫性思想时在手腕上弹一根橡皮筋能迅速带来缓解,因为来访者对感觉或思想的注意力被刺痛的感觉分散了。

此两种技术都能简单而快速地在治疗会谈中予以讨论和展示,并在两次会谈中由来访者进行练习。来访者喜欢和支持这些技术是因为他们在使用下常常会快速体会到成功的结果。

参 考 文 献

Azrin, N. H., & Nunn, R. G. (1973). Habit reversal: A method of eliminating nervous habits and tics. *Behaviour Research and Therapy*, 11, 619–628.

Linehan, M. (1993). *Cogintive-behavioral treatment of borderline personality disorder*. New York: Guilford Press.

Miltenberger, R. G., Fuqua, R. W., & Woods, D. W. (1998). Applying behavior analysis to clinical problems: Review and analysis of habit reversal. *Journal of Applied Behavior Analysis*, 31, 447–469.

开放：情感的注意—命名—支持法

治疗师：罗伯特·塔伊比（Robbert Taibbi），社会工作硕士，临床社会工作者

服务机构：注册临床社会工作者，有超过 45 年的从业经验

主要著作：

> Taibbi, R. (1995). Clinical supervision: *A four stage process of growth and discovery*. Milwaukee, WI: Families International.
>
> Taibbi, R. (1996). *Sitting on the edge: Pragmatism and possibilities in family therapy*. New York: Guilford Press.
>
> Taibbi, R. (2007). *Doing family therapy: Craft and creativity in clinical practice* (2nd ed.). New York: Guilford Press.

在督导、临床实践和家庭生活领域发表了 100 多篇期刊文献和杂志文章。

技术适用对象：在向他人表达情感上有困难的，或有爆发性愤怒的配偶、青少年、孩子的父母或成年人

注意事项： 无

问题

　　父母们和夫妻们常常在治疗中抱怨，他们的配偶或孩子不像他们，从不谈论他们的感受。他们是安静的，他们说；他们只谈论积极的，而从不说消极的事；或者他们掌控一切而间歇地，出乎意料地，就一些微不足道的小事爆发。配偶们感觉在他们的关系中，亲密的机会都被错过了；他们沮丧于问题常常恶化而很少能得到解决。父母们说他们不知道他们孩子的心里想着什么，或他们担心孩子长大后会没法在成人关系中获得成功所需要的沟通技巧。

　　通常，谈话者所做的让他们的配偶或孩子去说出来的任何努力只会让事情变得更糟。感到厌倦和沮丧时，他们会周期性地公开抱怨或用问题纠缠不说话的人。媒介变成了命令，而且配偶或孩子听到的是批评，这也成为他们更加不愿开口的原因。这促使说话者更用力地推动，激起更多抵触和更多推动，直到某人放弃、爆发或出走。

问题表面下的问题

　　如果我们将沉默视为不说话者的解决方案，那问题是什么呢？一些明显的可能性浮现在脑海中：许多不说话者学到诉说感受如何是不被接受或不安全的：他人会忽视、取笑、或生你的气；诉说感受如何会引发太多焦虑的冲突。其他人真诚地相信他们没有什么可说是因为他们从未学过如何察觉他们自身情绪容量和范围的较低水平。只有当他们的情绪达到爆炸强度且通常超出他们的控制时，他们才能真正地意识到它们。最终，一些成年人和许多年幼的孩子不再谈论他们的感受，因为他们缺乏标记和描述它们的话语。因为他们不会，所以他们不说。

目标

　　从这些根本问题中，很容易看到说话者能如何通过使不说话者感到安全和支持而非焦虑或威胁来进行帮助；通过帮助不说话者注意他们的情绪处于较低、更微妙的水平；以及通过提供他们所需要的词汇来标记他们的感受。

解决方案：注意—命名—支持家庭作业

这个家庭作业聚焦于说话者和不说话者之间的这种对话关系。不说话者被鼓励改变自己的行为，以帮助说话者改变他们的行为。

该作业是通过告诉健谈的来访者有许多他们可以做的来帮助他们的配偶或孩子学习新技能而被引入治疗的。他们的工作不是以某种方法*使*其他人讲话（他们常常错误地认为该这样），而是使他们尽可能舒适地去说话。在这种情况下缓慢和稳定会赢得成功，而且不说话者可能要花一段时间去感觉能安全地交谈，认识他或她的自身情绪或发现与他们交流的话语。建议父母和配偶要耐心，并鼓励在未来的几周内尽可能经常地按照这三个步骤去做。

步骤1：*注意感受*

当健谈者感到不说话的人有紧张、傲慢、愤怒之感时，他们要在家中无论何时，无论这感觉大小，都时刻保持警惕。通常说话者能简单地从其他人脸上的表情上得知，如他或她肩膀下耷、攥紧拳头、叹息。在会谈中列出一张其他常见的非语言线索清单能帮助健谈者在家中更多地了解他们。

步骤2：*命名情绪*

一旦怀疑一个情绪反应，健谈者就试图立马向对方对此作出评论。这可是坏主意，相反，他们应该简单地做对他人反应的心理笔记，然后等待一些安静的时刻来接近配偶或孩子。为什么？因为讨论感受的问题是和产生感受的问题分离的。需要让情况过去，而且说话者需要对此有距离，才能够冷静地、产生共情地、温和地去说。只有用这种口吻说话才能使不说话者能够听进去。任何说话者声音里残余或无意识的冷酷都会引起其他人的撤退。

一旦他们决定去接近其他人，他们应该说一些像这样的话："你知道，在你讨论_____（你的老板、你的朋友、哈利说的话，等等）之前，对于我来说你或许感觉到了一点＿＿＿＿＿＿＿（悲伤、生气、沮丧、失望,等等）。我想知道你是否是这样。"来访者能改变话语来符合他们自身的个性,最关键的是语调。他们在心理会谈中的角色扮演和练习回复会是有价值的。

不管说话者在家可能做得多好,他们都需要期望不说话者会否认任何情绪:"不,我很好"或者"不,我没有不安"是一种典型的回复。那就好了。简单地通过提出话题,通过提供温柔的鼓励和反馈,通过标记感受,健谈者正在关系中拓荒,并邀请对方作出改变。现在必须一次又一次地完成。

步骤3: 支持

最后,健谈者需要指导支持。如果不说话者有开始说什么,不管是什么,只要是关于他或她的感受如何,那么对方住口并保持镇静是至关重要的。无论是什么退缩,可能是反驳、插进来提供建议、或变得十分激动必须要抵抗。在这紧要关头的目标仅仅是让对方保持谈话,不要转移或接管话题。安静和倾听是规则。在对方停下后,只要安静地为谈论向他或她道谢。像其他步骤一样,这一条也可以在会谈中进行练习。

再次,这是一个持续的作业并且一般是较大的心理咨询过程中的一部分。由于健谈者和不说话者这两者都以同样的方式学习新的交流模式,学习与他们自身格格不入的行为方式,健谈来访者或许需要帮助才能保持正轨。只要坚持不懈,旧的陈腐的异常沟通模式将失去一些力量,为新的、更加开放的,而且更健康的模式腾出空间。

优势和资源的支持地图

治疗师:苏珊·史泰格·泰伯(Susan Steiger Tebb),哲学博士

职业:教育工作者、注册社会工作者

服务机构:密苏里州圣路易斯大学社会公益学院院长

主要著作：

Schmitz, C., & Tebb, S. (1999). *The unity and diversity of single parent families: Practice from the strengths perspective*. Milwaukee, WI: Families International.

Tebb, S. (1995). *Coping successfully: Cognitive strategies for older caregivers*. New York: Garland.

超过 25 篇家庭照料和社会工作教育领域专业文章和书籍章节的作者和合著者。

技术适用对象： 对伴有一种慢性病,如痴呆症的一个家庭成员提供日常护理的家庭照料者

注意事项： 无

家庭在帮助老年人维持独立生活上是至关重要的。大多数老年人更喜欢向他们的配偶或孩子或两者兼有寻求帮助,而非向他们的朋友或正式支持系统寻求帮助,诸如请护理人员(Tebb, 1995)。80％和家人住在一起的老年人需要一些形式的日常护理(Stone, Cafferata, & Sangl, 1987)。作为一种护理资源,一个家庭的存在与否是延迟和可能防止老人寄居机构非常重要的因素(Colerick & George, 1986; Strawbridge, 1991)。但是这种类型的护理给家庭成员带来了损害,而且他们需要内部和外部的支持、优势和资源。优势被定义为内部支持诸如坚定的信念、技能、幽默和自尊,而资源是那些外部支持诸如家庭、健康护理机构、朋友和个人获得的机会。照料年长亲属的家庭成员常常会忽略他们自己的需求。这种自我牺牲是有害的,尤其是当维持了很长一段时间时。这个练习帮助指出需要什么样的资源和优势以及当在照顾一个家庭成员时从哪儿可以培养它们。

我们所有人都需要支持。支持被定义为任何帮助我们通过生活中各种各样考验的身体的、心理的、社会的或精神的成分。在护理提供背景下的支持常常被发现来自两个不同的来源：内部的(力量)和外部的(资源)。外部的支持可以是正式和非正式的支持。正式的支持是从社

会服务机构、医院、教堂和社区机构处所得到的,而非正式支持是家庭、朋友和邻居。一个关于家庭护理的研究发现不足一半的照料者从非正式或正式支持或两者兼有中得到若干帮助(Tennstedt, Crawford & McKinlay, 1993)。内部的和外部的支持都被视为是生活压力的缓冲区,从而有助于一个人的幸福。

正式的社区支持提供给被照料者家庭和朋友无法提供的许多所需技能,诸如护理、心理咨询和医术。正式的支持常常用来去获得专业知识和资源,举个例子,经济援助或交通。在其他时候,正式支持被用于提供日常生活活动,诸如清扫房屋、洗浴和上门维修(Springer & Brubaker, 1984)。用这种方式利用正式支持服务,照料者可以有更多的时间给他或她自己和他或她的被照料者。

照料者或许无法依赖她或他过去曾有的非正式支持。当照料者感到有压力和需要保存能量时,她或他必须费精力找到新的非正式支持。照料者必须学习方法来应对,不仅是提升优势、幸福和自控的支持,而且要鼓励其寻找和使用资源。

你的优势是什么?你的资源是什么?绘图是一个被开发用来看看你可用的优势和资源的简单纸笔活动(见图 3.13)。作为一名照料者,你是图上大圆的中心。在大圆周围,写上你的优势、你的内部支持。现在,在较小的圆里标记"现在的一家人",写上和你一起生活的人。习惯做法是在这个圆圈中用圆圈来描绘女性,用正方形来描绘男性。在每个所画的圆圈或正方形里,添上这个人的年龄。在画完现在的一家人后,用其他的圆圈来代表你在你现在的家庭单元之外所拥有的不同资源和联系。一些最普遍的人脉和资源是医疗保健、工作、大家庭、教会、朋友、娱乐,等等。在大的自己的圆圈和其他描述你和这些资源的关系的圆圈之间画线。一条实线代表一个主要关系,而一条虚线表示一个脆弱的关系。穿过主线的折线或锯齿形线被用来指出一条有压力的联系。你也可以通过沿着主线使用箭头来表明一个有特定关系的人的方位。如果所有人都有关,也可从现在的一家人画线至一个外部资源,或仅从在生活单元中的一名成员处连接至一个资源,如果只有那名成员涉及的话。绘图使一个人能查看到各种支持关系——内部和外部的两者兼有——它们可以帮助作为家庭照料者的你建立你生活中的幸福（Hartman，1978）。

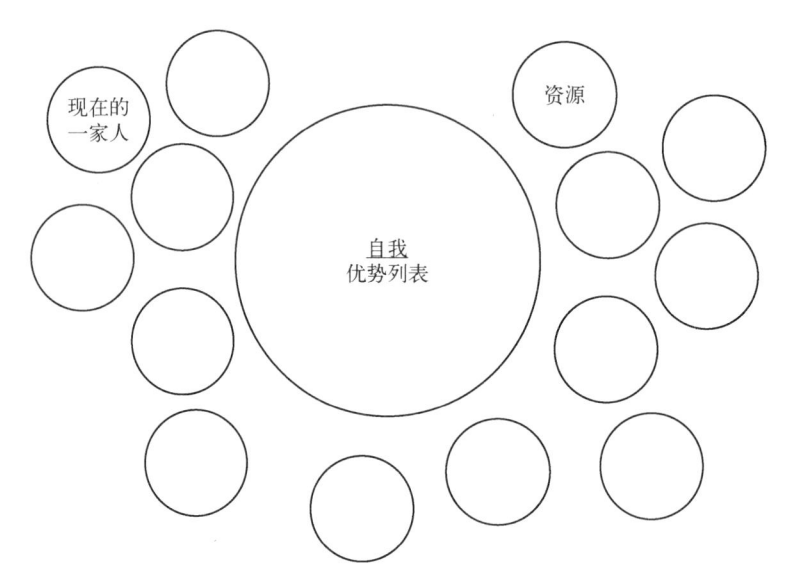

图 3.13　优势和资源支持地图

［改编自 Hartman，A. 1978. Diagrammatic assessment of family relationships. *Social Casework: Jouranl of Contemporary Social Work*，59(8)，465-476.］

我第一次见到梅布尔是在一家医院的一个照料者支持单位,她正在照顾她被诊断为阿尔茨海默病的丈夫。在过去的 18 个月中,他正逐步地需要越来越多的监督和照料。当我见到梅布尔时,她显得疲惫不堪、无精打采,而且她的眼中没有神采,但是她声称能努力把她的丈夫照顾得很好并说她很快乐。当我们谈话时,我意识到梅布尔只有在把她的丈夫带到医院赴约时才离开房子。我把优势和资源支持地图给梅布尔,并要求她看一看并考虑下她会怎样填,而且当我在下周做一次家访时我们将一起看看这张图。

当我到她家时,梅布尔已完成了她拥有的小一些的资源的圆圈,我们一起填满了她的优势的核心圆圈。我发现梅布尔漏掉了一个拼布小组,她已积极参与了很多年,但由于她丈夫的疾病而停止了。我还得知梅布尔不去做礼拜了,并错过了这种联系。另一个梅布尔无法再去参与的领域是她的医生为控制她的高血压而推荐的一个有规律的锻炼计划。使用地图并强调梅布尔的优势和资源，我们制定了一个计划，开始利用她的支持系统为她的照料寻求帮助。我给她下周布置了一个作业：她要至少让一位朋友或家庭成员进入到她对丈夫的看护中。在该周中，梅布尔和牧师打了交道。那个牧师曾在教堂宣布说梅布尔需要有人临时照看弗兰克，那样她就可以去做礼拜了。在星期天早晨做礼拜的时候，几名成员开始轮流在一个空的教堂教室里临时照看他。

我们的下一个任务是为她自己做一件事，来加强她的内部支持；举个例子，散步或运动、冥想、悠闲地洗个澡、阅读消遣、外出吃饭或拜访朋友。梅布尔接受了这个任务并雇用了一个邻家少年，每晚半小时到一小时，在她开始一项每日步行的常规计划时，来临时照看她的丈夫。

下一个作业对梅布尔来说要难得多。她要去查找一个能在照顾她丈夫上给予她帮助的社区的/正式的服务。在许多犹豫和思考后，梅布尔同意使用当地的一家暂托服务，那样她能再次参加拼布课。在同时使用她再生及新开发的优势和资源的一个月之后，梅布尔看上去更开心了，并且她把她自己照顾得像她丈夫一样好。

该地图的使用为临床医生你和照料者两者都提供了一个关于关系或支持的概观、来访者可得到的已培养或未培养的东西。绘图指出了资源和缺乏的资源以及优势和缺乏的优势，指出了它们与你的来访者的关系和它们之间的相互关系。

参 考 文 献

Colerick, E. J., & George, L. K. (1986). Predictors of institutionalization among caregivers of patients with Alzheimer's disease. *Journal of the American Geriatrics Society*, 34, 403-498.

Hartman, A. (1978). Diagrammatic assessment of family relationships. *Social Casework: Journal of Contemporary Social Work*, 59(8), 465-476.

Springer, D., & Brubaker, T. H. (1984). *Family caregivers and dependent elderly*. Beverly Hills, CA: Sage

Stone, R., Cafferata, G. L., & Sangl, J. (1987). Caregivers of the frail elderly: A national profile. *The Gerontologist*, 27(5), 616-626.

Strawbridge, W. J. (1991). The effects of social factors on adult children caring for older parents. *Dissertation Abstracts International*, 52, 1094A.

Tebb, S. (1995). *Coping successfully*. New York: Garland.

Tennstedt, S. L., Crawford, S. L., & McKinlay, J. B. (1993). Is family care on the decline? A longitudinal investigation of formal long-term care services for informal care. *Milbank Quarterly*, 71(4), 601-624.

有益健康的行为日记

治疗师：唐纳德·I. 邓普勒(Donald I. Templer)，哲学博士，注册有处方权临床心理学家(FPPR)，BCFE

服务机构：弗雷斯诺市，加州职业心理学学院

主要著作：

Lonetto, R., & Templer, D. I. (1986). *Death anxiety*. New York: Hemisphere.

Templer, D. I., Hartlage, L. C., & Cannon, W. G. (Eds.). (1992). *Preventable brain damage: Brain vulnerability and brain health*. New York: Springer.

Templer, D. L., Spencer, D. A., & Hartlage, L. C. (1993). *Biosocial psychopathology: Epidemiological perspectives*. New York: Springer.

几本其他书籍和超过20个书籍章节及200多篇杂志文章的作者。

技术适用对象：存在焦虑、压力、调节、自尊和自信问题的患者；想在健康、身体状况和外表上有所改善的人

注意事项：可能不适用于高度对抗或精神不正常的人；计划剧烈运动和饮食改变的人应询问他们的医生。

记录患者的身体或心理健康的行为有四个目的。第一是评价患者的健康行为属性的优势和劣势。第二是建立基线，从而可以决定发生哪些改变。第三是从患者对他或她自身增进了解上获益并联合患者复合生活状况的优势。第四个是丰富治疗师的视角，那样能给予患者最优信息、建议和增援。不但要对所期望的行为进行表扬，也要表扬适应不良行为的减少，举个例子，每天抽一包而不是两包烟。

典型的记录关涉以下领域：食物、酒精、烟草、处方精神药品、其他处方药、睡眠。所有这些类型并不能囊括所有患者，而对于一些患者来说，需要记录额外的领域。

消耗的食物类型和数量以及消耗的时间应该被记录。对于一些患者来说，要记录更多的精确变量如卡路里、脂肪、胆固醇和蛋白质。患者应该每周称一次体重。需要记录酒精、烟草和治疗性药物使用的时间和量。非法药物的使用也要被记录，但是许多非法药物使用者有着混乱的生活方式，以至于他们不会接纳并服从一个有益健康的生活日志。对于不良行为，之前的情况和导致退步的因素应该被记录。对于心血管和耐力运动，速度和距离或者持续的时间应该被记录。对于抗阻训练，磅数、组数和重复次数应该被记录。

越来越多的研究表明，有益健康的生活日志与身心健康密切相关，并且一个人摄取什么对一个人如何感受和运作是有相当大的影响的。重度饮酒是抑郁症更常见的原因之一。关于咖啡因，有巨大的个体差异。有些人感觉更好、工作得更好且睡得更好，如果他们每天喝 20 杯咖啡的话。对其他人而言，一杯咖啡就能引起明显的焦虑和睡眠困难。许多人没有意识到这一事实，即许多不同的非可乐软饮和非处方药中含有咖啡因。除了改善外表、身体健康和自尊之外，运动对焦虑、睡眠困难、抑郁、愤怒和破坏性行为也很有帮助。常常有一个恶性循环：焦虑和抑郁引起睡眠困难，而睡眠困难引起更多的焦虑和抑郁。性功能改善也通常与一个更健康的生活方式有关。

精神药物和其他药物无效的一个主要原因是不依从或依从不足。一些患者不顾他们的医生和药剂师清清楚楚的说明，相信应该按需选用抗抑郁药物,或者如果它们在几天里不起效的话,应该停止使用。许多人错误地相信如果一种物质是"自然的",非处方的,或从一家健康食品商店买来的,它就不会是有害的。大多数售卖给健美运动者们的保健食品、草本治疗和药物都没有经过严格的研究来确定疗效和安全性。在其他健康生活记录的背景下,这些药物摄取的记录能给患者提供一些它们起效的标志,如果他或她的医生无法提供明确意见的话。有益健康的行为日记是由患者和治疗师共同设计、共同修改的,并在不再需要治疗师之后,由患者来维护和修改。

用心理教育的生活技能干预模型来最大化人类潜能

治疗师:罗斯玛丽·A. 汤普森(Rosemary A. Thompson),教育学博士,全国教会理事会会员(NCC),低工资委员会委员(LPC)

服务机构:注册职业咨询师;美国弗吉尼亚州切萨皮克市切萨皮克(Chesapeake)公立学校指导与咨询督导;弗吉尼亚州诺福克市奥多明尼昂(Old Dominion University)教育领导力与咨询系客座教授

主要著作:

Thompson, R. A. (1992). School counseling renewal: *Strategies for the twenty-first century*. Muncie, IN: Accelerated Development.

Thompson, R. A. (2003). *Counseling techniques: Improving relationships with others, ourselves, our families, and our environment*. New York: Routledge.

Thompson, R. A. (2006). *Nurturing future generations: Promoting resilience in children and adolescents through social, emotional, and cognitive skills*. New York: Routledge.

技术适用对象:伴有社交、情绪和认知技能不足的儿童、青年和成年人

注意事项：无

心理教育的生活技能干预模型

全国的青年和成年人越来越多地显现出严重的社交、情感和认知技能不足。*情感技能不足的迹象表现在暴力、自杀和杀人事件的增加。社交技能不足表现在不良的同伴关系和无法解决冲突及控制矛盾*。认知技能不足是青年和成年人学业的不利条件，并减少了他们的职业选择，使他们更容易受到犯罪的影响，因为他们没有能在全球化经济下竞争的适合市场的技能。

青年和成年人的全部技能可以通过使用一个心理教育的生活技能干预模型来加强。教授一个生活技能团体会谈遵循一个五步的学习模型：指导（教）、示范（展示）、角色扮演（练习）、提供反馈（加强）和从事"自己的工作"（在团体环境之外应用该技术）。示范、提供反馈、角色扮演、指导和应用情况日志及自己的工作任务加强了期望行为。使用词语"*自己的工作*"（Ownwork）而不是家庭作业是为了提高一个人对于改变行为的自我责任。词语"家庭作业"（homework）常常和单独的苦差事联系在一起。心理教育的生活技能干预模型是一个对人际和个人内心效能的矫正和加强更为全面和系统的方法。它是在团体环境下进行练习并包含认知和经验成分的组合。

该综合技术传递系统着重于心理教育的生活技能推广和增强模型，在其中（a）由一名咨询师、老师或治疗师来提供帮助，（b）将一名来访者的困难看成是知识或经验上的缺口而不是适应不良性行为或不足，并且（c）来访者对于他或她的生活技能发展和管理计划的设计很积极。一个来自经验的团体方法而不是说教的一对一的方法已被证明是减少自我挫败行为，这特别在年轻人中是最成功的方法。教学的心理教育干预技术源自于社会学习理论。社会技能主要是通过学习（也就是，通过观察、示范、排演和提供反馈）获得的并通过社会强化（也就是，来自一个人的社会环境的积极回应）最大化。本质上，社会的、情感的和认知的技能缺陷可以通过直接教授和示范来矫正。行为演练和指导加强了学习。在压力事件期间，来访者们需要这些先决技能来战胜功能失调行为并提高他们的弹性。

心理教育的生活技能干预过程

心理教育团体的领队承担主管、教师、榜样、评估员、鼓励者、激励者、引导者和保护者的角色。在心理教育的生活技能干预模型内的角色扮演提供了机会(a) 去尝试、排演并在一个安全的环境中使用新学到的；(b) 去发现要如何形成舒适的新行为；(c) 去评估哪个替代行动运作得最好；和(d) 通过现实检验练习再练习新学到的。本质上，单是智力上的洞察对改变自我挫败行为是不足的，一场来访者和治疗师之间的单独说教对话也不能对把新的社会的、情感的和认知的技能与来访者的全部行为融为一体起作用。角色扮演是自我发展和人际学习的根本动力。

六步走向心理教育的生活技能干预模型

根据团队领队应该说和做的来帮助年轻人把社会的、情感的和认知的技能与他们的全部行为融为一体来概述步骤。培训课程是一系列的动作反应顺序，先排练（角色扮演）有效的技能行为，然后评论（反馈）。应该是小团体（6～10 名成员，混合性别和种族）而且应该在一到两次会谈中涵盖一个技能。团体中的每一名成员应至少正确地角色扮演所给的技能一次。角色扮演的目的是为该技术的未来使用起行为演练或练习的作用。进一步地，应该挑选一个假设的未来场景而非一个旧时再现场景来角色扮演。

步骤1：呈现一个社会的、情感的和认知的技能综述

这被认为是该过程的教学部分。呈现一份教授社会的、情感的、和认知的技能的教学简介（5～10 分钟）。介绍该技能在增强关系上的好处，并呈现不学习该技能的误区。图 3.14 和图 3.15 包含为自信的社交技能所建议的教学概述。

我们都有权利：
- 决定怎样过我们的生活。
- 表达想法、行动和感情。
- 有自己的价值观、信仰、观点和情感。
- 告诉其他人我们想要被怎样对待。
- 说："我不知道,我不明白。"
- 获取信息或帮助。
- 使想法、感情和权利被尊重。
- 被倾听、听到和得到重视。
- 要求我们想要的。
- 犯错。
- 要求更多的信息。
- 不感到内疚地说："不"。
- 作出去参与或不参与的决定。
- 自信而不后悔。

图 3.14　社会文化技能：明白你自信的权利

很经常地,激进的人没有能力在他们的全部人际关系之内有主张地表达他们自己。实质上,有六个自信的特定属性：

1. **自我意识**：对于你的目标、愿望、人际关系和内心行为及它们的原因有充分的了解。有能力认识到哪里需要改变并相信你的权利。
2. **自我接纳**：自我意识认可你自身独特的优势与劣势。
3. **诚实**：语言和非语言想法、感情、行动和意图的一致。
4. **同理心**：对你的感情、行为和行动的敏感和接纳,也就是说,能站在别人的角度上。
5. **责任感**：承担想法、感情、行动、需要、目标和期望的所有权。
6. **平等**：接受另一个人,也同等地乐意去与他们的需要、欲望或心愿协商。

图 3.15　社会文化技能：自信的成分

过程继续：

- 接下来,提一个问题来帮助成员定义他们自己的技能。使用诸如"谁能定义*自信*？变得*自信*对你而言意味着什么？自信是如何不同于攻击性？"的语言。
- 示范过用该技术后对接下来要做的事情做一个说明："在我们看过该技术的案例后,我们将讨论你要如何使用该技术。"
- 分发技能卡片并要求一名成员大声地读出行为步骤。一张技能卡片是领队和团体合作的社会、情感或认知技能,比如,"愤怒管理""自信"或"批判性思考"。
- 要求成员们如示范的技术按每个步骤操作。

步骤2：模仿按照列举在挂图或黑板上的步骤的行为

进入到经验性成分,领队为团队成员示范他或她所认为的恰如其分的技术。这使团体成员能将该过程可视化。示范可以是一个现场演示或模拟传媒展示。确定并讨论图3.16所示的步骤。要求反馈来改正任何误解。鼓励其他人对你清楚、直接、明确地作出反馈:"你清楚了吗?""你如何看待这种情况?""关于这个你想做些什么?"

缺乏自信是在人际关系中发生冲突的一个原因。促进理解和合作胜于怨恨与反抗:

1. 直接。直接和与你有冲突的那个人(不对第三方;也就是说,避免"*他说*""*她说*"这一陷阱)传达信息。

2. 取得你信息的所有权。说明你的信息来自你的观点。使用诸如"我不同意你"而非"你是错的"的个人化的"我声明"。

3. 陈述你的所思所想和感受,越详细越好。用这些开场白:

"我有一个需求。"
"我想要……"
"你考虑……"
"我有不同的意见,我认为……"
"我不想让你……"
"我有各种各样的反应,是由于这些原因……"

步骤1:"当你……的时候"(具体描述其他人的行为。)
步骤2:"影响是……"(客观地描述其他人的行动怎样影响了你。)
步骤3:"我觉得……"(准确描述你的感受。)
步骤4:"我更想……"(提出你希望看到的相关建议。)

例如:

步骤1:"当你在早上把我晚送去学校的时候……"
步骤2:"我总是赶不上第一遍铃声,所以总是被留校。"
步骤3:"我感觉受伤了而且对你很生气。"
步骤4:"我希望我们能做好计划,那样我再也不会迟到了。"

图3.16 社会文化技能：自信

步骤 3: 请对所示范的技术展开讨论
- "你观察到的任何一个情况都让你必须使用这种技能吗?"
- 在团体成员中鼓励展开一场关于技术的使用和障碍的对话。

步骤 4: 在两组团体成员之间组织一场角色扮演
- 指定一名成员作为行为排演成员(也就是,该个体将致力于整合一个特定的社交、情感、或认知技能。)重温一下角色扮演指南(见图 3.17)。

---

1. 角色扮演法将提供一个看待你自己行为的视角。
2. 它是一个使特定技能及其后果变得清楚的工具。
3. 通过排演一个新技能,你将能感到一些和你在我们团体之外的真实场景中使用该行为时相同的反应。
4. 角色扮演法的意图是给你练习技能和讨论及确定有效和无效行为的体验。
5. 实践会提升你的信心,并且在真实生活场景中你会感觉更舒适。
6. 角色扮演法越真实,它越能引起更深的情感卷入,将会增强你所学到的。
7. 真实生活场景使你有可能在尝试处理情况时如果方法失败仍不用遭受严重后果。

图 3.17 角色扮演法指南

- 让行为排演成员选一个搭档——团体中的某个人,提醒他或她他们最有可能一起使用该技能的人。举个例子,提问该行为排演成员,"团体中的哪个人使你在某些方面想起了哪个人?"或者"团体中的哪个成员你感觉和他一起做角色扮演会最舒适?"如果没有人确定,请某个人自愿来和该行为排演成员一起排练该技能。
- 为角色扮演做好准备,包括背景、道具和家具,如果有必要的话。问问这样的问题,"你将在哪里聊天?""会是一天中的什么时候?""你将做什么?"
- 和该行为排演成员一起回顾在角色扮演中应该说和做什么,诸如"这个技能的第一步会是什么?""如果你的搭档做了_____,你会做什么?"

- 给该行为排演成员和搭档最后说明。对该行为排演成员说："尝试尽最大努力去按照步骤做。"对搭档说："尽你所能发挥作用，集中精力于当练习成员按照步骤时，你认为你会做什么？"
- 指挥团体中剩余的成员作为该过程的观察者。他们的角色是对行为排演成员和搭档在练习后提供反馈。
- 开始角色扮演。一名团体成员站在黑板或挂图边上为角色扮演团队指出每个步骤。
- 当需要的时候，指导和提示角色表演者。

步骤 5：在练习完成后从团体成员和过程中获得反馈

慷慨赞美应该与建设性意见结合起来。避免指责和批评。应该把焦点放在如何改进上。建议应该是能用实践实现的。给予建设性反馈的社会素养技能是每一个心理教育生活技能干预模型中的一个集成部分，显示于图 3.18 中。

> 1. 征求许可。询问这个人他或她是否想要一些反馈。（如不同意，等待一个更合适的时间；如果同意，继续进行。）
> 2. 在你传达敏感信息前，对这个人说一些积极的东西。
> 3. 描述该行为。
> 4. 聚焦于这个人能改变的行为，而非这个人的品性。
> 5. 明确和证实该行为。（其他人有抱怨过吗？）
> 6. 包括一些改进的建议。
> 7. 慢慢来。真正的行为改变会随着时间推移而发生。

图 3.18　给予建设性反馈

反馈过程的重要考虑因素：

- 指示该行为排演成员等候，直到听完每个人的评论。
- 要求搭档审视他或她的角色、感觉和排演成员的反应。指示观察者们报告排演成员的行为步骤的遵循情况；给出具体的喜欢和不喜欢的地方；并且对该行为排演成员和搭档的角色作出评论。
- 和该行为排演成员一起处理团体评论。要求该行为排演成员对他或她在遵循该技能的行为步骤上做得怎么样作出回应。例如,"在 1 到 10 的范围中,你对按照步骤的满意度打几分?"

步骤6:鼓励将学习跟进和转移至其他社会、情感和认知环境中

这是一个关键部分。来访者需要将新开发的生活技能转移到个人相关的生活情况中。将行为排演成员自己的工作转移到实践中,将技巧运用在生活中。要求团体成员寻找和该技能有关的情境,使他们可以在下一次的团体会议中进行角色扮演。

- 询问行为排演成员他或她可能会怎样、何时以及和谁一起在下一次团体会议前尝试行为步骤。
- 布置一份"自我作业报告"来获得行为排演成员的书面承诺,以试验新技能,在下一次团体会议中向团队进行汇报。讨论怎样及在哪里会使用该技能。设定一个明确的目标在团体之外使用该技能。告诉行为排演成员:"你的社交技能工作是一个已经教过的作业。你要和其他人或者同事练习 5 次该社交技能。写下(a)一份发生了什么的描述,它什么时候发生,在哪儿发生;(b)你说了和做了什么;(c)其他人说了和做了什么。"

自我工作被布置用来加强会谈的工作,使该行为排演成员意识到他或她所希望提高的生活技能。最终目标是在各种自然环境中实践新行为。自我工作将负责变化的责任放在了该行为排演成员的身上,也就是说,做他或她自己的工作来解决问题。下面的例子是合适的自我工作任务:

- *体验式/行为作业*是用于两次会谈之间具体行动的作业。例如,一个用于改善缺乏自信的行为作业可能是指示该行为排演成员对来自其他人的不合理要求说"不"。
- *人际关系作业*是通过写下和别人不愉快的对话来增强对沟通困难的感知,可以在下一次的会谈中回顾来展示某人怎样无心地引起了对他人的拒绝、批评和敌意。
- *思考作业*是这样的作业,诸如列出一张对思考很有帮助的事情的清单及练习整天思考这些新想法。举个例子,可以指示一个低自尊的人思考他或她最引以为傲的成就。
- *书面作业*是诸如从会谈离开后,写一篇能帮助来访者打开一个情感发泄口的日志或日记这样的作业。例如,一名来访者能坚持记日记,记下每一天练习新行为的频率的清单。
- *焦点解决作业*是积极寻找在会谈中确定的问题的解决方案的作业。例如,一名成员或许会通过和另一个人谈判或解决争端来寻找一个人际关系问题的解决方案。

对社会素养技能的模拟案例:维持冲动控制

说明

问题:你是如何定义冲动控制的?

冲动控制是在你对自己承诺某事前,学习停下并看看你的行动的结果。这是停下并思考还有谁会受到你的行动的影响及后果将会是什么的能力。这值得吗?

模拟

雪莉时常由于冲动而对自己做出过分承诺。她在说"不"上存在问题,且在她的舒适范围内工作。当她被要求做一些事情时,她会说好的,即使她没有时间或资源来完成该任务。雪莉当时正在看秋季的课程目录并看到了一门看起来很有趣的课,所以她报名了。她已经排了15个毕业学时并每周工作20小时。由于她的课程负担过重以及不能确定她是否能准时完成她的作业,她感到压力巨大。我们要怎么帮她呢?

失控的征兆

1. 表现冲动消耗了你的很多精力与资源。
2. 你感觉被推动着且无法考虑别的事情。
3. 你感觉这个决定是唯一可能的答案,而且你让它接管了所有的理性思考。

控制策略

1. 问问你自己还有谁会受这个行为的影响。

2. 问问你自己他们会怎样受到你所作所为的影响。

3. 推迟行动。给你自己一些时间来彻底想清楚该决定,那样你能看到后果和供替代的选择。记住,选择是很重要的。

4. 找到一个争取时间的方法,那样你能思索你的行动。

5. 回想过去的情形,你必须从中解救自己,因为你曾太冲动了。

模型

自助策略

1. 每次你停下来并彻底思考一种情况而不是冲动行事时,奖励你自己。

2. 写日记并记录下你对所做出的决定的感受,如果你是冲动地做出决定的话。

3. 给自己写一部权利法案,当你准备好做决定时读一读。

给自己的提醒

1. 可以选择是至关重要的。这给了你去或不去行动的自由。它使你对自己负责。

2. 如果你总是做你已做过的事,你只会学到你在过去已学过的事。

冲动行事的后果

1. 冲动行事的后果是混乱、自我厌弃和感到失控。

2. 冲动行事的结果是花费大量的时间来解决冲突、改善关系,或平衡时间和金钱。

角色扮演

雪莉:嘿,贝丝,我正好看到在秋季目录里有这门精品课程。我想我会去学的。

贝丝:雪莉,你已经有多少课时了?

雪莉:十五,但是这门课听起来很有趣,而且我真的很想学。

贝丝:雪莉,我了解你真的想学它而且它听起来很有意思,但是你现在可以处理好工作和学习吗?

雪莉:这将意味着更多的作业和在晚上熬夜,但是我真的认为我可以做到。

贝丝：雪莉，记得上个学期期末时你的压力有多大吗？你希望再来一次吗？

雪莉：不，但是贝丝你不明白。我真的想要学这门课。

贝丝：看看你的"加减比"。它将对你有什么用？它将如何影响你的家庭？

雪莉：它将帮助我提升常识，但与我的学位无关。我没有考虑过我的家庭。

贝丝：雪莉，你认为你能等到明天做出你的决定吗？那样你可以和布莱恩和孩子们一起谈一谈，并进一步思考。

雪莉：我想我可以，但如果到那时候全家通过呢？

贝丝：雪莉，如果是的话会怎样呢？你仍有能力毕业吗？你可以晚点再学吗？

雪莉：你说到点子上了。我会考虑并和布莱恩谈一谈。

反馈

就角色扮演对话从团队成员中引出反馈。

自己作业任务

让雪莉完成一个决定平衡矩阵（图 3.19）。指导她看一看表 3.19 中列出的她生活的各个方面，以及她决定承担更多的课程会如何影响她。

图 3.19 决定平衡矩阵——对自己和他人的个人时间承诺

	积极的结果（＋）	消极的后果（—）
社会和家庭关系		
学术责任		
工作和职业责任		
业余时间追求		
教堂/社区义务		

接下来,让雪莉来分析她对所有课程的时间承诺——也就是说,每堂课有多少研究、阅读和特别的项目——并将这些承诺与家庭和工作责任结合起来。底线:一周中有足够的时间去做她强制自己去做的事情吗? 自我作业任务(图 3.20)用于在两次会谈间强化行为演练技能。

待练习技能:学习说"不"和建立健康边界。
- "我将和_____使用这技能。"
- "我会在_____时和在_____(地方)时使用它。"

步骤如下:
1.
2.
3.
4.
5.

在 1~10 之间(1 分最低;10 分最高),为你自己做得有多好打分。

图 3.20 自我作业任务

核心理治疗的家庭作业案例: 诗歌、绘画和触摸

治疗师: 艾琳·沃肯思德恩(Eileen Walkenstein),医学博士

服务机构: 宾夕法尼亚州温科特市委员会认证精神病医师;私人从业心理治疗师

主要著作:

Walkenstein, E. (1972). *Beyond the couch*. New York: Crown.
Walkenstein, E. (1982). *Fat chance*. New York: Pilgrim Press.
Walkenstein, E. (1983). *Your inner therapist*. Philadelphia: Westminster Press.

作者发表了大量论文,并做过电视节目(例如,《萨利·杰西·拉斐尔脱口秀》),在美国和欧洲(例如,伦敦、巴黎、罗马、佛罗伦萨及那不勒

斯)举办了工作坊。

技术适用对象：不分老幼，个体和团体，成瘾或贪食症患者

注意事项：在一开始应当明确的是，家庭作业并不是作为命令或指示而被提出的，而是作为意见甚至是强烈建议而提出的；并且，最后是否接受它们是患者的选择。

早在我的精神病学科实践时，我清醒地认识到，尽管在治疗期间出现了许多戏剧性和启发性的时刻，但最重要的治疗工作是由患者在我办公室之外的他们的生活中完成的。因此，几乎从一开始，我就给出家庭作业：要做的事情，要写的东西，要读的东西。而且有时候他们家庭作业的结果对我和对他们来说同样令人吃惊。

举个例子，一位中年妇女有多种极其严重的过敏，所以在朋友家或餐馆里吃饭的时候她不得不带着食品包。她的症状使过敏专科医生和其他专家都束手无策。在绝望中，她决定去看精神科医生。

在和她一起做我的核治疗工作的过程中（这一内容的浅谈登在 Rosentha, 2011 中），我们很快就找到了她的"母亲的问题"。在那个特别的会谈最后我说，"对于你的家庭作业，我想要你写一首关于你妈妈的诗。"她立刻反对："哦，我办不到！我这辈子从来没有写过诗。"

我面无惧色地微笑道："你要写这一首。它不必是一首伟大的诗歌或一件艺术品。它只需要关于你的母亲就行。"

当我下一次见到她时，她自豪地创作了诗歌，把对母亲的可恨特征和她自己在多年的礼貌外壳和冷静恭敬下对她妈妈的仇恨和愤怒毫不留情地倾泻而出。使她震惊的不只是她有能力写诗，还是她曾怀有的所有未被承认的感受。我大笑道："诗歌打开了大门——它是危险的东西！"

不久之后，她所有的过敏症状都消失了。她能安然无恙地吃令人吃惊的东西诸如巧克力蛋糕甚至是鱼，这些东西之前都会将她送入医院。但是最重要的额外好处是，她和她母亲的关系戏剧性地改变了，并变得更加真实。在她的生命中她第一次开始感到源源不断的对她母亲的温暖感觉和爱。

这些年里我为意大利的治疗师们进行了一个工作研究项目（在那儿我开始开发和试验我的"核概念"），我注意到这些知识分子和他们的身体及情感是如何分离的。他们是如何乐于谈论和理智化相关的任何事！作为一个向我们的教育经验过程介绍触觉和情感的方法，我建议他们触摸他们的身体。并且他们也阅读了由阿什利·蒙塔古（Ashley Montagu, 1996）所著的《触摸》（Touching）一书，该书幸运地能在意大利以《触摸》（Tatto）的标题买到。我现身说法地劝告道："如果他们不能接受他们自己的身体的话，你要如何期望你的患者和来访者融入？"我随后不断地向每个人推荐《触摸》：双亲、夫妻甚至是不是我治疗的人。

关于这一主题，有一位来自很远的州的患者在我们最近的电话会谈中非常心烦。她因她的身体状况而痛苦，尤其是她那突出的软软圆圆的肚子。以前她总是以她柔软灵活的身躯和舞蹈家般的扁平腹部而自豪。我听着她对她腹部的鄙视，然后打断了她长篇大论的谴责："现在我想要你张开你整个手掌摸一摸你的腹部，并且不带着会引起你的耻辱的判断来摸。不要判断。只是真实的感受。感受触摸，触摸它的感觉。我不想听到任何关于它的大小或形状的判断。只是它的感觉。"

当她终于允许自己不带着批评感受她的腹部时，她承认它感觉很温暖。"很好！那就是你的家庭作业。感受你的肚子的温暖和柔软，不要判断，只是触摸和感受。每天重复至少四次。这个处方比任何我可以给你的药丸都好而且没有副作用。"

到这次会谈结束时我们正在大笑。我补充道，如果她愿意，她可以在执行她的任务时征求她丈夫的帮助。到她的下一次会谈时，她已经和她肚子的凸起达成了和解而且事实上开始喜欢上了它的圆润柔软。

另一个带来即时对症结果的任务案例：一个35岁的艺术家变得太自我非难，以至于他把美术工具放在看不见的地方并停止绘画。他变得越来越痛苦。经过几年的悲观，他决定寻求帮助。很明显，在我们的一次早期会谈中，他的完美主义不允许他享受他的创作。他做的事情都没有足够好。"我终究可能只是没有足够的才华，"他说。

"好吧,我给你布置家庭作业,"我告诉他。"拿出你的工具并开始绘画,但不是真的绘画。只是玩着画。玩耍。不要做任何好事。如果你画了一幅很好的画,那你的任务就失败了。而且如果它很完美的话,你干脆退学吧。这个作业不是严肃的艺术品,只是玩而已。如果你不玩而且太过于认真的话,你也任务失败了。"他开始大笑起来。阻止他创造性工作的栅栏甚至在他开始他的任务前就已经熔化了。过去两年中他担心和抵制拿起他的画笔,但仅仅是做玩玩绘画的家庭作业的想法就已经给他带来了欢乐。

参 考 文 献

Montagu,A.(1996). Touching. New York:HarperCollins.
Rosenthal,H. G.(Ed.).(2011). Favorite counseling and therapy techniques (2nd ed.). New York:Routledge.

给混血身份者的阅读疗法作业

治疗师: 比衣·韦尔利(Bea Wehrly),哲学博士

服务机构: 退休名誉咨询师教育家;马克姆西伊利诺大学多元文化顾问

主要著作:

Wehrly, B. (1995). *Pathways to multicultural counseling competence: A developmental journey*. Pacific Grove, CA:Brooks/Cole.
Wehrly, B. (1996). *Counseling interracial individuals and families*. Alexandria, VA:American Counseling Association.
Wehrly, B., Kenney, K., & Kelley, M. (1999). *Counseling multiracial families*. Thousand Oaks, CA:Sage.

技术适用对象：个体或团体中的混血身份的人；特别是在处理负面情绪上有困难或有被父系或母系拒绝的经验的多民族混血儿

注意事项：这项技术只限于有平均或平均以上阅读能力的人，不适用于认知发展迟缓的人及视力或听力受损的个体。

家庭作业描述

我一直和一个由非裔美籍与高加索白人混血组成的混血儿小组一起工作。三个人（罗伯特，约翰和安德鲁）都是社会经济地位为中产阶级的专业人士。组内已形成了强有力的信任和默契，而且这些人可以轻松地表达他们的感情。每周一次的小组会谈上反复出现的一个主题是这些人感觉没有人真正地理解他们，特别是成长在一个跨种族家庭中而被亲戚所排斥。

我问过他们，是否喜欢阅读关于其他人的作品，那些人正在面临与他们一样的挑战。这些人说他们听过有关混血儿的故事，而且表达了对所能看到的东西的渴望。我答应在我们的下一次小组会议时带两本混血儿的自传来，并要他们带他们能找到的任何可能适合阅读和讨论的书来。

在下一周的小组见面中，我们看了三本书：《水的颜色：一个黑人对他白人母亲的敬意》（*The Color of Water: A Black Man's Tribute to His White Mother*）(McBride, 1996)；《生活在种族界限中：一个白人男孩发现他原来是黑人的真实故事》（*Life on the Color Line: The True Story of a White Boy Who Discovered He Was Black*）(Williams, 1995)和《分成叶脉：一段种族和家庭的旅程》（*Divided to the Vein: A Journey Into Race and Family*）(Minerbrook, 1996)。他们传阅了三本书，阅读了封面上的描述，细读了目录，并决定他们更喜欢读《分成叶脉：一段种族和家庭的旅程》(Minerbrook, 1996)。我做出了安排：每个小组成员去购买或借一本迈纳布鲁克的书，并在我们再次见面时阅读好开头两章。

我给出一张纸，上面写有这两条关于对迈纳布鲁克的书第一和第二章内容的阅读和思考指南：

1. 从每章中至少选取和你有关联的一段（几句话或一个段落）。准备好在我们的下一次会谈中向小组朗读这段，并且告诉我们为什么这段对你有特殊的意义。

2. 当读到迈纳布鲁克在他第一次尝试与他的母亲怀特家族分享他的深刻感受和自我理解，而他们拒绝了他时，记录下你的感受。准备好与我们在下一周的小组咨询会谈上分享这些情感。

在下一次会谈中，这些人都急切地想要分享他们对阅读迈纳布鲁克作品的第一和第二章的反应。约翰分享了第三页中的一段，并谈论了他也是怎样被失去家庭的感觉萦绕，以及他是如何建立了一堵愤怒之墙来保护他自己的。罗伯特和安德鲁说了一些关于被他们的亲戚排斥的生气感受在他们的日常生活中是如何不时浮现的。在他们讨论了一些近期感觉生气的例子之后，这些人想知道他们是否将愤怒作为了一堵防护墙。他们意识到当他们读这两章节时这些感受又浮现出来了。

安德鲁和罗伯特报告了第二章中的部分，从中他们受到了启发。发表了对他们的母亲由于离开这些社区并跨种族结婚，而在他们当地的农村社区成为外来者的个人见解。这引起了关于来自某些社区的人是如何决定谁是内部人及谁是外来者的激烈讨论。

随后，他们进一步自我暴露了是否意识到他们会形成一种优越感是因为他们比他们的一些堂兄弟姊妹有更多的教育机会优势。安德鲁想知道，他是否把一种优越的态度用作一堵墙或屏障来接受排斥他的堂兄弟姊妹们和祖父母们。安德鲁大声发问："我有把他们看作是'白种穷鬼'吗？"迈纳布鲁克作品第二章的内容也引发了摆脱愤怒及学习理解和同情的讨论。

随后的会谈家庭作业也遵循类似的格式。小组成员可以选择每次集中精力于一章，还是在每一次的会谈继续阅读和思考两个章节。这个决定由小团体的成员作出，基于他们的意愿和能力来提交和按时完成作业,参与和小组分享。

随着小组继续着与迈纳布鲁克有关的奇幻历险,当这些人继续认同着作者的经历,更多的"啊哈"反应浮现出来。他们经历着情感宣泄,而且开始意识到他们不是一个人在面对拒绝和异化的问题。他们一起探索处理他们消极情绪的替代选择,并在他们能够放弃依赖消极情绪作为屏障或墙时感到精力充沛。

参考文献

McBride, J. (1996). *The color of water: A Black man's tribute to his White mother*. New York: Riverhead.

Minerbrook, S. (1996). *Divided to the vein: A journey into race and family*. New York: Harcourt Brace.

Williams, G. H. (1995). *Life on the color line: The true story of a White boy who discovered he was Black*. New York: Dutton.

大 北 极

治疗师: 威廉·J. 威克尔(William J. Weikel),哲学博士

服务机构: 美国国家认证咨询师;注册临床心理健康咨询师;美国职业专家委员会持证会员;肯特郡摩尔海德州立大学(Morehead State University)教授、主席;东肯特郡咨询与康复中心老板

主要著作:

Hughes, P. R., & Weikel, W. J. (1993). *The counselor as expert witness*. Laurel, MD: American Correctional Association.

Palmo, A. J., Weikel, W. J., & Borsos, D. P. (2006). *Foundations of mental health counseling* (3rd ed.). Springfield, IL: Charles C Thomas.

35篇期刊论文的作者或合著者,美国心理健康咨询师协会(AMHCA)前任主席,《AMCA 杂志》、现《心理健康咨询杂志》创始主编

技术适用对象:青少年和成人

注意事项:这种方法对有能力形成清晰心理意象的来访者最有效。

我经常和这样的来访者一起工作,他们由于慢性疼痛、抑郁、焦虑,或多种问题结合,正经历着慢性睡眠障碍。许多这样的人报告说最严重的问题是入睡。他们时常躺着或翻来覆去,反复思考他们的疼痛或其他问题。

最近我开始推荐一个我(作为一个经常失眠的人)个人已使用了许多年的家庭作业。它是一个与斯多葛学派所使用方法相似的认知/意象任务,而且与托马斯·哈里斯(1999)的畅销书《汉尼拔》中由虚构的汉尼拔"食人者"莱克特博士所构造的"记忆宫殿"相似。我称这项作业/任务为"大北极",以同名电影命名。

让来访者尽可能舒适地躺在床上,并想象他们被指定做一个极地研究站的单独操作员一年。要他们想象一架大的直升飞机诸如一架"休伊"型直升机递送一个圆顶状的结构至极地地区,在那儿他们要在接下来的12个月中孤立地生活和工作。该结构仅仅是一个绝缘外壳。他们必须划分、布置和装备栖息地的内部和外部,不仅是为了在这个恶劣环境中生存下去,也是为了住得舒适和避免无聊透顶。来访者被告知去"打包"他们渴望帮助自己充实他们的下班时间的私人物品,比如他们最喜欢的书、光盘、爱好的物品或视频。那儿没有电话或无线电通信,也没有其他人可以接触,所以精心规划是必要的。食品、零食、饮料和准备食物的物品也需要在数量上能维持一年,因为他们将使用商业的而非军用食品。

通过实践,来访者能形成一个他们个人的"冰上科学站"的生动意象。没有人,包括我在内,曾完整地在一次会谈中准备、布置和供应补给品给站点,或甚至在入睡前就快到站。因此,这可以是一项持续的任

务。举个例子,今晚我会摆开建筑平面图;明天我会忙于粮食,然后是私人物品,等等。该练习使用得越多,逃避你当前的不适就变得越容易,然后步入睡眠。来访者被指示如果他们在晚上再次觉醒,他们应该从中断的地方继续下去。

关于这个主题当然有许多变化。一个人可以设计、建造和布置一个梦想之家,再现鲁宾逊漂流记,或独自航行至外太空。这主意依然是简单地将精神从烦恼、悲哀、疼痛和痛苦上分散,并且为宁静的恢复性睡眠铺平道路。这是一个易于实现且安全的方法,而且很有效,也许可以帮助来访者避免许多催眠药物的副作用。今晚试试它吧……而且,是的,美美地睡上一觉!

参 考 文 献

Harris, T. (1999). *Hannibal*. New York: Dell.

生 命 线

治疗师:艾拉·大卫·韦尔奇(Ira David Welch),教育学博士,美国专业心理学会

服务机构:美国科罗拉多州注册心理医生

主要著作:

Welch, I. D. (1988). *The path of psychotherapy: Matters of the heart*. Pacific Grove, CA: Brooks/Cole.

Welch, I. D., & Gonzalez, D. M. (1999). *The process of counseling and psychotherapy: Matters of skill*. Pacific Grove, CA: Brooks/Cole.

技术适用对象：青少年与成人，一个收集社会心理历史的方法；尤其对言语表达有困难的青少年有帮助

注意事项：这个技术可以被用作家庭作业或在会谈中和来访者一起完成。如果治疗师相信可能会出现高度敏感的材料或会激起强烈情感的话，那么在会谈中做生命线可能会更有用。

技术

这是一个收集个人历史的具有创造性和刺激性的方法。它具有把那些不可能会出现的材料带入会谈的希望。它可以被用作家庭作业。治疗师说，"我想要你在这张纸上画一条长长的线"（8.5英寸×11英寸，水平方向使用）。（将纸的中间用于判断一种经验离平均值有多远的变化。在页面的上半部分用一个加号表示正面经验，而在页面的下半部分用一个减号来指定为负面体验。）见图 3.21。

+	+	+	+	+
1975				现在
−	−	−	−	−

图 3.21 一个空白生命线样本的图示

然后说，"线的右端点是现在。另一端可以回到你所希望的时候。把你认为你生命中所有重要的事情和发展放在线上：正面的放在线的上方而负面的放在线的下方。这条线代表着中性的体验——既不正面也不负面的那些。"

布置作业时说，"我想要你把它带回家，你爱花多久就花多久把它完成。然后下一周把它带回来，我们会谈论你的经历。"

变式：你可能想要限制生命线到某个对治疗来说很重要的具体经历处（例如，离婚或死亡）。在这种情况下你要说，"在页面的左端我想要你以离婚开始这条生命线。然后向前至现在并沿着生命线列出正面的和负面的经历。"

有用性

这个技术为治疗师提供了一个快速的方法,可以用来掌握对来访者来说有意义的,而可能未在最初访谈会谈中出现的发展历史。对于不用语言表达的来访者,它也在为治疗会谈引发素材方面有所助益。

加工

问"你从画这条生命线中学到了什么"可作为一个加工从生命线提问所得到的信息的方法。在每一次随后的会谈中呈现该生命线作为一个刺激物,并作为治疗中可能会涉及的重要材料的提醒。

家庭愤怒管理的"无聊"方法

治疗师:杰丽·王尔德(Jerry Wilde),哲学博士
服务机构:东印第安纳大学教育心理学心理学家兼副教授
主要著作:

> Wilde, J. (1992). *Rational counseling with school aged populations: A practical guide*. Muncie, IN: Accelerated Development.
> Wilde, J. (1995). *Why kids struggle in school: A guide to overcoming underachievement*. Salt Lake City, UT: Northwest Publishing.
> Wilde, J. (2002). *Anger management in schools: Alternatives to student violence*. Lanham, MD: Scarecrow Education.

技术适用对象:有愤怒问题的家庭
注意事项:要想成功,所有家庭成员必须同意参与。

家庭可以是愤怒和敌意的温床。许多家庭都受到经济和情感的巨大压力。加上混合了对每个家庭成员的缺陷了如指掌,你就处在一个潜在的动荡境况。

"无聊"技术是一个家庭作业任务，用来帮助家庭学习一个策略，来中断很快就会失控的愤怒链。它适用于分歧正在失控且家庭成员担心那种情况会演变成暴力的时候。

练习进行如下：一旦有某个家庭成员感觉不安，在这种情况下他或她可以喊出信号词，"无聊"。非常重要的是每一名家庭成员（无论大人还是孩子）都有机会来呼叫信号词，在他或她感觉不安的时候。所有的家庭成员在这个练习中被平等对待，并且这也能给予一种权利感，尤其是对孩子们。

当呼出信号词时，处于分歧中的每个人要停止争吵并分开一段事先约好的时间。每个家庭关于分离的时间是不同的，所以让他们选择所需"冷却"的时间量是很重要的。有时候让该家庭把信号词看作为一个口头的"停止并终止"命令是非常有益的。

在预定时间结束后，涉及分歧的个人必须再回到这个问题上。通过给成员们一个平静下来的机会，希望可以达成一个合理的解决方案。如同我总是指出的那样，人们在口水战中作出明智的决定是非常罕见的。

大多数有愤怒问题历史的家庭会在一周内或两次会谈之间自然地产生一个愤怒情况。当此发生时，该家庭应该尝试使用该"无聊"技术。通过让该家庭去讨论他们之前争吵过的一个问题也可能会将一些愤怒重提，将此作为一个实践此家庭作业练习的手段。

最后，当你在解释这个作业任务时要记住的一点是：该"无聊"练习可以被(a)用来停止对某个话题的讨论和(b)拒绝遵循达成一致的规则（也就是，在信号词被叫出后仍继续争吵）的家庭成员破坏。在你解释这个练习时做一些预防工作，检查这两种能破坏这个练习的方式。我的经验是，如果治疗师在该练习之前公开讨论这些问题，它们是不太可能会发生的。

改善家庭关系的黄金时间

治疗师：罗伯特·E. 伍伯汀（Robert E. Wubbolding），教育学

博士

服务机构：注册咨询师；心理学家；泽维尔大学咨询中心名誉教授；俄亥俄州辛辛那提市现实治疗中心主任

主要著作：

> Wubbolding, R. (1988). *Using reality therapy*. New York: HarperCollins.
> Wubbolding, R. (1991). *Understanding reality therapy*. New York: HarperColins.
> Wubbolding, R. (2000). *Reality therapy for the 21st century*. New York: Routledge.

作者出版了10本书，另外在教材中撰写了超过125篇文章和章节。

技术适用对象：正经历紧张亲属关系的家庭成员

注意事项：非常重要的是，治疗师首先要帮助来访者决定他们想要改善关系，并会继续跟进该活动。

夫妻们和家庭常常带着这样呈现出来的问题而进入心理咨询：无法沟通、没有严厉谴责的情况下也不愿意接受对方、不愿意妥协或未能解决问题。这些问题有更具体的内容，比如物质滥用、争吵、责备、批评、家庭暴力、不忠、心理疏远、学业问题、资产等。

治疗师常常通过教来访者怎样相互交谈甚至如何用言辞"公平斗争"来处理问题。妥协的技巧和沟通技能可以作为此类治疗的焦点。黄金时间技术为集中于沟通与问题解决的治疗干预提供了一个牢固的基础并且确保它们更有可能成功。

在建议作业之前，咨询师要帮助来访者讨论他们是怎样相互交谈的以及他们是否曾试图解决问题。回答常常是他们曾反复做过这样的尝试。他们被要求对这种努力的有效性作出评价。答案往往是好几小时的谈话并没有解决问题。因此，他们现在来寻求治疗师的帮助。治疗师要他们限制对痛苦的问题的讨论并且用在一起的时间来替代，这被称为"黄金时间"。在这个时间里他们同意做到以下内容：

1. 进行一项每名当事人都同意的活动。来访者来决定什么是他们至少可以忍受的。如果那是痛苦的，它将很快被停止。告诉来访者内心越是满意他们在一起的时间，他们解决问题的可能性越高。

2. 进行一项需要努力的活动。因此，看电视或一起吃饭时并不是黄金时间。父母亲或夫妻们常常会和孩子们或配偶散步。丹麦哲学家克尔凯郭尔(Kierkegaard)有一次评论，没有能大到不能用散步解决的问题。这样的活动需要消耗能量。

3. 进行一项有时间限制的活动。如果父母和青少年曾互相争辩、冷战或对抗过，时间需要被限制到分钟。因而黄金时间是实际可行的。根据关系中的压力，活动可能会在几分钟内被测量并逐渐增加。

4. 进行一项双方都感到愉快的活动。没有人应该经历痛苦。该活动在一开始可能会有一些不适，但它不应该是令人痛苦的。目标是发现或开发共同点来提升关系。再者，一起短程散步常常会被同意，因为它是许多个人和关系建构的结果。

5. 重复进行该活动。绕着街区一次走十分钟不会修复关系。就像身体健康不会是一天锻炼的结果，一段受伤的关系也不会被一个应急选择所治愈。

6. 在讨论安全的话题时进行活动。被选来用于交谈的话题的基础是它们是否会使当事人和好或分开，无论这段关系是会被加强还是被削弱。有争议的话题可以稍后处理。所以，要排除基本的毒害关系：

a. 争吵、对抗。甚至是理智的争议和辩论也应该被避免。

b. 指责、颐指气使、贬低。

c. 批评。如果能从整个关系中消除批评，关系会迅速和显著地改善。治疗师强调尤其是在黄金时间期间，要做好明文协议去讨论令双方都满意的话题，而不涉及批评的那些。

谴责是批评的一种高级形式，也应排除，如同是对彼此、家庭、邻居或世界事务状态的抱怨。

d. 贬低。贬低与批评相似，但隐含着在某些方面把人看低。

e. 原谅自己的行为。偶尔找借口并不是很严重的损害。但是避免责任、习惯性尝试会在家庭成员之间筑起一道屏障。

    f. 制造恐慌。在此期间,避免关于应受和不应受的影响和惩罚的对话。

    显然,治疗师帮助来访者决定哪些对他们来说是安全的以及哪些是该避免的话题。治疗过程隐含着对来访者在寻找建立关系的活动和用于讨论的话题上具备创造力的信任。

    此作业是基于来访者时常混淆因果关系这一原则。他们把他们没有花时间在一起与他们不会相处联系起来。治疗师对此有不同的看法。关系的破裂是建立在选择去避免增进关系的活动的基础上的。

    事实上,需要注意的是,在整个治疗中,来访者是在谈判。他们正在学习将他们的对话朝向相互意见一致的活动。此外,当他们反复花时间待在一起时,他们正建立关于彼此的愉快回忆宝库。这些可以用来替代或至少平衡痛苦的回忆。因此,当有痛苦的问题要去处理的时候,就如同在任何关系里都有的那样,存在着用一个公平合理和互相满意的方式面对它们的坚实的基础。

第四章

心理咨询中的家庭作业[*]

克里斯多夫·E. 海(Christopher E. Hay)和
理查德·T. 金尼尔(Richard T. Kinnier)

摘要

把家庭作业作为心理咨询会谈中所做工作的补充,已被证明是一种在短时间内促进治疗变化的有效途径。增加家庭作业的相关性加大了服从的可能性和会谈之间的任务的有效性。这篇文章回顾了关于心理咨询家庭作业的文献,并呈现了一份帮助心理咨询师以一种系统化的方式确定相关作业的指南。

心理咨询家庭作业

现今,心理健康保健已经发生改变,咨询师与他们的来访者共同使用作业几乎已变得必不可少。(C·Black,专家组,1995 年 12 月 16 日)。由于短期疗法成为最常见的心理健康咨询形式,心理咨询师需要创造出在有限时间内扩大心理咨询影响的新方法。家庭作业恰能满足这一需求。

家庭作业在心理咨询过程中扮演着许多不同的角色。苏因(Suinn,1990)认为,家庭作业现在已成为一种公认的保证服从的工

---

[*] 编者按:本文经美国心理健康咨询师协会许可转载,刊登在 1998 年 4 月第 2 期《心理健康咨询杂志》卷 20。

具,一种确保治疗会谈之间连续性的机制,一个在治疗会谈之外扩大效果的过程,一种为治疗计划进展获得信息的手段,一种将治疗融入日常生活的方法,以及为治疗过程提供个人意义(p.123)。

在此文中我们回顾了在心理咨询中使用家庭作业的文献。我们呈现了几组类型的常用家庭作业并讨论了依从性和有效性的问题。随后提出了一个来自文献并用来帮助心理咨询师将作业概念化和实践化的模型。该模型可以为系统化创造或选择及实施相关的作业提供一个有用的框架。

定义家庭作业

家庭作业曾被谢尔顿和阿克曼(Shelton & Ackerman,1974)简单地定义为"在治疗时间以外让来访者进行的任务"(p.3)。谢尔顿和阿克曼建议咨询师和来访者共同策划家庭作业任务。他们相信家庭作业任务能教来访者们在心理咨询终止后如何延续自我改变的进程。恩格尔、博伊特勒和达尔德鲁普(Engle,Beutler,& Daldrup,1999)为家庭作业推荐了三个可能的用途:(a)用于加强会谈的工作,(b)用于让来访者意识到未完成的工作,或(c)用于庆祝在咨询中取得的一个突破。

拉扎勒斯(Lazarus,专家组,1995 年 12 月 16 日)说他从不使用*家庭作业*(homework)一词,因为它会让人联想到必需的学校家庭作业,这可能会在来访者内部造成抗拒。他提议用短语"授权的任务"来代替。出于类似的原因,惠斯曼和雅各布森(Whisman & Jacobson,1996)建议用术语"*会谈之间的任务*"(between-session task)作为家庭作业的替代。尽管我们对此表示认同,但是家庭作业仍被选择用于这篇文章中,因为文献回顾显示它是更为常用和被认可的术语。

兼容理论导向

虽然家庭作业的使用并没有被任何主要的心理咨询理论方法明确禁止,但还是有些理论会比其他理论更多地与家庭作业相关。随着技术折中主义和理论整合的增加,可能很少有心理咨询师会发现他们自己一贯反对和来访者运用家庭作业。然而,咨询师对于变化和治疗的理论概念很可能会影响他们选择强调家庭作业的程度,以及他们怎样在自己的方法中使用它。

家庭作业常常在认知行为咨询和大多数基于系统的婚姻和家庭治疗中使用(Woody,1990)。相反地,家庭作业很少用于心理动力或以来访者为中心的咨询中。精神分析师的角色着重于在来访者和分析师之间以移情来解释潜意识冲突(Summers,1994)。这种依赖关系使分析师的存在成为必需,而这与家庭作业是不兼容的。同样地,以来访者为中心的咨询强调把关系作为治疗变化的主要焦点。罗杰斯(1980)相信一个充满关爱的环境中会促进来访者的成长。因此,在他们最纯粹的形式中,精神分析的和以来访者为中心的方法因依赖于心理咨询会谈期间发生的互动而都与家庭作业不兼容。

在文献中,家庭作业在任何主要的理论方法中都没有被强调为变化的主要力量,而是作为在会谈期间所发生的事情的一种补充或加强。如同谢尔顿和阿克曼(1974)所述,家庭作业"并不与治疗设计相背,它作为变化的主要载体依仗于治疗时间,但是能为这些治疗作出延伸"。(p.3)

布置作业的好处

会谈之间的家庭作业有许多益处。谢尔顿和阿克曼(1974)注意到家庭作业为来访者提供了在各种各样的自然环境下实践新行为的一个宝贵的机会。伍兹(Woods,1991)指出可以在会谈中讨论作业的效果,为修改咨询方向提供一个机会。

家庭作业的益处之一是在咨询师不在时,把改变的责任点置于来访者身上。当来访者看到他或她有能力在会谈之外作出改变时,自我效能感就提升了。如同卡明斯所述(Cummings,1991),"在第一次会谈时就给出作业,之后会使患者认识到他或她被期望对自身的治疗负责"(p.41)。虽然对自己负责常常不受处在危机中的来访者的欢迎,但是自主和自尊有可能会增加,因为他或她能在日常生活中观察变化。

科恩布利斯、雷姆、奥哈拉和莱姆帕斯基（Kornblith, Rehm, O'Hara, & Lamparski, 1983）强调了来访者参与自我监控、自我评估和自我强化的能力的重要性。他们的研究表明具有这些能力的来访者能比缺乏这些能力的人提高得更快。家庭作业能培养那些能力。

黑尔-马斯廷和图舒普（Hare-Mustin & Tushup, 1977）写到过当一名咨询师因病、假期或其他职业相关责任而缺席一段时间时经常出现的问题，他们推荐在这样的时期利用家庭作业。在咨询师缺席期间布置作业的益处是来访者仍能感到与心理咨询过程的联系，而且他们经常会认识到他们可以独立于他们的咨询师之外发挥作用。

大多数关于家庭作业的研究强调家庭作业增加了心理咨询的有效性，但只是在来访者遵照所分配的任务的时候。所以，家庭作业必须适合于来访者的问题，而且来访者必须有动力去坚持完成任务。如果家庭作业与来访者不相干或来访者选择不坚持下去，则不会产生助益。

研究表明，完成咨询作业任务的来访者比那些没有完成任务的提高得更多（Burns & Nolen-Hoeksema, 1991）。始终如一地完成家庭作业改善了对抑郁症（Burns & Auerbach, 1992; Neimeyer & Feixas, 1990; Startup & Edmonds, 1994）、恐惧症（Al-Kubaisy et al., 1992）和焦虑问题的咨询效果（Edelman & Chambless, 1993）。

不依从的原因和补救措施

让来访者去做他们的家庭作业任务可能是个问题。为了避免或克服不依从的问题，心理咨询师们应该知道不依从的常见原因。

对于来访者不依从的数个原因已在文献中被描述过（Burns & Auerbach, 1992; McCarthy, 1985; Shelton & Ackerman, 1974）。可以概括如下：

1. 来访者主要想利用咨询来宣泄情绪或租借一个能充满同情倾听的耳朵或朋友，而不是作出困难的改变。

2. 来访者不想承担责任或者去做所需工作来改变，而是更愿意成为心理咨询师的灵丹妙药的被动接受者。

3. 来访者正被迫参与咨询并因此怨恨或反抗。这在青少年中很常见。

4. 来访者感到他或她没有时间或精力去完成家庭作业任务。

5. 作业指导不够清楚或具体，或者咨询师在跟进任务的完成上疏忽或不一致。

咨询师能用许多方法来促成来访者对家庭作业任务的依从。康诺利、帕杜拉、佩顿和丹尼尔斯（Conoley，Padula，Payton，& Daniels，1994）及卡明斯（Cummings，1991）建议咨询师布置与来访者所述的问题或目标紧密匹配的家庭作业任务。麦卡锡（1985）强调作业必须具体，说明必须清楚。

考克斯、蒂斯戴尔和卡伯特（Cox，Tisdelle，& Cullbert，1988）发现书面作业经常比口头作业被更多地完成。沃辛顿（1986）确定了增加作业完成的三种因素。在咨询中早些给出的作业更有可能被完成，可能意味着随着时间的推移来访者会对家庭作业失去热情。与来访者谈论他们对作业的态度也会增加依从。最后，来访者更有可能抗拒那些努力强调自身心理咨询资历和知识的咨询师的建议。谢尔顿和阿克曼（1974）推荐咨询师们提出几个替代或选项，来访者能从中选择，而且应鼓励来访者参与作业的制定。

柯克（Kirk，1989）建议，当评定一名来访者对作业的不依从时，要考虑若干问题。它们包括：该家庭作业是特别定制的还是仅仅是建议？它太模糊不清吗？来访者能准确地回想起它吗？咨询师有定期回顾以前已完成的作业吗？来访者理解该家庭作业的基本原理吗？实践困境干扰了来访者完成作业的能力了吗？来访者害怕家庭作业的结果吗？不依从是来访者自我知觉的反映吗？

威尔斯（Wells，1994）和其他人曾建议过对家庭作业的目的提供清晰的解释是很有帮助的。可能有一个例外是自相矛盾的任务（例如要求正在经历性功能障碍的夫妇不要性兴奋）。显然咨询师不能解释矛盾的任务，因为这样的解释显然会破坏悖论的治疗效果。当然，当决定要如何呈现任务时，心理咨询师必须考虑与来访者作为一名有知情权的消费者有关的伦理准则。

家庭作业任务的类型

在完成家庭作业的过程中，来访者可以是主动的、被动的，或两者兼有(Wells，1994)。例如，一份被动作业可能会包括听录音带；一份主动作业可能会包括来访者有目的地对陌生人发起对话。

能被布置的作业种类仅仅受到咨询师和来访者的创造力的限制。下面的作业类型曾在文献中被描述过并可能会被咨询师拿来作为资源。它们是：矛盾的；经验的/行为的；冒险的和羞愧攻击的；人际思考的；写作；阅读、聆听和观看录像带；焦点解决；和"不要做任何事"作业。

矛盾作业

矛盾作业常用于睡眠障碍或性功能障碍问题。目的常常是使正试图强迫一个必须自然而然发生的结果的个体，通过消除压力来创造相反的结果。科夫斯基斯(Salkovskis，1989)强调了矛盾作业的有用性，诸如告诉一名患有失眠症的来访者试图尽可能地保持清醒。然而，伍迪(Woody，1990)警告"矛盾任务的使用可能是非常危险的，如果来访者处于危险情况或存在其他伦理问题"(p.292)。如果一个人对自己或他人构成了威胁的话，为症状开处方可能会导致严重的后果。

经验/行为作业

经验的/行为作业涉及来访者在会谈之间采取具体的行动。瓦伦和德莱顿(Walen & DiGiuseppe，1992)强调了心理咨询中行为改变的重要性。尝试和实践新行为的最佳时间是在会谈之间。威尔斯(1994)对于抑郁和焦虑问题特别推荐经验作业。例如，一个对于抑郁症的行为作业是在一周内让来访者去参加指定的令人愉快的活动，不论该来访者喜欢与否。

冒险和羞愧攻击作业

鼓励来访者去冒险是经验作业的一种专有形式，用于在克服恐惧上存在困难的来访者。例如，威尔斯(1994)建议害怕约别人出去的来访者走出去并寻求三次拒绝。威尔斯描述了乘坐地铁并在接近每个站点时大声喊出来的羞愧攻击作业的例子。这样一份作业的意义在于帮助来访者变得不那么害怕看待诸如排斥或站在公共场合下等后果。

人际关系作业

人际关系作业特别适用于个人、夫妻和正在经历沟通困难的家庭。彭斯和奥尔巴赫(1992)建议这样的来访者写下与别人的不愉快的对话概述,以用作在会谈中回顾。然后咨询师可以向来访者展示"他们可能会怎样在无意中引发了别人的排斥、批评和敌意"(p.466)。

思考作业

瓦伦及其他人(1992)提议来访者列出有助于思考的事情清单,并整天练习思考这些新想法。例如,可以指示一个自卑的人花时间思考他或她最值得骄傲的成就。

写作作业

写一篇日志或日记能帮助来访者在会谈外为他们的情感开放一个出口。此外,写作作业可以被带至会谈中作进一步讨论。沃尔伯格(Wolberg, 1977)建议来访者坚持写日记,用来列出他或她每天实践新行为的频率。兰格(Lange, 1994)鼓励把写作任务作业作为家庭作业,但需认识到有些来访者可能在写作上有困难。对于这样的来访者,他建议他们用磁带录音。

阅读、聆听和观看作业

阅读疗法越来越流行的部分原因是花费低和自助读物容易获得。谢尔顿和阿克曼(1974)提出阅读疗法的优点是来访者能"按照他们自己的节奏读并能仔细考虑书中所提出的想法"(p.20)。然而,他们警告,一些来访者可能会发现阅读困难或不愉快。咨询师在布置或建议要读的书籍前应该询问他们的来访者是如何看待阅读的。

瓦伦及其他人(1992)推荐来访者听他们自己的咨询会谈录音带。对于忙碌的来访者来说,这样的作业的一个优势是,他们在驾驶车辆或在家中忙里忙外地做家务时就能听录音带。另一个聆听作业的类型是花时间去听专业的放松或减压磁带。许多来访者发现这样的磁带缓解了焦虑并为他们的日常生活提供了一个平静的休息。

与聆听作业有关的是观看咨询会谈记录录像带的家庭作业。虽然不是所有的咨询师或来访者都需要专用设备,但是加斯曼(Gasman,1992)的一项研究表明看会谈录像对于治疗的过程是非常有益的。来访者报告该体验的结果是"增加客观性、洞察力和自尊"(p.91)。

焦点解决作业

农纳利(Nunnally,1993)推荐焦点解决作业。对于焦点解决作业,来访者被鼓励积极寻求在会谈中所识别的问题的解决方案。例如,可以指导一名来访者通过与人协商来寻求解决人际关系问题的方案。

"不要做任何事"作业

克劳蒂娅·布莱克(Claudia Black)(专家组,1995年12月16日)介绍说,着迷于亡羊补牢的来访者最可能从偶尔中断一下中获益。对于这样的来访者,作业可以是两周内不要阅读任何和该问题有关的东西。

心理咨询家庭作业布置指南

下列指南是根据布朗-史丹瑞吉(Brown-Standridge,1989)开发的,基于我们关于家庭作业的文献阅读的模型改编。在考虑使用该作业时,心理咨询师可能会考虑以下几点和问题。

1. **确定布置适当作业**。在决定一份家庭作业时,第一步是考虑作业是否合适。来访者会受益于作业吗?他或她仅仅是想宣泄吗?有什么因素抑制了来访者完成作业的能力吗?来访者对待作业的态度是什么?咨询师和来访者可以一起考虑这些问题并共同决定作业是否合适。

2. **确定作业的目标**。一旦确定来访者可能会受益于家庭作业,那么决定哪个家庭作业目标和咨询过程最相关就很重要了。来访者的既定目标是什么?家庭作业的目标应该与来访者寻求咨询的原因一致。

3. **确定作业的类型**。在回顾作业的类型之后,哪些看起来和来访者的目标最相关？来访者的问题是人际关系吗？作业应该涉及其他人吗？来访者喜欢阅读吗？他或她可以使用录音或录像带播放器吗？来访者正试图获得新的行为、情感或认知吗？

4. **确定作业的长度**。心理咨询师可能需要根据来访者可用的空闲时间来调整作业。咨询师对合适的时间长度的理解可能未必能反映出来访者的看法。来访者愿意用在作业上的时间有多少？即将到来的一周内，来访者的生活中还会发生什么呢？一个简短、完整的作业很可能比一个冗长、复杂而不完整的作业更有好处。

5. **确定作业的复杂性**。这尤其需要考虑来访者的教育水平和认知能力。一名来访者可能会从阅读一篇关于抑郁症研究的技术性文章中受益，而另一名来访者可能会发现这样的材料太难或索然无味。在与儿童或青少年们开展工作来评估来访者的认知水平时，这点尤为重要。此外，咨询师需要评估任何可能会干扰成功完成作业所需的技巧的学习障碍。

6. **确定作业目标的披露**。在确定合适的目标和最有可能帮助来访者实现那些目标的家庭作业之后，咨询师必须决定是否要和来访者分享作业的目标。在大多数情况下，来访者会受益于这些知识并且会提高依从性。但不管怎样，矛盾作业的目标不太适合，举个例子，患有睡眠障碍的来访者如果知道在试着熬夜背后的目标是减少努力入睡的压力，这样就能很快入睡就难以实现。在使用矛盾的作业时，咨询师必须非常小心地继续下去并对伦理问题进行考量。务必记住的是一位没有看到家庭作业的实用性的来访者将不太可能坚持到底。

7. **与来访者讨论作业**。一旦咨询师构思了针对来访者的适当的作业，那么把它当作为可以根据来访者的反馈来修改的建议来处理是很重要的。尊重来访者对于作业的感受并把反馈作为信息而不是阻力是非常关键的。尽管来访者可能的确会阻抗，但咨询师必须首先倾听和共情来访者的反馈，以确定如何巧妙地或根本地改变作业来提高依从性的方式。

8. **写下作业**。研究表明写下作业会提高依从的可能性。尽管来访者声称有好记性或作业明显很简单,但最好确保在来访者离开会谈前已经为其写下了作业。另外,写下作业给了来访者和咨询师另一个澄清仍存在的作业细节含糊不清之处的机会。如果来访者无法阅读,那么鼓励咨询师为父母或监护人写下作业,他们能稍后把信息转告给来访者。

9. 和来访者一起回顾家庭作业的结果。当来访者回来后,他或她可能有其他需要立即处理的忧虑。举个例子,如果自上次会谈以后发生了一个危机,那么忽视危机而去讨论作业的结果将是不合适的。虽然如此,确保在会谈中的某一时刻讨论作业的结果仍是很重要的。如果布置了作业但没有提及的话,依从性很可能会降低。已完成的作业结果常常能在会谈中为相关讨论起到跳板作用。

总结

当短期咨询变成一个常见的必然趋势时,心理咨询师需要在较短时间内找出提高咨询的影响的办法。使用作业作为在会谈中发生工作的补充,可能是在短时间内引起治疗性变化的一个有效途径。家庭作业可以起很多作用,包括在会谈和来访者的生活之间创造连贯性,为超出典型的每周一小时会谈拓展治疗变化。增加家庭作业的实用性减少了不依从的可能性,从而提高了会谈间任务的有效性。该指南为帮助心理咨询师以一种系统化的方式计划和实施作业提供了一个框架。

参考文献

Al-Kubaisy, T., Marks, I. M., Logsdail, S., Marks, M. P., Lovell, K., Sungur, M., & Araya. R. (1992). Role of exposure homewok in phobia reduction: A controlled study. *Behavior Therapy*, 23, 599-621.

Brown-Standridge, M. D. (1989). A paradigm for construction of family therapy tasks. *Family Process*, 28, 471-489.

Burns, D. D., & Auerbach, A. H. (1992). Does homewok compliance enhance recovery from depression? *Psychiatric Annals*, *22*, 464–469.

Burns, D. D., & Nolen-Hoeksema, S. (1991). Coping styles, homework compliance, and the effectiveness of cognitive-behavioral therapy. *Journal of Counsulting and Clinical Psychology.*, *59*, 305–311.

Conoley, C. W., Padula, M. A., Payton, D. S., & Daniels, J. A. (1994). Predictors of client implementation of counselor recommendations: Match with problem, difficulty level, and building on client strengths. *Journal of Counseling Psychology*, *41*, 3–7.

Cox, D. J., Tisdelle, D. A., & Culbert, J. P. (1988). Increasing adherence to behavioral homework assignments. *Journal of Behavioral Medicine*, *11*, 519–522.

Cummings, N. A. (1991). Assigning homework. In C. S. Austad & W. H. Berman (Eds.), *Psychotherapy in managed health care: The optimal use of time and resources* (pp.40–62). Washington, DC: American Psychological Association.

Edelman, R. E., & Chambless, D. L. (1993). Compliance during sessions and homework in exposure-based treatment of agoraphobia. *Behavior Research Therapy*, *31*, 767–773.

Engle, D., Beutler, L. E., & Daldrup, R. J. (1991). Focused expressive psychotherapy: Treating blocked emotions. In J. D. Safran & L. S. Greenberg (Eds.), *Emotion, psychotherapy, and change* (pp.169–196). New York: Guilford Press.

Gasman, D. H. (1992). Double-exposure therapy: Videotape homework as a psychotherapeutic adjunct. *American Journal of Psychotherapy*, *46*, 91–101.

Hare-Mustin, R. T., & Tushup, R. (1977). Maintaining a sense of contact with the patient during therapist absences. *Journal of Clinical Psychology*, *33*, 531–534.

Kirk, J. (1989). Cognitive-behavioural assessment. In K. Hawton, P. M. Salkovskis, J. Kirk, & D. M. Clark (Eds.), *Cognitive behavior therapy for psychiatric problems* (pp.13–51). New York: Oxford University Press.

Kornblith, S. J., Rehm. L. P., O'Hara, M. W., & Lamparski, D. M. (1983). The contribution of self-reinforcement training and behavioral assignments to the efficacy of self-control therapy for depression. *Cognitive Therapy and Research*, *7*, 499–528.

Lange, A. (1994). Writing assignments in the treatment of grief and traumas from the past. In J. K. Zeig (Ed.), *Ericksonian methods: The essence of the story* (pp.377–392). New York: Brunner/Mazel.

McCarthy, B. W. (1985). Use and misuse of behavioral homework exercises in sex therapy. *Journal of Sex and Marital Therapy*, 11, 185-191.

Neimeyer, R. A., & Feixas, G. (1990). The role of homework and skill acquisition in the outcome of group cognitive therapy for depression. *Behavior Therapy*, 21, 281-292.

Nunnally, E. (1993). Solution-focused therapy. In R. A. Wells & V. J. Giannetti (Eds.), *Casebook of the brief psychotherapies* (pp.119-145). New York: Plenum Press.

Rogers, C. R. (1980). *A way of being*. Boston: Houghton Mifflin.

Salkovskis, P. M. (1989). Somatic problems. In K. Hawton, P. M. Salkovskis, J. Kirk, & D. M. Clark (Eds.), *Cognitive behavior therapy for psychiatric problems* (pp.235-276). New York: Oxford University Press.

Shelton, J. L., & Ackerman, J. M. (1974). *Homework in counseling and psychotherapy: Examples of systematic assignments for therapeutic use by mental health professionals*. Springfield, IL: Thomas.

Startup, M., & Edmonds, J. (1994). Compliance with homework assignments in cognitive-behavioral psychotherapy for depression: Relation to outcome and methods of enhancement. *Cognitive Therapy and Research*, 18, 567-579.

Suinn, R. M. (1990). *Anxiety management training: A behavior therapy*. New York: Plenum Press.

Summers, F. (1994). *Object relations theories and psychopathology*. Hillsdale, NJ: Analytic Press.

Walen, S. R., DiGiuseppe, R., & Dryden, W. (1992). *A practitioner's guide to rational-emotive therapy* (2nd ed.). New York: Oxford University Press.

Wells, R. A. (1994). *Planned short-term treatment* (2nd ed.). New York: Free Press.

Whisman, J., & Jacobson, T. (1990). Behavioral martial therapy. In R. A. Wells & V. J. Giannetti (Eds.), *Handbook of the brief psychotherapies* (pp.325-349). New York: Plenum Press.

Wolberg, L. R. (1977). *The technique of psychotherapy* (3rd ed.). New York: Grune & Stratton.

Woods, P. J. (1991). Orthodox RET taught effectively. In M. E. Bernard (Ed.), *Using rational-emotive therapy effectively: A practitioner's guide* (pp.85-96). New York: Plenum Press.

Woody, J. D. (1990). Clinical strategies to promote compliance. *American Journal of Family Therapy*, 18, 285-294.

Worthington, E. L., Jr. (1986). Client compliance with homework directives during counseling. *Journal of Counseling Psychology*, 33, 124-130.

第五章

实施心理咨询和治疗家庭作业的十五个建议

霍华德·G. 罗森塔尔

1. 只使用你觉得用起来舒服的作业。
2. 带着共情和乐观的精神实施策略。
3. 在实施任何技术之前都要检查伦理准则。
4. 注意确保来访者不会因家庭作业而尴尬或身体受到伤害。
5. 如果你是一名学生或正在为执照或证书接受督导,请在你第一次实际布置家庭作业前,和你的导师协商。
6. 在你实际第一次和一名来访者试图运用家庭作业时,考虑和一名受过培训的同事或导师一起角色扮演一下布置家庭作业的过程。
7. 绝不尝试一种你没有受过训练的技术。
8. 请不要假设有一个有效的家庭作业会在每个案例中都起作用。
9. 请不要假设对一个来访者很起效的家庭作业在以后某个时间在这位来访者身上仍能有效地发挥作用。
10. 总是将多元文化和多样性考虑在内。
11. 只使用来访者能理解的措辞方式,且越详细越好。
12. 弯曲、折叠和毁坏现有的策略来提升你的舒适度并满足你的来访者的需要。
13. 要认识到某些家庭作业需要重复使用才会有效。
14. 要认识到治疗的时机能成就或打破一个技术。
15. 在适当的时候,和来访者一起处理技术的影响。

图书在版编目(CIP)数据

最受欢迎的心理咨询家庭作业：第二版／（美）霍华德·G.罗森塔尔主编；丁迎春译.—上海：上海社会科学院出版社，2021

书名原文：Favorite Counseling and Therapy Homework Assignments：Second Edition

ISBN 978-7-5520-3510-0

Ⅰ.①最… Ⅱ.①霍… ②丁… Ⅲ.①心理咨询 Ⅳ.①B849.1

中国版本图书馆 CIP 数据核字(2021)第 038968 号

Favorite Counseling and Therapy Homework Assignments / by Howard G. Rosenthal—2nd / ISBN：978-0-415-87105-1(Paperback)
Copyright © 2011 by Taylor and Francis Group，LLC
Authorized translation from English language edition published by Routledge, part of Taylor & Francis Group LLC；All Rights Reserved.
本书原版由 Taylor & Francis 出版集团旗下 Routledge 出版公司出版，并经其授权翻译出版。版权所有，侵权必究。
Shanghai Academy of Social Sciences Press is authorized to publish and distribute exclusively the Chinese (Simplified Characters) language edition. This edition is authorized for sale throughout Mainland of China. No part of the publication may be reproduced or distributed by any means, or stored in a database or retrieval system, without the prior written permission of the publisher.
本书中文简体翻译版授权由上海社会科学院出版社独家出版并在限在中国大陆地区销售，未经出版者书面许可，不得以任何方式复制或发行本书的任何部分。
Copies of this book sold without a Taylor & Francis sticker on the cover are unauthorized and illegal.
本书贴有 Taylor & Francis 公司防伪标签，无标签者不得销售。
上海市版权局著作权合同登记号：图字 09-2015-276

最受欢迎的心理咨询家庭作业：第二版

主　　编：	（美）霍华德·G.罗森塔尔
译　　者：	丁迎春
责任编辑：	杜颖颖
封面设计：	黄婧昉
出版发行：	上海社会科学院出版社
	上海顺昌路 622 号　邮编 200025
	电话总机 021-63315947　销售热线 021-53063735
	http：//www.sassp.cn　E-mail：sassp@sassp.cn
排　　版：	南京展望文化发展有限公司
印　　刷：	上海新文印刷厂有限公司
开　　本：	710 毫米×1010 毫米　1/16
印　　张：	18.75
字　　数：	260 千字
版　　次：	2021 年 6 月第 1 版　2021 年 6 月第 1 次印刷

ISBN 978-7-5520-3510-0/B·295　　　　　　　定价：72.80 元

版权所有　翻印必究